Blut Schatten

Rebecca Abrantes

Alles Gelingen hat sein Geheimnis, alles Misslingen seine Gründe.

Joachim Kaiser (*1928), dt. Kritiker

Mein herzlicher Dank gilt

Kristin – mein korrigierendes Seidentuch
Stephan – Lieferant von Ideen, wenn's mal eng wurde
Yvi – die nächsten Projekte warten schon
Rolf – für deine Geduld
leseverrückten Hunden
Anna und Daniela

allen Buchhändlern, die uns auf geniale Weise unterstützten

und all jenen, die mir die Treue gehalten haben
und geduldig auf diese Fortsetzung warteten.

Auch im Namen meines Verlages gilt mein Dank
unseren schärfsten Kritikern –
denn ohne Euch würde diese Arbeit vielleicht
weniger Beachtung finden.

Und für die ganz Genauen:
Bis auf Maja und Silvana sind sämtliche Charaktere selbstredend frei erfunden. Sollten sich doch Ähnlichkeiten abzeichnen, sind diese selbstverständlich nicht gewollt und aus Zufall entstanden.

Die Bestimmung

Hungrig zieht sie umher,
die jagende Meute.
Blitzen Zähne im Mondlicht weiß auf,
suchen ihre Beute.
So wie's schon einmal geschah,
ist es wieder heute.

Versammlung an dunklen Orten
und stillen Gassen.
Ziehen mordend sie los -
seelenlose Massen.
In lautloser Jagd bei mondheller Nacht
die Schatten verblassen.

Und um sich greift die blanke Angst
im ängstlichen Raunen.
Ob Tod oder Leben am Ende bleibt
obliegt ihren Launen.
Denn wer am Ende noch steht
darf staunen.

Doch fürchten sie eines seit Anbeginn,
Tod und Verderb'.
Gebracht von dem Einen, der alles vereint -
nur er ist es wert
zu führen die Klinge der Gerechtigkeit,
vereint in dem Schwert.

Erfüllt den alten Fluch
und dessen Worte,
gebunden durch geleisteten Eid
am heiligen Orte.
Und tritt doch nicht allein
durch die unheilige Pforte.

April 09

- Prolog -

Nur schemenhaft verwischt zeichnete sich die dunkle Gestalt vor dem nachtschwarzen Himmel ab, während sie jede Deckung nutzend über die Dächer der alten Häuser huschte. Für einen kurzen Moment verharrte sie, horchte, ehe sie weiterlief. Immer wieder blickte sie über ihre Schulter zurück. Ängstlich, verstohlen und wachsam.

Eine rostige Feuerleiter führte über mehrere Stockwerke in die Tiefe. Beinahe lautlos kletterte die Gestalt daran hinunter, überwand die letzten Stufen mit einem einzigen Sprung und kam auf der dunklen, vor Nässe schimmernden Gasse auf. Blitzschnell rollte sie sich über die Schulter ab, blickte kurz nach oben und lief weiter.

Ein Geräusch ließ sie innehalten, sich neben einem großen, dunklen Container ängstlich an eine Wand pressen, beinahe mit ihrer Umgebung verschmelzen. Fieberhaft fuhren ihre Hände über die Auswölbung des Anoraks, als wolle sie sich vergewissern, dass das Bündel darunter noch immer bei ihr war, in Sicherheit.

Weit über ihr erklangen Schritte. Das Geräusch von Schuhen auf den eisernen Sprossen einer Leiter. Die Gestalt blickte im Schutz des Containers hinauf. Für einen Moment erfasste das Mondlicht ihr Gesicht unter der schweren Kapuze. Blaue Augen blitzen voll Panik in einem hellen Gesicht auf, umrahmt von feuerrotem Haar.

„Verdammt!“, fluchte das Mädchen leise. Dabei tastete es nochmals nach dem Bündel, blickte um die Ecke des Containers und schob sich an der Wand entlang bis zu einigen Mülltonnen vor.

Eine Katze sprang hervor, floh mit wütendem Fauchen in die Dunkelheit. Erschrocken hielt das Mädchen den Atem an.

Ausrufe wurden über ihr laut. Panisch blickte es sich um. Ein schleifendes Geräusch erklang. Jemand rutschte an einem Abflussrohr hinab. Das Mädchen trat aus dem Schatten der Tonne, orientierte sich und rannte die regennasse Gasse herunter. Diesmal wich es keiner der Pfützen aus, sondern lief direkt hindurch. Leise zu sein war unerheblich geworden, dazu war es zu spät. Sie hatten sie entdeckt.

Rufe erklangen, weitere Gestalten sprangen in die Gasse. Zwei, nein drei! Eine weitere rannte auf dem Dach entlang, die Beute fest im Blick.

Fast hatte sie das Ende der Gasse erreicht. Noch wenige Meter. Zehn, neun, acht.

Mit der Grazie eines Nachtvogels landete eine weitere Gestalt vor ihr auf dem Boden und zwang die Flüchtende zum Stehen. Sie stützte sich mit einer Hand ab und verharrte kurz mit einem Knie auf dem Boden, bis der schwere, weite Mantel sich komplett um sie gelegt hatte. Dann erst hob die Gestalt den Kopf, schob das lange, schwarze Haar wie einen Vorhang vor dem Gesicht beiseite und sah dem Mädchen direkt ins Gesicht. Sehr ruhig erhob sie sich aus der gebückten Haltung, stützte sich scheinbar gelangweilt auf seinen ebenholzfarbenen Gehstock. Der silberne Knauf bestand aus einem Raubtierkopf, worin zwei auffällig strahlende Rubine die Augen darstellten.

Groß und schlank stand der Jäger in seinen dunklen Mantel gehüllt da und sah das Mädchen aus tiefschwarzen Augen in einigen Metern Entfernung vor sich an. Der Anflug eines Lächelns trat auf das kalkweiße, fein gemeißelte Gesicht mit den aristokratischen Zügen. Nur unzulänglich verdeckte es die Spitzen der verlängerten Saugzähne und konnte so kaum über die Gefährlichkeit dieser Gestalt hinwegtäuschen.

„Du hast etwas, das mir gehört", sprach der Schwarzgekleidete leise und streckte ihr die Hand entgegen.

Das Mädchen wich leicht zurück, umfasste das Bündel unter dem Anorak fester und schüttelte den Kopf. „Vergiss es, Letavian! Wenn du es haben willst, musst du es dir schon holen."

Er seufzte leise und trat auf sie zu. Sie wich weiter zurück. „Wohin willst du, Mädchen? Schau dich um, sie haben Hunger. Ein Wort von mir, und sie fallen über dich her wie eine Meute hungriger Köter. Also gib es mir, und ich lasse dich gehen."

Seinen Worten folgend sah sie kurz über ihre Schulter zurück. Drei Erscheinungen traten aus der Dunkelheit ins Schummerlicht der Gasse, kamen langsam auf sie zu. Und schon sah sie das Weiß ihrer Zähne aufblitzen.

„Nun?", lenkte der Vampir ihre Aufmerksamkeit wieder auf sich. „Wonach steht dir der Sinn?"

Ihre Hand griff unter den Anorak. Ruhig zog sie ein in weißes Leinen eingeschlagenes Bündel hervor. Gleichzeitig fuhr die andere Hand in ihre Jackentasche, und ein silbernes Benzinfeuerzeug kam zum Vorschein. Sein Deckel schnappte auf, und sie sah den Vampir vor sich herausfordernd an.

„Ich glaube, wir haben hier gerade eine recht beschissene Situation, was? Lässt du deine Schergen auf mich los, geht das hier in Flammen auf. Und keiner von euch wird es löschen können." Fragend hob sie die Brauen. „Nun, Letavian, wonach steht dir der Sinn?"

Er lachte laut auf und nickte anerkennend. „Nicht schlecht, Kleine. Aber nicht gut genug." Einen Wimpernschlag später stand er direkt vor ihr, seine Hand schnellte vor, griff nach ihrer Kehle – da schmetterte es ihn plötzlich gegen die Mauer.

„Brauchst du Hilfe, Kimberly?", erklang es halb belustigt aus der Dunkelheit, und ein Schatten glitt an ihr vorbei, bewegte sich in rasender Geschwindigkeit auf die drci Vampire weiter hinten in der Gasse zu. Einer von ihnen ging in einer hohen Flammensäule auf, einem gelang die Flucht, der dritte jedoch warf sich todesmutig auf das schattenhafte Etwas.

Kurz darauf hallte ein unmenschliches Fauchen von den Wänden wider. Ein Knäuel um sich schlagender Gliedmaßen rollte über den Boden. Wasser spritzte auf. Sie prallten gegen die Tonnen, eine fiel um, und ihr Inhalt ergoss sich auf den Boden. Dann erscholl abermals ein markerschütterndes Fauchen, etwas zerriss, ein Schrei. Dann trat Ruhe ein.

„Du hast verdammt lange gebraucht!", fluchte das Mädchen und stopfte das Bündel zurück unter den Anorak.

„Entschuldige, ich wurde aufgehalten." Eine große, massige Gestalt tauchte vor ihr auf, klopfte sich den Schmutz von der Kleidung und blickte sich suchend um. „Letavian?"

„Hat sich verpisst, als du aufgetaucht bist."

„Merkwürdig." Er sah das Mädchen an. „Mit dir ist so weit alles in Ordnung?"

Es nickte und klopfte dabei viel sagend auf das Bündel unter dem Anorak.

„Gut gemacht, Kimberly."

Er drehte sich um, schlug die Kapuze seines dunkelblauen Sweatshirts zurück und fuhr sich durch die rostroten Haare. Unablässig suchten seine grünen Augen die Dunkelheit ab. „Lass uns verschwinden. Mir ist das hier nicht ganz geheuer. Auch wenn Letavian verschwunden ist, werde ich das Gefühl nicht los, dass wir beobachtet werden."

Sie sah sich lauernd um. „Ist Letavian noch in der Nähe, Alistair?"

Er nahm sie bei der Hand und zog sie mit sich. „Nein, diesmal ist es anders …"

Keuchend erwachte ich und schnellte hoch. Nein, es konnte nicht sein. Es war unmöglich.

Zwei Arme umfingen mich schützend, und ein graublaues Augenpaar tauchte mit besorgtem Blick direkt vor mir auf. „Alles okay, Schatz?"

Ich nickte, obwohl ich mich nicht danach fühlte. Nichts schien in Ordnung zu sein. Und er wusste es.

„Wieder einer deiner Träume?", fragte er leise, zog mich zurück in die Kissen und meinen Kopf an seine Brust. „Erzähl es mir."

„Es war kein Traum", meinte ich. „Es ist geschehen, Darian. Ich war da. Und ich habe ihn gesehen."

„Du warst hier bei mir, Faye. Es kann nur eine deiner Visionen gewesen sein, denn ich habe dich die ganze Zeit in meinen Armen gehalten." Seine Finger fuhren liebkosend durch mein rotes Haar. „Wen hast du darin gesehen, Faye?"

Ich richtete mich etwas auf, stützte mich mit der Hand auf seinem Brustkasten ab und sah Darian an. „Meinen Bruder."

„Alistair?"

„Ja. Und wie es aussah, hat er Schwierigkeiten", murmelte ich nachdenklich.

Darian küsste mich zärtlich, blickte auf die Uhr neben dem Bett und schob die Bettdecke beiseite. Fragend sah ich ihn an. Er lachte. „Worauf wartest du? Ruf ihn an."

„Jetzt? Mitten in der Nacht?"

Er band sein dunkelblondes, schulterlanges Haar mit einem Band im Nacken zu einem Zopf zusammen und stupste sanft meine Nase. „Du vergisst die Zeitverschiebung zwischen London und New York, Schatz. Dort ist es erst kurz vor Mitternacht. Und er wird dir schon nicht den Kopf abreißen, wenn du ihn anrufst, weil du dir Sorgen machst."

Ich überlegte kurz. „Ich müsste Dad aus dem Bett werfen, Darian. Ich habe nur Alistairs Nummer aus der Werkstatt."

„Dann tu das."

„Oder ich nehme die Federn und schaue nach, was genau –"

„Das kommt nicht infrage", schnitt Darian mir das Wort ab, und verblüfft sah ich ihn an. Er sprang aus dem Bett, trat vor mich und legte mir seine Hände auf die Schultern. Dabei ging er leicht in die Hocke und blickte mich sehr ernst an. „Ich werde nicht erlauben, dass du in deinem Zustand die Federn benutzt."

Bestürzt riss ich die Augen auf. „Wie …?"

Ein Lächeln zuckte um seine Mundwinkel. „Glaubst du wirklich, du kannst es vor mir verheimlichen, Faye? Jede Nacht liegst du neben mir, in meinen Armen. Jedes Mal, wenn wir uns lieben, spüre ich, was eigentlich unmöglich ist. Meinst du, ich bemerke nicht, welche Veränderung in deinem Körper vor sich geht?" Bei seinen Worten senkte ich verlegen den Kopf. Er fasste unter mein Kinn und zwang mich, ihn erneut anzusehen. „Wann wolltest du es mir sagen, Faye?"

„Ich weiß es nicht", murmelte ich leise und zwang die Tränen zurück, die langsam in mir aufstiegen. „Ich hatte Angst."

„Vor mir?" Seine offene Entrüstung ließ mich trotz meiner Scham leise auflachen. „Vor dir habe ich keine Angst, Darian. Ich hatte Angst vor deiner Reaktion. Wie du es aufnehmen würdest. Und auch, was sich dadurch verändern wird."

Diesmal lachte er laut und zog mich fest in seine Arme. „Schatz, ich werde Vater. Und das auf eine ganz natürliche Weise. Ohne todbringenden Kuss mit anschließender Verwandlung. Was glaubst du, wie ich darauf reagieren sollte?"

„Aber die Dattel …", brachte ich erstaunt heraus. Immerhin verhinderte dieses mit einem Zauber belegte Dörrobst jegliches Eindringen in mein Denken und Fühlen. Selbst Darian, der mir die Frucht als Liebesbeweis geschenkt hatte, blieb – solange ich sie trug – meine Gedankenwelt versperrt.

„Trägst du sie nachts bei dir?" Er blickte mich an.

Verblüfft starrte ich erst ihn und dann das schrumpelige Kleinod auf dem Nachtisch an. „Seit wann weißt du es?"

Lachend küsste er mich. „Seit der Nacht danach."

„Seit drei Wochen weißt du es?", raunte ich und ging leicht auf Distanz. „Und du hast keinen Ton gesagt?"

„Genau genommen weiß ich es …", sein Blick flog zur Uhr und wieder zurück zu mir, „seit neunzehn Tagen, fünf Stunden und achtundzwanzig Minuten. Die Sekunden habe ich jetzt nicht mitgezählt. Und gesagt habe ich deshalb nichts, weil ich hoffte, dass du es tun würdest."

„Hat sich wohl jetzt erledigt", resümierte ich zerknirscht und schmunzelte kurz darauf, als er sich vorbeugte und einen Kuss auf meinen noch flachen Bauch hauchte. Dann blickte er wieder auf und meinte: „Nun verstehst du auch, warum ich nicht möchte, dass du die Federn weiterhin benutzt. Thalion hat sie dir gegeben, als du in Gefahr warst, als Lagat und seine Anhänger dich bedrohten. Hätte ich damals geahnt, dass du schon schwanger warst, hätte ich deine Beteiligung und den Gebrauch dieser Utensilien niemals erlaubt.“

Was ich geahnt hatte. Deshalb fühlte ich mich ertappt und küsste ihn besänftigend. „Und weil ich das wusste, habe ich geschwiegen.“

„Nun weiß ich es. Und daher möchte ich dich bitten, statt der Federn das Telefon zu benutzen, um mit Alistair in Kontakt zu treten.“ Damit erhob er sich, trat an dic Truhe am Fußende des Bettes, nahm ein graues T-Shirt heraus und warf es mir zu.

Während ich es anzog, streifte er sich selbst ein weißes Hemd und Boxershorts über, und reichte mir einen Slip. Kurz darauf eilten wir halbwegs züchtig bedeckt den Gang entlang und klopften an Dads Zimmertür.

Gestern Abend erst war er von seinem Cottage in den Highlands zurückgekommen, wo er die letzten vierzehn Tage verbracht hatte, um einige Dinge zu regeln – wie er es genannt hatte. Seine zufriedene Miene hatte vermuten lassen, dass er einen Käufer für das Anwesen gefunden hatte und die Summe sich sehen lassen konnte. Nicht noch einmal wollte er seine Brut aus den Augen verlieren, hatte er gesagt.

Ein unfreundliches Murren erklang hinter der Tür, schlurfende Schritte, dann wurde geöffnet. In einem dunkelblauen Pyjama, mit abstehenden Haaren und schlaftrunkenen Augen stand Dad in der Tür. Sein verwirrter Blick wanderte von Darian zu mir und wieder zurück. Er schien eine geraume Weile zu benötigen, bis er uns wahrnahm.

„Ich hoffe, ihr habt einen verdammt guten Grund dafür, dass ihr mich um diese Zeit aus dem Bett trommelt“, brummte er schließlich.

„Faye benötigt die Privatnummer deines Sohnes, Duncan. Sie hat ihn vorhin in einer ihrer Visionen gesehen und möchte sich vergewissern, dass er in Sicherheit ist“, kam Darian mir zuvor.

„Du hast von Alistair geträumt?“ Dads Blick drückte augenblicklich Besorgnis aus. Auch er kannte meine visionären Träume und wusste, dass ich sie niemals ohne Grund bekam. Auf diese Weise hatte ich auch Julies beginnende Verwandlung gesehen, den Tod meiner Schwester jedoch nicht verhindern können. Und gerade hatte ich von meinem acht Jahre älteren Halbbruder aus Dads erster Ehe geträumt. Diesmal würden wir nicht untätig bleiben, sondern frühzeitig etwas unternehmen.

Dad verschwand in seinem Zimmer und kehrte kurz darauf mit einem kleinen Adressbuch in der Hand zurück. Gemeinsam liefen wir ins untere Geschoss des alten Herrenhauses, in dem auch Darians Büro lag. Dort angelangt, klappte mein Vater das Adressbuch auf, drückte auf Laut und wählte die lange Nummer nach Übersee.

Es knackte in der Leitung, eine kurze Pause trat ein, dann vernahmen wir das Rufzeichen, das anzeigte, dass es auf der anderen Seite klingelte. Gebannt starrten wir das Telefon an und ich wurde langsam nervös. Endlich wurde abgenommen.

„Bei McNamara“, erklang eine weibliche Stimme.

„Hier ist Duncan. Kann ich bitte Alistair sprechen?“, fragte Dad sogleich.

„Oh, der ist gerade nicht greifbar“, meinte die Frauenstimme überrascht.

Dad öffnete bereits den Mund, als ich ihm zuvorkam: „Sind Sie Kimberly?“

Für einen Augenblick geschah nichts, nur das Rauschen in der Leitung war zu vernehmen. Schließlich kam die leise Frage: „Wer will das wissen?“

„Ich bin Faye, Alistairs Schwester. Es ist wichtig, dass Sie meinen Bruder ans Telefon holen, Kim.“

Es raschelte am anderen Ende der Leitung, als würde der Hörer zugehalten. Gedämpfte Stimmen drangen bis zu uns durch, dann wurde die Hand weggenommen, und Kim war wieder normal zu verstehen: „Moment bitte, er ist gleich da.“

Der Hörer wurde beiseite gelegt, ich vernahm die leise Frage: „Wieso weiß die, dass ich hier bin?“

Du hast das Mädchen ebenfalls gesehen?, hallte Darians Frage durch meinen Kopf. Ich schickte ihm gedanklich Antwort: *Ja, sie war dabei.*

Dann wurde der Hörer wieder aufgenommen, und eine männliche Stimme erklang: „Faye, verdammt, Kleine. Alles okay bei dir? Warum rufst du mitten in der Nacht hier an? Du hättest doch auch morgen –“

„Wer ist Letavian?“, schnitt ich ihm harsch das Wort ab.

„Woher …?“, tönte Alistairs Stimme aus dem Lautsprecher, und auch Darians Kopf flog zu mir herum. *Letavian?,* echote es in meinen Gedanken, und ich nickte Darian knapp zu. *Ja, kennst du ihn?*

„Wo hast du das denn her?“, kam es mit einem künstlichen Lachen durch die Leitung.

„Letavian ist der Wächter der unheiligen Insignien, junger Mann, und er trägt den Namen eines Warlords Luzifers nicht ganz zu Unrecht“, schaltete Darian sich nun direkt ins Gespräch ein. „Wenn du in sein Visier geraten bist, hast du entweder etwas in deinem Besitz, was unter seine Obhut gestellt wurde, oder du bewegst dich in Interessenbereichen, die sich mit den seinen überschneiden.“

„Wer ist das?“, fragte mein Bruder nun mit deutlich erkennbarer Verblüffung in der Stimme.

„Dein zukünftiger Schwager, Alistair“, gab ich knapp zurück und fühlte sogleich Darians Blick auf mir ruhen. *Du nimmst meinen Heiratsantrag an?*

Ja, was hast du denn gedacht? Dass ich ein so lukratives Angebot ausschlage?

„Angenehm“, murmelte Alistair am anderen Ende der Leitung im gleichen Moment, in dem Darian mich auf den Nacken küsste.

„Wie bist du da hineingeraten, Junge?“, übernahm mein Vater nun das Gespräch, und ich hörte Alistair stutzen: „Du bist auch da, Dad? Habt ihr da gerade so etwas wie ein Familientreffen?“

„Weitläufig betrachtet, ja“, antwortete mein Vater. „Dennoch hätte ich gern eine Antwort. In was bist du da hineingeraten? Und was mich noch mehr interessiert, wie?“

„Es wäre sinnvoller, wenn er in die nächste Maschine nach London steigt und herkommt“, raunte ich meinem Vater zu.

Alistair musste es gehört haben, denn er lehnte sofort ab: „Geht nicht, ich kann die Werkstatt hier derzeit nicht allein lassen. Abgesehen davon habe ich alles im Griff.“

„Wenn dem so wäre, hätte Faye dich nicht gesehen“, brummte Dad unzufrieden ins Telefon.

Sofort klang die Stimme meines Bruders alarmiert. „Gesehen? Wann?"

„Heute Nacht", sagte ich. „Das Mädchen hatte etwas bei sich, das Letavian gerne zurückhaben wollte, dann kamst du dazu und hast ihr geholfen. Seit wann bist du Jäger, Alistair?"

„Woher …? Wie …?" Es war das erste Mal, dass ich meinen Bruder sprachlos erlebte. In Anbetracht der Umstände war es kein Wunder. Ich hätte sicherlich ähnlich reagiert.

„Kannst du wirklich nicht herkommen?", fragte Dad.

„Nein. Ich sagte dir, dass ich die Werkstatt nicht ..."

„In diesem Fall müssen wir eben nach New York reisen", stellte ich fest, und die beiden Männer schauten mich nachdenklich an, während aus dem Lautsprecher ein ungläubiges „Was?" erklang.

Darian nickte schließlich. „Ich habe ein paar alte Kontakte, und es dürfte kein Problem sein, eine adäquate Unterbringung in der Nähe des Central Park zu bekommen."

„Verzeihung", kam es aus der Leitung. „Aber das halte ich für keine gute Idee. Ihr mögt vielleicht eine Ahnung von dem haben, was hier abgeht, aber ..."

„Ich kann mir nur vor Ort ein Bild von den eigentlichen Geschehnissen machen und muss mich auf dieser Seite des Atlantiks auf das Wort deiner Schwester sowie deine Beteuerungen verlassen, junger Mann. Sieh es einem alten Mann nach, dass er sich selbst überzeugen und gleichzeitig seiner zukünftigen Frau einen Gefallen erweisen möchte", meinte Darian gelassen. „Zudem habe ich hier deinen Vater im Nacken sitzen, der ohnehin in die Staaten reisen würde. Mit oder ohne deine Einwilligung."

„Im Nacken sitzen?", echote mein Vater unwillig.

„Okay", hörte ich meinen Bruder sagen. „Also gut. Vermutlich kann ich euch nicht davon abhalten. Wann wollt ihr herkommen?"

Darian blickte zur Wanduhr. „Wenn alles klappt, sind wir heute Abend in New York."

„Gut, ruft mich an, sobald ihr da seid. Dann treffen wir uns und können alles miteinander besprechen."

Wir verabschiedeten uns voneinander und legten auf.

„Dann ist wohl erneut Packen angesagt", meinte Dad. Darian nickte und griff wieder zum Hörer. „Ich mache derweil den Flug klar. Duncan, kannst du bitte Jason informieren, um alles vorzubereiten?"

„Was ist mit Steven?“, erinnerte ich Darian an unseren Dauergast im Keller. Bei unserer mörderischen Auseinandersetzung mit einem verfeindeten Vampirclan war dieser jugendliche Vertreter der beißenden Rasse zwischen die Fronten geraten und hatte uns nachhaltig geholfen, indem er mit einigen Kollegen kurzen Prozess machte. Seither war er bei manchen der Nachtschattengewächse nicht sehr beliebt und zog es aus Sicherheitsgründen vor, bei Clan-Bruder Darian zu logieren.

„Wenn Steven uns begleiten möchte, ist er gern gesehen“, antwortete Darian und warf meinem Vater einen scheelen Seitenblick zu, als dieser murmelte: „Na wenn's sein muss. Er bekommt den Fensterplatz im Flieger.“

Damit machte er sich auf den Weg, um Jason aus dem Bett zu werfen.

Amüsiert verließ ich ebenfalls das Büro und begab mich zurück ins Zimmer, um zu packen. Dad würde es wohl nie lassen können, Steven zu piesacken.

Ich hatte in meinem Leben noch nie viel benötigt und war schnell mit dem Packen einer großen Sporttasche fertig. Ich sah mich noch einmal um und kontrollierte, ob ich nichts vergessen hatte, da blieb mein Blick an dem kleinen Medaillon hängen, das auf dem Nachttisch lag. Es war ein Erbstück meiner Großmutter, die zu meiner Überraschung ebenfalls in diesem Haus gelebt hatte und von Darian ausgebildet worden war, bis sie es verlassen und eine Familie gegründet hatte. Niemals hätte ich gedacht, dass ich einmal in ihre Fußstapfen treten würde. Und niemals hätte ich es für möglich gehalten, mich hier verlieben zu können. Doch im Gegensatz zu meiner Großmutter hatte ich den Kampf aufgenommen, um die Liebe gekämpft und gewonnen. Das Resultat trug ich unter dem Herzen.

Versonnen lächelnd nahm ich das Medaillon in die Hand und betrachtete es. Ich hatte es öffnen wollen, wenn alles hinter mir lag; wenn ich sicher sein konnte, dass Darian und ich Ruhe haben würden und diese ganze Vampir-Meuchelei ein Ende hatte. Doch ahnte ich, dass bis zur Erfüllung dieses Wunsches noch einige Zeit verstreichen würde.

Einmal noch atmete ich tief durch, dann klappte ich das Medaillon auf. Ich hatte mit allem gerechnet, einem Zettel, einer Locke, sogar einem Bild, aber nie mit dem, was mir entgegenkam. Ein

Geräusch, wie ein Flüstern, gelangte an meine Ohren und wirbelte spiralförmig mehrmals um meinen gesamten Oberkörper, bis es im Nichts verpuffte. Verblüfft starrte ich auf das geöffnete Medaillon. Unterlag ich einer Sinnestäuschung? Verunsichert schloss ich es und öffnete es erneut. Abermals dieses Flüstern, das mich umschloss und verhallte. Sie können sich meine Verwirrung sicherlich vorstellen. Noch dreimal musste ich den Vorgang wiederholen, bis ich endlich verstand, was geflüstert wurde. Und es überraschte mich mehr, als ich für möglich gehalten hätte.

Schnell zog ich mir eine Jeans über, die ich nur geschlossen bekam, indem ich mich aufs Bett legte. Auf die Suche nach Steven begab ich mich in den Keller. Erst die Pflicht, dann die Kür.

„New York?“ Er kratzte sich an seinem dunkelbraunen Lockenkopf. Für einen Moment sah er mich nachdenklich an und zuckte dann mit den Achseln. „Klar, warum eigentlich nicht. Nachdem die *Naridatha-Brut* hier einen auf den Deckel bekommen hat, ist es langweilig geworden. Und in die Staaten wollte ich immer schon mal.“ Steven war schon wieder halb im Raum, als er innehielt. „Wann soll's überhaupt losgehen?“

„Darian wollte schnellstmöglich einen Flug organisieren.“

Steven nickte lapidar. „Okay, ich bin in ein paar Minuten fertig. Kann echt froh sein, dass meine Verabredung mit der Dominabraut geplatzt ist.“ Mit diesen letzen, gemurmelten Worten fiel hinter ihm die Tür ins Schloss.

Dominabraut? Mit großen Augen starrte ich die verschlossene Tür an. War die Erwähnte eventuell jene Dame gewesen, die Steven vor drei Nächten dezent lädiert vor unserer Tür abgeladen hatte? Nun verstand ich, warum Thalion während der Behandlung von Stevens Nahkampfverwundungen etwas von Liebes- und Straßenverkehr sowie der Kollision von einem Fahrrad mit einem Panzer gemurmelt hatte.

In mich hineinlächelnd wandte ich mich um, eilte hinauf und in die Kapelle. Bestimmt war noch keiner der Herren auf die Idee gekommen, Thalion zu informieren, der vor vielen Jahren in einer kleinen Höhle unter der Kapelle Zuflucht gesucht hatte. Abgesehen davon machte das Medaillon diesen Besuch äußerst dringlich. So war er von meinem Besuch, obwohl er mich schon von weitem gefühlt hatte, recht überrascht.

„New York?“, echote Thalion, nachdem ich auch ihm einen kurzen Bericht abgeliefert hatte. Dann klappte er die Kapuze seiner dunkelbraunen Mönchskutte zurück und schüttelte den Kopf. „Nein, ich wäre euch in einer gewalttätigen Stadt wie dieser kaum von Nutzen, Kind.“

Da sich sein Clan der Gewaltlosigkeit verschrieben hatte, um den Zustand des Gleichgewichts zwischen der dunklen und hellen Seite in sich selbst zu erreichen, unternahmen sie auch nichts, um sich selbst zu schützen. Diese Philosophie hatte Thalion vor Wochen in die Hände eines verfeindeten Clans geführt, der ihn wiederum als Druckmittel gegen Darian eingesetzt hatte. Auch wenn Thalions Clan keinerlei Gewalt anwendete, war es ihm doch möglich, seine Fähigkeiten und Kenntnisse als Heiler zum Guten einzusetzen. So hatte Thalion mich gelehrt, meine Gedanken gegen fremde Übergriffe abzuschirmen und diese Fähigkeit umzukehren. Er hatte mir die magisch veränderten Federn zukommen lassen, die zum einen wie der Schlüssel für ein Portal wirkten und mich dort hinbringen konnten, woran ich intensiv dachte, und mir zum anderen Bilder und Personen zeigten, ohne dass ich dabei selbst entdeckt wurde. Diese beiden Federn waren es – eine schwarze und eine weiße – die bei Thalions Rettung den entscheidenden Ausschlag gegeben hatten. Ferner hatte er mir zwei Rosen geschickt, ebenfalls eine fast schwarze und eine weiße, die für beinahe jeden Vampir eine tödliche Wirkung hatten, wenn er mit ihnen in Berührung kam. Diese Rosen geruhten der Existenz des damaligen Prinzen Naridatha ein abruptes Ende zu setzten. Das Erstaunliche an diesen Rosen war, dass sie trotz all der langen Zeit, die sie in der schmalen Schachtel lagen, weiterhin frisch blieben und nicht verwelkten.

Wie unschwer festzustellen ist, gehört Thalion zu einer Gruppe von Vampiren, die keiner Fliege etwas zuleide tun – jedenfalls nicht direkt. Sie setzen ihre Fähigkeiten indirekt ein, indem sie über Dritte oder gar Vierte ihr Ziel dennoch erreichen. Wird einer von ihnen geschlagen, steckt er diesen Schlag ohne zu zögern ein, hat aber auch nichts dagegen einzuwenden, wenn ein anderer für ihn den Schläger anschließend ordentlich verdrischt. Das ist doch eine recht interessante Variante von Neutralität, nicht wahr?

„Bist du sicher, dass du hierbleiben möchtest?“, fragte ich abermals und erhielt ein Nicken. „Ja, Faye. Darian wird in der Zeit seiner Abwesenheit jemanden brauchen, der das Anwesen überwacht, da er sicherlich gedenkt, Jason mitzunehmen." Als ich ihn bestätigend ansah, fügte er hinzu: „Unter den gegebenen Umständen ist es sinnvoller, wenn das Haus nicht leer steht."

„Und wie willst du das aus deinem Kellergewölbe heraus anstellen?", hakte ich verwundert nach. „Wenn du hier hockst, bemerkst du kaum, wenn jemand zur Vordertür reinkommt. Immerhin liegt diese Kapelle im hinteren Teil des Hauses."

„Du vergisst, dass wir die Anwesenheit anderer fühlen können, Faye", meinte er sichtlich amüsiert. „Und woher willst du wissen, dass ich mich die ganze Zeit hier unten aufhalten werde?"

Vergessen hatte ich diese typische Vampirfähigkeit nicht, aber ich dachte nicht immer daran. Auch hätte ich damit rechnen können, dass Thalion nicht die ganze Zeit in diesem Gemäuer hocken würde. Hier bekam jeder auf Dauer Depressionen.

Thalion lächelte wissend, erhob sich aus seinem typischen Lotussitz am Boden und trat auf mich zu. Seine Hand fuhr mir kurz über die Wange, dann küsste er mich überraschenderweise sanft aufs Haar. „Geh nun, Kind. Er sucht dich bereits. Und Faye ..." Er sah mich mit sehr weichem Blick an. „Es ist gut, dass du es ihm gesagt hast."

Instinktiv fasste ich nach meinen Bauch, und ich hörte Thalion leise lachen. *Hast du geglaubt, es ihm lange verheimlichen zu können, Kind?*

„Diese Fähigkeit", brummte ich missmutig, „finde ich von allen am unfairsten."

„Diese Fähigkeit", erwiderte Thalion lächelnd, „kann dich vor Schaden bewahren."

„Ich vermute fast, sie wird mich vor noch viel mehr bewahren. Vermutlich auch davor, meinem Bruder zu helfen."

Wieder lachte er leise. „Darian ist besorgt um dich und das Ungeborene, Faye. Aber er ist nicht dumm. Du wirst ihm vertrauen müssen."

Mein verdrossener Blick streifte sein Gesicht, und für einen Moment blieb er an Thalions beinahe unsichtbarem, drittem Auge auf seiner Stirn hängen. „Ich liebe es, wenn du in Rätseln sprichst, Thalion. Wäre es zuviel verlangt, mich an deiner Weitsicht teilhaben zu lassen?"

„Ja."

Ich knirschte mit den Zähnen. Das war doch wieder klar. *Frage nie, wenn du die Antwort ohnehin schon kennst.*

„So ist es", hörte ich ihn sagen und betrachtete ihn zerknirscht. „Schon gut, doch bevor ich gehe, um Darian die Suche nach mir zu verkürzen, möchte ich dir das hier geben. Ich vermute, es ist deins." Mit diesen Worten ließ ich dem verblüfften Vampir das Medaillon in die offene Hand fallen.

„Du hast es geöffnet?", fragte er und wandte dabei den Blick nicht einmal von dem Kleinod ab.

„Ja. Sonst hätte ich niemals gewusst, dass du es meiner Großmutter gegeben hast, als sie dich verließ. Schade nur, dass du dein Versprechen ihr gegenüber nicht eingehalten hast, Thalion." Meine Stimme war eine Spur härter als beabsichtigt.

Nun blickte er auf, mich direkt an, und in seinen Augen spiegelte sich eine Trauer, die ich zuvor nur einmal bei ihm bemerkt hatte. Schon bereute ich meine Worte, da nickte er zustimmend. „Du hast Recht, Faye. Ich habe Brianna darum betrogen. Ich konnte nicht anders." Er stockte, schaute zu Boden und dann wieder mich an. „Ich konnte es nicht ertragen, sie in den Armen eines anderen Mannes zu sehen."

„Warum hast du nicht um sie gekämpft, Thalion?" Milde sah ich ihn an. Ich verstand, was in ihm vorging, denn er hatte es mir schon einmal erklärt. Und doch war es für mich unbegreiflich, jemanden gehen zu lassen, den man liebt. Kampflos.

Er schüttelte langsam den Kopf, nahm das Medaillon in die Faust und hielt es sich vor die Brust. „Sie hatte etwas Besseres als mich verdient, Faye. Wäre sie bei mir geblieben, gäbe es weder deinen Vater noch dich. Es war notwendig, dass sie ging. Die Reihe durfte nicht unterbrochen werden."

Ich schnaufte undamenhaft. „Wie selbstlos, Thalion. Und so idiotisch obendrein. Nachdem mein Großvater gestorben war, hättest du jederzeit meine Großmutter umwerben können. Die Kinder waren auf der Welt, sie war frei und hat nur darauf gewartet, dass du kommst."

„Ich war da", vernahm ich leise.

„Was?"

„Ich war bei ihr, Faye." Er sah mich traurig an. „Jede Nacht stand ich im Garten und beobachtete sie durch die Fenster. Und ich weiß, dass sie mich suchte."

„Und du Trottel hast dich ihr nicht gezeigt?", rutschte es mir

wachung wird nötig sein?“

Für einen Augenblick wirkte er nachdenklich, dann überspielte er es mit einem Lachen und gab mir einen Kuss. „Mach dir deswegen keine Gedanken, Liebes. Hier wird nichts Unerwartetes geschehen.“

Vor Monaten noch hätte diese Aussage mich geängstigt, inzwischen aber kannte ich Darian und seine vampirischen Fähigkeiten gut genug, um zu ahnen, was sein kurzes Zögern zu bedeuten hatte. „Wen hast du gerade kontaktiert, um das *Unerwartete* gegebenenfalls abzuwenden, Schatz?“

Sein Lachen war herzlich, und der Blick seiner graublauen Augen wärmte meine Seele, als er sich zu mir beugte und flüsterte: „Gibt es irgendetwas, was diese wunderschöne Frau an meiner Seite nicht mitbekommt?“

„Nur noch sehr wenig“, gab ich ebenso leise zurück und erhielt einen weiteren Kuss. Mir war danach, mich in seine Arme zu schmiegen, doch ließ sein herumirrender Blick erahnen, dass er mit dem Zusammenpacken noch nicht ganz fertig war.

„Was fehlt denn noch?“

„Das hier“, sagte er, als er bereits einen Mechanismus an der Bücherwand betätigte, von dessen Existenz ich keinerlei Ahnung gehabt hatte. Ein schmaler Teil des bis zur Decke reichenden Regals schwang beiseite, und ich pfiff anerkennend, als sich dahinter eine schmale Einkerbung offenbarte. Darian griff hinein und holte einen in Öltücher eingeschlagenen, langen Gegenstand hervor. Das alte japanische Schwert. Hier also hatte er es versteckt.

„Du nimmst es mit?“

„Selbstverständlich.“

„Und der Zoll?“, erinnerte ich ihn unnötigerweise an die Einreisebestimmungen. „Wie willst du ein so auffälliges Schwert durch die Kontrollen bekommen?“

„Darüber mach dir keine Gedanken. Wer sagt denn, dass sie mich kontrollieren werden?“

Nun wurden meine Augen kugelrund. „Hast du einen Diplomatenpass?“

„Falls der schwedische Diplomatenausweis eines Eric Lindström von 1928 noch gültig ist, dann schon.“ Darian zwinkerte mir zu. „Sei unbesorgt, ich habe Mittel und Wege, gewisse Unannehmlichkeiten zu umgehen.“

Ich nickte nur. Mit einer solchen Antwort hatte ich gerechnet. Dennoch war mir nicht klar, wie er es fertig bringen wollte, vollkommen unsichtbar einen ganzen Atlantikflug hinter sich zu bringen, der mehrere Stunden dauern würde. Ich wusste, dass er sich so verhüllen konnte, dass kein normales menschliches Auge ihn bemerkte. Aber über Stunden? In einer vielleicht sogar vollbesetzten Linienmaschine? Stehend? Oder in der Gepäckabteilung?

„Es ist doch immer wieder erstaunlich, wie sehr du dein hübsches Köpfchen wegen meiner Angelegenheiten bemühst", vernahm ich Darians amüsierte Stimme und fühlte, wie er seinen Arm um meine Taille legte. Sachte drehte er mich zu sich herum, blickte auf mich herab und fuhr mir mit einem Finger sanft über die gefurchte Stirn, um meine Denkfalten zu glätten. „Sei versichert, mein Augenstern, dass ich dich nicht eine Sekunde aus den Augen lassen werde."

Ich erschauderte leicht unter seinem Blick und rang mir ein leicht zittriges Lächeln ab. „Versprechen oder Drohung?"

Er erwiderte mein Lächeln, doch war es keineswegs so zärtlich gemeint, wie ein Außenstehender es vermutlich empfunden hätte. Nur ich sah das leichte Aufblitzen seiner scharfen Reißzähne und das zeitgleiche Flackern seiner Augen, als er sagte: „Beides, Liebes."

Natürlich hatte ich mit dieser Antwort gerechnet, hatte er sie mir doch in einer ähnlichen Situation schon einmal gegeben. Eigentlich hätte ich mir die Frage auch verkneifen können – wäre da nicht die innere Hoffnung, dass sich etwas geändert haben könnte.

Ich war mir nicht sicher, ob mir diese Aussichten wirklich gefielen. Allein der Gedanke, nicht einmal ungestört eine geflieste Abteilung frequentieren zu können, war wenig erquickend. Ich hörte ihn leise lachen und legte den Kopf schief, sah ihn zweifelnd an. „Lässt die Wirkung der Dattel etwa nach?"

„Die Wirkung dieser hier nicht", meinte er mit amüsiertem Unterton und hielt sie in ausgestreckter Hand unter meine Nase. Ein leichtes Lächeln zuckte um seine Mundwinkel und wurde wegen meiner finsteren Miene noch eine Spur breiter. Jetzt erst ging mir auf, dass auch Thalion in aller Ruhe meine Gedanken hatte lesen können. Diese Art der Gesprächsführung war mir inzwischen dermaßen vertraut, dass ich kaum mehr darüber nachdachte. Doch mir wurde bewusst, dass es so normalerweise gar nicht hätte funktionieren dürfen.

Ich spürte, wie es sehr langsam in mir hochkochte. Da beugte Darian sich zu mir herunter, küsste mich und legte mir die richtige Dattel in die Hand. „Entschuldige, ich konnte nicht anders."

Verärgert starrte ich auf das Trockenobst. „Du Lump hast die Dattel ausgetauscht?"

„Vor längerem schon, ja." Er sah meinem Ärger gelassen entgegen und lächelte besänftigend. „In diesem Haus, Faye, und im Besonderen bei mir, ist dieser Schutz unnötig. Du hast sie getragen, weil du dein Geheimnis vor mir bewahren wolltest. Ein Geheimnis, das mich genauso betrifft wie dich und das ich längst kenne. Ich wollte dir die Chance einräumen, es mir zu erzählen, habe jeden Tag darauf gewartet und jeden Tag deinen inneren Zwist erlebt. Und ich habe mich immer wieder gefragt, warum du mir nicht vertraust."

Mein Ärger war wie eine Seifenblase zerplatzt und tiefer Verlegenheit gewichen. Ich blickte zu Boden und kämpfte mit den Tränen, die langsam in mir aufstiegen. Schließlich brachte ich heraus: „Ich war zu feige, Darian."

„Ich weiß."

„Trotzdem ist es ziemlich unfair, dass du die Dattel ausgetauscht hast", begehrte ich auf, verletzt und zudem etwas eingeschnappt.

Sichtlich erstaunt wanderte eine Braue in die Höhe. „Du misstraust mir und vertraust gleichzeitig darauf, dass ich dir vertraue?"

Na toll, so betrachtet war das ein Widerspruch in sich. Abermals senkte ich ertappt den Kopf. *Nicht sehr geschickt von dir, Faye!*

„Fürwahr nicht", sagte er leise, legte einen Finger unter mein Kinn und zwang mich, ihn anzusehen. „Frieden?"

„Waffenstillstand", gab ich mürrisch zurück und erntete ein leises Lachen. Ihm war klar, dass ich mir eine geeignete Retourkutsche überlegen würde.

„Hast du alles gepackt, was du mitnehmen möchtest?", wechselte Darian das Thema und brachte mich zurück zu unserem Anliegen. So nickte ich.

Da ich es mir in meiner Zeit als freie Fotografin angewöhnt hatte, nur mit kleinem Gepäck zu reisen, falls es mich in den Dschungel oder ein Kriegsgebiet verschlagen würde, hatte ich auch heute lediglich eine Sporttasche voll mit dem Nötigsten an Unterwäsche, Ober- und Unterbekleidung, einer Kombination für elegantere Anlässe sowie festem Schuhwerk gepackt. Einzig und allein mein geliebter hellgrauer Jogginganzug nebst Laufschuhen durfte nicht fehlen. Wobei ich mir inzwischen ernsthaft die Frage stellte, wie lange ich ihn noch nutzen konnte und ab wann ich mich, einer dicken Murmel gleich, darin einrollen und der Unbeweglichkeit frönen würde. Allein der Gedanke daran verursachte mir Sodbrennen.

„Woran denkst du?“, vernahm ich Darians Frage.

Erstaunt zog ich eine Braue hoch. „Warum fragst du, wenn du Gedanken lesen kannst?“

„Dass ich es kann, Liebes, ist nicht gleichbedeutend damit, dass ich es ständig tue. Es sei denn, du drängst es regelrecht auf, indem du ...“

„... schreist. Schon klar“, schnitt ich ihm abwinkend das Wort ab. „Ich habe gerade überlegt, ab wann unser Untermieter so viel Platz einnehmen wird, dass ich mich kaum mehr bewegen kann. Inzwischen kneifen die Hosen doch schon etwas.“

Für einen Augenblick wirkte Darian irritiert, dann aber strahlte er über das ganze Gesicht und legte eine Hand sanft auf meinen Bauch. „Dieses kleine Wunder wird dir genug Spielraum lassen, dass du es jederzeit vom Bett zum Kühlschrank und wieder zurück schaffen wirst.“

„Sehr umsichtig“, brummte ich missmutig und musste dennoch lachen. „Du bist unmöglich, weißt du das?“

„Weil ich dir deinen schlimmsten Albtraum aufzeige?“

„Weil du mir bestätigst, dass ich kugelrund sein werde.“

„Was durchaus natürlich ist und dich nicht weniger liebenswert macht“, erwiderte er ungerührt und schob mich mit einem Klaps zur Tür. „Und nun beweg dich, bevor wir unseren Flug verpassen und du tatsächlich nicht mehr vorankommst, weil du auf wundersame Weise aus dem Leim gegangen bist.“

Wer solche Freunde hat, braucht keine Feinde mehr! Grimmig verließ ich die Bibliothek. Sein amüsiertes Lachen folgte mir in den Gang hinaus.

Wer kennt nicht das Gefühl von Wehmut, das einen beim Rückblick auf einen Lebensabschnitt befällt, egal wie kurz dieser auch gewesen sein mag? Da zieht sich das Herz ein wenig zusammen, der Mund wird trocken, und die Augen im Gegenzug leicht feucht.

Zeitgleich rauschen Erinnerungen durch den Sinn, die man fast schon vergessen geglaubt hat.

So genau erging es mir, als ich aus dem Fenster des Bentley blickte und einen letzten Blick die Allee entlang auf das stattliche, alte Herrenhaus erhaschte, in dem ich die letzten Monate verbracht hatte und das mir wie eine uneinnehmbare Festung erschienen war. Nur noch kurz sah ich Eileen uns von der obersten Stufe der Steintreppe aus nachwinken, dann bog der Wagen in das Waldstück ein, das das ganze Anwesen umgab, und das Haus verschwand hinter den Bäumen.

Als ich das erste Mal meinen Fuß auf diesen Boden gesetzt hatte, war es Frühling gewesen. Die Natur hatte gerade erst ihr neues Kleid angelegt, frische Farben aufgetragen und sich mit allerlei Blumen, Blüten und Knospen geschmückt. Der Geruch der Erneuerung hatte in der Luft gelegen. Nun hatten sich die ersten Blätter verfärbt, und aus dem hellen und satten Grün war abermals eine Farbenpracht entstanden, die ich erst jetzt richtig wahrnahm. Somit auch die Zeit, die verstrichen war.

So viel hatte sich verändert, nicht nur die Natur. Auch ich war nicht mehr dieselbe. War ich anfangs nur auf meinen Job fixiert gewesen und recht blind durch das Weltgeschehen gestolpert, wurden mir dann die Augen auf eine Weise geöffnet, die ich nie für möglich gehalten hätte. Für die Vorstellung, es gäbe Vampire, hätte ich vor Monaten nur ein müdes Lächeln übrig gehabt. Ich hatte sie für Hirngespinste und übersteigerte Fantasien gehalten und ihre Existenz vehement abgestritten. Dann durfte ich feststellen, dass mein Vater sich in dieser für mich anfangs irrealen Welt so natürlich bewegte wie jemand, der in einer Snack-Bar einen Hot Dog mit Cola kauft. Ich hatte eine Einführung in diese Welt bekommen, die an ein militärisches Ausbildungslager erinnerte, hatte mich mit Wesen jener Schattenwelt angelegt und gut Federn lassen müssen – und ich hatte es überlebt.

Inzwischen saß ich zusammen mit meinem Dad und einem durch und durch britischen Butler, dessen trockene Art selbst das Amazonasgebiet in eine Wüste verwandeln könnte, neben zweien von diesen Hirngespinsten in einem Bentley mit abgedunkelten Scheiben. Ich liebte eines von ihnen so sehr, dass ich mein Leben für es riskieren würde, und trug zudem unser gemeinsames Kind unter meinem Herzen. Und ganz nebenbei fuhr ich einer Zukunft entgegen, von der ich ahnte, dass sie mich vermutlich mit mehr Übernatürlichkeiten konfrontieren würde, als ich mir derzeit ausmalen konnte. Doch inzwischen bewegte ich mich in dieser für viele Menschen surrealen Welt mit absoluter Selbstverständlichkeit und war gerade auf dem Weg, meinen in diese schrägen Geschehnisse irgendwie verwickelten Bruder zu retten, als wollte ich nun ebenfalls einen Hot Dog mit Cola bestellen. Und das im *Big Apple*.

Ich war mir nicht sicher, ob ich mich auf das Zusammentreffen mit meinem Bruder freuen oder es fürchten sollte. Dad zumindest schien nichts eiliger zu haben, als nach New York zu kommen. Obwohl er vor mir saß und schweigend Darians rasanten Fahrstil über sich ergehen ließ, was an ein Wunder grenzte, ließ der Blick auf seinen Hinterkopf erahnen, unter welcher Spannung er stand. Auch ich kam nicht umhin, meinen aufsteigenden Sorgen Beachtung zu schenken.

Es lag erst wenige Monate zurück, dass wir meine Schwester Julie durch einen Vampir verloren hatten. Er hatte sie verwandelt, und uns war nichts anderes übrig geblieben als das, was aus Julie geworden war, zu vernichten. Später hatte ich erfahren, dass Dads erste Frau auf die gleiche Weise ums Leben gekommen war und er uns vor dieser Wahrheit hatte schützen wollen, indem er vorgab, sie hätte ihn verlassen und wäre irgendwann verstorben. Ich trug ihm diese Lüge nicht nach, denn vermutlich hätte ich ebenso gehandelt. So war es nur die logische Konsequenz, dass wir Julies Ableben verschleierten und mit einem fiktiven Autounfall kaschierten, damit ihre plötzliche Abwesenheit keinerlei weitere Fragen aufwarf. Inzwischen waren die Akten geschlossen worden, da sich natürlich kein Schuldiger hatte finden lassen.

Dad sprach nicht weiter über Julies Tod, und auch ich mied das Thema. Wir waren stillschweigend übereingekommen, ihn als gegeben hinzunehmen und nicht weiter in dieser Wunde zu stochern, zumal wir ihn nicht hatten verhindern können. Vielleicht wäre es gelungen, wenn ich zu dem Zeitpunkt schon den Wissensstand von heute gehabt hätte. Doch die Zeit ließ sich nicht anhalten oder zurückdrehen. Julie würde nicht zurückkommen. Sie war tot. Und nun hatte ich meinen Bruder gesehen. Er hatte etwas mit diesem unschönen Kapitel unserer Familiengeschichte zu tun. Wenn wir schon nicht die Toten zurückholen konnten, dann sollten wir zumindest die Lebenden schützen.

Mein Blick blieb an Darians Hinterkopf hängen. Noch immer war er mir in vielen Dingen ein Rätsel, obwohl ich inzwischen eine Menge von ihm wusste. Fest stand, dass er sehr alt war, aber wie ein Mittdreißiger wirkte, da er zum Zeitpunkt seiner Verwandlung in diesem Alter gewesen war. Wie alt er tatsächlich war, hatte ich bislang nicht in Erfahrung bringen können. Darian schwieg sich dazu aus. Doch hatte ich erfahren, dass er zur Zeit der Kreuzzüge einigen katholischen Priestern ins Netz gegangen war, die an ihm eine Art Teufelsaustreibung hatten vornehmen wollen, was irgendwie in die Hose gegangen war. Die Austreibung war nur zur Hälfte vollzogen worden, was zwar die lichte Seite seines Ichs zurückbrachte, die dunkle Seite jedoch nicht vernichtete. Soweit ich später herausgefunden hatte, war die „himmlische Fügung" daran nicht ganz unbeteiligt gewesen. Letzten Endes hatten die erwähnten Priester ein sonnenresistentes Wesen der Nacht mit einem Gewissen erschaffen. So ganz und gar nicht das, was sie bezweckt hatten. Diese Erkenntnis hatten sie mit ihrem Leben bezahlt. In dieser Zeit war Darian auf Thalion gestoßen, hatte viel von ihm gelernt und war zu einem Wesen geworden, dessen Vorstellungen von Moral und Anstand viel strikter waren als die der meisten Menschen. Dennoch besaß er weiterhin alle Fähigkeiten eines Vampirs seines Clans sowie jene, die er in all den Jahren seiner Existenz bereits absorbiert hatte. Er trug die Stärken beider Seiten in sich, hatte jedoch keine der Schwächen übernommen. Das ließ ihn einzigartig und gleichzeitig sehr kostbar für die helle als auch die dunkle Seite werden.

Darian beschützte mich, ließ mir inzwischen jedoch genug Freiraum, auch für mich zu sein. Obwohl ich mir gut vorstellen konnte, dass er sehr wohl ein permanentes Auge auf mich hatte, allein schon der Schwangerschaft wegen. Meine Hand fuhr unwillkürlich über meinen Unterbauch. Hormonelle Schwankungen bewirkten, dass ich oftmals etwas gereizt war. Und auch hier ging der Punkt an Darian. Er ertrug meine Launen mit stoischer Ruhe. Überhaupt schien er sehr selten die Fassung zu verlieren. Eigentlich hatte ich in unserer gemeinsamen Zeit erst einmal erlebt, dass seine Fassade brüchig geworden war. Damals hatte er entdeckt, dass ich mich in ihn verliebt hatte. Er hatte regelrecht geschockt gewirkt, sich aber schnell wieder gefangen und war zu mir auf

Distanz gegangen.

Verstohlen lächelte ich in mich hinein, als ich mich daran erinnerte, wie und auf welche Weise ich um seine Liebe gekämpft und am Ende gewonnen hatte. Dennoch wirkte er ab und an leicht erstaunt, dass ich ein solches Gefühl für ihn entwickelt hatte, obwohl ich grob wusste, was er einmal gewesen war und was davon noch in ihm schlummerte. Ja, manchmal fühlte ich die Bestie seiner Vergangenheit in ihm toben, kratzte sie an der Oberfläche seines Seins und verlangte ihre Freiheit und Entfesselung, ließ den reinen Vampir in ihm in seinem ganzen Ausmaß erahnen. Ich wusste, dass Darian sie in Schach hielt, auch wenn es Momente gab, in denen es ihm Mühe bereitete. Selbst diese wenigen Momente reichten vollkommen aus, um zu erahnen, was da in ihm wütete. Und sollte es eines Tages doch hervorbrechen, hoffte ich, dass es nicht mich treffen und ich sehr weit fort sein würde.

Nachdenklich sah ich aus dem Fenster. Die Landschaft flog einem verwischten Ölbild gleich an mir vorbei. Für wenige Augenblicke konnte ich einen Baum, einen Strauch fokussieren, bis dieser meinem Blick wieder entschwand. Dann sah ich Jasons Gesicht im Spiegel der Scheibe. Ich wusste, dass Jason sich sehr ungern von seiner Frau Eileen trennte, die für das komplette Haus und das leibliche Wohl aller dort lebenden Personen – einschließlich derer, die nicht mehr lebten – verantwortlich war. Da ich jedoch Jasons Geschichte kannte – Darian hatte ihn als Baby in einer Gasse gefunden, neben sich die ermordete Mutter, hatte ihn mitgenommen und aufgezogen – war mir klar, dass Jason Darian stets begleiten würde, wohin auch immer. Und ich hoffte inständig für Jason, dass Eileen mit dem Schiff nachkommen würde, denn wer diese beiden Menschen miteinander gesehen hatte, dem war offensichtlich, dass sie zusammengehörten. Auch wenn ich mir Jason mit seiner Frau turtelnd so gar nicht vorstellen konnte.

Der letzte im Bunde war Steven, ein jüngerer Vampir, der vermutlich hauptsächlich aufgrund seiner Clansloyalität zu Darian lieber in einen sauren Apfel statt in die nächstbesten Lebenden biss. Steven Montgomery hatte keinerlei Skrupel, einen Menschen oder anderen Vampir zu töten, wenn dieser ihm und seinen Interessen im Weg stand. In ihm offenbarte sich die ursprüngliche Natur eines Vampirs – die perfekte Tötungsmaschine ohne Gewissen und Moral. Und doch bezwang er diesen Drang in sich, unterwarf sich Darians auferlegten Regeln und mäßigte seine Mordlust auf ein Minimum. Nur manchmal brach es hervor, konnte Steven sich nicht ganz beherrschen. So war es bereits vorgekommen, dass er sich gelegentlich verschluckte, wenn sich sein Happen als zu groß erwies. Ich würde ihn daher als durchaus verfressen bezeichnen.

Ich schaute an Jason vorbei zu ihm hinüber. Steven sah ebenfalls aus dem Fenster, und ich konnte seine ansteigenden Sorgen bezüglich des langsam anbrechenden Tages fast spüren. Wir hatten einander an dem Abend aufgegabelt, als Darian und mir eine Falle gestellt werden sollte. Darian war von mir fortgelockt worden, und Steven hatte mich im Auftrag des verfeindeten Clans gefangen nehmen sollen. Letztlich war es genau umgekehrt gelaufen. Stevens Mitgliedschaft in unserer recht illustren Truppe war eine logische Konsequenz, da er aufgrund seines Versagens auf der Todesliste einiger Clans gelandet war und es sich in einer Gemeinschaft bekanntlich eher überlebt. Ehrlich gesagt konnte ich mir Stevens Fehlen auch nicht mehr vorstellen. An wem sonst sollte mein Vater sich abreagieren, wenn er schlechte Laune hatte? Es stellte sich niemand anderes freiwillig zur Verfügung, und Steven schien es ein merkwürdiges Vergnügen zu bereiten, meinem Vater Paroli zu bieten.

Ich drehte den Kopf wieder nach vorn und sah in der Ferne schon die ersten Außenbezirke Londons im Dämmerlicht des Morgens auftauchen. Darians und mein Blick begegneten sich, als er über seine Schulter zurücksah. Ich schickte ihm ein Lächeln. Dann zuckte ich zusammen, als das Handy meines Vaters zu klingeln begann. Warum nur musste er diesen grässlichen Klingelton mit dem Sound eines vorbeirasenden Rennwagens so laut stellen? Und wer rief um diese Zeit bei ihm an?

Hektisch kramte er es aus seiner Hosentasche hervor und klappte es auf. „Ja? Wieso rufst du um diese Zeit an?“ Kurze Pause, er lauschte. Ich ebenfalls. Dann lachte er gekünstelt. „Aber nein, meine Liebe. Mach dir bitte keine Sorgen, es ist alles in bester Ordnung. … Was? ... Nein, im Wagen. ... Ja. ... Brauchst du wirklich nicht zu tun. ... Nein, vertraue mir. ... Bitte? … Ja, sie ist dabei.“

Inzwischen berührten meine hochgezogenen Brauen fast meinen Haaransatz. *Meine Liebe? Keine Sorgen machen?* Mit wem telefonierte er um diese Zeit?

„Grüß sie bitte von mir, Duncan“, stachelte Darian unwissentlich meine Neugier weiter an, und Dad nickte. „Ich soll dir von meinem zukünftigen Schwiegersohn Grüße ausrichten. ... Ja, sie hat endlich angenommen. … Warum meinst du, es wurde ja auch Zeit?“

Ich rückte weiter nach vorn, um unauffällig einen Blick auf die Nummer zu erhaschen. Doch Dad hatte den Hörer derart dicht am Ohr, dass weder etwas zu verstehen noch zu lesen war. Hatte er eine Freundin? In seinem Alter? Ich ertappte mich dabei, dass ich mir das nun gar nicht vorstellen konnte. Und ich schämte mich sofort deswegen.

„Lass uns später reden. Ich rufe dich an. … Ja, versprochen.“ Damit legte er auf und steckte, ohne dass ich eine Nummer erkennen konnte, das Handy zurück in seine Tasche. Da bemerkte er meinen fragenden Blick und zog seinerseits die Brauen hoch. „Ist etwas?“

„Nein.“ Ich schützte Ahnungslosigkeit vor. „Was soll schon sein?“

„Sie will wissen, mit wem du gerade geturtelt hast“, übernahm Steven den erklärenden Part, ohne dabei den Blick vom Fenster zu nehmen.

„Ich habe nicht geturtelt, junger Mann“, erwiderte Dad brummig, fuhr sich mit einer Hand durchs rostrote Haar und fügte schließlich fester hinzu: „Außerdem geht es euch nichts an.“

Mein Mund öffnete sich bereits zu einer entsprechenden Erwiderung, als Darians nächste Worte mich innehalten ließen: „Dein Privatleben ist allein deine Sache, Duncan. Wenn du etwas mitteilen möchtest, dann tu es. Aber niemand von uns wird seine Nase in Dinge stecken, die ihn nicht das Geringste angehen.“

Diese Warnung war mehr als deutlich, und ich interpretierte sie als gezielten Schuss in meine Richtung. So kniff ich nur kurz die Lippen zusammen und blickte bemüht desinteressiert wieder aus dem Fenster. Und trotzdem kam ich nicht umhin, den Rest der Fahrt darüber nachzudenken, welches weibliche Wesen mein Vater da am Telefon gehabt hatte. Immerhin war er mein Dad, und da wollte ich schon gern wissen, mit wem er sich einließ. Würde nicht jeder so denken?

Daher verlief die weitere Fahrt zum Flughafen schweigend. Erst nachdem wir den Wagen auf einem privaten Parkplatz abgestellt und mitsamt unserem Gepäck einen abgetrennten Bereich des Flughafens betreten hatten, wuchs mein Argwohn erneut. Waren wir eben noch zu fünft gewesen, zogen Darian und Steven es nun vor, unerkannt sämtliche Kontrollen zu durchlaufen. So betraten lediglich Jason, Dad und ich sichtbar den Gebäudekomplex. Nun verstand ich, weshalb Darian so sorglos auf die Kontrollen reagiert hatte.

Ein großer, recht korpulent wirkender Mann in dunkelblauem Anzug erwartete uns bereits nach dem Passieren der obligatorischen Gepäckkontrollen im VIP-Bereich. Er trug einen hellgrauen Stoppelhaarschnitt, und freundliche dunkelbraune Augen blickten uns aus einem runden Gesicht entgegen, dessen Kinn eine Doppelrolle in diesem Leben spielte. Eine fleischige, aber sehr kraftvolle Hand wurde jedem einzelnen von uns gereicht, und während ich seinen Namen erfuhr, schüttelte ich verstohlen meine gequetschte Hand aus.

Das war also Donovan. Jason hatte seinen Namen einmal erwähnt, als Darian aufs Festland fliegen wollte, es sich aber wohl aufgrund meiner überzeugenden Argumentation anders überlegt hatte.

„Ich gehe davon aus, dass Mr. Knight schon an Bord ist“, sagte Donovan mit einer erstaunlich hellen Stimme, die im krassen Kontrast zu seiner immensen Körperfülle stand.

Jason nickte knapp. „Er und ein weiterer Passagier eilten voraus, Donovan. Das ist korrekt.“

„Gut. Winzer wird sie sicher in Empfang genommen haben. Wenn Sie mir bitte folgen würden.“

So eilten wir vom internationalen VIP-Bereich einen langen Gang entlang bis hinunter aufs Gelände, wo wir von einer Limousine erwartet wurden. Während der kurzen Fahrt über das Rollfeld erfuhr ich von Jason, dass besagter Winzer der Copilot der Maschine sei und Donovan sehr selten ohne ihn flog.

Kurz darauf stiegen wir vor einem Privatjet aus. Ich hatte kaum Zeit zum Staunen, da schob mein Vater mich energisch an Bord. Und wie erwartet befanden sich Steven und Darian im abgedunkelten Inneren der Maschine. Donovan und er begrüßten einander wie alte Freunde, ehe der Mann im Cockpit verschwand und sogleich ein zweiter Mann daraus hervortrat.

Das war demnach der Copilot. Winzer war klein, klapperdürr, und die Uniform schlackerte an ihm herum wie ein übergestülpter Sack. Mit jedem Schritt schien seine Hose ein wenig tiefer zu rutschen, obwohl ich sah, dass sie von Hosenträgern gehalten wurde, als das Sakko ein wenig aufschlug. Sein Gesicht war schmal und wirkte leicht verkniffen. Imposant waren seine buschigen, grauen Augenbrauen, die mich entfernt an einen ehemaligen deutschen Finanzminister erinnerten. Unter diesen Brauen blitzen hellbraune Augen, die einen sehr wachen Geist verrieten. Als Winzer die schmalen Lippen zu einem Lächeln entblößte, zeigten sich zwei ebenmäßige Reihen strahlend weißer Zähne. Tiefe Falten zogen sich um seine Mundwinkel, und der Anschein von Verkniffenheit war wie weggeblasen.

Mit einer angenehm weichen, tiefen Stimme stelle er sich mir vor und begrüßte uns alle an Bord. Es sah so aus, als kannten alle einander schon länger, und entsprechend freundschaftlich fiel die Erwiderung aus. Dann wandte Winzer sich um und ging zurück ins Cockpit, meinen neugierigen Vater an seinen Fersen klebend.

Ehrfürchtig ließ ich meine Hand über das weiche Leder des breiten, bequemen Sitzes gleiten und sah Darian verwundert an. „Wieso hast du nicht gesagt, dass wir eine Privatmaschine nehmen werden?“

Er hatte seine Zeitung wieder aufgenommen und blickte nun knapp über den Rand hinweg. „Weil du nicht gefragt hast und davon ausgegangen bist, dass wir einen Linienflug nehmen, Liebes. Setz dich doch bitte.“

Zeitgleich hörte ich Jason dezent empört seufzen und sah ihn mit gerunzelter Stirn an. Er verstaute zusammen mit Steven die letzte Tasche im Gepäckfach, räusperte sich vernehmlich und drehte sich mit hoheitsvoller Miene zu mir um. „Miss McNamara, Sie haben doch nicht allen Ernstes erwartet, dass wir in einer Linienmaschine reisen. Zudem wäre es unangebracht, fünf Plätze zu buchen, wenn nur drei Plätze benutzt würden. Ebenfalls wäre die Unterbringung Mr. Knights und Mr. Montgomerys in der Gepäckabteilung unverhältnismäßig.“

„Danke, Jason.“

„Nichts zu danken, Sir. Wünschen Sie noch etwas?“

Ich riss die Augen auf, als mir der Sinn von Jasons Aussage aufging. Daran hatte ich überhaupt nicht gedacht. Zu lange schon war ich mit diesen Dingen vertraut und nahm sie als zu gegeben hin, als dass ich mir über aufkommende Fragen Gedanken gemacht hätte. *Mea culpa!*

„Ich habe alles, was ich brauche, Jason“, erwiderte Darian und sah mich weiterhin über den Rand seiner Zeitung an. „Möglicherweise hat Faye einen Wunsch.“

Ich ließ mich neben ihm in den Sitz fallen. „Ein Doppelter wäre jetzt nicht schlecht.“

Schlagartig saß Darian gerade, doch Jason war es, der mich empört musterte. „In Ihrem Zustand, Miss McNamara, ist dieser Wunsch absolut unangebracht.“

„Woher …?“

„Meine Frau geruhte es mir heute früh zu verraten, da sie um Ihr Wohlergehen besorgt ist, Miss McNamara. Ich werde Ihnen einen Tee servieren, sobald wir in der Luft sind.“

„Was verraten?“, schaltete sich mein Vater nun ein, der aus dem vorderen Bereich der Maschine kam. Er steckte sein Handy in die

Hosentasche, ließ sich mir gegenüber in den Sitz sinken und sah uns nacheinander an. „Habe ich irgendwas verpasst?"

Darian fing sich sofort. „Nein, Duncan, alles in Ordnung. Alles bereit?"

„Ja. Wir sollten uns anschnallen, gleich geht's los. Haben die Freigabe gerade erhalten. Wo steckt denn unsere wandelnde Sonnenallergie?"

„Hier", klang es gedämpft durch eine Wand neben dem Eingang, und erst jetzt bemerkte ich die Toilettentür. „Beim Fliegen habe ich das Starten und Landen immer gehasst."

Feixend griff Dad nach dem Gurt. „Na, falls dir wider Erwarten übel werden sollte, bist du da ja gleich richtig aufgehoben …"

Da ruckte es, und die Maschine bewegte sich auf die Startbahn zu.

- Kapitel Drei -

Gute neun Stunden später landeten wir auf dem Newark Liberty International Airport Marriott in New Jersey. Ich hatte die meiste Zeit des Fluges verschlafen und einen völligen Schwachsinn zusammengeträumt. Immer wieder war mir ein großer, dunkler Hund mit zotteligem Fell im Traum begegnet. Ständig hatte er die Zähne gefletscht und mich mit seinen schmalen Augen wütend fixiert, aber nicht einmal zugebissen. Fast kam es mir vor, als wolle er mich nur ängstigen und mich vertreiben. Warum? Und vor was?

Doch nun war ich wach, kein Hund in Sicht, und ich erlebte den Überflug über die Stadt mit all ihren Wolkenkratzern im Wachzustand. Als ich einen Blick auf *Ground Zero* mit seinen Baukränen und Abgrenzungen erhaschte, bekam ich in Erinnerung an das Attentat auf die Zwillingstürme des *World Trade Center* am 11. September 2001 leichtes Bauchweh. Wie viele Menschen hatten dabei ihr Leben lassen müssen. Einer tiefen Wunde gleich, zeugte die noch kahle Stelle von der eigentlichen Verletzbarkeit dieser riesigen Stadt. Selbst nach der langen Zeit. Würde sie sich jemals wieder davon erholen können?

Ich wandte mich ab, schaute während des Landeanflugs über den

Hudson und fühlte mich leicht gerädert. Die Sitze waren zwar sehr bequem, jedoch nicht das Wahre für einen längeren Schlaf, auch wenn Darian mich dabei meist im Arm gehalten hatte. Außerdem kniff und quetschte die Jeans, die ich schließlich heimlich geöffnet und mit dem langen Shirt verdeckt hatte. Daher freute ich mich darauf, mich endlich wieder bewegen zu können.

Nachdem wir endlich gelandet waren und die Maschine eine geeignete Stelle zum Parken zugewiesen bekommen hatte, stellte ich fest, dass wir ein Problem hatten. Jedem Touristen dieser Stadt hätte es gefallen, wie die Sonne über den Dächern der Stadt stand und alles in Wärme und gleißende Helligkeit hüllte. Jedem anderen, nur uns nicht.

„Ich wage zu bezweifeln, dass es heute noch zuziehen wird." Darian warf dem Himmel einen abschätzenden Blick zu, ehe er die Treppe hinunter und auf den uns erwartenden Gepäckwagen zueilte. Er dirigierte ihn näher an den Jet heran und verfrachtete zusammen mit Dad und Jason die Gepäckstücke in den Kofferraum. Dann schleppten sie gemeinsam einen sehr großen Überseereisekoffer die Stufen hinauf und stellten ihn hochkant mitten in den Gang. Die drei Verschlüsse schnappten auf, und Dad schob mit diebischem Grinsen den großen Deckel des Koffers auf.

„Dein Sonnenschutz ist angekommen, Steven. Wir wünschen während der Fahrt einen angenehmen Aufenthalt."

„Na super." Missmutig schlängelte Steven sich in das Behältnis. „Gibt's hier drin wenigstens *room service*?"

Statt einer Antwort warf Dad den Deckel zu. Er verschloss ihn und klopfte dann kräftig dagegen. „Immer diese Ansprüche bei der Touristen-Class. Falls du ersticken solltest, mach dir keine Sorgen, kannst ja nicht sterben. Im Hotel lassen wir dich wieder raus."

„Wie tröstlich", brummte es aus dem Koffer. Dann folgte ein Schreckenslaut, als dieser gekippt und wieder die Stufen hinunter zum Gepäckwagen befördert wurde. Gemeinsam mit Jason verfrachtete Dad den riesigen Koffer auf den Anhänger des Gepäckwagens, schlug einmal kräftig auf den Deckel und rief dem Fahrer entgegen: „Kannst los!"

„Wenn so weit alles geklärt ist", erklang Darians Stimme aus dem Cockpit, „macht euch bitte auf den Weg zum Terminal C, *International Arrivals*. Das ist gleich dort drüben, keine hundert

Meter von hier. Ich werde mit Donovan den Rest klären und komme nach. Hast du deine Tasche dabei, Faye? Wir sehen uns in der Halle.“

Ich klopfte auf mein Handgepäck, in dem sich alles Wichtige befand, und hakte mich bei Jason ein, der mir fürsorglich seinen Arm reichte. Dann eilten wir über die große Fläche auf das Gebäude zu. Wir mussten durch eine Glastür, eine breite Treppe hinauf und einen langen Gang entlang, dessen Fußboden, wie der des gesamten Gebäudes, aus weißgrau gesprenkeltem Steingut bestand und der uns direkt an einer großen Fensterfront mit Blick auf das Flughafengelände vorbeiführte. Von hier aus konnte man ein paar Privatflugzeuge sowie einige Maschinen im Landeanflug und die Anfänge der Landebahnen sehen. Dann gelangten wir durch eine weitere Glastür in den Ankunftsbereich, durchquerten ihn und erreichten die Einreisekontrolle. Die Passkontrolle brachten wir problemlos hinter uns und eilten dann eine Rolltreppe hinab zur Gepäckausgabe. Das Förderband in der Nähe des Eingangs drehte seine Runden und auf ihm der Koffer inklusive Steven nebst allen anderen Gepäckteilen.

Dad hatte einen Wagen geholt, Jason nahm bereits die drei Taschen und zwei Koffer vom Band und verlud sie auf den Wagen. Natürlich maulte Steven durch die Kofferwand über den miserablen Service, doch noch musste er warten. Konnten Vampiren eigentlich die Gliedmaßen einschlafen? Ich beschloss, ihn bei Gelegenheit danach zu fragen.

Um zum Ausgang zu gelangen, mussten wir einer aus Venezuela ankommenden Menschenschar ausweichen, die sich um das Förderband drängte, welches für ihren Flug reserviert war. Dann folgte eine Menschenmenge aus Frankfurt, eine aus Buenos Aires, eine aus London und Montreal. Internationaler Flughafen eben. Entsprechendes Gerangel gab es auch beim Ausgang der Gepäckhalle, da sich mehrere Reisende gleichzeitig statt hintereinander durch die Türöffnung drängen wollten. Und auch wir gelangten erst durch den energischen Einsatz von Dads Ellenbogen und seiner lauten Stimme in den Zollbereich.

Ein etwas älterer Zollfahnder winkte uns freundlich, aber bestimmt zu sich herüber. Ich verdrehte insgeheim die Augen. Auch das noch.

„Führen Sie anmeldepflichtige Güter bei sich? Elektrogeräte, Lebensmittel, Alkohol, Tabak, Rauschwaren?“

„Nichts dergleichen, Sir“, erwiderte Jason steif und bedachte den Mann mit einem distinguierten Blick.

Dadurch ließ sich der Mann allerdings nicht beeindrucken und wies auf den Überseekoffer: „Wenn Sie bitte die Freundlichkeit hätten, diesen Koffer zu öffnen, Sir.“

Na klar. Ich wäre bei drei Leuten und fünf Gepäckstücken nebst diesem Ungetüm ebenfalls neugierig geworden.

Dad und Jason nahmen die Taschen vom Koffer, stellten sie auf dem Tisch des Zöllners ab und schoben den Wagen mit dem großen Koffer näher heran.

„Was befindet sich in dem Gepäckstück?“, verlangte der Mann zu wissen, auf dessen Namensschild *E. Jankins* stand. Er streifte sich dabei Latexhandschuhe über und trat um den Tisch herum.

„Eigentlich ist er leer“, murmelte Dad und ließ die Verschlüsse aufspringen. „Bis auf einen für Sie unsichtbaren Vampir, den wir in die Staaten einschmuggeln.“

„Sir?“ Die grauen Augen im leicht faltigen Gesicht des Mannes machten deutlich, dass er es für einen schlechten Scherz hielt, und auch seine verkniffene Miene zeugte davon, dass er uns nicht glaubte. Sein Problem.

Ich lächelte, als der Deckel aufschwang. „Seien Sie bitte vorsichtig, wenn Sie hineingreifen. Nicht, dass Sie gebissen werden.“

„Sie glauben doch nicht, dass Sie mich mit dieser Masche ...“ Er verstummte, als er hineinblickte und den Koffer leer vorfand. Dann sah er wieder auf und uns nacheinander ärgerlich an. „Da ist nichts drin.“

„Das wurde Ihnen vorher gesagt, Sir“, meinte Jason, und Dad ergänzte: „Nicht ganz. Ich sagte, er würde den Vampir nicht sehen können.“

Ich ahnte das Unwetter voraus, als E. Jankins seine Hände in die Seiten stemmte und einen Exerzierplatz-Ton anschlug: „Was zur Hölle bezwecken Sie damit? Wollen Sie mich verarschen?“

„Mitnichten, Sir.“ Jason wischte ein imaginäres Staubkorn vom Revers seines dunkelblauen Sakkos. „Sie haben gefragt und eine Antwort bekommen, Sir.“

„Das hat man nun davon, wenn man ehrlich ist“, knurrte Dad und ließ den Deckel wieder zufallen.

„Sie halten das wohl für einen Witz, was?“, fuhr uns der Zöllner abermals an, trat wieder um den langen Tisch herum und wies auf die übrigen Gepäckstücke. „Aufmachen!“

Ergeben öffnete Dad jedes einzelne und ließ den Mann hineinschauen. Natürlich fand er nichts. Wie denn auch? Sämtliche Gefahrengüter und Waffen, unter anderem das Schwert, hatte Darian bei sich, und ich bezweifelte nicht eine Sekunde, dass er sie unbemerkt durch jede Kontrolle bringen würde. Es würde mich auch nicht wundern, wenn er in unserer unmittelbaren Nähe stand, uns beobachtete und kaum einer davon etwas mitbekam.

Vorsichtig sah ich mich um, ließ meine antrainierten Sinne die Umgebung abtasten. Und fand nichts – bis auf den auf mir ruhenden Blick Jasons, der mein Vorhaben mitbekommen hatte. Ich blickte ertappt zu Boden, sah wieder auf und straffte die Schultern. Warum ließ ich mich ständig einschüchtern?

„Alles klar, Faye?“, riss Dads Frage mich aus meinen Gedanken.

„Ja, sicher. Sind wir fertig?“

„Gleich. Nur noch deine Tasche, dann wurde alles kontrolliert.“

E. Jankins schien regelrecht verärgert, dass er trotz seiner beinahe übertriebenen Gründlichkeit nichts gefunden hatte. Er ließ sogar nochmals den Überseekoffer öffnen, klopfte erst von außen dagegen und tastete dann erneut von innen die Verkleidung ab. Während dieser Zeit stand Steven verhüllt neben mir und murmelte etwas von „gleich mal in den Hintern beißen, damit der schneller wird.“

„Wozu brauchen Sie den leeren Koffer wirklich?“, fragte der Mann schließlich, während Steven ungesehen wieder hineinschlüpfte und Dad ihn dann verschloss.

„Ich möchte ein paar Dinge für meine bevorstehende Hochzeit einkaufen und brauche mir so keinen Koffer mehr zu besorgen“, erklärte ich rasch. „Sie kennen das sicher. Ein paar Kleider, Schuhe, das ganze Drumherum. Verzeihen Sie uns bitte den kleinen Scherz von vorhin. Versteckte Vampire, so ein Quatsch.“ Ich lachte gekünstelt.

„Na ja.“ Der Mann grinste mich verlegen an und kratzte sich gleichzeitig am Hinterkopf. „Fast hätten Sie es ja geschafft. Ich hatte schon Wunder was erwartet, was mir aus dem Koffer entgegenspringen würde. Vampire. Daran glaubt doch kein Mensch.“

„Das ließe sich durchaus ändern“, kam es gedämpft durch den Kofferdeckel, verstummte jedoch, als Dad kräftig dagegen trat, unschuldig tat und hinzufügte: „Sie sollten uns an Halloween erleben. Wir sind da die absoluten Perfektionisten."

„So, wie Sie mich grade aufs Glatteis geführt haben, möchte ich das gerne glauben." Er klopfte meinem Vater fast kameradschaftlich auf die Schulter. „Dann kann ich Ihnen ja nur noch einen schönen Aufenthalt in New York wünschen, Sir."

Wir waren entlassen und sahen zu, dass wir fortkamen, eilten durch die automatisch aufschwingende Glastür und hatten nun offiziell amerikanischen Boden unter den Füßen. Spätestens hier wäre auch dem letzten Menschen aufgefallen, wo er sich befand, denn die riesigen amerikanischen Flaggen hingen beinahe überall herum und erschlugen die Ankommenden regelrecht. Understatement war nicht gerade eine amerikanische Tugend.

„Seht ihr Darian hier irgendwo?", fragte Dad und blickte sich suchend um.

Einem Impuls folgend wies ich Richtung Ausgang. „Er wartet draußen auf uns."

„Und anscheinend nicht nur er", meinte Jason. „Kennt jemand von Ihnen die etwas ungewöhnlich bekleidete junge Dame, die dort drüben mit einem Schild in der Hand steht, auf dem Ihr Name prangt, Miss McNamara?"

Verblüfft sah ich in die gewiesene Richtung. Sie war kleiner, als ich gedacht hatte, und jünger. Vielleicht gerade mal achtzehn Lenze. Ihr Haar war tatsächlich feuerrot und stand wie kurze Stacheln von ihrem Kopf ab. Sie hatte ein ovales Gesicht mit sehr heller Haut, zu der die schwarz umrandeten, kornblumenblauen Augen einen starken Kontrast bildeten. Ihre Statur war ebenfalls recht schmal und in schwarze Kleidung gehüllt. Das Oberteil bestand aus einem zerfetzt wirkenden Netzshirt, unter dem ein schwarzes Top zu sehen war. Dazu trug sie ein schmales Halsband mit Nieten und ein großes Silberkreuz an einem Lederband. Ein breiter Gürtel, dessen silberne Schnalle wie zwei ineinander verschlungene Schlangen aussah, bildete den Übergang zu einem schwarzen, knappen Lederrock, unter dem eine ebenfalls durchlöcherte Netzstrumpfhose zum Vorschein kam. Schwarze Chucks mit weißen Sohlen rundeten das Outfit ab. Einzig das helle Pappschild mit dem in roten Buchstaben geschriebenen Namen *McNamara*, das sie in ihren mit schwarzem Nagellack verzierten Händen hielt, brachte neben ihren Haaren etwas Farbe ins Spiel.

Ich trat auf sie zu und blieb direkt vor ihr stehen. „Kimberly?"

In aller Ruhe ließ ich ihre Musterung über mich ergehen. Als sie von meinen Fußspitzen zurück in mein Gesicht schaute, ließ sie eine große Kaugummiblase zerplatzen und nickte schließlich. „Yeah. Du musst Faye sein, richtig? Und der Große da ist dann wohl dein Alter." Ihr Blick blieb kurz an Jason hängen. Sie zog erstaunt die Brauen zusammen und sah mich wieder an. „Den alten Sack willst du echt heiraten?"

„Bitte?" Ich starrte sie erschrocken an, schüttelte dann eifrig den Kopf. „Nein, wo hast du denn das her? Der ältere Herr ist Jason – "

„Und mein Butler, junge Dame", schnitt Darian mir das Wort ab, trat neben mich und legte mir den Arm um die Taille. Gleichzeitig reichte er Kimberly eine Hand. „Wenn Sie erlauben, dass ich mich vorstelle: Darian Knight. Und somit der zukünftige Gatte dieser bezaubernden Dame."

„Ah ja." Kimberly nahm die Hand und schüttelte sie kräftig. Dabei unterzog sie Darian der gleichen Musterung wie mich zuvor. Als sie wieder aufblickte, war eine ihrer Brauen hochgerückt, und sie schnalzte mit dem Kaugummi. „Na gut, damit lässt sich doch schon durchaus was anfangen. Is' allemal besser als das alte Fossil da drüben. Seid ihr jetzt komplett, oder muss ich mit weiteren rechnen? Dann wäre ich nämlich mit 'nem Bus gekommen."

„Du bist ganz schön vorlaut, Kleine. Warum ist Alistair nicht selbst gekommen?", kam Dad mir zuvor. Ich verkniff mir eine weitere Bemerkung, denn das wollte ich lieber in Ruhe und außerhalb der Schusslinien betrachten.

„Is' genetisch bedingt. Von nix kommt nix", antwortete Kimberly nur, stopfte das Pappschild in den Mülleimer neben sich und wandte sich um. „Er kann grad nicht weg und hat mich geschickt, damit ich euch einsammle. Dann mal los, Leute, wir essen zeitig."

Sie führte uns quer über den Parkplatz, bis sie schließlich vor einem alten, ziemlich klapprig aussehenden dunkelgrünen Van stehen blieb. Sie fischte den Schlüssel aus einer Tasche, wo ich niemals eine vermutet hätte, und schloss den Wagen auf. „Schmeißt die Koffer hinten rein, und dann lasst uns los. Mein Ticket läuft ab. Hat jemand 'nen besonderen Wunsch, muss vorne sitzen, weil er hinten sonst kotzt?"

Hatte nur ich allein das Gefühl, dass sie etwas unerfreut über unsere Anwesenheit war, oder ging es auch den anderen so?

Sie ist nicht nur unerfreut, Faye, sie ist stinksauer deswegen, vernahm ich Darians Stimme in meinen Gedanken und nickte gleichzeitig unbemerkt. Das hatte ich mir gedacht. *Und*, fuhr er fort, während er die Koffer hinten einlud, *sie hält uns für überflüssig. Du könntest dir die Mühe machen und selbst ihren Gedanken lauschen, denn sie schreit förmlich.*

„Wenn ich es bei mir nicht mag, Schatz", säuselte ich ihm liebreizend zu, „werde ich es auch nicht bei anderen anwenden, solange es nicht unbedingt sein muss."

„Wie du möchtest." Er küsste mich kurz auf die Stirn und hielt mir dann die hintere Tür auf. „Bitte einzusteigen, Gnädigste."

Jason und Dad nahmen ebenfalls hinten Platz und mich somit in ihre Mitte. Darian ließ sich vorne neben Kimberly nieder und schenkte ihr ein Lächeln aus der Kategorie „Mach keine krummen Dinger". Und Kimberly antwortete mit einem dieser Du–mich–auch–Grinsen, wobei sie strahlend weiße Zähne entblößte. Meinem Empfinden nach ging diese erste Runde eindeutig an das Mädchen.

Sie startete den Wagen und trat im Leerlauf einmal kräftig auf das Pedal, ehe sie den Gang einlegte und aus der Parklücke fuhr. Anfangs verlief die Fahrt schweigend, ich schaute aus dem Fenster. Ich grübelte darüber nach, was uns hier erwarten könnte und warum sie uns gegenüber so offensichtlich feindlich eingestellt war. Würde Alistair ebenso empfinden? Und welche Verbindung bestand zwischen ihr und meinem Bruder?

Ich spürte Dads Hand auf meiner. Er drückte sie sanft, lächelte mir aufmunternd zu. Dann sah er nach vorn auf ihre Nackenstütze und öffnete bereits den Mund, als sie plötzlich fragte: „Soll ich euch vorher irgendwo absetzen, falls ihr eine Bleibe habt? Oder soll ich euch gleich zur Werkstatt fahren und ihr klärt das mit der Unterbringung von da aus? Muss ich wissen, weil ich da vorne sonst runter muss. Kann euch aber gleich sagen, dass wir euch nicht alle unterbringen können, dazu ist das Apartment zu klein."

Sie wohnten zusammen. Das hatte ich mir gedacht. Meine Sorge wuchs, denn das Mädchen war sehr jung, mein Bruder hingegen schon sechsunddreißig. Ich wollte mir einfach nicht vorstellen, dass Alistair und sie …

„Fahr uns bitte zum *Plaza*, Fifth Avenue Central Park South", gab Darian geschäftsmäßig an. „Ich möchte vermuten, dass ein späteres Treffen mehr im Sinne Alistairs ist und wir uns vorher gerne noch etwas frisch machen möchten."

„*Plaza* also", wiederholte Kimberly anerkennend, setzte den Blinker und zog links rüber. „Noble Nummer. Kleiner ging's nicht, oder?"

Auch mir drohten bei der Erwähnung dieser Adresse schier die Augen aus dem Kopf zu fallen. Ich wusste, dass luxuriöse Unterbringungen für Darian eine Selbstverständlichkeit waren. Sein Loft in London sowie sein Landsitz waren voll von Antiquitäten und teuren Sammlerstücken wie Bildern, Vasen und weiteren Kostbarkeiten. Eigentlich hätte ich ahnen müssen, dass das Teuerste und Bekannteste für einen Darian Knight gerade gut genug war, hatte ich doch schon mehrfach erlebt, wie er ganz nebenbei eine Summe für Kleidung ausgab, die mich vor einiger Zeit noch einen ganzen Monat über Wasser gehalten hätte. Seine Devise war: Über Geld spricht man nicht, man hat es. Daran würde ich mich wohl niemals gewöhnen.

Über Union City und den Lincoln-Tunnel gelangten wir nach New York City. Jetzt erst konnte man ein wahres Gefühl für die Größe dieser Stadt bekommen. Beim Überfliegen war sie schon riesig erschienen, doch nun, mittendrin, war sie gigantisch. Obwohl ich vor Jahren schon einmal hier gewesen war, erschlug es mich wie beim ersten Mal. Die Stadt pulsierte regelrecht, als hätte sie ein Eigenleben. Und sie riss jeden sofort mit. Beleuchtete Werbeflächen brüllten die beworbenen Produkte jedem entgegen. Menschen hasteten umher, über die Straßen und auf Gehwegen. Einige standen winkend am Straßenrand, versuchten eines dieser unzähligen gelben Taxis dieser Stadt zu ergattern, die irgendwie meistens besetzt waren. Rollende Imbissstände säumten die Gehwege und boten den Hungrigen Hot Dogs, Burger und allerhand anderes Fastfood an.

Kimberly wählte die Fahrstrecke über den Broadway bis zum Columbus Circle direkt am Central Park. Von dort aus bog sie rechts ab und fuhr die Central Park South am *Essex House* und dem *Ritz-Carlton* vorbei entlang, um zum *Plaza* zu gelangen. Unter dem Vordach des Hotels blieb sie direkt vor dem Eingang stehen.

Ich lehnte mich halb über Jason, um einen Blick auf das berühmte, im französischen Stil der Renaissance gebaute Haus zu ergattern, in dem schon Hitchcock Teile seines Films *Der unsichtbare Dritte* gedreht hatte, sah von hier aus aber lediglich den Eingangsbereich. Nur die mittlere der drei Doppeltüren oberhalb der breiten Treppen stand offen, und die Stufen davor waren mit einem breiten, roten Teppich mit goldener Borte ausgelegt. Jeder Treppenbereich wurde von blank geputzten, goldfarbenen Geländern flankiert. Zwischen den einzelnen Aufgängen befanden sich Säulen mit einem Podest, auf dem direkt neben den Türen je eine reich verzierte, goldfarbene Lampe mit fünf großen, weißen Glühlampen die Stufen beleuchtete. Auf dem Gehweg vor der Treppe standen vor den Säulen große Blumenkästen, in denen derzeit kleine, runde Buchsbäume wuchsen. Und mitten auf dem in schwarzweißem Rautenmuster angelegten Gehweg hatte sich der Portier postiert, mit Mütze, Handschuhen und der dunkelblauen Dienstkleidung des Hotels. Jederzeit bereit herbeizueilen, behielt er unseren Wagen im Auge.

Fragend sah Kimberly sich um. „Seid ihr sicher, dass ihr vorher nicht noch mal schnell eine Bank ausrauben wollt?“

„Absolut sicher, Kimberly. Aber danke für das Angebot“, gab Darian zurück, stieg aus und half zuerst Jason, dann mir aus dem Wagen. Er winkte dem Portier zu, der wiederum eilig einen Gepäckträger herbeirief, und beugte sich erneut zu Kimberly vor. „Möchtest du uns begleiten oder erst einmal zurück zu deinem Vater?“

Entweder war sie nicht wirklich überrascht, oder sie war eine gute Schauspielerin, denn sie zuckte mit keiner Wimper. Mir allerdings fiel vor Überraschung fast die Kinnlade herunter. Und mein Vater selbst platzte lautstark heraus: „Was?“

Ab und an ist es von Vorteil, die Gedanken anderer zu lesen, Faye, hallte es mit der Untermalung eines entsprechend vorwurfsvollen Blickes in meinem Kopf wider. Ich schwieg, knirschte lediglich lautlos mit den Zähnen und erwiderte Darians Blick so lange, bis er mit den Schultern zuckte und Kimberly bat, den Kofferraum zu öffnen.

Der mit Messingbügeln versehene Rollwagen für das Gepäck wurde an den Wagen herangefahren, und ein Angestellter mittleren Alters in dunkelblauer Hoteluniform mit goldbesticktem Stehkragen und weißen Handschuhen machte sich sofort daran, die Taschen und Koffer darauf abzustellen. Bei dem Überseekoffer zuckte er kurz zusammen, doch half Dad ihm, diesen ebenfalls aus dem Wagen zu heben. Einzig die schmale, lange Tasche, aus der ein Golfschläger schaute, blieb in Darians Gewahrsam. Ich konnte mir durchaus vorstellen, was dieser *Golfschläger* tatsächlich war. Ein wenig irritiert war ich allerdings darüber, dass der Gepäckwagen die knapp drei Meter Breite des Gehweges bis an die Stufen der Treppe gerollt wurde, von wo aus das Gepäck mit Muskelkraft ins Hotel befördert wurde.

Während Dad und Jason dem Gepäckträger den riesigen Überseekoffer abnahmen, eilte Darian mit der Golftasche die Stufen hinauf ins Hotel und durchquerte mit energischen Schritten die Lobby. Er hatte die Rezeption bereits erreicht, als ich mich noch staunend in dem Raum umsah. Der Boden war mit beigefarbenem Marmor belegt, der sich zu einem braun abgesetzten Rautenmuster zusammenfügte, in das wiederum ein großes, geschwungenes Ornament eingefasst war. Jeder Schritt hallte auf diesem harten, auf Hochglanz polierten Boden wider. Riesige Kristalllüster hingen von den Decken und tauchten alles zusätzlich in ein funkelndes Lichtermeer.

Mir schräg gegenüber führte eine geschwungene Marmortreppe mit elegant verziertem und verspielt wirkendem Geländer nach oben ins nächste Stockwerk. Links davon war eine Unterführung zu erkennen, dort waren wohl die Fahrstühle untergebracht. Zwangsläufig, denn wer konnte schon erwarten, dass ein Gast dieses neunzehnstöckigen Hauses durch sämtliche Etagen bis in den obersten Stock laufen sollte?

Die komplette Fensterfront an dieser Seite war mit kleinen, gemütlich wirkenden Sitzgruppen bestückt, die aus bequemen Sesseln und kleinen Tischen bestanden. Als ich um die Ecke blicke, sah ich eine Bar mit einem fast bis zur Decke reichenden Regal voll mit Gläsern und Spirituosen diverser Herkunftsländer.

„Kann ich Ihnen behilflich sein, Madam?“, fragte mich jemand, und ich drehte mich zu dem jungen Mann mit kurzgeschnittenen blonden Haaren herum, der mich aus hellbraunen Augen freundlich musterte. Sein dunkelblauer Anzug wies ihn als einen Hotelangestellten aus, daher wies ich nur über meine Schulter Richtung Rezeption. „Mein ...“ Ich stockte kurz, ehe ich weiter sprach, „*Mann* regelt gerade alles Weitere. Aber danke.“

„Ah, Sie gehören zu Mr. Knight“, stellte der Angestellte fest und sah mich weiterhin fragend an. Ich blinzelte ungläubig. Woher kannte er Darian? War er etwa Stammgast hier im *Plaza*? Da ich keinen Ton herausbrachte und nur nickte, fügte er hinzu: „Wenn Sie wünschen, erkundige ich mich sofort nach Ihrer Suite und begleite Sie dorthin, Mrs. Knight."

„McNamara", gab ich mit leicht tonloser Stimme automatisch zurück. „Faye McNamara."

„Oh, Verzeihung, Mrs. McNamara." Und bevor er sich noch weiter entschuldigen konnte, winkte ich schnell ab. Ebenso wenig stand mir der Sinn danach, ihm zu erklären, dass die verheiratete Mrs. noch eine unverheiratete Miss war. Aber egal. Dieser kleine Standesdünkel konnte gut außer Acht gelassen werden, da ich so oder so auf Darians Kosten in dieser feudalen Umgebung residieren würde.

Plötzlich kam ich mir mit meinen verwaschenen Jeans und Turnschuhen, dem schlabberigen T-Shirt und meinem völlig ungekämmten und offenen Haar sehr deplaziert vor. Alle Anwesenden hier waren vom Scheitel bis zur Sohle elegant und akkurat gekleidet. Doch ich bekam keinerlei Chance zur offensichtlichen Verlegenheit, denn schon rollte ein beladener Gepäckwagen an mir vorbei, dem erst der Angestellte vom Eingang folgte, dann Dad und Jason.

„Wo ist Darian?", erkundigte sich mein Vater und schien für seine elitäre Umgebung kein Auge übrig zu haben. Ich wies abermals Richtung Rezeption und sah dabei an ihm vorbei. „Was ist mit Kimberly?"

„Die junge Dame zog es vor, zunächst ihren Herrn Vater persönlich über unser Eintreffen zu informieren", klärte Jason mich sogleich auf.

„Zumindest hab' ich so genug Zeit, mich an den Gedanken zu gewöhnen, dass ich Großvater bin", brummte Dad. „Wenn der Bengel es mir letzte Nacht am Telefon gesagt hätte, würde ich jetzt garantiert mit einem großen Plüschbären ziemlich blöde in der Gegend herumstehen."

Die Vorstellung, dass mein Vater Kimberly einen Teddy schenken würde, brachte mich nun doch zum Grinsen. Ich vermutete wegen ihres Erscheinungsbildes, dass sie andere Interessen hatte als ausgerechnet Stofftiere. Möglicherweise Schmuck. Vielleicht ein gusseiserner, mit Dornen verzierter Schlagring oder eine neunschwänzige Katze in Gürtelform zum Umhängen?

„Selbstverständlich, Mr. Knight. Ich werde alles Nötige sogleich veranlassen. Ich hoffe, Sie fühlen sich wie immer wohl in unserem Haus", vernahm ich noch hinter mir, dann stand Darian neben uns und sah uns nacheinander an. „Wollen wir?"

Als wir die Suite im Flur 20 betraten, war unser Gepäck längst oben angekommen. Sämtliche Möbel dieser mit zwei Schlafzimmern ausgestatteten Suite waren im opulenten Stil des Spätbarocks gehalten. Ich kam mir fast vor, als hätte ich mit Betreten dieser Räumlichkeiten eine Reise in die Zeit französischer Könige angetreten, wären da nicht ein hochmoderner Flachbildfernseher und ein Telefon gewesen. Selbst die Bilder an den Wänden mit ihren breiten, geschwungenen Rahmen passten sich dem Ambiente dieser Räume perfekt an. Und die breiten Betten, mit denen die beiden Schlafzimmer ausgestattet waren, machten die Wahl der Schlafstätte recht schwer. Ausschlag gab jedoch der Ausblick. Ich wählte das Bett mit dem Blick zum Central Park.

Das Bad mit einer Wanne und einer abgetrennten Dusche mit Glastür ließ mir bewusst werden, dass ich eine gewisse Reinigung bitter nötig hatte. Aus vergoldeten Hähnen lief das Wasser in ein aus weißem Marmor bestehendes, ovales Waschbecken, das mit einer goldenen Bordüre verziert war.

Da Darian zwei solcher Suiten auf dem gleichen Flur angemietet hatte, entschieden Dad und Jason, sich die andere zu teilen, während Steven bei uns unterkommen sollte. Ich hielt diese Lösung ebenfalls für die sinnvollste, denn Dad wollte Darian und mich nicht stören und auch Jason dachte ähnlich. Und Steven zusammen mit meinem Vater in einer Suite wäre sicherlich alles andere als eine friedliche Konstellation geworden. Von daher landete der große Überseekoffer in dem Schlafzimmer mit Blick zur achtundfünfzigsten Straße. Wir zogen die Vorhänge zu und ließen Steven schließlich aus seinem Gefängnis.

„Wurde ja auch Zeit", brummte er verstimmt, faltete sich auseinander und entstieg dem Behältnis – nur, um sogleich nach einem schnellen Rundblick mit einem Schreckensschrei zurück in den Koffer zu hüpfen. „Wo sind wir hier? Frankreich? Vorzimmer zur Inquisition?"

„Nein, in einer Suite im *Plaza* am Central Park. Aber ich möchte dir vorschlagen, das erst später per Blick aus dem Fenster zu überprüfen, da momentan die Sonne scheint", gab ich gelassen zurück und reichte ihm die Hand, um ihm abermals herauszuhelfen.

Sichtlich beruhigt entstieg er dem Koffer erneut und überprüfte sogleich die Federung des King-Size-Bettes, indem er sich darauf setzte und leicht wippte. Befriedigt nickte er. „Lässt sich aushalten. Durchaus."

„Deine Tasche steht am Fußende, Steven. Wenn ihr mich entschuldigt?" Damit verließ Darian den Raum. Ich sah Steven kurz an, ehe ich Darian nacheilte.

Die Glastür zur Terrasse stand offen, und ich fand ihn mit den Händen auf das Geländer gestützt vor. Ich wusste, dass er mich gehört hatte, sagte jedoch nichts, sondern ließ mich nur auf der eleganten Sitzbank neben dem ovalen Tisch nieder und sah ebenfalls über die Skyline der Stadt.

„Möchtest du mir sagen, was los ist, Faye?", hörte ich ihn leise fragen und sah zu ihm hinüber. Er hatte sich zu mir umgedreht und die Arme vor der Brust verschränkt, wobei er mich besorgt musterte.

„Ich bin nur etwas müde", wich ich aus und wandte den Blick ab. Sogleich war Darian bei mir, kniete sich vor mich und legte mir die Hände auf die Knie. „Du hast fast den ganzen Flug verschlafen. Und du fühlst dich keinesfalls krank an."

„Jetlag", probierte ich es erneut und schenkte ihm ein schmales Lächeln. Seine Brauen ruckten nach oben, noch einmal sah er mich prüfend an und seufzte dann. „Na gut. Wie du möchtest." Er gab mir einen Kuss auf die Stirn und ging zurück in die Suite. Kurz darauf hörte ich das Wasser im Badezimmer rauschen.

Kapitel Vier

„Soll ich dir etwas über den Zimmerservice kommen lassen, ehe ich gehe?“

Überrascht sah ich auf. Darian lehnte frisch geduscht und in einen dunkelblauen Anzug mit hellblauem Hemd und passender Krawatte gekleidet an der Terrassentür und blickte mich fragend an.

„Wo willst du hin?“ Erst jetzt stand ich auf. Ich hatte nicht bemerkt, wie die Zeit verronnen war, während ich blicklos auf die Skyline der Stadt gesehen hatte.

„Sag mir lieber, wo du bist“, entgegnete er, trat auf die Terrasse hinaus auf mich zu und musterte mich. „Seit wir London verlassen haben, bist du abwesend und verschlossen. Ich finde dich kaum.“

Ich probierte ein schwaches Lächeln. Ich wollte im Augenblick über meinen kleinen inneren Disput nicht reden. Noch nicht. Nicht, bevor ich nicht selbst genau wusste, was mich eigentlich an meiner momentanen Situation so störte.

„Wo bist du?“, flüsterte er leise, nachdem er mich in seine Arme geschlossen hatte. Sein Blick durchforschte mein Gesicht, als suche er nach Spuren. Ich senkte den Kopf, bevor mir die Tränen kommen konnten. Sanft fühlte ich seinen Kuss auf meinem Scheitel, dann ließ er mich los. „In circa einer Stunde bin ich zurück, Liebes. Dann reden wir, wenn du möchtest. Bitte verlass in dieser Zeit nicht ohne Begleitung die Suite oder das Hotel, okay? Und nein, weder habe ich in dir gelesen noch werde ich es tun.“

Ich fragte nicht, ob ich gedanklich wieder einmal geschrieen hatte. Es war offensichtlich. Ich fragte auch nicht weiter, wohin er ging. Er würde es mir sagen, wenn es für mich wichtig war. Oder er würde es mir ohnehin nicht sagen, wenn es mich oder ihn in Gefahr brächte. So blickte ich ihm wortlos nach, als er die Suite verließ. Eine Weile noch blieb ich auf der Bank sitzen und sah über die Weite der Stadt. Schließlich erhob ich mich und begab mich ebenfalls ins Bad, um in prunkvollem Ambiente der ersehnten Dusche zu frönen.

Ich rubbelte mir gerade die Haare mit einem Handtuch ab, als es an der Tür klopfte. „Dad hier.“

„Ah, geduscht?“, grinste er mich an, nachdem ich, in einen weißen Bademantel gehüllt, die Tür geöffnet hatte. Er trat ein und schloss sie hinter sich. „Habe ich auch gerade gemacht, als Darian reinschaute und sagte, er würde mal für eine Stunde verschwinden."

Das Handtuch landete auf einem Stuhl. „Hat er dir gesagt, wohin er wollte, Dad?"

Er wirkte verwundert. „Nein. Ich dachte, das könntest du mir sagen. Zumal es mich wundert, dass er verschwindet, wo Alistair sich doch jede Minute melden könnte."

„Er holt Konserven", klang es da durch die geschlossene Tür des anderen Schlafzimmers, „und das hoffentlich zügig."

„Du lauschst, Grünschnabel?"

„Nein, alter Mann. Aber ihr unterhaltet euch dermaßen laut, dass es sogar mein Magenknurren übertönen würde, wenn ich welches hätte."

„Und dazu trägt er einen Anzug?", brachte Dad heraus und zog die Stirn kraus.

Ich zuckte mit den Schultern. Nun wusste ich zumindest, wohin er gegangen war. „Möglicherweise stellt er sich als Pharmakonzernvertreter vor. Du weißt doch, dass Kleider Leute machen."

„Wie auch immer." Dad ließ sich auf einem der beiden Sessel nieder. „Ich wollt' einen Happen essen gehen. Wenn du so weit bist, Faye; willst du mich begleiten?"

„Kommt der Gedanke von dir, oder hat Darian dich um diesen Gefallen gebeten, damit ich keinen Blödsinn mache oder gar entwische?", entgegnete ich mit leicht gereizter Stimme.

„Ich halt' mir mal besser die Ohren zu und stelle mich schlafend, damit der Sturm an mir vorüberzieht", kam es von jenseits der Tür zu uns herüber.

„Nett von dir, Greenhorn", entgegnete Dad ungerührt und ließ mich dabei nicht aus den Augen. „Vertrocknen kannst du in der kurzen Zeit nicht."

„Falls das eintreten sollte, legt mir bitte einen Zugang."

„Wird gemacht, Junge. Nein, Faye. Es war mein Gedanke. Als Darian sagte, er wolle kurz weg, hielt ich die Gelegenheit für günstig, mal mit meiner Tochter allein auszugehen. Und das Essen hier im Hotel soll sehr gut sein."

Wieso glaubte ich ihm nicht? „Es gibt Zimmerservice, Dad."

Mein Vater blickte mich weiterhin ruhig an. „Wir können auch darüber bestellen, wenn du möchtest, Faye."

Ich setzte mich ihm am Tisch gegenüber und sah ihn durchdringend an. „Warum bist du wirklich hier?"

„Weil er Hunger hat?"

„Du wolltest nicht lauschen, Steven."

„'Tschuldigung."

„Nun?"

„Also gut." Dad hob kurz die Hände. „Ich gestehe, dass Darian mich bat, in seiner Abwesenheit nach dir zu sehen. Er meinte, es ginge dir nicht sonderlich gut. Hast du Probleme mit Jetlag, Faye? Soll ich dir etwas kommen lassen?"

Ich biss mir auf die Lippe, um nicht zu platzen. Wurde ich inzwischen vollkommen überwacht? Nicht einmal mehr im Hotel konnte ich mich ungehindert bewegen? Es kam mir fast schlimmer vor als in England, wo ich mich zumindest innerhalb des Herrenhauses und auf dem Grundstück hatte frei bewegen dürfen. Saß ich nun in einem anderen, dafür noch luxuriöseren goldenen Käfig fest?

„Es ist vermutlich lieb gemeint, Dad", schraubte ich meine aufsteigende Wut mühsam herunter, erhob mich und sah ihn steif an, „aber völlig unnötig. Ich bin erwachsen, und es wird Zeit, dass ihr, und damit meine ich jeden von euch, endlich begreift, dass ich durchaus für mich selbst Entscheidungen treffen kann. Das habe ich vorher getan, und das werde ich auch jetzt tun." Ich ging zum Schlafzimmer hinüber, um mich anzukleiden, blieb im Türrahmen jedoch noch einmal stehen. „Und Dad: *Gut meinen* ist das Gegenteil von *gut machen*."

„Und was *meinst* du jetzt, was du *machen* willst?", konterte mein Vater trocken. „Wäre es dir lieber, ich würde mit den Worten „Mach's gut" gehen und dich alleine lassen?"

„Ich bin immerhin auch noch da", protestierte es von der anderen Seite der Suite.

„Rein akustisch betrachtet hast du recht, mein Junge. Rein optisch und bei Tageslicht betrachtet, fällt statistisch gesehen deine Anwesenheit unter die so genannte Dunkelziffer", gab Dad zurück und grinste diebisch, als durch die Tür ein verschnupftes „Pah!" erklang.

Ich schüttelte den Kopf, entnahm meiner Tasche den Jogginganzug und zog mich um. Als ich zurück zu Dad kam, sah er mich fragend an.

„Du kannst mich begleiten, wenn du willst“, meinte ich gelassen und schnürte dabei meinen Laufschuh zu, „oder du kannst es auch lassen.“

„Du gehst joggen? Jetzt? Alistair wird sich gewiss gleich melden.“

„Na und? Ich nehme das Handy mit. So bin ich erreichbar und kann zurückkommen, wenn es so weit ist.“ Meine Hand lag bereits auf dem Türknauf. „Also? Wie entscheidest du dich?“

„Wird das jetzt ein Wunschprogramm, Faye?“

„Nein. Eher eine Entscheidungsshow.“ Ich öffnete die Tür und prallte im Gang beinahe mit Jason zusammen, der seine Hand zum Klopfen erhoben hatte.

„Sie wollen laufen, Miss McNamara?“

„Sieht ganz danach aus, Jason.“

Seine Hand sank, sein Blick wurde intensiver. „Allein und ohne Begleitung, Miss McNamara?“

„*Sie* nicht auch noch, Jason.“ Energisch schob ich mich an ihm vorbei und eilte auf den Fahrstuhl zu. Den Knopf hatte ich gedrückt, der Fahrstuhl glitt nach oben, da stand Jason neben mir und lächelte mich an. „Ich hoffe, Sie verzeihen, wenn mein Weg der gleiche sein wird wie der Ihre.“

Ich atmete tief durch, sah kurz auf meine Schuhspitzen, dann wieder Jason an. „Bitte lassen Sie mich glauben, dass das jetzt reiner Zufall ist.“

War doch klar, dass er nun bedächtig den Kopf schüttelte. Abermals seufzte ich leise. „Haben Sie jemals das Gefühl gehabt, verfolgt zu werden, Jason?“

„Schon des Öfteren, Miss McNamara.“ Die Fahrstuhltüren fuhren auf, und Jason gebot mir einzusteigen. „Ich nehme an, Sie wünschen die Lobby.“ Die Türen schlossen sich.

„Ich wünsche den *Central Park* und etwas Ruhe“, entgegnete ich.

„Sollen Sie haben, Miss McNamara.“

Sehr wohl bemerkte ich die erstaunten Blicke, als ich im verwaschenen grauen Jogginganzug die Lobby durchquerte. Ich ignorierte sie. Als ich auf dem Gehweg vor dem Hotel stand, atmete ich einmal kurz durch und wandte mich nach rechts Richtung *Grand*

Army Plaza, um nach einigen Metern mittels eines Zebrastreifens die Central Park South zu überqueren. Links von mir befand sich eine Haltestelle, an der mehrere Passanten auf die ankommenden Busse warteten, schräg vor mir ging es auf einem schmalen, asphaltierten Weg in den Park hinein. Auf diesem gelangte ich nach einigen Metern an einen See, *The Pond* genannt, der entweder umgangen oder an einer Stelle auf einer Brücke überquert werden konnte.

Mich umsehend bemerkte ich Jason einige Meter hinter mir und überlegte ernsthaft, ihm davonzulaufen. Allerdings wusste ich um seine hervorragende körperliche Konstitution und war mir nicht sicher, wem von uns zuerst die Puste ausgehen würde. Also winkte ich ihm zu und wartete, bis er bei mir angelangt war. „Sie geben ja doch keine Ruhe, Jason."

„Es ist immer wieder erfreulich zu konstatieren, wie gut wir einander verstehen, Miss McNamara."

„Nur keinen Honig ums Maul geschmiert, Jason", gab ich zurück und warf einen Blick auf seine auf Hochglanz polierten, schwarzen Lacklederschuhe, um dann sein komplettes Erscheinungsbild in Augenschein zu nehmen. Dunkelbraune Hose mit Bügelfalte, dazu ein beigefarbenes Hemd mit passender Krawatte, zudem eine Weste mit dem dazugehörigen Sakko aus dunkelbraunem, englischen Tweed, ergänzt durch streng zurückgekämmtes, graues Haar. „Können Sie *so* auch laufen?"

Er lächelte steif. „Auch wenn ich für solcherlei Unternehmungen etwas overdressed bin, Miss McNamara, kann ich Ihnen versichern, mit Ihnen durchaus Schritt halten zu können."

„Sie werden schwitzen, Jason."

„Sie nicht minder, Miss McNamara."

„Sie könnten sich die Kleidung ruinieren, Jason."

„Sie werden ebenfalls nicht ohne sichtbare Spuren verbleiben, Miss McNamara."

„Sie geben ja Widerworte, Jason."

„Mit Verlaub, Miss McNamara, das habe ich von Ihnen gelernt."

„Hah." Ich boxte ihm scherzhaft gegen den Oberarm. „Das konnten Sie auch vorher schon gut."

Sein Blick wurde zweifelnd. „Meinen Sie?"

Lachend begann ich langsam rückwärts zu tänzeln, drehte mich schließlich um und legte eine Art Trab hin. Jason sollte zumindest eine sportliche Chance erhalten. Er nutzte sie, indem er energisch ausschritt und die Distanz, die ich lief, schnell gehend zurücklegte. Und da wir vom Erscheinungsbild her ein eher kurioses Pärchen darstellten, schien diese Lösung die sinnvollste zu sein.

Wir bewegten uns den Weg am See entlang, der eine große Kurve beschrieb und dann am *Wollman Rink* vorbei in Richtung Zoo führte. In einiger Entfernung sah ich die für den New Yorker *Central Park* so typischen Kutschen und Rikschas auf den Hauptwegen fahren. Hauptsächlich romantisch veranlagte Pärchen bevorzugten diese Transportmittel, nur sehr selten ließ sich eine einzelne Person auf diese Weise befördern. Als ich auf dem East Drive ein kurzes Stück neben einem solchen Gefährt herlief, überlegte ich, mir bei Gelegenheit einmal diesen Luxus zu gönnen.

Diese Entscheidung sollte schneller fallen als gedacht. Auf Höhe des *Central Park Boathouse*, direkt am Seitenarm des *Lake* gelegen, sah ich mich nach Jason um, der einige Meter zurückgefallen war. Schon von hier aus erkannte ich die Schweißtropfen auf seiner Stirn, die nicht nur vom warmen Herbstwetter stammten. Er hatte sein Sakko inzwischen ausgezogen und unter den Arm geklemmt, die oberen Knöpfe der Weste geöffnet und den Krawattenknoten leicht gelockert, eilte mir jedoch mit unverminderter Geschwindigkeit nach. Ich blieb stehen und wartete, bis er bei mir angelangt war.

„Ich dachte, wir laufen einmal bis ans Ende des Parks und wieder zurück“, meinte ich gespielt schmollend, und Jason rang sich ein Lächeln ab. „Wenn Sie es wünschen, gerne, Miss McNamara. Gestatten Sie mir jedoch bitte, vorher ein Sauerstoffzelt zu ordern.“

„Das wird vielleicht nicht nötig sein“, gab ich zurück, als ich entdeckte, wie ein Pärchen vor dem Cafe aus einer Kutsche stieg. Kurzerhand ergriff ich Jason beim Arm. „Wollen wir die einfach kapern?“

„Okay“, gab Jason leise zurück. „Sie springen auf und ich lenke den Kutscher ab, indem ich mit ihm über den Preis verhandle.“

Ich blieb abrupt stehen. Geld. Mist. Das hatte ich vollkommen vergessen.

„Was ist?“, erkundigte sich mein Mitverschwörer erstaunt. Ich verzog das Gesicht. „Diese Hosen haben leider nur leere Taschen.“

„Oh. Dafür hat meine Tasche eine Füllung. Wenn Sie also erlauben?“ Jason reichte mir seinen Arm, geleitete mich bis vor die

Droschke und half mir beim Einsteigen. Dann wandte er sich an den Kutscher, und ein zähes Verhandeln begann, aus dem Jason am Ende als Gewinner hervorging. Ich hätte nie gedacht, dass er dermaßen gut feilschen konnte.

„Die nächste Stunde gehört uns", ließ er erfreut hören, als er sich neben mich setzte und demonstrativ sein Handy ausschaltete. „Genießen wir die Fahrt, Miss McNamara. Wer weiß, was uns danach erwartet."

Wir wussten es beide: Darian. Und wir verdrängten es auch beide. Ich schaltete ebenfalls mein Handy aus. Die beschlagenen Hufe des Pferdes klapperten gleichmäßig auf dem Asphalt der Straße, und die vorbei gleitende Parklandschaft sorgte zusätzlich für die Illusion von Freiheit und Ruhe. Eine Weile ließen wir uns von dieser Atmosphäre einfangen, betrachteten das nachmittägliche Herbstbild des Parks und schwiegen.

„Warum genau sind Sie geflohen, Miss McNamara?", erkundigte sich Jason schließlich und legte dabei einen Arm auf die Lehne. Ich hatte mich zurückgelehnt und einen Fuß gegen die Sitzfläche gegenüber gestellt. „Ist das so auffällig, Jason?"

Er lachte. „Kaum hatten Sie das Hotel verlassen, trat ein Strahlen auf Ihr Gesicht."

„Tatsächlich? Aber Sie haben Recht. Ich bin es leid, überwacht und beobachtet zu werden und ständig das Gefühl zu haben, eingesperrt zu sein." Ich saß wieder gerade und sah ihn ernst an. „Warum haben Sie mich begleitet, und warum helfen Sie mir, wenn Darian ihr Boss ist?"

„Weil ich Ihre Gefühle und die derzeitige Situation aus eigener Erfahrung kenne, Miss McNamara. Ja, Mr. Knight ist mein Boss, und nicht nur das. Er ist viel mehr. Sicherlich ist Ihnen das längst bekannt."

Ich erinnerte mich an das Gespräch mit Jasons Frau Eileen vor einigen Wochen in der Küche, als sie mir erzählt hatte, warum sie und Jason bei Darian waren, obwohl sie wussten, wer und was er war. Und genau deswegen befand ich mich in einer Zwickmühle. Eileen hatte mich gebeten, kein Wort darüber verlauten zu lassen. Und nun saß ich neben Jason in dieser Kutsche und wollte ihn nicht belügen, indem ich vorgab, gar keine Ahnung zu haben. Also wich ich etwas aus. „Ich habe davon gehört, stimmt. Und dass Sie schon sehr lange bei Darian sind."

„Seit ich mich erinnern kann. Er las mich auf und zog mich groß. Er gab mir ein Dach über dem Kopf, sorgte für eine angemessene Bildung und ersetzte mir die Familie, die ich ohne ihn niemals gehabt hätte.“ Jason hielt inne, daher nickte ich schnell. Er seufzte leise. „Obwohl es nicht beabsichtigt war, war anfangs seine Sorge um mich nahezu erdrückend.“

„Er hat Sie auch so streng überwacht?“, rutschte es mir heraus.

Jason schüttelte den Kopf. „Nein, das nicht, Miss McNamara. Er versuchte, mich vor allem abzuschirmen, was er war und tat. Er versuchte, mich auszuschließen, und je mehr er das tat, desto neugieriger wurde ich. Und da Sie ihn selbst kennen, wissen Sie, dass er auf jede Frage eine Antwort gibt. Leider oftmals nicht die ausführlichen Antworten, die man gerne hätte, vor allem, wenn man jung und wissbegierig ist. Was blieb mir übrig, als ihm zu folgen?“

„Dabei hat er Sie erwischt“, ergänzte ich und Jason nickte. „Allerdings. Dazu in einer Situation, die leicht ins Auge hätte gehen können. Ich war zu dem Zeitpunkt erst fünf und kaum in der Lage zu unterscheiden, was für ein Kind gut und weniger gut ist. Um auszuschließen, dass ich nochmals in Gefahr geraten würde, unterrichtete er mich schließlich. Sämtliche Vorgänge wurden so für mich zur Normalität, obwohl mich vieles nicht mehr überraschen konnte, denn seine Reserven im Kühlschrank hatte ich längst entdeckt. Und doch erging es mir damals so ähnlich wie Ihnen heute. Mr. Knights wachsamen Augen entging kaum etwas. Es bedurfte sehr viel Geduld und Verständnis von meiner Seite aus, um zu akzeptieren, warum er tat, was er tat.“

Ich begriff. Und doch war ich neugierig auf seine weitere Geschichte und beschloss, diese Gelegenheit nicht ungenutzt verstreichen zu lassen. „Wieso sind Sie in seinen Dienst getreten, obwohl Sie mehr sind als ein Angestellter?“

„Nennen Sie es die logische Konsequenz aus den Gegebenheiten heraus, Miss McNamara. Mit Erreichen des Schulalters schickte Mr. Knight mich nach Eton auf das Internat. Er wollte sichergehen, dass ich die bestmögliche Bildung erhalten würde, und gleichzeitig Distanz zu mir und seinem eigenen Wirken aufbauen.“

Ich verzog das Gesicht. Eton hatte einen besonderen Ruf in England und war eine der strengsten Schulen überhaupt. Gekrönte Häupter, diverse Blaublüter und solche, die genug Kleingeld für die horrenden Gebühren hatten, schickten ihre Sprösslinge dorthin und hofften auf die bestmögliche Bildung und Erziehung. Dass die Unterrichtsmethoden weniger an Waldorfpädagogik denn an Kasernendrill ausgerichtet waren, schmälerte nicht den Nimbus dieser Einrichtung.

„Gingen Sie nach Eton zu ihm zurück?“

„Nicht sofort, Miss McNamara. Zuvor besuchte ich eine Militärakademie, verbrachte mehrere Jahre mit Auslandseinsätzen, ehe ich meine Laufbahn beendete und nach England zurückkehrte. Anfangs war es für mich nicht leicht, Mr. Knight die gewohnte Vaterrolle einzuräumen, da sich unser Aussehen vom Alter her in zunehmenden Maße annäherte, was eines Tages zwangsläufig Fragen aufwerfen würde.“ Jason lächelte amüsiert. „Briefe und Telefonate geben nicht das äußere Erscheinungsbild wieder, und meine Erwartungen diesbezüglich – obwohl ich es hätte wissen müssen – entsprachen kaum der Wirklichkeit. Nachdem ich auf diese Weise durchaus eindrucksvoll hatte feststellen dürfen, dass ich zwar älter wurde, Mr. Knight jedoch nicht, war ein Umstrukturieren unseres Verhältnisses mehr als angebracht. Die Zeit des Versteckens war vorbei. Es war meine Entscheidung, offiziell in seinen Dienst zu treten, Miss McNamara. Mein Besuch einer renommierten Butlerschule in London war somit vorprogrammiert.“

„Wie alt waren Sie zu dem Zeitpunkt, Jason?“

„Zweiunddreißig, Miss McNamara.“ Er zwinkerte mir zu. „Und es war die Zeit, in der ich Eileen kennenlernte. Allein deshalb war es mehr als sinnvoll, diese Rolle gewählt zu haben.“

Ich lachte. „Das glaube ich gern. Es muss für sie ein ziemlicher Schock gewesen sein, als sie es herausfand.“

„In der Tat, Miss McNamara. Allerdings äußerte sich dieser Schock in Form einer eindrucksvollen Demonstration ihres imposanten Stimmvolumens und ihrer bemerkenswerten Physis, die sowohl Mr. Knight als auch meine Wenigkeit zu der Entscheidung gelangen ließ, meiner Frau niemals wieder ein solches Geheimnis vorzuenthalten.“

„Sie faltete euch zusammen?“

„Sie attackierte mich mit einem Schürhaken und Mr. Knight mit dem dazugehörigen Ascheimer. Sie geruhte zudem, uns die unflätigsten Wortschöpfungen auf Gottes weiter Erde entgegenzuschleudern.“

Die Vorstellung dieser Szene ließ mich kichern. „Ich bin erstaunt, Jason.“

„Das war ich nicht minder, Miss McNamara. Meine zarte Eileen verwandelte sich in eine Furie.“ Irrte ich oder lachte er leise?

„Ich hoffe, das werde ich niemals erleben müssen.“

„Oh.“ Er nickte bestätigend. „Das wünsche ich meinem ärgsten Feind nicht.“

„Sie hat sich ja beruhigt.“

„Es dauerte eine Weile, aber das hat sie, ja. Und wie Sie selbst wissen, blieb sie bei mir und somit auch bei Mr. Knight. Werden Sie bleiben, Miss McNamara?“

Der ernste Ton seiner letzten Frage ließ mich aufhorchen. Über diese Möglichkeit hatte ich niemals nachgedacht, geschweige denn, dass ich überhaupt darüber nachdenken wollte. Entsprechend empört fiel meine Antwort aus: „Selbstverständlich werde ich bleiben, Jason. Es gehört schon einiges mehr dazu als besorgtes Überwachen, um mich wirklich loszuwerden.“

„Auf diese Antwort hatte ich gehofft. Es freut mich, dass ich mich nicht in Ihnen getäuscht habe. Geben Sie Mr. Knight Zeit, diese Situation ist auch für ihn neu. Einen Ziehsohn großzuziehen, ist etwas vollkommen anderes als ein eigenes Kind. Insbesondere, wenn es sich dabei nahezu um ein Wunder handelt.“

Wir hatten das *Metropolitan*-Kunstmuseum passiert und fuhren am linksseitig liegenden *Jacqueline Kennedy Onassis Reservoir* vorbei. Parallel zu uns, rechts auf der Fifth Avenue, befand sich das auffällige Gebäude des *Guggenheim*-Museums für moderne und abstrakte Kunst, in dem allerdings auch Werke aus anderen Epochen zu finden waren. Auch wenn man keine Ahnung hatte, was ein Werk darstellen sollte, hier war es zu finden. Darian als Kunst- und Antiquitätenhändler würde hier sicherlich seine wahre Freude haben.

Nachdem wir den See hinter uns gelassen hatten, fuhren wir den East Drive weiter an Baseball- und Fußballfeldern entlang, auf denen bei diesem schönen Nachmittagswetter einiges los war.

Hier nahm ich nach längerem Schweigen den Faden unseres Gesprächs wieder auf. „Warum haben Sie, trotz Ihrer intensiven Verbindung, zu Darian dieses distanzierte Verhältnis? Das verstehe ich nicht wirklich.“

„Es dürfte inzwischen offensichtlich sein, Miss McNamara, dass ein Vater-Sohn-Verhältnis unter den gegebenen Umständen recht ungewöhnlich anmuten würde, nicht wahr?" Seine graue Augenbraue berührte fast seinen Haaransatz.

„Es ließe sich umkehren", erwiderte ich schlagfertig und lachte, als ich Jasons etwas verdutzten Gesichtausdruck sah. „Oh, Jason. Wenn Sie sich unbemerkt wähnen oder in eine Situation wie damals im Garten geraten, als Sie verletzt wurden, achten Sie auch nicht so genau darauf, Distanz zu wahren. Darian hat damals sehr deutlich klar gemacht, wie sehr er Ihnen zugetan ist. Und auch wenn er viel jünger wirkt, spielt es am Ende doch überhaupt keine Rolle."

„Es war mir nicht recht", gab Jason zu und sah kurz auf die Landschaft, während die Kutsche der Straße weiter folgte, die nun einen großen Schlenker beschrieb und uns am *Lasker Rink and Pool* vorbeiführte, wo man im Sommer Inliner und im Winter Schlittschuh laufen konnte. Ich erhaschte einen Blick auf das *Harlem Meer*, ehe der East Drive in etwa der Mitte des Parks am oberen Ende in Harlem in den West Drive überging und durch ein dicht bewaldetes Gebiet führte.

„Ich wusste Sie noch nicht genau einzuschätzen, Miss McNamara", erklärte Jason mir indes. „Gleichfalls möchte ich mich für meine Zweifel an Ihrer Integrität im Nachhinein entschuldigen. Sie wissen um Mr. Knights wahre Identität und somit genau, worauf Sie sich einlassen. Eines Tages werden Sie vielleicht an genau dem Punkt stehen, an dem ich stand, als ich bemerkte, dass ich im Gegensatz zu Mr. Knight älter werde. Um seinen Schutz zu gewährleisten, entschied ich mich für die heutige Konstellation. Möglicherweise werden Sie anders entscheiden."

„Und er lässt es zu?", rutschte es mir erstaunt heraus.

„Welche Wahl hat er? Er hat in seinem gesamten Leben schon so viele Menschen verloren, die ihm etwas bedeuteten, dass er jeden erdenklichen Strohhalm ergreifen wird, nicht wieder einsam zu werden. Haben Sie darüber schon einmal nachgedacht?"

Nein, hatte ich nicht. Denn ich war immer davon ausgegangen, dass es Darian nicht störte, wenn er allein war. Jasons Worte machten deutlich, dass ich mit dieser Ansicht grundlegend danebenlag.

„Er hat Thalion an seiner Seite", gab ich zu bedenken, und abermals streifte Jasons hochgezogene Braue fast seinen Haaransatz, um dort regelrecht einzurasten. „Sind Sie sich da sicher, Miss McNamara? Diese Verbindung ist vom Nutzen geprägt und hat mit Freundschaft wenig zu tun."

„Und doch vertrauen sie einander."

Diesmal schüttelte er leicht mit dem Kopf. „Es ist eine Zweckgemeinschaft, wo sich solche Dinge auf lange Sicht ergeben haben. Doch das, was Sie unter blindem Vertrauen verstehen, ist in diesem Fall gewiss nicht vorhanden. Mr. Knight und Thalion stehen in diesem Gefecht Seite an Seite, das macht sie zu Verbündeten. Aber weder zu Freunden noch zu Vertrauten."

Okay, das war einleuchtend. Und ich erinnerte mich, dass Thalion mich zwar ausgebildet, mir jedoch immer wieder eingeschärft hatte, niemandem zu vertrauen. Auch ihm nicht. Trotzdem hatte ich keinerlei Zweifel daran, dass er im Notfall jederzeit eingreifen würde, wenn ich ihn darum bat. Ich hoffte, es würde niemals nötig werden.

„Vertrauen Sie Darian?", fragte ich zaghaft und erhielt die Antwort, die ich selbst gegeben hätte. „Blind und jederzeit, Miss McNamara."

Daher nickte ich nur und betrachtete eine Weile die Landschaft des Parks, während wir ihn gemächlich durchquerten. Wir kamen auf der anderen Seite des *Jacqueline Kennedy Onassis Reservoir* entlang, legten das lange Stück bis zum *Lake* zurück und fuhren dann an einer weiten Ebene vorbei. Auf Höhe der 65th Street bogen wir nach links ab, und der Weg führte uns unter diversen Brükken hindurch zurück in Richtung Zoo. Dort ließ Jason die Kutsche anhalten, bezahlte den Fahrer, und wir stiegen aus. Die verbliebene Strecke legten wir in einem bequemen Tempo nebeneinander zurück. Auf der letzten Brücke über dem See, wir konnten das *Plaza* bereits sehen, holte Jason sein Handy hervor und schaltete es wieder ein. Sofort kamen mehrere Nachrichten an, es klingelte energisch.

Er sah mich verschmitzt an. „Ich würde vermuten, man hat uns vermisst, Miss McNamara."

Ich grinste zurück und warf einen Blick auf sein Handy. „Ach, so lange waren wir doch gar nicht weg, Jason. Lediglich ... Ups! Das waren über zwei Stunden?"

„Ich befürchte, dem ist so, Miss McNamara."

„Dann befürchte ich, dass wir jetzt einen fürchterlichen Anschiss erwarten dürfen.“

„Ich denke, da haben Sie recht, Miss McNamara.“

- Kapitel Fünf -

Wir hatten die Lobby des Hotels noch nicht ganz betreten, da läutete Jasons Telefon bereits Sturm. Er nahm es heraus, blickte kurz drauf und nahm ab. „Wir sind in wenigen Minuten oben, Sir … Ja, es ist alles in bester Ordnung.“ Damit legte er auf und nickte mir knapp zu.

„Ist er sauer?“, fragte ich leise. Wieso hatte ich gerade jetzt ein unbenutztes schlechtes Gewissen in meiner Hosentasche finden müssen?

„Er klang nicht danach, Miss McNamara“, gab Jason selbst ein wenig ungläubig zurück. „Eher leicht besorgt. Wir werden es sicherlich gleich genauer erfahren.“

Wir erreichten den Fahrstuhl und fuhren hinauf. Kaum hatten sich in unserer Etage die Türen des Fahrstuhls geöffnet, wurden wir von Darian begrüßt. „Es ist mir lieber, wenn ich euch zur Suite begleite. Nicht, dass ihr nochmals verloren geht.“

Gemeinsam betraten wir die Suite, und ich blickte mich um. „Dad ist nicht hier? Ich nahm an, ihr seid zusammen.“

„Nein.“ Darian nahm sein Sakko vom Stuhl und bot Jason den Platz an. „Dein Bruder hat sich vor gut einer Stunde gemeldet. Duncan nahm sich gleich danach ein Taxi. Ich gehe davon aus, dass auch dein Handy ausgeschaltet war?“

Ich sah ihn zerknirscht an und zog es dabei aus der Tasche. „Das ist es noch immer“, gestand ich ein und legte es auf dem Tisch ab. Würde jetzt das Donnerwetter erfolgen? Ich wappnete mich dagegen. Doch zu meiner Verwunderung blieb es aus.

„Wenn ihr das nächste Mal einen längeren Ausflug plant, lasst es mich bitte wissen. Ich möchte mir nicht unnötig Sorgen machen müssen. Und nein, Faye.“ Darian lächelte mich wissend an. „Ich bin nicht sauer. Es würde ohnehin nichts bringen, richtig?“

Was war das denn? Hatte er Baldrian geschluckt? Normalerweise tat er seinen Unmut über solche Verfehlungen etwas energischer kund.

„Faye.“ Seine Hände landeten schwer auf meinen Schultern und mir war klar, dass ich gedanklich geschrieen haben musste. „Ich möchte dich nicht einsperren. Ich möchte dich nicht anbrüllen. Und ich möchte dich auch nicht umerziehen. Ich möchte dich genau so, wie du bist. Aber du würdest mir eine gewisse Art von Sorgen nehmen, die für mich mehr als ungewöhnlich sind und mit denen ich verdammt schwer umgehen kann, wenn du mit mir redest."

„Okay." Ich schluckte trocken. „Wir reden. Sobald wir Zeit haben."

„Gut." Er ließ mich los und fuhr sich mit einer Hand durch die Haare. „Das machen wir. Möchtest du dich noch umziehen, bevor wir zu deinem Bruder fahren? Duncan gab mir seine Adresse. Er wohnt in Brooklyn, in der Nähe der Docks."

„Falls ihr noch ein Weilchen warten könntet … Zumindest so lange, bis die Sonne verschwindet …", tönte es da verzagt durch die geschlossene Schlafzimmertür. „Ich würde gerne mitkommen. Ist sonst hier mächtig langweilig, falls ihr länger wegbleibt. Und ich möchte ja niemandem unnötige Sorgen bereiten."

Jason blickte Darian fragend an, während ich in der Tür stehen geblieben war, um ebenfalls seine Antwort zu erwarten. Darian seufzte leise. „Wie lange lauschst du schon, Steven?"

„Ey, das war jetzt aber nicht die Antwort, die ich ..."

Er verdrehte die Augen. „Steven."

„Schon gut. Ihr wart ja laut genug. Was ist nun?"

Darians Blick streifte mich, und ich zupfte an meinem Shirt. „Gib mir eine halbe Stunde. Nur schnell duschen und umziehen. Bis dahin dürfte sich das mit der Sonne erledigt haben."

„Bei der Gelegenheit werde ich ebenfalls ein frisches Hemd diesem hier vorziehen, Sir." Jason erhob sich und eilte hinaus. Ich ging ins Schlafzimmer und anschließend mit frischer Kleidung unter dem Arm ins Bad. Um Steven eine echte Chance einzuräumen, zog ich das Duschen unnötig in die Länge und brauchte danach ungebührlich lange zum Abtrocknen und Anziehen. Doch irgendwann wurde ich fertig und stand im Wohnzimmer.

Darian hatte die Jalousien geschlossen und saß mit Steven zusammen am Tisch. Beide hielten ein Glas in der Hand, in dem sich eindeutig eine rote Flüssigkeit befunden hatte. Als er meinen Blick bemerkte, lächelte er amüsiert. „Ich würde dir natürlich etwas davon anbieten, Liebes, befürchte aber, dass du ablehnen würdest."

Ich zupfte kurz an meiner Jeans – verdammt, die wurden immer knapper – und trat auf Darian zu, um einen Kuss einzufordern. Dann erkundigte ich mich nach Jason.

„Er möchte den Limousinenservice persönlich in Auftrag geben und überprüfen, Faye. Du kennst seine Gründlichkeit.“ Darian hatte sich erhoben und bedeutete Steven, ebenfalls aufzustehen. „Nimm dir eine Jacke mit, Schatz. Es könnte kühl werden.“

War er nicht zauberhaft? Er dachte an alles. Und warum nervte mich das allmählich? Warum konnte ich mich nicht über solch einen fürsorglichen Mann freuen, den jede andere Frau sofort mit Kusshand nehmen würde? Er war charmant, gut aussehend, fürsorglich, gebildet. Ein Leckerbissen und Neidfaktor. Und genau das alles machte mir derzeit sehr zu schaffen. Warum? Was stimmte mit mir nicht?

Ich schüttelte den Kopf, als wolle ich diese Gedanken allesamt aus mir herausschütteln. Um überhaupt etwas zu tun, nahm ich die beiden leeren Gläser vom Tisch und trug sie zur Spüle der Miniküche. Während ich die verräterischen Spuren dieser ungewöhnlichen Nahrung mit Hilfe von klarem Wasser entfernte, schaute ich in den Kühlschrank. So offensichtlich hatte Darian die Konserven untergebracht?

„Es wird dort niemand nachsehen, Faye“, vernahm ich ihn hinter mir und fuhr herum. Schnell trat er einen Schritt zurück und hob die Hände. „Entschuldige, ich wollte dich nicht erschrecken.“

„Hast du nicht“, meinte ich leise. Wohl eher zu meiner eigenen Beruhigung. Sein Blick machte deutlich, dass er mir nicht glaubte. So wie ich mir selbst nicht glaubte. Ich hatte ihn nicht gehört. Noch nicht einmal gespürt. Wo war ich mit meinen Gedanken?

Ich sah ihn an, wie er vor mit stand mit erhobenen Händen, einer Mimik, die man fast ängstlich nennen konnte. Ängstlich im Zusammenhang mit Darian? Diese Vorstellung allein war verwirrend. Dazu der Blick. Sorgenvoll verhangen, das Grau überlagerte das Blau, als hätten sich dunkle Wolken davorgeschoben. Mein Hals war wie zugeschnürt. Und selbst wenn ich ihm etwas hätte sagen wollen, ich brachte keinen Ton heraus. Dafür verschwamm mein Blick, ich fühlte kurz darauf etwas Nasses auf meine Handflächen tropfen und blickte verwundert hinunter. Es war, als wäre ich nur noch ein Beobachter. Nicht wirklich dabei. Als gehörte ich auf einmal nicht mehr dazu. Die Gefühle abgeschaltet, neutral, als reiner Zuschauer, der in einem fremden Körper steckt.

„Wo bist du, Faye?“ Seine Frage klang wie das Echo in einer hohen Kathedrale. Ich sah ihn wieder an. Fragend. Er hatte die

Hände gesenkt, sein Blick erwiderte meinen. „Wo bist du?"
„Ich weiß es nicht", gab ich vage zurück. „Seit wir hier sind, ist alles irgendwie anders."
Langsam, fast vorsichtig trat er vor und nahm meine Hände. „Was ist anders, Faye? Was fühlst du?"
Ich lachte bitter auf. „Diese Frage würde ich nur zu gern selbst beantwortet haben."
„Hängt es mit der Schwangerschaft zusammen? Fühlst du dich deswegen so unsortiert? Möchtest du einen Arzt aufsuchen?"
„Wäre vielleicht keine schlechte Idee", erwiderte ich nachdenklich. „Zumindest würde es uns eine gewisse Sicherheit geben, dass mit dem Kind alles in Ordnung ist."
Darian blickte mich verstehend an. „Ich kann dir jetzt zwar versichern, dass alles okay ist, aber vermutlich bedarf es für dich der Bestätigung durch einen Arzt, Liebes. Ist es ausreichend, wenn wir uns gleich morgen darum kümmern?"
Mir gelang ein kleines Lächeln. Gleichzeitig fühlte ich eine Last von meinen Schultern fallen. Hatte ich bislang darauf vertraut, dass alles seinen geregelten Gang ging, so stellte ich nun fest, dass ich Gewissheit benötigte. Dass mein Verstand eine Bestätigung dringend brauchte. Manchmal war Wissen doch wichtiger als pures Vertrauen.
Der sanfte Kuss auf meine Stirn und das Lächeln auf seinen Lippen bewies, dass Darian sehr wohl wusste, was in mir los war. Vielleicht noch mehr als mir selbst bewusst war. Ich hörte ihn leise lachen und verzog den Mund. Möglicherweise sollte ich doch wieder die Dattel tragen.
Sein Lachen wurde vom Läuten des Telefons unterbrochen.
Steven nahm ab. „Ja? ... Ja, gut. Der Wagen steht parat." Er wechselte einen schnellen Blick mit Darian. „Okay, wir sind gleich unten."

Die Fahrt ins Hafengebiet nach Brooklyn zu meinem Bruder verlief zügig. Der Fahrer wählte die Route über den Broadway, wo er uns einige Sehenswürdigkeiten der Stadt zeigte, durchquerte Tribeca und kurvte anschließend über die Brooklyn Bridge. Dann ging es Richtung Docks bis direkt vor die Werkstatt meines Bruders.
Darian half mir aus dem Wagen, und ich sah mich interessiert

um. Das Gebäude war dreistöckig, bestand aus rotem Backstein und hatte ein Flachdach. Eine hohe Hecke umgab das Grundstück, welches über die breite Einfahrt zu erreichen war und einen großen Hof offenbarte. Eine kleinere Halle grenzte an das vordere Gebäude. Durch einen überdachten Gang waren sie miteinander verbunden. Zwei große, geschwungene Tore standen offen und gaben den Blick in die Werkstatt frei, die sich im unteren Bereich des Wohnhauses befand. Die Halle schien nur als Lager zu dienen.

Die typischen gelben New Yorker Taxis standen im Hof und auf der Straße vor dem Haus, einige zumindest optisch völlig intakt, andere nach einem Unfall verbeult. Zwei etwa zwölfjährige Jungs liefen zwischen den Wagen hindurch und warfen sich einen Ball zu. Ein leichter Geruch von Wasser und Fisch gepaart mit dem intensiveren Aroma von altem Öl und verbranntem Metall stieg mir in die Nase. Gleichzeitig drangen laute Geräusche an mein Ohr. Das Kreischen eines Winkelschleifers, das Klirren herabfallender Werkzeuge, Rufe und aus weiter Ferne das Dröhnen einer Schiffssirene.

„Nein, das wird nicht nötig sein“, vernahm ich Darians Stimme hinter mir. Er lehnte am Autodach der Limousine und sprach mit dem Fahrer. Dabei wies er hinter sich. „Wie Sie unschwer erkennen können, werden wir kein Problem haben, hier ein Taxi zu finden.“ Er klopfte kurz auf das Dach, und der Wagen rollte davon.

„Hey!“, erklang es von weiter oben, und ein Rotschopf sah aus einem Fenster über der Werkstatt zu uns herunter. „Wartet, bin gleich da.“ Der Kopf verschwand, kurz darauf knallte irgendwo eine Tür, dann kam Kimberly um die Ecke des Gebäudes geeilt.

Ich spähte derweil in die Werkstatt. Mehrere Mechaniker eilten zwischen drei großen Hebebühnen umher, schraubten und bauten an den darauf befindlichen Autos herum und riefen sich gegenseitig Anweisungen zu.

„Falls ihr Alistair sucht, der ist vor ein paar Minuten mit dem Schlepper los. Ein Unfall in Manhattan. Er kratzt erst mal die Reste von der Straße. Wird wohl ‘ne Weile dauern. Kommt doch so lange mit hoch.“ Kimberly war zu uns getreten und sah uns der Reihe nach an, dann blieb ihr Blick an Steven hängen. „Ach, noch ein Mitbringsel? Wo hattet ihr den denn versteckt? Im Koffer?“

„*Mitbringsel*?“, kam Steven in voller Empörung jeder weiteren

Erklärung zuvor. „Bin ich eine Handtasche? Hab ich Griffe?“

„Cool, es spricht“, konterte Kimberly und betrachtete Steven genauer. „Kann ich den behalten?“

„In Verbindung mit einem Maulkorb, Miss Kimberly, ließe sich über Ihr Ansinnen durchaus debattieren“, erklang Jasons trockener Kommentar.

Verblüfft starrte ich ihn an. „Haben Sie jetzt Dads Job übernommen, Jason?“

„Mitnichten, Miss McNamara. Ich möchte lediglich verhindern, dass Mr. Montgomery unter emotionalem Entzug leidet.“

„Herzlichen Dank, Jason“, brummte der Besagte. „Es ist wirklich nicht nötig.“

„Wir werden dich selbstverständlich gerne begleiten, Kimberly“, erwiderte Darian bestimmt und warf Jason und Steven einen finsteren Blick zu.

Sie sah kurz zwischen den beiden Streithähnen hin und her, dann machte sie eine einladende Geste. „Okay, folgt mir. Im Treppenhaus etwas aufpassen, da liegen ein paar Sachen herum.“

Die Sachen entpuppten sich als sperrige Kartons, die in wilder Unordnung gefährlich wackelnd übereinander gestapelt an den Wänden lehnten und mich an eine Bergtour in den Anden erinnerten. Einen kurzen Moment stellte ich mir Kimberly als Bergführer vor und musste grinsen. Ihr Rotschopf wäre wohl noch durch den dichtesten Nebel zu erkennen gewesen.

„Da sind wir“, meinte sie leichthin und stemmte sich kräftig gegen die Tür. Sie lächelte verzagt. „Klemmt etwas.“

Mit einem klagenden Laut gab die Tür schließlich nach und schwang auf. Für einen kurzen Moment entschwand das Mädchen meinem Blick und tauchte dann im Flur wieder auf. „Voilà. Hereinspaziert. Den Gang runter, zweite Tür rechts, da ist die Küche. Die erste Tür ist das Klo.“

Einer Gänseschar gleich marschierten wir nacheinander ins Apartment und in den besagten Raum. Hatte ich hier meinen Vater erwartet, wurde ich enttäuscht. „Falls du die Familienmumie suchst, die ist mit Dad zusammen unterwegs. Haben wohl ‘ne Menge zu bereden, denk ich. Setzt euch doch. Will jemand Kaffee?“

Während ich mich vorsichtig auf dem einfachen Holzstuhl am Küchentisch niederließ, dessen geblümte Wachstuchdecke diverse Brandlöcher und Schmierölflecken aufwies, schaute ich mich neugierig um. Mein Bruder schien keinen großen Wert auf eine gepflegte, moderne Einrichtung zu legen. Er hielt es wohl eher mit dem Minimalismus, denn hier sah es aus wie in einem Haushalt des vergangenen Jahrhunderts, einem besonders kargen obendrein. Neben mir war das Fenster, aus dem Kimberly gewunken hatte. Ein großer, wohl ehemals weißer und nun recht zerschrammter und angegrauter Küchenschrank mit Glastüren stand an der linken Wand, daneben ein Regal, auf dem sich Teller befanden, die ihre besten Tage längst hinter sich hatten. Bei näherer Betrachtung des oberen Esstellers bekam ich den Eindruck, das gesamte U-Bahnnetz Londons in Form von Rissen im Porzellan vor mir zu haben.

An der rechten Wand des Raumes befand sich eine altersschwache Spüle mit einem Zwei-Liter-Heißwasserboiler darüber. Nahe der Tür stand ein alter zerkratzter Kühlschrank, der laut vor sich hin brummte. Auf der anderen Seite der Spüle erblickte ich einen weiß emaillierten Gasherd mit drei Flammen und einem Backofen. Direkt daneben war eine große Gasflasche deponiert. Mein Bruder stand auf Abenteuer. Die diversen verschmorten und braunen Stellen auf dem dunkelvioletten Linoleum aus den sechziger Jahren ließen diese Vermutung durchaus aufkommen.

„Kaffee klingt gut“, meinte ich und suchte insgeheim nach dem passenden Utensil.

Es erschien in Form eines Espressokochers aus dem unteren Bereich des Küchenschrankes. Kimberly füllte Wasser und Kaffeepulver hinein, machte die hintere Flamme des Herdes an und stellte den Kocher darauf ab.

„Was ist mit euch?“, hakte sie an die Herren gewandt nach. Darian und Steven lehnten dankend ab, Jason wagte, mit vernehmlichem Zweifel in der Stimme, die Frage nach einem Tee zu stellen.

„Klar doch“, meinte sie nur, griff ins obere Regal des Küchenschrankes und holte mehrere Blechdosen heraus, die sie schüttelte und die verdächtig nach mangelndem Inhalt klangen. Drei der Behältnisse schienen noch etwas Füllung aufzuweisen, daher schraubte Kim sie auf, um daran zu schnuppern. Ihr Urteil war vernichtend. „Das Zeug riecht alles gleich. Nämlich nach nix.“

„Dann dürfte sich die Frage nach der Geschmacksrichtung vermutlich erübrigt haben, junge Dame“, gab Jason mit schmalem Lächeln zurück.

„Ich kann alles ineinander schütten.“

„Sehr freundlich, aber wirklich nicht nötig."
„Okay." Ihr Blick wurde nachdenklich. „Ist vermutlich eher für den Mülleimer?"
„In der Tat", bestätigte Jason, und ihm war anzusehen, dass ihm diese Lösung am meisten behagte.
Der Doseninhalt landete in einem großen Blecheimer hinter der Tür, die leeren Gefäße wieder im Schrank. Dann zog sie eine der Schubläden auf und begann darin herumzusuchen. Eine Zange landete auf dem Tisch, gefolgt von einer Angelschnur, einer flachen Dose mit Nägeln, einem Lötkolben samt Lötzinn, roten Weihnachtskerzen, diversen bunten Servietten und einem Korkenzieher, den Kim mit den Worten „Ach, da steckt er" kommentierte. Dem folgten eine Pflasterbox, Mullbinden, eine kleine Flasche Jodtinktur, ein altes Briefmarkenheftchen, Nähzeug sowie ein dezent schwarzes Pappmäppchen mit einer unauffällig schrillweißen Aufschrift und drei Probepackungen als Schutz gegen AIDS.
„Was suchst du überhaupt?", erkundigte ich mich hilfsbereit, ein wachsames Auge auf den inzwischen blubbernden Espressokocher gerichtet.
„Hah!", ließ Kimberlys begeisterter Aufschrei uns alle zusammenzucken. Dann hielt sie das Gefundene in die Höhe. „Ich wusste doch, dass wir noch welche haben."
„Earl Grey?", fragte Jason und betrachtete die zwei am Band pendelnden Säckchen genauer. „Vermutlich Jahrgang 2000?"
„Steht das da drauf?" Das Mädchen begutachtete die Teebeutel zweifelnd und murmelte etwas von „Juni 2002".
„Na, zumindest ist er gut abgehangen", warf Steven trocken ein und erntete einen distinguierten Blick. „Was denn?"
„Schon gut", meinte Jason resigniert. „Ich geruhe dennoch, mich auf das Experiment *Tee* einzulassen – in der Hoffnung, daraufhin nicht selbst zu ruhen."
Ich grinste ihn an. „Lernt man beim Militär nicht unter anderem, sämtlichen Foltermethoden zu widerstehen?"
„Die Tee-Methode findet heute bei mir das erste Mal ihre Anwendung", konterte er erhaben. „Ich bin nicht sicher, dieser Herausforderung gewachsen zu sein."
„Hey, das ist unfair, immerhin duftet der noch", empörte sich Kimberly gespielt und schwenkte die beiden Beutel.
„Das tut der Proband nach todbringendem Genuss auch nach ei-

nigen Tagen“, erwiderte Steven und wich meinem Ellenbogencheck geschickt aus. Allerdings erwischte ihn Darians Nackenschlag.

„*NCIS*-Fan?“, freute sich Kimberly und lachte Darian zu. „Darf ich auch mal?“

„Erst bin ich ein *Mitbringsel*, jetzt werde ich mit einer Serienfigur gleichgesetzt. Was kommt als Nächstes?“

„Du könntest den Tee vorkosten“, schlug Jason zuvorkommend vor.

„Dann aber bitte mit etwas Gebäck“, flötete Steven und sah Kimberly erwartungsvoll an. „Hast du dergleichen noch irgendwo herumliegen? In der anderen Schublade vielleicht? Wenn ich abtrete, dann wenigstens mit Stil.“

„Mit etwas Glück findest du einen zerbröckelten Keks nebenan im Bad, da hatten wir bis vor kurzem noch Mäuse“, gab Kimberly ungerührt zurück. „Aber wisch das weiße Zeug vorher ab, das ist kein Zucker.“

„Ich bin entzückt“, meinte Steven und erhob sich. „Wo war gleich noch die Nasszelle?“

„Pflanz dich, Hirni, das war ein Witz“, raunzte sie ihn sogleich an. „Ich hab’ hier vorhin irgendwo ein paar trockene Kekse gesehen. Die kannst du wenigstens gefahrlos stippen.“

Die Kombination *Steven* und *gefahrlos* erschien mir persönlich doch ein wenig zu gewagt. Dennoch entschied ich mich, meinen Mund zu halten und stattdessen den Espresso von der Flamme zu nehmen. Diensteifrig kramte Kimberly eine dickwandige, geblümte Tasse hervor und stellte sie an meinen Platz. Ich überlegte kurz, nach Milch zu fragen, besann mich ob des Alters der Teebeutel jedoch eines Besseren und ließ ihn schwarz. Gleichzeitig wunderte ich mich etwas darüber, dass Steven Kimberlys *Liebkosung* widerstandslos hinnahm. Welpenschutz?

Da rumpelte es aus Richtung Flur, und wenig später kratzte es an der Tür.

„Oh, *Breeze* kommt.“ Kimberly ließ die Teebeutel vor Jason auf den Tisch fallen und eilte hinaus in den Flur. Man konnte förmlich sehen, wie die Frage nach dem *lauen Lüftchen* im Raum stand. Ein leises Maunzen gab die Antwort, und Stevens „Oh nein, bitte nicht!“ ließ erahnen, wie sehr er sich über dieses Tierchen freute.

Der schwarz bepelzte und gelbäugige Träger jenes dezenten Namens steuerte schnurstracks unseren Aufenthaltsort an. Er blieb in der Tür eine Weile stehen, um uns hoheitsvoll zu mustern, ehe er ganz eintrat. Kaum hatte er eine Pfote in den Raum gesetzt, stellte er das Fell auf und der Schwanz wurde doppelt so dick. Ein Fauchen erklang, eine Pranke zischte durch die Luft. Steven floh förmlich von seinem Stuhl.

„Breeze!“

Kimberlys Ruf wurde ignoriert. Der Kater schoss weiter auf Steven zu, der inzwischen bis zum Fenster ausgewichen war. „Haltet mir dieses Ungetüm vom Hals!“

„Das würde ich ja gern machen“, gab Kim zurück und sprang beiseite, als der Kater auch nach ihr schlug. „Aber wie du siehst, ist das gar nicht so einfach. Ich verstehe das nicht.“

„Ach, lieber mich als dich?“ Steven warf ihr einen finsteren Blick zu, ging plötzlich in die Hocke und fauchte seinerseits den Kater an. Okay, es klang beeindruckend. Vermutlich wäre jeder andere Kater auch irritiert gewesen. Dummerweise aber war dieser hier eben nicht wie jeder andere. Binnen Sekunden hatte Steven mehrere lange und fies aussehende Striemen im Gesicht.

Kimberly schrie erschrocken auf, Steven wich mit sichtlicher Verblüffung zurück, und Breeze hatte plötzlich keinen Boden mehr unter seinen Pfoten.

„Meinst du nicht, es reicht, kleiner Mann?“ Eine Hand im Nackenfell vergraben, blickten graublaue Augen in gelbe.

Zu meiner Verwunderung stellte der Kater sofort seine Gegenwehr ein, blinzelte Darian ein paar Mal an und begann plötzlich zu schnurren. Dann schlappte eine kleine rosafarbene Zunge hervor und fuhr Darian über die Nase. Amüsiert setzte er das gefährliche Raubtier wieder ab.

„Wie ... Was?“ Kimberlys Blick wanderte zwischen Darian und dem Kater hin und her. Sie suchte offensichtlich nach passenden Worten, fand sie schließlich: „Sag mal, bist du nebenberuflich Dompteur?“

„Nein.“ Darian hatte sich wieder neben mir auf dem Stuhl niedergelassen. Auffordernd klopfte er auf seine Schenkel, und als wäre es das Normalste der Welt, sprang der Kater hinauf, rollte sich zusammen und ließ sich kraulen. „Allerdings wissen Tiere sehr genau, wen sie vor sich haben.“

„Super, echt.“ Das Tier im Auge behaltend, setzte Steven sich vorsichtig zurück auf seinen Stuhl. „Dann hält er mich für einen

Kratzbaum?“

„Eher für einen Konkurrenten“, klang es da im tiefsten Bariton von der Tür her.

„Daddy!“ Kimberly fuhr herum, durchquerte die Küche mit wenigen Schritten und sprang den in der Tür stehenden Riesen im verschmierten Blaumann regelrecht an. Blitzschnell packte er zu und drückte seine Tochter an sich.

Ich war aufgesprungen, stand nun mitten in der Küche und starrte meinen Bruder an. So hätte ich ihn nie erkannt. Er war wesentlich breiter, als ich ihn in Erinnerung hatte, und auch größer; er füllte fast den gesamten Türrahmen aus. Seine rostrote Lockenpracht war schulterlang, und seitlich von seinem Gesicht hingen zwei dünne, geflochtene Zöpfe herab. Sein wettergegerbtes und gebräuntes Gesicht ließ erahnen, dass er sich viel im Freien aufhielt. Und in seinen grünen Augen lag ein Ausdruck, den ich nicht zu deuten vermochte. Lauernd? Abwartend? Drohend? Eine Mischung daraus?

„Du bist verdammt hübsch geworden, Faye“, begrüßte er mich schließlich, trat auf mich zu und blieb direkt vor mir stehen. Er sah auf mich herab, machte jedoch keinerlei Anstalten, mich zu berühren.

„Und du bist verdammt breit geworden“, entgegnete ich ruhiger, als ich mich fühlte. Ich blieb weiterhin bewegungslos stehen und sah ihn unumwunden an.

Da hob er eine Hand, legte sie an meine Wange und küsste mich auf die Stirn. „Schön, dass du da bist.“

Damit wandte er sich um und nahm die restlichen Anwesenden in Augenschein. Darian war aufgestanden, hatte den Kater abgesetzt und reichte Alistair die Hand. Dabei ignorierte er Breezes protestierendes Mauzen. „Darian Knight. Wir haben –“

„– telefonisch bereits das Vergnügen gehabt“, unterbrach Alistair ihn und nickte. Ohne die Hand zu ergreifen, blickte er Darian reserviert an. „Mein Vater war so frei, mich in den letzten Stunden über Sie zu informieren.“

„Anscheinend handelte es sich dabei nicht um die Informationen, die Sie gern gehabt hätten.“ Darian lächelte verstehend und senkte die Hand. „Nichts ist so, wie es anfangs scheint.“

„Allerdings.“

Die beiden Männer waren fast gleich groß, hatten beinahe die gleiche Statur und das gleiche Gewicht. Und sie strahlten beide eine enorme Energie aus, wobei die meines Bruders wilder wirkte, Darians hingegen weiser und ruhiger, aber nicht weniger kraftvoll. Mir kam es vor, als träfen hier zwei Naturgewalten aufeinander, taxierten sich gegenseitig und versuchten die Schwäche des anderen ausfindig zu machen. Es lag eine Spannung im Raum, die niemand zu durchbrechen wagte.

Niemand? Wo war mein Vater, wenn man ihn brauchte? Demnach war es an mir, einzugreifen. Denn hier fixierten sich zwei Männer, die mir gleich wichtig waren, und ich war nicht gewillt, vor eine Entscheidung gestellt zu werden.

„Falls ihr zwei hier das Alphatierchen ausmachen wollt, dann bitte draußen“, sagte ich in entsprechend autoritärem Ton. „Ansonsten kann ich nur an eure Vernunft appellieren, gewisse Zwistigkeiten auf friedvolle Weise beizulegen. Zumal auch Unbeteiligte anwesend sind.“

Alistairs Blick streifte mich, dann sah er sehr langsam zu Steven hinüber. „Unbeteiligt, Schwester?“

„Wisst ihr was?“ Steven sprang auf und sah sich genervt um. „Ich habe es satt, immer wieder zur Zielscheibe für eure menschlich hormonell bedingten Rangeleien zu werden. Ich wurde damals ja auch nicht gefragt, ob ich ein Snack sein wollte. Wenn ich störe, dann gehe ich eben.“

Er wandte sich zur Tür, als Kimberly direkt vor ihn trat und ihn aufhielt: „Bist du wirklich domestiziert? Is’ ja cool.“

„Lass ihn gehen.“

„Warum, Daddy? Er könnte ...“

„Oh nein.“ Steven schob sie beiseite. „Ich werde nicht den Probanden für irgendwelche Experimente an mir abgeben. Vergiss es. Ich habe auch ein gewisses Maß an Stolz. Abgesehen davon: Ja, ich bin geimpft, entwurmt und stubenrein. Sonst noch Fragen?“

„Du bleibst, Steven.“ Diese klaren Worte stammten eindeutig von Darian und ließen den Angesprochenen mitten in der Bewegung verharren. „Wenn jemand geht, dann gehen wir alle.“

„Faye?“ Der Blick meines Bruders hatte mich erfasst und lag bedeutungsschwer auf mir. Ich seufzte. Genau das hatte ich zu verhindern versucht. Ich sah von Alistair zu Darian und wieder zurück. Schließlich schüttelte ich den Kopf. „Was seid ihr bloß für

Idioten."

Problemlos schob ich den menschlichen Schrank vor mir beiseite, schnappte einen verblüfften Steven bei der Hand und zog ihn hinter mir her aus der Küche heraus. „Bring deine Kratzer in Ordnung, Steven, du wurdest sowieso enttarnt."

Knapp nickend setzte er seine Regeneration in Gang, bis kurz darauf von den Wunden nichts mehr zu sehen war. Genau in diesem Moment klärte sich die Frage nach dem Aufenthaltsort meines Vaters durch das Rauschen der Toilettenspülung.

„Wenn Sie die Güte hätten, auf mich zu warten, Miss McNamara, wäre ich Ihnen sehr verbunden", rief Jason mir nach. „Wenn Sie erlauben, Sir? Und falls Sie nicht erlauben, Sir, erlauben Sie, Sir, dass ich mir erlaube, Miss McNamara zu begleiten, Sir."

Wir verharrten im Flur, als sich eine schwere Hand auf meine Schulter legte. Ich hatte Darian erwartet, blickte jedoch in grüne Augen.

„Komm mit, ich möchte dir etwas zeigen", war alles, was Alistair sagte.

Der Raum am Ende des Ganges war dunkel. Es roch muffig. Alistair schob mich hinein und schloss die Tür. „Warte hier, ich mache Licht."

Bevor ich ihm sagen konnte, dass ich durchaus in der Lage war, in der Dunkelheit zu sehen, flammte ein altertümlicher, arg verstaubter Kristalllüster auf. Ein leiser Knall, dann wurde es dunkler, mein Bruder fluchte leise.

„Bevor du nach passenden Glühlampen suchst, die möglicherweise in den Tiefen einer dubiosen Schublade irgendwo in der Küche verschwunden sind, nutze doch einfach das Resttageslicht und die Vorhänge an den Fenstern auf", schlug ich vor.

„Singlehaushalt", murmelte er nur und kam meiner Anregung nach.

Sogleich durfte ich feststellen, dass die Suche nach Glühlampen die sinnvollere Alternative gewesen wäre, denn nachdem er die Vorhänge beiseite geschoben und der Staub sich gelegt hatte, erwiesen sich die Fensterscheiben als leicht erblindet. Zumindest war für etwas Frischluftzufuhr gesorgt, da Alistair die untere Hälfte des Fensters während des staubigen Wirbelsturms hochgeschoben hatte.

Für einen winzigen Moment kam mir dieser Raum wie der Zwilling des Flurs vor. Kisten, Schachteln, Berge von losen Papieren, Pergamentrollen in zusammengerolltem und entrolltem Zustand lagen überall verstreut herum. Das Regal entpuppte sich bei näherem Hinsehen als ein kunstvoll arrangiertes Konstrukt aus übereinandergestapelten Büchern. Und, ich traute meinen Augen kaum, unter diversen Papierstapeln befand sich ein großer, alter Schreibtisch. Zumindest machte ich dessen hellbraune Holzbeine aus.

„Was wolltest du mir eigentlich zeigen, Alistair?", wagte ich mich vor. „Dass du dringend eine Putzfrau benötigst?"

„Eigentlich nicht, aber da du das gerade erwähnst." Sein Grinsen wirkte eine Spur zu humorlos, während er zielstrebig in das fragile Arrangement griff und vorsichtig ein altes Buch daraus hervorzog. Das Konstrukt schwankte gefährlich. Besorgt trat ich beiseite, doch alles blieb stabil.

Alistair blickte sich ratlos um, zuckte mit den Schultern und fegte kurzerhand sämtliche Papierberge auf dem Schreibtisch achtlos beiseite. Nachdem er auf diese Weise die Tischplatte zum Vorschein gebracht hatte, legte er das Buch darauf ab. Ich schlug mir eine Schneise durch das lose Blättermeer am Boden und trat neben meinen Bruder. Er hatte das Buch aufgeschlagen und blätterte darin herum, bis er das Gesuchte gefunden hatte. Erwartungsvoll tippte er mit dem Finger darauf. „Lies das."

Neugierig überflog ich die seitenlangen, handschriftlichen und mittlerweile etwas verblichenen Aufzeichnungen über einen Vampir namens Dahad Al'Draim. Dann blickte ich Alistair fragend an. „Das ist mir alles bekannt. Und jetzt?"

Er war sichtlich verblüfft. „Du weißt …?"

„Ja, Alistair, ich weiß, wie er einmal gewesen ist. Und ich weiß, wie er inzwischen ist. Aber vermutlich weißt *du* das nicht."

„Vampire ändern sich nicht von heute auf morgen, Faye."

„Genau so, wie Menschen sich nicht von jetzt auf gleich ändern, Alistair", konterte ich nun leicht erbost. „Nicht alles ist nur schwarz oder weiß, es gibt auch die Grautöne dazwischen. War das alles, was du mir zeigen wolltest?"

„Entschuldige, wenn ich skeptisch bleibe, Faye. Er ist der Mann, den du anscheinend liebst. Verlange das aber nicht von mir."

„Mach, was du meinst, Alistair. Ich kann dich nicht dazu zwingen. Aber mit diesen alten und unvollständigen Aufzeichnungen wirst du bei mir niemals etwas erreichen." Ich wandte mich zum Gehen, als mir siedend heiß etwas einfiel. Daher hielt ich nochmals inne und sah ihn fest an. „Möglicherweise hast du ja eine Leiche im Keller, die du gerne beichten möchtest."

„Du spielst auf meine Tochter an", gab er harsch zurück. „Nur zu, was willst du wissen?"

„Alles."

„Hast du genug Zeit?"

Ich klopfte eine Kiste ab, fand sie stabil genug und ließ mich demonstrativ darauf nieder. „Die ganze Nacht, falls nötig."

„Also gut, du kriegst die Kurzfassung." Alistair setzte sich auf die Kante des Schreibtisches, faltete seine Hände und ließ für einen Moment seinen Kopf hängen. Dann blickte er mich wieder an. „Erinnerst du dich an meinen ersten Abstecher in die Staaten als Austauschschüler vor achtzehn Jahren?"

Ich nickte.

Er holte tief Luft. „Ich habe es niemandem erzählt, Faye, weil es mir unangenehm war. Während meiner letzten Wochen in Chicago hatte ich ein Mädchen kennen gelernt und ... na ja.“ Ein verlegenes Lächeln zuckte um seine Mundwinkel. „Vor knapp zehn Jahren bekam ich einen Brief, der mich darüber in Kenntnis setzte, dass ich Alimente zu leisten hatte. Du kannst dir vorstellen, dass ich das nicht so ohne weiteres hinnahm und wissen wollte, ob es wirklich der Wahrheit entsprach. Also reiste ich nach Chicago.“

„Anscheinend hatte es seine Berechtigung, denn Kimberly ist hier.“

„Bis ich sie gefunden hatte, durfte ich erst mal die halbe Stadt umkrempeln. Diese verdammte Behörde hatte mir zwar eine Zahlungsaufforderung geschickt, mir aber keinerlei Hinweise über den Verbleib des Kindes gegeben. In einer völlig heruntergekommenen Wohnwagensiedlung außerhalb der Stadt fand ich sie schließlich. Verdreckt, krank, unterernährt, umgeben von Unrat und Müll. Sie lebte dort zusammen mit drei jüngeren Geschwistern und einer ständig besoffenen und drogensüchtigen Mutter.“ Wut blitzte in seinen Augen auf, ließ sie fast gelblich funkeln. „Diese verdammte Schlampe knallte sich jeden Tag die Birne zu und ließ dabei ihre Kinder verhungern. Meine Tochter, verstehst du, Faye? Und dafür wollte das Weib noch Geld von mir?“

Wie von allein schob ich meine Hände über seine, drückte sie und sah ihn verständnisvoll an. Er seufzte gequält, murmelte: „Das erste Mal in meinem Leben wurde ich richtig wütend, Faye.“

„Das ist verständlich angesichts der Umstände, Alistair. Wenn es um mein Kind gegangen wäre, hätte mich auch die Wut gepackt.“

Nun schlich sich ein schmerzerfülltes Lächeln auf seine Lippen. „Als ich sie fand, war sie fast sieben Jahre alt und sah aus wie eine Fünfjährige. Spindeldürr, mit völlig verfilzten Haaren und stinkenden, zerrissenen Klamotten am Leib, die ihr viel zu klein waren. Das mitten im Winter. Der Wohnwagen hatte noch nicht einmal eine Heizung. Es war saukalt, sie froren. Und die verfluchte Schlampe lag zugedröhnt im Bett.“ Er atmete tief durch, seine Stimme wurde leise, klang fast erstickt: „Ich brachte die Kids in ein Krankenhaus, sie hatten alle eine Lungenentzündung. Tagelang blieb ich an Kims Bett und wartete darauf, dass sie wieder gesund wurde. Ich beantragte das Sorgerecht und nahm sie mit mir. Ihre drei Geschwister kamen in die Obhut eines staatlichen

Kinderheims."

„Was geschah mit der Mutter?", fragte ich ebenso leise. Abermals ließ kalter Zorn seine Augen fast gelblich aufblitzen. „Sie ist tot."

„Wie starb sie?", fragte ich leise. „Überdosis?"

„In gewisser Weise."

Wich er mir gerade aus? Sollte ich weiter nachfragen? Wollte ich es überhaupt? Ich wurde das Gefühl nicht los, hier an eine Barriere zu gelangen, deren Überschreitung Alistair nicht schätzen würde.

Bevor ich etwas erwidern konnte, scholl ein gellender Schrei durch das Haus. Wir saßen schlagartig gerade. Doch bevor wir an die Tür gelangen konnten, klopfte es, und Kimberly steckte den Kopf herein. „Entschuldigt, dass ich euch stören muss. Daddy, Lucinda nervt wieder rum."

Mein Bruder entspannte sich sichtlich, nur ein leises Knurren entwich seiner Kehle. „Jetzt nicht, Kim. Schick sie weg."

„Habe ich gerade versucht. Die Kuh will's einfach nicht kapieren."

Ich blickte meinen Bruder neugierig an. „War das eben diese Lucinda?"

Alistair verdrehte kurz die Augen. „Ja. Lucinda Pester. Die aufgetakelte Nervensäge von nebenan."

„Was ist nun, Daddy?", drängelte Kim weiter.

„Schubs sie die Treppe runter?"

Ich riss entsetzt die Augen auf.

„Hat eben schon nicht geklappt, Daddy."

Ich keuchte.

„Entschuldigst du mich bitte einen Moment, Schwester?"

Ich nickte schnell, entschied mich dann aber um und eilte ihm nach. Im Flur erwischte ich Kim am Arm und zog sie zurück. „Du hast diese Frau allen Ernstes die Treppe runtergeschubst?"

„Abfallentsorgung im Schnellverfahren", gab sie ungerührt zurück. „Aber diese Plastikpuppe ist härter im Nehmen als gedacht. Die steht immer wieder auf."

„Du machst Witze."

„Ja doch", brauste Kimberly auf. „Was aber nicht heißt, dass ich das nicht irgendwann mal machen werde."

„Kann es sein, dass ihr die Dame nicht sonderlich schätzt?", klang es aus dem Gang hinter uns, dann stand Darian neben mir.

„Falls du jemals wieder in einen Hals beißen möchtest", knurrte Kim erbost, „dieses Weib liefere ich dir sogar frei Haus. Gefesselt und geknebelt. Seit wir hier wohnen, geht die uns voll auf den Geist."

„Sagte hier jemand etwas von ..."

„Nein, Steven", riefen Darian und ich gemeinsam aus.

„Ja, ja, is' ja schon gut." Er trollte sich zurück in die Küche, und ich grinste heimlich, als ich Dads tröstende Stimme vernahm: „Na, wieder kein Glück gehabt?"

Ein undefinierbares Brummen folgte, dann hörte ich Dad und Jason laut lachen. Darian schmunzelte ebenfalls, und ich sah ihn fragend an. Er schüttelte nur leicht den Kopf und wandte seine Aufmerksamkeit der offenen Tür vor uns zu, durch die Kimberly derweil verschwunden war.

„Meinst du, sie brauchen Hilfe?"

Darian lauschte kurz, machte ein abwägendes Gesicht und runzelte die Stirn. „Tendenziell wäre das keine schlechte Idee."

Ein erneuter Aufschrei erübrigte weitere Vorsichtsmaßnahmen. Fast gleichzeitig rasten wir die Treppe hinunter, aus dem Gebäude und um die Hausecke. Und fast gleichzeitig erfassten wir die Situation, stoppten abrupt und brachen in schallendes Gelächter aus.

Eine gertenschlanke Mittdreißigerin mit einer in undefinierbaren Farbtönen schillernden, hochgesteckten und durch ein pinkfarbenes Band gehaltenen Haarpracht und offensichtlich zu viel Silikon im oberen Bereich ihres pink umwickelten Körpers fuchtelte mit knallrot lackierten Fingernägeln wild in der Luft herum und keifte meinen Bruder an. Dieser wiederum wirkte durch ein kleines Fellbündel mit rotem Fleck am Kopf etwas abgelenkt, das sich mit rhythmischen Bewegungen an seinem linken Hosenbein zu schaffen machte. Dieses Fellbündel entpuppte sich bei genauerem Hinsehen als ein Yorkshire-Terrier mit rotem Schleifchen, das Alistair mit hektischen Schüttelbewegungen zu entfernen versuchte. Die Blondine trachtete indes danach, meinen Bruder zu packen, wurde jedoch von Kimberly, die sie von hinten umklammert hielt, an diesem Vorhaben gehindert. Um dem ganzen die Krone aufzusetzen, saßen sämtliche Mitarbeiter der Werkstatt auf den Motorhauben der herumstehenden Wagen und feuerten die Akteure johlend an.

Ein dezentes Räuspern kündete davon, dass wir Gesellschaft bekommen hatten; als ich mich umsah, standen Steven, mein Vater und Jason hinter uns.

„Haben Sie in Erfahrung bringen können, warum die Dame sich dermaßen echauffiert?“, erkundigte Jason sich ungewöhnlich interessiert.

„Soweit ich das vorhin mitbekommen habe“, meinte Steven und ahmte dann Jasons Tonfall nach, „geruhte der werte Kater Breeze der Dame in ihrem Garten in die Astern zu pflastern.“

„Wegen dem Schiss veranstaltet sie so ein Geschrei?“, platzte Dad heraus.

„In diesem Fall wohl eher der Quantität denn der Qualität wegen“, mutmaßte Jason und blickte Darian an. „Wäre es nicht angebracht, diesem ungebührlichen Treiben ein Ende zu bereiten, Sir?“

„Wir sollten das nicht zu sehr auf die Goldwaage legen“, warf Steven breit grinsend ein und trat einen Schritt vor, als Darians Hand sich schwer auf seine Schulter legte. „Lass mal. Besser, wenn ich das mache.“ Seine graublauen Augen blickten mich liebevoll an, seine Lippen schickten mir einen Kuss, und seine Stimme hallte in meinem Kopf: *Verzeih mir, Liebes.*

Die Verwandlung setzte schlagartig ein. Plötzlich wirkte Darian unglaublich charismatisch, schien von innen heraus zu leuchten und strahlte einen Sexappeal aus, der zum Niederknien war. Zum ersten Mal erlebte ich diese Vampir-Fähigkeiten bewusst mit, und ich konnte mir gut vorstellen, wie eine Frau darauf reagierte, die damit noch nie konfrontiert worden war. Meine Erwartungen wurden komplett erfüllt.

Darian war hinter Kimberly getreten und tippte ihr trotz vehementer Gegenwehr der Furie ruhig auf die Schulter. „Du erlaubst?“

„Gerne doch“, ächzte sie, ließ los und sprang beiseite.

Von ihrer Last befreit, fuhr die Erzürnte mit erhobenen Krallen fauchend herum. Blitzschnell langte er zu, hatte sie in Bruchteilen von Sekunden in seine Arme gerissen. Dann lag auch schon sein Mund auf ihren Lippen. Sie protestierte einen Wimpernschlag lang, dann entwich ihr ein langer wohliger Seufzer.

Im gleichen Moment schnaufte ich undamenhaft. Musste das sein? Allerdings hatte er sich vorab schon dafür entschuldigt. Da konnte ich mich durchaus ein wenig großzügiger zeigen. Eigentlich …

Der Kuss dauerte an, ich fühlte meine Großzügigkeit schrumpfen. Endlich ließ Darian von ihr ab und musste sie halten, sonst wäre sie ihm wie Pudding aus den Armen geflossen.

Erst jetzt bemerkte ich, dass sich eine erwartungsvolle Stille über den Platz gelegt hatte, die lediglich vom leisen Hecheln des weiterhin beschäftigten Hundes durchbrochen wurde. Da blickte mein Bruder auf das hormonell erregte Fellbündel hinunter. Was immer der Auslöser war, Sekunden später floh der Hund mit ängstlichem Fiepen.

Indes hatte Darian es geschafft, die weiterhin stumme Pink Lady auf ihre noch leicht wackeligen Beine zu stellen. Einen Arm um ihre Taille gelegt, stützte er sie zuvorkommend und führte sie zum anderen Gebäude hinüber, ihrem fliehenden Hund nach. Dabei sprach er leise und schmeichelnd auf sie ein, was sie mit verzückten Blicken quittierte.

„Was sollte das denn?“, fand Dad seine Stimme als Erster wieder und wies unnötigerweise in Darians Richtung.

„Bombenentschärfung mal anders“, erwiderte Steven lakonisch. „Das hätte ich auch noch hinbekommen.“

„Neidisch?“, hakte Kim nach und rieb sich dabei die rechte Schulter.

Ohne Worte legte ich ihr die Hände auf die Schulter und massierte sie sanft. Sie warf mir einen dankbaren Blick zu.

„Geht wieder an eure Arbeit, die Vorführung ist beendet“, vernahm ich meinen Bruder. Die Männer erhoben sich, einige murrten, andere hielten lachend die Hand auf, Geldscheine wechselten den Besitzer. Sie hatten gewettet? Dann mussten solche Zwischenfälle schon öfter vorgekommen sein.

Während meine Finger ihre Arbeit taten, blickte ich meinen Bruder fragend an. Er kam auf mich zu, schnaufte und hob dann abwehrend die Hand. „Frag nicht, Faye.“

„Gut.“

„Alles okay mit dir, Sohn?“ Mein Vater wirkte leicht besorgt, und Alistair sah ihn mit ironisch blitzenden Augen an. „Glaubst du etwa, dass mir diese jaulende Fußhupe irgendwas anhaben kann? Verspürt unter euch auch jemand den dringenden Wunsch nach einem Single Malt?“

„Jederzeit, Al.“ Dad schlug ihm herzhaft auf die Schulter, ließ seine Hand dort liegen, und gemeinsam gingen sie zurück ins Gebäude.

Kimberly wackelte mit den Schultern und schob meine Hände fort. „Geht wieder, Tante … Faye. Danke.“ Sie lächelte zaghaft, ich lachte zurück. Dann wandte ich mich an Jason und Steve: „Geht mit Kim wieder rein, ich werde Darian einfangen.“

„Ich glaube, das wird nicht nötig sein, Miss McNamara“, erwiderte Jason und deutete hinter mich. Ich schaute ihn fragend an, er nickte knapp. Also drehte ich mich um, legte den Kopf schief und fragte zuckersüß: „Na, Schatz, Spaß gehabt?“

Darian schenkte mir ein frostiges Lächeln. „Danke der Nachfrage. Selbst ein Quickie wäre noch zu lang.“

„Die Dame schien anderer Meinung zu sein.“

„Sie wird sich nicht weiter daran erinnern können. Bist du etwa eifersüchtig?“

„Ich doch nicht.“

„Wir werden uns derweil empfehlen“, hörte ich Jasons Stimme. Dass er Steven am Arm hinter sich her zog, nahm ich nur noch aus dem Augenwinkel wahr. Meine Konzentration galt mehr dem Mann vor mir.

Darian lachte leise, blickte zu Boden, dann wieder auf. „Du bist eine verdammt schlechte Schauspielerin, Faye.“

Ich fühlte mich ertappt und war selbst ein wenig überrascht. Doch bevor ich etwas entgegnen konnte, zog er mich in seine Arme, drückte meinen Kopf an seine Brust und strich mir übers Haar. Sein Kuss war leicht wie die Berührung eines Schmetterlingsflügels auf blanker Haut, seine geflüsterten Worte jedoch gingen weit darunter: „Nur du, Faye, und niemand sonst.“

Es tat unglaublich gut, das zu hören. So lehnte ich mich fester an ihn, kroch regelrecht in seine Arme. Trotzdem ließ mich eine Frage nicht mehr los. Doch es dauerte eine geraume Weile, bis ich sie ihm stellte: „Hast du das bei mir auch angewandt?“

„Eine Überdosis Pheromone?“

Hörte ich da ein amüsiertes Glucksen? Tatsächlich. Mit schmalen Augen blickte ich ihm ins Gesicht. „Wann?“

Als er nicht antwortete, nur leise weiterlachte, trat ich einen Schritt zurück und boxte ihm gegen den rechten Oberarm. „Wann, Darian?“

„Entschuldige.“ Er versuchte, nach mir zu greifen, erhielt aber zur Unterstreichung meiner Forderung bloß einen weiteren Schlag gegen den Oberarm. „Aua."

„Ich will eine Antwort, Darian Knight."

Abwehrend hob er die Hände. „Okay, okay, ich ergebe mich."

Seine durchtriebene Miene ließ nichts Gutes erahnen, und vorsichtig wich ich einen weiteren Schritt zurück. Er ließ mich gewähren, kam mir nicht nach. Es hätte mich warnen sollen. Vielleicht.

Erinnere dich, hallten seine Worte durch meine Gedanken. Plötzlich schwappte eine Welle unerwarteter Empfindungen über mich hinweg, weckte dabei Sehnsüchte, die ich nicht unterdrücken konnte. Ich war ihnen ausgeliefert und kämpfte doch dagegen an. Unterdrückte den Impuls, mich ihm hier und jetzt hingeben zu wollen wie eine rollige Katze. Oh, ja, ich erinnerte mich. Erinnerte mich an die erste Nacht in seinem Haus, als ich zum ersten Mal die Federn ausprobiert hatte und per Zufall dort gelandet war. Und ich erinnerte mich noch sehr genau an meine Reaktion in seiner Küche, als er mich, ohne mich zu berühren, in die Höhen ungeahnter Ekstase entführt hatte, die binnen weniger Sekunden in einem heftigen – „Genug!"

Abrupt endete es, erleichtert atmete ich tief durch. Ich warf ihm einen grimmigen Blick zu. „Du hast mich manipuliert?"

„Nein. Denn wenn du dich genau erinnerst, Liebes – ich hatte dich vor mir gewarnt."

„Hast du mich vor dir gewarnt, weil du wusstest, dass ich darauf anspringen würde? Oder hast du mich vor dir gewarnt, weil du hofftest, ich würde dieser Warnung auch Folge leisten?"

Grinsend trat er auf mich zu und umfasste mein Gesicht. „Genau deswegen funktioniert es bei dir nicht, Faye."

Ich schob seine Hände beiseite. „Erkläre es mir."

Darian seufzte unwillig, nickte schließlich. „Also gut. Einfach gestrickte Menschen können zwischen Illusion und Wirklichkeit selten unterscheiden. Sie sind vor Verlangen nach Paarung für alles andere blind. Ihr Trieb besiegt die Rationalität und macht sie so zu willigen Opfern. Je intelligenter ein Mensch aber ist, desto schwieriger wird diese Form der Verführung, denn schlauere Menschen denken nach, bevor sie handeln."

„Aha." Trotz dieser Erklärung war ich noch ein wenig angesäuert. „Und zu welcher Riege gehöre ich?"

„Dein Intellekt ist gerade so eine Handbreit unter der Außentemp

– Aua!“ Er sprang beiseite, wich dem zweiten Tritt geschickt aus. „Lass mich ausreden, Faye. Autsch. Gnade!“

Abwartend war ich stehen geblieben und sah mit nicht wenig Genugtuung zu, wie er sich das Schienbein rieb. „Nun?“

„Eine Handbreit unter der – Wehe! – Außentemperatur der Sonne. Puh.“

„Oh.“ Schon bereute ich den Tritt, da erwischte er mich an den Armen, und ich hing über seiner Schulter. Der Schlag auf mein Hinterteil war nur noch pro forma. Während ich mit leicht schriller Stimme meine Freilassung verlangte, trug er mich in aller Seelenruhe zum Hauseingang.

"Was hat euch aufgehalten?", empfing mein Vater uns sichtlich erheitert, als er die Tür öffnete und Darian mich endlich im Flur absetzte. Selbstredend hatte er am Küchenfenster zugeschaut.

„Partnerschaftliche Uneinigkeiten", erwiderte Darian dennoch freiheraus, legte seinen Arm um meine Taille und vereitelte so meine Flucht. Ich blickte ihn gespielt grimmig an.

„Vom Regen in die Traufe", witzelte mein Vater zusätzlich, und diesmal war er es, der den echten, grimmigen Blick kassierte.

„Du solltest deine Tochter besser nicht ärgern, Duncan. Sie vertritt ihre Standpunkte momentan recht energisch."

„Davon gehe ich aus, denn das liegt in der Familie", erklang es hinter uns. Mein Bruder trat aus dem Bad und rubbelte sich dabei mit einem Gästehandtuch die Haare trocken. Ein weiteres hatte er sich um die Hüften geschlungen. Tropfen liefen ihm über den perfekt definierten Oberkörper, der mit Tätowierungen übersät war. Ich erkannte Tribals, die mehrere Tiermotive einschlossen. Einen Wolf, einen Adler und eine Krähe konnte ich entdecken. Als Alistair sich zwischen uns durchdrängte, sah ich auf seinem Rücken einen riesigen Bären, der durch das Spiel der Rückenmuskulatur selbst zum Leben zu erwachen schien.

„Du kannst den Mund ruhig wieder schließen, Faye, er ist dein Bruder", vernahm ich wie durch einen Schleier Darians amüsierte Stimme. „Oder bevorzugst du eventuell einen dezenten Hinweis auf meinen Unmut ob deiner den Kopf verlassenden Augen – vielleicht in Höhe deines Schienbeins?"

Fragend blinzelte ich ihn an. „Was meinst du?" Dann begriff ich. „Oh! Oh nein, ich meine, ich habe nicht geguckt … Ich hab nur geguckt, weil ... Ich dachte nur gerade… Oh Mann! Hast du diese Tattoos gesehen?"

„Durchaus, Liebes."

„Die sind der Hammer!"

Er lächelte matt. „Möchtest du ihn fragen, ob er dir den Rest seines Körperschmucks zeigt?"

Ich sah ihn empört an. „Darian! Er ist mein Bruder."

„Gut, dass wir das nun geklärt haben."

„Du hast doch nicht im Ernst gedacht ...?"

„Nein, nein", meint er lakonisch, hakte mich bei sich unter und zog mich zur Küche. „Ich dachte gar nichts. Guck nach vorne, Liebes, du rennst gleich gegen den Türrahmen."

Zu meiner Sicherheit und seiner Erheiterung tat ich ihm den Gefallen. Nein, nicht den, den man jetzt annehmen könnte. Vielmehr schaute ich nach vorn und wich dem Türrahmen geschickt aus.

Dad war vorangegangen und zog mir galant den Stuhl zurecht. Dabei funkelten seine Augen vor verhaltener Erheiterung, er sagte jedoch kein Wort. War auch besser so.

Darian lehnte sich mit dem Rücken ans Fenster und verschränkte die Arme vor der Brust. Um seine Lippen zuckte ein kleines Lächeln, das auch er nicht ganz unterdrücken konnte.

„Haben wir etwas verpasst?", fragte Steven neugierig und blickte uns nacheinander an.

„Faye begegnete auf dem Flur lediglich ihrem Bruder, als er aus der Dusche kam", klärte Dad auf.

„Und was ist daran so amüsant?", hakte Steven nach.

„Dann hast du's gesehen?" Kimberlys Augen strahlten förmlich. „Das sieht so genial aus. Ich will auch eins, aber Dad erlaubt es nicht."

Steven verstand offensichtlich nur Bahnhof. „Genial? Nicht erlauben? Wovon redet sie?"

„Von Köperschmuck", kam es von der Tür her, und Alistair trat ein. Seine Haare glänzten dunkel und nass und hinterließen feuchte Rinnsale auf dem weißen, ärmellosen T-Shirt. Seine langen Beine steckten in einer schwarzen Wildlederhose, deren breiter Gürtel eine ovale Silberschließe mit einem Wolfskopf zierte. Schwarze, mit weißen und türkisfarbenen Perlen bestickte Mokassins aus Wildleder vervollständigten das Gesamtbild.

„Was für Körperschmuck?"

„Spirits in Tribals eingearbeitet, Steven", sagte Darian. „Faye war davon recht angetan."

„Sie sehen ja auch schick aus, wenn sie gut gemacht sind und derjenige es tragen kann", verteidigte ich mich.

Mein Bruder sagte nichts, blickte mich nur neugierig an. Ich zog eine Grimasse. Er lachte.

„Ob mir so was auch steht?", überlegte Steven laut.

„Deine Regeneration wird die Farbe unter der Haut und die Wunde, die durch das Stechen einer Tätowierung entsteht, in kürzester

Zeit neutralisiert haben", meinte Darian leichthin. „Und was, glaubst du, wäre dein Spirit?"

„Vermutlich eine Fledermaus", kam es aus der hinteren Ecke von meinem Dad.

Steven warf ihm einen versnobten Blick zu und meinte spitz: „Bei dir passt der Blauwal sicherlich eins zu eins auf den Bauch. Ich muss da schon zwangsläufig etwas Kleineres wählen. Außerdem stehen Frauen drauf, wie deine Tochter unlängst zeigte."

Leicht verstimmt griff ich nach meiner Tasse, nahm einen Schluck und musste meine ganze Körperbeherrschung aufwenden, um das kalte, starke Zeug nicht wieder von mir zu geben. Ohne eine Miene zu verziehen, schluckte ich es runter. Was zum Geier hatte Kimberly da zusammengebraut? Altöl mit dem Aroma von rostigen Eisenspänen?

„Magst du noch einen?", erkundigte sie sich diensteifrig, was ich meiner Gesundheit zuliebe schleunigst ablehnte.

Alistair nahm einen Kaffeebecher mit der Aufschrift *Route 66* aus dem Schrank und langte nach der Kanne, hielt dann aber inne. „Du hast diese Kanne für Kaffee benutzt, Kim?"

Ich saß schlagartig gerade. Das ließ nichts Gutes vermuten. Was kam jetzt?

„Klar, welche sonst?"

„Die schwarze, Kim. In dieser koche ich für gewöhnlich kleine Mengen von Gerbsäure aus der Baumrinde für meine Mokassins."

Mir wurde übel, meine Hand wanderte instinktiv auf meinen Unterbauch. „Kann man davon sterben?"

„Nein, jedenfalls nicht in der geringen Konzentration, die noch als Rest darin war. Es schmeckt nur erbärmlich. Wenn du allerdings zu viel davon erwischst, kommst du von der Schüssel eine Weile nicht mehr runter." Er zwinkerte mir zu, stellte seinen Kaffeepott ab und ging zur Tür. „Warte, ich hole dir etwas zum Spülen."

Mit einer Flasche in der Hand kehrte er zurück. Er öffnete sie, goss etwas von der dunklen, bernsteinfarbenen Flüssigkeit in seinen Becher und reichte mir diesen. „Trink. Das räumt auf."

Das tat ich. Und es räumte auf. Wie flüssiges Feuer rann es meine Kehle hinunter. Es brannte, ich hustete. Tränen schossen mir in die Augen, ich konnte kaum noch atmen und fächelte mir Luft zu.

Darian trat vor, doch mein Bruder war schneller.

„Kleine Schlucke, Faye." Er klopfte mir fürsorglich auf den Rükken. „Man kippt doch einen Whisky nicht auf ex wie Wasser runter."

„Du hast mir nicht gesagt, dass das Whisky ist", japste ich und wischte mir die Tränen ab.

„Was hast du denn gedacht, was das ist? Malventee?"

Mein Blick war leicht unscharf, als ich ihn ansah. „Etwas weniger Starkes, Alistair."

Er betrachtete mit gerunzelter Stirn die Flasche, anschließend mich. „Was ist an *Glen Grant* stark?"

„Nichts, Sir, es sei denn, der Verkoster ist dergleichen nicht gewöhnt", warf Jason ein und lächelte schmal. „Wobei ich die Vermutung hege, dass, gesetzt den Fall, Sie hätten besagten Tee griffbereit, dieser sicherlich eine ähnliche Wirkung entfaltet hätte wie der Whisky – wie auch möglicherweise jene aus der Versenkung aufgetauchten, antik anmutenden Aufbrühbeutel."

„Wenn Sie den Tee meinen, der ist tatsächlich schon etwas älter. Ich habe aber einen guten Salbeitee auf Vorrat." Alistair schmunzelte, als Jason ihn leidvoll anblickte. „Das dachte ich mir. Kim, würdest du bitte die Gläser aus dem Wohnzimmerschrank holen?"

Sie wirkte überrascht. „Die guten?"

Er nickte. „Die guten."

„Okay." Ergeben marschierte sie aus der Küche, murmelte etwas vor sich hin und verschwand in dem Raum schräg gegenüber. Dann kehrte sie mit einem Tablett zurück, auf dem sich sechs edle Whiskygläser aus mundgeblasenem Kristall befanden. Sie stellte das Tablett auf dem Küchentisch ab. „Bitte, Daddy, die guten."

„Danke." Er entkorkte die Flasche abermals und füllte in jedes Glas einen Finger breit den Whisky. „Bedient euch."

Alistair nahm meine Tasse fort und drückte mir eins der Gläser in die Hand. Bevor ich es ablehnen konnte, nahm Darian es mir ab und schüttelte ruhig den Kopf. „Ich glaube, du hast dir heute schon genug zugemutet, Liebes."

„Hat sie?", fragte mein Bruder nicht ohne eine Spur Herablassung in der Stimme. „So wie ich das sehe, kann sie durchaus für sich selbst entscheiden. Und was die Zumutung betrifft, was haben Sie sich vorhin dabei gedacht, Lucinda ..."

„Er hat Recht", unterbrach ich ihn, bevor er zur Höchstform auflaufen konnte. Inzwischen hatte ich begriffen, dass er so ohne weiteres Darian nicht für das vergeben wollte, was er nun einmal war.

„Das Recht, eine andere Frau zu küssen, während seine Verlobte dabei zusieht?“

„Das war in der Tat eine etwas ungewöhnliche Handlung“, stimmte Jason zu, hob dann die Hand und ergänzte: „Aber Mr. Knight hat noch nie etwas ohne Sinn getan.“

„Und der besteht in der Demütigung meiner Schwester? Sie haben eine interessante Vorstellung von Ehre, Mr. Knight.“

„Sohn!“ Dad war aufgesprungen, schob geräuschvoll den Stuhl zurück, doch Darian gebot ihm mit einer Geste zu schweigen. „Ich kann für mich selbst sprechen, Duncan.“

Die Spannung im Raum war regelrecht greifbar. Ich spürte den Zwiespalt meines Vaters, der in seiner Liebe zu seinem Sohn und der Loyalität zu Darian ins Schwanken geriet. Und auch ich haderte mit meinen Gefühlen, wollte keine Stellung beziehen. Doch wie sollte ich mich neutral verhalten, wenn zwei Männer, die ich liebte, einander fast an den Kragen gingen?

Ein tiefes, drohendes Knurren erklang aus Alistairs Kehle, als er sich direkt vor Darian aufbaute.

„Daddy! Nein!“ Fast panisch sprang Kimberly dazwischen, schob die beiden Männer auseinander, die sich gegenseitig über sie hinweg fixierten. Nur mühsam unterbrach Alistair den Blickkontakt, atmete schwer durch und wandte sich ab. „Es ist gut, Kim. Es ist gut.“

Er verließ die Küche ohne ein weiteres Wort, nahm nur sein Glas und die Flasche mit. Kurz darauf schlug eine Tür zu. Zurück blieb betretenes Schweigen.

„Das nenne ich doch mal ein gelungenes Familienzusammentreffen“, meinte Steven lakonisch, hob sein Glas an und saugte es geräuschvoll leer. Mit einem Knall stellte er es wieder auf dem Tisch ab und erhob sich. „Ich denke, wir sind entlassen.“

„Ach, halt die Klappe“, fauchte Kim ihn an. „Du hast ja keine Ahnung.“

„Danke, Kimberly“, raunte Dad ihr zu.

Sie winkte ab. „Passt schon.“

Für einen Augenblick noch blieb ich sitzen, dann stand ich auf und sah Kimberly streng an. „Wenn du weißt, wohin er gegangen ist, sag es mir.“

Sie schüttelte den Kopf. „Keine gute Idee. Es ist besser, ihn jetzt in Ruhe zu lassen.“

Darian schien der gleichen Ansicht zu sein, denn er legte seine

Hand auf meine Schulter. Sein Blick war deutlich. *Geh nicht, Faye.*
Ich schüttelte ihn ärgerlich ab. „Wohin, Kim?“
Sie seufzte und sah Darian an. „Ist sie immer so hartnäckig?“
Sein Schulterzucken war bezeichnend. „Ich kenne sie nicht anders.“
„Also gut, wenn du Bock auf Ärger hast. Die Treppe hoch bis aufs Dach. Da ist er meistens, wenn er seine Ruhe haben will und es nicht gerade regnet.“
„Danke.“ Ich schnappte mir ein Glas vom Tisch, ignorierte Darians tadelnden Blick und ging meinen Bruder suchen.

„Was willst du?“
Ein kühler Wind blies mir vom Fluss aus entgegen. Ich roch das Wasser, den Dunst der Stadt. Mich fröstelte, es war kühl geworden, und meine Jacke hatte ich trotz Darians Bitte im Hotel gelassen. Ich legte die Arme enger um den Leib und sah von hier oben auf den *Hudson River* und in einiger Entfernung die Skyline von Manhattan, die langsam im Dämmerlicht versank und bald darauf millionenfach beleuchtet wieder daraus hervortauchen würde.
„Ich will niemanden hier haben. Also geh wieder, Faye“, hörte ich ihn abermals, als ich weiter schwieg.
Es knirschte leise unter seinen Füßen, dann fühlte ich ihn direkt hinter mir. Fühlte die Hitze, die von seinem Körper ausging, und fühlte auch seine Wut. Seine Stimme war nur ein warnendes Grollen: „Du hast hier nichts zu suchen.“
„Ich liebe ihn, Alistair“, sprach ich leise, ohne ihn dabei anzusehen.
Er seufzte schwer, legte seine Hände um meine Oberarme und zog mich an sich. „Ich weiß. Darum lasse ich ihn am Leben.“
Seine Worte schockierten mich keineswegs, auch wenn ich Zweifel an der Aussage als solche hatte. Ich hatte es gefühlt, seit sie einander das erste Mal gesehen hatten. Von Anfang an hatte ich geahnt, dass es Schwierigkeiten geben würde. Dass sie aber solche Ausmaße annehmen würden, hatte niemand voraussehen können. Was hatte Dad ihm über Darian erzählt? Und woran hielt Alistair fest? „Warum hasst du ihn? Du kennst ihn nicht. Du weißt nicht, wie er ist.“
„Ich kenne seine Art, Faye.“ Sanft legte er seine Arme um mich, nahm mir das Glas aus der Hand und schleuderte es achtlos fort.

Irgendwo rechts von uns klirrte es leise. Dann drehte er mich zu sich herum und sah mich fest an. In seinen Augen loderten Gefühle, die ich kaum zu deuten vermochte; ich sah in ihnen eine Wildheit, die nur mühsam im Zaum gehalten wurde. „Viel zu lange bekämpfe ich Wesen seiner Art. Ich habe gesehen, was sie tun. Wie sie Menschen benutzen, sie quälen und bis auf den letzten Tropfen aussaugen. Wie sie das Leben und alles was ist durch ihre bloße Existenz beleidigen und verdammen. Sie haben kein Mitleid, sie kennen nur den Tod, Hass und Vernichtung."

„Sprichst du von Wesen seiner Art? Oder vielleicht von der menschlichen Rasse?" Mir entschlüpfte ein zynisches Lachen, für das ich mich fast schämte. „All das trifft auch auf viele Menschen zu. Auch unter uns gibt es gewissenlose Blutsauger, die ihre Macht nur stärken und ausnutzen wollen und die dafür über Leichen gehen. Dein Blick ist verklärt. Woher kommt dieser Hass, Alistair?"

Für einen Moment schloss er die Augen, fuhr sich mit beiden Händen über die Haare. Dann sah er mich wieder an und schob mich energisch von sich. „Geh zu ihm und flieg zurück nach England, Faye. Bring ihn fort von hier, fort von mir. Du hast hier nichts zu suchen. Es ist nicht dein Kampf."

„Nicht mein Kampf? Bullshit!", brachte ich bitter hervor. „Ich habe nie kämpfen wollen, aber niemand hat mich nach meiner Meinung gefragt, Alistair. Weißt du, wie es ist, in Geschehnisse gezerrt zu werden, die du nicht beeinflussen kannst? Hast du überhaupt eine Ahnung davon, was ich in den letzten Monaten erleben durfte? Nein, kannst du nicht haben. Und jetzt verlangst du von mir, dass ich abziehe? Niemals!" Inzwischen schrie ich ihn fast an. Ich hatte die Hände verschränkt, um sie nicht nach ihm auszustrecken, um ihn zu schütteln. „Ich soll dich aufgeben, wie ich Julie aufgeben musste? Einfach so?"

Plötzlich packte er mich, seine Finger bohrten sich schmerzhaft in meine Schultern, sein Gesicht kam meinem ganz nahe. Wutverzerrt, bedrohlich. „Was geschah mit Julie, Faye? Und versuch nicht, mir das Märchen mit dem Unfall aufzutischen. Ich habe den Bericht der Times im Internet gelesen und glaube davon kein Wort. Wie starb sie tatsächlich?"

Ich keuchte. Er tat mir weh. Und doch verdrängte ich es, blickte ihn an, und die tief in mir vergrabenen Erinnerungen schwappten über mich hinweg, so dass meine Stimme nur noch ein Hauch war: „Sie wurde verwandelt. Es war zu spät. Viel zu spät. Wir konnten die Verwandlung nicht mehr aufhalten, ihr nicht helfen."

Meine Beine knickten ein, ich sackte zusammen, lehnte an seiner Brust und merkte erst jetzt, dass mir die Tränen über die Wangen rannen. Wir fielen zusammen auf die Knie, er hielt mich fest umfangen, und wie eine Ertrinkende klammerte ich mich an ihn, verbarg mein Gesicht an seinem Hals. „Wir konnten überhaupt nichts mehr tun. Ich war zu dumm, es vorher zu erkennen, Alistair. Es ist meine Schuld, dass sie sterben musste."

„Nein", meinte er brüchig, strich mir über die Wange. "Nein, es ist nicht deine Schuld. Rede dir das nicht ein. Du hast dagegen keine Chance. Die gibt es nie."

„Woher willst du das wissen?" Ich stieß ihn voll Verzweiflung von mir. „Wie kannst du das sagen? Du warst nicht da. Du hast nicht mit ansehen müssen, wie dir das Leben von jemandem, den du liebst, durch die Finger rinnt. Wie er dir entgleitet und du unfähig bist, daran etwas zu ändern. Wie du seinen Tod nicht verhindern kannst."

„Doch, ich weiß es. Ich weiß genau, wie es ist, jemanden zu verlieren. Ich kenne die ganze Hilflosigkeit, die Verzweiflung und die Trauer. Und ich weiß, wie man sich fühlt, wenn die Hoffnung vergebens ist." Er sprach leise, sah mich dabei nicht an. Sein Blick war abgewandt, ins Nirgendwo gerichtet. „Ich war gerade vier Jahre alt, Faye. Sie kamen spät am Abend. Ich war schon im Bett, hatte längst geschlafen. Irgendwas weckte mich, ich musste mal und bin die Treppe runter. Da sah ich sie. Unten im Flur, ein Mann und eine Frau. Der Mann hat meine Mutter festgehalten, die Frau machte sich an ihr zu schaffen. Mutter wehrte sich, weinte und bettelte um ihr Leben, bis sie mich sah. Dann hörte sie damit auf. Ich sehe den Blick ihrer Augen noch vor mir, wie sie mich anflehte, mich zu verstecken. Bis zum Morgen lag ich verängstigt unter meinem Bett. Großmutter fand mich, tröstete mich und nahm mich mit. Es verfolgt mich bis heute."

Während seiner Worte war ich still geworden, brauchte einen Augenblick, das Geständnis komplett zu begreifen. Alistair hatte den Tod seiner Mutter miterlebt, meine Großmutter Brianna hatte es gewusst und geschwiegen. Dad hatte erwähnt, dass seine erste Frau auf die gleiche Weise ums Leben gekommen war wie meine Schwester. Aber niemand von uns hatte gewusst, dass Alistair es mitbekommen hatte. Oh Gott, er war noch ein Kind gewesen.

Mitfühlend streckte ich eine Hand aus, berührte sachte sein Gesicht, strich ihm einen der Zöpfe beiseite. Trotz meiner eigenen Traurigkeit wollte ich ihn trösten, weil ich ihn verstand und er mich. Alistair sah mich an, unendliche Trauer stand in seinen grünen Augen. Dann legte er seine Hand über meine und hielt sie fest. Und in diesem Moment wurde uns eins klar: Wir hatten beide auf die gleiche Weise einen sehr wichtigen Menschen verloren, und das schweißte uns enger zusammen, als es die Familienbande hätten tun können. Er konnte mich nicht mehr fortschicken. Und er wusste es.

„Ich habe keine Ahnung, wie ich damit klarkommen soll", gestand er leise, ich nickte. „Wie soll ich deinen …", er stockte, suchte nach den richtigen Worten, blickte dabei auf den Hudson hinaus, „*ihn* an deiner Seite akzeptieren, wenn ich weiß, was er ist?"

„Darian ist nicht wie andere, Alistair. Würdest du seine Geschichte kennen, wüsstest du es. Denn wäre er wie sie, hätte ich mich niemals in ihn verliebt. Ich hätte genau so reagiert wie du und alles daran gesetzt, ihn zu vernichten. Doch nicht alle sind böse und berechnend."

„Alles hat seinen Preis, Faye. Man muss nur herausfinden, welcher verlangt wird", gab er nachdenklich zurück. „Manchmal ist er höher, als man denkt."

„Ja, das ist wohl wahr", bestätigte ich leise und lächelte still in mich hinein. Ich trug den Preis in mir, und der war kostbarer, als mancher denken würde.

„Willst du ihn zahlen, Faye?"

Ich lächelte weiter, schloss für einen Moment die Augen, sann darüber nach, was geschehen würde, wenn Alistair von dem Baby –

„Nein." Abrupt wurde ich herumgerissen, Schraubstöcke an den Schultergelenken und schreckgeweitete, grüne Augen direkt vor mir. „Sag mir, dass es nicht stimmt."

Ich protestierte: „Du tust mir weh."

Er überging meinen Protest. „Das Baby in dir, Faye. Ist das der Preis?"

„Woher weißt du …"

„Frauen riechen anders, wenn sie schwanger sind. Sag mir, dass ich mich irre.“ Er schüttelte mich leicht. „Sag mir, dass ich mich irre, Faye.“

„Das tust du nicht, Alistair“, klang es von der Tür her zu uns herüber. „Nun komm ihrer Bitte nach und lass sie los.“

„Darian!“ Ich wollte aufspringen, zu ihm eilen, doch Alistair hielt mich fest.

Langsam und geschmeidig stand er auf, umfasste mein rechtes Handgelenk und half mir hoch, ließ mich nicht mehr los. Er trat einen Schritt auf Darian zu und schob mich dabei hinter sich, als wolle er mich schützen. Selbst als ich an ihm vorbei wollte, verstellte er mir den Weg.

„Willst du es tatsächlich darauf ankommen lassen, Alistair?“ Darians Stimme hatte jede Freundlichkeit verloren, klang hart, beherrscht.

Behutsam legte ich meinem Bruder die freie Hand auf den Arm. „Bitte. Tu das nicht.“

Er ignorierte mich, starrte weiterhin den Mann zehn Schritte entfernt an. Ein leises Knurren entstieg seiner Kehle.

Darian trat einen Schritt vor. „Du kannst es nicht verhindern, Alistair. Du kannst sie nicht von mir fern halten. Sie hat ihre Entscheidung gefällt. Gib sie frei.“

„Du hast nicht im Mindesten eine Ahnung davon, was mir möglich ist, Vampir.“ Die Haltung meines Bruders wirkte, als wolle er seinen Gegner jeden Moment anspringen. „Ich werde nicht zulassen, dass du sie benutzt.“

„Sie wird nicht benutzt.“ Scheinbar unbemerkt kam Darian näher.

Ich versuchte einen weiteren Protest, doch Alistair überging ihn. Vermutlich hätte ich vom Dach fallen können und er hätte es nicht einmal mehr bemerkt. Seine ganze Aufmerksamkeit galt allein Darian. „Deinesgleichen töteten meine Schwester. Deinesgleichen töteten meine Mutter. Ihr werdet sie nicht auch noch töten.“

Kopfschüttelnd war Darian stehen geblieben. „Nicht alle sind gleich.“

Alistair sah ihm höhnisch entgegen. „Das sagt jemand, der sich auf die gleiche Weise ernährt? Der auf die gleiche Weise handelt? Der für den Tod vieler verantwortlich ist?“

Wie zwei ungleiche Krieger standen sie sich gegenüber – der

eine im Maßanzug, der andere wie ein Waldläufer gekleidet; der eine elegant beherrscht, der andere gefährlich wild. Sie funkelten einander mit der gleichen Intensität an, und jedem Beobachter dürfte spätestens jetzt klar sein, dass keiner von beiden je nachgeben würde.

„Mir ist bewusst, dass meine Vergangenheit nicht rühmlich ist. Du musst mich nicht daran erinnern. Doch auch deine Weste ist nicht weiß, Alistair. Nur weil mich notgedrungen gewisse Verhaltensweisen einer Spezies zuordnen, bedeutet das nicht, dass ich dazugehören muss. Sieh dich selbst an. Du kennst das Verderben und den Tod. Du weißt, wie es ist, auf der Schwelle zu stehen, und doch hast du deinen eigenen Weg eingeschlagen. Das Recht gestehe auch mir zu." Darian sah mich kurz an, dann wieder meinen Bruder. Er schien innerlich mit sich zu ringen, und ich wusste, er würde alles tun, um die Sache friedlich zu lösen. Wenn Alistair es zuließ. „Denk nach, Junge. Wenn ich sie vernichten wollte, hätte ich es längst getan."

Mein Bruder wischte diesen Einwand mit einer harschen Geste fort. „Du hast zu lange gezögert, Vampir. Es ist zu spät. Du wirst sie nicht bekommen. Auch wenn sie glaubt, dass sie dich liebt. Ich erlaube niemals, dass meiner Familie weiteres Leid durch deine Spezies zugefügt wird."

Abermals schüttelte Darian betrübt den Kopf. „Wenn du das tatsächlich wünschst, dann lass sie gehen."

„Bitte tu es, Alistair", flehte ich leise und zog an seinem Handgelenk. „Mach dich und mich nicht unglücklich."

„Nur über meine Leiche."

„Versprich niemals etwas, was du nicht zu halten bereit bist." War Darian bis eben noch verärgert gewesen, hatte sich das nun in offensichtlichen Zorn gewandelt. Ich erkannte es an seinen Augen, sie schienen mit einem Mal heller zu werden. Auch seine Gestik, seine Mimik, seine gesamte Haltung machte deutlich, dass er nicht bereit war zu weichen. Und doch war er kontrolliert. Noch.

„Willst du derjenige sein, der durch mein Blut eine weitere Kerbe in sein Holz schlägt?" Grüngelbe Augen blitzen zornig auf und zeigten die innere Wut, die in meinem Bruder schwelte und kurz davor stand, auszubrechen.

„Fordere dein Glück nicht heraus. Meine Geduld hat Grenzen. Ich lasse dich gewähren, weil sie dich liebt, weil du ihr Bruder bist, für den sie alles tun würde. Für den sie sogar ihr eigenes Leben aufs Spiel setzt. Aber stelle sie niemals vor die Wahl. Sie könnte anders ausfallen, als du es dir erhoffst."

Schön, dass sie von mir sprachen, als wäre ich nicht anwesend. Glaubten die beiden etwa, ich würde sie so ohne weiteres aufeinander losgehen lassen? Es musste ein Ende finden. Sofort.

Vorbei war es mit der Bitte, und vorbei war es mit meiner schwesterlichen Zurückhaltung. Ich trat Alistair kräftig auf den Fuß. „Lass mich endlich los, verdammt!"

Schlagartig hatte ich seine volle Aufmerksamkeit. „Faye, ich kann dich ..."

„Umgehend", forderte ich mit zornig blitzenden Augen. „Sonst garantiere ich für nichts mehr."

Er zögerte noch, lockerte aber seinen Griff. „Bist du sicher, dass du das willst?"

Natürlich konnte ich ihn verstehen, fühlte seinen Zweifel und seine Sorge beinahe körperlich. Das minderte meinen Ärger beträchtlich. Er war mein Bruder, und ich hätte vermutlich ähnlich gehandelt, wenn die Situation umgekehrt gewesen wäre. „Vertrau mir, bitte. Ich weiß, was ich tue. Lass mich gehen."

Zweifelnd sah er mir in die Augen, als suche er nach einer Antwort. Endlich ließ er mein Handgelenk los. „Okay. Wie du möchtest. Geh."

Einmal noch strich ich ihm liebevoll über die Wange, dann ging ich zu Darian, der mich sogleich in seine Arme nahm. „Alles okay, Liebes?"

Schnell nickte ich. „Sicher. Er würde mir niemals etwas antun."

Darian lachte freudlos. „Nein, dir sicher nicht." Ein sanfter Kuss folgte, dann schob er mich Richtung Tür. „Geh zurück, Faye."

Ich sah ihn fragend an. „Kommst du nicht mit?"

„Nein, ich möchte das hier ein für alle Mal klären."

Mein Blick wanderte zu Alistair, der uns aufmerksam beobachtete, dann zurück zu Darian. „Das kannst du nicht tun."

Abermals lächelte er matt. „Mach dir keine Gedanken. Ich kann dir versichern, dass es fair zugehen wird."

„Okay", meinte ich schließlich und gab auf, sie trennen zu wollen. Vermutlich musste es geschehen. Wenn nicht jetzt, dann später. So oder so würden sie aneinander geraten.

Mein Fuß berührte schon die erste Stufe, als mein Bruder mir nachrief: „Faye? Wer ist der Vater?“

„Du stehst ihm gegenüber“, kam Darian meiner Antwort zuvor.

„Das ist unmöglich!“

„Ich sagte dir, er ist anders.“ Energisch zog ich die Tür hinter mir zu.

Ich gelangte bis ins Zwischenstockwerk, dann ereilten mich Zweifel. Ich blieb stehen. Hätte ich doch bleiben sollen? Hätte ich sie auseinander halten sollen? Hätte ich es überhaupt gekonnt?

Nachdenklich blickte ich zurück. Ob es doch besser war, wenn ich umkehrte? Ein zorniges Fauchen, gefolgt von einem wütenden Brüllen, nahm mir diese Entscheidung ab. Ich rannte die Stufen hinauf, langte nach der Klinke und stemmte mich gegen die Tür. Geschockt rüttelte ich daran. Sie war verschlossen. Ängstlich presste ich mein Ohr dagegen, vernahm dumpfe Laute, dann prallte etwas gegen die Außenseite der Tür. Erschrocken wich ich zurück, knickte mit dem Fuß um und rutschte von der obersten Stufe. Wie in Zeitlupe sah ich meine Hand an der Klinke vorbeigreifen, verfehlte mit der anderen das Treppengeländer und kippte nach hinten über. Kurz ruderte ich mit den Armen in der Luft, dann verlor ich endgültig das Gleichgewicht. Ein Schrei stieg aus meinem Inneren auf, hallte durch das gesamte Gebäude. Das Kind. Bitte nicht das Kind. Instinktiv rollte ich mich zusammen, die Stufen kamen näher. Ein harter Aufschlag, ein schmerzerfülltes Stöhnen, dann wurde es dunkel.

Wie viel Zeit vergangen war, bis ich wieder zu mir kam, konnte ich nicht sagen. Ich hatte einen leichten Druck im Kopf, doch es ließ sich aushalten. Jedoch war mein Blick beeinträchtigt, denn ich konnte nichts um mich herum erkennen. Alles wirkte verschwommen und irgendwie verzerrt. Vorsichtig tastete ich um mich, fühlte harten Boden unter mir und stemmte mich etwas hoch. Mir war leicht schwindelig und ein wenig übel. In mir tobte ein Gefühlswirrwarr. Da waren Erinnerungen an etwas Wichtiges, das ich nicht greifen konnte, das mir wie Wasser durch die Finger glitt. Ach ja, da war es wieder. Ich sog scharf die Luft ein. War dem Kind etwas geschehen? War mir etwas passiert? War ich dabei zu sterben?

Ich blickte an mir herunter, alles sah aus wie zuvor. Keinerlei Veränderung, selbst die leichte Wölbung des Bauches war vorhanden. Prüfend legte ich die Hand darauf und staunte. Ich fühlte etwas. Ein winziges Flimmern, wie die samtene Berührung von Schmetterlingsflügeln unter der Handfläche. Es war erstaunlich. Fast kam es mir vor, als könne ich es sogar sehen. Ein winzig kleiner, pulsierender Lichtpunkt. Es war absolut faszinierend und, ohne es zu merken, lächelte ich vor mich hin.

Ich versuchte mich aufzusetzen. Doch weiterhin erkannte ich nichts. Alles nur eine graue, trübe Suppe aus Nebel. Irgendwie kam mir das bekannt vor.

„Nein“, klang es da wie durch Watte an meine Ohren.

„Bitte?“ Ich versuchte, diese Nebelschwaden vor meinen Augen wegzuwedeln. Es flimmerte milchig grau, riss kurz auf. Für einen winzigen Moment sah ich gleißende Helligkeit, dann zogen die Schwaden wie Vorhänge wieder zu.

„Nein.“

„Was, nein?“ Es gelang mir, mich leicht aufzurichten.

Wieder ein „Nein.“

„Wäre es zu viel verlangt, wenn du mir aufhilfst und wir das mit dem *Nein* danach ausdiskutieren?“

„Eine Diskussion ist unnötig. Und die Antwort lautet *nein*, Faye McNamara.“

Ich stöhnte. Nun ja, zumindest kannte er meinen Namen, das war doch schon mal etwas. „Fein. Antworten auf Fragen zu bekommen, die noch nicht einmal gestellt wurden, kann sich als durchaus zeitsparend erweisen.“

„Du kennst die Fragen, Kind. Du hast sie bereits gestellt. Nun geh zurück.“

Ich hatte sie bereits gestellt? Wann? Oh, ja, natürlich. Er hatte meine Gedanken vernommen. Vermutlich als ich gerade hier ankam. Schön, das war zu meiner Beruhigung zumindest geklärt. Aber das andere nicht. Unsicher sah ich mich um. Zurück? Wohin?

„Dorthin, wo du gerade hergekommen bist.“

„New York, Brooklyn, Dach?“, fragte ich vorsichtig an.

„New York, Brooklyn, auf einer Treppe im dritten Stock.“

Inzwischen war mir klar, wo ich mich befand. Schon einmal war ich in eine Ebene geraten, die weder zur Erde noch zum Himmel, weder zum Traum noch zum Wachzustand gehörte. Sie lag irgendwie dazwischen, nicht innen, nicht außen. Ich hatte mich damals irgendwie verlaufen, hatte meinen Absichten eine Richtung gegeben, war mit den Gedanken jedoch woanders gewesen. Das hatte mich wie ein fehlgeleitetes Navigationssystem in eine Sackgasse geführt. Anscheinend war ich genau dort wieder gelandet.

„Also gut.“ Ich stemmte mich hoch und versuchte aufzustehen. Das gelang nicht, und ich blieb sitzen. „Soll ich diesmal kriechen oder fallen?“

„Oh Kind.“ Ein Seufzen erklang. „Jetzt verstehe auch ich, warum du seine Gunst besitzt.“

Irgendwie schaffte ich es in eine hockende Position. „Tue ich das? Klär mich bitte auf.“

„Deine Kommunikation mit unsereins war des Öfteren Gegenstand einiger Gespräche.“

„Aha.“ Behutsam tastete ich meinen Kopf ab. Da war aber nichts außer einem dumpfen Klopfen. Nebenbei suchte ich vergeblich nach dem Besitzer der Stimme, doch mehr als graue Suppe sah ich nicht. Eins aber war klar: Michael war es nicht. Er klang anders, denn ihn hatte ich zuvor mehrfach gesehen und gehört. Seine Stimme tönte wesentlich voller. Hatte er etwa geplaudert? Falls Engel so etwas überhaupt taten. Und wen, wenn nicht ihn, hatte ich aus der Riege der Engel jetzt vor mir?

„Erzengel“, verbesserte er mich, und ich nickte schnell. „Klar. Danke.“

„Gern geschehen. Wenn du nun bitte diesen Ort verlassen möchtest.“

„Eilt es denn?“, scherzte ich mit ironischem Unterton. „Hast du heute noch etwas Wichtiges vor?“

„Ich bin für die Seelen zuständig, die ins Licht gehen, und nicht für diejenigen, deren Aufstiege noch nicht anstehen.“

„Oh. Sag bloß, ich habe mir gerade den Hals gebrochen und klopfe an die Himmelspforte.“

„Geh zurück“, meinte er bloß. „Du gehörst hier nicht her. Noch nicht.“

Ich verzog das Gesicht. „Ich möchte schon, nur kann ich es nicht.“

Er seufzte? Tatsächlich. „Was hindert dich daran?“

Ich probierte ein zaghaftes Lächeln. „Da ich nicht weiß, wo ich genau bin, weiß ich auch nicht, wie ich zurückkomme. Und eine Beschilderung habt ihr immer noch nicht aufgestellt.“

„Das hat dich nicht daran gehindert, den Weg hierher einzuschlagen.“

„Ich wollte nicht herkommen. Ich wollte aufs Dach.“

„Und doch bist du hier.“

Schlauberger. „Kannst du mir den Weg zurück zeigen?“

„Ja.“

Na wenigstens etwas. Ich wartete darauf, eine Richtungsanweisung zu bekommen. Und wartete. Und wartete weiter. Und gab das Warten auf. „Hallo?“

„Ja?“

„Ich habe dich etwas gefragt.“

„Und du hast eine Antwort bekommen.“

Allmählich nervte es. „Und die wäre?“

„Die, dass ich dir den Weg zeigen kann.“

Dass er mir …? Mann! Ich schnaufte genervt. Immer solche Kleinigkeiten wie „Stelle deine Fragen präzise“, wenn man mit diesen Kollegen sprach. Bemüht freundlich versuchte ich es erneut: „Sei doch bitte so freundlich und weise mir den Weg.“

„Gern.“

Der Nebel begann, sich zu bewegen, sich um mich herum zusammenzuziehen, eine Röhre zu bilden. Kurz sah ich Helligkeit aufblitzen, etwas Gleißendes huschte vor meinen Augen vorbei. Es fühlte sich an, als ob es abwärts ginge. Erst jetzt fiel mir auf, dass ich weiterhin nicht wusste, mit wem ich das zweifelhafte Vergnügen gehabt hatte. Doch das zu erfragen war wohl zu spät, denn mich erfasste erneut eine alle Gedanken auslöschende Dunkelheit.

„Sie ist wieder da. Gott sei Dank.“

Ich lag auf dem Rücken, jemand tätschelte meine Wange. Mehrere Stimmen sprachen hektisch durcheinander. Das Tätscheln wurde energischer. Ich wagte ein „Aua“.

Für einen Moment wusste ich nicht, wo ich war. Dann setzte die Erinnerung wieder ein. Ich war die Treppe hinuntergefallen. Und genau in diesem Moment kamen auch die Schmerzen. Aufstöhnend bewegte ich mich, eine Hand legte sich über meine. „Nicht bewegen, Faye. Du bist gestürzt.“

„Ich konnte mich nicht halten“, brachte ich brüchig hervor und sah meinem Vater ins angespannte Gesicht. „Mir tut alles weh.“

„Ich habe den Notarzt gerufen. In Anbetracht dessen, dass Sie schwanger sind, Miss McNamara, hielt ich das für sinnvoll. Noch sinnvoller wäre es, die verdammte Tür endlich zu öffnen“, vernahm ich Jasons Stimme, die durchaus sehr besorgt klang. „Wenn Sie die Güte hätten, Mr. Montgomery sein Glück versuchen zu lassen, Miss Kimberly.“

„Sie ist …?“ Dad stockte, starrte mich schockiert an. Sein Blick wanderte zu meinem Bauch und zurück in mein Gesicht. Er wurde kreideweiß.

Kim hörte auf, gegen die Tür zu trommeln, und eilte die Stufen hinunter, um den Platz mit Steven zu tauschen. Neben mir ging sie kurz in die Knie und tätschelte meine Hand. „Wir kriegen das hin, okay? Mach keinen Mist jetzt, ja? Ich sehe nach, ob ich sie über die Feuerleiter erwischen kann. Was machen die Penner da draußen überhaupt?“

„Ihren Disput beilegen“, versuchte ich Kim zu beruhigen, wobei ich selbst den dringenden Wunsch nach Beruhigung verspürte. Und danach, keine Schmerzen mehr zu haben. Mein Rücken tat höllisch weh, ich musste auf eine Stufenkante gestürzt sein. Gleichzeitig zog es vorne im Unterbauch, es krampfte. Meine Sicherheit, dass es dem Kind gut ging, schwand. Zweifel begannen an mir zu nagen und griffen wie kalte Klauen nach meinem Herzen. Meine Hand glitt über den Bauch. Ich spürte tief in mich hinein, brauchte eine Bestätigung. Und da war es wieder, dieses leichte Flattern. Aufatmend schloss ich die Augen.

Kim drückte fest meine Hand, erhob sich und wurde von Dad kurz aufgehalten. „Bring sie her.“ Sie nickte und stürmte los.

Ein halbes Stockwerk oberhalb hörte ich es leicht krachen, dann einen Fluch: „Mist! Stahl.“ Behutsam drehte ich den Kopf und sah Steven vor der Tür stehen. Er schwankte einmal vor und zurück, kam die Stufen bis zu mir herunter und fixierte die Tür. Wollte er die Tür einrennen? Eine Stahltür? Okay, vielleicht würde es einem Vampir gelingen, die hatten enorme Kräfte.

„Alles bereit?“, fragte er unnötigerweise und sprintete los. Seine Schulter berührte die Tür, diese schwang auf. Steven entschwand meinem Blickfeld. Dafür tauchte Alistairs Kopf auf. Fragend wies er mit dem Daumen hinter sich. „Wo will er denn hin?“

Ein gepresstes Johlen erklang, dann trat Ruhe ein. Mein Bruder hatte mich in Dads Armen inzwischen erspäht, erfasste die Situation sofort und sprang die Stufen alle auf einmal hinunter. „Gefallen?“, fragte er knapp. Dad nickte. Er schob Dad resolut beiseite und ging neben mir in die Knie. Dann drehte er sich um und brüllte aus Leibeskräften: „Komm runter, Milchzahn. Deine Frau ist gestürzt.“

„Steven hat die Tür aufbekommen?“, drang es von unten zu uns hoch, und Kimberly machte auf der Treppe kehrt. „Cool, das erspart mir eine Kletterpartie."

„Ähm, ja, in etwa, Kim", rief Alistair ihr zu. „Geh doch bitte trotzdem runter und sammele ihn wieder ein."

„Was? Oh verdammt!", schrie sie verblüfft und rannte die Stufen wieder hinab.

Genau in diesem Moment stürmte Darian die Treppe herunter und kniete neben meinem Bruder. Nie zuvor hatte ich solch blanke Angst in seinen Augen gesehen. Überängstlich, beinahe zögerlich berührten seine Finger mein Gesicht, während sein Blick blitzschnell über meinen Körper wanderte, alles zu erfassen versuchte. „Wie ist das geschehen? Hast du Schmerzen? Wo tut dir etwas weh? Kannst du reden? Ist dem Baby etwas passiert?"

„Du solltest sie zu Wort kommen lassen", warf mein Bruder ein und legte Darian eine Hand auf die Schulter. Dabei lächelte er mich tapfer an. Doch ich sah ihm an, wie beunruhigt er wirklich war.

Mit einem Lächeln wollte ich protestieren, Darian beruhigen. Da gefror es mir auf den Lippen. „Wie zum Teufel siehst du denn aus?"

„Alles halb so wild, Faye", spielte er seine Verletzungen im Gesicht herunter, die sich in Form von zwei tiefen, parallel verlaufenden und sehr blutig aussehenden Schrammen vom Kinn über die Wange bis hin zum Ohr zogen. „Wichtig ist, dass du –"

„Ist das alles?", unterbrach ich ihn unwirsch, sah zu Alistair und zog die Stirn in Falten, als ich an ihm keinerlei Verwundungen entdeckte. Allerdings fehlte sein Shirt, und das machte mich stutzig. Mein Blick schnellte zurück zu Darian. Seine Verletzungen waren nun nahezu verschwunden, nur zwei helle Streifen unter dem verschmierten Blut zeugten noch davon. Sein Lächeln wirkte auf mich alles andere als beruhigend, obwohl er genau das beabsichtigt hatte.

„Könnte mich mal jemand aufklären?", fuhr mein Vater dazwischen. „Faye stürzt eine Treppe hinunter, während ihr euch auf dem Dach eine Prügelei liefert? Und nebenbei erfahre ich heute zum zweiten Mal, dass mir der Titel *Großvater* winkt. Seid ihr noch bei Trost?"

„Du hast Stevens schwungvollen Abgang über das Dach vergessen", ergänzte Alistair trocken und erhob sich ächzend. Er humpelte leicht, als er auf Dad zutrat. „Abgesehen davon war es keine Prügelei, sondern ein sehr ernsthaft geführtes Männergespräch."

„Möchten die Herren, dass ich einen weiteren Notarzt rufe?", erkundigte Jason sich spitz.

„Beruhigt euch alle wieder", brachte ich meinen Ärger zum Ausdruck. „Niemand wird hier in irgendeiner Weise das Zeitliche segnen, also hört endlich auf. Und jetzt möchte ich – wenn es irgend möglich ist – gerne aufstehen."

„Das kommt gar nicht infrage", begehrte mein Vater auf. „Der Notarzt müsste gleich da sein."

Ich warf Darian einen flehenden Blick zu, doch Alistair war es, der Dad mit einem Arm um die Schultern fortführte. „Lass uns mal was klären, so unter engsten Familienmitgliedern …"

„Bist du sicher, dass du aufstehen möchtest?", fragte Darian, und ich merkte, wie seine Stimme zitterte. „Mir wäre es lieber, wenn du liegen bleibst."

„Die Treppe ist kalt und hart", gab ich leise zurück. „Und es geht mir so weit wieder gut."

„Könnten Sie bitte zuvor mit den Füßen wackeln, Miss McNamara", vernahm ich Jasons Anweisung. „Bitte erst den rechten, dann den linken Fuß."

Ich begriff, was er überprüfen wollte, und kam seiner Bitte nach. Es zog etwas in der Hüfte, aber es ging. Er nickte zufrieden. Dann hockte er sich zu meinen Füßen nieder und hob vorsichtig erst das eine, dann das andere Bein an und überprüfte das Kniegelenk. Schließlich nickte er noch einmal. „Es sollte gehen. Doch wenn Ihnen schwindelig wird, sagen Sie bitte sofort Bescheid."

„Aye, Doc", murmelte ich brav, da erledigte Darian alles weitere. Er schob einen Arm unter meinen Knien durch, legte den anderen um meinen Rücken und hob mich sehr vorsichtig hoch.

„Kannst du mich überhaupt tragen?", fragte ich, als er kaum merklich schwankte. Welche Verwundungen mochte er haben, die ich nicht sah?

„Ich übernehme sie, Sir." Jason nahm mich ihm kurzerhand ab und trug mich flink die Treppe hinunter.

Darian eilte uns hinterher, und erst jetzt sah ich die Überreste seines Hemdes, die ihm in Fetzen vom Körper hingen. Der ehemals weiße Stoff wies nun rote Flecken und Striemen auf und war somit ein eindrucksvoller, stiller Zeuge der *ernsthaften* Männerdiskussion.

Wir erreichten den Ausgang im gleichen Moment, in dem ein Krankenwagen mit Sirene und Warnlicht um die Ecke bog. Direkt vor der Werkstatt hielt er an, und zwei Männer sprangen heraus. Beide waren in dunkelblaue Rettungssanitäteruniformen mit gelben Leuchtsteifen gekleidet. Der eine war rund und klein, hatte braunes, kurzes Haar und ein freundliches Gesicht. Der andere war groß und hager und trug sein hellbraunes Haar zu einem kurzen Zopf gebunden.

„Der Treppensturz?“, fragte der Hagere, und Jason trug mich zu ihnen hinüber. Darian folgte. Dad, mein Bruder und Kimberly standen neben dem Fahrzeug. Steven fehlte.

Eine Trage wurde aus dem Wagen gezogen. Jason setzte mich vorsichtig darauf ab.

„Beverly Rosewelt“, stellte sich eine ältere Frau mit kurzem, graumeliertem Haar vor, die ebenfalls aus dem Rettungswagen sprang. Dabei ließ sie ihre Blicke interessiert zwischen mir und den anderen Anwesenden umherwandern. Als sie Darian sah, weiteten sich ihren Augen erstaunt. „Uns wurde ein Treppensturz gemeldet. Ich habe keine Schlacht erwartet. Ist das Blut an ihrem Hemd?“

Mit gespielter Überraschung blickte Darian auf sein Hemd, hob einen Fetzen an und sah sie übertrieben entsetzt an. Dann riss er sich die Überreste vom Leib, hob die Arme und drehte sich sehr langsam einmal um die eigene Achse. Als er die Sanitäterin wieder ansah, schenkte er ihr ein argloses Lächeln.

„Haben Sie zusammen mit Ihrem Hemd auch Ihre Stimme verloren?“, erkundigte sie sich ironisch. Darians Lächeln wurde breiter, er beschrieb eine verneinende Geste, blieb dabei aber weiterhin wortlos.

„Ein wahrer Witzbold, hm?“ Kopfschüttelnd wandte sie sich an mich: „Darf ich annehmen, dass es sich bei dem *überaus dramatischen* Treppensturz um Sie handelt?“

„Ja, aber es geht schon wieder.“ Ich sah an ihr vorbei Jason an, der mir einen entschuldigenden Blick schickte.

„Das werde ich entscheiden“, antwortete sie resolut. Mitsamt der Trage wurde ich vorsichtig in den mit den neuesten medizinischen Gerätschaften perfekt ausgestatteten Wagen befördert. Sie stieg ebenfalls ein und legte mir als erste Maßnahme einen Zugang mit Kochsalzlösung. Dann unterzog sie mich einer gründlichen Untersuchung. Beverly Rosewelt leuchtete mir mit einer Lampe in die Augen, überprüfte meinen Blutdruck und meine Reflexe.

„So weit scheint alles in Ordnung“, meinte sie schließlich. „Ich möchte Sie gern mitnehmen, um zu sehen, ob Sie innere Verletzungen haben.“

„Ich bin schwanger, dritter Monat“, meine ich kleinlaut. Sie nickte. „Aha, dann halte ich es sogar für sehr sinnvoll. Machen Sie sich bitte etwas frei, damit ich Sie abtasten kann.“

Sie schloss die Tür, und ich kam ihrer Bitte nach. Ich öffnete die Hose und schob sie bis zur Hüfte hinunter. Sogleich tastete sie meine Bauchdecke und dann meine Nierengegend ab. „Alles so, wie es sein sollte. Ich kann nichts Auffälliges feststellen. Sie können sich wieder anziehen. Haben Sie Schmerzen?“

„Leichte Kopfschmerzen. Und der Rücken tut mir etwas weh.“

„Okay, Sie kommen mit“, entschied sie und stieg wieder aus. Ihr Blick traf Darian, und sie winkte ihn mit dem Finger zu sich heran. „Lassen Sie mich mal Ihr Gesicht ansehen. Und Sie, junger Mann, entwischen mir auch nicht. Hierher, bevor wir noch mal kommen müssen.“

Mit stoischer Ruhe ließ Darian die erneute Musterung der Frau über sich ergehen. Sie umfasste dazu sein Kinn und drehte seinen Kopf hin und her. Mit einem Tupfer reinigte sie ihm knapp unter dem Haaransatz eine blutige Stelle und runzelte dabei die Stirn. „Hätten Sie die Güte mir zu verraten, wie es kommt, dass Sie überall voll Blut sind, ich jedoch keinerlei Verletzungen an Ihnen feststellen kann?“

„Paintball.“

Ihr fragender Blick erfasste meinen Bruder. „Paintball“, wiederholte sie ruhig. „Aber ja. Und sicherlich humpeln Sie, weil Sie barfuß über eine der Kugeln gestolpert sind.“

„Nicht ganz, aber dicht dran.“ Alistair schenkte ihr ein betörendes Lächeln.

„Sie verschießen Ihr Pulver an die Falsche, Mr. …?“

„McNamara.“ Er lächelte noch breiter. „Ich bin der Bruder jener Dame.“

„Okay. Und in welchem Verhältnis stehen Sie zu ihr?“

„Mein Schwager“, kam Alistair Darian zuvor und schickte ihn mit einem herzhaften Schlag auf die Schulter leicht in die Knie.

Mit gutmütiger Miene quittierte der diese Liebkosung und warf sich das Jackett über, welches Jason ihm mit stummem Tadel reichte.

Die Sanitäterin sah sich weiter um. „Und der Rest hier?"

Genau in diesem Moment tauchte Steven auf, stützte sich am Wagen ab und rieb sich den Kopf. „Himmel, Arsch, was für'n Ritt." Es knackte mehrmals, er ließ die Schultern kreisen und streckte sich ausgiebig.

Kimberly war neben ihn getreten und zupfte ihn dezent am Ärmel. Er sah sie fragend an. „Was denn?" Wortlos wies sie auf die Medizinerin, die ihn nun interessiert musterte.

„Ist hier ein Nest?", erkundigte sie sich liebenswürdig, und Steven sah sie dabei irritiert an. „Sie wissen schon, dass Ihre Hose zerrissen und voller Blut ist und Ihr Hemd nicht viel besser aussieht? Fehlt Ihnen eventuell etwas? Paintballmarkierungen vielleicht?"

Verwundert schüttelte er den Kopf. „Nein. Nicht, dass ich wüsste. Ich war vorhin kurz auf dem Dach und bin wohl leicht übers Ziel hinausgeschossen. Paintball habe ich dabei nicht gespielt."

Von der Sanitäterin unbemerkt brach Dad theatralisch zusammen, während Jason ihn mit stoischer Miene stützte.

„Nun gut", kopfschüttelnd stieg sie wieder ein. „Wer von Ihnen uns begleiten möchte, möge bitte einsteigen. Oh nein, meine Herren, alle passen hier wirklich nicht rein."

„Wir kommen nach", sortierte Kimberly Steven, Jason und meinen Vater aus.

Die Frau wies Darian den freien Sitz neben der Trage zu, Alistair quetschte sich vorne zwischen die beiden Sanitäter. „Wir bringen Sie ins *University Hospital, Clarkson Ave.*"

„Kenne ich", rief Kim der Frau zu.

Beverly Rosewelt schloss die Tür und klopfte an die Trennscheibe. „Ihr könnt los."

Während der Fahrt im Rettungswagen nahm sie meine Daten auf. Ihr Blick sprach Bände, als ich keinerlei Schwangerschaftsunterlagen vorweisen konnte. Darian saß neben mir und hielt meine Hand, sah mich die ganze Zeit über mit sorgenumwölkten Augen an.

Dir geht es wirklich gut?, vernahm ich ihn in meinen Gedanken.

Es ist okay, versuchte ich ihn zu beruhigen. Es gelang nur mittelmäßig. Ich schickte ihm ein aufmunterndes Lächeln, wurde dann aber wieder ernst. *Was ist auf dem Dach geschehen, Darian?*

Er wich meinem Blick aus. *Verzeih mir, wenn ich geahnt hätte …*

Hör auf mit dem Scheiß, Darian!

Ich hörte ihn leise lachen und warf ihm einen schiefen Blick zu.

Es ist okay, Faye.

Hoffnung keimte auf. *Dann habt ihr es geklärt?*

Nein, du hast es geklärt.

„Ich?“

Ja, du. Er beugte sich vor und küsste mich. „Und es ist gut so, auch wenn es derzeit nicht ganz danach aussieht.“

„Ach, Sie haben doch eine Stimme“, warf die Sanitäterin erstaunt ein und blickte von ihrem Klemmbrett auf, wo sie gerade Darians Kreditkartennummer auf ein Blatt notierte.

„Verflixt, Sie haben mich ertappt“, gestand er sichtlich zerknirscht. „Womit habe ich mich verraten?“

Sie öffnete den Mund, schloss ihn wieder, seufzte und wandte sich erneut dem Papier zu. Ich schmunzelte, als ich ihre Gedanken auffing. Sie freute sich darüber, gleich Dienstschluss zu haben, weil ihre 24-Stunden-Schicht ohnehin voll von Verrückten gewesen war.

„Ich habe keine Angst, Darian“, sprach ich laut aus, was ich innerlich fühlte, und überraschte mich selbst damit. Lag es an meiner kurzfristigen Auszeit in der Nebelsuppe, dass ich dermaßen optimistisch war? Ich wusste es nicht. Ich wusste nur, dass ganz tief in mir absolute Gewissheit herrschte, dass alles gut war. Ich spürte Darians liebevoll zuversichtlichen Druck meiner Hand und erkannte, dass auch er so empfand.

Der Wagen bog ab, fuhr in eine Auffahrt und hielt an. Sogleich wurden die Türen geöffnet, und ich blickte vom Wageninneren direkt auf die Notaufnahme des Krankenhauses.

„Wir bringen Sie erst einmal in die Notaufnahme, klären dort alles, dann werden Sie direkt in die Gynäkologie weitergeleitet“, erklärte Beverly Rosewelt und half, die Trage aus dem Wagen zu schieben. Als ich absteigen wollte, schüttelte sie warnend den Kopf. „Liegen bleiben, junge Frau.“

Sie schoben mich durch die Schiebetüren ins Krankenhaus. Hier war das Licht taghell, überall eilte medizinisches Personal in weißen oder grünen Kitteln umher. Patienten und deren Begleitpersonen wurden in Wartezonen oder einzelne Räume gebracht, wo kleinere Verletzungen direkt vor Ort untersucht wurden. Mich parkte man in der Nähe eines großen Tresens, an dem eine junge, dunkelhaarige Frau vor einem Monitor stand und etwas in die Tastatur hämmerte. Die Sanitäterin sprach kurz mit ihr, die junge Frau sah zu mir herüber und nahm dann den Telefonhörer auf. Inzwischen kam Beverly Rosewelt wieder auf mich zu. „Warten Sie dort drüben bei den Stühlen. Sie werden gleich abgeholt. Alles Gute."

Darian half mir von der Trage und begleitete mich in die angewiesene Richtung.

„Ich hab' mir einen Kaffee geholt. Möchtest du auch einen?" Mit einem Pappbecher in der Hand setzte sich Alistair auf den Kunststoffstuhl neben mir. Dankend lehnte ich ab. Darian ließ sich auf meiner anderen Seite nieder und fuhr sich mit leicht zittriger Hand durchs Haar.

Mein Bruder sah sich sichtlich amüsiert um. „Na, gar nicht so einfach, mitten in einem Buffet zu hocken und nicht zugreifen zu können, was?"

„Ich bin abstinent", erwiderte Darian trocken, ergriff meine Hand und drückte sie sanft. „Alles klar, Faye?"

„Es geht mir gut, wirklich. Mach dir keine Sorgen."

Er nickte, probierte ein aufmunterndes Lächeln. „So hatte ich mir das mit dem Termin beim Arzt nicht vorgestellt."

Verstehend tätschelte ich seine Hand. Ich hatte es mir auch anders gewünscht. Aber es war nun einmal so gekommen und nicht mehr zu ändern.

„Mrs. McNamara?" Eine mittelgroße Frau meines Alters war soeben aus dem Fahrstuhl getreten, der sich uns gegenüber befand. Ihre weiblichen Rundungen steckten in grüner OP-Kleidung, über die sie einen weißen Kittel geworfen hatte. Sie hielt ein Klemmbrett in der Hand und sah sich über den Rand ihrer dunkelblauen Lesebrille suchend um.

Alistair sprang auf und winkte sie zu uns heran. „Hier."

Sogleich eilte sie auf uns zu. „Guten Abend, ich bin Dr. Maja Brooks, Ärztin der Gynäkologie. Warten Sie bitte, ich werde Ihnen einen Rollstuhl holen."

Fröhliche, braune Augen funkelten in einem hübschen Gesicht, das von schulterlangen, dunklen Locken umrahmt wurde. Sie lächelte und entblößte dabei strahlend weiße, perfekt angeordnete Zähne.

Darian und ich erhoben uns zeitgleich, ich ergriff ihre dargebotene Hand. „Hallo, danke für das Angebot, aber ich möchte lieber laufen.“

„Die Versicherung –“ Sie brach ab, ihr Blick huschte kurz über meine zwei Begleiter und sie lachte schließlich. „Also gut, ich drück ein Auge zu. Bei dieser Leibgarde habe ich keinerlei Bedenken, Sie heil und unversehrt hochzubringen. Wenn Sie mir bitte zum Lift folgen möchten.“

Sie ging voran, Darian und ich folgten. Wir blieben aber stehen und sahen uns zu Alistair um, der aus unerfindlichen Gründen wie angewurzelt vor dem Stuhl stand. Sein Gesicht wirkte irgendwie schockgefroren, der Blick seiner grünen Augen dezent entrückt. Zudem stand sein Mund leicht offen, was sein gesamtes Erscheinungsbild leicht idiotisch aussehen ließ. Dann folgte ich seiner Blickrichtung und blieb an der Frau hängen, die mich am Lift erwartete.

„Büfett, alter Freund?“ Darians Schulterschlag brachte Regung in ihn.

Alistair schüttelte sich, bevor er lostrabte und lapidar meinte: „Klar, ich hasse dürre Gerippe, lass uns jagen.“

„Stopp!“ Meine Hand an seiner blanken Brust brachte ihn direkt vor mir zum Halt. Schnell senkte ich die Stimme: „Bruderherz, sie trägt einen Ring am Finger. Also vergiss es.“

„Mist.“ Sein Blick schnellte zu ihr und zurück zu mir. Doch ein breites Lächeln schlich plötzlich auf seine Züge, und er schob mich sanft beiseite. „Mal gucken, ob das nicht Tarnung ist. Nun kommt schon, worauf wartet ihr noch?“

Kopfschüttelnd folgten wir ihm.

Kapitel Neun

"Wie lange, sagten Sie, sind Sie schwanger?"

„Dritter Monat", gab ich beunruhigt zurück und starrte auf den Monitor, der das Ultraschallbild meines Unterbauches zeigte.

Dr. Maja Brooks fuhr nochmals mit dem Cursor über das Bild und stellte die Messung neu ein. Dann schüttelte sie den Kopf. „Kann nicht stimmen. Sind Sie sicher?"

Alarmiert stützte ich mich auf den Ellenbogen ab. „Ist etwas nicht in Ordnung?"

„Doch, doch", gab sie schnell zurück. „Nur ist der Fötus für Ihre Angaben schon zu weit entwickelt. Sehen Sie selbst. Die Länge ist etwa fünfzehn Zentimeter, Extremitäten voll ausgebildet, Herztätigkeit vorhanden, und wie Sie sehen können, bewegt er sich. Laut dieser Angaben müssten Sie Mitte bis Ende der fünfzehnten Woche sein."

Mir klappte vor Erstaunen fast die Kinnlade herunter. Ich ließ mich auf die Liege zurücksinken und brachte keinen Ton heraus. Das musste ich erst einmal verdauen. Hatte ich mich dermaßen verrechnet?

„Alles in Ordnung? Soll ich Ihren Mann hereinbitten?"

„Ja", krächzte ich heiser, räusperte mich und versuchte es erneut: „Ja, bitte."

Ich hörte sie aufstehen und zur Tür gehen. Sie sprach kurz mit Darian, dann war er an meiner Seite. Sorge stand in seinen Augen. „Ist etwas mit dem Kind, Faye?"

„Ihrer Frau und dem Baby geht es gut", erklärte Dr. Brooks ruhig, blieb stehen und winkte zurück zur Tür. „Na kommen Sie schon rein, bevor Sie mir noch Schützengräben in den Gang laufen."

Alistairs grinsendes Gesicht erschien in meinem Blickfeld. Dann ächzte die Liege unter seinem Gewicht, als er sich zu mir ans Kopfende setzte. Während er sich leicht vorbeugte, flüsterte er: „Ich will's mit eigenen Augen sehen, bevor ich es glaube."

Keine zwei Minuten später war er verstummt und starrte auf einen Monitor, der das Unmögliche in sichtbarer Form wiedergab. Darian hingegen hatte wohl zum ersten Mal in seinem Leben Tränen der Rührung in den Augen. Er küsste meine Hände, meinen

Mund, und seine Stimme hatte einen heiseren Klang. „Ich konnte nie an Wunder glauben, Faye. Jetzt sehe ich eins vor mir."

„Genug Kino für heute, meine Herren", komplimentierte die Ärztin die beiden wieder hinaus und schloss die Tür hinter ihnen. Lächelnd drehte sie sich zu mir um, und ein schalkhaftes Funkeln trat in ihre Augen. „Ich hoffe doch, sie kippen mir draußen nicht um. Jetzt kommt nämlich der unangenehme Teil des Ganzen. Ich muss Sie zur Ader lassen."

Schnell wischte ich mir das Glibberzeugs vom Bauch und zog mich wieder an. „Keine Bange, beide können Blut sehen."

„Sie hoffentlich auch." Sie führte mich den langen Gang entlang bis vor eine Tür, an der *Laboratory* stand. Dort wurde mir von einem Mitarbeiter Blut abgenommen, mein Gewicht überprüft, und anschließend durfte ich mit einem Becher zur Toilette pilgern, um diesen dann mit etwas Füllung wieder artig abzuliefern. Danach führte mich der junge Mann mit dem hellblonden Haar und dem aknenarbigen Gesicht zurück in ein kleines Dienstzimmer, das direkt neben dem Behandlungszimmer lag. Er bat mich, dort zu warten.

Die Ärztin war nicht da. Ihre Brille lag auf einem aufgeschlagenen Ordner auf dem Tisch, eine Tasse Tee stand dampfend daneben. Patientenkarteien lagen aufgestapelt neben einer Tastatur, die sich vor einem flimmernden Flachbildmonitor befand. Der Anblick ließ vermuten, dass die Ärztin gleich zurückkehren würde. Das tat sie auch. Die Tür ging auf, und mit energischen Schritten kam sie herein, umrundete den schmalen Tisch und setzte sich mir gegenüber auf den Stuhl. „Zucker vergessen. Pausen sind hier Mangelware." Sie lächelte, setzte wieder ihre Brille auf und blickte mich über den Rand hinweg an. „Sind Sie länger in New York, Miss McNamara?"

„Ich gehe davon aus", gab ich vage zurück.

Sie nickte knapp und kippte dabei den Zucker in ihren Tee. „Okay. Rufen Sie mich morgen Nachmittag an, dann liegen die Ergebnisse vor. Aber ich glaube kaum, dass wir Anlass zur Sorge haben müssen. Wenn Sie nicht zurück nach London fliegen, suchen Sie sich entweder einen Arzt, oder ..."

„Kann ich nicht bei Ihnen bleiben?", fragte ich hoffnungsvoll. Irgendwie mochte ich diese Frau, sie strahle eine erstaunliche Ruhe aus.

„Das wollte ich Ihnen gerade vorschlagen." Sie erhob sich, zog eine Karte aus einem Stapel und reichte sie mir. „Da steht mein Dienstanschluss drauf und auch die Nummer der Station. Sie werden immer jemanden antreffen. Also sehen wir uns in spätestens vier Wochen wieder. Einen Termin machen wir ebenfalls morgen am Telefon klar. Und bitte schonen Sie sich. So ein Treppensturz ist nicht ohne, auch wenn Sie anscheinend nichts weiter als blaue Flecken davongetragen haben."

„Ich werde mich bemühen". Dankbar schüttelte ich ihre Hand und begab mich zur Tür, wo ich mich nochmals zu ihr umdrehte. „Ich hätte da noch eine Frage, Doc."

„Nur zu."

Ich lachte kurz, schüttelte den Kopf und platzte schließlich heraus: „Mag für Sie irgendwie ungewöhnlich klingen, aber sind Sie verheiratet?"

Ihr Blick war göttlich. Dann begann sie plötzlich schallend zu lachen, wedelte mit der linken Hand zur Tür und meinte glucksend: „Sagen Sie ihm, er soll reinkommen und mir seine Telefonnummer abliefern. Und nun raus mit Ihnen."

Mit einem breiten Grinsen trat ich hinaus auf den Gang, erblickte meinen Bruder und wies sogleich mit dem Daumen über meine Schulter: „Du bist dran, Alistair."

„*Moi*?" Er tippte sich mit dem Finger gegen die Brust.

„Ja, mach hin, sonst überlegt sie es sich noch."

Sekunden später fiel hinter ihm die Tür zu.

„Was war das denn?", fragte Darian erstaunt. Ich zuckte unschuldig mit den Schultern. „Er wollte jagen, ich habe sie lediglich angefüttert."

„So, wie das eben aussah, frage ich mich, wer gerade wen im Visier hat."

Souverän hakte ich mich bei ihm unter. „Das, liebster zukünftiger Windelwechsler, wird sich zeigen."

Er lachte leise, schnappte nach mir und hob mich auf seine Arme. „Was hältst du davon, wenn wir uns heimlich fortschleichen? Wenn ich dusche, mich vernünftig ankleide, dich zum Essen ausführe, wir Steven aus der Suite verbannen und den Rest der Nacht gemütlich ausklingen lassen?"

Ein Strahlen machte sich auf meinem Gesicht breit. Ich legte die Arme um ihn, schmiegte meinen Kopf an seine Schulter und spielte mit einem Finger an seinem Nackenhaar. „Das klingt überaus verlockend, Mr. Knight."

Seine lüsterne Miene sprach Bände, dann verharrte er plötzlich in der Bewegung, sah mich ernst an und machte eine abrupte Wendung. Nanu? Meine unausgesprochene Frage beantwortete er, als er mit der Fußspitze an eben jene Tür klopfte, hinter der mein Bruder verschwunden war. Im gleichen Moment drückte er sie auf.

Mein Bruder stand mit dem Rücken zu uns, hatte seine Hände auf dem Tisch abgestützt und sich ein wenig zu Maja Brooks vorgebeugt. Sie stand dahinter und hielt einen kleinen Zettel in der Hand. Bei unserem Eintreten sahen sich beide gleichzeitig nach uns um.

„Verzeihung." Darian schenkte der Ärztin ein frivoles Lächeln. „Ich hätte da gern erfahren, ob es trotz Schwangerschaft …"

„Kein Problem", meinte sie sichtlich amüsiert. „Sobald sich Ihre Frau fit genug fühlt, stellt es kein Hindernis dar. Nur sollten Sie übermäßig akrobatische Übungen vermeiden."

„Okay, demnach die gemächliche Variante. Danke." Er zog die Tür wieder zu und strebte dem Ausgang entgegen.

Plötzlich huschte er in den Schatten einer Nische und legte mir warnend eine Hand auf den Mund. Mein Blick wurde fragend.

Feind auf zwei Uhr.

Bitte?

Die Erklärung folgte sofort. Jason, Kimberly und Steven stürmten in den Eingangsbereich und die Stufen hinauf, blieben kurz stehen, orientierten sich an einer großen Tafel und rannten dann Richtung Fahrstuhl davon. Grinsend trat Darian aus dem Schatten, sah sich kurz um und eilte hinaus ins Freie. Das erste Taxi war unseres, und zusammen fielen wir lachend auf den Rücksitz.

Der indische Taxifahrer erwies sich als überaus diskret. Stur geradeaus schauend lenkte er den Wagen mit der Untermalung von indischen Klängen aus dem Radio die Straßen Brooklyns entlang Richtung Manhattan. Anscheinend kam es öfter vor, dass sich hinten auf seinem Rücksitz eine wilde Knutscherei abspielte. Zweimal sah ich seinen amüsierten Blick im Rückspiegel, dann ignorierte ich seine Anwesenheit.

„Wenn er sich nicht etwas beeilt", raunte Darian mir zwischen zwei Küssen zu und schob seine Hand langsam unter mein Shirt, „lasse ich ihn beim nächsten Hotel auf unserem Weg anhalten."

„Wo bleibt deine sprichwörtliche Geduld, Schatz?" Am Ohrläppchen knabbernd, schob ich seine Hand zurück.

„Welche Geduld?", gab er mit sonorer Stimme zurück und schnappte mit den Zähnen spielerisch nach meinem Hals. Dann ließ er seine Lippen langsam über meine Halsschlagader wandern, küsste sich bis zu meiner Halsbeuge vor und bahnte sich einen Weg über mein Kinn bis zu meinen Lippen. Seine Zunge verlangte Einlass, durchforschte meinen Mundraum und forderte mich zu einem stummen Duell heraus.

Ich ließ seine Hand los, schob meine Finger in sein Haar und hielt ihn fest. Intensiv und genüsslich kostete ich diesen Kuss, verlangte mehr und wollte ihn verlängern. Doch da löste er sich und sah mich mit lodernden Augen an, schüttelte kaum merklich den Kopf. „Geduld, verdammt."

Irritiert folgte ich seinem Blick und gewahrte eine deutliche Verformung unter dem Stoff um seine Körpermitte. Ein lüsternes Lächeln huschte um meine Mundwinkel. Meine Hand wanderte über sein Bein in genau jene Richtung, als er sie kurz davor stoppte.

Unschuldig fragend sah ich ihn an, dann zurück auf die wenigen Zentimeter zwischen meiner Hand und ihrem Ziel. Darian stöhnte verhalten, hob den Kopf an und sah nach vorne zum Fahrer: „Egal, was es kostet. Ich zahle Ihnen jeden verdammten Strafzettel, aber drücken Sie aufs Gas."

Ein Ruck ging durch den Wagen, und die heftige Beschleunigung drückte mich kurz in die Polster. Darian fiel auf mich, grinste siegesgewiss und küsste mich hart. Dann mussten wir uns festhalten, denn unser Chauffeur schien mit einem Mal zu einem zweiten Michael Schumacher zu mutieren. Es wirkte, als habe er enormen Spaß daran, denn vor jeder größeren Kurve warnte er uns. Statt mehr Leidenschaft schaffte sein rasanter Fahrstil bei uns eher Leiden, aber wir saßen es aus.

Als der jaulende Bollywood-Singsang im Radio – inzwischen klang es fast, als würde jemand ein Rudel Kojoten durch einen Canyon peitschen – seinen Höhepunkt erreichte, schlidderte das Taxi vor unser Hotel und blieb abrupt stehen. Wir kullerten von der Rückbank in den Fußraum. Die Tür wurde sogleich von dem

Portier geöffnet. Ich würde mein Lebtag nicht mehr vergessen, was für ein Gesicht er machte, als er mein Hinterteil im *Plaza* begrüßen wollte.

Kichernd kroch ich von Darian herunter, aus dem Wagen und hinaus auf den Gehweg. Dort setzte ich eine ernste Miene auf, zupfte meine Kleidung zurecht und richtete meine nicht vorhandene Frisur. Derweil kletterte Darian aus dem Wagen und drückte einem erstaunten Fahrer wahllos ein paar Geldscheine in die Hand.

„Wenn Sie ein Taxi brauchen, Sir, rufen Sie mich. Jederzeit", beteuerte der Fahrer, und Darian nickte knapp. Er schloss sein Sakko und räusperte sich, sah den Portier freundlich an und ergriff meine Hand. Wir hatten die Treppe erreicht, als er plötzlich stehen blieb und mich nachdenklich ansah.

„Pfeifen wir einfach auf die Konventionen, Faye. Hier kennt uns niemand."

Ich quiekte verhalten, als er mich erneut hochhob und die Treppe hinauftrug. Schnell schlang ich ihm die Arme um den Hals, hielt mich fest und verbarg mein Gesicht an seiner Halsbeuge. Mit eiligen Schritten durchquerte er die Lobby, fing nebenbei den Schlüssel auf, den ihm ein diensteifriger Mitarbeiter zuwarf, und steuerte direkt die Fahrstühle an.

Die Türen glitten auf und wir in den Lift hinein. Darian setzte mich ab und zog mich sogleich fest an sich. Ich landete mit dem Rücken an der Wand, ignorierte den Schmerz. Ich lenkte ihn um und griff Darian ins Haar. Sein Kuss erfolgte im gleichen Moment, in dem die Alarmglocken des Fahrstuhls zu schrillen begannen.

„Verflucht", murmelte er, „das wird wohl heute eine widerspenstige Zähmung in drei Akten."

„Ein Akt würde mir schon vollkommen reichen", erwiderte ich, schob mich von der Wand, und das Schrillen hörte auf.

„Kann ich Ihnen helfen?", kam es aus einem Lautsprecher im Fahrstuhl.

Darian verdrehte die Augen. „Danke der Nachfrage, aber *das* sollte ich noch allein schaffen. Wie setzt man dieses Ding wieder in Gang?"

„Sir?"

„Wir sind stecken geblieben", meinte ich bemüht ernst und schlug Darian leicht gegen den Arm, als er murmelte: „Würde ich ja gerne.“

„Sie haben den Halteknopf gedrückt, Sir“, erklärte der Mann am anderen Ende der Leitung. „Drücken Sie ihn nochmals und der Fahrstuhl setzt sich wieder in Bewegung.“

Gesagt, getan. Oben angelangt, liefen wir Hand in Hand bis zu unserer Suite. Darian öffnete, zog mich hinein und gab der Tür mit dem Fuß einen Stoß. Sofort lagen seine Hände auf mir, zerrten mir das Shirt über den Kopf. Während sein Mund seinen Weg zu meinen Wölbungen fand, schob ich meine Finger unter sein Sakko und es ihm sogleich von den Schultern. Dann ließ ich meine Hände langsam seine Brust hinab weiter abwärts gleiten, bis ich den restlichen, störenden Stoff berührte, der lediglich durch einen Gürtel gehalten wurde. Darian hielt den Atem an, als ich gezielt zupackte.

„Zu schnell“, murmelte er und schob meine Hand fort. „Viel zu schnell.“

Bevor ich reagieren konnte, flog mein BH durch den Raum. Meine Hose folgte wenig später. Zu schnell? Seine Hände landeten auf meinen Schultern, ich wurde Richtung Bad dirigiert.

„Dusche oder Wanne?“ Sein feuriger Blick ließ erahnen, dass in beiden Fällen das Wasser rasant verdunsten würde.

Mit der Hand in seinem Nacken zog ich ihn in die Duschkabine. Sein Mund eroberte meinen, seine freie Hand die Armatur, dann rauschte angenehm temperiertes Wasser auf uns herab. Dann drückte Darian mich an die Wand, ging vor mir in die Knie und legte mein linkes Bein über seine Schulter.

Ich schloss die Augen. Ein Schauer ließ meinen Körper erzittern, als er ganz langsam und aufreizend die Innenseite meines Schenkels mit kleinen, sanften Küssen übersäte, sich vorantastete, bis er die lodernde Hitze meines Mittelpunktes erreichte, sie kostete, umspielte. Meine Finger hatten sich in seinem nassen Haar vergraben, ich erlaubte kein Entkommen, noch gestattete er es mir. Immer intensiver rollten die Wellen über mich hinweg. Ich suchte Halt, fand ihn an der Wand. Stemmte mich ab, bog mich durch, ihm entgegen, seinen Lippen, seinen Händen, seiner Leidenschaft, die mich überwältigte. Woge um Woge, erst sanft, dann verzehrend, raste durch mich hindurch, raubte mir den Atem, die Sinne. Ich krallte mich an ihm fest, flüsterte seinen Namen.

Plötzlich lagen seine Lippen auf meinem Mund. Sein Griff um

mein Bein war bestimmend, seine Forderung nach Einlass drängend. Ihr nachkommend schlang ich meine Beine um seine Hüften, nahm ihn tief in mir auf, kostete seine raumgreifende, gierig pulsierende Hitze in vollen Zügen aus. Körper an Körper, Haut an Haut, verschmolzen ineinander.

Intensiv und leidenschaftlich kam ich ihm entgegen, fühlte seine verhaltene Kraft, sein Bemühen, nichts zu übereilen. Doch siegte die Flamme über die Glut, entzündete sich schlagartig und stob über uns hinweg, bis nichts mehr blieb als ermattete Asche, verbrannter Boden und eine Versunkenheit, die nach süßem Honig schmeckte.

Sehr behutsam glitt Darian aus mir, in seinen graublauen Augen eine besorgte Frage. Mein Lächeln wischte die Gedanken fort und bat um eine Wiederholung. Nach einer entsprechenden Pause.

Seife fand in gegenseitiger Übereinstimmung ihren Weg über unsere Körper. Sanfte, massierende Berührungen schürten die Glut erneut. Nur kurz von weißen, weichen Handtüchern gedämmt, brach sie sich Bahn, als unsere Leiber sich in wilder Leidenschaft ein zweites Mal vereinten. Pure Ekstase ließ alles um uns herum verschwinden, in Nichtigkeit vergehen und nur das bestehen, was am Ende einer Kernschmelze übrig blieb.

Sanft strichen seine Finger über meinen Rücken. Seine Lippen küssten meinen Nacken. Ich seufzte wohlig. Ermattet. Gesättigt.

Darian legte seinen Arm um meine Taille und zog mich an sich. Ich spürte seinen Atem in meinem Haar. Seine Brust an meinem Rücken hob und senkte sich, seine Hand schob sich langsam über meinen Bauch, blieb auf der Wölbung liegen. Ich fühlte ihn lächeln.

Mein Magen knurrte und erinnerte mich daran, dass etwas Wichtiges ausstand. Auch Darian hatte es vernommen. Ein zärtlicher Kuss auf die Schulter, dann war er aus dem Bett.

„Auswärts oder Zimmerservice?“ Er langte nach seiner Hose, als ich mich genüsslich räkelnd zu ihm umdrehte. „Zimmerservice. Ich bin zu faul, mich anzuziehen.“

„Wonach steht dir der Sinn, Liebes?“

„Nach etwas Handfestem.“ Mein Lächeln wurde eine Spur lasziver, und ich fuhr mir mit der Zunge über die Lippen. Darian lachte schallend, beugte sich vor und küsste mich ausgiebig. Dann löste er sich wieder von mir und zwinkerte mir zu. „Später mehr, versprochen. Jetzt ordere ich erst einmal etwas für deinen Magen."

„Vergiss deinen dabei nicht, Schatz."

„Du denkst dabei an den Kellner?" Er wich dem Kissen geschickt aus, griff nach dem Telefon, wählte und bestellte: „Ein Rumpsteak, medium, einen Caesar Salad und Folienkartoffeln." Den Hörer zuhaltend, sah er mich fragend an. Meine Lippen formten lautlos das Wort *Eis?* Seine Augenbraue zuckte, dann nickte er. „Meine Frau wünscht ein Eis als Dessert. Bitte? … Nein, stellen Sie einfach etwas zusammen. Von allem ein wenig."

Nachdem Darian aufgelegt hatte, schlüpfte er wieder zu mir unter die Decke, zog mich an sich und hielt mich sanft im Arm.

„Was ist auf dem Dach passiert, Darian?", fragte ich leise, hob den Kopf und blickte ihn an. Mein Finger schnellte in die Höhe, und mein Blick wurde streng: „Versuch es erst gar nicht mit der Ausrede, dass ich das nicht wissen will. Ich will."

Sein Lachen erschütterte nicht nur seinen Brustkorb. Er strich mir eine fuchsrote Strähne aus dem Gesicht. „Betrachte es als eine handfeste Diskussion mit schlagkräftigen Argumenten."

„Aber warum?"

Ein besänftigender Kuss streifte meine Lippen. „Misstrauen lässt sich nur durch ausreichend Zeit besiegen, Faye, manchmal sogar nie. Wenn sich zwei Männer im Kampf begegnen, lernen sie einander am besten kennen, denn Fairness ist das oberste Gebot."

Ich stützte mich auf seiner Brust ab und betrachtete ihn genauer. „War es denn fair?"

Wieder lachte er leise. „Ich kann dir versprechen, dass sowohl dein Bruder als auch ich einen verdammt guten Riecher dafür haben."

Beruhigter legte ich mich wieder auf seine Brust und genoss das sanfte Streicheln meines Rückens, bis das aufdringliche Klingeln eines Telefons diese Entspannungsphase unterbrach.

„Ist deines", meinte ich träge, und Darian nickte. „Weiß ich. Klingelt bereits zum vierten Mal."

„Dann solltest du vielleicht mal rangehen."

„Und unsere Zuflucht verraten?" Mein Blick wurde bittend, und Darian rollte aus dem Bett. Kurz darauf hielt er das Handy in der Hand. „Ja? … Nein, mach dir keine Sorgen, Duncan, wir sind im Hotel. Ja, Faye geht es gut. Sehr gut sogar, wenn ich sie mir genauer ansehe.“ Das zweite Kissen flog. „Hey! Na warte! Duncan, wir reden später. Ich kann mit dem Handy am Ohr schlecht um mein Leben kämpfen.“ Damit warf Darian das Telefon aufs Sofa und sprang zu mir ins Bett. „Du willst mich herausfordern?“

„Solange es fair zugeht?“

Seine Hand wanderte unter die Decke, seine Augen funkelten durchtrieben. „Was ist schon fair?“

Stimmengewirr drang an meine Ohren. Gedämpft, verzerrt. Es vermischte sich mit dem Klang nächtlicher Aktivitäten. Der Ruf eines Kauzes ließ mich hellhörig werden. Wo war ich? Es fühlte sich feucht unter meinen Füßen an, und weich. Verwundert sah ich zu Boden, registrierte Gras unter meinen nackten Füßen. Ich runzelte die Stirn, erkannte das lange, weiße T-Shirt, das ich zur Nacht übergezogen hatte. Schlief ich? War ich wach? Mir müsste kalt sein. Müsste …

Für einen Augenblick verstummte alles um mich herum. Gespenstische Stille trat ein. Ich wartete, wagte keine Regung. Was würde geschehen? Hatte ich wieder eine meiner Visionen? Erneut hörte ich dieses Stimmengemurmel. Es klang entfernt und war doch deutlich genug, um einige Wortfetzen verstehen zu können. Eine tiefe Stimme sprach in einer mir unbekannten Sprache, fluchte verhalten. Aufgeregt antworteten hellere Stimmen. Kinder? Irritiert sah ich mich um, konnte nur wie durch leichten Nebel einiges meiner Umgebung erkennen. Das milchige Licht des Mondes gab der ganzen Umgebung etwas Unwirkliches. In meiner Nähe erkannte ich die Umrisse einer kleinen Gruppe von Bäumen, die sich dunkel gegen den sternenklaren Nachthimmel abzeichnete. Wie grotesk verdrehte Arme schienen sich ihre kaum mehr belaubten Äste dem Himmel entgegenzustrecken, als wollten sie nach etwas greifen.

Ein leichter Wind kam auf, riss die letzten Blätter ab und wirbelte sie wie Spielzeuge durch die Luft, um sie anschließend zu Boden zu werfen. Eines der Blätter fiel mir vor die Füße. Einem Impuls nachgebend wollte ich mich danach bücken, als ein scharfer Befehl in meinem Kopf mich innehalten ließ: *Beweg dich nicht!*

Stocksteif verharrte ich, suchte nur mit den Augen die Umgebung nach dem Sprecher ab. Als wäre Magie im Spiel, zog es meinen Blick schräg nach links in Richtung eines kleineren Hügels. Mir stockte der Atem. Klar und deutlich hob sich eine schlanke, hoch gewachsene Gestalt vom Hintergrund ab. Sie war eindeutig weiblich. Mit leicht gespreizten Beinen stand sie da. Langes, dunkles Haar flatterte leicht im Wind, es war die einzige Regung, die ich auf diese Distanz ausmachen konnte.

Wer bist du?, schickte ich ihr entgegen, wagte nicht, laut zu fragen. Sie kam mir merkwürdig vertraut vor, nur gelang es mir nicht, sie zu erkennen. Mir war, als schüttelte sie kaum merklich den Kopf. Dann hob sie ihren Arm leicht an und wies nach rechts.

Wie in Zeitlupe wandte ich meinen Blick in die angewiesene Richtung, aus der die Stimmen zu mir drangen. Was wollte sie mir zeigen? Und warum?

Sieh hin, bleib bewegungslos, klang es abermals in meinen Gedanken. Und ich sah hin.

Wie ich zuvor vermutet hatte, waren es Kinder. Nur kurz hoben sie sich von ihrer Umgebung dunkel ab, dann verschmolzen sie wieder mit den Schatten. Vier, fünf? Wie viele Kinder waren es? Aber waren es wirklich Kinder? Es musste weit nach Mitternacht sein. Was machten Kinder um diese Zeit außerhalb ihrer Betten – wenn sie denn überhaupt welche hatten. Möglicherweise handelte es sich lediglich um kleine, erwachsene Menschen. Waren es überhaupt Menschen?

Laute erreichten mich, die Zweifel daran aufkommen ließen. Ein warnendes Fauchen zerriss die Stille. Ein ängstliches Wimmern folgte, jemand oder etwas piepste. Plötzlich schoss eine Gestalt aus den Schatten, gedrungen, geduckt. Eilte erst rückwärts, drehte sich um und lief los. Eine zweite folgte, rannte hinter der ersten her. Sie stolperten, wechselten die Richtung und kamen auf mich zu.

Zwanzig Meter. Sollte ich ausweichen? Fünfzehn Meter. Würden sie mich entdecken? Panik stieg in mir auf. Mein Herz begann zu rasen. Was, wenn sie mich umrannten? Was, wenn sie mich sahen?

Bleib stehen!

Meine Knie begannen zu zittern. Der Wunsch nach Flucht wurde zwanghaft. Doch der Befehl schien meinen Instinkt zu überlagern. Noch.

Noch zehn Meter. Ich verkrampfte, machte mich zum Sprung bereit. Da baute sich wie aus dem Nichts direkt vor den Flüchtenden eine dritte Gestalt auf. Es kam mir vor, als entstiege sie den Schatten als schwarze, wabernde Nebelschwade, zog sich nur wenige Meter vor mir zusammen und präsentierte sich dort als feste Materie. Groß, breit und verdammt lebendig. Die beiden Flüchtenden rannten direkt in sie hinein. Ich kniff die Augen zu.

Ein grauenhaftes Kreischen erklang, etwas knackte, dann war es schlagartig still. Nicht ein Laut war zu vernehmen. Ich hatte die Luft angehalten, bemerkte es erst jetzt. Nur sehr langsam und sehr leise schöpfte ich wieder Atem. Vorsichtig öffnete ich die Augen, die nebulöse Figur war verschwunden. Fast schon wollte ich mich entspannen, da musste ich an mich halten, um nicht panisch beiseite zu springen oder zu schreien.

Wenige Meter vor mir lagen in merkwürdig verrenkter Haltung zwei Kinder. Sämtliche Farbe wich aus meinem Gesicht, als ich ihre Gesichter erkannte. Es waren die beiden Jungs, die ich noch am Abend zuvor in der Nähe von Alistairs Werkstatt gesehen hatte. Der gebrochene Blick ihrer Augen wies wie in schweigender Anklage zum Himmel hinauf.

Blitzschnell sah ich zurück zum Hügel. Er wirkte verlassen. Keine Spur der Gestalt war mehr zu entdecken. Ein Geräusch zu meiner Linken ließ mich zusammenzucken und zur Salzsäule erstarren.

Ein großer, schlanker Mann trat in mein Blickfeld und blieb vor den Toten stehen. „Perdantes." *Verlierer*. Er spie das Wort aus wie einen Fluch, trat mit der Stiefelspitze gegen eine der Leichen und sah dann auf – mir direkt in die Augen, und gleichzeitig durch mich hindurch. Geschockt starrte ich ihn an, hatte ihn schon einmal gesehen. Im einer anderen Vision. Sein Gesicht war elegant, schmal und fast durchscheinend, umrahmt von langem, dunklem Haar. Aristokratische Nasenform, am Ende etwas spitz zulaufend. Darunter schmale, durchaus sinnliche Lippen. Derzeit im Zorn verzogen, entblößten sie die scharfen, spitzen Enden zweier Reißzähne. Ein kantiges, energisches Kinn bildete den Abschluss. Doch am auffälligsten waren seine Augen. Tiefschwarz, bodenlos, leer, und doch gefüllt mit einer unvorstellbaren Kälte und Grausamkeit.

Abrupt fuhr er herum und eilte über die freie Rasenfläche. Dabei hob er einen Arm und rief mit französischen Akzent: „*Alors, mes amis*. Enttäuscht uns nicht noch einmal."

Zwei kleine Gestalten traten aus der Dunkelheit hervor und liefen davon. Da löste sich erneut etwas aus dem Schatten, hing wie ein dunkler Schleier kurz über dem Boden und war nach einem Wimpernschlag plötzlich verschwunden. Der Vampir sah sich kurz um und folgte den Gestalten dann mit energischen Schritten.

Bewegungslos wartete ich, bis sie meinem Gesichtsfeld entschwunden waren. Erst dann erlaubte ich mir, erleichtert aufzuatmen. Mein Blick fiel auf die Leichen der Jungs, mit gebrochenem Genick achtlos fortgeworfen. Wer waren sie? Was hatten sie getan, um einen solchen Tod verdient zu haben? Wer tat so etwas?

Tränen der Anspannung liefen mir über die Wangen. Langsam sackte ich auf die Knie. Da legte sich eine schwere Hand auf meine Schulter und panisch fuhr ich herum.

“Psst, Faye. Ganz ruhig. Alles ist in Ordnung“, vernahm ich seine Stimme. „Du bist bei mir. In Sicherheit.“

„Darian“, flüsterte ich vor Angst halb erstickt und warf mich in seine Arme.

Sanft wie ein Baby schaukelte er mich und flüsterte mir beruhigende Worte zu. Unablässig strich er mir übers Haar, bis ich aufhörte zu zittern.

„Eine Vision, Liebes?“

Ich nickte, wischte mir die Tränen mit dem Shirt ab und schniefte einmal, um die Anspannung zu lösen. Darian wartete geduldig, hielt mich fest umfangen und strich mir weiter übers Haar.

„Erzähl es mir.“ Er küsste mich zärtlich auf den Scheitel und schob einige Strähnen aus meinem Gesicht.

Ich sah ihn an, sah die Sorge in seinem Blick, die er zu verbergen versuchte. Sah das Bedauern darin, mir diese Bürde nicht abnehmen zu können. Und sah seine Liebe. So nahm ich seine Hände, legte sie mir an die Schläfen und rief die Bilder ab. Jede noch so kleine Einzelheit übermittelte ich ihm auf diese Weise, denn ich wusste, dass er alles empfing.

„Letavian.“ Fast murmelte er diesen Namen. Seine Hände verschwanden von meinen Schläfen. Ich schlug die Augen auf und blickte ihn verblüfft an. „Dieser Typ, dem Kimberly neulich auf die Füße getreten hat?“

Darians Blick wurde hart. „Dieser Typ, dem etwas Wichtiges abhanden gekommen ist. Er will es zurück. Mit allen Mitteln.“

„Dazu benutzt er Kinder?“ Ich konnte die Empörung in meiner Stimme kaum verbergen und starrte Darian entsetzt an, als er lapidar mit den Schultern zuckte: „Warum nicht? Sie wirken ungefährlich und fallen am wenigsten auf, wenn sie um die Häuser schleichen.“

„Aber er hat sie getötet.“

Er legte seine Hände über die meinen und sah mich fest an. „Mach dich frei von der Vorstellung, dass ein Wesen wie er einem Menschenleben viel Bedeutung beimisst, Faye. Er benutzt sie. Wenn sie unnütz werden, wirft er sie fort. Du hattest die Kinder bei Alistair gesehen, und es ist zu vermuten, dass auch dein Bruder sie bemerkt hat. Dadurch wurden sie unbrauchbar. Fehler dürfen niemals akzeptiert werden. Geschieht es einmal, geschieht es wieder. Er musste ein Exempel statuieren. Kleine Verfehlungen können große Auswirkungen haben. Und niemand kann sich in diesem Spiel noch Fehler erlauben."

„Aber ich dachte, Kinder sind tabu?"

Er ließ mich los und fuhr sich mit beiden Händen schwerfällig durchs blonde Haar. „Sind sie auch, Faye. Es darf niemand verwandelt werden, der sich nicht eigenständig ernähren kann. In Folge dessen entfallen Kinder dem Beuteschema. Allerdings halten sich nicht alle an dieses ungeschriebene Gesetz." Nach einem tiefen Atemzug blickte er mich wieder an. „Aber diese Kinder waren nicht verwandelt, Faye."

„Hattest du sie denn ebenfalls bemerkt?", fragte ich und langte wieder nach der Decke. Mir wurde kalt.

„Mist!" Plötzlich sprang er aus dem Bett und griff nach seiner Jeans.

Sofort saß ich aufrecht. „Was?"

„Verdammt!", fluchte er abermals, während er die Hose überzog. „Ja, ich hatte sie gesehen, ihnen aber keinerlei Bedeutung beigemessen. Mein Fehler."

Mein Blick flog zur Uhr. „Wo willst du hin? Es ist fast drei Uhr nachts."

„Muss mit deinem Bruder sprechen. Sofort. Ich muss wissen, wonach Letavian sucht."

„Hat das nicht Zeit bis zum Morgen, Darian?"

„Nein." Das Hemd überwerfend, eilte er durch den Raum, suchte Socken und Schuhe zusammen. „Er weiß, dass wir hier sind. Die Kinder haben uns gesehen, Faye. Sie haben *mich* gesehen."

Da erst ging mir die Tragweite der Geschehnisse ganz auf, und mir wurde klar, warum ich diese Vision erhalten hatte. Eine Warnung. Doch von wem? Wer war die Gestalt auf dem Hügel? Doch dieses Rätsel musste zunächst warten.

„Okay.“ Ich schwang meine Beine ebenfalls aus dem Bett und zog das Nachthemd aus. In Windeseile zog ich meine Unterwäsche an, da stand Darian vollständig angezogen vor mir. „Was tust du, Faye?“

„Wonach sieht es denn aus? Ich ziehe mich an. Reichst du mir bitte die Jeans?“

„Nein.“

Ich blinzelte ihn verständnislos an. „Bitte?“

Langsam ging er vor mir in die Hocke und legte mir seine Hände auf die Knie. Seine Augen drückten tiefe Besorgnis aus. „Ich möchte, dass du hierbleibst. In Sicherheit.“

„Du brauchst mich, Darian.“

„Du bist schwanger, Faye. Ich möchte nichts riskieren.“

„Ich bin schwanger, richtig. Aber ich bin nicht krank“, wehrte ich ab.

Er schüttelte leicht den Kopf. „Du bist von der Treppe gefallen. Du hast dich verletzt. Wenn noch mal –“

„Mir geht es gut“, unterbrach ich ihn bestimmt. „Ich habe keine Schmerzen. Außerdem will ich nicht alleine hierbleiben. Also ...“ Ich keuchte, als ein glühender Schmerz durch meine Schläfen fuhr. Bilder schossen vor meinem geistigen Auge vorbei. Ein Schwert, hoch erhoben. Metallisches Aufblitzen der Klinge. Es sauste nieder. Die Bilder rissen ab.

Ich schloss die Augen, versuchte den Schmerz zu vertreiben, hörte Darians Stimme nur wie aus weiter Ferne. Seine Finger bohrten sich hart in meine Schultern, er rüttelte mich, holte mich so zurück. „Faye, verflucht! Was ist los?“

„Jemand wird sterben“, sprach ich tonlos.

„Wer? Wann und wo?“

Verstört sah ich Darian an. „Ich weiß es nicht. Ich habe nur eine Schwertklinge gesehen.“ Dann riss ich die Augen auf. „Dein Schwert.“

„Das kann nicht sein.“ Darian erhob sich und trat an den Schrank, öffnete die Tür und nahm das in Leder eingeschlagene Schwert heraus. „Es ist hier, und niemand außer mir hat es angerührt.“

Zweifelnd zog ich die Stirn kraus. „Gibt es ein zweites?“

„Nein. Dieses *Katana* ist einzigartig.“ Er ließ sich neben mir auf dem Bett nieder, schlug das Leder beiseite und strich fast ehrfürchtig über das japanische Schwert. „Es heißt, der Windgott

Susano habe vor sehr langer Zeit im Kampf einem achtköpfigen Drachen den Schwanz abgeschlagen. Als sich dieser vom Leib trennte, sei eine Schwertklinge von einzigartiger Vollkommenheit daraus hervorgekommen. Susano hätte sie eingefasst und seiner Schwester, der Sonnengöttin Amaterasu, als Zeichen seines Sieges übergeben. Amaterasu vermachte die Klinge zusammen mit einem Spiegel und Juwelen dem ersten Kaiser Jimmu Tenno als Insignien der Macht und Herrschaft über das Reich. Im Schrein zu Ise, der Amaterasu gewidmet ist, werden sie noch heute als Machtsymbole aufbewahrt und verehrt. Die Legende besagt, dass kein Normalsterblicher die Klinge jemals führen können wird."

Ich beäugte das japanische Symbol der Macht skeptisch. „Wie können sie dort sein, wenn du das Schwert in den Händen hältst?"

Er lächelte zynisch. „Wer sagt denn, dass sich dort die Originale befinden?"

„Warum habe ich es gesehen, wenn es in deinem Besitz ist?"

„Ich weiß es nicht, Faye", gab er nachdenklich zurück. „Bislang hast du immer das gesehen und erlebt, was gerade geschah. Ist es möglich, dass sich deine Fähigkeiten weiterentwickelt haben und du Bilder der Zukunft siehst?"

Ein freudloses Lachen entwich mir. „Du bist witzig. Ich habe keinerlei Vergleich, wie soll ich das also wissen?"

Für einen Augenblick wirkte Darian ratlos. Es war überhaupt das erste Mal, dass ich ihn so sah. Dann schlug er entschlossen das Schwert wieder ins Leder ein und stellte es zurück.

„Zieh dich an", meinte er und ging zur Tür. „Ich wecke die anderen und sage ihnen, was du gesehen hast. Und Faye, beeil dich."

„Sie sind zurück?"

„Seit gut drei Stunden. Du hattest schon geschlafen." Die Tür fiel hinter ihm ins Schloss, und ich verfiel in Hektik.

Als er zurückkehrte, stand ich vollständig angekleidet im Bad und flocht mir einen Zopf. Er trat zu mir, küsste mich sanft auf den Nacken und entwand mir das Haargummi. Nachdem er damit mein Haar festgemacht hatte, drückte er mir die Bürste in die Hand und ging leicht in die Knie. „Wenn du schon einmal dabei bist …"

Unsere Blicke trafen sich. „Flechten?"

„Von mir aus auch das. Bis du damit fertig bist, sollten auch Steven und Jason angezogen sein."

„Ach. Wollte Dad im Bett bleiben?"

„Vermutlich, denn er kam erst gar nicht mit zurück ins Hotel. Er ist laut Jasons Aussage bei deinem Bruder geblieben.“

Aha. Irgendwie hatte ich das erwartet. Mit geübten Fingern flocht ich ihm einen Zopf und fixierte diesen ebenfalls mit einem Haargummi. „Fertig.“

Grinsend betrachtete er das Resultat im Spiegel. „Lange her, dass ich meine Haare so getragen habe.“

„Wirf einen Kilt über und schnall dir den Zweihänder um, dann bist du perfekt.“

Er lachte. „Das dachte ich auch gerade.“ Ein leises Klopfen unterbrach diesen Friseurtermin und gemeinsam eilten wir aus dem Bad.

Ein verstohlenes Grinsen schlich um meine Lippen, als Jason eintrat. Entgegen seinem sonst so untadeligen Erscheinungsbild standen seine grauen Haare leicht vom Kopf ab, als hätte er sie in aller Eile gebändigt. Zudem hatte er sein diskret gestreiftes Hemd falsch zugeknöpft, denn der oberste Knopf stand offen. Dazu hing es an einer Seite halb aus der dunklen Bundfaltenhose, und zu meinem grenzenlosen Erstaunen trug Jason eine helle und eine dunkle Socke.

Sein Blick folgte meinem, und ein gequältes Lächeln erschien auf seinem Gesicht. Schnell steckte er sein Hemd in die Hose und fuhr sich mit den Händen übers Haar. „Mr. Knight trieb zur Eile an, Miss McNamara. Und bevor Sie fragen: Ja, ich habe vermutlich noch ein ebensolches Paar Strümpfe.“

„Steven?“, fragte ich unnötigerweise, da besagte Person bereits den Flur entlang auf uns zukam.

„Nächtliche Konspiration“, freute er sich sichtlich und rieb die Hände aneinander. „Das ist doch mal eine Tageszeit, die mir im Blut liegt.“

„Ist ein Taxi bestellt?“, erkundigte Darian sich, während er mit dem *Katana* aus dem Schlafzimmer zurückkam. Jason nickte. „Es müsste gleich da sein, Sir.“

„Du nimmst es mit?“ Erstaunt blickte ich das Schwert an, welches er sich umgurtete.

„Du hast mich auf die Idee erst gebracht. Und nun los, ich habe keine Ahnung, ob uns genug Zeit bleibt, ehe bei deinem Bruder angeklopft wird.“ Er sah mich ernst an. „Oder siehst du etwas in diese Richtung?“

Vage schüttelte ich den Kopf. „Nein, ich kann es nicht steuern.“ Er schob mich zum Gang hinaus, da hielt ich ihn auf: „Moment mal. Einerseits soll ich nicht nachsehen, und jetzt fragst du, ob ich sehen kann? Was denn nun?“

Darians Blick wirkte leicht zerknirscht. „Entschuldige. Aber du scheinst die einzige Verbindung zu dem zu sein, was uns erwartet. Ich vergaß, dass du ...“

Abrupt machte ich kehrt, eilte zurück ins Schlafzimmer und zog eine Schatulle aus meiner Tasche hervor. Ich öffnete den Deckel und lächelte kurz die Gegenstände an, ehe ich die Federn herausnahm, die Schatulle wieder verschloss und zurück in die Tasche steckte. Dann eilte ich auch schon an Darian vorbei hinaus in den Flur. „Nun können wir los.“

Hinter mir hörte ich sein Lachen. „Wieso habe ich geahnt, dass du sie doch mitnehmen würdest?“

„Weil du mich inzwischen ein wenig kennst.“

Steven drückte den Etagenknopf, die Fahrstuhltüren glitten zu, es ging abwärts. Das Taxi fuhr vor, als wir aus dem Hotel traten. Jason stieg vorne ein, ich wurde hinten von den beiden Vampiren flankiert. Darian stellte das Schwert zwischen seine Beine und nannte dem Fahrer Alistairs Adresse.

Da gluckste Steven leise neben mir, und ich sah ihn fragend an. *Krückstock,* meinte er nur und wies mit dem Kopf auf das Schwert. Ich schmunzelte. Besser so, als wenn der Fahrer die wahre Gestalt des Gegenstands erkannt hätte und sich dadurch bedroht fühlte. Wobei dieser Gedanke an sich schon albern wirkte – mit zwei Vampiren hinten im Wagen.

Ich fing Darians drängenden Blick auf. *Kannst du etwas sehen?*

Vorsichtig zog ich die Federn aus dem Hosenbund und schloss die Augen. Da vernahm ich abermals seine Gedanken. *Sehen, Faye. Nicht gehen.*

„Ja doch.“

Verdammt, es gefällt mir nicht, Faye.

Die Augen öffnend, warf ich ihm einen vernichtenden Blick zu. „Willst du es lieber selbst machen?“

„Wenn ich könnte, ja“, gab er offen zu. „Aber die Begegnung mit den Rosen ist mir noch lebhaft in Erinnerung.“

Mir ebenfalls. Und auch die Erinnerung daran, was mit Naridatha geschehen war, nachdem er sie berührt hatte. Einen solchen Tod wünschte ich niemandem, selbst einem Schweinehund wie damals diesem Vampir nicht.

„Okay. Dann stör mich nicht." Damit schloss ich erneut die Augen und konzentrierte mich.

Bilder flogen an mir vorbei. Ich sah Alistairs Werkstatt. Von außen war alles dunkel. Das ganze Gebäude war unbeleuchtet. Ich schaute mich um, indem ich es einmal komplett umrundete. Nichts. Weder Mensch noch Tier. Dann konzentrierte ich mich auf Kim. Sie schlief ruhig in einem breiten Bett mit verschnörkeltem Kopfteil. Das Kissen hatte sie unter ihrem Kopf zusammengeknüllt, die Beine angezogen. Alles wirkte friedlich. Ich richtete meinen Blick auf meinen Vater und fand ihn zusammengerollt und schnarchend auf einem Sofa vor. So weit schien alles okay. Schnell lenkte ich meine Konzentration auf Alistair. Doch statt wie erwartet in einem Schlafzimmer zu landen, erblickte ich ihn in einem großen, schwach erleuchteten Raum. Im Schneidersitz hockte er auf dem Boden, seine Hände lagen auf seinen Knien, die Augen hielt er geschlossen. Mehrere Kerzen standen um ihn herum. Sein Gesicht wirkte konzentriert. Plötzlich öffnete er die Augen und sprang auf.

„Nein!", hörte ich seine Stimme. „Geh. Du hast hier nichts verloren."

Ich bekam einen leichten Stoß und flog regelrecht aus dem Raum.

„Er hat mich bemerkt", rutschte es mir verblüfft heraus.

Darian legte seine Hand auf meinen Arm. „Wer?"

„Alistair." Mein irritierter Blick sprach Bände. „Er hat mich bemerkt."

„Bist du sicher?"

„Absolut. Aber das kann doch gar nicht sein."

„Er ist dein Bruder", vernahm ich von rechts. Steven sah mich an, als wäre es die logischste Erklärung der Welt.

„Ja, aber …"

„Kein Aber", meinte Darian schließlich. „Steven hat recht. Abgesehen davon haben wir kaum eine Ahnung, was dein Bruder tatsächlich an Fähigkeiten besitzt. Wir werden es sehen, wenn wir angekommen sind. Was hast du sonst noch gesehen?"

„Alles war ruhig", antwortete ich.

„Wie ruhig?", fragte Jason nun von vorn. Ich warf ihm einen irritierten Blick zu.

„Ruhig wie ruhig, oder ruhig wie ungewöhnlich still“, erklärte Steven, bevor Darian es tun konnte.

Meine Augen wurden tellerrund. „Ruhig wie *verdammt zu ruhig*.“

„Mist.“ Darian klopfte dem Fahrer gegen die Rückenlehne. „Geht’s eventuell schneller?“

Wir ließen uns nicht direkt vor der Werkstatt absetzen, sondern stiegen ein paar Seitenstraßen vorher aus. Während Darian mit Jason vorauseilte, blieb Steven bei mir. Er hatte meine Hand ergriffen, damit seine Fähigkeit der Verhüllung und Lautlosigkeit auch auf mich überging. Steven hatte diese Technik vor einiger Zeit schon einmal genutzt, von daher wusste ich, dass wir uns zwar leise miteinander unterhalten konnten, aber dennoch darauf achten mussten, welche Spuren wir hinterließen. Denn diese Form der Tarnung umgab uns wie eine Art mobile Glocke, die nur einen begrenzten Radius hatte. Eine Glocke wie aus Glas, in der wir zwar alles außen Geschehende mitbekamen, jedoch von uns nichts nach außen drang. Es sei denn, ein sehr erfahrener und alter Vampir war in der Nähe und spürte etwas, oder jemand wie Darian benutzte selbst diese Technik und wusste, worauf er genau zu achten hatte. So liefen wir den beiden Männern in sicherem Abstand hinterher.

Wir umrundeten die letzte Hausecke, da blieb Steven abrupt stehen und riss mich zurück. Warnend legte er einen Finger an seine Lippen und wies mit dem Kinn auf die schlecht beleuchtete Straße hin.

Da sah auch ich ihn. Groß, schlank, mitten auf dem Fahrweg, den Gehstock mit dem Silberknauf spielerisch in einer Hand wiegend, und mir entschieden zu real.

„Steht er da oder meine ich nur, dass er da steht?“, fragte ich verhalten. Steven kniff mich kurzerhand in den Oberarm. „Aua!“ Okay, er war wirklich da.

„Er ist alt“, sagte Steven leise. „Sehr alt und ich habe keine Ahnung, wie gut er ist. Also sollten wir möglichst leise sein.“

Zustimmend nickte ich und spähte wieder vorsichtig um die Hausecke. Dieser Vampir war ganz so, wie ich ihn in meinen Visionen gesehen hatte. Seine arrogante Haltung verstärkte nur den Eindruck, dass er mit jeder Faser seines Körpers den unbedingten Willen zum Sieg ausstrahlte. Einen unbedingten Willen allerdings, den auch der große blonde Wikinger besaß, der ihm nun sichtbar entgegentrat.

„Du bewegst dich in meinem Jagdgebiet, Dahad“, meinte der

Dunkle in leicht schleppendem Tonfall. „Wie komme ich zu dieser Ehre?“

„Mir kam zu Ohren, dass du etwas verloren hast, Letavian“, vernahm ich Darians trockene Erwiderung. „Daher beschloss ich, dir beim Suchen zu helfen, alter Freund.“

Letavian ging ein paar Schritte auf Darian zu, wich dann zur Seite aus. Es war interessant zu sehen, wie sie einander elegant im scheinbaren Tanze umrundeten. Wie sie sich gegenseitig nicht aus den Augen ließen und dabei Smalltalk führten, als befänden sie sich auf einer Teeparty.

„Ach bitte, Dahad“, stöhnte Letavian gespielt theatralisch und beschrieb mit dem Gehstock eine Geste, „du unternimmst den weiten Weg von London nach New York nur, weil du glaubst, ich hätte etwas verloren? Du überraschst mich. Bist du auf deine alten Tage sentimental geworden? Wie lang ist es her, dass unsere Wege sich kreuzten? Zehn Jahre? Hundert?“

„Zeit ist irrelevant, Letavian. Was spielt sie für Wesen wie uns für eine Rolle? Es freut mich aber, dass du dich an mich erinnerst.“ Darian lächelte, während er mit kreuzenden Schritten die Distanz zu seinem Gegenüber hielt.

„Wie könnte ich dich vergessen? Zumal ich stets über gewisse Aktivitäten auf dem Laufenden gehalten werde. Du weißt, *mon ami* …“ Er betrachtete kurz seine Fingernägel, ehe er fortfuhr: „Informationen sind mein Geschäft. Ohne sie wäre ein Überleben in dieser unfreundlichen Welt doch kaum mehr möglich. Aber wem sage ich das?“

„Wohl wahr. Wie kommt es dann, Letavian, dass deine Informationen versagten, als dir etwas abhanden kam?“ Darians freundliches Lächeln musste wie eine Ohrfeige wirken.

In der Tat. Sein Gegenüber zuckte kaum merklich zusammen und rang sich ein falsches Lächeln ab. „Wenn man älter wird, Dahad, ist man ab und zu etwas unaufmerksam. Du wirst mir sicher beipflichten. Diese Unaufmerksamkeiten können allerdings jederzeit aus dem Weg geräumt werden. Und etwas Jagdfieber darf dabei sein, meinst du nicht? Ah, es ist doch immer wieder angenehm, mit dir zu plaudern. Leider muss ich dies nun beenden. Du verstehst sicher, immer diese lästigen Verpflichtungen.“

„Selbstverständlich, Letavian“, meinte Darian fast bedauernd. „Dann lass dich bitte nicht aufhalten. Du hast sicher nichts dagegen, wenn ich dir bei der Suche nach deinem Verlustgegenstand behilflich bin, indem ich mich etwas umschaue."

„Zu viel der Güte", gab der Dunkle zurück, sah sich beiläufig um und blickte dann zurück zu Darian. „Du bist doch sicher nicht allein gekommen. Wo ist dein kleines, menschliches Schoßhündchen? Jason war sein Name, richtig? Hast du es etwa allein und schutzlos zu Hause gelassen?"

Darians lautes Lachen durchbrach die Spannung. Jedoch nur für einen Moment. Dann wurde seine Miene kühl. „Vermutlich schnappt es gerade zu, du hast es nur noch nicht bemerkt."

„Es gibt Verluste, die man durchaus verschmerzen kann, *mon ami*", wischte Letavian Darians letzte Worte fort, sah sich jedoch verstohlen um. „Ich werde es zart im Nacken kraulen, sobald ich es sehe. Hab Dank für deinen aufopferungsvollen Besuch, Dahad. Doch nun muss ich mich wirklich um wichtigere Dinge kümmern."

„Keine Ursache, alter Freund. Ich versprach dir, dass wir einander wiedersehen würden. Und wichtig ist doch, dass ich meine Versprechen halte."

Eine private Fehde? Die Spannung zwischen den beiden war inzwischen regelrecht greifbar. Ein Funke noch, und es würde eskalieren.

Der Funke kam. In Form meines Bruders. Eine Tür knallte, dann stand er am hinteren Ende seines Werkstattgebäudes und betrachtete die Szene vor sich. „Kann ich helfen?"

Stevens Griff an meiner Hand wurde fester, verhinderte, dass ich auf Alistair zulaufen konnte. „Nicht", hielt er mich flüsternd zurück. „Noch wurden wir nicht entdeckt."

„Durchaus." Letavian war stehen geblieben und sah Alistair an Darian vorbei mit falscher Freundlichkeit an. „Du könntest damit anfangen, mir das zurückzugeben, was du dir unbefugt angeeignet hast."

„An diese Form der Hilfsbereitschaft hatte ich nicht gedacht", erwiderte mein Bruder und kam mit geschmeidigen Bewegungen auf Darian zu. Als er neben ihm stand, blickte er ihn gespielt überrascht an. „Nanu? Auch hier?"

„Mir war danach", gab er zurück.

„Nein, wie entzückend, eine Familienzusammenführung", meinte Letavian und betrachtete die beiden vor sich mit offensichtlicher Freude. „Deine Schwäche für Menschen und für die

McNamaras im Besonderen ist hinlänglich bekannt, Dahad. Wolltest du einigen von uns auf diese Weise die Arbeit tatsächlich erleichtern?“

„Ich sehe schon, ihr kennt euch. Dann dürften sich die Vorstellungsrituale erübrigt haben“, meinte Alistair und zuckte beinahe glaubhaft unbesorgt mit den Schultern. „In diesem Fall hätten wir die Möglichkeit, einander den Schädel einzuschlagen oder unserer Wege zu gehen. Mir wäre es sympathisch, wenn du abziehst, Letavian.“

„Diesen Gefallen kann ich dir leider nicht erweisen. Doch entschuldigt, wenn die Party ohne mich stattfinden wird. Ich verabscheue Gewalt.“ Der Vampir verneigte sich knapp und zog sich zurück. Genau in diesem Moment traten mehrere Gestalten aus den Schatten hervor, schritten langsam auf Darian und meinen Bruder zu und umringten sie.

„Wo steckt eigentlich Jason?“, flüsterte ich Steven zu. Eilig sah er sich um und wies dann zur anderen Seite des Gebäudes hinüber. Ich folgte seinem Blick, sah Jason dort an der Ecke stehen und das Geschehen beobachten. Fragend zog ich die Stirn kraus.

„Er deckt seinem Boss wohl den Rücken“, erklärte Steven und fügte leiser hinzu: „Fragt sich bloß, wer seinen deckt.“

Dann bemerkte ich ebenfalls die zwei dunklen Gestalten, die sich langsam von hinten an Jason heranschlichen. Ich wollte ihm eine Warnung zurufen, doch Steven drückte mir fest die Hand. „Wenn du alle gleichzeitig auf uns aufmerksam machen möchtest, dann nur zu.“

Betreten klappte ich den Mund wieder zu.

„Schon besser. Mein Schutz reicht für uns beide und hält Geräusche zurück, aber ob er einen Schrei unterdrücken kann, habe ich noch nicht ausprobiert. Außerdem bringt Darian mich um, wenn du entdeckt wirst.“ Wieder sah er zu Jason hinüber, schnalzte mit der Zunge. „Wenn er nicht gleich bemerkt, dass – Ups! Ein *Nunchaku*, nett.“

Jason hatte die Gestalten bemerkt. Vermutlich noch vor uns. Plötzlich hielt er zwei kurze Stäbe in der Hand, die durch eine längere Kette miteinander verbunden waren. Wo hatte er die auf einmal her? Er fuhr herum, ein Stab wirbelte durch die Luft, traf erst die eine Gestalt, danach durch eine blitzschnelle Drehung die andere, und die Gefahr war gebannt. Zwei Aschehäufchen kündeten vom unrühmlichen Abgang der beiden.

„*Unbemerktes Anschleichen* sechs. Setzen“, murmelte Steven grinsend. Ich pflichtete ihm im Stillen bei.

Nachdem Jason seine Deckung verraten hatte, trat er offen auf die Straße hinaus und ließ fast spielerisch die tödliche Waffe durch die Luft wirbeln. Fasziniert beobachtete ich das blitzschnelle Wechselspiel der Stäbe, wie sie von Jasons rechter Hand in die linke flogen, ohne dass er sie sich dabei selbst um die Ohren schlug. Oft genug schossen die beiden Stäbe sehr dicht an seinem Kopf vorbei. Und ich hatte gesehen, was sie anrichteten, wenn sie trafen.

Einige Meter von Darian und Alistair entfernt blieb Jason stehen, fing den losen Stab elegant auf und blickte sich ruhig um. „Guten Morgen die Herrschaften. Ich hoffe, Sie mussten nicht zu lange auf mich warten.“ Dann zog er die Lippen hoch und ahmte kurz das Bellen eines kleinen Hundes nach.

„Es hielt sich in Grenzen“, entgegnete Alistair, während Darian nur vor sich hin lächelte, die anderen Anwesenden jedoch etwas verstimmt wirkten.

Ich zählte sieben, musste jedoch aufstocken, als Steven mich auf drei weitere Gestalten aufmerksam machte, die sich außerhalb des Lichteinfalls der Straßenlampen befanden. Elf Vampire – vorausgesetzt, Letavian würde eingreifen – gegen einen ihrer eigenen Gattung und zwei Menschen.

Wie durch ein lautloses Signal gesteuert, gingen die sieben Vampire im Straßenlicht gleichzeitig auf die Drei los. Sie hatten sich in einem Dreieck formiert, die Rücken zueinander, die Gesichter den Angreifern zugewandt. Jason ließ die Waffe kreisen, trat vor, und aus seiner freien Hand flogen plötzlich zwei kleine, metallische Gegenstände, die Sekunden später zwei Gegnern in der Brust steckten und sie rückwärts stolpern ließen.

Zeitgleich sprang Alistair vor. Zwei Schritte, er federte ab, beschrieb eine Rolle über seinen Gegner hinweg, landete hinter ihm, dann knackte es nur einmal leise. Während er ihn einfach fallen ließ, fasste er längst seinen nächsten Gegner ins Auge. Dieser sprang fauchend auf ihn zu, erwischte meinen Bruder an der Schulter und riss ihm mit seinen langen Klauen tiefe Furchen in Shirt und Fleisch.

Ich zuckte zusammen, wagte jedoch keinen Schritt ins Geschehen. Steven kommentierte den Treffer mit einem trockenen

„Autsch.“

Ich hörte meinen Bruder wütend knurren, als er herumfuhr und seinem Peiniger erneut entgegentrat.

„Willst du nichts tun?“, fragte ich meinen Wachposten gehetzt, doch er schüttelte den Kopf. „Ich soll auf dich aufpassen. Und das werde ich auch tun.“

Hatte Darian bis dahin mit der Hand am Griff des Schwertes lediglich reglos dagestanden und nur beobachtet, kam nun Bewegung in ihn. Ungeachtet der Schicksale ihrer Genossen, gingen drei Vampire gleichzeitig auf ihn los. Nur einen Schritt trat er vor. Die japanische Klinge fuhr blitzschnell zischend durch die Luft und durch die, die sich ihr entgegenstellten. Dann sank Darian auf ein Knie und verharrte bewegungslos. Mehrere Schritte noch kamen zwei der Vampire voran, gingen achtlos an Darian vorbei. Da erst trennte sich die eine Hälfte des Körpers von der anderen wie frisch geschnittenes Brot und rutschte mit schmatzenden Lauten herab. Der Dritte stand wie versteinert vor Darian und sah starr geradeaus. Schließlich begann er leicht zu schwanken, knickte in den Knien ein und fiel seitlich um. Der Kopf rollte noch einige Meter weiter, bis er endlich liegen blieb. Wenige Augenblicke später trockneten die Leiber rasend schnell aus, und zurück blieb nur noch Asche.

Sehr langsam stand Darian auf und schob mit einem schleifenden Geräusch das *Katana* zurück in die Schwertscheide.

„Sauber“, murmelte Steven anerkennend, und ich starrte ihn perplex an. Fragend zog er die Nase kraus. „Was? Er hatte genug Zeit, die Samurai-Technik zu perfektionieren.“

„Samurai?“, echote ich schockiert und sah wieder zurück auf das Gemetzel. Jason setzte einen weiteren Angreifer mit einem gezielten Treffer des Stabes außer Gefecht. Der Vampir fiel rückwärts um. Jason ging neben ihm auf die Knie, es zischte, eine kurze Stichflamme schoss hoch, die Begegnung war vorüber.

„Fünf. Jetzt fehlen noch zwei. Aber dein Bruder sollte den einen gleich erwischt haben.“

Es klirrte leise, ich sah etwas Kleines, Metallisches auf den Boden fallen. Gleichzeitig hielt einer der Angreifer seine Hand über die klaffende Wunde an seiner Brust und wich zurück. Dann drehte er sich um und rannte los.

„Lass ihn", rief Darian Jason zu, der sich nach dem Gegenstand bückte.

„Kein dummer Gedanke", klang es da triumphierend zu uns herüber. Ein heiserer Schrei untermauerte diese Worte, dann erstickte der Laut.

Mir gefror das Blut in den Adern. Auch Steven wurde schlagartig stocksteif.

Ein zorniges Brüllen erscholl, ein gurgelnder Laut folgte, dann stand mein Bruder mit blutbeschmierten Händen mitten auf der Straße. Seine Stimme war nur ein Flüstern. Ein zornerstícktes Flüstern. „Nimm deine Finger von ihr, Letavian."

„Ein entzückendes Pfand, meinst du nicht?", fragte dieser und schob das Mädchen vor sich her. Er verdrehte ihren Arm dabei etwas weiter. Ihr gepeinigter Schmerzenslaut wurde durch seine Hand auf ihrem Mund kaum gedämpft.

Vereinzelte Tränen liefen Kimberly über die Wangen, als Letavian seine Hand von ihrem Mund nahm, ihre Haare packte und den Kopf zurückriss. Ein unterdrückter Laut entwich ihren Lippen, und ich sah, wie sie sich in lautlosem Gebet bewegten, als die Zähne des Vampirs ihren Hals streiften. Während seine Augen weiterhin auf Alistair geheftet blieben, lief ein winziges Rinnsal Blut über ihre helle Haut.

„Oh Gott." Ich hielt die Luft an, brach Steven wohl inzwischen sämtliche Finger.

Mein Bruder trat vor. Er verharrte sofort, als die Abdrücke in Kimberly Hals tiefer und die Blutspuren breiter wurden.

„Willst du sie tatsächlich opfern?", fragte Letavian lauernd. Kim wimmerte leise.

Ich sah den Schmerz in den Augen meines Bruders. Erinnerungen schossen hoch, ich fühlte wie er. Erst die Mutter, dann die Schwester, und jetzt vielleicht noch die Tochter durch einen Vampir zu verlieren … Das war selbst für den Härtesten zu viel.

Seine Schultern sackten herab, er gab auf. „Okay, du hast gewonnen. Lass sie gehen, und du bekommst es."

„Daddy, nein!" Ihr Ausruf erstarb, ein weinendes Flüstern blieb. „Das kannst du nicht machen. Dann war alles umsonst."

Alistair machte einen weiteren Schritt voran, da hielt Darians ausgestreckter Arm ihn auf. Wie zufällig blickte er dabei in unsere Richtung. Ich fühlte Steven hinter mir zustimmen.

„Misch dich nicht ein, Dahad“, fuhr Letavian ihn an. „Es ist nicht deine Angelegenheit.“

„Du hast recht.“ Er ließ seinen Arm fallen. „Ich werde mich nicht weiter einmischen. Ich bleibe hier stehen und rühre mich nicht von der Stelle. Und Jason wird das Gleiche tun.“

Jasons Blick schnellte fragend zu Darian hinüber. Dann nickte er. „Sehr wohl, Sir. Wie Sie wünschen.“

„Du entschuldigst mich bitte einen Augenblick“, raunte Steven mir zu und drückte einmal meine Hand. „Beweg dich bitte nicht, sonst verlierst du die Tarnung. Ich muss mal kurz den Ausschlag geben.“

Das also hatte Darians Blick signalisiert. „Okay, Steven. Ich bin gar nicht da.“

Letavian betrachtete Darian einen Moment lang skeptisch, dann lockerte er schließlich seine Hand um Kimberlys Hals. Mit einem Ruck schob er das Mädchen von sich und übergab sie einem der drei neben ihm stehenden Vampire. „Pass auf sie auf. Eine falsche Bewegung, und du tötest sie.“

Seine Haare waren kurz, seine Gestalt gedrungen, aber kraftvoll. Sie steckte in Kleidung, die diesen Namen kaum mehr verdiente. Schmutziges Graubraun. Und er war fast schwarz, sicher afrikanischer Herkunft, wie einige seiner verflossenen Artgenossen. Seine hellen Augen hoben sich markant von seinem vernarbten Gesicht ab. Doch irgendwas kam mir mit einem Mal merkwürdig vor. Ich wusste nur nicht, was es war. Noch nicht.

Wortlos nickte er, verdrehte Kimberly den Arm und legte ihr seine Hand an den Hals. Er drückte leicht zu, sie röchelte. Ein bösartiges Lächeln huschte über sein farbiges Gesicht, entblößte scharfe Zähne, als Alistair zuckte und voranstürmen wollte, sich jedoch rechtzeitig zusammenriss.

Diese elende Schranze. Auch wenn ich mich nicht bewegen durfte, meine Blicke erdolchten diesen Mistkerl bereits. Insgeheim stellte ich mir vor, wie er langsam in Flammen aufging, sie sich gemächlich in ihm ausbreiteten, bis er komplett brannte. Und wie er dann mit einem leisen Zischen zu Asche wurde, zerbröckelte und zu Boden rieselte. Wie ein Windhauch ihn aufwirbelte und in alle Richtungen verteilte, damit nichts mehr von ihm blieb.

Bloß ein Traum? Nein, Realität. Verblüfft beobachtete ich, dass genau das geschah. Der Vampir zerbröselte wie getrockneter Sand.

Kimberly stolperte ein paar Schritte, stürzte auf die Knie und hustete. Wo eben noch ihr Peiniger gestanden hatte, postierte sich nun mein Vater mit erhobenem Pflock und blickte sich fragend um: „Bin ich zu spät?“

Zunächst wirkten sämtliche Akteure vor Schreck wie versteinert. Auch mir wollten die Augen aus dem Kopf fallen. Dann reagierte Darian und sprintete auf die am Boden liegende Kimberly zu. Letavian sah es und bewegte sich ebenfalls in Richtung seines kostbaren Faustpfands. Auch Alistair hastete los. Einer von Letavians Handlangern war jedoch schneller, erreichte sie vor allen anderen. Und ging Sekunden später in Flammen auf.

Mit gespreizten Beinen tauchte Steven über dem Mädchen stehend auf, hielt in jeder Hand einen Pflock und sah sich warnend um. Letavian legte eine Vollbremsung hin, brüllte zornig auf und stürmte in entgegengesetzter Richtung davon. Darian machte kehrt und setzte ihm nach. Etwas Kleines schoss an ihm vorbei, blitzte im Licht kurz auf, gefolgt von einem zweiten. Letavian machte einen Satz, stolperte, schlug lang hin. Der Gehstock entglitt seinen Fingern, rollte klappernd über den Asphalt. Darian erreichte den Mann und drückte ihm die Spitze des *Katana* ins Genick.

Die Ruhe selbst, erhob Jason sich aus seiner hockenden Haltung, klopfte sich den Schmutz von den Knien und ging langsam auf Darian zu. Er bückte sich über den am Boden liegenden Vampir und zog ihm die beiden Wurfsterne aus dem Rücken. Ein unterdrückter Laut folgte.

„Nenn mir einen Grund, warum ich dich nicht töten sollte, Letavian“, knurrte Darian.

„Weil er mir gehört“, rief Alistair zornig. Er küsste Kimberly auf die Stirn, brachte sie zu meinem Vater und kam anschließend auf Darian zu.

Noch immer wagte ich keine Bewegung. Ich wusste selbst nicht genau, warum. Die Gefahr war doch gebannt. Das war sie doch? Mein Blick fiel auf die beiden Federn in meiner Hand; ich hatte sie während der ganzen Zeit nicht einmal losgelassen. Das musste einen Sinn haben. Ohne weiter zu überlegen, schloss ich die Augen und ließ meinen Geist schweben, sah mich um.

Kimberly weinte in den Armen meines Vaters, der sie unablässig zu trösten versuchte. Steven schritt langsam auf den Ort zu, an dem ich mich befinden musste. Darian stand mit dem Schwert in der Hand über Letavian, der noch immer am Boden lag, sich inzwischen auf den Rücken gedreht hatte. Mein Bruder befand sich rechts von Darian und sprach auf ihn ein. Jason stand schräg links von ihnen und steckte in aller Ruhe die Wurfwaffen in eine kleine Tasche, die er am Unterarm unter dem langen Ärmel seines Hemdes trug.

Das war das Offensichtliche. Doch was verbarg sich in den Schatten? Wieder verstärkte sich das Gefühl, hier stimme etwas nicht. Wie ich es vor einigen Monaten von Darian gelernt hatte, veränderte ich die Sichtweise und konnte dadurch das wahrnehmen, was sich dem normalen Auge entzog. Es war wie bei einem Nachtsichtgerät, nur dass es ohne Gerät funktionierte und dafür alles mit einem bläulichen Schimmer umgeben war. So konnte ich jede Kleinigkeit erkennen, ob Gegenstand oder Lebewesen.

Was sich dort im Schatten der umliegenden Gebäude befand und bewegte, waren keine kleinen Lebewesen. Insgeheim wettete ich, dass sie verdammt bissig werden konnten. Mir schwante, dass ihre zerbröckelten Kollegen lediglich Kanonenfutter gewesen waren. Sie waren zwar allesamt stämmig und kraftvoll, aber zu langsam und nicht wirklich clever. War es eine ausgetüftelte Falle, oder war Letavian auf Nummer sicher gegangen? Für wen und warum? War eine halbe Armee tatsächlich nötig, um von Alistair etwas zurückzufordern, was er entwendet hatte? Falls dem so war, musste es sich um etwas verdammt Wichtiges handeln. Ich schenkte mir das Nachzählen. Mir war auch so klar, dass sie weit in der Überzahl waren und dass es sich eben lediglich um ein Scharmützel gehandelt hatte. Würden sich all jene, die ich von hier aus sehen konnte, auf uns stürzen, hätten wir ganz miese Karten. Was bedeutete, dass … Oh verdammt!

„Tu es nicht!“ Mein Schutzwall zerbrach. Ich eilte aus der Sicherheit auf Darian und Alistair zu, Panik im Blick. „Wenn du ihn umbringst, sind wir verloren.“

Spätestens jetzt war mir sämtliche Aufmerksamkeit sicher.

„Bist du irre, Faye?“ Mein Bruder hatte mich am Arm erwischt und zog mich zurück. „Der Kerl wollte Kimberly töten.“

„Sie wird getötet werden, wenn ihr ihn umbringt.“ Flehend sah ich ihn an, dann Darian, dessen Blick leichte Zweifel ausdrückten. „Bitte, vertraut mir. Er darf nicht sterben. Nicht jetzt. Bitte.“

„Was soll –“

„Lass sie reden, Alistair“, unterbrach Darian ihn und hielt Letavian, der mich interessiert musterte, weiterhin in Schach.

Ein Ruck und Alistair ließ meinen Arm los. Die Federn verschwanden in meinem Hosenbund, gleich darauf kniete ich neben dem dunklen Vampir, sah ihm fest ins Gesicht. Darians Miene spannte sich an, doch er schritt nicht ein.

„Faye!“

„Lass sie, Duncan. Sie weiß, was sie tut.“

Ich hoffte, er hatte recht, denn sicher war ich mir nicht. Es fühlte sich eher wie ein Automatismus an. Wie ein innerer Zwang, der mich etwas tun ließ, was sich beinahe meiner Kontrolle entzog. Jedoch nur beinahe. Langsam beugte ich mich vor, bis meine Lippen dicht an Letavians Ohr lagen. „Wer hat dich geschickt?“

Schlagartig veränderte sich sein Blick. Hatte vorher noch Arroganz in seinen Augen gestanden, so trat nun offene Verblüffung hinein, gepaart mit einem Hauch Sorge.

„Du solltest ihr besser eine Antwort geben“, meinte Darian ernst. „Sie wird verdammt unangenehm, wenn du es nicht tust. Und glaube mir, du möchtest sie so nicht erleben.“

Mit hochgezogenen Brauen gönnte ich Darian einen bittersüßen Blick. Er lächelte gequält zurück.

Letavians Blick flog zwischen uns umher, dann trat in seine Augen ein lauernder Ausdruck. „Lass mich aufstehen.“

„Du gefällst mir am Boden ganz gut“, knurrte mein Bruder dazwischen.

Noch einmal sah ich Letavian fest an. „Sprich.“

Er presste die Lippen aufeinander. Wenn ich es nicht besser wüsste, würde ich seinen Blick als *trotzig* definieren. Wollte er mich herausfordern? Wollte er mich verärgern, erleben, was Darians Worte ihm androhten? So blöd konnte doch kein Vampir sein. Augenblick, so schlimm war ich doch gar nicht. Oder doch?

„Also gut, dann eben anders.“ Ich seufzte leise, legte ihm die rechte Hand in Herzhöhe auf die Brust und schloss die Augen. Was immer ich nun tat, es geschah instinktiv. Meine Handfläche wurde siedend heiß. Ein gleißender Strahl trat daraus hervor, schoss in seinen Brustraum und füllte ihn von innen nach außen an, tobte durch seine brachliegenden Organe und erweckte einige von ihnen zum Leben. Ich fühlte, wie er sich zu wehren begann, und ich wusste, dass es zwecklos war. Was immer mich zu diesem Tun verleitete, es war weitaus stärker und mächtiger als mein eigener Wille. Und Letavians Gegenwehr.

Sein Schrei war so echt wie seine Qual. Ich wusste, dass er ins Leben zurückgeholt wurde und abermals starb, sämtliche Qualen seiner einstigen Verwandlung nochmals durchlebte. Gab es etwas Grausameres, als das eigene Sterben erneut vor Augen geführt zu bekommen? Mit allen Konsequenzen, mit allen Schmerzen?

Und doch durfte es mich nicht kümmern. Er hatte sein Schicksal durch seine Verweigerung der Kooperation selbst gewählt. Ich musste mir holen, was ich brauchte.

Bilder jagten vor meinen inneren Augen vorbei, wichtige und weniger wichtige, bis ich eins festhalten konnte. Abrupt ließ ich von ihm ab und erhob mich. Ich hatte erhalten, wonach ich gesucht hatte.

„Lasst ihn gehen, er stellt keine Gefahr mehr dar."

Ruhig überquerte ich die Straße, im Schein der Lampen für alle sichtbar. Inmitten eines Lichtkegels blieb ich stehen, sah hinauf in den Himmel, dann die Straße entlang. Für den Bruchteil einer Sekunde sah ich sie. Wie zuvor in meiner Vision hob sie sich dunkel gegen den Hintergrund ab. Ihr langes Haar bewegte sich leicht im Wind, sie selbst blieb regungslos.

Wer bist du?

Meine Gedanken flogen ins Leere. Sie war verschwunden. Hatte ich es mir vielleicht nur eingebildet? Nein. Vor einigen Wochen noch hätte ich es als Trugbild abgetan. Heute nicht mehr. Wer immer sie war, ich schickte ihr ein *Danke* nach. Meine Finger fuhren kurz über die Dattel in meinem Ausschnitt. Nachdenklich sah ich mich um. Dann straffte ich die Schultern und trat auf Dad und Kimberly zu. Sanft legte ich ihr einen Arm um und führte sie fort vom Schauplatz des Geschehens, zurück ins Gebäude. „Komm, wir machen dir erst einmal einen starken Tee. Die Männer kümmern sich um alles Weitere."

Kapitel Zwölf

"Es ging zu leicht", sagte Darian, als er Alistairs Küche betrat.

„Richtig." Ich stellte den gefüllten Wasserkessel auf den Herd und schaltete die Gasflamme an. Dann ging ich zurück zu Kimberly, die in sich zusammengesunken auf dem Küchenstuhl hockte und weiterhin um Fassung rang. Dad kniete neben ihr, hielt ihre Hand und blickte bei Darians Eintreten kurz auf. Ich nahm das feuchte Tuch von ihrem Hals und betrachtete die kleinen Kratzer von Letavians Zähnen. Als ich die dünnen, dunkelblauen Spuren unter ihrer Haut entdeckte, konnte einen Laut des Entsetzens nicht unterdrücken. Flugs sah ich Darian an. „Sind sie abgezogen?"

„Faye, wie ..."

„Sind – sie – abgezogen, Darian?", wiederholte ich meine Frage mit deutlich mehr Nachdruck.

„Ja."

„Gut." Ich trat beiseite und wies auf Kimberlys Wunde. „Das hier ist deine Baustelle, kümmere dich darum. Wo ist Alistair?"

„Draußen. Er redet mit Steven." Als ich an ihm vorbeigehen wollte, hielt er mich am Arm fest. „Faye, was war das eben?"

„Was meinst du?"

Seine Augen funkelten erbost. „Du weißt genau, was ich meine."

„Ich habe dafür gesorgt, dass wir am Leben bleiben", gab ich knapp zurück.

„Mir war bekannt, dass sie im Verborgenen lauern, Faye. Du hast durch dein Eingreifen –"

Mein Finger schnellte in die Höhe. „Verschone mich mit Vorträgen, Darian Knight. Und eins lass dir hier und jetzt gesagt sein: Ich werde mich niemals wieder zur Passivität nötigen lassen. In Zukunft entscheide ich, was ich tue und was ich lasse. Denn das", zornig wies ich auf Kimberly, die sich gerade schniefend mit dem Ärmel die Tränen abwischte, „war unnötig. Und jetzt lass mich los. Ich habe mit meinem Bruder ein Hühnchen zu rupfen."

„Vielleicht solltest du vorher –"

Mein zorniger Blick ließ ihn sofort verstummen. „Halt dich da raus, Dad."

Er zuckte zusammen und hob beide Hände. „Kein Problem. Tut einfach so, als wäre ich nicht vorhanden."

„Hört auf zu streiten“, erklang Kimberlys dünne Stimme; Tränen schwammen in ihren Augen, als sie uns nacheinander anklagend ansah. „Niemand von euch hat Schuld an der Sache. Ich habe nicht aufgepasst.“

Ich ging neben ihr in die Hocke und sah sie sanft an. „Es ist nicht wegen dir, Kim. Fehler passieren, nur müssen wir ihr Ausmaß möglichst gering halten.“ Obwohl es in mir brodelte, küsste ich sie sanft auf die Stirn, stand wieder auf und begab mich zur Tür. Da erklangen im Flur laute Schritte.

„Die Luft ist wieder rein“, verkündete Alistair bei seinem Eintritt. Er verharrte, sein Lächeln gefror, er sah sich lauernd um. „Stimmt etwas nicht?“

„Gut erkannt, Bruder.“ Meine Hand auf seiner unverletzten Schulter beförderte ihn zurück in den Gang. Ich erblickte Jason und Steven, die mich merkwürdig musterten, und lächelte ihnen kühl zu. „Der Wasserkessel dürfte gleich pfeifen, Jason. Seien Sie doch bitte so gut und brühen Sie für Kimberly einen Tee auf. Danke. Wir zwei haben indes zu reden, Bruderherz.“

Einen Augenblick sah er sich fragend um, blickte jedoch nur in ahnungslose Gesichter. Er seufzte tief. „Also gut. Den Weg in mein Büro kennst du ja schon.“

Er stutzte, als ich energisch den Kopf schüttelte. „Ich möchte den Raum sehen, wo du meditiert hast.“

„Das halte ich für keine –“

Mit flammendem Blick unterbrach ich ihn: „Sofort, Alistair. Unterwegs können wir Verbandsmaterial für deine Schulter auftreiben.“ Ich stampfte zornig mit dem Fuß auf. “Und nein, ich habe weder Nägel gegessen noch auf einem Superheldenroman geschlafen. Ich bin einfach nur sauer, klar?“

Verblüfft sah er zu Darian hinüber. „Kann sie Gedanken lesen?“

„Ja“, kam es ihm dreifach entgegen, und Darian fügte trocken hinzu: „Gewöhn dich am besten gleich daran, dass ihr nur wenig entgeht.“

„Du meinst …?“ Alistairs Blick drückte Erstaunen aus. „Bist du sicher?“

Darians Miene wirkte angespannt. „Wenn du nicht aufpasst, dann schon.“

Ich wartete derweil darauf, dass Alistair sich endlich in Bewegung setzte. Inzwischen tappte meine Fußspitze ein verärgertes

Stakkato auf den Linoleumboden der Küche.

„Also gut. Komm mit.“ Er ging voran.

Ich folgte ihm aus der Küche und wartete im Flur, da er einen kurzen Abstecher ins Bad unternahm, um mit einer Verbandszeugkiste unter dem Arm wieder aufzutauchen. Dann lief ich hinter ihm die Treppe hinauf in die darüberliegende Etage. Er öffnete die Tür mit einem Schlüssel und bat mich einzutreten. Auch in diesem Apartment gab es einen langen Flur; drei Türen gingen nach rechts ab und eine weitere lag am Ende des Ganges, während sich auf der linken Seite nicht eine einzige befand. Ansonsten ähnelte die Wohnung der darunterliegenden stark. Alles wirkte etwas schmutzig und verstaubt, wie monatelang nicht gereinigt. Ich wich einem Spinnennetz aus, stieg über einen alten Eimer hinweg und folgte meinem Bruder bis zum Ende des Ganges. Abermals zückte er den Schlüsselbund, zog den richtigen Schlüssel hervor und öffnete den Raum. Während ich hineinspähte, fühlte ich einen leichten Druck auf dem Brustkorb; ich wertete das als Bestätigung meines Verdachts. Mein Ärger wuchs.

Alistair trat ein und zündete zwei Kerzen an. Dies war also der Raum, in dem ich ihn während meiner Vision gesehen hatte. Wie erwartet war er groß, recht spärlich möbliert und schien über die gesamte Länge des Gebäudes zu verlaufen. Allerdings wurde nur ein kleiner Teil des gesamten Raumes von den Kerzen erleuchtet, der restliche Bereich lag weiterhin im Dunkeln.

Ein kleiner, runder Holztisch, mit allerhand Räucherwerk und anderen Utensilien beladen, stand vor einem abgedunkelten Fenster, daneben eine zweitürige Kommode. Bilder waren an die Wände gemalt; im schummerigen Licht konnte ich nicht genau erkennen, was sie darstellten, und meinte nur, etwas wie das Blitzen von Augen auszumachen. Mich schauderte. Etwas weiter im Raum waren mehrere weiße Stumpenkerzen aufgestellt, die einen Kreis bildeten. Sie umgaben einen dicken, dunklen Teppich, der auf dem matten Dielenboden kaum zu erkennen war. Und es hier war alles blitzsauber.

Ich trat ganz ein und sah mich schnell um. „Wo ist es?“

„Was genau –“

„Verarsch mich nicht, Alistair“, unterbrach ich ihn harsch, und zum zweiten Mal kam mein Zeigefinger zum Einsatz und schoss in die Höhe. „Wo ist das Buch? Und glaub nicht, ich sei blöd. Ich fühle, dass es hier ist."

„Kannst du mir mal verraten, warum du dermaßen wütend bist, dass es selbst den Mutigsten in die Flucht schlagen würde?", hielt er gegen und überging so meine Frage nach dem Buch. Natürlich machte mich das noch fuchsiger.

„Was mich –" Ich brach ab, atmete tief durch und versuchte, mich zu beruhigen. Es gelang nur mit mäßigem Erfolg. Doch zumindest bekam ich den Impuls, ihn kräftig zu schütteln, wieder in den Griff. „Okay, ich erkläre dir, was mich so ärgerlich macht. Es sind diese diversen Heimlichkeiten. Wir sind eine Familie, wir sollten ein Team sein. Aber anscheinend macht hier jeder, was er will, und bringt dadurch alle anderen in Gefahr. Das eben hätte nicht sein müssen. Niemand muss verletzt werden. Es geht auch anders. Es macht mich einfach wütend, wenn durch fehlende Informationen jemand zu Schaden kommt." Ich holte abermals Luft und sah meinen Bruder fest an. Die Erinnerungen an Julie und den Tod seiner Mutter standen unausgesprochen zwischen uns. „Leg deine Karten endlich auf den Tisch, Alistair. Lass uns zusammenarbeiten, nicht gegeneinander. Nur wenn wir wissen, worum es geht, lässt sich eine entsprechende Strategie entwickeln."

Er lachte freudlos auf. „Und du meinst, dann wäre ein Zusammentreffen mit Letavian vermieden worden? Träum weiter, Faye!"

„Nicht vermieden, jedoch anders zustande gekommen, du Holzkopf", fauchte ich zurück. „Nicht jeder, dessen Zahnlänge ein normales Maß überschreitet, muss zwangsläufig eine miese Ratte sein."

„Ich hab's verstanden, Faye", knurrte er mich an, fuhr sich mit beiden Händen durch die Haare und schloss die Augen. Seine Stimme klang auf einmal sehr leise, fast heiser: „Wären deine Freunde nicht gewesen, hätte ich Kim verloren."

„Vermutlich nicht nur sie", gab ich ruhiger zurück, trat zu ihm und legte ihm die Arme um die Taille. Da zog er mich an sich und vergrub seinen Kopf an meiner Schulter. Plötzlich fühlte ich etwas, das ich kaum für möglich gehalten hätte. Nässe. Auf meiner Haut, meinem Hals, meinem schwarzen Shirt. Tränen?

Tatsächlich. Dieser große Kerl weinte still und heimlich, ohne einen Laut von sich zu geben, offenbarte mir einen Blick auf eine sehr verletzliche Seele, die mit schier undurchdringlicher Härte gepanzert wurde. Mitfühlend legte ich meine Hand in seinen Nakken, hielt ihn fest und ließ ihn gewähren. Früher war er derjenige gewesen, der immer gewusst hatte, wo es lang ging. Nun hatte sich das Blatt wohl gewendet.

„Hast du Kimberly denn nicht genügend vorbereitet?“, fragte ich nach einer Weile leise.

Behutsam löste er sich von mir, wandte mir den Rücken zu und ließ sich im Schneidersitz auf dem Teppich nieder. „Worauf hätte ich sie vorbereiten sollen? Auf einen möglichen Tod? Nach dem Tod ihrer Mutter dürfte sie *das* hinlänglich begriffen haben.“

„Das meine ich nicht.“ Ich umrundete ihn und ließ mich ihm gegenüber ebenfalls nieder. „Hast du sie unterrichtet? Weiß sie, wie sie sich Vampiren gegenüber verhalten muss? Hat sie Abwehrtechniken gelernt? Welche Fähigkeiten hat sie? Welche hast du?“

„Die Erfahrung und das Leben selbst sind ihre Lehrmeister, Faye. Sie waren auch meine.“

„Aha. Dann überrascht es mich wirklich, dass ihr so lange überlebt habt“, rutschte es mir zynisch heraus. Sofort biss ich mir auf die Lippen. Der verletzte Blick, den er mir zuwarf, verstärkte mein mieses Gefühl nur noch. Autsch, der saß. Verlegen hob ich die Hand und legte sie ihm auf den Oberschenkel. „Entschuldige. Ich war ungerecht.“

Er tätschelte meine Hand. „Schon gut. Du hast ja Recht.“ Ein leichtes Lächeln erschien auf seinem Gesicht. „Du bist nicht ungerecht. Du bist nur brutal ehrlich.“ Dann seufzte er, sein Lächeln wurde breiter. „Wie hält Darian es mit dir aus?“

Für einen Moment war ich sprachlos. Ernsthaft überlegte ich, ob ich eingeschnappt sein oder darüber lachen sollte. Ich entschied mich für Letzteres und gab ihm den Hinweis: „Das solltest du ihn am besten selbst fragen.“

„Das werde ich tun“, gab er gefasster zurück und sah mich interessiert an. „Hat er dich ausgebildet?“

„Mich, Dad zuvor, und vor ihm Großmutter sowie vermutlich ganze Generationen von McNamaras. Und hätte er gewusst, dass du ebenfalls die Fähigkeiten in dir trägst, hätte er auch dich unter seine Fittiche genommen.“

„Warum?“ Alistairs grüne Augen zeigten deutliche Skepsis. „Warum tut er das? Er muss doch einen Nutzen davon haben.“

Ich überlegte, was ich meinem Bruder über Darian erzählen konnte, ohne Dinge preiszugeben, die er lieber unter Verschluss halten würde. So kam ich zu dem einzigen Schluss, der in diesem Fall möglich war: „Frag ihn das selbst. Ich kann dir nur sagen, dass er nicht das ist, was man aufgrund seiner Vergangenheit erwarten würde."

„So viel habe ich bereits selbst herausgefunden", antwortete Alistair und langte hinüber zu der Verbandskiste. „Wärst du so freundlich?"

Schnell sprang ich auf. Während unseres Gesprächs hatte ich seine Verletzungen vergessen. Ohne auf sein verärgertes Schnaufen Rücksicht zu nehmen, zerriss ich den Schulterbereich seines langen, dunkelblauen Shirts.

„Ich hätte es ausziehen können."

„Es war ohnehin kaputt. Ich brauche mehr Licht, um besser sehen zu können."

Mein Bruder kramte aus seiner Hosentasche ein Päckchen Streichhölzer und reichte es mir. Kurz darauf spendeten mir mehrere Kerzen, die ich zusammengestellt hatte, genug Licht.

„Aua. Das sieht echt fies aus." Besorgt betrachtete ich die blutigen Risse, die sich von seinem Oberarm über seine Schulter teilweise bis hinunter zu seinem Schulterblatt zogen.

„Du erinnerst mich gerade daran, dass es fies weh tut", meinte er trocken.

„Warum hast du nicht eher etwas gesagt?"

„Weil ich damit lieber warten wollte, bis du mich in den Erdboden gestampft hast, Schwesterherz. Für den Fall, dass ich weitere Verwundungen davontrage."

Anstelle weiterer Worte bedachte ich ihn mit einem entsprechenden Blick und begann dann, seine Wunden zu reinigen. Je mehr verkrustetes Blut ich abwusch, desto offensichtlicher wurde die Schwere seiner Verletzungen. Schließlich legte ich das Tuch beiseite. „Das muss genäht werden, Alistair. Ein einfacher Druckverband reicht da nicht."

Seine lapidare Antwort ließ mich kopfschüttelnd zurückweichen: „Na, dann lass dir von Kimberly Nadel und Faden geben und näh es zusammen."

„Bist du irre? Du bist doch kein Shirt! Du brauchst einen Arzt."

Er sah sich zu mir um. „Das mit dem Arzt kannst du gleich wieder vergessen, nicht wegen so einem Kratzer. Und dass es mein eigenes Fell ist, weiß ich selbst. Ich komme da nicht ran, also musst du es machen.“

„Ich kann das nicht!“ Geschockt sah ich ihn an. „Bist du denn nicht krankenversichert?“

„War finanziell gerade etwas eng“, murmelte er. Aber ich hatte es gehört, sprang auf und wandte mich zur Tür. „Bleib hier. Ich hole jemanden, der das sicherlich kann.“

„Faye.“

„Nein, keine Diskussion. Und wenn das erledigt ist, will ich dieses verfluchte Buch sehen.“

Kurz darauf stand ich im Flur des Apartments und rief Darians Namen. Alarmiert war er sogleich bei mir.

„Alistair muss ins Hospital. Aber er will nicht.“

„Was soll ich daran ändern? Gewalt anwenden?“

Ich hob abwehrend die Hände. „Nein, das nicht. Kannst du nähen?“

Meine Frage musste ihn überrascht haben. Wie sonst sollte ich seine entgleisenden Gesichtszüge deuten? Also half ich nach: „Er hat ein, zwei tiefe Risse, die genäht werden müssen.“

„Ah.“ Darian nickte verstehend, ging zurück in die Küche und zog zielstrebig eine Schublade der Kommode auf. Mit Nähzeug bewaffnet, ging an mir vorbei Richtung Treppe. „Natürlich helfe ich dir gern, Schatz. Kimberly ist übrigens wieder auf dem Damm. Falls es dich interessieren sollte.“

Er war eingeschnappt? Darian? Niemals. Oder etwa doch? Eilig lief ich ihm nach, erwischte ihn jedoch erst ein Stockwerk höher, nachdem er das Apartment bereits betreten hatte. Als sei ich nicht vorhanden, marschierte er einfach um mich herum und betrat den von Kerzen erhellten Raum. Sogleich hockte er neben Alistair und betrachtete die Verwundung. „Sieht unschön aus, Junge. Möchtest du eine örtliche Betäubung oder willst du den Helden spielen?“

„Entschuldige bitte, Alistair“, schaltete ich mich ein. „Darian ist gerade etwas verstimmt.“

„Nicht ein bisschen, Liebes. Ich werde nur nicht gern herumkommandiert.“

„Ach.“ Ich stemmte die Hände auf die Hüften. „Und du glaubst, ich stehe drauf?“

„Betäubung bitte“, kam es verängstigt von weiter unten. „Falls du aus irgendwelchen Gründen abrutschen solltest.“

„Ich bin die Ruhe selbst.“ Darian zwinkerte ihm zu, legte seine Hände über die Wunde, ohne sie dabei zu berühren, und setzte die Finger daneben auf. Dann drückte er mehrfach auf bestimmte Akupressurpunkte, woraufhin Alistair einige Unmutsbekundungen von sich gab, jedoch gleichzeitig feststellte, dass er dadurch schmerzunempfindlicher geworden war. Nachdem Darian seine Hände desinfiziert hatte, reinigte er die Wunden abermals. Er versorgte sie fachmännisch und nähte die tiefen Risse wie ein ausgebildeter Chirurg zusammen. „Das war's. Du solltest beim Duschen in der nächsten Zeit etwas aufpassen. Und nach Möglichkeit die Schulter wenig belasten.“

„Aye, Doc.“ Alistair verrenkte den Hals, um das Ergebnis zu betrachten.

Darian legte einen Verband an und erhob sich. „Damit wäre meine Arbeit wohl getan. Es sei denn, es liegt noch etwas anderes an.“

„Tut es“, übernahm Alistair die Führung und half mir somit aus der Bredouille. Der Blick, den er mir zuwarf, machte mir klar, dass er um meine Verlegenheit wusste. Schnell sah ich weg.

Mein Bruder erhob sich ächzend, ging auf die Kommode zu und zog die untere Schublade auf. Er nahm einige Gegenstände heraus, darunter eine Adlerfeder, eine geschnitzte Holzfigur, ein bemaltes Stück Papier. Dann hob er ein längliches Paket heraus, das in weißes, mit allerlei Symbolen besticktes Leinen geschlagen war. Das drückte er mir ohne Vorwarnung in die Hände.

Der Schlag traf mich völlig unvorbereitet. Es jagte durch meine Hände, die Arme hinauf, traf in meinem Brustkorb zusammen, raste nach unten durch die Beine und hinaus zu meinen Füßen. Mir wurde schlecht, und beinahe entglitt der Gegenstand meinem Griff. Eilig nahm Darian ihn mir ab und bewahrte mich mit dem anderen Arm vor einem Sturz.

„Das ist also das verloren gegangene Schmuckstück, für das Letavian seine Existenz riskiert hat.“

Alistair nickte. „Faye hat mit ihrer bestechenden Art darum gebeten, es in die Hände zu bekommen.“

Herzlichen Dank. Ich hockte am Boden und kämpfte mit einer mir unbekannten Form von Übelkeit, und mein Bruder beliebte zu scherzen. „Könntest du es bitte auf Abstand halten, Darian? Mir wird davon übel.“

„Verständlich, bei der Energie darin“, murmelte er, trat ein paar

Schritte von mir weg und schlug das Leinen beiseite. „Ich habe nicht mehr daran geglaubt, es noch einmal in die Hände zu bekommen.“ Sein Blick wanderte vom Gegenstand zu meinem Bruder hinüber. „Wie zur Hölle hast du es geschafft, die *Vampirbibel* in die Finger zu bekommen?“

„Vitamin B. Jemand schuldete mir einen Gefallen. Dem schuldete ein anderer eine Gefälligkeit, und so weiter. Du kennst das sicher. Kannst du es entziffern?“

Vorsichtig erhob ich mich und schielte aus sicherer Entfernung auf das Etwas in Darians Hand. Irgendwie war ich maßlos enttäuscht. Ich hatte etwas Spektakuläres erwartet. Ein großes Buch mit goldener Schrift, in kostbares Material eingefasst, mit Siegeln oder Ähnlichem. Oder eine alte, prunkvoll ausgestattete Schriftrolle. Doch dieses hier war eine schnöde, längliche Kiste, mit dunklem Leder bezogen, ohne Beschriftung. Als Darian sie öffnete, sah ich nichts weiter als lose Blätter. Es sah wie Papyrus aus, beschrieben mit dürren, krakeligen Strichen, unleserlich hingekliert. Keine Schrift aus Blut, wie ich insgeheim vermutet hatte. Und dieses Ding sollte das Heiligtum aller Vampire sein? Lächerlich.

Darian schien das anders zu sehen, denn er behandelte diese Kiste mit unsagbarer Ehrfurcht und Sorgfalt. Es musste etwas dran sein, denn als ich mich dem Gegenstand neugierig näherte, drückte es sofort wieder auf meinen Magen. Also blieb ich lieber auf Abstand.

„Ist es das Original?“, fragte ich interessiert.

Seine Antwort war enttäuschend: „Nein, das ging vor vielen Jahren verloren. Soweit ich weiß, ist es während der Kriege verbrannt worden. Nur sehr wenige Seiten des alten Papyrus sind erhalten geblieben. Ein paar davon hast du als Abschrift bei mir in der Bibliothek gesehen. Aber es gab Gerüchte von einer vollständigen Kopie. Zumindest hielt ich es für Gerüchte.“ Fast zärtlich strich er über die alte, brüchige Lederdecke. „Dieses Exemplar ist das einzige noch existierende Werk in kompletter Form.“

Ich beäugte es skeptisch. „Wie alt ist es?“

„Gute Frage. Es müsste ein paar Jahrhunderte älter als die Bibel sein. Und es ist verdammt gut erhalten. Ich kann das Alter allerdings nur schätzen.“

Aha. Demnach dürfte das Copyright dafür längst abgelaufen sein. Wir konnten uns glücklich schätzen, dass es nicht in Stein gemeißelt war. Das hätte vielleicht eine Schlepperei gegeben.

„Was?“, fragte ich ahnungslos, als Darian und Alistair mich recht merkwürdig ansahen. Dann verdrehte ich verstehend die Augen. „Habe ich wieder zu laut gedacht?“

„Ach, kommt das öfter vor?“

„Im Gegensatz zu früher ist es recht selten geworden, Alistair“, meinte Darian trocken und wandte sich wieder dem Kasten zu. „Dann wollen wir doch mal sehen, ob du vollständig bist und sich der ganze Aufwand tatsächlich gelohnt hat. Hast du eventuell Stift und Papier? Und Latexhandschuhe, damit wir die Seiten nicht zerstören?“

Alistair kramte in der Kommode herum, ich ließ mich in sicherer Entfernung als stiller Beobachter im Schneidersitz nieder.

Gedämpftes Murmeln drang zu mir durch und weckte mich. Kurzzeitig wusste ich nicht, wo ich war. Ich lag vollständig bekleidet auf weichem Untergrund, während mich etwas ebenso Weiches zudeckte. Meinem Tastsinn nach zu urteilen, musste es eine Art Fell sein. Mein Geruchssinn bestätigte diesen Eindruck. Nun war ich doch neugierig genug geworden, um die Augen zu öffnen.

Als Erstes sah ich eine Kerze, die in einiger Entfernung von mir in einer tönernen Schale auf dem Boden stand. Daneben, der Stilbruch schlechthin, ein moderner Funkwecker und ein ausgeschaltetes Handy. Es war meines. Da diese Gegenstände sich auf meiner Augenhöhe befanden, musste ich zwangsläufig auf dem Boden liegen. Ein prüfender Blick bestätigte diese Vermutung, ebenso wie die, dass es sich bei meiner Decke und dem Untergrund um mehrere Lagen weichen, warmen Felles handelte. Welchem Lebewesen es einst als Schutz gedient hatte, konnte ich jedoch nicht bestimmen.

Mich weiter umsehend stellte ich fest, dass meine Sicht auf ein paar wenige Meter beschränkt war. Sie endete an hellen Wänden, die anscheinend aus Stoffbahnen bestanden. Die Stimmen schienen von außerhalb der Wände zu kommen, sich aber doch recht nah bei mir zu befinden. Eine Art Zelt? Langsam setzte ich mich auf. Tatsächlich. Ich blickte hoch und entdeckte mehrere Stangen an der Raumdecke, an denen große, schwere Leinentücher befestigt waren, einer großen Kabine ähnlich. Wie war ich denn hierher gekommen?

Während ich aufstand, bemerkte ich schräg vor mir einen Spalt zwischen den einzelnen Stoffbahnen. Möglicherweise der Ausgang. Mit leisen Schritten trat ich darauf zu, da schlug jemand die Bahn beiseite, und ein Kopf erschien.

„Hab' ich mich also doch nicht verhört. Darian, Faye ist aufgewacht." Alistair grinste mich an. Er war vollständig bekleidet, trug ein sauberes und vor allem intaktes dunkelblaues Shirt mit indianischem Aufdruck, dazu eine Jeans. Außerdem die Mokassins vom Vortag. Sein noch feucht glänzendes Haar ließ eine Dusche vor nicht allzu langer Zeit vermuten. „Gut geschlafen?"

Ich sah ihn verlegen an. „Ja, denke schon. Wo bin ich hier?"

„Mein Schlechtwetter-Rückzugsraum." Er zwinkerte mir zu und trat beiseite, als Darian, noch in der Kleidung der nächtlichen Exkursion, hinter ihm auftauchte. „Guten Morgen, Liebes. Oder sollte ich eher *Mahlzeit* sagen?"

Wie spät war es? Irritiert warf ich einen Blick zurück auf den Wecker. Oh, schon Mittag durch? Die Uhr zeigte kurz nach eins an.

„Musst du nicht arbeiten, Alistair?" Himmel, fiel mir nichts Sinnvolleres ein?

„Die Schulter muckt. Deswegen habe ich mir freigenommen", gab er zurück. „Außerdem wollten wir ein wenig puzzeln."

„Puzzeln?"

„Die Pergamente sind nicht nummeriert und etwas durcheinander", half Darian nach, kam auf mich zu und küsste mich. „Du erinnerst dich?" Er zwinkerte meinem Bruder zu. „Kaffeeentzug. Da dauert es ein wenig."

Natürlich erinnerte ich mich an die Kiste. Natürlich erinnerte mich mein knurrender Magen bei Erwähnung von Kaffee an seinen fehlenden Inhalt. Noch mehr allerdings erinnerte mich etwas Drängendes daran, dass ich tunlichst ein Bad aufsuchen sollte.

„Erst eine Toilette, dann einen Kaffee und danach weitere Enthüllungen", bat ich um Informationsaufschub und sah Alistair an. Sogleich trat er beiseite. „Den Gang entlang, die Treppe hinunter, den Rest kennst du."

Nachdem ich den Vorhang hinter mir gelassen hatte, blieb ich überrascht stehen. Dies war der Raum, den wir gestern gemeinsam betreten hatten. Nur waren die Kerzen jetzt erloschen, und helles Tageslicht fiel durch die geöffneten Fenster herein. Die Bilder an den Wänden zeigten Naturszenen, waren mit künstlerischer Hand aufgetragen worden und wirkten durch das Wechselspiel des Lichts wie zum Leben erwacht. Links neben mir hing ein riesiger Schild aus Leder, mit den Köpfen eines Wolfes und eines Pumas bemalt und mit Adlerfedern geschmückt. Ein Hirsch, halb hinter einem Baumstamm versteckt, sah dermaßen lebensecht aus, dass ich beinahe erwartete, er würde gleich auf mich zukommen. Und auch der große, weiße Bison inmitten einer weiten Prärie auf der gegenüberliegenden Wand wirkte, als sähe er mich kurz an, um sogleich friedfertig weiterzugrasen. Dann war dort ein Weißkopfseeadler, die Schwingen im Fluge geweitet, die Krallen nach Beute ausgestreckt. Fast meinte ich, seinen Schrei zu hören. Der auf den Hinterbeinen stehende Braunbär zwischen den Fenstern ließ mich instinktiv zurückweichen. Mein Bruder lachte leise.

Es war fantastisch. Welcher Künstler hatte diese Bilder gemalt?

„*Indian spirits*. Man nennt sie auch Geistführer oder spirituelle Begleiter", flüsterte Darian mir ins Ohr. „Und der weiße Bison stellt laut Tradition der Dakota-Indianer einen Geist namens *Tatanka* dar, der vor über zweitausend Jahren vorhersagte, dass mit der Geburt eines weißen Büffelkalbs sein neuerliches Erscheinen angekündigt werde. Seine Rückkehr brächte für die Menschen eine Zeit von Glück, Wohlstand und Frieden."

„Erinnert mich vage an die Prophezeiung der Bibel, dass Jesus irgendwann mal wieder auftauchen würde."

„Viele Vorhersagen überschneiden und ergänzen sich. Andere klingen ähnlich, wenn auch unterschiedliche Symbole benutzt werden."

„Woher weißt du das?" Die Unsinnigkeit der Frage ging mir im gleichen Moment auf, in dem ich sie gestellt hatte. Zumal er sie mir entsprechend beantwortete: „Ich hatte ausgiebig Zeit, verschiedene Glaubensrichtungen und deren Praktiken zu studieren."

„Wird die Ewigkeit nicht irgendwann mal langweilig?"

„Da ich seit Jahrhunderten schon mit euch McNamaras zu tun habe, Alistair, kann ich mich über Langeweile nicht beschweren."

Mein Blick wurde funkelnd. „Was möchtest du damit genau sagen, Darian?"

Seine Lippen näherten sich meinem Mund, und mit sonorer Stimme flüsterte er: „Das verrate ich dir, wenn du deinen ersten Kaffee intus und eine Dusche hinter dir hast."

Dusche? Ich machte den Schnuppertest, rümpfte die Nase und stimmte Darian insgeheim zu. „Dann bis gleich. Kannst du mir ein Shirt leihen, liebster Bruder?“

„Klar, ich lege dir gleich eins raus.“

Kurz darauf betrat ich das Bad. Ein abenteuerlicher Raum. Schmal, beengt, durchweg in Gruselgrün gehalten. Geradeaus unter dem kleinen Fenster befand sich eine Toilette, die ein wenig an die Mitte des vergangenen Jahrhunderts erinnerte. Direkt neben der Tür war die Miniaturausgabe eines Waschbeckens angebracht. Die ganze linke Wand nahm eine altersschwache Wanne mit einem Duffy Duck-Vorhang ein. Die Kombination aus Bade- und Duscharmatur kannte anscheinend nur brühend heiß oder permafrostig. Erst nach einer Weile schaffte ich es auf lauwarm, dann war wohl das warme Wasser des Speichers aufgebraucht und ich landete wieder bei frostig. Eine geringe Anzahl an Duschutensilien ließ mir die Wahl zwischen männlich-markant und weiblich-blumig. So wird es kaum verwunderlich erscheinen, dass ich schließlich recht flott und blumig duftend meine Dusche beendete.

Als ich den Vorhang beiseiteschob, lachte mich vom grünen Toilettendeckel ein quietschorangefarbenes Handtuch mit ausgefransten Rändern an, unter dem sich ein riesiges XXL-Shirt in Babyblau nebst dunkelblauer Jogginghose befand, die auch nicht kleiner war. Am interessantesten war jedoch dieser schwarze Stringtanga mit einem Herzchen aus Strasssteinen rechts am Saum. Jagdbeute oder eine freundliche Leihgabe von Kimberly?

Ich wollte es nicht genau wissen. Doch in meine getragene Wäsche wollte ich auch nicht zurück. Abgesehen davon roch das optische Kleidungsdesaster frisch gewaschen, warum also nicht? Ich ging das geringe Risiko ein und warf es über. Lediglich mein BH vom Vortag durfte abermals meine Haut berühren. Wo sonst hätte ich die Dattel deponieren sollen? Mit einem Pflaster auf die Haut kleben?

Barfuß in meinen Turnschuhen steuerte ich die Küche an. Zu meiner grenzenlosen Freude stand auf dem Küchentisch eine nagelneue, noch original verpackte Kaffeemaschine mitsamt einem Päckchen Kaffee. Mein Glückstag.

Mit Feuereifer machte ich mich daran, das Lebenselixier aufzubrühen und durchsuchte dabei die Küche nach etwas Nahrhaftem.

Im Kühlschrank befanden sich zu meiner Überraschung im oberen Fach mehrere Blutkonserven. Ich schmunzelte. Ein Zugeständnis an Steven und Darian? Im mittleren Fach lächelte mich ein großes Glas Erdnussbutter an, daneben lag eine Tüte Milch, eingeschweißter Käse und zwei Packungen Wurst. Der untere Stauraum wurde für Dosenbier genutzt. Und, man glaubt es kaum, da lagen Tomaten. Sandwich fand ich nach längerem Suchen im Backofen.

Mit diesen kargen Mitteln bastelte ich mir ein Erdnussbutter-Käse-Wurst-Sandwich mit Tomaten und nahm es zusammen mit einer Tasse Kaffee mit hinauf zu den beiden Männern. Keine fünf Minuten später wiederholte ich das Ganze, da mein Bruder sich begeistert über *mein* Frühstück hergemacht hatte.

Nachdem ich sie mit meiner Anwesenheit wieder beehrt und auch mein Frühstück in aller Deutlichkeit verteidigt hatte, brachte ich meine Verwunderung über die Ruhe im Haus zum Ausdruck. So erfuhr ich, dass Jason und mein Vater zurück zum Hotel gefahren waren, Steven sich in Kimberlys abgedunkeltem Zimmer eingeigelt hatte, während Kim selbst sich noch in der *high school* befand. Nach dieser ereignisreichen Nacht in der Schule? Alle Achtung.

„Vielleicht solltet ihr euch ernsthaft überlegen, eure Zelte hier in der Nähe aufzuschlagen", schlug Alistair vor. „Es spart Zeit und vermutlich auch Geld, zumal ihr ohnehin oft, wenn nicht sogar dauernd hier sein werdet."

Darian und ich wechselten einen schnellen Blick. Mir gefiel dieser Gedanke, und das signalisierte ich ihm.

„Wie du wünschst, Liebes. Dann organisiere ich uns ein anderes Hotel und werde Jason wissen lassen, dass er auschecken und die Koffer gleich mitbringen soll."

„Das Gebäude nebenan steht zum Verkauf", ließ mein Bruder wie nebenbei fallen. Argwöhnisch kroch mein Blick in seine Richtung. „Wohnt da nicht diese blonde Splitterbombe mit ihrer Teppichratte?"

Die durchtriebene Miene meines Bruders ließ mich wissen, dass ich gerade einen Volltreffer gelandet hatte.

„Ach. Und du meinst, ein Erwerb des Gebäudes würde gleich zwei Probleme aus der Welt schaffen?"

Sein Grinsen wich einem schmollenden Ausdruck. „Ich bitte dich,

Schwester. An so etwas habe ich niemals gedacht. Nur, wer für mehrere Nächte gleich zwei Suiten im *Plaza* anmieten kann, den dürften ein paar Peanuts mehr für ein komplettes Gebäude nicht großartig jucken."

„Das weniger", gestand Darian ein. „Ich hatte jedoch nicht vor, in den New Yorker Immobilienmarkt einzutauchen und mich dadurch in Räumungsklagen zu verstricken."

„Nur der untere Bereich ist bewohnt. Sie führt dort ein Nagelstudio", schmeichelte er weiter. „Guck es dir doch einfach an. Es dürfte mit diesem hier fast baugleich sein."

„Was hast du davon?", hakte ich nach.

„Lediglich meine Ruhe, falls ihr Lucinda rausekeln könnt", gab er freimütig zu. „Ansonsten bin ich so unschuldig wie die Jungfrau Maria vor Geburt ihres Sohnes."

„Aber klar bist du das, Bruderherz."

„Baugleich, sagst du?", meinte Darian nachdenklich, und Alistair nickte. „Hm, dann kann ich mir in etwa ausmalen, was an Sanierungskosten anfallen würde. Nenn mir einen triftigen Grund, warum ich diese Bruchbude einem Hotel vorziehen sollte."

„Familienanschluss. Und Faye könnte gleichzeitig meine Wäsche mitwaschen." Er duckte sich unter meinem Boxhieb hurtig ab.

„Der Reaktion deiner Schwester entnehme ich, dass sie von dieser Regelung wenig hält."

„Die Idee selbst stört mich nicht, es ist die Selbstverständlichkeit dahinter", entgegnete ich und schlürfte an meinem Kaffee, spülte den Rest des Sandwichs hinunter. „Wobei ich nichts dagegen hätte, mal wieder selbst etwas zu tun, statt tun zu lassen."

„Lass das nicht Eileen hören. Sie wäre zutiefst gekränkt."

Ich zwinkerte Darian verschwörerisch zu. „Die ungeliebten Arbeiten darf sie weiterhin übernehmen."

Alistair hatte uns eine Weile beobachtet, und inzwischen grinste er breit übers ganze Gesicht. „Klingt ganz so, als zieht ihr es ernsthaft in Erwägung."

Wir sahen uns einen Moment lang an und fingen schließlich an zu lachen.

„Sieht so aus, zukünftiger Schwager. Ich habe deiner Schwester noch nie lange etwas abschlagen können."

„Ha!" Mein Handrücken traf seinen Oberarm. „Nun übertreib

mal nicht."

„Also gut. Ich telefoniere mit dem Besitzer des Gebäudes und mache einen Termin klar, damit ihr es euch zumindest ansehen könnt."

„Und ich versuche, Jason zu erreichen."

Darian zückte sein Handy, Alistair tat es ihm nach. Ich lehnte mich bequem an die Wand und schmunzelte vor mich hin. Ich war zufrieden darüber, dass die beiden Männer endlich eine Übereinkunft gefunden hatten und friedfertig, sogar freundschaftlich miteinander umgingen. Ich hoffte, es würde anhalten, und notfalls würde ich mir abermals eine spektakuläre Nummer ausdenken müssen, um sie wieder auf Kurs zu bringen. Eins jedoch stand außer Frage: Nie wieder einen Treppensturz, einer hatte gereicht.

- Kapitel Dreizehn -

Inzwischen war Kimberly von der Schule zurück. Jason traf wenig später zusammen mit meinem Vater ein und ließ uns wissen, dass er in der Nähe eine adäquate Unterkunft gefunden habe. Mein Vater aber hatte sein Gepäck dabei und machte deutlich, dass ihm das Sofa durchaus genügen würde.

Ich hatte inzwischen mein Telefonat mit der Ärztin erledigt. Meine Blutwerte waren allesamt in Ordnung, und in drei Wochen sollte ich mich wieder sehen lassen. Ebenfalls hatte ich dank Jasons Weitsicht frische, eigene Kleidung an und fühlte mich darin weitaus wohler als mit Alistairs Hauszelten am Leib.

Nachdem mein Vater die fehlende Füllung des Kühlschranks moniert hatte, war es nur eine logische Konsequenz, dass ich anbot, für die ganze Truppe zu kochen. Nach so langer Zeit freute ich mich darauf. Die letzten Monate war ich zu solchen normalen Tätigkeiten überhaupt nicht mehr gekommen.

Daher machte ich mich zusammen mit Kimberly und Jason auf den Weg zu einem Einkaufshaus der Superlative. Kimberly fuhr uns mit einem Taxi dorthin. Alistair betrachtete das gleich als Probefahrt für die Funktionstüchtigkeit und gelungene Reparatur, zudem sparte es Spritkosten.

Mit einem Einkaufswagen schlenderten wir durch den riesigen Konsumtempel und warfen in der Lebensmittelabteilung alles hinein, wonach es uns verlangte. Daher fanden auch saure Gurken neben einigen Tafeln Schokolade ihren Weg in den Wagen. Hinzu kamen die Zutaten für eine Lasagne nebst einer Auflaufform, Salat, selbstverständlich das Lebenselixier Kaffee und Tee für Jason, und auch ein paar Flaschen erlesener Rot- und Weißweine. Erst nachdem Kimberly von Jason die Erlaubnis bekommen hatte, für sich selbst etwas nach Herzenslust auszuwählen, fiel mir auf, was es bedeutete, sich um Geld keine Gedanken mehr machen zu müssen. Vor wenigen Monaten noch hatte ich selbst rechnen müssen. Doch seit Darian in mein Leben getreten war, bestand dafür keine Notwendigkeit mehr. Abgesehen davon, dass ich überhaupt nicht mehr in die Situation gekommen war, für meinen Unterhalt selbst sorgen, einkaufen gehen oder gar Wäsche waschen zu müssen. Just in diesem Moment bemerkte ich, dass mir das sogar ein wenig fehlte.

Es beschämte. Fast.

Es war ein schwarzer Nagellack von einer Nobelmarke, den Kimberly als unbedingt notwendig erachtete, und sie wurde von Jason dahingehend überrascht, dass er Eyeliner und Wimperntusche dazulegte. Wie klamm musste Alistair tatsächlich sein, dass Kim sich über solche Kleinigkeiten freute, als sei Weihnachten? Jason dachte anscheinend das Gleiche, denn wir wechselten einen bedeutungsschwangeren Blick.

„Wie hoch ist das Limit auf Darians Karte?“, fragte ich Jason in einem Moment, in dem Kimberly zwischen den Regalen umherstreifte und außer Hörweite war.

Er warf mir einen erhabenen Blick zu. „Welches Limit, Miss McNamara?“

„Heißt das, er … Oh!“ Peinlich berührt biss ich mir auf die Unterlippe.

„Wenn Sie sich fragen, ob die Kaufsumme eines Hochhauses damit gedeckt wäre, so seien Sie versichert, dass nach einer kurzen Anfrage an das entsprechende Kreditinstitut auch dieses kleine Problem vom jeweiligen Tisch wäre, Miss McNamara.“

Meine Augen mussten die Größe von Untertassen erreicht haben.

„Miss McNamara“, raunte Jason mir verhalten zu. „Ihr Mund steht offen.“

Flugs klappte ich ihn zu und lächelte betreten. Dann lachte ich und schüttelte den Kopf. „Können Sie mir verraten, warum ich mir solche Gedanken gemacht habe, wenn ich lediglich eine simple, etwas weitere Hose benötige?“

„Nein, Miss McNamara, das kann ich fürwahr nicht. Die Abteilung für Damenbekleidung befindet sich dort drüben.“

Auf dem Weg dorthin lasen wir Kimberly und eine Schachtel dänischer Pralinen am Süßigkeitenregal auf. Zu meiner Freude gab es bei der Damenbekleidung auch eine Abteilung für Schwangerschaftsmode. Jason ließ sich in der Nähe der Umkleidekabinen nieder, bewachte den Einkaufswagen und ließ den einen oder anderen Kommentar zu den Kleidungsstücken ab, die wir ihm präsentierten.

„Mumienkutte“, brummte Kimberly missmutig, als ich ein mittelbraunes Strickkleid mit umhäkeltem Ausschnitt vorführte. Und auch das nächste Outfit, eine Kombination aus rotem Oberteil und weinroter Hose, fiel gnadenlos durch. „Bist du schwanger oder stehst du kurz vor der Rente? Was willst du denn mit dieser antiken Lakensammlung?“

Hilfesuchend sah ich Jason an, doch auch sein Daumen wies nach unten. Daher zuckte ich ergeben mit den Schultern. „Also gut, dann such du etwas für mich aus.“

Als hätte Kimberly nur darauf gewartet, sprintete sie los. Keine fünf Minuten später stand sie wieder vor mir und übergab mir mehrere, unterschiedliche Kleidungsstücke gleicher Farbe. Allesamt schwarz. „Das Design ist entscheidend“, erfuhr ich obendrein ganz fachmännisch. Aha.

Skeptisch probierte ich die schwarze Hose mit verstellbarem Bund und ausgestellten Hosenbeinen an, zusammen mit einem langen Oberteil mit gewagtem Rundhalsauschnitt und weiten Ärmeln. Unentschlossen betrachtete ich mich im Spiegel. Und erstaunt stellte ich fest, dass sich meine Zweifel auflösten. Dennoch trat ich mit fragendem Blick erneut aus der Kabine, um mich meinen beiden Kritikern zu stellen.

„Das nenne ich doch mal ein gelungenes Outfit, Miss Fledermaus“, platzte Kimberly begeistert heraus und knuffte Jason mit dem Ellenbogen. Er nickte bedächtig. „Durchaus, Miss Kimberly. Jedoch empfinde ich das einheitliche Dunkel als etwas zu dunkel. Möglicherweise wäre das eine oder andere Accessoire angebracht, um …“

Der Platz neben ihm war schon verlassen, er sprach ins Leere.

Kurz darauf kehrte Kim zurück, beladen mit Ketten, Gürteln, Tüchern. Warum nur waren diese hauptsächlich schwarz oder mit silbernen Kettengliedern verziert? Trotz meiner erneut aufkeimenden Zweifel ließ ich mich von Kimberly dekorieren. Das Rennen machten am Ende ein breiter, schwarzer Ledergürtel mit schlichter silberner Schnalle sowie eine lange silberne Kette mit rundem, weißem Anhänger.

„Die Turnschuhe sehen dazu idiotisch aus“, lautete Kimberlys Urteil, und sogleich stapfte sie los, um mir das geeignete Schuhwerk zu organisieren.

Das erste Paar lehnte ich kategorisch ab. Schwarze Chucks waren noch nie mein Ding gewesen. Und auch das zweite Paar landete auf meiner No-Go-Liste. Löcherige Pumps mit Nieten und einer Absatzhöhe, die an einen Wolkenkratzer erinnerten. Die flachen Ledertreter fanden da schon eher Anklang. Sie waren zum Schnüren, sahen gut aus und fühlten sich bequem an. Allerdings fragte ich mich, wie lange ich noch in der Lage sein würde, sie zubinden zu können, ohne auf akrobatische Verrenkungen oder gar fremde Hilfe angewiesen zu sein. Also wanderten auch sie zurück ins Regal. Als Kimberly mit kniehohen Stretchstiefeln antanzte, wusste ich sofort, dass das genau das Richtige war. Blockabsatz, keine Verschlüsse, einfach nur überstreifen. Sie passten, waren bequem und konnten sicherlich auch eine Menge ab. Gekauft.

Eine Bluejeans mit verstellbarem Verschluss wanderte zusätzlich in den Wagen. Jason hatte mich darauf hingewiesen, dass ich eine Hose zum Wechseln brauchen würde. Dieser Mann dachte wirklich an alles.

Kurz darauf schoben wir siegesbewusst den inzwischen vollen Wagen zur Kasse. Auf dem Weg dorthin schoss meine Hand gezielt in einen Stand mit Röcken und vergrub die Beute unter der Bekleidung im Wagen. Jason hatte es zwar bemerkt, sagte jedoch kein Wort. Er lächelte lediglich ausdruckslos und wies wie nebenbei nach rechts, um Kimberly zu bitten, eine Flasche Ketchup aus dem Regal zu nehmen.

Nachdem Jason gezahlt hatte und wir den Wagen aus dem Geschäft dirigierten, blieb mein Blick an einem dieser gläsernen Zeitungsständer hängen, die durch den Einwurf einer Münze zu öffnen waren. Die Headline der Ausgabe brannte sich beinahe in meine Netzhaut ein. *Doppelmord im Central Park.* Dazu das Bild der beiden Kinder. Ich hätte wissen müssen, dass es in der Presse veröffentlicht werden würde. Und doch schockte es mich, es schwarz auf weiß vor mir zu sehen. Dadurch wurde es für mich greifbar und real, und der letzte Funke Hoffnung, es wäre eine Fiktion, erstarb.

Jason bemerkte mein Zögern und in seinem Blick stand eine unausgesprochene Frage. Ich wies mit dem Kinn knapp auf den Zeitungskasten und ging daran vorbei Richtung Parkplatz. Aus den Augenwinkeln heraus bemerkte ich, wie sein Blick auf die Ausgabe fiel, dann folgte er mir.

Kimberly hatte den Wagen inzwischen erreicht und bereits den Kofferraum geöffnet. Im Nu waren die Tüten eingeladen, und Jason brachte den Einkaufswagen zurück, während ich einstieg.

Es war erstaunlich, wie schnell es dunkel wurde. Im Hellen hatten wir den Konsumtempel betreten, jetzt war bereits die Dämmerung hereingebrochen. Daher wunderte es mich wenig, dass Kim zur Eile antrieb. Nach der Erfahrung der Nacht zuvor würde ich die Dunkelheit auch meiden wollen.

„Alles okay?“, fragte ich daher besorgt und erhielt ein flapsiges: „Klar doch. Was soll schon sein?“ Dabei eilte ihr Blick ständig zum Rückspiegel. Fieberhaft wartete sie auf Jasons Rückkehr. Kaum war er eingestiegen, fuhr sie los, jagte fast über den Parkplatz und brachte die Fahrt zurück zur Werkstatt in Rekordzeit hinter sich. Dad hatte uns durchs Küchenfenster kommen sehen und kam mit Darian und Alistair zu uns herunter. Als ich hochblickte, sah ich Steven auf dem Dach stehen. Er hielt Wache.

Erwartest du einen erneuten Übergriff?, stellte ich Darian die lautlose Frage.

Sein Kuss streifte meine Wange, als er mir eine Tüte abnahm. *Ich erwarte nichts und rechne mit allem.* „Habt ihr den kompletten Laden leer geräumt?“

Ich sah mich heimlich um und setzte dabei ein harmloses Lächeln auf. „Nein, Schatz, wir haben uns lediglich mit dem Nötigsten eingedeckt.“

Ein bekannter Sound ließ mich aufblicken. „Dad, dein Handy klingelt.“

Mein Vater jonglierte mit den Tüten, bewahrte sie gerade noch vor einem Absturz, als er in seiner Hosentasche nach dem Telefon zu angeln begann. Alistair nahm ihm schließlich eine der Tüten ab.

„Du rufst gerade ein wenig ungünstig an, meine Liebe“, begrüßte Dad den Anrufer. „Kann ich dich zurück … Nein, mach dir wirklich keine Sorgen. Wir haben alles im Griff … Oh, das ist aber nicht … Was? Wie kommst du … Bist du sicher?“

Ich war stehen geblieben und hatte mich zu Dad umgedreht, denn das Telefonat klang irgendwie besorgniserregend. Das Gefühl verstärkte sich, als Dad auf Darian zutrat, ihm eine Tüte abnahm und murmelte: „Sie will dich sprechen.“

„Was kann ich für dich tun, Ernestine?“

Mir klappte der Unterkiefer herunter. Ernestine? Ernestine Morningdale? Die schrullige, liebenswürdige alte Dame, die Karten legte, pendelte und ihre Wohnung mit Runen gegen böse Geister absicherte?

Das Letzte musste ich wohl laut ausgesprochen haben, denn Dad nickte mir knapp zu. „Genau die, Faye. Und ja, wir sind befreundet.“

So wie er das gerade aussprach, war da mehr am Start als reine Freundschaft. Aber sie war doch viel zu alt für Dad. Mein Blick blieb an Darian hängen, und ich zuckte innerlich zusammen. Soviel zum Thema Alter. Uns trennten sicherlich gut tausend Jahre. Dad und Ernestine vielleicht zehn, wobei sie die Ältere war. War sie doch, oder? *Und wenn schon*, rief ich mich selbst zur Ordnung. Es ging mich nichts an. Vielleicht sollte ich meine zementierte Einstellung einigen Dingen gegenüber grundlegend ändern.

Diesmal fing ich Darians Blick auf. Er wirkte fragend. Hatte ich wieder zu laut gedacht? Darian nickte mit der Spur eines Lächelns auf den Lippen, während er gleichzeitig etwas in den Hörer antwortete. Ich verdrehte die Augen. Typisch. Auch, dass ich prompt dabei erwischt wurde.

Abermals sah Darian mich an. Meine Braue schnellte in die Höhe. *Sag bloß nichts.*

Er zwinkerte mir zu, sprach wieder in den Hörer. „Selbstverständlich haben wir das bedacht, Ernestine. Deine Sorgen diesbezüglich sind durchaus begründet, aber wie Duncan dir schon sagte, wir sind auf der Hut. … Bitte? … Ich denke nicht, dass das auf die Dauer effektiv sein wird, zumal …“ Sie unterbrach ihn anscheinend abermals, denn Darian atmete tief durch, sah mich kurz Rat suchend an und meinte schließlich: „Was hältst du davon, wenn du deine Sachen packst und herkommst, damit du dich selbst überzeugen kannst? Ich werde dir ein Ticket für die nächste Maschine nach New York am Flughafen hinterlegen lassen. Ist das ein Angebot?"

„Vielleicht kann sie Eileen überreden, ebenfalls mitzukommen", warf Dad ein, doch Jason schüttelte sofort den Kopf. „Meine Frau steigt höchstens unter Morddrohungen in einen *fliegenden Sarg*, wie sie das zu nennen pflegt."

Inzwischen wurde das Telefon weitergereicht. An mich. Verblüfft sah ich Darian an.

„Ja, Faye, sie wünscht dich zu sprechen."

Die Tüten wechselten den Träger. „Hallo Ernestine?"

„Kindchen, schön dich zu hören", scholl es mir sogleich entgegen. „Geht es dir denn wirklich gut?"

„Ja, alles bestens. Danke der Nachfrage. Aber wie kommt es, dass Sie …" Ich stockte, suchte nach den richtigen Worten, als sie die auf ihre Weise fand: „Dass ich deinen Vater kenne? Seit er die Wohnung nach Julies Tod ausgeräumt hat, Kindchen. Er wollte es nur nicht an die große Glocke hängen. Nun ja, ich halte nichts vom Verstecken."

„Nein, Verstecken ist auf Dauer tatsächlich keine Lösung. Es kommt am Ende ja doch raus, und dann steht man meist ziemlich dumm da." Mein anklagender Blick wanderte zu meinem Vater. Ich erntete ein zaghaftes Grinsen. Dann sah er zu, dass er mit den Tüten beladen im Haus verschwand. Die anderen Träger wechselten ihren Standort vor dem Gebäude derweil mit dem in der Küche. Ich folgte ihnen mit dem Telefon am Ohr.

„Kindchen, ich gedenke, das Angebot deines Zukünftigen anzunehmen. Mir ist nicht wohl bei der Sache. Ständig bekomme ich merkwürdige Andeutungen über meine Karten, die ich nur sehr schwer deuten kann. Ich würde vorher dennoch gerne wissen, ob es dir auch recht ist. Ich mische mich so ungern in Angelegenheiten ein, die nicht die meinen sind."

„Von mir aus sehr gern, Ernestine. Ich würde Sie gern sehen. Allerdings weiß ich nicht, ob Sie Ihren Hund –"

„Jacko ist verstorben", schaltete Dad sich ein. „Vor einigen Wochen schon."

„Oh. Das tut mir leid, Ernestine“, gab ich erschüttert durch den Hörer. Denn ihr Dackel war es gewesen, der uns zusammengeführt hatte.

„Ach, es ist schon in Ordnung, Kindchen. Er war schon recht alt. Oftmals greift das Schicksal ein und beendet etwas, bevor es zu einer Last werden kann. Den Sinn erkennen wir meist erst viel später.“ Sie lachte sogar. Woher nahm sie nur diesen Optimismus? „Du hast meine Frage noch nicht beantwortet. Möchtest du, dass ich komme?“

Abermals sah ich zu meinem Vater hinüber. Er nickte sehr kräftig.

„Ja, Ernestine. Bitte kommen Sie. Außerdem gibt es hier jemanden, der Sie nicht nur gerne sehen möchte, sondern Ihnen anscheinend regelrecht entgegenfiebert. Hörst du auf, mir zu drohen, Dad!“

Während Ernestine erneut ins Telefon lachte, sah ich Darian bereits zu seinem Handy greifen und die Nummer einer Airline wählen. Kurz darauf gab er Ernestine Fluglinie, Uhrzeit und das Gate durch, wo sie ihr Ticket in gut vier Stunden würde abholen können. Morgen früh würde sie dann auf dem JFK Airport eintreffen.

„Dann sehen wir uns also morgen. Ich freue mich.“ Darian hatte auf Lautsprecher umgestellt. Wir riefen ihr alle gleichzeitig den Wunsch für einen guten Flug zu. Wieder ein Lachen. „Bekomme ich ein Empfangskomitee? Ah, und noch etwas: Faye, auch wenn dein zukünftiger Gatte wenig davon hält, streu doch bitte Salz um das Gebäude. Man kann nie wissen. Und jetzt muss ich schleunigst packen. Wir sehen uns.“ Es klickte, sie war weg.

Gut gesättigt und wohlig müde hingen wir in den Stühlen und sahen auf die Überreste des opulenten Mahls. Lasagne mit Salat satt. Nur noch sehr wenig war von der Teigware übrig, der Salat hatten wir komplett vertilgt, dazu zwei Flaschen Weißwein geleert. Dafür blieben aber jede Menge fettiges Geschirr und benutzte Gläser.

„Ich wusste gar nicht, dass Sie so gut kochen können, Miss McNamara“, ließ Jason verlauten und tupfte sich nach einem weiteren Schluck trockenen, italienischen Weißweins die Mundwinkel mit der Papierserviette ab.

„Sie wissen noch einiges nicht“, gab ich zwinkernd zurück und sah mich anschließend in der Runde um. „Wer wäscht ab?“

Es war doch immer wieder erstaunlich, wie schnell sich bei solchen Fragen alle Anwesenden ihrer nicht erledigten Aufgaben erinnerten. Kimberly musste plötzlich etwas sehr Wichtiges für die Schule tun. Dad hatte auf einmal ein unaufschiebbares Gespräch zu führen und flüchtete mit dem Handy in der Hand aus der Küche. Und Alistair murmelte etwas von *Werkstatt*, ehe auch er aus dem Raum stürzte. Mein fragender Blick blieb an den Verbliebenen hängen.

Steven verwies darauf, dass Vampire keinerlei feste Nahrung zu sich nehmen konnten und somit aus der Riege der Esstellerbeschmutzer herausfielen, und Darian schloss sich ihm an, indem er wortlos auf seinen Blutkonservenbeutel deutete, in dem noch der Strohalm steckte. Beides warf er in den Mülleimer und zeigte sich somit unschuldig. Also blieb nur noch Jason übrig.

„Ich wähnte mich im Urlaub“, meinte er gespielt resigniert und erhob sich. „Wo ist Spülmittel?“

Ich hatte gewusst, dass wir beim Einkaufen etwas vergessen würden. Gemeinsam durchsuchten wir die Küchenschränke, fanden jedoch nur eine leere Packung Spülmittel und einige Tuben Handwaschpaste.

„Wovon haben die beiden die ganze Zeit über gegessen, wenn Spülmittel fehlt?“, dachte ich laut nach. „Von Papptellern und mit Plastikbesteck?“

„Den diversen Pizzaverpackungen nach zu urteilen, die draußen im Müll lagen, wohl mit den Fingern“, resümierte Steven trocken.

„Und die Tassen spült man vermutlich nur heiß aus“, ergänzte Darian, während er sich erhob. „Nochmals einkaufen, Faye?“

„Da kommen wir wohl nicht drum herum, Schatz. Ich habe vorhin einen Drugstore gesehen, nicht weit von hier. Vielleicht bekommen wir dort zusätzlich ein paar Weingläser. Diese Senfgläser sind ja ganz praktisch, aber nicht wirklich passend. Und an Salz sollten wir auch denken.“

„Dann möchtest du Ernestines Vorschlag folgen, obwohl du weißt, dass es wenig Sinn macht?“, erkundigte Darian sich interessiert.

„Ich möchte es für Kimberly tun“, antwortete ich ernst. „Ich habe vorhin bemerkt, wie verängstigt sie nach der gestrigen Begegnung noch ist. Vielleicht gibt es ihr etwas mehr Sicherheit.“

Darian nickte verstehend, gab jedoch zu bedenken: „Es wird nicht lange vorhalten, Faye. Selbst wenn du genügend Salz um das Haus herum verteilst, werden die Reifen der vorbeifahrenden Wagen den Bannkreis schnell zerstört haben. Insbesondere im Bereich der Werkstatt. Bei der Eingangstür selbst mag es funktionieren, wenn jeder von uns darauf achtet. Aber nicht an der der Straße zugewandten Seite.“

Nun war mein physikalisches Wissen gefragt, denn über Darians Einwand hatte ich mir längst Gedanken gemacht. „Wir könnten das Salz in Wasser auflösen und es so auf den Boden bringen. Es verbindet sich mit dem Straßenbelag, das Wasser verdunstet und setzt so die Salzkristalle wieder frei. Zumindest ist die Haftung auf diese Weise für einen längeren Zeitraum gewährleistet, als wenn wir die lose Kristallform nutzen würden.“

„Hat das Salz dadurch nicht eine veränderte Wirkung?“, hakte Steven nach.

Darian überlegte kurz, zog die Stirn kraus und nickte mir schließlich zu. „Ich denke, so kann es gehen. Ausprobiert habe ich es auf diese Weise noch nie. Aber warum nicht einmal etwas Neues?“

„Dann können wir nur hoffen, dass es nicht regnet.“ Jason sah sich voller Tatendrang um. „Aufgabenverteilung, Sir?“

„Steven, du bleibst hier und überwachst die Hütte zusammen mit Kim. Ich glaube ohnehin, dass sie einen Narren an dir gefressen hat und sich in deiner Gegenwart sicher fühlt“, übernahm ich zur allgemeinen Überraschung das Ruder. Stevens entsetzter Gesichtausdruck aufgrund meines Vorschlags war herrlich, ich verkniff mir ein Feixen. „Zur Abwechslung kann Darian mich zum Drugstore begleiten, während Sie alles weitere vorbereiten, Jason. Unten im Schrank habe ich einen großen Kochtopf gesehen. Der sollte ausreichen, um darin genügend Wasser heißzumachen und das Salz aufzulösen. Der Heißwasserboiler über der Spüle hat nur zwei Liter Fassungsvermögen. Damit kommen wir nicht weit.“

„Und was soll ich machen?“, kam es von der Tür her. Dad stand dort an den Türrahmen gelehnt und jonglierte in den Fingern eine Zigarette.

„Du könntest unsere Hotelbuchung stornieren und die Koffer abholen. Ich nehme mal an, wir schlagen unser Hauptquartier endgültig hier auf.“ Meine Augen erfassten fragend die Gesichter der Anwesenden. „Hat jemand diesbezüglich irgendwelche Einwände?“

„Sie sind der Boss, Miss McNamara“, meinte Jason zustimmend

und hielt Darians konsterniertem Blick mit stoischer Ruhe stand.

„Ich hätte da einen Einwand“, erklang Alistairs Stimme hinter meinem Vater, und er schob sich an ihm vorbei in den Raum. „Platz hätten wir notfalls schon, um alle unterzubringen. Allerdings mangelt es an Schlafgelegenheiten.“

„Welche Räumlichkeiten sind vorhanden, und was genau brauchst du?“, kam ich Darian zuvor.

„Gleich vorweg, mein Bett rücke ich nicht raus. Das Sofa belegt Dad, wobei es auf die Dauer nicht das Wahre ist, auch wenn man es ausklappen kann. Du könntest notfalls oben schlafen, zusammen mit deinem Mann. Soweit ich es mitbekommen habe, opfert Kim ihr Zimmer tagsüber für Steven, dann wäre das auch kein Hindernis mehr.“ Stevens Protestlaut überging mein Bruder geflissentlich. „Fehlt im Augenblick eine Matratze oder Feldbett sowie ein Schlafsack für Jason. Und wenn morgen Dads heimliche Liebe eintrifft – Autsch! Seit wann schlägst du deine Kinder, Dad? – wird es noch enger.“

„Demnach brauchen wir Betten“, resümierte ich und sah Darian an. „Inwieweit darf ich dein Konto plündern?“

Er lächelte souverän. „Es steht zu deiner freien Verfügung, Liebes.“

„Danke, Schatz.“ Ein Kuss untermauerte meine Aussage, dann wandte ich mich wieder an die Runde: „Planänderung. Steven, für dich bleibt alles wie besprochen. Alistair, du kennst dich hier aus und weißt, welche Räumlichkeiten vorhanden sind. Du und Jason, ihr sucht ein Möbelhaus auf und organisiert dort alles, was benötigt wird. Von Betten über Matratzen, Kissen, Decken, Bettbezüge, das volle Programm. Dad, du erledigst das mit dem Hotel. Kimberly möge bitte die Vorbereitungen hier in der Küche übernehmen und Wasser im Topf heiß machen. Steven, du sagst ihr bitte Bescheid. Darian und ich gehen zum Drugstore. Soweit alles klar?“ Zustimmendes Gemurmel erklang, ich klatschte in die Hände. „Dann los.“

Wir schwärmten aus, jeder in eine andere Richtung. Alistair fuhr zusammen mit Jason in einem altersschwachen Pick-up Richtung Brooklyn Bridge, Dad mit dem Van in die entgegengesetzte Richtung. Darian und ich gingen zu Fuß die Straße runter bis zur Kreuzung und bogen dann nach links ab. Inzwischen war es vollkommen dunkel geworden, doch dank der beleuchteten Straßen und Geschäfte fiel das kaum auf.

Der Drugstore lag nur wenige Minuten von der Werkstatt entfernt. Die Tür stand weit offen, im Innern war es neonleuchtenhell, eine junge, braunhaarige Verkäuferin tippte gerade die Waren eines Kunden in die Ladenkasse. Bei unserem Eintreten sah sie kurz auf, dann arbeitete sie weiter.

Darian hatte sich einen roten Einkaufskorb gegriffen, und nebeneinander schritten wir die vollgestopften Regale ab. Salz fanden wir bei den Gewürzen und packten gleich fünf Päckchen ein. Spülmittel war auch schnell im Korb. Passende Weingläser zu finden, entpuppte sich jedoch als schier unlösbare Aufgabe. Wassergläser, Whiskeygläser, sogar Sektgläser waren vorhanden, aber weder Gläser für Weiß- noch für Rotwein.

„Einfache Wassergläser tun es auch“, entschied ich daher und packte zwölf Stück ein.

„Bist du sicher, dass du nun alles hast, Liebes? Nicht, dass wir noch mal losmüssen.“ Darian stellte den Korb auf den Tresen und räumte die Einkäufe aus.

„Ich hoffe nicht, Schatz.“

Die junge Frau tippte alles ein und nannte Darian die Summe, während ich die Ware in einer großen Papiertüte verstaute. Ich hatte die Tüte kaum angehoben, da nahm Darian sie mir kopfschüttelnd ab, dann verließen wir das Geschäft.

Gerade noch rechtzeitig wich ich dem vollgepackten Einkaufswagen aus, der den Weg entlanggerumpelt kam. Er schwankte gefährlich, ich hörte jemanden schimpfen, dann fiel ein Teil der Tüten auf die Straße.

„Blindes Pack!“, kam es mir schrill und aufgebracht entgegen.

Eine eindeutig weibliche Person, in einen überdimensionierten braunen Mantel gehüllt, trat etwas schwerfällig um den Wagen herum. Sie schien eine der vielen Obdachlosen zu sein, die ihr karges Hab und Gut stets mit sich führten, um nichts zu verlieren oder bestohlen zu werden. Vermutlich wirkte sie älter, als sie tatsächlich war; sie ging ein wenig gebeugt und murmelte dabei sinnlos klingendes Zeug vor sich hin: „Habe ich es gewusst. Blind sind sie. Alle. Immer habe ich es gewusst. Sie kommen, habe es ihnen gesagt. Nein, sie wollen es nicht hören. Dabei habe ich es immer gewusst. Immer gewusst, gewusst. Ja, ich habe es gewusst.

Und es ihnen gesagt. So blind. Zu spät. Jetzt ist es viel zu spät. Ich habe es gewusst. Diese Blinden. Habe es ihnen gesagt."

Ihr dunkles, strähniges Haar hatte sie zu einem Zopf gebunden, und es roch so, wie es aussah. Ihr Gesicht war dreckig und von Falten durchzogen. Ein grob gestrickter, blauer Schal umgab ihren dürren Hals und ließ schmutzig-schwarze Ränder auf der Haut darunter erkennen, während behandschuhte Hände sich nach den Tüten ausstreckten, deren Inhalte sich teilweise auf dem Gehweg verteilt hatten.

Ich wollte ihr helfen, da zog Darian mich zurück. Er sah mich warnend an, sprach jedoch kein Wort. Indes hatte die Frau die Sachen zurück in die Tüten gestopft und warf diese nun achtlos in den Einkaufswagen.

„Alles geht kaputt, habe ich gesagt. Zerstört. Von oben nach unten, habe ich gesagt", murmelte sie weiter. Dann blickte sie uns an, ihre Augen wirkten der Realität entrückt. Plötzlich fuchtelte sie anklagend mit dem Finger in der Luft herum, wies auf Darian. „Ihr. Alle. Jeder. Keiner bleibt verschont. Wenn bald der Mond erwacht, wenn dann das Wort gebracht, wird das gehoben, was lange verborgen." Mit irrem Blick starrte sie uns kurz an. Dann senkte sie den Kopf und schob den Wagen an uns vorbei. „Ich habe es immer gewusst. Blind sind sie. Alle. Ich habe es ihnen gesagt. Immer gewusst, gewusst."

„Was war das denn?", fragte ich leicht irritiert und sah dieser verwirrten Figur nach, wie sie vor sich hin murmelnd mit ihrem Wagen um die nächste Ecke verschwand.

„Jemand sehr Bedauernswertes. Lass uns gehen, Faye. Wir haben so weit alles erledigt."

Kam es mir nur so vor, oder wollte er die Begegnung mit dieser merkwürdigen Frau tunlichst vom Tisch fegen? Sie hatte ihn doch nicht beunruhigt, oder doch?

„Diese Frau eben", begann ich und wurde sogleich unterbrochen: „Sie ist unwichtig, Faye. Denk nicht weiter darüber nach. Es lohnt nicht."

Also doch. „Ich fand ihre Worte recht interessant."

„Ich finde einige Sprüche an Toilettenwänden auch interessant."

Herzlichen Dank für die Abfuhr. Ich musste fast laufen, um mit seinen energischen Schritten mithalten zu können. „Bist du sauer?"

Er verlangsamte das Tempo, nahm mich bei der Hand. „Nein, wie kommst du darauf?“

„Vielleicht wegen vorhin. Als ich dich in der Küche überging. Normalerweise führst du das Regiment.“ Ich lächelte verlegen.

„Tue ich das? Möglicherweise, Faye. Aber nein, ich habe nichts dagegen, Verantwortung abzugeben. Im Gegenteil. Ich bin erfreut darüber, dass du deinen Teil endlich übernimmst. Dass du dich darauf besinnst, wer du bist und was du bist. Es war an der Zeit.“ Er küsste mich beim Gehen aufs Haar. „Und du hast selbst festgestellt, dass jeder deine Autorität anerkannt hat. Was sollte mich demnach daran stören?“

Seine Worte erstaunten mich. Gehörte es nicht zu den männlichen Eigenheiten, stets Stärke und tatkräftige Entschlossenheit signalisieren zu müssen? Hatte ich nicht genau *das* untergraben?

„Faye“, nahm er den Faden wieder auf. Ich hatte gedanklich wohl gerade etwas gebrüllt. „Autorität wird erworben und nicht verschenkt. Nimm es einfach an. Und zarte Charaktere könnten an unserer Seite kaum überleben.“

Ich kam nicht umhin, ihm insgeheim beizupflichten. Zumindest zu einem gewissen Teil, denn einen Zusatz musste ich machen: Jeder andere Mann hatte inzwischen kaum mehr eine Chance, überhaupt an meine Seite zu gelangen.

Alistairs Haus tauchte vor uns auf, und wir eilten darauf zu.

Unter gutem Schlaf verstand ich etwas anderes. Bis tief in die Nacht hatten wir gewerkelt. Während Steven, Darian und ich zusammen mit Kimberly das Salz um Haus und Hof verteilt hatten und zweimal nachkochen mussten, um die nötige Menge zu erhalten, hatten Dad, mein Bruder und Jason die gekauften Möbel zusammengebaut. Ich war erstaunt gewesen, wie kreativ und vorausschauend Alistair dabei vorgegangen war. In Kimberlys Zimmer war nun zusätzlich eine schwarze Schlafcouch gelandet. Im oberen Bereich des Hauses in der Nähe des Bären stand ebenfalls eine Schlafcouch, allerdings in dunkelgrün. Zwei große Felle waren im Zeltbereich hinzugekommen, in die ich mich im Schlaf gern gehüllt hätte. Eigentlich war ich müde gewesen. Eigentlich.

Träume und Visionen waren zwar ausgeblieben, dafür hatte mich die Erinnerung an die Begegnung mit der merkwürdigen Obdachlosen vor dem Drugstore nicht mehr losgelassen. Ständig waren mir ihre Worte im Kopf herumgespukt, und ich glaubte allmählich, einen Sinn dahinter entdecken zu können.

Welcher Mond mochte gemeint sein? Vollmond? Halbmond? War überhaupt dieser Mond gemeint? Und welches Wort? Die Bibel? Da die Frau auf Darian gewiesen hatte, konnte ich mir ausmalen, was sie mit *dem, was verborgen war* gemeint, haben könnte.

Es war also wenig verwunderlich, dass ich mich unruhig von einer Seite auf die andere gewälzt hatte, irgendwann im Morgengrauen eingeschlafen war und mich nun fühlte, als hätte mich ein Panzer überrollt.

Die Eiswasserdusche weckte meine Lebensgeister ein wenig. Barfuß und nur ins Handtuch gehüllt, eilte ich über den Flur und traf auf Kimberly.

„Frühstück?“, fragte sie im Vorbeieilen in Richtung Bad.

„Ich setze einen Kaffee auf“, rief ich ihr nach, drehte um und erreichte kurz darauf die Küche. Nur in Jeanshose gekleidet stand mein Bruder mit gefurchter Stirn vor der Kaffeemaschine und haderte offensichtlich mit der Technik.

„Weißt du, wie viele Löffel da rein müssen?“

„Sechs gehäufte, wenn die Kanne voll ist“, gab ich zur Antwort. „Dir übrigens auch einen guten Morgen, Alistair.“

„Ah, okay. Ja, dir auch. Und wo drückt man?"

Kurzerhand entwendete ich ihm das Kaffeepulver, füllte sechs Löffel in den Filter, klappte die Maschine zu und drückte auf den seitlich angebrachten Knopf. „Da."

„Echt praktisch. Hätte ich das eher gewusst, hätte ich mir auch eher eine zugelegt. Renn doch nicht gleich wieder weg."

Ich hatte bereits den Flur erreicht, mein Handtuch nicht. Als ich mich umdrehte, befand es sich in Alistairs Hand. Und seiner Mimik nach zu urteilen, war es schon etwas länger her, dass er eine unbekleidete Frau vor sich gesehen hatte. Ich trat auf ihn zu, nahm ihm das Handtuch ab und wickelte mich wieder darin ein. „Nur, um deinem Gedächtnis auf die Sprünge zu helfen, Alistair. Ich bin deine Schwester. Sonst soweit alles klar?"

„Darian ist ein Glückspilz", rutschte es ihm heraus, dann erschien ein wölfisches Grinsen auf seinem Gesicht. „Und er ist ein Idiot, dass er dich allein schlafen lässt. Ich wusste gar nicht, dass du ..."

Vor seiner Nase tauchte abrupt mein Zeigefinger auf. „Hüte deine Zunge, großer Bruder. Und hüte vor allem deine Fantasie."

„Nun mal langsam." Zurückweichend hob er beide Hände. „Ich habe lediglich bemerkt, dass dein Bauch noch recht flach ist und dass du ein Muttermal um den Nabel hast, das …"

Das Muttermal! „… die Form einer Mondsichel hat", ergänzte ich mit großen Augen Alistairs Satz. *Das ist es*. Spontan küsste ich ihn, wirbelte herum und stieß in der Tür mit Darian zusammen, der mich außerordentlich interessiert musterte.

„Wie du schon sagtest, Liebster. Mein Bruder." Damit gab ich ihm ebenfalls einen Kuss und eilte hinaus. Hinauf ins andere Stockwerk. Anziehen.

„Hatte das etwas zu bedeuten, worüber ich mir vielleicht Gedanken machen müsste?", klang Darians Stimme dumpf durch meinen Pullover.

Ich tauchte daraus hervor, schob die Arme durch die Ärmel. Während ich die enge Jeans schloss, blickte ich Darian beinahe trotzig an. „Durchaus, mein Liebster. Denn er hat mir Antwort auf eine Frage gegeben, der *du* tunlichst ausgewichen bist."

„Aha." Er stieß sich von der Wand ab und kam mit geschmeidigen Bewegungen auf mich zu. „Und die wäre welche? Dass du einen verflucht knackigen Hintern hast? Oder ob du einen tibetischen Mönch dazu bringen könntest, sein Gelübde ernsthaft zu überdenken?“

„Die Richtung könnte es treffen, wenn ich mir seinen Blick genauer vor Augen führe. Er könnte tatsächlich eine Frau an seiner Seite gebrauchen“, überlegte ich laut und schüttelte dann den Kopf. „Aber nein, das war es nicht wirklich. Er hat meine Mondsichel bemerkt.“

„Deine was?“ Er blieb stehen.

„Mein Muttermal. Von daher bin ich ihm sogar dankbar, dass er mich gesehen hat, wie Gott mich schuf.“

„Ich weniger“, brummte Darian und wollte nach mir greifen. Leicht schlug ich ihm auf die Finger. „Später, Schatz. Wir haben zu tun.“ Mich an ihm vorbeischlängelnd, zwinkerte ich ihm frech zu. „Im Übrigen liebe ich dich auch. In Zukunft sag es mir lieber, statt den Eifersüchtigen zu spielen.“

„Ich habe nicht …“

Ich war stehen geblieben und hatte mich zu ihm umgedreht. „Sicher?“

Ein leises Grollen, dann lag ich in seinen Armen und spürte seinen harten Kuss auf meinen Lippen. *Dein Arsch gehört mir, Mädchen. Vergiss das niemals.*

Du drohst mir? Mit schmalen Augen befreite ich mich aus seinen Armen und trat einen Schritt zurück. Dann legte ich Darian die Hände auf die Brust und gab ihm einen Stoß. Es überraschte mich selbst, dass er mehrere Schritte zurückstolperte, bis das Bett vor dem Bären ihn abrupt stoppte und er nach hinten fiel. Sofort war ich bei ihm. Da packte er meinen Arm und zog mich auf sich. Seine Hände umfingen meinen Leib und machten unmissverständlich klar, wonach ihm der Sinn stand. Normalerweise hätte ich diese Herausforderung angenommen und mir überlegt, wie schnell ich seine Hose aufgeknöpft bekommen könnte. Momentan beschäftigten mich allerdings andere Dinge. Daher landete mein Zeigefinger wie der Lauf einer Pistole auf seiner Brust. Darian verstand den Wink und hob bemüht ernst die Hände.

„Bist du gerade freiwillig gefallen oder lag es daran, dass ich dich geschubst habe?“

Er lächelte hintergründig. „Beides, Schatz. Du hast mich überrumpelt.“

„Geht das überhaupt?“

„Dir gelingt es, Faye. Ab und an zumindest.“

Nachdenklich rollte ich von ihm herunter, blieb auf dem Boden sitzen und legte das Kinn auf die angezogenen Knie. „Seit wann, Darian?“

Er rollte ebenfalls aus dem Bett und setzte sich zu mir. „Du veränderst dich mit jedem Tag, sogar jeder Minute, die du mein Kind unter dem Herzen trägst.“ Seine Hände griffen nach meinen, hielten sie fest. Sein Blick war ernst, aber warm. „Wenn du dich selbst sehen könntest, würde dir dein inneres Leuchten auffallen. Jeder Mensch reagiert darauf auf eine andere Weise, aber es ist sehr anziehend. Ich habe gesehen, wie es auf deinen Bruder gewirkt hat.“

„Ach, hör schon auf, Darian“, wehrte ich ab. „Er gehört zur Familie.“

„Er ist in erster Linie ein Mann.“

„Du glaubst doch nicht …“ Ich stockte, und Darian schüttelte knapp den Kopf. „Nein, das glaube ich auch nicht. Dennoch gefällt es mir nicht, wenn andere Männer meine Frau auf eine gewisse Weise ansehen. Und damit meine ich *jeden* Mann.“

„So ein Unfug, du siehst Gespenster, Darian. Abgesehen davon: Noch bin ich nicht deine Frau.“

„Stimmt.“ Er sprang auf und zog mich mit sich. „Das sollten wir tunlichst ändern.“

Ich landete auf seinen Armen. „Jetzt? Das geht doch gar nicht. Die Vorbereitungen …“

„Du glaubst gar nicht, was man mit Beziehungen und Geld alles ermöglichen kann, Faye.“

„Aber nicht um diese Zeit, Darian“, rief ich lachend aus. „Hast du mal auf die Uhr gesehen?“

„Verflixt!“ Er setzte mich wieder ab, nahm meine Hand und eilte mit mir die Stufen hinunter. „Dann eben nach dem Frühstück.“

„Kimberly muss in die Schule und kommt erst am Nachmittag zurück. Heute Mittag trifft Ernestine ein. Wir wollten sie abholen“, erinnerte ich ihn an unseren Terminplan. „Außerdem fehlt mir etwas Geeignetes zum Anziehen. Jeans finde ich reichlich unpassend.“

„Ich habe einen Anzug dabei, und du kannst anziehen, was du willst. Du siehst selbst in Sackleinen traumhaft aus“, warf er meine Argumente über Bord, blieb nach kräftiger Gegenwehr meinerseits dennoch stehen und sah mich lauernd an. „Was? Willst du am Ende doch kneifen?“

„Wer kneift?“, kam es da durch die Tür, die kurz darauf geöffnet wurde. Dad blickte uns aus leicht verschlafenen Augen irritiert an. „Ihr macht einen Krach im Treppenhaus, als wolltet ihr das gesamte Haus aufwecken.“

„Guten Morgen, die Herrschaften. Hier kommen frische Croissants“, klang es von unten herauf, und schon tauchte Jason auf. „Wünschen die Herrschaften ihr Frühstück im Treppenhaus?“

„Kaffee ist durch“, kam es von meinem Bruder aus der Küche.

Die Badtür flog auf, streifte knapp meinen Vater, und Kimberly trat hervor. Bevor jemand ein Wort sagen konnte, fuhr sie uns an: „Ein Spruch über die Klamotte, und die Lippe hängt.“

Ich biss mir sogleich auf selbige. Darian drückte verständnisvoll meine Hand. Dad murmelte etwas von Brille holen, und lediglich Jason lächelte souverän. „Diese Schuluniform kleidet Sie ausgezeichnet, Miss Kimberly. Mögen Sie frische Croissants?“

„Ich hasse diese Sachen“, fauchte sie unwirsch und zupfte an der dunkelgrünen Strickjacke, die sie zum weißen Poloshirt und dem dunkelgrünen, knielangen Rock trug. Die weißen Kniestrümpfe mit den dunklen Slippern hätten das Gesamtbild harmonisch abgerundet, wäre da nicht ihre knallrote, in alle Richtungen abstehende Haarpracht gewesen.

„So schlimm ist es doch gar nicht“, versuchte ich sie zu trösten. Es ging gänzlich schief.

„Du musst diesen omahaften Mist ja auch nicht tragen.“ Angesäuert marschierte sie in die Küche.

Während wir den Tisch deckten, trank Kim den Orangensaft direkt aus der Flasche, langte nach einer Scheibe Sandwich-Toast und machte sich mit ihrer Tasche unterm Arm auf den Weg zur Schule.

Steven hatte sich, wie am Tag zuvor, in Kimberlys Zimmer zurückgezogen, daher waren wir nur zu fünft in der Küche. Der Tisch war gedeckt, wir setzten uns. Da polterte es gewaltig im Flur, ein Schrei erklang, gefolgt von einem zornigen Fauchen. Wir sprangen gleichzeitig auf.

Alistair war zuerst aus der Küche, Darian folgte. Eine Tür flog auf, ein bepelztes Flugobjekt mit langen Klauen und blitzenden Zähnen segelte auf den Gang hinaus, fand Halt und raste mit durchdrehenden Pfoten zurück in den Raum. Kampfgeräusche erklangen. Ein weiteres Fauchen, diesmal schoss Steven auf den Gang, warf die Tür hinter sich zu und lehnte sich dagegen.

„Probleme?“, erkundigte Alistair sich freundlich.

Erst jetzt bemerkte Steven sein Publikum und versuchte sich an einem unschuldigen Lächeln. „Probleme? Ich? Nein, wie kommst du darauf?“

Ein energisches Kratzen auf der Innenseite der Tür erübrigte weitere Worte. Alistairs Blick wurde fragender, Steven seufzte. „Na ja, wenn, dann nur ein kleines.“

„Du besetzt seine Schlafstatt“, meinte Alistair und verschwand kurz in der Küche, um mit einer Scheibe Wurst zurückzukehren. „Wenn du deine Feinde nicht besiegen kannst, versuch es mit Freundschaft. In diesen Fall hilft Bestechung.“

„Hüte dich vor Fremden mit Geschenken“, murmelte Jason, als Steven mit der Wurstscheibe in der Hand vorsichtig die Tür erneut öffnete. Eine Pranke schoss aus dem Raum hervor, die Wurst verschwand. Ruhe trat ein. Dann vernahmen wir ein lautes Schmatzen.

Mit siegesgewisser Miene trat Steven in den Raum und schloss die Tür hinter sich. Wir warteten einen Moment, ehe wir zurück in die Küche gingen. Es dauerte nicht lange, da stand Steven mit zerknirschter Miene erneut im Flur. „Ist noch etwas von der Wurst übrig?“

Alistair gab ihm zur Sicherheit die komplette Packung. Nachdem Steven die Küche verlassen hatte, um sein Glück erneut zu versuchen, stellte ich die Frage, die mich schon länger beschäftigte: „Wenn man von Macht spricht, wessen Wort hat die größte Bedeutung?“

„Das Wort Gottes“, ließ Jason zwischen einem Bissen ins Croissant und einem Schluck Earl Grey fallen. „Zumindest ist es das, was mir als Erstes in den Sinn kommt.“

Mein Blick blieb an Darian hängen, der scheinbar teilnahmslos an seinem Strohhalm saugte. Er sah mich kurz an, dann wieder hinaus aus dem Fenster. „Wir werden heute wohl etwas Regen bekommen.“

Was verbirgst du vor mir, Darian?, schickte ich ihm gedanklich rüber, erhielt jedoch noch nicht einmal das Zucken einer Wimper.

„Interessierst du dich plötzlich für die Bibel, Faye?“

„Nicht direkt, Alistair, eher für deren Gegenteil. Wie weit seid ihr mit dem Puzzeln der Seiten vorangekommen?"
Volltreffer. Darians Aufmerksamkeit war mir sicher. „Du wirst es nicht lesen können, Faye."
„Ich sicher nicht", konterte ich. „Aber du. Und du kannst es für mich übersetzen."
„Wonach genau suchst du, Faye?", schaltete Alistair sich erneut ein.
Da sich die Worte der Frau in mein Gedächtnis regelrecht eingebrannt hatten, war es mir ein Leichtes, sie wiederzugeben: „*Wenn bald der Mond erwacht, wenn dann das Wort gebracht, wird das gehoben, was lange verborgen*. Kannst du damit etwas anfangen?"
„Klingt wie eine Weissagung, Kind. Hängt vielleicht mit der alten Prophezeiung zusammen, die angeblich im *Noctis Mortem* niedergeschrieben wurde. Ein Durchsehen kann sich durchaus lohnen. Du könntest natürlich warten, bis Ernestine da ist. Sie kann ihre Karten befragen", meinte Dad und langte nach der Kaffeekanne.
Genau das Buch hatte ich im Sinn gehabt. Aber es war gut, dass Dad es zusätzlich erwähnte. Ich sah in Darians Augen, dass es ihm missfiel. Ich hielt seinem Blick stand, schüttelte kaum merklich den Kopf.
„Also gut", räumt er schließlich ein und erhob sich. „Komm. Je eher wir es hinter uns haben, desto eher gibst du Ruhe."
„Keine weiteren Ausflüchte?"
„Habe ich eine Wahl?"
Ich lächelte breit. „Nein."

"Warum wolltest du mir den Inhalt verheimlichen, Darian?" Skeptisch blickte ich auf die einzelnen Blätter, die mir schon auf diese Entfernung leichte Übelkeit verursachten.
„Solange ein Schicksal in Dunkelheit verbleibt, besteht immer eine Wahl. Wird es jedoch offenbar, ist eine Wahl nur scheinbar vorhanden. Das ganze Streben und Denken dreht sich um diese Offenbarungen, die genau dadurch zu sich selbst erfüllenden Prophezeiungen werden." Er sah mich ernst an. „Hättest du den Hinweis gestern Abend nicht erhalten, wäre die Frage danach niemals gestellt worden."
„Und du hättest die Wahl gehabt, es mir weiterhin zu verheimli-

chen oder zu offenbaren“, ergänzte ich verstehend. „Nun gut, hat sich jetzt erledigt. Ich will auch den Rest erfahren.“

Ohne weitere Worte drückte Darian mir seine Notizen in die Hand. Was ich da las, klang bald wie eine veränderte Fassung der Apokalypse.

Da tritt ein Hunger ein, verbreitet unter den Verlorenen, und lässt sie aufstehen gegen jene, die Verdammten, war in Darians schwungvoller Handschrift zu lesen. *Es werden Zeichen am Himmel stehen, auf dass sie sehen werden die, welche im Zeichen des Mondes sich erhebt. Der Wolf wird auferstehen, die Krähen bringen Kunde, die Zeit bricht an. Und erblinden werden sie im blutenden Mond.*

Achtet auf die Zeichen, sie werden kommen.

Horcht der Ahnen schweren Gang, sie werden kommen über all jene, die der Väter Sünden folgten, auf dass gesprochen wird das gerechte Wort.

Achtet auf die im Mond Geborenen, gezeichnet von Verrat und Hass.

So achtet auf den lautlosen Ruf, der durchdringt das Schweigen und bringt ins Dunkel das, was einst verborgen war.

Und die Mutter wird weinen und tränken die Erde mit blutigen Tränen. Und der Vater wird zürnen und zu Felde ziehen, zu büßen der Seelenlosen Tod. So die Hölle wird ihre Schleusen öffnen, auf dass deren Horden durchstreifen mordend das Land. Ohne Gnade, ohne Mitleid, ohne Leben.

Es waren nur Fragmente übersetzt. Durcheinander, nichts wirklich Zusammenhängendes.

Blutgetränkte Ebenen er hat durchwandert einst mit unruhig' Geist. Sie werden getaucht sein in Vergessenheit durch des Engels Tod. Und es wird Asche regnen und sein Angesicht verdecken. Sodann wird finden seine Geduld ein Ende und fahren im Hass gen Himmel auf, bis dass Erlösung durch der Würde Hände er erfährt. Auf dass des Geistes Irrfahrt auf der Sühne Berg Einhalt finden werde.

Alles mochte irgendwie einen Sinn ergeben, wenngleich es sehr kryptisch klang. Es deckte sich mit dem Wenigen, was uns bereits zugetragen worden war. Ich blickte auf, sah Darian an, aber er zuckte nichtssagend mit den Achseln.

„Fündig geworden?“, kam es von der Tür her, und mein Vater

trat ein. Er war frisch geduscht und sogar rasiert. Das Gestrüpp in seinem Gesicht war gebändigt worden, und ich roch sein Aftershave bis hierher. Zudem trug er eine dunkelblaue Bügelfaltenhose mit einem passenden Hemd und – ich glaubte es kaum – eine farblich perfekt abgestimmte Krawatte. *Ernestine, was stellen Sie mit meinem Vater an?*

„Teilweise", gab ich nach Überwindung meiner Überraschung zurück und übergab ihm Darians Notizen. Er überflog sie, runzelte die Stirn und reichte sie schließlich an Darian weiter. „Wie viel davon entspricht der Realität?"

„Der *möglichen* Realität, Duncan. Es könnte alles zutreffen oder auch nichts. Ich bin bei solchen Offenbarungen verdammt vorsichtig geworden."

„Trotzdem hast du sie übersetzt", meinte Dad nachdenklich.

„Ich ziehe alles in Erwägung, damit bin ich vor unliebsamen Überraschungen gefeit."

„Sofern bei diesen schwammigen Aussagen überhaupt irgendwelche Vorbereitungen *möglich* sind." Mein Vater wies abermals auf die Notizen. „Hast du mehr davon?"

„Es gestaltet sich schwieriger als erwartet, Duncan. Die alten Sprachen haben oft eine vollkommen andere Bedeutung als die, die wir heute nutzen. Auf der anderen Seite halte ich die bisherigen Übersetzungen für aussagekräftig genug, um ein Bild von den möglichen Geschehnissen zu erhalten."

„Sie hätten der Fairness halber ein Datum angeben können", murmelte ich, während ich mich aus meiner hockenden Haltung erhob. „Dann hätte ich für den Zeitraum First Class auf den Malediven gebucht."

„Niemand kann vor seiner Bestimmung davonlaufen", erklang Alistairs Stimme, und kurz darauf stand er neben mir und sah mich ernst an. „Egal wohin, Faye. Es wird dich verfolgen. Immer."

„Klingt, als würdest du dich damit auskennen", folgerte ich und betrachtete ihn genauer. Er trug einen sauberen, mit Lochdesign versehenen Blaumann. „Du willst doch nicht heute schon wieder arbeiten?"

„Meiner Schulter geht es so weit gut. Abgesehen davon muss ich meine Rechnungen bezahlen und kann nicht herumsitzen und darauf warten, dass ein Kratzer irgendwann verheilt. Du kannst nachher den Van nehmen, um die Lady vom Flughafen abzuholen, Dad.

Ich habe dir das Navi so programmiert, dass du ohne Umwege den JFK erreichst. Wann trifft ihr Flieger ein?"

Dad sah auf seine Uhr. „In gut drei Stunden, gegen elf."

„Was mich daran erinnert", erwähnte Darian und warf mir dabei einen durchtriebenen Blick zu. Ich ahnte Unheil voraus, hob bereits die Hand zum Einwand, da erklang schon die nächste Frage: „Wo ist der nächste Friedensrichter, und was brauchen wir außer einem Ausweis?"

„Dreißig Dollar für die Heiratslizenz, soweit ich weiß. Und Friedensrichter findest du an fast jeder Ecke. Aber warum die Eile?", erkundigte Alistair sich interessiert. Ich schüttelte vehement den Kopf.

„Ich schiebe ungern gewisse Dinge hinaus", gab Darian zurück und sah in die Runde. „Passt es euch morgen so gegen den frühen Abend? Ich werde sehen, ob ich dafür einen Termin bekommen kann. "

„Werde ich eventuell auch mal gefragt?"

„Selbstverständlich wirst du das, Schatz. Spätestens vor dem Altar. Ohne deine Zustimmung geht ohnehin nichts."

„Wie schön, dass dir das auffällt", schnappte ich und wandte mich um, stolzierte hoch erhobenen Hauptes aus dem Raum. Während ich äußerlich die Haltung bewahrte, überlegte ich innerlich, wie und vor allem woher ich auf die Schnelle ein geeignetes Kleid bekommen könnte.

„Du solltest deiner zukünftigen Frau vielleicht ein wenig mehr Vorbereitungszeit lassen, Darian", hörte ich meinen Vater mit amüsiertem Unterton murmeln. „Sonst könnte es dir passieren, dass du allein vor dem Altar stehen wirst."

Ein lautes Klatschen, gefolgt von einem leisen Stöhnen, ließ mich umkehren. „Dad hat recht, Schwager", mischte sich Alistair ein. „Gib ihr bis übermorgen." Er lachte, verstummte jedoch, als ich mich zu ihm umdrehte, während Darian sich verstohlen die Schulter rieb. „Ich werde jetzt besser an die Arbeit gehen. Faye, liebste und einzige Schwester, wenn du weiter so finster schaust, bekommst du hässliche Falten. Okay, okay, ich bin schon weg."

„Ich verstehe das nicht. Ihr Flug ist doch längst angekommen.“ Mindestens zum zehnten Mal blickte mein Vater auf die Anzeigentafel, dann auf seine Uhr und zurück auf den Ankunftsbereich.

„Sie wird schon kommen, Duncan“, beruhigte Darian ihn abermals. „Möglicherweise hängt sie beim Zoll fest.“

„Kannst du nicht mal nachsehen, Darian?“

„Daddy!“ Ich sah ihn erbost an. „Ernestine ist kein Kind, das man überwachen muss. Da sie laut Flugauskunft in der Maschine war, muss sie auch irgendwann aussteigen. Und der einzige Weg zur Einreise nach New York führt genau hier entlang. Durch diese beiden Glastüren.“

„Aber da ist sie nicht, oder kannst du sie sehen?“

„Oh bitte, Dad!“ Genervt stampfte ich mit dem Fuß auf. Er führte sich auf wie ein Kind, das fieberhaft auf den Weihnachtsmann wartete und Angst hatte, vergessen zu werden.

Ich hörte Darian leise glucksen und warf ihm einen scheelen Blick zu. Ganz so verkehrt lag ich mit meinem Vergleich wohl nicht. Er grinste eine Spur breiter.

„Du solltest mit den Blumen etwas sanfter umgehen, Duncan, sonst zerdrückst du sie vollkommen“, raunte Darian ihm zu und erntete einen verschreckten Blick.

Wieder schwangen die Glastüren auf, und mehrere Personen traten hindurch, die von ihren Angehörigen freudig in Empfang genommen wurden. Von Ernestine fehlte weiterhin jede Spur. Allmählich wurde auch ich nervös. Dad steckte an.

Um mich abzulenken, schmiegte ich mich in Darians Arme und lächelte zu ihm hinauf. „Danke übrigens für den Aufschub.“

Er küsste mich sanft und klopfte dabei auf die Tasche seiner hellbraunen Wildlederjacke. In ihr machte sich die Heiratserlaubnis knisternd bemerkbar, für die wir auf dem Weg hierher einen kleinen Umweg unternommen hatten. „Was ist eine Woche gegen die Ewigkeit, Faye?“

„Apropos Ewigkeit, Schwiegersohn in spe. Kannst du nicht vielleicht doch einmal nachsehen, wo sie bleibt?“

„Ich könnte schon, Schwiegerpapa in spe“, gab Darian trocken zurück und blickte dabei zu den Türen hinüber. „Es wird aber kaum nötig sein."

Ich folgte seinem Blick, bemerkte die Frau, die sich mit dem Gepäckwagen Richtung Türen bewegte und kniff verwundert die Augen zusammen. Konnte es …? Nein. Oder doch?

„Entschuldigt, meine Lieben", erklang eindeutig Ernestines Stimme aus dieser Frau, die so gar nicht nach ihr aussah. „Der junge Mann vom Zoll meinte, übergründlich sein zu müssen."

Während Dad wie von der Feder geschnellt auf sie zueilte, brachte ich keinerlei Regung zustande. Ich kann nicht genau sagen, ob ich geschockt war. Aber wer immer uns hier freudig lächelnd entgegenkam, hatte kaum etwas mit der älteren Dame in den wallenden Gewändern und mit dauergewelltem Haar zu tun, die ich erwartet hatte. Diese Frau hier trug ein elegantes, figurbetontes Businesskostüm in Dunkelblau mit einer passenden, hellblauen Bluse. Die Beine wurden von einer Perlonstrumpfhose umhüllt und endeten in hochhackigen, farblich abgestimmten Pumps, die bei jedem Schritt auf dem Boden klapperten. Ihr schulterlanges Haar war modisch frisiert und mittelbraun getönt und das Make-up perfekt an ihr Gesamterscheinungsbild angepasst.

Mit einer provozierenden Geste warf sie ihr Haar zurück und ließ sich laut lachend von dem auf sie zustürmenden, rothaarigen Riesen umarmen und herumwirbeln. Erst als Dad sie wieder abstellte und in aller Öffentlichkeit küsste, kam Bewegung in mich.

„Kannst du mich bitte kneifen, Darian. Ich glaube nicht, was … Aua!"

„Besser, Schatz?"

Empört rieb ich mir die schmerzende Stelle am Po. „Danke. So genau hättest du das nicht nehmen müssen."

„Du wirst doch deine schwangere Frau nicht misshandeln, Mr. Knight", tadelte Ernestine amüsiert, öffnete die Arme und zog mich hinein. „Es ist schön, dich zu sehen, Kindchen."

Ich bekam einen Kuss auf die Wange, dann ließ sie mich los und wandte sich Darian zu. Formvollendet hauchte er einen Kuss auf ihren Handrücken, ruinierte den guten Eindruck jedoch gleich wieder, indem er ihr dabei frech zuzwinkerte. „Ich misshandele lediglich nach Aufforderung, Ernestine. Es freut mich, dass du mein Angebot angenommen hast."

„Nichts auf der Welt hätte mich fernhalten können", erwiderte sie und hakte sich bei Dad unter, der stolz wie ein frisch gekürter

Oscarpreisträger den Gepäckwagen vor sich her in Richtung Ausgang schob.

„Wann werdet ihr heiraten?“, platzte sie heraus, nachdem wir ihr Gepäck im Van verstaut hatten und eingestiegen waren.

„Ende nächster Woche“, kam Dad uns zuvor, der gerade den Wagen aus der Parklücke lenkte. „Sie haben vorhin erst die Papiere besorgt.“

„Wie schön.“ Entzückt sah Ernestine mich an, legte die Blumen auf ihrem Schoß ab und drückte meine Hand. „Hast du schon ein Hochzeitskleid? Wie weit sind die Vorbereitungen? Blumen, Räumlichkeiten, Restaurant? Kann ich dir irgendwie helfen? Hach, ich habe mich so für euch gefreut, als Duncan mir sagte, dass ihr hier heiraten werdet.“

„Wir haben noch gar nichts vorbereitet“, gab ich zu und warf Darian über den Außenspiegel einen fragenden Blick zu. Er hatte mich während des Gesprächs mit dem Friedensrichter für einen Moment aus dem Raum gebeten. Ich vermutete, dass er etwas geplant hatte. Nur hatte ich keine Ahnung, was genau.

„Um den Schauplatz des Geschehens kümmere ich mich, Ernestine. Es wäre mir allerdings sehr recht – und ich denke, ich spreche da auch im Namen meiner zukünftigen Frau – wenn du ihr bei der Auswahl des Brautgewandes beratend zur Seite stehst.“

Schauplatz des Geschehens? Das klang ja beinahe furchteinflößend.

„Es wird im Freien stattfinden, sofern das Wetter mitspielt. Und der Zeitpunkt wird der frühe Abend sein. Du hast dir eine romantische kleine Feier gewünscht, Faye. Also sollst du sie erhalten. Mehr werde ich nicht verraten“, beantwortete er meine unausgesprochene Frage.

Wieso grinste mein Vater gerade wie ein Honigkuchenpferd? Er bemerkte im Rückspiegel meinen Blick und wurde schlagartig ernst, konzentrierte sich ganz auf den fließenden Verkehr. Ich wurde das Gefühl nicht los, er und Darian hatten etwas miteinander ausgeheckt. Ernestine wirkte ebenfalls irgendwie erheitert, auch wenn sie es zu überspielen versuchte.

Ich beschloss, mich überraschen zu lassen, lehnte mich bequem zurück und schickte Darian einen Flugkuss. Dann sah ich Ernestine an. „Sie haben sich enorm verändert, seit wir uns das letzte Mal gesehen haben.“

„Ach, na ja. Ich habe mich lediglich den Gegebenheiten angepasst, Kind“, wehrte sie bescheiden ab, beugte sich etwas vor und flüsterte: „Wie sähe das denn aus: Eine Besen reitende alte Frau neben deinem attraktiven Vater. Die paar Jahre Altersunterschied darf man durchaus wissen, aber sehen muss man sie nicht.“

Nein, man sah es wirklich nicht. Eher wirkte Ernestine um ein Vielfaches jünger als mein Vater. Wer immer ihr zu dieser Verwandlung geraten hatte, er verdiente einen Orden. Sie schloss es aus meiner Miene und tätschelte meinen Arm. „Ich hätte nie gedacht, dass eine Verjüngungskur so viel Spaß machen kann, Kind.“ Sie kicherte wie ein junges Mädchen, würde schnell wieder ernst und fügte verschwörerisch hinzu: „Und stell dir vor, mir hat gestern jemand nachgesehen.“

„Wundert mich wenig“, brummte es von vorn. „Aber solange nur geglotzt wird, ist es mir Wurst.“

„Mir nicht“, gab sie schnippisch zurück und drückte abermals meine Hand. „Nun genug von diesem Unfug. Erzähl, Kind. Wie ist es dir in den letzten Monaten ergangen? Ich habe lediglich ein paar Brocken von deinem Vater erfahren dürfen. Oh, und Schluss mit dieser förmlichen Anrede, Faye. Meinen Namen kennst du ja.“

Ich nahm ihr Angebot gern an und erzählte ihr während der Fahrt die wichtigsten Ereignisse aus den vergangenen Monaten nach Julies Tod.

„Entschuldige bitte die etwas ungewöhnliche Unterbringung, Ernestine“, meinte Dad eine geraume Weile später, während er im einsetzenden Nieselregen vor der Werkstatt das Gepäck aus dem Van wuchtete.

Ernestine klappte einen kleinen Taschenschirm auf, sah sich kurz um und winkte ab. „Mir reicht ein Bett, Duncan, egal wo. Hauptsache, ich kann halbwegs vernünftig schlafen. Alles andere wird sich finden. So, wo ist er denn nun, dein Sohn?“

„Verdammt noch eins!“, brüllte da sein Bariton aus der Werkstatt. „Kannst du Ochse nicht einmal aufpassen, wo du diesen bekloppten Wagenheber hinstellst? Soll ich mir etwa die Beine brechen?“

„Entschuldigung“, kam es unterwürfig zurück; es klang nach einem sehr jungen Mann. „Ich stell’ den sofort weg. Es tut mir ehrlich leid, Mr. McNamara.“

„Ganz der Vater", murmelte Ernestine, drückte mir den Schirm in die Hand und machte sich auf, die Werkstatt zu erobern. Nein, ich konnte sie nicht aufhalten, denn schon marschierte sie direkt ins Geschehen und trällerte: „Einen wunderschönen guten Tag, die Herrschaften. Wer von Ihnen ist … Ah, schon gefunden. Die Ähnlichkeit zu Ihrem Vater ist verblüffend, Alistair."

Die Hände in die Seiten gestemmt, blickte er die Frau vor sich von oben bis unten abschätzend an. „Ich bin jünger als er. Abgesehen davon wüsste ich schon gern, mit wem ich das Vergnügen habe, Mrs. …?"

„Ernestine Morningdale", stellte sie sich knapp vor und reichte ihm ihre manikürte Hand.

„Oh, ja klar. Kommt mit der Zeit hin." Ein wenig linkisch wischte er seine ölverschmierte Hand am Overall ab, betrachtete ihre saubere und zuckte kurz zusammen. Dann fiel sein Blick auf Dad und mich, und seine Mundwinkel verzogen sich zu einem Grinsen. Er ergriff Ernestines Hand mit festem Griff. „Freut mich, Ernestine. Außerordentlich sogar."

Dad schnaubte missbilligend. Ernestine selbst lachte schallend auf, als sie ihre beschmierten Finger betrachtete. „Haben Sie erwartet, dass ich beim Anblick dieses bisschen Schmutzes verängstigt nach Handschuhen rufen würde, junger Mann?"

„Ich habe gehofft, dass Sie es nicht tun, Ma'am. Im Büro habe ich Handwaschpaste. Wenn Sie mir folgen würden? Bring endlich diesen Wagenheber weg, Greg, und steh nicht untätig in der Gegend herum. Dafür bezahle ich dich nicht."

Der blonde Junge, der bis eben noch mit offenstehendem Mund die Frau vor seinem Boss angestarrt hatte, sah nun zu, dass er Land gewann. Mit einem Wagenheber im Schlepptau. Alistair führte Ernestine indes durch die Werkstatt zum Büro hinüber und öffnete ihr zuvorkommend die Tür. Ich hörte ihn etwas sagen und Ernestine kurz darauf laut auflachen. Amüsiert drehte ich mich um und klopfte meinem Vater auf den Oberarm. „Sie ist seinem Charme erlegen, Dad. Da ist wohl gerade nichts zu machen. Lass uns ihre Koffer hochtragen und einen Schlachtplan entwerfen, wie du sie seinen Fängen wieder entreißen kannst."

„Pah! Ein echtes McNamara-Haggis und sie guckt ihn nie wieder an", knurrte Dad, von der Wirkung seines Fleischpuddings überzeugt. „Im Gegensatz zu meinem Spross kann ich nämlich kochen." Er warf einen letzten Blick zurück, dann verließ er mit mir zusammen die Werkstatt.

Darian stand wartend im Regen neben dem Auto; er hielt bereits einen von Ernestines Koffern in der Hand. Bevor er etwas sagen konnte, eile ich auf ihn zu. „Ich würde heute gern essen gehen, Schatz. Welches Restaurant kannst du empfehlen?"

„Verräterin", zischte Dad mir noch zu, da eilte ich unter Darians verwunderten Blicken bereits auf die Haustür zu.

„Hier fehlt eindeutig eine weibliche Hand", lautete Ernestines erster Kommentar, nachdem Alistair sie eine halbe Stunde später in die Wohnung begleitet und diese sogleich wieder verlassen hatte.

Sie schüttelte die Regentropfen aus ihrem Haar, blickte sich dabei um und lächelte, als sie ihren etwas zerdrückten Blumenstrauß in einem Gurkenglas auf dem Tisch entdeckte. Dann nickte sie hier und da und ließ ihre Hand prüfend über den Küchentisch wandern. „Ein typischer Männerhaushalt. Und wo ist der Hund?"

Verwundert sah ich von meiner Kaffeetasse auf. „Hier gibt es keinen Hund, Ernestine. Lediglich einen Kater. Möchtest du auch einen Kaffee?"

„Tatsächlich? Es regnet, und ich habe bei meinem Eintreten den Geruch eines feuchten Hundes in der Nase gehabt. Nun ja, vielleicht bin ich irgendwo hineingetreten." Sie ließ sich neben mir nieder und streifte die Schuhe ab. „Herrlich, die Dinger drücken nämlich. Und ein Kaffee wäre wunderbar."

Ich hantierte mit der Kaffeekanne, als Dad die Küche betrat. „Deine Koffer habe ich im Gästezimmer untergebracht. Der erste Raum links neben der Eingangstür. Falls du Darian suchen solltest, Faye, er ist mit Jason oben. Tun dir die Füße weh, Erni? Wenn du möchtest, werde ich sie dir etwas massieren."

Den Wink hatte ich durchaus verstanden. Ich stellte für Ernestine eine Tasse Kaffee auf den Tisch, Sahne und Zucker daneben, und empfahl mich für den Augenblick.

„Ernestine ist da", begrüßte ich Jason ein Stockwerk weiter oben. „Nanu? Darian ist nicht hier?"

Er blickte von dem Pergament auf und mich an. „Ich weiß, Miss McNamara, ich traf sie im Treppenhaus. Und ja, Mr. Knight ist kurz außer Haus. Wenn Sie das einen Moment halten würden?"

Ich nahm Jason die Lupe ab und trat näher an den runden Tisch heran. Schon spürte ich den mir bekannten Druck auf dem Magen. „Hat er gesagt, wohin er wollte? Was machen Sie da?"

„Das Blatt ist vorher schon einmal beschriftet worden. Wenn Sie es gegen das Licht halten, können Sie noch alte Schriftzeichen erkennen." Zum Beweis hielt er das Blatt hoch, legte es jedoch gleich wieder auf dem Tisch ab, als ein leichter Brandgeruch aufstieg. Er schob es aus dem direkt einfallenden Lichtstrahl heraus. Jetzt erst bemerkte ich die Latexhandschuhe an seinen Händen. Er behandelte die Seite sehr behutsam. „Genau diese Überempfindlichkeit gegenüber Licht macht die Untersuchung so schwer. Ich habe es schon mit einer Kerze versucht, doch das Flackern der Flamme lässt nichts erkennen. Und da es hier keine Steckdose gibt, habe ich die Idee mit einer Lampe gleich wieder verworfen. Mr. Knight wollte eine Taschenlampe besorgen."

„Wir könnten es fotografieren, Jason. Ich habe meine Digicam mitgenommen. Mit einem geeigneten Bildbearbeitungsprogramm lassen sich die Tiefen ausarbeiten, und vielleicht können wir es auf diesem Weg sichtbar machen."

„Wenn wir über ein forensisches Labor verfügten, Miss McNamara, wäre Ihr Vorschlag der beste überhaupt. Nur fehlt uns das entsprechende Equipment. Der Rechner Ihres Bruders im Werkstatt-Büro lässt beinahe vermuten, seine Hardware stamme noch aus der Zeit der Schellackplatten. Von der Software möchte ich lieber nicht sprechen."

Ich zog die Stirn kraus. „So schlimm, Jason?"

„Für alltägliche Zwecke ist das Gerät sicherlich ausreichend", meinte er. „Für unsere jedoch vollkommen ungeeignet. Wenn Sie mir … Herrje!"

Sein Ärmel war an den ausgefransten Rändern des Blattes hängen geblieben, es rutschte vom Tisch. Instinktiv griff ich zu.

Abrupt wurde es dunkel. Ich stieß mir den Kopf an und duckte mich ab. Dabei spürte ich einen warmen Luftzug, bemerkte leichten Rauch in Mund und Nase. Nachdem sich meine Augen an die Dunkelheit gewöhnt hatten, machte ich grobes Steinwerk um mich herum aus. Ich befand mich in einem schmalen Gang, der gerade hoch genug war, dass ich leicht nach vorn gebeugt darin stehen konnte. In der Ferne sah ich flackerndes Licht und entschied, ihm zu folgen. Der Boden unter meinen Füßen bestand aus einer Sandschicht. Sehr feiner Sand, der jedes weitere Geräusch verschluckte.

Lautlos pirschte ich mich vor, dem Flackern entgegen, und erreichte das Ende des Ganges. Er bog nach rechts ab. Ich spähte um die Ecke. Niemand war hier, doch ich vernahm gedämpfte Laute, wie ein permanentes Rauschen. Das Flackern wurde intensiver, erinnerte mich an den Schein von Feuer. Unruhig, vom Wind umspielt. Dazu der Rauch, er brachte mich nun zum Husten. Dicht an die Wand gedrückt huschte ich, einen Arm vor Mund und Nase haltend, weiter.

Plötzlich endete der Weg, vor mir tat sich ein gähnender Abgrund auf. Mit rudernden Armen kämpfte ich um das Gleichgewicht, sprang zurück und lehnte aufatmend an der Wand. Behutsam ging ich in die Knie, schob den Sand beiseite und kroch näher an den Abgrund, spähte über den Rand in die Tiefe. Es ging einige Meter abwärts. Weit unter mir machte ich die Quelle des Flackerns aus. Diverse Fackeln steckten in Haltern an den Wänden, beleuchteten einen großen runden, in dicken Fels gehauen Raum. Ein breiter Gang schräg gegenüber war möglicherweise der einzige Zugang. Ich konnte keinen weiteren erkennen. Nur auf meiner Höhe sah ich drei weitere, sehr schmale Gänge, im rechten Winkel zu mir angeordnet. War ich in einem Belüftungsschacht gelandet? Einem, der eine unterirdische, künstlich angelegte Höhle mit Frischluft versorgte?

Da drangen leise Stimmen zu mir herauf. Schnell legte mich auf den Bauch und robbte ein wenig weiter vor, um mehr sehen zu können. Sand rieselte herab, unter mir zischte eine der Fackeln. Mist!

Gebannt hielt ich die Luft an, wartete. Die Stimmen wurden lauter, kamen näher. Sie sprachen in unverändertem Tonfall miteinander. Ruhig, verhalten, ernst und ahnungslos. Die eine männlich tief, etwas grollend. Die andere war eindeutig weiblich, hell und weich. Leider nutzten sie eine Sprache, die ich nicht kannte, die ich nie zuvor gehört hatte. Eine Art nasaler Singsang, durchzogen von I- und K-Lauten. Merkwürdig.

Aber ich blieb unentdeckt. Scheinbar rechnete niemand damit, dass sich jemand in einem Lüftungsschacht versteckte. Wie auch, wenn ich selbst nicht einmal wusste, wie ich hierher gelangt war.

Wie erwartet tauchten zwei Gestalten im Gang auf und blieben auf der Schwelle zum Raum stehen. Ihre Stimmen wurden so deutlich, als würde ich direkt neben ihnen stehen. Die Akustik dieses Gewölbes war erstaunlich.

Nun traten sie ein. Sie waren zu weit entfernt, um ihre Gesichter erkennen zu können, doch wiesen die fließenden, anmutigen Bewegungen die erste Person eindeutig als weiblich aus. Sie trug ein langes, dunkles Gewand, das sie wie einen weiten Mantel umhüllte und das ihr Gesicht unter einer weiten Kapuze verbarg. Eine filigrane Hand tauchte aus den Falten der Kleidung hervor, beschrieb eine energische Geste. Ihre Stimme wurde bestimmender, ohne dabei lauter zu werden.

Die dunkelhäutige Gestalt neben ihr verstummte zunächst, erhob dann jedoch Einwände. Um knapp zwei Köpfe überragte er sie, und seine massige Körperfülle wirkte bedrohlich, als er sich direkt vor ihr aufbaute. Ich sah ihn nur von hinten. Sehr breite Schultern unter einer dunklen, groben Tunika, vermutlich aus Leinen. Sein braunes Haar war kurz, glänzte matt im flackernden Schein der Fackeln.

Sie ließ seinen Einwand nicht gelten, legte ihre Hand auf seinen Arm und schob sowohl seine Worte als auch ihn selbst mühelos beiseite. Er sagte etwas, sie lachte hell auf und ging an ihm vorbei. Da erstarb ihr Lachen. Sie blieb stehen und sah sich blitzschnell um. Plötzlich warf sie die Kapuze zurück. Mir stockte der Atem. Sie. Überdeutlich hob sich die weiße Strähne von ihrem schwarzen Haar ab.

Unsere Blicke trafen sich. Sie hatte mich entdeckt. Ich musste verschwinden. Sofort. Doch ich konnte mich nicht regen. Es war, als hielt mich etwas an Ort und Stelle gefangen. Furcht kam in mir hoch. Sie stieg an, als ihr Begleiter sich langsam umdrehte.

Jäh blendete mich helles Licht. Ich taumelte zurück. Etwas umfasste mich, hielt mich gefangen. Ich keuchte panisch auf.

„Alles in Ordnung?"

Für einen Augenblick war ich orientierungslos, sah mich mit großen Augen um. Nur recht langsam erkannte ich den grauhaarigen Mann mit dem besorgten Gesichtsausdruck vor mir. Die Erleichterung, Jason zu sehen, ließ mich hysterisch auflachen.

„Möchten Sie sich nicht lieber setzen, Miss McNamara? Sie wirken etwas desorientiert."

Statt einer Antwort lehnte ich mich an ihn, hielt mich wie eine Ertrinkende an ihm fest und ließ meine Hände immer wieder prüfend über seinen Rücken wandern. Er war real. Das war feste Muskulatur unter meinen Händen. Es war definitiv Jason. Mein Fels in der Brandung.

„Wie lange war ich weg?“, fragte ich schließlich und machte mich zögernd von ihm frei.

Er sah mich konsterniert an. „Weg?“

„Ja. Wie lange? Zehn Minuten? Eine halbe Stunde? Ich habe das komplette Zeitgefühl verloren.“

„Sie waren nicht eine Sekunde lang fort, Miss McNamara.“ Seine Hand ließ mich nicht los, als er das Blatt auf dem Tisch ablegte. „Sie haben das Blatt festgehalten, bevor es herunterfallen konnte. Etwas Aufregenderes als dieses triviale Geschehnis innerhalb der letzten zwei Sekunden kann ich Ihnen wahrlich nicht bieten.“

„Zwei Sekunden?“

„Vielleicht auch drei, Miss McNamara. Aber länger dauerte es sicher nicht, Ihnen das Blatt wieder abzunehmen und es zurück auf den Tisch zu legen.“

Nun war ich vollkommen verwirrt. Ich war doch mindestens mehrere Minuten nicht hier gewesen, konnte sogar noch das rauchige Aroma der Fackeln auf der Zunge schmecken. Oder hatte ich mir das alles nur eingebildet?

Der Geruch konnte auch von dem Kokeln des Papyrusblattes stammen, als Jason es dem Tageslicht ausgesetzt hatte. Der Ort, an dem ich mich vermeintlich befunden hatte, könnte meiner Vorstellungskraft entsprungen sein, da ich in etwa eine Ahnung hatte, aus welcher Region das gesamte Buch stammte. Hatte mir meine eigene Fantasie einen Streich gespielt?

Ich tippte mir mit dem Zeigefinger gegen die Oberlippe und überlegte scharf. Wieso hatte ich dann so detaillierte Erinnerungen und konnte mich sogar an das eine oder andere gehörte Wort erinnern? Wie auch immer, auf einen Versuch konnte ich es durchaus ankommen lassen. „Jason, was könnte *tackimi umi*, oder so ähnlich, bedeuten?“

Sein verwunderter Blick sagte mehr als jedes Wort. Ich seufzte resigniert. „Okay, ich gebe auf. War diesmal wohl tatsächlich nur Einbildung.“

„So einfach möchte ich das ungern beiseiteschieben, Miss McNamara.“ Entschlossen legte er die Lupe beiseite. Dann nahm er das Blatt, legte es zurück in den Kasten und streifte die Handschuhe ab. Seine Hand berührte auffordernd meinen Oberarm, wir traten in die Mitte des Teppichs, wo wir uns im Schneidersitz niederließen. „Sie haben die seltene Gabe, Dinge zu sehen und zu hören, die anderen verschlossen bleiben. Wenn Sie der Überzeugung sind, dass Sie vorhin an einem anderen Ort waren, dann ist dem so. Also bitte, lassen Sie hören. Es wäre denkbar, dass durchaus eine Verbindung zwischen dem Erlebten und dem Berühren des Papyrus besteht."

„Sie denken also auch, dass …" Ich brach ab und sah nachdenklich zurück zur Kiste. „Vielleicht sollte ich es nochmals in die Hand nehmen …"

„Mitnichten, Miss McNamara", widersprach er vehement. „Wenn ihre gedankliche Reise einer gewissen Realität entspricht, die mir nicht zugänglich ist, dann möchte ich vermuten, dass eine erneute Berührung die gleichen Auswirkungen haben dürfte. Muten Sie mir bitte nicht zu, Ihrem Mann die Nachricht übermitteln zu müssen, Sie hätten sich direkt vor meinen Augen verflüchtigt. Nehmen Sie es einem alten Mann nicht übel, dass er an seinem Leben hängt."

„Warum sollte Ihnen das jemand übel nehmen, Jason?" Darian trat ein, sah uns auf dem Boden sitzen und stutzte. „Könnte dies der Zeitpunkt sein, mir etwas Wichtiges mitzuteilen?"

Jason beschrieb eine einladende Geste. „Ihr Einsatz, Miss McNamara."

Ich lächelte, wurde jedoch gleich wieder ernst und klopfte neben mir auf den Boden. Darian stellte die Taschenlampe auf dem Tisch ab, ehe er an meiner Seite ebenfalls im Schneidersitz Platz nahm. Auffordernd sah er mich an.

Also fiel ich gleich mit der Tür ins Haus: „Kennst du einen Begriff, der *tackimi umi* heißt?"

„*Takki-me u-me*", berichtigte er mich automatisch, dann trat Überraschung in seinen graublauen Blick. „Das ist die elamische Sprache und heißt so viel wie *mein Leben*. Wo hast du es her?"

„Elamisch, Sir?"

„Eine längst ausgestorbene Sprache, die das altorientalische Volk der Elamer zwischen 3000 und 300 vor Christus gesprochen und geschrieben hat. Sie gliedert sich noch in Alt- und Neuelamisch, das würde im Augenblick aber zu weit führen", folgte eine knappe Erklärung, wobei Darian seine Augen nicht von mir nahm. „Wo hast du es gehört, Faye? Kaum jemand in der heutigen Zeit ist dieser Sprache mächtig. Ich glaube kaum, dass du die alte Schrift auf dem Papyrus hast lesen können."

„Dann ist sie in elamisch?"

„Ja. Aber das verrät noch immer nicht, wo du es her hast, Faye."

Ich holte bereits Luft, um mit meinen Bericht zu beginnen. Da schoss mir ein anderer Gedanke durch den Kopf, und ich platzte heraus: „Moment mal. Wenn du diese Sprache sprichst, wie alt musst *du* dann erst sein?"

„Das ist momentan nicht wichtig, Faye."

„Ha! Rückzieher lasse ich nicht gelten. Erst du, dann ich." Endlich. Endlich hatte ich ihn genau da, wo ich ihn haben wollte. Denn das angegebene Alter von einundvierzig Jahren auf der Heiratserlaubnis war garantiert dezent untertrieben. Oder hatte er bei der einundvierzig lediglich die Jahrhunderte unterschlagen?

Er schnaufte. „Ich kann dir versichern, dass ich nicht gedenke, in der nächsten Zeit aufgrund von Altersschwäche auseinanderzufallen."

Klang es nur in meinen Ohren leicht gehetzt, oder war Darian tatsächlich etwas nervös? Mein Blick wurde schmal. „Mr. Knight, Sie flüchten sich in Phrasen."

„Und Sie, zukünftige Mrs. Knight, weichen vom Thema ab", konterte er.

„Ich habe ein berechtigtes Interesse daran, auch das Alter meines zukünftigen Gatten zu erfahren."

Jason hatte indes interessiert vom einen zum anderen gesehen und wagte nun einen Einwand: „Wenn Sie mir gestatten, meine bescheidene Meinung zu äußern, Sir – gestehen Sie der Dame zumindest einen ungefähren Wert zu."

Der Triumph, den ich spürte, wurde bei Darians nächsten Worten jedoch schal: „Ausgehend von den genannten Daten dürfte meine Existenz bis mindestens 300 vor Christus zurückreichen. Und nun bitte zu deinem Bericht, Faye."

Na prima. Ich hätte wissen müssen, dass er einen Ausweg finden würde. So wechselte ich mit Jason einen langen Blick, atmete tief durch und erzählte von meinem denkwürdigen Erlebnis. Konzentriert hörte Darian zu, ließ mich in Ruhe berichten und redete nur selten dazwischen. Nachdem ich geendet hatte, musste ich ihm noch einmal sehr genau den Raum beschreiben. Und er weckte meinen Argwohn, indem er gezielt Fragen nach Details stellte, die mir anfangs nicht aufgefallen waren. Woher wusste er, dass mitten im Raum ein großer Steinquader gelegen hatte?

„Du kennst den Ort, Darian“, brachte ich schließlich leicht anklagend hervor.

Die Sekunden tickten lautlos dahin, bis er endlich nickte. „Ja. Es ist verdammt lange her, Faye, und ich habe keine Ahnung, wie es dir gelungen ist, quer durch die Zeit dorthin zu gelangen.“

„Zeitverschiebung? Raumkrümmung?“, stocherte ich auf der Suche nach einer möglichen Erklärung in meinem alten Schulwissen herum. „Wäre amüsant gewesen, dich dort zu sehen.“

„Glaub mir, du hättest keine Freude daran gehabt, Faye. Ich war damals wesentlich unfreundlicher gestimmt als heute. Doch welche Bewandtnis es damit auch hat, Einstein wäre begeistert“, scherzte er freudlos und fuhr sich mit beiden Händen schwerfällig durchs offene Haar. „Ich wünsche nicht, dass du dich nochmals auf diese Ebenen begibst, Faye. Es ist gefährlich und unkalkulierbar. Ich möchte mir beim besten Willen nicht vorstellen, was geschieht, wenn du bei diesen Wanderungen entdeckt wirst.“

Vor Schreck verschluckte ich mich beinahe. Dieses kleine Detail hatte ich bewusst ausgespart. Und wurde nun erwischt. Sein Gesicht verlor jede Farbe und der Blick, mit dem er mich ansah, war zutiefst erschrocken. Es gab nichts, was ich sagen oder tun konnte, um das Gefühl der Furcht zu vertreiben, das von ihm zu mir herüberschwappte. Da packte er mich plötzlich bei den Schultern und zog mich dicht an sich heran. Seine Stimme war nur ein ersticktes Flüstern: „Wer, Faye? Wer hat dich gesehen?“

„Die Frau“, erwiderte ich lahm. „Ich glaube nicht, dass ihr Begleiter mich ebenfalls bemerkt hat. Er stand mit dem Rücken zu mir, er wollte sich gerade umdrehen. Dann habe ich Jason wieder gesehen. Wer sind sie?“

„Bist du sicher?“, überging er meine Frage. „Hat nur sie dich gesehen?“

„Welche Rolle spielt es, ob er mich ebenfalls gesehen hat, Darian? Sie kann ihm gesagt haben, dass ich da war.“

„Es verändert alles. Er wird nicht ruhen, bis er dich gefunden und vernichtet hat.“ Er begann mir Angst zu machen. Eiskalt lief es mir den Rücken herunter, als er mit belegter Stimme hinzufügte: „Und ich werde nichts tun können, um das zu verhindern.“

„Selbst wenn er mich gesehen hat, Darian. Er hat nicht die geringste Ahnung, wer ich bin. Weder kennt er meinen Namen noch das Jahrhundert, aus dem ich stamme. Falls ich denn überhaupt in der Vergangenheit war, was ich persönlich ohnehin arg bezweifle. Meinen Ausweis habe ich dort jedenfalls nicht liegen lassen."

„Verzeihen Sie, Miss McNamara, dass ich Ihnen widersprechen muss. Jeder Mensch hat neben seinem Fingerabdruck einen individuellen Geruch, der für geübte Nasen jederzeit erkennbar ist. Und dieser ist mehr wert als jeder Ausweis. Denken Sie an Bluthunde", warf Jason ein, und Darian murmelte ergänzend: „Wenn es lediglich solche wären, hätten wir weniger Probleme. Ein Vampir kann einen Menschen über mehrere Meter weit riechen. Ihr besitzt Schweißdrüsen, die euch verraten. Da du bei deinem Besuch in dem Lüftungsschacht gewesen bist, hat sich dein Geruch wie versprühtes Parfüm im Raum verteilt."

Jetzt war mir natürlich auch klar, wie sie mich hatte finden können, obwohl ich mich nicht gerührt hatte. „Also gut. Wer ist er?"

„Einer der Ersten, Faye. Weitaus älter als ich, vermutlich so alt wie die Menschheit selbst, und weitaus mächtiger, als du es dir jemals vorstellen kannst."

„Sir, jedes Wesen hat eine Schwachstelle. Dieser Eine wird sie ebenfalls haben. Wir müssen sie nur finden", gab Jason zu bedenken. „Er wird doch sicher lichtempfindlich sein?"

„Genau das kann ich nicht sagen. Vermutlich ja. Aber ich weiß es nicht." Darian war sehr besorgt. Ich konnte es in seinem Blick erkennen, auch wenn er versuchte, es zu verstecken.

„Die Frau", wiederholte ich mit fester Stimme. „Sie schob ihn beiseite, als wäre er ein Leichtgewicht. Sie war es auch, die mich damals im Elysium warnte, während um uns herum der Teufel tobte. Die mit dem schwarzen Haar und der weißen Strähne. Erst vorgestern habe ich sie wiedergesehen. In der Nacht, in der die beiden Jungs starben."

Ein Hoffnungsschimmer trat in seine Augen. „Weißt du genau, dass sie es war?"

Ich nickte fest. „Ja. Absolut."

„Ich glaube, wir haben soeben seine Achillesferse gefunden, Jason."

„Das wäre mehr als erfreulich, Sir", kam es leicht zweifelnd von Jason.

Darian erhob sich, beugte sich vor und küsste mich sanft auf die Lippen. „Warte heute Nacht nicht auf mich, Liebes. Ich weiß nicht, wie lange ich brauchen werde.“ Er griff seine Jacke vom Boden und eilte zur Tür hinüber, bis mein Ruf ihn aufhielt: „Sagst du uns auch noch, wo du hin willst?“

„Schlafende Hunde wecken, Faye. Wenn Lilith sich tatsächlich in New York aufhält, werde ich sie finden.“

Kapitel Sechzehn

Lilith, die Mutter aller Vampire. Hier? Zu welchem Zweck?

Wenn ihr Begleiter einer der Ersten gewesen sein sollte, war es naheliegend, dass er sich ebenfalls hier befand. Außerhalb dieser Mauern konnte inzwischen alles Mögliche lauern. Und wenn dieser Eine so überaus mächtig war, dass selbst Darian nichts gegen ihn unternehmen konnte, waren gewisse Sicherheitsmaßnahmen durchaus angebracht.

„Warte bitte, Darian“, hielt ich ihn daher auf und erhob mich ebenfalls. „Ich halte es für sinnvoller, die noch schlafenden Hunde lieber schlafen zu lassen und stattdessen das Telefon zu benutzen.“

„Telefon?“

„Die Federn, Schatz. Da ich in der letzten Zeit oft genug durch die Gegend gewandert bin, ohne es zu wollen, und dem Baby dabei nichts passiert ist, gehe ich davon aus, dass die direkte Nutzung der Federn genauso ungefährlich ist.“ Ich lächelte und fügte leiser hinzu: „Zumindest weiß ich dann, wo genau ich lande.“

„In der Tat, Sir. Ich, halte Miss McNamaras Vorschlag für –“

„Schon gut“, unterbrach Darian ihn mit einer herrischen Geste. „Ihr habt mich überzeugt.“

Ich wusste nicht warum, aber ich atmete erleichtert auf. „Okay. Ich schlage vor, ich hole sie und wir …“

„Später, durch deinen Vorschlag gewinnen wir an Zeit, Faye. Lilith liebt die Nacht, wir sollten sie demnach zu ihrer favorisierten Tageszeit aufsuchen“, unterbrach er mich, reichte Jason die Hand und half ihm auf. „Danke, Sir.“

„Keine Ursache, Jason. Vielleicht wäre es angebracht, wieder hinunterzugehen, damit Ernestine nicht das Gefühl bekommt, vergessen worden zu sein.“

„Abgemacht, Schatz. Wobei ich mir nicht vorstellen kann, dass Ernestine oder Dad uns irgendwie vermisst haben.“

Ein verstehendes Lächeln huschte um seine Mundwinkel. „Möglicherweise. Dennoch sollten wir sie beehren, zumal du etwas von Essengehen erwähnt hattest. Ich lade euch ein.“

Um Dads Haggis zu umgehen, war ich gern bereit, seine Privatsphäre zu stören und mir dafür eine Rüge einzufangen. Allerdings gestaltete diese sich ein wenig anders als erwartet.

Ernestine saß mit geschlossenen Augen bequem zurückgelehnt auf einem Küchenstuhl und gab schnurrende Laute von sich. Ihre Füße ruhten gegenüber auf Dads Schoß, dessen Finger sich in gleichmäßig massierenden Bewegungen über ihre Fußsohlen arbeiteten.

Stimmt, Faye, vernahm ich Darians Stimme in meinem Kopf, *Sex sieht anders aus, hört sich aber ähnlich an.*

Meine Augen wurden groß, er grinste mich wortlos an. Musste ich mir wegen der Akustik nun Gedanken machen? Sein schallendes Gelächter ließ mich laut aufschnaufen.

Dad und Ernestine zuckten gleichzeitig zusammen.

„Falls wir irgendwie gestört haben sollten …"

„Durchaus nicht", wehrte sie ab und zog ihre Schuhe wieder an. „Ich musste nur eine Weile entspannen. Es geht schon wieder."

„Durchaus verständlich nach einer solchen Reise", meinte Darian. „Wenn es genehm ist, möchte ich euch gern zum Essen einladen."

„Das klingt verlockend, denn auch wenn das Essen im Flugzeug nicht schlecht ist, so ist mir das am Boden weitaus lieber. Ich möchte mich vorher aber gerne etwas frisch machen."

„Nur zu, Ernestine. Wir warten."

Sie verschwand im Gästezimmer, pilgerte dann zum Bad hinüber, und wir hörten die Dusche rauschen. Ein kurzer Schreckenslaut, dann ein Lachen. Aha, nicht nur ich hatte Probleme mit der Temperatureinstellung. Ich nahm eine Blutkonserve aus dem Kühlschrank und legte sie nach einem bestätigenden Blick von Darian kurz in warmes Wasser. Dann griff ich nach der Kanne. „Möchte jemand Kaffee?"

Alistair hatte uns ein italienisches Restaurant nahe der Brooklyn Bridge empfohlen, *Grimaldi's Pizzeria*. Es hielt, was er versprochen hatte. Geniale Pizzas, nettes Ambiente, leider stark frequentiert, da es in einem bei Touristen beliebten Ausflugsgebiet lag. Wir hatten das Glück, auf Anhieb einen Tisch zu bekommen; Alistair hatte uns vorgewarnt, dass man oft warten musste.

Nach dem Essen und einer Tasse Espresso schlenderten wir noch eine Weile am Pier entlang und genossen die herbstlichen Strahlen der Sonne. Nach all der Hektik der letzten Tage war das eine willkommene Abwechslung. Erst als Ernestine wegen der Zeitumstellung leichte Ermüdungserscheinungen zeigte, fuhren wir zurück. Darian ließ Jason, Ernestine und meinen Vater aus Alistairs Van aussteigen, hielt mich jedoch zurück. Eine knappe Stunde später erfuhr ich den Grund. Wir parkten vor einem bekannten Juweliergeschäft namens *Tiffany's* mitten in Manhattans Edeleinkaufsmeile in der Nähe des Central Park.

Der attraktive Verkäufer im modischen Anzug, der passend zur Auslegware und den Dekorstoffen des Geschäfts gewählt war, kam uns sogleich diensteifrig entgegen und fragte nach unserem Begehr. Es wird wenig verwundern, dass der Geschäftsinhaber selbst die passenden Stücke zur Auswahl vorlegte, nachdem Darian erwähnt hatte: „Wir hätten gerne Eheringe zur Ansicht. Mir persönlich schwebt da etwas aus Weißgold oder Platin vor, eventuell mit Diamanten. Was meinst du, Liebes?“

Die Auswahl war superb. Sofort hatte Darian den Ring in der Hand, der auch meine Aufmerksamkeit auf sich gezogen hatte.

„Eine gute Wahl, Sir“, freute sich der Geschäftsinhaber sogleich und ich glaubte, Dollarzeichen in seinen Augen aufblitzen zu sehen. „Hier haben Sie unser liebstes Stück. Einen drei Millimeter breiten Platinring mit rundum im Tunnel eingefassten Diamanten im Baguetteschliff. Und er passt wie für Sie gemacht.“

Dieser Ring schien jeden Cent wert. Er war einfach nur traumhaft, und so war es recht schnell eine beschlossene Sache. Darian wählte einen passenden Ring von vier Millimetern Breite mit einem einzigen Diamanten in Carréschliff. Während ich neugierig die ausgelegte Ware begutachtete, gab er die Gravur in Auftrag, zahlte und trat zu mir. „Noch etwas gefunden, Schatz?“

„Spendierhosen an, Liebling?“, konterte ich lässig und wies auf die Glasvitrine hinter mir. „Ich bin kein Schmuckfan, aber es sind traumhafte Stücke darin.“

„Such dir etwas aus.“

„Ich habe alles, was ich brauche“, gurrte ich und sah, dass er sehr wohl verstanden hatte. Dennoch kam er nicht umhin, auf ein Paar Ohrstecker zu weisen, die mit ihrer eleganten Schlichtheit bestachen. Ein etwas größerer Diamant im Rundschliff hielt einen kleineren. Ohne Schnörkel oder Schnickschnack. Kurz entschlossen ließ Darian sie einpacken und um nicht vollkommen in einen Kaufrausch zu verfallen, zog ich ihn nach dem Gang zur Kasse am Arm aus dem Geschäft.

Die Dunkelheit war bereits hereingebrochen, dabei war es noch nicht einmal sechs Uhr. Und es wurde kalt.

„Es riecht nach Regen“, meinte Darian und hielt mir die Wagentür auf. „Möchtest du zurück oder noch ein wenig durch einige Geschäfte schlendern?“

Ich schüttelte den Kopf. „Nein, heute nicht mehr. Lass uns zurückfahren, schlendern können wir morgen auch noch.“

„Okay.“ Er stieg ein und legte mir einen Zettel auf die Knie. Dann startete er den Van und fuhr los.

Während der Fahrt sah ich auf das Blatt Papier und musste lächeln. Die Adressen namhafter Brautgeschäfte in und um Manhattan waren in sauberer Handschrift darauf aufgeführt.

„Ich dachte mir, dass du eventuell ein dem Anlass entsprechendes Kleid auswählen möchtest. Ich wollte dir die Suche danach etwas erleichtern“, beantwortete er meine unausgesprochene Frage, während er den Blick weiterhin auf die Straße gerichtet hielt. „Nimm doch Ernestine mit.“

Er lachte, als ich mich zu ihm beugte, ihm einen Kuss gab und das Blatt anschließend sorgfältig faltete und einsteckte.

Als wir bei der Werkstatt ankamen, schloss Alistair gerade die Türen zu. Er wartete, bis Darian den Wagen geparkt hatte, und gemeinsam gingen wir hinauf. Jason und Steven saßen zusammen in der Küche bei einer Tasse Tee und einer lauwarmen Blutkonserve, von Dad und Ernestine war nichts zu sehen, Kimberly hatte sich ebenfalls zurückgezogen. Ich hörte aus der Richtung ihres Zimmers leise Musik. Die Tür ging kurz auf, Kimberly rief: „Daddy, eine Maja hat angerufen.“ Dann klappte die Tür wieder zu.

Nach einem kurzen Telefonat und einer hektischen Dusche verließ mein Bruder ordentlich gekleidet, rasiert und in Aftershave gehüllt das Haus. Wir blieben zurück und machten uns Hot Dogs. Nachdem die Abwaschfrage geklärt worden war, fuhren Jason und Steven zusammen los, um endlich eine Mikrowelle zu besorgen. Ich tauchte meine Hände derweil in das heiße Wasser, Darian zückte das Trockentuch.

Als auch diese Arbeit erledigt war, legte Darian für Jason einen Zettel auf den Küchentisch, nahm mich bei der Hand und zog mich aus dem Apartment. „*Telefonieren*, Liebes. Es ist an der Zeit.“

Wir hatten die Kerzen entzündet und ließen uns auf dem Teppich in der Mitte des Raumes nieder. Die Federn ruhten auf meinen Knien, Darian saß an meinen Rücken gelehnt hinter mir.

Eine knallende Tür kündete von der Rückkehr der beiden Einkäufer. Wir warteten einen Moment, dann knallte die Tür erneut. Quietschende Schuhsolen eilten über die Stufen. Ein Paar hinauf, ein Paar hinab. Die untere Tür fiel im gleichen Moment ins Schloss, in dem die obere geöffnet wurde. Kurz darauf betrat Jason im Raum, nickte uns knapp zu und ließ sich außerhalb des Kerzenkreises auf dem Sofa nieder.

Ich nahm die Federn in die Hand und schloss die Augen. Da huschte etwas vor meinem geistigen Auge vorbei. Also ließ ich sie wieder sinken und wandte mich an Jason: „Bitten Sie Kimberly herein, Jason. Sie wird ohnehin gleich neugierig im Gang herumlungern."

„Sehr wohl, Miss McNamara." Er erhob sich und eilte zur Tür, öffnete sie und wartete einen Moment.

„Du hast es gesehen?", fragte Darian leise, und ich nickte. „Ja. Sie wird gleich da sein."

„Ah, da sind Sie ja, Miss Kimberly", vernahmen wir Jasons Stimme. „Kommen Sie doch bitte herein und gesellen Sie sich zu uns."

„Wieso …?"

„Miss McNamara war so freundlich, Sie anzukündigen." Er führte sie zu uns in den Raum und wies ihr einen Platz auf dem Sofa zu. Dann ließ er sich neben ihr nieder.

„Kommt noch jemand?", fragte mein Sozius leicht belustigt.

„Nein, Schatz. Nun sind wir vollzählig. Steven ist", ich schloss die Augen und lachte leise, „auswärts essen. Können wir?"

„Ich warte nur auf dich, Faye." Er schob seine Hände über meine, darauf bedacht, die Federn nicht zu berühren.

Ich weiß nicht, was es war; vielleicht die Kerzen, vielleicht die Spirits an den Wänden, vielleicht die ganze Umgebung. So schnell hatte ich noch nie Kontakt bekommen. Kaum hatte ich in Gedanken Liliths Namen gebildet, sah ich sie vor mir. Schemenhaft, wie durch Milchglas, machte ich ihre Silhouette, groß, schlank, im langen schwarzen Gewand, einige Meter vor mir aus. Sehr langsam drehte sie sich zu mir um. Die weiße Strähne hob sich deutlich von ihrem rabenschwarzen Haar ab.

Du bist hier unerwünscht, hallte ihre Stimme durch meine Gedanken. Ich erhielt einen Stoß, flog diverse Meter zurück, jedoch nicht raus. Dafür fiel etwas Ähnliches wie eine Tür vor mir zu und sofort spürte ich eine Mauer zwischen ihr und mir. Durchkommen war unmöglich, egal, wie intensiv ich es auch versuchte.

„Aufgeben?“, fragte ich leise und erhielt von Darian eine Antwort, die mich verblüffte: „Du könntest erst einmal anfangen.“

Ich verlor den Kontakt endgültig, als ich mich zu ihm umdrehte. „Bitte? Sie hat eben eine Wand aufgestellt. Da komme ich nicht durch.“

„Du warst bei ihr?“

„Sag bloß, du hast nichts mitbekommen.“

Er wirkte selbst erstaunt. „Nein. Ich habe darauf gewartet dass du die Verbindung aufbaust.“

„Hatte ich. Aber Madame war nicht geneigt, uns zu empfangen.“

„Uns oder dich?“, hakte Darian nach und rückte etwas ab.

„Du meinst …“

„Die Möglichkeit besteht, Faye. Versuch es ohne mich erneut, bleib auf Distanz. Bitte sie um Kontaktaufnahme zu mir. Mehr ist nicht nötig. Ich möchte die Gefahr, sie zu erzürnen, möglichst gering halten.“

Dieser Wunsch war überflüssig, denn als ich mich erneut konzentrierte, rannte ich sofort gegen eine unsichtbare Wand. Die Dame war anscheinend bereits erzürnt.

„Komme nicht durch. Blockiert“, meinte ich schließlich und ließ die Federn sinken.

Diese blöde Wand. Die hatte mich schon einmal geärgert, als Steven sich an dieser Mariella verschluckt hatte und ich dagegengelaufen war. Und wenn ich genauer darüber nachdachte, dann auch, als ich Darian heimlich beobachten wollte, kurz vor dieser Sache mit Steven. Wenn Darian damals schon nichts bemerkt hatte und auch während Stevens Kampf daran unbeteiligt gewesen war, wenn er nun wiederum nichts damit zu tun hatte und es nur in Verbindung mit dieser Lilith geschah, dann … Sollte mich doch der Teufel holen, wenn ich da nicht durchkam.

Mit knirschenden Zähnen nahm ich die Federn wieder auf, kniff die Augen zusammen, konzentrierte mich und brüllte innerlich regelrecht: *„Lilith, ich komme!“* Und ich ballerte mit ordentlichem Schwung gegen diese vermaledeite Wand. Es war zum Verzweifeln. Ein erneuter Versuch. Doch je mehr Kraft ich benutzte, desto stärker schien der Widerstand zu werden.

Daher hielt ich inne, überlegte einen Moment und begann plötzlich zu lachen. Himmel, dabei war es doch so einfach. Reine Physik. Lilith bediente sich meiner eigenen Energie wie bei einem Spiegel. Gab ich viel hinein, bekam ich viel zurück. Schlägt man kräftig aufs Wasser, bilden sich starke Wellen. Also musste ich sanft vorgehen. Vielleicht sogar zart anklopfen. In mir keimte eine verwegene Idee.

Darian sah mich fragend an, als ich die Dattel aus meinem Ausschnitt zog und kurz in der Hand wog. Anstatt ihm darauf eine Antwort zu geben, nickte ich ihm lediglich zu. „Steig auf, Cowboy, jetzt reiten wir nach Denver.“

Er trat hinter mich, doch ich schüttelte den Kopf und klopfte vor mir auf den Boden. „Hängst du wie ein Rucksack an mir, verliere ich dich wie beim ersten Mal. Nur wenn du von mir komplett umgeben wirst, könnte es klappen.“

„Du musst es wissen“, antwortete er und ließ sich vor mir nieder. Es mochte amüsant zu beobachten sein, wie wir unsere Gliedmaßen so *zusammenfalteten*, dass meine Beine ihn am Ende umklammerten und meine Hände mit Federn und Dattel den oberen Kreis um ihn schlossen. Während ich mich erneut konzentrierte, legte ich die Wange an seinen Rücken. Es fühlte sich wie ein leichter Ruck an, dann wurde ich schwerelos, und etwas zog mich nach vorn.

Diesmal war es Darian, der zuerst diese Wand spürte und mich davor warnte. Es hatte also geklappt. Nun zu Teil zwei meiner Idee. Keine Gewalt, keine Anstrengung. Butterweich und zartfühlend streckte ich eine Hand aus, tastete nach dem energetischen Widerstand. Ich fand ihn, er gab leicht nach, so als würde ich mit dem Finger gegen Gummi drücken.

Mein Schutz gegen deinen Schutz, Lilith. Schauen wir doch mal, wer besser ist. Mit diesem Gedanken drückte ich die Dattel vorsichtig dagegen. Ich fühlte, wie die weiche Hülle der getrockneten Frucht in meiner Hand aufbrach, sah etwas tropfenförmig Glitzerndes darin eingebettet liegen. Vorsichtig nahm ich es hoch und blickte es verwundert an.

Darian gab einen erstaunten Laut von sich, nahm mir dieses Etwas aus der Hand und betrachtete es ebenfalls. *Das, Faye,* meinte er schließlich, *ist der machtvollste Schutz, den eine Mutter ihrem Kind mitgeben kann. Ihre Tränen.* Ich fühlte ihn lächeln, als er es mir zurück in die Handfläche legte. *Es ist ein Schlüssel zu ihrem Herzen, bewahre es gut auf.*

Ich hatte die ganze Zeit über diese Träne in der Dattel bei mir getragen? Darian hatte mir gesagt, sie sei von ihm, jedoch nicht ihr Inhalt. Wer hatte die Möglichkeit, eine solche Träne an ihm vorbei unbemerkt in diese Dattel zu legen? Recht wenige.

Zögernd streckte ich die Hand mit der Träne auf der Handfläche aus, berührte mit den Fingerspitzen die Barriere. Sie gab nach. Verwundert erhöhte ich den Druck. Mit einem Mal rutschte meine Hand wie durch eine Gallertmasse. Plötzlich wurde diese Masse hart und spröde. Wo die Träne sie berührte, bekam sie Risse. Erst kleine, dünne, dann immer breiter werdende. Es knirschte. Verschreckt zog ich meine Hand zurück, Darian stob herum, riss mich schützend in seine Arme. Es klirrte, Splitter flogen wie scharfe Geschosse um uns herum. Ich hörte, wie Darian von mehreren getroffen wurde. Und ich bereute bereits, meine Nase in diese Angelegenheit gesteckt zu haben.

Allerdings, hallte es mit der Intensität alter Kirchturmglocken durch meinen Kopf. Ich hob die Hände an die Schläfen, kniff die Augen zusammen. In meinem Kopf hallte es schmerzhaft nach. Da wurde ich abrupt von Darian fortgerissen, die Kraft seiner Arme reichte nicht, mich festzuhalten. Es schleuderte mich von ihm fort. Hilflos sah ich ihn ebenfalls durch die Luft fliegen und zu Boden stürzen.

Auch meine Landung war wenig sanft, und doch wurde ich das Gefühl nicht los, abgefangen worden zu sein. Als hätte mir jemand ein unsichtbares Kissen untergeschoben. Bevor ich nachsehen konnte, packte mich etwas Schlankes, Weißes, sehr präzise Gesteuertes am Kragen. Ich wurde mit absoluter Leichtigkeit hochgehoben, bis meine Füße einige Zentimeter über dem Boden baumelten. Ruckartig zerrte mich dieses Etwas nach vorn. Dann erblickte ich zwei Augen direkt vor mir. Dunkel wie poliertes Ebenholz, doch im Hintergrund von einem satten Blau gefüllt, eingefasst in ein ebenmäßiges, hellhäutiges Gesicht von einzigartiger, unnahbarer Schönheit. Und kalt. Eiskalt. Mich schauerte.

Hast du meine Warnung nicht verstanden, Mensch? Ihre Worte klangen wie eine emotionslos hingeworfene Frage ohne jede Erwartung auf eine Antwort. Ihr Blick untermauerte diesen Eindruck, er wirkte gelangweilt und zugleich erzürnt.

„Lass sie los, Lilith."

Sehr langsam drehte sie sich zu Darian um und hielt mich dabei wie eine Puppe am Kragen gepackt in die Höhe. Das dezente Kräuseln ihrer Nase war die einzige sichtbare Regung ihres markant schönen Gesichts. „Du willst mir befehlen, Dahad Al'Draim?"

Er hatte sich vom Boden erhoben und lächelte sie an. Dann beugte er ein Knie, senkte ganz leicht den Kopf und blickte ihr dabei weiterhin fest ins Gesicht. „Ich bitte dich, Lilith. Lass sie los."

Beinahe vorsichtig ließ sie mich herunter und erst los, nachdem ich festen Stand erreicht hatte. Ihre filigrane Hand zog sich gemächlich zurück. Sie hielt ihren Blick weiterhin auf Darian gerichtet, nickte schließlich und beschrieb eine elegante Geste. „Steh auf, Dahad. Das ist deiner nicht würdig."

Verstohlen betrachtete ich die Frau neben mir. Ich war nicht gerade klein, reichte ihr jedoch eben mal bis unter das Kinn. Als ich sie im Elysium vor einigen Wochen zum ersten Mal gesehen hatte, war mir das nicht aufgefallen. Ihre Gestalt war gertenschlank und feingliederig, und doch enorm kraftvoll, wenn ich mir vor Augen führte, mit welcher Leichtigkeit sie mich hochgehoben hatte. Das blauschwarz schimmernde Haar umgab ihr Porzellangesicht wie ein seidiger Wasserfall und fiel weit über ihren Rücken hinab. Die weiße Strähne leuchtete daraus hervor.

Sogleich kam Darian ihren Worten nach, nahm ihre dargebotene Hand und hauchte einen Kuss darauf. Ich sah seine Augen schalkhaft aufblitzen, dann zwinkerte er mir zu. Entwarnung?

„Die Antwort auf deine Frage lautet *Nein*, Dahad. Und du, Menschenkind, sei gewarnt. Du spielst mit Mächten, die selbst für Gelehrte schwer zu kontrollieren sind. Halte dich an die Regeln, sonst wird es dich verschlingen." Sie drehte uns den Rücken zu, und bevor ich eine Frage stellen konnte, schnippte sie mit den Fingern. „Geht jetzt. Meine Geduld hat ihre Grenzen."

Im gleichen Augenblick wirbelte es mich herum. Ich verlor kurz die Orientierung, dann kam der Boden näher. Ein unsanfter Aufprall, ein leises Stöhnen, das nicht von mir stammte, und sogleich mehrere Hände, die mir aufhalfen.

„Verdammt, Tante Faye!" Kimberlys verschrecktes Gesicht tauchte vor mir auf. „Wo seid ihr gewesen? Ihr ward plötzlich weg."

„Alles in Ordnung, Sir?", vernahm ich Jasons Stimme neben mir und sah, wie er Darian die Hand zum Aufstehen reichte.

„Danke, kein Grund zur Sorge. Bist du okay, Faye?"

Ich ließ die Schultern kreisen und tastete meinen Kopf ab. „Ja, alles noch dran. Alle Achtung, was war das bloß für eine schräge Nummer?" Da fiel mein Blick auf meine Handfläche, in der ich noch immer die Träne und die geteilte Dattel hielt. So viel dazu.

Er war meinem Blick gefolgt, nahm die Träne und legte sie zurück in das Trockenobst. Dann umfasste er meine Hand und schloss sie. „Achte gut darauf."

Nickend steckte ich sie zurück an ihren Platz, trat dann hinter Darian und ließ meine Hände prüfend über seinen Rücken wandern.

„Schatz, du brauchst nicht –"

„Ich benötige eine Pinzette und eine Lupe, Kim. Hast du so etwas griffbereit?"

„In der Küche. Außerdem ist da das Licht besser." Sie war neben mich getreten und betrachtete neugierig die glitzernden Splitter in Darians Rücken. „Glas?"

„Vermutlich."

„Wo seid ihr denn durchmarschiert?"

Darian drehte sich um und zwinkerte ihr zu. „Durch eine Glasscheibe. Das bleibt aber unser Geheimnis."

„Na logo." Sie signalisierte uns, ihr zu folgen. Jason löschte die Kerzen und kam uns nach.

Hochzeitsvorbereitungen im herbstlichen New York waren vermutlich genauso stressig wie im verregneten London. Selbst Paris wäre da keine Ausnahme, würde man von einem Brautgeschäft ins nächste geschleppt. Und was interessierte das Wetter, wenn man es ohnehin nur durch die Schaufenster wahrnahm?

Es regnete junge Hunde, als Ernestine mich nun den dritten Tag in Folge in die heiligen Hallen eines weiteren Brautausstatters schleppte, der sich in der 8th Street befand. Die übrigen Läden in Manhattan hatten wir bereits durch, und inzwischen keimte in mir Unwillen auf. Ich hatte unzählige Kleider diverser namhafter Designer gesehen, die gefühlte doppelte Menge davon anprobiert und als ungeeignet befunden. Entweder waren sie zu pompös oder sie zwängten mich ein wie eine Presswurst im Kunstdarm. Fast schon war ich geneigt, Kimberlys Vorschlag ernsthaft in Erwägung zu ziehen: ein schwarzes Spitzenkleid als Protest gegen das weiße Diktat vorgetäuschter Jungfräulichkeit auf dem Weg in den Ehehafen. Das war mir dann doch etwas zu morbid.

Vorbei an Jason, der uns zuvorkommend die Glastür aufhielt, betraten Ernestine und ich den ausschweifend romantisch ausstaffierten Verkaufsraum des Geschäfts, bei dem wir uns vor einer guten Stunde telefonisch angekündigt hatten. Das war in dieser Branche so üblich.

„Sie wirken etwas ermüdet, Miss McNamara“, raunte Jason mir zu. „Möchten Sie, dass ich Ihnen einen Kaffee besorge?“

„Ich brauche keinen Kaffee, Jason. Ich brauche ein verdammtes Brautkleid, mit dem auch Ernestine einverstanden ist, und das zügig.“

„Ah, ich ahnte es bereits. Haben Sie es ihr gesagt, Miss McNamara?“

Ertappt senkte ich den Blick. „Bislang nicht. Sie ist begeistert bei der Sache und gleichzeitig wie eine Mutter zu mir. Ich möchte sie nicht verletzen.“

„Ah ja, deswegen verletzen Sie sich lieber selbst. Nun denn …“ Er lächelte spröde und wandte sich um. „Ernestine, meine Liebe, wenn Sie einen Moment erübrigen könnten, bitte.“

„Jason …“ Zu spät, er hatte sie bereits untergehakt und zog sie am Arm in eine hintere Ecke des Geschäfts.

Eine violett gewandete, ältere Verkäuferin trat auf mich zu. Ihr graues Haar war modisch kurz, und blaue Augen funkelten mich freundlich an. „Einen guten Tag, mein Name ist Emma Rupert. Was kann ich für Sie tun?“

„Faye McNamara. Wir hatten miteinander telefoniert, Mrs. Rupert. Ich suche ein Brautkleid, Größe S oder M, je nachdem. Nichts in Weiß, eher Elfenbein, naturfarben oder farbig. Nichts übermäßig Pompöses, also ohne Rüschen, Tüll und das ganze dekorative Gedöns“, leierte ich meine Beschreibung wie in den Geschäften und am Telefon zuvor herunter. Und wie zuvor nickte die Verkäuferin verstehend. „Natürlich, ich erinnere mich, Miss McNamara. Bitte folgen Sie mir. Ich habe schon etwas nach Ihren Wünschen vorbereitet.“

Doch anders als in den Geschäften zuvor führte sie mich nicht an langen Kleiderständern vorbei, sondern zu einem Bildschirm. Sie tippte meine Angaben in eine Tastatur, und kurz darauf spuckte der Computer Vorschläge aus, die er mir in dreidimensionalen Bildern auf dem Screen präsentierte. Hätte ich das gewusst, wäre ich gleich hierher gekommen.

Sie tippte auf das enge lange Kleid eines kubanischen Designers mit unaufdringlichem Spitzenbesatz, das hinten durch Ösen verschlossen wurde. „Ich möchte Ihnen dieses Kleid im Mermaid-Style empfehlen. Bei Ihrer Größe können Sie die Korsagenform gut tragen. Und der weiche Cremeton des Kleides harmoniert hervorragend mit Ihrem Haar.“

Es war sehr schön, nur die lange Schleppe störte. Dennoch notierten wir es und suchten weiter. Als in der Vorschau ein rotes Kleid erschien, rief ich automatisch: „Halt!“

„Das ist eine sehr ungewöhnliche Wahl“, ließ die Verkäuferin wissen, und ich nickte bestätigend. „Es wird auch eine ungewöhnliche Hochzeit mit einem sehr ungewöhnlichen Mann. Haben Sie es in meiner Größe vorrätig?“

Sie gab die Daten des Kleides in eine Liste ein und blickte mich anschließend lächelnd an. „Größe M ist vorhanden. Sie haben sogar die Wahl zwischen dem Kleid im Farbton Elfenbein oder in diesem dunklen Kupfer.“

„Kupfer“, lautete meine knappe Antwort, und gespannt wartete ich, bis sie es aus den hinteren Räumen geholt hatte und mich zu den Umkleidekabinen bat.

„Ich vermute, Sie haben etwas gefunden“, schlussfolgerte Jason, als ich zusammen mit der Verkäuferin an ihm vorbeieilte.

„Mein Traumkleid, Jason. Drücken Sie mir die Daumen, dass es passt.“

„Wir drücken alles, was zum Drücken vorhanden ist, Kind“, rief Ernestine mir nach und lachte, als ich einen kleinen Luftsprung machte.

Es war ein Traum aus anschmiegsamer Seide. Den Oberkörper betonte eine perfekt sitzende Korsage, gehalten von hauchdünnen Spaghetti-Trägern. Ein langer Schal stellte das einzige Zugeständnis an Dekor dar. Der Rock, auf Hüfthöhe angesetzt, fiel in mehreren Lagen weich nach unten. Bei jeder Bewegung wurde ich von zartem Rauschen begleitet. Ein Kleid, schnörkellos, schlicht – genau so, wie ich es haben wollte. Und es passte, als sei es für mich gemacht.

„Was haltet ihr davon?“ Mit erhobenen Armen drehte ich eine Pirouette vor Jason und Ernestine.

„Es ist in der Tat gewöhnungsbedürftig … rot“, brachte Jason erstaunt heraus, während seine Begleitung den Mund erst einmal nicht zubekam. Nach einem leichten Schubs von Jason hatte sie sich jedoch wieder gefangen. „Ja, es ist irgendwie außergewöhnlich.“

Enttäuscht ließ ich die Arme sinken. „Ihr findet es blöd, richtig?“

„Nein. Nein, überhaupt nicht, Miss McNamara. Es ist lediglich etwas anders als das Weiß oder Creme, das zu solcherlei Anlässen den allgemeinen Konventionen und Erwartungen entsprechend für gewöhnlich gewählt wird.“

Ernestine hatte sich erhoben und ging langsam um mich herum. „Also, ich mag es. Der Stil ist von zeitloser Eleganz und passt hervorragend zur Haarfarbe der Trägerin. Und in der Tat: etwas ganz anderes. Wie ohnehin alles etwas anders ist als bei gewöhnlichen Hochzeiten. Ich glaube, es wird dem künftigen Gatten gefallen. Was meinen Sie, Jason?“

„Wenn es Miss McNamara gefällt, wird es auch Mr. Knight gefallen.“ Lächelnd wandte er sich an die Verkäuferin, die sich dezent im Hintergrund gehalten hatte. „Haben Sie das passende Schuhwerk zu diesem Kleid?“

„Selbstverständlich.“ Sie eilte abermals nach hinten und kehrte kurz darauf mit mehreren Kartons zurück.

Wie es laut Murphys Gesetz nun einmal ist, waren es natürlich die letzten Schuhe, die das Rennen machten. Flach, vorne geschlossen, mit Riemchen über dem Knöchel und recht breitem Absatz. Selbst die Farbe entsprach fast der des Kleides, sie war nur eine Nuance dunkler. Nachdem auch das geklärt war, suchte Ernestine den passenden Kopfschmuck für mich aus. Er bestand aus einem Haarreif und einigen Bändern, die ins Haar geflochten werden sollten.

„Schmuck", ordnete sie an, da bremste ich ihren Elan: „Darian hat mir vor drei Tagen Diamantenohrstecker geschenkt. Die werde ich tragen."

„Keine Kette?" Ich schüttelte den Kopf, sie seufzte. „Also gut, dann sehr schlicht." Ich lächelte.

Nachdem ich den Traum eines Kleides wieder gegen den Albtraum einer zu engen Jeans eingetauscht hatte, erwischte ich Ernestine und Jason vor dem Verkaufstresen in einer hitzigen Diskussion. Entgegen meiner guten Erziehung blieb ich in einiger Entfernung stehen, um den Grund ihres Zwistes zu erfahren.

„… und ich verlange, dass Sie in diesem Fall von dem üblichen Recht zurücktreten und mich diese Summe begleichen lassen, Mrs. Morningdale. Mr. Knight gab mir diesbezüglich genaue Anweisungen."

„Wissen Sie was, Jason? Das ist mir völlig schnurz." Ihre kleine Hand landete auf seiner Schulter, und sie schob den zwei Köpfe größeren Mann resolut beiseite. Dabei legte sie eine Plastikkarte auf den Tisch und drückte Jason dessen eigene wieder in die Hand. „Es ist sowohl das Privileg als auch die Pflicht der Brauteltern, die Braut auszustatten. Duncan ist der Brautvater, dementsprechend kann mir Darian samt seinen Anweisungen den Buckel runterrutschen. Nun packen Sie die Sachen schon ein, und sehen mich nicht so geschockt an, Jason."

Amüsiert, aber die Ahnungslose mimend, trat ich auf die beiden zu. „Alles schon verpackt?"

„Und beglichen", fügte Ernestine knapp hinzu, unterschrieb und steckte die Karte wieder ein. „Dann können wir ja endlich etwas essen. Wie steht es mit euch?"

Die Pizzeria ein paar Straßenecken weiter kam da wie gerufen.

Diesmal war es Jason, der die Rechnung – diesmal ohne Ernestines Gegenwehr – begleichen durfte.

„Bilde dir nicht ein, dass ich mir das weiter gefallen lasse, du Schlampe. Das Maß ist endgültig voll!“, dröhnte es uns quer über die Straße entgegen, als wir vor der Werkstatt dem Taxi entstiegen.

„Dann hau doch ab“, kreischte es, begleitet von aufgeregtem Bellen.

„Das werde ich auch tun. Vorher erschlage ich aber deinen kläffenden Köter!“

Ein Quieken, ein Klirren und der panische Schrei: „Nimm deine dreckigen Hände von Cha-Cha, du Mistkerl!“

„Manche Leute wären gut beraten, bei Streitigkeiten die Fenster zu schließen“, murmelte Jason und bezahlte den Fahrer des Taxis.

„In diesem Fall, mein Guter, handelt sich eher um die Haustür“, meinte Ernestine leichthin.

Da flog ein Seesack durch die Luft und landete auf der Straße. Eine Tasche folgte, dann stürmte ein großer, schlanker Mann um die dreißig aus dem Gebäude rechts von uns. Sein kurzes, schwarzes Haar war zerzaust, seine linke Gesichtshälfte gerötet, und seine rechte Hand blutete. „Ich lasse dein bissiges Scheißvieh einschläfern, verdammt!“

Der buntblonde Schopf von Lucinda Pester tauchte kurz in der Tür auf. „Vorher bringe ich dich um, Arschloch!“ Dann verschwand er wieder. Krachend fiel die Tür ins Schloss.

„Hättest du Bauerntrampel wohl gerne, was? Und den hier kannst du dir sonst wohin schieben!“ Wutentbrannt zerrte er einen Schlüssel von seinem Bund und warf ihn neben den Blumentopf auf der Treppe. Dann schulterte er seine Taschen und verharrte einen Moment lang reglos, als wüsste er nicht wohin.

„Fürwahr entzückend, diese Dame“, ließ Jason verlauten. „Benötigen Sie ein Taxi, junger Mann? Dieses hier ist gerade frei geworden.“

„Ich glaube, ein Scotch und ein Verband sind sinnvoller“, erklang Alistairs Bariton hinter uns. „Komm rüber, Jeff, ich werf' mal ein Auge drauf.“

„Elendes Drecksvieh“, murmelte der Mann und folgte Alistairs Einladung mit sichtbarer Entspannung. „Entschuldige, dass ich dich da wieder mit reinziehe, Al."

Mein Bruder winkte knapp ab. „Spielt schon keine Rolle mehr. Komm ins Büro, da habe ich Jod und Verbandszeug. Kennst du meine Schwester eigentlich schon?"

Nacheinander wurden Ernestine, Jason und ich Jeffrey Wittacker vorgestellt und schüttelten seine unverletzte Hand. Obwohl er sichtlich Schmerzen hatte, lächelte er mit blitzenden blauen Augen, und sein Gesicht wirkte dadurch um ein Vielfaches jünger. Dann überließ er Alistair den Seesack und eilte mit der anderen Tasche über der Schulter meinem Bruder hinterher.

„Ich möchte vermuten, dass dies einer der Gründe für das gespannte nachbarschaftliche Verhältnis ist", meinte Jason schließlich, nahm Ernestine die Tüte mit dem Kleid ab und bat uns mit einer einladenden Geste, voranzugehen.

Die Tür wurde uns von Kimberly geöffnet, die insbesondere mich breit anstrahlte. Dann sah ich den Grund und lachte ihr vergnügt zu. Ihre Arme landeten um meinen Hals und ihr „Danke" klang irgendwie leicht erstickt. Zögernd ließ sie mich los, trat zurück und drehte sich einmal im Kreis. Jason zwinkerte mir zu, während er den Glencheck-Minirock gebührend bewunderte, den er vom gemeinsamen Einkauf her wiedererkannte. Ich hatte ihn heute in Seidenpapier gehüllt und mit einem Kärtchen darauf auf dem Küchentisch deponiert. Kimberly hatte ihn mit einem schwarzen, ärmellosen Pulli und einer schwarzen Leggins kombiniert und zudem einen breiten, silbernen Gürtel um ihre Hüften geschlungen.

„Freut mich, dass er dir gefällt, Kim." Ich legte ihr einen Arm um die Schultern und gemeinsam gingen wir in die Küche, aus der mir schon frischer Kaffeeduft in die Nase stieg. Wie umsichtig von dieser jungen Dame, uns ältere Semester nach einer ermüdenden Shopping-Tour mit diesem belebenden Elixier zu beglücken.

„Ich dachte mir, dass du danach lechzt", erklärte sie und nahm eine Tasse aus dem Schrank. „Außerdem wollte ich dir auf diese Weise danken, wenn ich dir schon kein Geschenk machen kann, Tante Faye."

„Dieser Jeff", begann ich vorsichtig, doch Kim hob abwehrend die Hand. „Keine Bange, Tante Faye. Da ist kein Fettnäpfchen in Sicht. Jeff und Daddy kennen sich, seit wir hier wohnen. Er ist bereits der fünfte und wohl hartnäckigste Freund von Madame Pöbel. Diesmal scheint er es aber ernst zu meinen, er hat seine

Sachen mitgenommen."

„Dann ist er schon öfter getürmt?", schaltete sich Ernestine ein, ließ sich neben mir nieder und griff wie selbstverständlich nach meiner Kaffeetasse. Während ich eine Grimasse schnitt, lachte sie mich über den Rand hinweg an.

„In schöner Regelmäßigkeit. Falls ich mich nicht verzählt habe, dann in den drei Jahren ihrer Beziehung mindestens sechsmal. Dreimal war es, weil er sie angeblich beim Fremdgehen erwischte. An Daddy hat sie sich aber die Zähne ausgebissen. Er mag keine tiefergelegten Mietwagen mit schwacher Beleuchtung. Jeff fährt zur See, und in der Zwischenzeit erliegt die dusslige Landpomeranze dem bestechenden Charme der Großstadt." Kim lachte zynisch und hielt sich dann verlegen den Mund zu. „War ich jetzt gemein?"

„Man kann sich seine Nachbarn nicht immer aussuchen, Miss Kimberly. Miss McNamara, ich habe Ihre Kleidung nach oben gebracht. Ist eventuell ein Tee vorbereitet?"

„Danke, Jason. Sehr umsichtig."

„Wasser kocht und muss nur noch aufgebrüht werden, Jason." Kimberly nahm den Kessel von der Flamme und füllte eine weiße Keramikkanne, in der ein Sieb mit losem Tee steckte. Jason honorierte es mit einem anerkennenden Nicken.

„Wo sind Dad und Darian?", erkundigte ich mich nach den beiden fehlenden Männern und nahm gleichzeitig eine neue Tasse Kaffee in Empfang.

„Sie wollten ein paar Dinge erledigen." Kimberly kratzte sich nachdenklich am Kopf. „Ein Handwerker ist vorhin hier gewesen, hat sich die leckende Heizung angesehen."

So, wie ich den kompletten Zustand des Hauses einschätzte, war die Heizung nicht das einzige, was marode war. Ich konnte mir gut vorstellen, dass Dad dagegen etwas unternehmen wollte. Vermutlich hätte ich es auch getan, wenn ich über die nötigen Mittel verfügte. Daher nickte ich knapp, behielt meine Meinung jedoch für mich.

„Wie läuft es in der Schule?", fragte Ernestine und rutschte etwas beiseite, als Jason die Zeitung vom Stuhl neben ihr nahm und sich setzte.

Kimberly zuckte leicht zusammen, entfernte das Teesieb und stellte eine Tasse vor Jason. Während sie ihm Tee einschenkte, sah sie bemüht gelangweilt auf. „Geht so. Der übliche Kram halt."

„Und was wäre der übliche Kram?“, hakte die Ältere nach.

Ich hörte nur noch mit einem halben Ohr zu und ließ meinen Blick über die Rückseite der Zeitung streifen, die Jason aufgeschlagen vor sich hielt. Plötzlich sprang mir ein Artikel ins Auge, und ich rückte näher. Das konnte jetzt nicht wahr sein!

„Möchten Sie eventuell diesen Teil lesen, Miss McNamara?“ Er hatte die Zeitung gesenkt und sah mich neugierig an, als ich mit schief gelegtem Kopf mehr zu erfahren suchte.

„Nur den einen Artikel, Jason.“ Beinahe hektisch zog ich das Blatt hervor, breitete es auf dem Tisch aus, und hielt die Luft an. Ich hatte richtig gelesen. Und dann das Bild. Unmissverständlich und absolut eindeutig. Eine Person inmitten einer riesigen Blutlache, verdeckt von einem Tuch, unter dem ein Stück eines dunklen Mantels hervorlugte. Der umgekippte Einkaufswagen, die verstreuten Habseligkeiten, entleerte Tüten. Gelbes Band sperrte den Tatort ab, mehrere Cops standen drumherum. Darunter der Artikel über den Fund einer Frauenleiche in einer Gasse nahe der Brooklyn Bridge. Der vermutete Zeitpunkt des Todes wurde mit zwei Uhr nachts angegeben.

Ich sah auf das Datum. Es war die aktuelle Ausgabe. Mein Blick begegnete Jasons. Er sah auf den Artikel und dann wieder mich an. In seine Augen trat eine Frage, die ich ihm mit einem angedeuteten Nicken beantwortete. Kurzerhand faltete er die Zeitung zusammen. *Später,* formten seine Lippen lautlos, als er nach seiner Teetasse griff. Abermals nickte ich knapp.

Ernestine und Kimberly hatten von all dem nichts bemerkt und unterhielten sich weiter über die Notwendigkeiten von Schule und anschließender Ausbildung. Nach einer Weile entschuldigte ich mich und verließ die Küche. Ich zog das Handy aus meiner Hosentasche und wählte Darians Nummer. Es knackte in der Leitung, klingelte dreimal, dann nahm er ab.

„Ich muss dich sprechen. Wo bist du?“, kam ich ohne Umschweife zur Sache.

„In einer guten Stunde sind wir zurück. Was ist los?“

„Sie ist tot, Darian.“

Er klang sofort alarmiert. „Wer?“

„Die Frau, die uns vor dem *drugstore* begegnet ist.“

Es schien ihn nicht zu überraschen, denn seine Stimme klang entspannter: „Ja, ich habe es heute Morgen gelesen. An dem Tod dieser Frau ist nichts mehr zu ändern, Faye. Warum also sollte ich weiter darüber nachdenken?"

„Warum hast du es mir nicht gesagt?" Ich kroch fast in den Hörer, dämpfte meine Worte, damit sie in der Küche nicht gehört würden.

„Ich hielt es für nicht relevant, Faye."

„Du …" Ich riss mich zusammen, atmete tief durch. „Okay. Gut. Für mich ist es durchaus relevant. Egal. Wie du schon sagst, es ist nicht mehr zu ändern. Das nächste Mal wünsche ich allerdings einen Hinweis."

Ihm war anzuhören, wie wenig es ihm behagte: „Wie du wünschst, Liebes. Wir reden später darüber, ich habe hier noch etwas zu erledigen. Nein, Duncan, den anderen. Warte …" Es klickte, ein Besetztzeichen erklang, ich legte auf.

„Haben Sie ihn erreicht?"

Erschrocken drehte ich mich um. „Jason! Wollen Sie mich zu Tode erschrecken?"

„Verzeihung, Miss McNamara. Ich hatte keinesfalls vor, Ihre Herzfrequenz ungebührlich in die Höhe zu jagen." Warum schmunzelte er bei diesen Worten?

Ich überging es. „Darian wusste bereits vom Tod dieser Frau. Er hat die Zeitung wohl vorher gelesen."

„Das ist in diesem Fall zu vermuten. Möchten Sie sich etwas hinlegen, Miss McNamara? Sie wirken erschöpft."

„Nicht wirklich. Aber ich werde das Kleid weghängen, bevor Darian zurück ist. Und mich umziehen." Das Öffnen des oberen Jeansknopfs brachte merkliche Entspannung. Jason sah mich verständnisvoll an und begab sich zurück zu seiner Teetasse, ich ging ein Stockwerk höher.

Das Kleid auf den mitgebrachten Bügel zu hängen, war das geringere Problem. Aber wo sollte ich es verstecken, wenn kein Schrank vorhanden war? Es zusammengefaltet unter dem provisorischen Bett oder gar der Schlafcouch zu verstauen, kam nicht infrage. Mir blieb nur eine Möglichkeit.

Nachdem ich mir die neue Jeans angezogen hatte, die ohne die dazugehörige Fülle noch dezent an einen Sack erinnerte, aber immerhin nicht drückte, legte ich das Kleid über den Arm, schnappte die Schuhe und eilte hinunter. In Ernestines kargem Gästezimmer gegenüber der Toilette befand sich neben einem schmalen Holzbett ein zweitüriger Kleiderschrank. Was lag also näher, als sie zu fragen, ob ich das Kleid dort deponieren durfte?

Natürlich war Ernestine einverstanden. Auch wollte sie die Aufgabe übernehmen, mir an meinem Hochzeitstag beim Ankleiden zu helfen. Merkwürdig, eigentlich ein Job für meine Mutter. Ich vermisste sie jedoch nicht ein bisschen. Seit sie sich vor vielen Jahren nach Rom zurückgezogen und meine Schwester und mich bei meinem Vater gelassen hatte, war der Kontakt entsprechend sporadisch geworden. Wir telefonierten einmal im Monat miteinander, tauschten das absolut Notwendige aus, aber das war es dann auch schon. Gesehen hatte ich sie das letzte Mal im Alter von knapp zwanzig, als ich eine Studienreise nach Rom unternommen hatte. Nähergekommen waren wir uns in dieser Zeit nicht. Mein Verhältnis zu Ernestine hingegen war in nur wenigen Tagen wesentlich enger geworden. Wir verstanden uns ohne viele Worte. Oft schien sie vorauszuahnen, was ich dachte. So wie eben, als ich mit dem Kleid in der Küche erschienen war und sie es mir sogleich abgenommen und bei sich untergebracht hatte. Sollte das Verhältnis von Mutter und Tochter nicht genau so sein? Ich nahm mir vor, meinem Kind all das zu geben, was mir persönlich oft gefehlt hatte.

Ich stand am Küchenfenster, hielt meine Tasse in der Hand und sah nachdenklich in die einbrechende Dämmerung hinaus. Hinter mir hörte ich Kimberly und Ernestine miteinander scherzen, Jason blätterte in der Zeitung. Es klang alles so normal und familiär, als sei es schon immer so gewesen. Noch drei Tage, dann war Samstag. Der Samstag, an dem ich das Kleid tragen würde. Der Tag, an dem ich meine persönliche Freiheit aufgeben würde, auf die ich ohnehin nicht so viel Wert legte. Der Tag, der mich an diesen fantastischen und doch geheimnisvollen Mann binden würde. Also kein Grund, noch kurz vorher kalte Füße zu bekommen. Torschlusspanik? Kopfschüttelnd verbiss ich mir ein Lachen. Hätte ich abhauen wollen, wäre das vor Monaten sicherlich sinnvoller gewesen.

Regentropfen trommelten gegen die Scheibe und lenkten meine Aufmerksamkeit zurück auf den nassen Asphalt vor der Werkstatt. Jeff und mein Bruder traten in den Hof, ein Taxi hielt. Sie umarmten sich und klopften einander dabei kameradschaftlich auf die Schultern. Dann warf Jeff seine Taschen auf den Rücksitz, stieg ein und fuhr vom Hof. Alistair blickte ihm kurz nach, danach ging er zurück in die Werkstatt. Die Pfützen auf der Straße reflektierten die Scheinwerferkegel der vorbeifahrenden Wagen.

Ein näher kommendes Röhren, das wie das asthmatische Husten eines Esels kurz vor dem Verenden klang, zog meinen Blick die Straße entlang. Als ein offenes Cabriolet in Sicht kam, dessen Insassen wie halb ertrunkene Hunde wirkten, klappte mein Mund in wortlosem Erstaunen auf. Denn je näher der Wagen kam, desto genauer waren die durchweichten Gestalten darin zu erkennen. Die eine davon war blond, die andere rothaarig.

Meine Kaffeetasse landete schwungvoll auf dem Tisch, ich flitzte aus der Küche, griff im Bad ein Handtuch, im Flur einen Regenschirm und trat aus dem Haus.

„Das verflixte Dach klemmt", rief Darian mir entgegen, als er den Wagen direkt vor der Werkstatt abstellte und über die geschlossene Tür sprang.

„Die Tür anscheinend auch. Handtuch gefällig?", gab ich trokken zurück.

„Vergiss das Rohr und die Anschlüsse nicht", rief Dad, während er sich aus dem Sitz schälte und ebenfalls über die Tür kletterte. Darian hatte indes mit dem Schloss des Kofferraums einen innigen Disput, den er nach einigen Minuten gewann, die Haube anhob und mehrere schmale Kartons nebst einem gebogenen Rohr hervorholte.

„Du solltest dieses Gefährt besser irgendwo unterstellen, bevor es zu einer Badewanne mutiert und dir so vollständig unter dem Hinterteil wegrostet, Schwager", klang es da aus der Werkstatt. „Neben den alten Autoreifen hinten in der Halle ist noch Platz. Anschließend kannst du mir verraten, was du mit diesem Altmetallhaufen vorhast."

„Restaurieren, Alistair." Darian übergab meinem Vater die Schachteln, sprang in den Wagen und startete den Motor. Das heißt, er wollte ihn starten. Doch auch in diesem Fall waren sich Fahrer und Wagen uneins. Es ruckte, es kreischte, dann erstarb jedes weitere Geräusch.

„Super", stöhnte Alistair und trat hinaus in den Regen. „Dad, leg die Kartons beiseite. Falls du eine Hand frei hast, Faye, wäre das wunderbar. Ich hasse solche Krücken, wirklich."

Gemeinsam schoben wir den Wagen in die Werkstatt bis vor die besagten Autoreifen. Abermals stieg Darian über die klemmende Tür und hatte dabei ein Lächeln im Gesicht, als habe er den Jackpot geknackt.

„Ist er nicht fantastisch?“ Beinahe zärtlich ließ er seine Hand über den stumpfen, mit diversen braunen Stellen übersäten silbernen Lack des Wagens gleiten.

Ich schnalzte missbilligend und zog die Nase kraus. „Was ist an dieser Rostlaube fantastisch?“

„Das ist ein Shelby Cobra 427 SC, Baujahr 1965, Faye! Einer von nur 348 weltweit produzierten Wagen, und keine Rostlaube! Stell ihn dir in voller Pracht vor. Er braucht nur etwas Politur –“

„– einen neuen Motor, eine komplette Runderneuerung und ein warmes Bettchen, schon klar“, unterbrach ich ihn abwinkend und lachte, als Darian mich leicht pikiert ansah.

„Du erwartest von einer Frau doch nicht wirklich, dass sie ein solches Schätzchen zu schätzen weiß, Schwager“, witzelte mein Bruder, legte seine Hände auf meine Schultern und schob mich zum Ausgang. „Lass das mal uns Männer machen. Benzingespräche sind unser Metier.“

„Das Handtuch lass hier und nimm dafür die Kartons mit“, meinte Dad, drückte sie mir in die Arme und schob mich zum Werkstatttor. „Sag Erni, es dauert etwas länger.“ Und schon stand ich wieder im Regen, während Dad zurück zu dem neuen *Schätzchen* eilte. „Meinst du, du bekommst den Motor wieder hin, Alistair?“

Verwundert es, dass auf meinem Weg ins Haus Jason mit leicht geröteten Wangen im Stechschritt an mir vorbeieilte, um ebenfalls den Neuankömmling gebührend zu begrüßen? Kopfschüttelnd begab ich mich nach oben, stellte die Schachteln mitsamt Rohrteil neben dem Bad ab und gesellte mich zu Ernestine und Kimberly in die Küche.

Es wurde an diesem Abend sehr spät, ehe wir die Männer sahen.

Klamm kroch es mir die Füße hinauf, die Beine entlang, über den Rücken. Gänsehaut bildete sich, ließ die Härchen auf meinem Körper vibrieren. Genervt holte ich tief Luft, sah mich um. Es war dunkel und regnerisch. Ich seufzte.

Nichts gegen Visionen, aber bitte zu einer anderen Zeit. Diesmal war es mehr als ungünstig. Morgen wollte ich heiraten. Ich wollte einen schönen Tag verleben, hübsch aussehen und dabei keine Erinnerungen an ein Horrorszenario mit mir herumschleppen oder gar völlig übernächtigt mit Ringen unter den Augen erscheinen müssen.

Da sich weder Gefühl noch Umgebung änderten, sah ich genauer hin. Dunkler, nasser Asphalt unter meinen nackten Füßen, das Licht einiger Straßenlampen wurde von den Pfützen reflektiert. Gebäude zu beiden Seiten von mir. Rechts eine Häuserreihe, die mir bekannt vorkam. Links … Ich zog die Stirn kraus. Was sollte das jetzt?

Die breiten Tore der Werkstatt waren verschlossen, weiterhin standen diverse Taxis vor dem Gebäude und warteten in stiller Geduld auf ihre Reparatur. Ich blickte kurz zum Dach hinauf, gewahrte einen Schemen. Zu verwischt, um ihn für real zu halten. Und doch wusste ich, er war da gewesen. Für den Bruchteil einer Sekunde. Steven?

Von schräg rechts erklang ein leises Knurren, lenkte meine Aufmerksamkeit dorthin. Dunkel hoben sich die Umrisse des Gebäudes gegen den Nachthimmel ab. Im Erdgeschoss flackerte unruhig Kerzenlicht hinter einem halb geöffneten Fenster. Etwas Kleines huschte geduckt hinter einer Mauer hervor, verharrte kurz und schoss dann blitzschnell über die Straße, verschwand hinter einer hohen Tonne. Ein grotesk anmutender Schatten ragte über mir auf, glitt lautlos an mir vorbei und verschwand gleichfalls bei der Tonne. Ein ängstliches Quieken, ein kurzer Laut, gefolgt von einem Fauchen, es war still.

Es schüttelte mich innerlich. Der metallische Geruch von Blut stieg mir in die Nase. Was war das? Eine große Ratte, die von einem Vogel verfolgt worden war? Und das mitten in der Stadt? Wenig wahrscheinlich, aber doch möglich.

Ich zuckte zusammen, als sich der Schatten neben der Tonne erneut erhob, kurz in seiner bizarr verzerrten Haltung verharrte und sich dann scheinbar schwerelos davonmachte. Wie ein Vogel wirkte das nicht.

Meine Ungeduld wuchs. Was hatte das alles mit mir zu tun? Warum sollte ich dieses Geschehen beobachten? Mein Fuß bewegte sich Richtung Tonne, da begann sich plötzlich alles um mich herum zu drehen. Ich hielt inne, versuchte so den Schwindel abzuschütteln. Es gelang nicht. Mir wurde schwarz vor Augen, ich fühlte den Boden näher kommen. Und ich schlug auf.

Leise fluchend rappelte ich mich hoch. Meine Beine waren schwer, wie von Gewichten gehalten. Etwas umschlang sie. Ich rutschte weg, bekam kurz keine Luft mehr, rollte schließlich zur Seite. Die Decke strampelte ich weg, setzte mich auf und fuhr mir mit den Händen über das Gesicht.

Halb eins zeigte die Uhr neben dem Bett. Die Taschenlampe fand ich neben der Uhr und schaltete sie an. Ich war da, wo ich hingehörte, im Stockwerk über Alistairs Apartment im Bett. Doch wo war Darian? Dicht an ihn geschmiegt war ich in seinen Armen eingeschlafen. Nun aber war er verschwunden.

Leicht fröstelnd langte ich nach einer Felldecke, legte sie mir um die Schultern und verließ den abgetrennten Teil des Raums, in dem sich Alistairs Zeichnungen an den Wänden befanden und er öfter meditiert hatte. Doch von Darian keine Spur.

Ein leises Geräusch ließ mich herumfahren. Schritte näherten sich, verharrten vor der Tür. Blitzschnell sah ich mich nach einer geeigneten Waffe um, fand einen langen Dolch, den Alistair neben anderen Dingen in der Kommode aufbewahrte. Hinter der Tür war kein Laut zu vernehmen. Fast wirkte es, als lausche jemand auf der anderen Seite der Tür ebenso gebannt wie ich. Ich wagte keine Regung.

Knarrende Dielen, die Schritte entfernten sich leise. Auf Zehenspitzen schlich ich voran, wich jeder bekannten Geräuschfalle aus, erreichte die Tür. Vorsichtig legte ich die Hand auf die Klinke, drückte sie behutsam herunter und öffnete sie lautlos.

In einiger Entfernung vernahm ich das Rauschen von Wasser. Ich blieb verwundert stehen. Ein Einbrecher auf der Toilette? Die Wahrscheinlichkeit war sehr gering, zumal Dad und Darian die Toilette auf dieser Etage erst gestern fertiggestellt hatten. Andererseits war nichts unmöglich. Mit gezücktem Dolch sprintete ich voran und riss die Tür auf.

Er fuhr herum. Das Erste, was mir ins Auge stach, war tiefes Rot. Frisches Blut, das von seinen Händen auf den Boden tropfte; das über seine Unterarme lief und die Ärmel seines hellen Hemdes einfärbte. Und das sich als riesige Lache auf seiner Brust abzeichnete, den oberen Bereich seiner Jeans dunkel färbte und als Striemen und Spritzer sein Gesicht und sein blondes Haar überzog. Geschockt entglitt mir der Dolch und fiel mit einem dumpfen Laut auf den Boden.

„Ein Blutbad sollte für den Moment reichen, Faye“, meinte Darian mit einem kurzen Blick auf die Waffe und sah mich dann ruhig an. „Ich habe dich geweckt, entschuldige bitte.“

„Du? … Nein. Ich war wach. Was ist passiert, zum Teufel?“ Die Bilder meines Traums stiegen erneut in mir auf, und ließen angesichts seines Erscheinungsbildes zusätzlich Furcht und Zweifel aufkeimen.

„Eine riesige Sauerei, nicht wahr, Liebes? Aber es sieht schlimmer aus, als es ist. Mir ist eine Konserve geplatzt.“ Er lächelte mich leichthin an und wandte sich zum Waschbecken um, zog sich das Hemd über den Kopf und ließ es achtlos fallen. „Die Qualität ist in England um einiges besser, wie mir scheint.“

Eine Konserve war geplatzt? Es klang unglaubwürdig. Darian sah aus, als käme er direkt aus einer Schlacht. Entweder mit einer geplatzten Konserve oder mit einem anderen Gegner. Mein Herz wollte an die Konserve glauben, mein Verstand vermutete etwas anderes. Etwas, das irgendwo draußen neben einer Tonne lag und die Größe einer recht stattlichen Ratte hatte.

Mich schauderte, und mühsam wandte ich meinen Blick von Darian ab, hob die Waffe auf und verließ das Bad. Ich legte den Dolch zurück, schaltete die Taschenlampe aus und ließ mich auf der Kante des Sofas nieder. An Schlaf war nicht mehr zu denken. Nicht nach dieser Entdeckung. Ob sie nun auf zu viel Fantasie meinerseits zurückzuführen war oder der Realität entsprach, war nebensächlich. Meine Zweifel waren geweckt und ließen sich nicht verdrängen.

Ich hätte in die Küche gehen und nachsehen können. Ich hätte meinen Zweifeln dadurch weitere Nahrung geben oder sie entkräften können, indem ich eine defekte Tüte im Mülleimer fände. Ich würde mich allerdings auch vollständig zum Idioten machen, wenn ich die Worte des Mannes in Zweifel zog, den ich in wenigen Stunden heiraten wollte. Eine solche Verbindung sollte auf gegenseitigem Vertrauen beruhen, sonst war das Fundament von Anfang an wacklig und alles würde beim kleinsten Windhauch wie ein Kartenhaus in sich zusammenfallen. Und ich hatte nicht das geringste Interesse daran, Löcher in dieses Fundament zu bohren.

Ohne es bemerkt zu haben, war ich aufgestanden und zur Tür gegangen. Es fiel mir erst auf, als Darian unbekleidet und mit seiner abgelegten Kleidung in der Hand vor mir stand und mich fragend ansah. Ich trat beiseite, um ihn einzulassen, doch er bewegte sich nicht, sondern blickte mich weiterhin an.

Es verstrichen endlose Sekunden, bis er schließlich das Wort ergriff: „Wir können jetzt hier stehen und uns anstarren, bis du zu Staub zerfällst, oder du erweist mir den Gefallen und sprichst aus, was dich beschäftigt. Denn obwohl ich für grippale Infekte nicht anfällig bin, weiß ich doch, wie sich Kälte anfühlt."

Ich senkte ertappt den Blick. „Das viele Blut hat mich erschreckt."

Er nickte knapp. „Das dachte ich mir. Jetzt bitte die ganze Wahrheit, Faye."

„Vielleicht solltest du dir etwas anziehen", versuchte ich es vage, doch Darian schüttelte den Kopf. „Nein, denn wenn ich dich jetzt loslasse, wirst du das Wegrennen erst richtig erlernen. Keine Ausflüchte mehr. Ich bin deiner Ängste bezüglich meiner Person wirklich überdrüssig und habe keine Lust mehr, mich ständig erklären zu müssen. Sprich endlich aus, was in dir vorgeht, damit wir es aus der Welt schaffen können."

„Also gut." Ich seufzte. „Du hast recht, dass mir einige Geschehnisse merkwürdig vorkommen. Der Tod der Obdachlosen. Du wolltest mich von ihr fernhalten. Leugne es nicht, denn es war offensichtlich. Nun ist sie tot, und es ist dir anscheinend völlig egal, wenn nicht sogar sehr angenehm. Dann beobachte ich heute Nacht einen Mord vor dem Haus, und wenige Minuten später stehst du blutüberströmt vor mir. Was, meinst du, soll ich da denken?"

„Dass ich den Mord begangen habe", erwiderte er emotionslos. „Das ist die logische Folge eines solchen Gedankengangs."

Diesmal nickte ich und sah ihn fest an. „Hast du es getan?"

„Nein."
„Gut."
„Dann wäre das ja geklärt." Nun erst ging er festen Schrittes an mir vorbei, schob den Vorhang beiseite und nahm frische Kleidung aus seiner Tasche.
Ich wäre ihm gefolgt, wenn mich nicht das Klopfen an der Eingangstür abgelenkt hätte. Verwundert spähte ich den dunklen Gang entlang, an dessen Ende plötzlich ein Licht aufflammte und mich erfasste.
„Ach, Miss McNamara. Verzeihen Sie, falls Sie geweckt wurden. Richten Sie Mr. Knight doch bitte aus, dass ich das Malheur in der Küche vollständig behoben habe. Ich wünsche Ihnen noch eine angenehme Nachtruhe." Jasons Kopf verschwand, die Tür wurde leise wieder geschlossen. Betroffen stand ich da und fühlte mich wie ein absoluter Volltrottel.
„Darian, ich …"
„Schon gut." Vollkommen bekleidet in Jeans und dunklem Rollkragenpullover stand er vor mir und hob abwehrend eine Hand. „Ich kann dich und deine Reaktion verstehen. Vermutlich würde ich ähnlich reagieren, wenn ich jemanden wie mich ehelichen wollte. Daher halte ich es unter diesen Umständen für angebracht, unsere derzeitigen Pläne bezüglich unserer gemeinsamen Zukunft fürs Erste auf Eis zu legen, bis du dir absolut sicher bist, was du willst."
Mit vor Schreck geweiteten Augen starrte ich ihn an. Ich konnte nicht glauben, was ich da hörte. „Du willst die Hochzeit absagen?"
„Das ist meine Schlussfolgerung aus den Geschehnissen, Faye. Ich kann dir nicht zumuten, mit mir vor den Altar zu treten, wenn du auch nur den geringsten Zweifel an meiner Vertrauenswürdigkeit hegst." Er senkte kurz den Blick, sah mich dann wieder an, und ich erkannte eine tiefe, mühsam verborgene Trauer in seinen graublauen Augen. „Es ist erstaunlich, dass ausgerechnet diejenige, die mir gezeigt hat, was bedingungslose Liebe bedeutet, mir mein eigenes Wesen vorwirft. Noch erstaunlicher aber ist, dass es mich schmerzt. Genau hier." Seine Hand fuhr über seine Brust, während sein Blick weiterhin auf mir ruhte. „Ich liebe dich, Faye McNamara. Das allein ist die ganze Wahrheit. Mehr gibt es dazu nicht zu sagen." Damit wandte er sich ab und verließ das Apart-

ment.

Mit energischer Lautlosigkeit zog er die Tür hinter sich zu. Einen Moment lang war es still, dann vernahm ich einen gedämpften Knall, gefolgt von sich schnell entfernenden Schritten und einer zufallenden Tür weiter unten im Flur.

Vollkommen geschockt blieb ich zurück, konnte nicht fassen, was eben geschehen war. Reglos starrte ich auf die Tür, durch die Darian entschwunden war, wollte ihm nacheilen und konnte mich doch nicht bewegen. Die einzige Reaktion, zu der ich fähig war, waren die Tränen, die lautlos über meine Wangen rannen. Dann fühlte ich etwas in mir zerbersten, das wie blitzende Kristallsplitter in alle Richtungen davonflog und als schier unüberwindliches Trümmerwerk auf meinem weiteren Lebensweg liegen blieb.

Schließlich schleppte ich mich zum Sofa, rollte mich wie ein Kleinkind darauf zusammen und ließ den Tränen freien Lauf. Alles in mir fühlte sich dumpf an. Abgestorben oder überlagert von einer dunklen, klebrigen Masse unendlicher Verzweiflung. Bislang hatte ich Darian jederzeit irgendwie spüren können. Eine immer bestehende Verbindung, eine Wärme, die da war, auch wenn er nicht in meiner Nähe war. Doch nun war da nichts mehr, nur noch eine gähnende Leere, einer klaffenden Wunde gleich. Wie herausgerissen. Trotzdem betäubt, beinahe schmerzfrei, eingefroren. Ich zitterte, obwohl mir nicht kalt sein konnte. Es kam von innen. Selbst meine Gedanken schienen so weit zu erfrieren, bis nur einer blieb: Darian war fort. Ich hatte ihn unendlich tief verletzt. Und ich hatte Schuld.

Oh Gott, was hatte ich bloß angerichtet?

Wenn Situationen schon trostlos sind, kann man meistens davon ausgehen, dass jemand kommt, der allem noch die Krone aufsetzt. In meinem Fall war dieser Jemand mein überaus sensibler, mitfühlender und außerordentlich taktvoller Bruder.

Er polterte die Treppe hoch, riss die Tür auf und stapfte lautstark den Gang entlang. „Huhuu, wo bleibs'n?“ Dann fiel er halb in den Raum, hielt sich gerade rechtzeitig am Türrahmen fest und blickte mich leicht glasig an. „Hoppla. Weissu eigentlich, dassa 'n Loch inna Wand is'?“

Schniefend sah ich auf und wischte mir mit dem Ärmel über die Augen.

Als ich keine weitere Reaktion zeigte, schwankte mein Bruder in den Raum bis direkt vor das Sofa. Ein nach Whiskey und Öl riechender Dunstschleier hüllte mich ein. Dann ging er schwerfällig vor mir auf die Knie, streckte seine Hand aus und tätschelte mir den Kopf. „Brauchsu nich' weinen. Machich wieder heile." Sein Tätscheln hielt an, während er sich im Schein der Taschenlampe umsah. „Wo issn Darian? Müsste längs' wieder unnen sein. Wollich holen komm'n."

„Weg", brachte ich erstickt hervor, und weitere Tränen schossen mir in die Augen.

Alistair schien leicht ernüchtert, denn er schüttelte sich kurz und sah mich dann ein wenig klarer an. „Wie weg? Pinkeln? Oder meinsu Kippen kaufn ohne Wiederkomm'n?"

Ich nickte schwach und schrak zusammen, als er abrupt aufsprang und die Fäuste ballte. „Verdammt! Hatta kalte Füße gekriegt, der Wicht, un' lässdich hier sitz'n. Den kaufich mir."

Das brachte mich nun hoch. Ich warf die Decke beiseite, sprang ebenfalls auf und stellte mich meinem Bruder in den Weg. „Nein, nicht. Er ist nicht schuld, Alistair. Ich habe ihn sehr verletzt, deswegen ist er weg."

„Du hast …?" Er hielt ungläubig inne, kicherte und nickte dann kräftig, während er mit dem Finger in der Luft herumfuchtelte. „Na klar. Du has'n aus'm Hemd geschubst, die Weichflöte. Sicher doch. Mal eben so. Unda rennta weg. Logo." Lachend tippte er sich gegen die Schläfe. „Glaubich nich'. Aber das Loch inner Wand machich wieder heile. Morgen oder so."

Herrgott! Inzwischen hatte ich ihn bei den Schultern gepackt. Meine Traurigkeit war wie weggeblasen, war aufrichtigem Ärger gewichen. Ärger darüber, nicht ernst genommen zu werden, mich mit einem angetrunkenen, schwankenden Holzkopf abgeben zu müssen, den ein dussliges Loch in irgendeiner dämlichen Wand mehr interessierte als der Herzschmerz seiner Schwester – die todunglücklich und untätig ihrer Heularie frönte, statt etwas zu unternehmen.

Er bekam diesen Groll zu spüren, indem ich ihn kräftig schüttelte. „Dein blödes Loch ist mir egal, Alistair. Darian ist gegangen, weil ich unfair war. Aber vermutlich kapierst du das in deinem umnebelten Hirn sowieso nicht, so betrunken wie du bist. Also geh wieder runter und schütte dich weiter zu. Reparier von mir aus diese bescheuerte Wand. Ich werde jetzt Darian suchen und mich entschuldigen."

„Du meins' das jetz' voll ernst, hm?", murmelte mein schwankender Bruder, und ich nickte. Da schob er meine Hände von seinen Schultern, schüttelte sich abermals und kniff die Augen zusammen. „Na gut. Ich brauch'n Kaffee, 'ne Dusche un' muss diesen Mist aussa Blutbahn krieg'n. Dann gehnwa zusamm' los. Nö, nix da, kleine Schwester, brauchsu garnich' so zu guck'n. Ich komm mit, hab für so was 'n Näschen." Er tippte sich an die Nase, grinste mich gewinnend an und hob dann einen Arm, um an sich zu schnüffeln. „Boah, ich stinke. Warum sagst'n mir das nich'?"

„Hättest du mir denn zugehört?", fuhr ich ihn verzweifelt an. „Was habt ihr überhaupt gemacht?"

Erneut kicherte er leise. „Wir ham's Ende seiner Freiheit un' die Cobra begoss'n. Inna Werkstatt. Bin gleich wieder da. Un' nich' weglauf'n."

Ich wartete brav, bis ich ihn laut die Stufen hinunterlaufen hörte. Dann ergriff ich die Lampe und eilte in den abgetrennten Bereich. Das Schlafshirt flog aufs Bett, ich schlüpfte in Windeseile in meine Kleidung. Anschließend fasste ich unter die Felle.

Ich tastete. Und ich tastete intensiver. Ich tastete hektisch weiter, mein Blutdruck erhöhte sich. Suchte fieberhaft, nahm die Lampe in den Mund und riss schließlich die Decken beiseite. Nichts. Mein Herz setzte kurz aus, klopfte unregelmäßig, begann nun zu rasen. Mir wurde übel, Panik stieg in mir auf. Die Lampe fiel aufs Bett. *Nein, bitte nicht!* Ich drehte mich um, durchsuchte aufgeregt jede Ecke und Nische dieses Raums, aber meine schmale Kiste mit den Rosen und den Federn blieb verschwunden. Sie war einfach nicht zu finden.

Bestürzt sank ich auf die Decken und rang um Fassung. Darian hatte sein Fortgehen geplant. Es konnte nur so sein. Aber wann? Spontan oder von langer Hand? Wieso dann aber die ganze Nummer mit der Hochzeitsvorbereitung? Das ergab keinen Sinn. Eins aber war klar: Er wollte nicht gefunden werden. Er hatte dafür gesorgt, dass ich ihm nicht folgen konnte, indem er die Kiste verschwinden ließ. Er hatte sie mitgenommen. Aber warum? Er hatte doch gesagt, ich solle mir darüber klar werden, was ich wollte. Und – verdammt noch mal – es war mir klar, was ich wollte. Nämlich diesen Mann!

Wie von allein wanderte meine Hand zum Handy und drückte die Kurzwahltaste seiner Nummer. Ich stand kurz vor einem Nervenzusammenbruch, als es in seiner Reisetasche zu klingeln begann. Am liebsten hätte ich vor Wut und Verzweiflung das Handy an die Wand geworfen und laut geschrien. Doch was würde mir das bringen, außer Halsschmerzen, Heiserkeit und einem zerstörten Telefon? Nichts – im ungünstigsten Fall den Groll der Bewohner, die ich durch den Krach aus ihren Betten warf.

Also gut, ich musste mich beruhigen. Durchatmen. Abkühlen. Raus aus den Emotionen und hinein in die kühle Nüchternheit logischen Denkens. Und zwar sofort!

Wie von der Feder geschnellt sprang ich hoch, schlug die Stoffbahn beiseite und eilte aus dem Raum. Ohne Lampe war es dunkel, doch nicht dunkel genug, um nicht die bläulichen Umrisse aller Gegenstände zu sehen. Hatte Darian die Kiste vielleicht hier irgendwo versteckt und getarnt?

Ich entdeckte alles Mögliche. Sogar das *Katana* fand ich in der hinteren Ecke des Raumes an die Wand gelehnt. Lediglich von der Kiste war keine Spur zu finden. Nein, ich würde nicht schreien. Noch nicht einmal in Gedanken. *Verdammt!*

„Aua“, tönte es da lahm hinter mir, und ich fuhr erschrocken herum. Steven stand lässig an der Tür, sah mich strafend an und klopfte sich dabei übertrieben deutlich gegen die Ohren.

„Eine falsche Bemerkung, Steven …“

Müde lächelnd stieß er sich vom Türrahmen ab und betrat den Raum. „Schon klar, Eure Gereiztheit. Dein Bruder schickt mich übrigens. Er meinte, du hättest etwas verloren.“

„Nicht etwas, sondern jemanden. Darian ist weg.“

„Na und?“

Ich seufzte. „Er hat sein Handy nicht dabei und obendrein meine Federn versteckt. Und wir haben uns gestritten.“

„Ah, ich verstehe. Und was soll ich jetzt tun? Ihn finden, obwohl er nicht gefunden werden will? Auch wenn ich dich sehr schätze, Faye, werde ich meinen kleinen Hintern nicht auf dieses große Pulverfass setzen.“

„Feigling.“

„Ich hänge nun einmal an meinem Unleben“, lachte er leise, kam auf mich zu und umarmte mich. „Mach dir mal nicht zu viele Gedanken. Er kommt schon wieder.“

Dessen war ich mir ebenfalls sicher, doch nicht, was seinen Gemütszustand betraf, falls er seine Zähne zu tief in jemanden schlug. Oder mein Gemütszustand, wenn wir aufeinandertrafen. Dem wollte ich vorgreifen, wenn irgend möglich. Außerdem war ich kein Mensch, der dringende Angelegenheiten lange vor sich herschob oder abwartend die Hände in den Schoß legte. Das war überhaupt nicht meine Art, und es würde mich nur verrückt machen. Ungeduld war meine größte Schwäche, und ich war keineswegs gewillt, sie heute ablegen zu müssen. Nicht, wenn ich es verhindern konnte.

„Ich werde Ihnen bei der Suche nach dem Verschwundenen helfen, Miss McNamara."

Steven und ich blickten gleichzeitig auf und sahen Jason in den Raum treten. Er hielt eine Stablampe in der Hand, deren Lichtkegel uns einhüllte und gleichzeitig blendete. Als ich zum Schutze meiner Augen die Hand hob, senkte er die Lampe.

Wusste inzwischen das ganze Haus über dieses Drama Bescheid?

„Ihr Vater, Ernestine und Miss Kimberly schlafen, falls es Sie interessieren sollte", teilte Jason zuvorkommend mit. „Ihr Bruder war so freundlich, mich heraufzubitten. Für den Fall, dass Mr. Montgomery es ablehnen würde, zu helfen."

„Sehr fürsorglich, Jason. Wirklich", brummte Steven.

Der Genannte lächelte lediglich ein wenig, trat dann zu mir und sah mich fest an. „Alistair bittet uns, in der Küche auf ihn zu warten, Miss McNamara. Er frequentiert gegenwärtig die Dusche. Sie möchten bitte eine warme Jacke mitnehmen, denn es ist draußen inzwischen empfindlich kalt geworden."

„Die wird sie nicht brauchen, Jason. Darian ist nicht weit weg", brummte Steven und blickte uns danach empört an. „Ja, was denn? Glaubt ihr etwa, ich stehe dumm herum und lasse euch wie die Blinden in der Gegend herumstolpern?"

Trotz meiner inneren Anspannung zuckte es um meine Mundwinkel. „Pulverfass, Steven?"

„Na ja, nenn es passive Hilfe. Aber ich latsche nicht mit euch zusammen los und führe euch hin, klar?"

„Glasklar." Ich klopfte ihm auf die Schulter und sah dann demonstrativ nach oben. Steven schüttelte verhalten den Kopf. „Nein, weiter unten und etwas nach rechts. Ähem, unschöne Geschichte. Ich möchte dringend empfehlen, ihn jetzt doch besser nicht zu stören."

Mein Magen krampfte, und meine Hände krallten sich in seine Schultern. Bestürzt riss ich die Augen auf. „Raus mit der Sprache, Steven, was weißt du?"

Steven schloss die Augen, schüttelte sich und machte sich von mir los. Dann strich er mir über die Wange, als wolle er sich für seine nächsten Worte entschuldigen, mit denen er sich zum Gehen wandte: „Er ist auf der Jagd, Faye. Folge weder ihm noch mir." Damit verschmolz er vor meinen Augen mit seiner Umgebung und verschwand lautlos.

Besorgt sah ich Jason an, der meinen Blick ratlos erwiderte. Schließlich hob er die Lampe an und reichte mir seinen Arm. „Wir sollten in der Küche auf Ihren Bruder warten wie abgemacht, Miss McNamara. Was immer Mr. Knight macht, er handelt niemals ohne sehr gute Begründung, auch wenn es anfangs nicht so aussieht. Bitte vertrauen Sie ihm."

„So, wie Sie ihm gerade selbst vertrauen, Jason?", hakte ich mit einer gehörigen Portion Zweifel in der Stimme nach.

Diesmal rang er sich ein trockenes Lachen ab. „Auch bei mir siegt hin und wieder der angeborene Instinkt über den Intellekt, Miss McNamara, trotz meines Wissens um Mr. Knights Integrität. Nicht seine Gründe ließen mich jemals zweifeln, es waren seine Methoden."

Diese Worte machten mir mehr Angst, als ich ohnehin schon hatte. Und diese Angst steigerte sich noch, als wir den Flur erreichten und ich das blöde Loch in der Außenwand entdeckte, von dem mein Bruder gefaselt hatte. Durch die Wandverkleidung und das Mauerwerk geschlagen. Zwei oder drei Steine der Außenwand fehlten, ungehindert fiel der Blick auf die Straße. Blutige Striemen umgaben die Außenränder und machten zusätzlich klar, mit welcher Wucht der Hieb ausgeführt worden sein musste. Angesichts dieses Ausbruchs wäre es vielleicht wirklich ratsamer zu warten, bis Darians Zorn sich abgekühlt hatte. Doch war dieser Ausbruch nicht auf mein überzogen verängstigtes Verhalten zurückzuführen? Nochmals wollte ich dem nicht nachgeben. Ein Absturz hatte für heute gereicht, einen weiteren würde ich nicht zulassen. Niemals.

„Kommen Sie, Jason. Vielleicht wartet Alistair schon auf uns."

Kaum hatte ich die Küche betreten, jagten mir Bilder durch den Kopf, die an Wirklichkeitsnähe und Intensität kaum zu überbieten waren. Eine moderne Einbauküche mit dunkelroter Front erschien vor meinem inneren Auge. Ein Tisch, zwei Stühle, heller Fliesenboden. Auf dem Fensterbrett ein bemalter Blumentopf mit rosa Zierröschen aus Plastik. Links die Küchenzeile mit Spüle und Spülmaschine, ein Einbauherd. Schräg davon ein freistehender Kühlschrank. Dann eine Tür, halb offen, dahinter gähnende Schwärze. Ein Rundblick auf eine weitere Küchenzeile samt Arbeitsplatte mit allerlei Utensilien, darüber Wandschränke.

Plötzlich kippte das Bild, verschwamm und wurde wieder scharf. Der Tisch vor dem Fenster stand nun halb im Raum, die Stühle lagen beide auf der Seite, einer davon war zerbrochen. Auf dem hellen Fußboden glänzte eine dunkle Lache, von der Schleifspuren in Richtung Tür führten. Die Gardine hing in Fetzen, war mit dunklen Spritzern übersät. Der Blumentopf lag zerborsten auf dem Boden. Mehrere Schubläden der Schränke waren aufgezogen, teilweise herausgerissen und der Inhalt auf dem Küchenboden verteilt. Schranktüren standen in anklagendem Schweigen weit offen. Der Kühlschrank war gekippt, lehnte schräg an der Wand. Seine Tür hing schief in den Angeln, der Inhalt lag vor ihm auf dem Boden. Aus einer Flasche lief weiterhin Flüssigkeit aus, tropfte herunter, lief als Rinnsal die Fliesenfugen entlang, bis sie sich zu einem kleinen See vor einem Hindernis ansammelte. Einem Hindernis, das aus einem Büschel blonder Haare bestand.

Schlagartig wurde mir übel. Ich musste mich setzen.

„Nein", kam ich jeder weiteren Frage zuvor, „nichts ist in Ordnung, Jason."

„Was haben Sie gesehen?", fragte er knapp und sah mich dabei sehr beunruhigt an.

Da verstand ich. Ich riss die Augen auf, schnellte hoch und stürmte aus der Küche. „Oh mein Gott! Lass es nicht wahr sein!"

Im Flur rannte ich beinahe meinen Bruder über den Haufen, stürmte ungeachtet seines Protests durch die Tür, das Treppenhaus hinunter, aus dem Haus und quer über die Straße. Direkt vor dem Gebäude bremste ich und blickte mit rasendem Herzschlag auf die mich wissend anstarrende, dunkle Fensterfront.

Hinter mir erklangen hektische Schritte, hielten dann ebenfalls inne. „Miss McNamara, was in aller Welt –“

Eine herrische Geste brachte Jason zum Schweigen. Meinen Bruder, der kurz nach ihm eintraf, berührte dies allerdings wenig, denn er trompetete erbost: „Sag mal, spinnst du? Und was willst du überhaupt vor Lucindas Haus, Faye?“

„Damit wäre das Überraschungsmoment wohl gnadenlos zunichtegemacht“, resümierte ich mit einem giftigen Blick Richtung Alistair.

Abermals ignorierte er meinen Einwand, sah sich stattdessen intensiv um, trat weiter auf das Gebäude zu und sog geräuschvoll die Luft ein. „Es riecht nach frischem Blut. Und nach Tod.“

„Ach, was du nicht sagst“, spottete ich. „Dann sind wir uns ja wenigstens in diesem Punkt einig.“

„Die Haustür scheint offen zu stehen“, schaltete Jason sich leise ein und lenkte so meine Aufmerksamkeit zurück auf das Gebäude.

Mein Bruder hatte sich inzwischen der Vordertreppe genähert, seinen Fuß auf die erste Stufe gesetzt und sah sich nun fragend zu uns um. „Kommt ihr?“

Stöhnend eilte ich zu ihm und legte ihm eine Hand auf die Schulter. „Es wäre schön, wenn du das nächste Mal abwarten würdest. Bleibt hier, ich gehe allein.“

Ich schob mich an ihm vorbei und lauschte gebannt, während ich mich langsam den letzten Stufen vor der nur leicht angelehnten Tür näherte.

„Du gehst vielleicht allein die Treppe rauf, Schwester, mehr aber auch nicht“, grollte mein Bruder kehlig zurück. „Wenn du glaubst, dass ich dich allein in diese Bude spazieren lasse, hast du dich geschnitten. Mir wäre es ohnehin lieber, *du* bliebest draußen und lässt mich diese Arbeit erledigen.“

„Darian ist vermutlich da drin. Und wer weiß, was noch alles“, fuhr ich ihn an und stockte, als er laut zu lachen begann. „Jeder andere wäre bei dem Krach, den wir hier veranstalten, längst über alle Berge, Faye.“

„Auch wieder wahr, Bruderherz.“ Damit stapfte ich die Stufen hoch, trat die Tür auf und marschierte in den langen, dunklen Flur hinein. Zielstrebig trugen mich meine Beine auf die linke Tür zu. Hier wurde der Geruch von Blut und allerlei anderen Dingen intensiver. Nachdem ich die Tür zur Küche aufgestoßen hatte, wurde er beinahe unerträglich. Mir entwich ein angeekelter Laut.

„Heilige Scheiße!“, kommentierte Alistair keine Sekunde später das Bild, das sich nun auch seinen Augen darbot.

Während ich nur mit Mühe aufrecht im Türrahmen stehen blieb und mit dem Inhalt meines Magens kämpfte, betrat Alistair vorsichtig den Raum. Es knirschte leise unter seinen Füßen. Ohne langes Suchen fand er den Lichtschalter und knipste ihn mit dem Ellenbogen an. Kurz darauf tauchte die Deckenlampe die schauderhafte Szenerie in erbarmungslose Helligkeit.

Alles stimmte mit meiner letzten Vision überein. Das Chaos auf dem Küchenboden, die Möbel, der schräg stehende Kühlschrank. Dazu das blonde Büschel Haare, das sich ausgerissen direkt neben einem Kopf befand.

Sie lag auf dem Bauch, Arme und Beine merkwürdig verdreht. Die Oberbekleidung bestand nur noch aus Fetzen und ließ den Blick auf die tiefen Schnitte frei, die sich quer über ihren Rücken zogen. Ihre Beine waren entblößt, sie trug keinen Slip. Der gesamte Körper war blutüberströmt. Eine weitere Blutlache hatte sich neben ihrem Kopf gebildet. Die Schleifspuren von der Pfütze in der Mitte der Küche führten bis zu ihr. Sie war gekrochen oder gezogen worden. In Anbetracht des ausgerissenen Haarbüschels schien die zweite Variante wahrscheinlicher. Wer zum Teufel tat so etwas?

„Sie hat sich tapfer gewehrt“, vernahm ich Jason neben mir. „Leider hat es ihr wenig genützt.“

„Und sie hat ihm freiwillig die Tür geöffnet. Er hat sie zusammengeschlagen. Sie hat noch versucht, ihm zu entkommen, was unmöglich war. Hier am Tisch hat er sie erwischt, sie bis hierher gezerrt und sie dann anscheinend gegen den Kühlschrank geschleudert. Es sieht zudem nach einer Vergewaltigung aus. Ich wette, es ist keine, auch wenn Sex im Spiel war. Es riecht förmlich danach. Wir drehen sie besser nicht um, ihre Vorderseite sieht bestimmt nicht angenehmer aus“, erklärte Alistair nahezu emotionslos und sah mich dabei fest an. „Das war kein Mensch, Faye. Auch, wenn es danach aussehen soll.“

Ich nickte schwach, während ich weiterhin die Tote betrachtete und mit meinem Magen haderte. Dann sah ich auf und Alistair an. Wir alle hatten Lucinda Pester mit ihrer unhöflichen Art und dem eklatanten Mangel an Taktgefühl nicht unbedingt ins Herz geschlossen, doch ein solches Ende hatte ihr niemand gewünscht.

„Wir sollten die Cops rufen“, schlug Jason vor, doch ich schüttelte den Kopf. „Nein, erst, wenn wir Darian gefunden haben. Ich weiß, dass er hier ist.“

„Er war hier“, meinte mein Bruder, löschte das Licht und schob uns aus der Küche zurück in den Flur. „Wir sollten möglichst wenig Spuren hinterlassen und schon gar nichts verändern. Habt ihr etwas angefasst?“

Jason und ich verneinten gleichzeitig.

„Okay, ich will mich kurz umsehen. Bleibt im Flur und rührt nichts an!“ Damit löschte Alistair das Licht in der Küche und verschwand in den angrenzenden Räumen. Ich hörte ihn geharnischt fluchen, wollte schon zu ihm eilen, als Jason mich mit leichtem Kopfschütteln am Arm festhielt. Kurz darauf hörte ich Alistair telefonieren, dann tauchte er wieder auf. „Jetzt raus hier. Ich habe gerade die Cops gerufen. Und Faye“, hielt er mich auf den Stufen vor dem Haus auf, „Darian war hier. Irgendwie hat er damit zu tun, aber er ist es nicht gewesen. Ich denke, du solltest das wissen.“

Meine Hand landete auf seiner und tätschelte sie verstehend. „Ich weiß, Alistair. Darian würde so etwas niemals tun. Und Steven ebenfalls nicht.“

Energisch schob Alistair mich weiter die Stufen hinunter und über die Straße. „Steven konnte es nicht sein, Faye. Er war die ganze Zeit zusammen mit Jason und mir in der Werkstatt. Wer immer das hier getan hat, er wollte eine Spur legen. Und nun verschwindet, ich habe der Polizei gesagt, ich hätte Lucinda allein gefunden.“

Ich nickte verstehend und eilte Jason bereits nach, als ich innehielt und mich umsah. Die Tonne. Sie müsste schräg von hier an der Hauswand stehen. Ja, da war sie. Langsam ging ich darauf zu. Mein Herz schlug mir bis zum Hals. Was würde ich als Krönung dieser grausamen Nacht hier vorfinden?

Ich schrak heftig zusammen, als Alistair wie aus dem Nichts plötzlich neben mir auftauchte und mich ansprach: „Was suchst du noch?“

Reflexhaft flog meine Hand zu meinem Herzen, und erschrokken fuhr ich herum. „Willst du mich umbringen?“

„Nein, die beiden im Haus reichen. Also, was suchst du?“

„Die beiden?“

Alistair schenkte mir einen genervten Blick. „Lucinda hatte Herrenbesuch, der dieses Stelldichein auch nicht unversehrt überstanden hat. Er liegt auf ihrem Bett. Die Einzelheiten erspare ich dir. Nun?“

„Oh. Okay.“ Zitternd massierte ich mir die Schläfen und bemühte mich, das Gehörte zügig zu begreifen. Dann wies ich auf die Tonne und erklärte Alistair in knappen Worten, was ich gesehen hatte. Er bat mich zu warten und sah nach. Abermals fluchte er leise und kam zurück zu mir, legte einen Arm um mich und zog mich fort. „Ich mochte diese kläffende, verwöhnte Fußhupe nie. Trotzdem muss niemand ein Tier dermaßen brutal umbringen.“

„Da liegt ihr Hund?“

Mein Bruder nickte. „Ja, hinter der Tonne. Und nun geh rein. Ich kläre den Rest. Falls ich Hilfe brauchen sollte, lasse ich es dich wissen.“

Bedrückt beobachtete ich durch das Küchenfenster das Ankommen der Ordnungshüter. Alistair erwartete sie vor der Werkstatt. Zwei Männer und eine Frau mit einer Tasche unter dem Arm stiegen aus dem Auto und unterhielten sich kurz mit meinem Bruder. Zuerst führte er sie zu der Tonne, wo sie sich umsahen, und anschließend über die Straße auf den Tatort zu. Während er mit dem älteren der beiden Cops vor der Tür stehen blieb, gingen die Frau und der jüngere die Treppen hinauf in das Haus. Eine geraume Weile später trafen weitere Wagen ein, und es begann vor Polizisten nur so zu wimmeln. Allerlei Gerätschaften wurden ins Haus geschleppt, inzwischen war jedes Zimmer beleuchtet.

„Es macht schon einen großen Unterschied, solche Szenen in einem Film zu sehen oder sie selbst zu erleben“, murmelte Jason, der mit einer Teetasse in der Hand leise neben mich getreten war.

Ich nickte ihm im Spiegelbild der Fensterscheibe zu. Ich versuchte noch immer, das Erlebte zu verarbeiten. Es war nicht leicht, die Bilder aus dem Kopf zu bekommen, entwickelten sie doch ein Eigenleben und traten fortwährend vor das innere Auge, sobald man nur für einen winzigen Moment die Konzentration verlor. Und sie warfen Fragen auf. Wer tat so etwas Grausames? Welchen Anteil hatte ich daran, da es mir gezeigt worden war?

„Würde sie noch leben, wenn Darian und ich uns nicht gestritten hätten?“, stellte ich die bedeutungsvollste aller Fragen.

„Ihr Disput hat mit dem Ableben der Frau nicht das Geringste zu tun“, begehrte Jason heftig auf. „Sie dürfen nicht einmal daran denken, Miss McNamara.“

„Das ist leichter gesagt als getan, Jason.“ Ich lächelte ihm tapfer zu. „Aber ich arbeite daran.“

„Woran arbeitest du?“, klang es leicht verschlafen hinter uns. Jason und ich fuhren gleichzeitig herum und erblickten Kimberly, die im knielangen, schwarzen Nachthemd mit Freddy-Krueger-Aufdruck schlaftrunken im Türrahmen stand und sich die Augen rieb. Sie schmatzte leise und sah uns dabei schläfrig interessiert an. „Was hängt ihr hier um diese Zeit noch rum? Schlachtpläne wegen deiner Hochzeit morgen, Tante Faye?“

„Es wird keine Hochzeit stattfinden, Kim“, ließ ich wenig diplomatisch die Bombe platzen.

„*Was?*“ Sie starrte mich an, als sähe sie mich zum ersten Mal. „Aber wieso? Ich meine, du und Darian … Scheiße, du verarschst mich gerade, richtig?“

„Mr. Knight ist derzeit anderweitig beschäftigt und aller Wahrscheinlichkeit nach nicht in der Lage, zum angegebenen Termin zu erscheinen, Miss Kimberly. Daher wird die Hochzeit auf unbestimmte Zeit verschoben“, gab Jason für mich die Erklärung ab. Kimberly verstand seine Antwort nicht ganz so, wie er sie gemeint hatte, denn ihre Augen wurden noch größer. „Wie jetzt? War er zweigleisig unterwegs, die Olle meldet Besitz an, und er muss das erst mal klären?“

„Ich muss doch bitten, Miss Kimberly. Mr. Knights Verhalten ist über jeden Zweifel erhaben.“

Grinsend winkte Kimberly ab und trat zu uns. „Schon klar, nur nicht künstlich aufregen, Meister. Hey, was ist denn da los? Eine Invasion? Und wieso rennen die der Bitch nebenan die Tür ein? Die schafft die doch gar nicht alle auf einmal.“

„Sie wird gar nichts mehr schaffen, Kim, denn sie ist ermordet worden.“

„Echt? Cool. Oder ne, nicht cool. Eher ganz schön blöd.“ Kim nahm einem verblüfften Jason die Tasse aus der Hand, trank einen Schluck und gab sie ihm zurück. „Hätte sie sich nicht einen anderen Zeitpunkt aussuchen können als ausgerechnet heute Nacht? Ich meine, so 'ne Bluthochzeit ist echt nicht Jedermanns Ding. Kann euch voll verstehen, dass ihr die Hochzeit erst mal absagt. Schon 'ne Ahnung, wer ihr den Hahn zugedreht hat?"

„Berührt es dich denn gar nicht, dass sie tot ist?", fragte ich über ihre Reaktion erschüttert.

Meine Nichte sah mich irritiert an, dann schüttelte sie den Kopf. „Nö, ist mir ziemlich egal. Außerdem ist das recht praktisch, dann braucht dein Mann keine Kündigung zu schreiben, damit sie auszieht. Was denn? Wieso fuchteln Sie in der Luft herum, Jason?"

Hinter mir erklang ein gepeinigtes Stöhnen. Sehr langsam drehte ich mich zu Jason um, der mich mit unschuldigem Lächeln ansah. Einem sehr unglaubwürdigen unschuldigen Lächeln. „Jason?"

„Miss McNamara?"

„Ach, Tante Faye hat nicht gewusst, dass ihr Künftiger die Hütte nebenan gekauft hat? Ups, ich hab' mich hier wohl gerade etwas verplappert, hm? 'Tschuldigung."

„Ich wäre Ihnen zutiefst verbunden, wenn Sie für den Moment schweigen würden, Miss Kimberly."

„Und ich warte auf eine Antwort, Jason."

„Nun ja, Miss McNamara. Es steht mir nicht zu –"

„Jason!", donnerte ich dazwischen.

Schuldbewusst zuckte er zusammen. „Nun gut, ich werde mich über Mr. Knights Anordnung hinwegsetzten. Jedoch nur unter Protest."

Ich winkte ungeduldig ab. „Ja, ja, zur Kenntnis genommen. Also, ich höre."

Er seufzte. Ihm war anzusehen, dass er sich in einer Zwangslage befand. Doch gab er sich einen Ruck und blickte mich fest an, als er erklärte: „Vorgestern hat Mr. Knight den Kaufvertrag unterschrieben und die Kaufsumme zum Transfer angewiesen. Gestern wurde die Eigentumsurkunde ausgestellt. Deswegen war Mr. Knight diverse Male in Manhattan. Er verpflichtete mich zum Schweigen, Miss McNamara. Ich vermute, er wollte Sie damit überraschen."

„Das ist ihm gelungen", murmelte ich und blickte schwermütig auf das Gebäude. „Dann ist euch vermutlich auch klar, dass er somit ein Motiv für den Mord an seiner einzigen Mieterin hat. Und dass er im Augenblick spurlos verschwunden ist, ist nicht unbedingt von Vorteil."

„Wie? Darian ist verschwunden?", schaltete Kimberly sich ein und wirkte plötzlich sehr mitgenommen. „Hat er was damit zu tun? Und was ist mit Steven? Ich meine, er wird sich doch da raushalten?"

„Beide haben damit nichts zu tun, Kim", erläuterte ich ruhiger, als ich war. „Trotzdem hängen beide mit drin, weil nämlich beide verschwunden sind."

„Scheiße."

„In der Tat, Miss Kimberly. In der Tat. Wobei ich zu Ihrer Beruhigung anmerken möchte, dass wir Mr. Montgomery illegal in einem Koffer in dieses Land einschmuggelten und er sich somit nicht offiziell hier befindet. Ein Umstand, der sich den Behörden gegenüber durchaus als Vorteil erweisen dürfte."

„Jason, Sie entwickeln erstaunlich viel kriminelle Energie."

Er lächelte steif. „Danke, Miss McNamara. Ich passe mich lediglich den Gegebenheiten an."

Meine Aufmerksamkeit wandte sich erneut meiner Nichte zu. „Wer weiß noch von dem Kauf des Gebäudes?"

Sie zuckte mit den Achseln. „Na, alle, würde ich vermuten. Dad hatte es ja vorgeschlagen und auch den Besichtigungstermin klargemacht. Da warst du zusammen mit Jason und Ernestine shoppen."

Irgendwie wurde ich das Gefühl nicht los, dass sich mit jeder weiteren Erkenntnis die Schlinge um unseren Hals fester zog. Was würde noch alles ans Tageslicht kommen? Nur mühevoll schüttelte ich die erneut aufkeimende Angst ab, straffte die Schultern und wandte mich vom Fenster ab. Meine Kaffeetasse landete auf dem Tisch und mit festen Schritten verließ ich die Küche.

„Darf ich erfahren, was Sie zu tun beabsichtigen, Miss McNamara?"

„Ich hole die Kuh vom Eis, bevor sie sich den Hals bricht, Jason."

Ungeachtet weiterer Einwände marschierte ich aus dem Haus und schnurstracks zum Ort des Geschehens hinüber. In einigem Abstand eilte Jason mir nach, hielt mich jedoch nicht weiter auf. Ich vermutete, er wollte mir mit seiner Anwesenheit den Rücken stärken und notfalls jeden Meineid leisten, der notwendig war. Lobenswert, doch hoffentlich nicht nötig.

Alistair sah mich kommen und versuchte, mir den Weg zu verstellen. Da ich seine massige Gestalt kaum von der Stelle bewegen konnte, lief ich einfach um ihn herum und achtete auch nicht auf seine Einwände. Gleichzeitig signalisierte ich Jason, mir nicht weiter zu folgen. Er verstand und blieb auf der anderen Straßenseite abwartend stehen.

So tippte ich dem erstbesten Polizisten auf die Schulter, der mir im Weg stand. Fragend drehte sich der junge, dunkelhaarige Mann zu mir um. Ich blickte kurz auf sein Namensschild. „Wer leitet diese Untersuchung, Officer Saunders? Ich möchte ihn gern sprechen."

„Detective Anne Da Silva, Ma'am." Seine blauen Augen erfassten mich einmal von oben bis unten, dann wies er mit dem Daumen über seine Schulter zum Eingang hin. „Sie ist drin. Aber da können Sie jetzt nicht rein."

„Dann holen Sie sie raus und sagen ihr, dass die neue Eigentümerin des Gebäudes sie zu sprechen wünscht, Officer Saunders. Und das am besten gestern."

„Ma'am, das ist –"

Meine Hand berührte sanft seinen Arm. „Sofort, Officer."

Für einen kurzen Moment blickte er mich irritiert an, dann nickte er. „Ja, Ma'am, selbstverständlich. Bitte warten Sie hier."

„Wie hast du das denn gemacht?", flüsterte mein Bruder, nachdem der Polizist im Haus verschwunden war.

„Darian hat mich viel gelehrt. Du solltest ihn fragen, ob er dich auch unterrichtet."

Er schenkte mir einen nachdenklichen Blick. „Angesichts dieser überzeugenden Demonstration deiner Überredungskunst sollte ich das wirklich tun."

Derweil kam Officer Saunders in Begleitung einer älteren, dunkelhaarigen Frau aus dem Gebäude. In ihrem hellbraunen Hosenanzug nebst farblich passendem Rolli wirkte sie auf den ersten Blick wie eine Zivilistin, wäre da nicht das Abzeichen gewesen, das bei jedem Schritt an ihrem Gürtel aufblitzte. Während sie auf uns zukamen, sprach sie leise, jedoch deutlich verärgert auf ihren Kollegen ein.

Fast tat er mir Leid, denn dass seine Chefin sauer auf ihn war, ging wohl auf mein Konto. Ich schickte ihm ein aufmunterndes Lächeln und wandte mich gleich darauf der Frau an seiner Seite zu. „Detective Da Silva?"

„Und Sie sind?", fragte sie streng, blieb vor mir stehen und betrachtete mich misstrauisch.

Sie war eine attraktive Frau um die fünfzig, mit großen, braunen Augen in einem schmalen, beinahe faltenlosen Gesicht. Sie war nicht sehr groß, ging mir gerade bis unter das Kinn, was ihrer Aura von Autorität jedoch keinerlei Abbruch tat. Das streng zurückgebundene, schwarze Haar unterstrich zusätzlich ihren spanischen Typ. Ich konnte sie mir durchaus mit einem Flamencokleid tanzend auf einem Tisch vorstellen.

„Faye McNamara“, stellte ich mich vor und registrierte sehr wohl ihren blitzschnellen Seitenblick auf meinen Bruder.

„Sie liegen fast richtig, Detective“, reagierte ich prompt. „Wir sind miteinander verwandt, allerdings bin ich seine Schwester. Und wie Sie möglicherweise von meinem Bruder bereits erfahren haben, sind mein Verlobter und ich die neuen Besitzer dieses Gebäudes. Wir haben es erst vor wenigen Tagen erworben.“

„Ach.“ Ihre Brauen wanderten interessiert in die Höhe. „Nein, Ihr Bruder erwähnte diesen Umstand keineswegs. Sicher möchten Sie nun erfahren, wie lange wir noch für die Beweisaufnahme benötigen, bis das Gebäude wieder freigegeben werden kann, nicht wahr?“

„Nein“, überraschte ich sie. „Lassen Sie sich Zeit. Soweit es mir möglich ist, möchte ich Ihnen meine Mithilfe anbieten. Falls wir Ihre Ermittlungen in irgendeiner Form unterstützen können, lassen Sie es mich wissen. Wir hatten auf die Weiterführung des Mietverhältnisses mit Mrs. Pester gehofft. Es hat mich sehr getroffen, eben von meinem Bruder zu erfahren, dass ihr etwas zugestoßen ist.“

„Sie ist tot, Mrs. McNamara“, ließ sie wie nebenbei fallen und beobachtete mich dabei scharf.

Ich entschied mich gegen die Zurschaustellung falscher Überraschung und nickte daher mit ernster Miene. „Es wurde mir vor einigen Minuten mitgeteilt.“

„Ich darf davon ausgehen, dass Sie und Ihr Verlobter die Ermordete persönlich kannten?“

„Wir sind ihr mehrfach begegnet, das ist richtig. Allerdings kann ich nicht behaupten, dass wir sie kannten.“

„Aha.“ Sie nickte. „Ihr Verlobter, Miss McNamara, ist er ebenfalls hier?“

„Er ist heute Mittag los. Geschäftsreise“, warf mein Bruder wie beiläufig ein. „Aber er wollte morgen, spätestens übermorgen zurück sein. Falls nichts dazwischen kommt."

„Hat er auch einen Namen?", fragte sie lauernd nach. Dachte sie, er würde nicht existieren?

„Darian Knight ist sein Name", kam Alistair mir abermals zuvor. Ich sah ihn finster an.

„Darian Knight? Der Mr. Knight, dessen Name vor wenigen Tagen durch die Presse ging?", echote sie erstaunt.

Ihre Verblüffung ließ mich aufmerken: „Hat er etwas angestellt, Detective?" Was kam jetzt schon wieder? Mir wurde unangenehm flau im Magen.

Sie lachte leise und schüttelte den Kopf. „Ich hoffe nicht, Miss McNamara. Es sei denn, Sie betrachten die Spende einer fünfstelligen Summe an ein Krankenhaus als etwas *Angestelltes*."

„Oh. Nein, natürlich nicht." Erleichtert atmete ich durch. „Diese Spende war mir momentan entfallen. Ja, das passt zu meinem Verlobten. Er setzt sich sehr für solche Projekte ein."

„Nun gut", meinte sie schließlich und winkte den jungen Officer heran. „Saunders, nehmen Sie die Daten von Miss McNamara auf." Dann sah sie mich wieder an. „Ihre Aussprache klingt sehr britisch, Miss McNamara. Besuchen Sie Ihren Bruder in den Vereinigten Staaten?"

Ich lächelte verstehend. „Unter anderem, Detective. Wir gedenken, uns hier geschäftlich ein zweites Standbein aufzubauen, daher der Kauf des Gebäudes. Selbstverständlich werden mein Verlobter und ich in naher Zukunft nicht abreisen und stehen Ihnen demzufolge für weitere Fragen jederzeit zur Verfügung. Sie werden uns weiterhin bei meinem Bruder antreffen."

„Danke." Sie reichte mir ihre Hand. „Wenn ich Fragen habe, werde ich mich bei Ihnen melden."

Ihr Händedruck war kraftvoll und warm, ihr Blick inzwischen vollkommen offen. Ich sah ihr zum Abschied in die Augen. „Selbstverständlich, Detective Da Silva." … *wird es keine weiteren Fragen mehr geben*, fügte ich gedanklich hinzu. Dann ließ ich ihre Hand los.

Sie blinzelte kurz, nickte knapp und wandte sich um. Während sie zum Haus zurückging, zückte Officer Saunders einen Notizblock und schrieb sich Alistairs und meine Personalien inklusive der Telefonnummern auf. Danach waren wir entlassen, und gemeinsam gingen wir auf Jason zu, der noch immer auf der anderen Straßenseite mit Argusaugen über mich wachte.

„Du hast gelogen, Schwester“, brachte mein Bruder in sicherer Entfernung schließlich überrascht heraus.

„Ich habe die Wahrheit lediglich etwas gebeugt, Alistair“, erklärte ich trocken. „Lügen möchte ich das nun wirklich nicht nennen.“

„Aha. Und wie nennst du das, was du sonst gemacht hast? Freundliche Einflussnahme?“

„Ich würde es als Manipulation bezeichnen, Mr. McNamara“, meinte Jason.

„Nun mal nicht ganz so hart geurteilt, Jason. Apropos: Wieso hat mir niemand gesagt, dass Darian in der Zeitung erwähnt wurde?“

„Mr. Knight selbst war wenig erfreut über den Artikel, Miss McNamara. Doch um eine Quelle ständig frischer Blutkonserven zu erschließen, sind solche Maßnahmen hin und wieder notwendig. Auch wenn man dadurch etwas Staub aufwirbeln könnte.“

„Hm, zumindest lässt ihn das in einem Licht dastehen, das seine Weste ein wenig weißer wirken lässt, als sie tatsächlich ist. Und es macht deutlich, dass er niemanden aus Habgier umbringen würde. Nutzen wir es zu unserem Vorteil, falls jemand in der Suppe herumrühren will. Und nun, meine Herren, würde ich gerne meinen verschollenen Verlobten ausfindig machen.“

„Steven hat angerufen", empfing uns Kimberly bereits an der Tür. Sie war vollkommen bekleidet, trug eine lange schwarze Hose, einen schwarzen Pullover, dazu ein schwarzes Tuch mit weißen Totenköpfen um den Kopf und an den Füßen ihre schwarzen Chucks mit den weißen Sohlen.

Sofort begann mein Herz wie wild zu klopfen. „Hat er Darian gefunden?"

„Soweit ich verstanden habe, folgt er ihm in einigem Abstand. Diese Billig-Handys sind echt der letzte Schrott, dauernd reißt die Verbindung ab. Sie waren, wenn ich ihn trotz dieses beschissenen Rauschens richtig verstanden habe, Richtung Bronx unterwegs."

„Bronx", wiederholte Alistair nachdenklich. „Da gibt es einige Ecken, die selbst die Cops meiden. Der perfekte Sumpf für die Ausgeburten sämtlicher Kategorien von Kriminalität."

„Das klingt, als wäre dort der ideale Nährboden für die Nachfolger der beißenden Zunft", rutschte es mir heraus.

„Worauf du einen lassen kannst", brummte mein Bruder und fuhr sogleich seine Tochter an: „Und was hast du zu dieser späten Stunde noch vor? Omas erschrecken und ausrauben?"

„Dad! Das ist nicht witzig."

„Nein, das ist es auch nicht. Zieh dich wieder um und geh ins Bett. Und glaub nicht, dass ich mich auf weitere Diskussionen einlassen werde. Du wirst nicht auf vage Hinweise hin in der Gegend herumkurven und zwei Vampire suchen, die nachts weitaus schneller und beweglicher sind als du. Nein, Kim, vergiss es."

„Oh Dad! Du bist gemein." Erbost stampfte sie mit dem Fuß auf.

„Von mir aus auch das." Alistair nahm seine Tochter am Arm und schob sie zurück in den Flur. „Wenn du die Liebe eines Vaters zu seiner Tochter als gemein bezeichnen willst, dann bin ich megagemein. Und jetzt troll dich."

Hilfe suchend blickte Kimberly zu mir, doch ich konnte nur mit den Schultern zucken. Gegen eine väterliche Anordnung wollte ich kein Veto einlegen, zumal ich Alistair in allen Punkten uneingeschränkt recht gab.

„Und wenn Steven noch mal anruft?", wagte sie einen erneuten Vorstoß.

„Dann werde ich ans Telefon gehen und notfalls losfahren, um beide einzusammeln“, beendete Alistair entschlossen das Gespräch und wies anschließend wortlos in Richtung ihres Zimmers.

Leise fluchend turnte Kimberly ab, trat zornig gegen die Wand, ehe sie fluchtartig in ihrem Raum verschwand und die Tür hinter sich zuwarf.

„Kinder“, murmelte mein Bruder und grinste mich an. „Na, du wirst es ja bald selbst erleben dürfen.“

„Ich freue mich drauf“, gab ich mit zweifelnder Miene zurück. Er lachte leise und klopfte mir mitfühlend auf die Schulter. „Man wächst mit seinen Aufgaben, Faye. Nun denn, noch einen Kaffee, bevor wir die erste Nachwache einteilen?“

„Bist du denn überhaupt in der Lage, noch länger durchzuhalten?“, fragte ich skeptisch, nachdem wir in der Küche angelangt waren und ich nach meinem erkalteten Kaffee griff.

„Falls du dir Gedanken darüber machst, ob ich neben dem Alkohol auch noch Blut in den Adern habe, kann ich dir versichern, dass ich wieder fit bin. Die kalte Dusche und eine gewisse Reinigung von innen heraus haben ihren Dienst getan.“ Alistair zwinkerte mir über seinen Tassenrand hinweg zu, nahm einen Schluck und schüttelte sich angeekelt. „Hölle noch eins. Spätestens nach diesem Zeug bin ich vollkommen nüchtern. Wer hat das denn gebraut?“

Zögerlich hob Jason die Hand. „Sie könnten auf Tee ausweichen, Sir. Er ist zwar ebenfalls kalt, jedoch genießbar, möchte ich meinen. Das Kochen von Kaffee ist nicht ganz mein Metier.“

Mitfühlend schob ich meinem Bruder die Kaffeesahne zu. Ebenso wie ich wählte er eine Eins-zu-eins-Mischung.

„Wenn es genehm ist, würde ich mich gern zurückziehen“, meinte Jason nach einer geraumen Weile und erhob sich. „Es sei denn, meine Dienste werden noch benötigt.“

„Nein, wir können nur abwarten und darauf hoffen, dass Steven sich wieder meldet oder beide zurückkommen“, meinte Alistair. „Legen Sie sich hin, Jason. Wenn sich etwas ergibt, wecken wir Sie.“

Seit Ernestines Ankunft hatte mein Vater das Sofa gegen die gemeinsame Matratze mit seiner Herzdame eingetauscht. Daher war es nur logisch gewesen, dass Jason seinerseits das freigewordene Sofa bezogen hatte, um Darian und mir ein Stockwerk höher die nötige Privatsphäre einzuräumen.

Nachdem die Tür mit leisem Klicken ins Schloss gezogen worden war, sah Alistair mich fest an. Dabei schob er seine Hand über meine und drückte sie aufmunternd. „Mach dir nicht zu viele Gedanken, Faye. Dein Darian weiß, was er tut. Außerdem ist Steven bei ihm oder zumindest in seiner Nähe."

Ich lachte bitter auf. „Möglicherweise ist es ja genau das, was mir Sorgen macht. Steven ist meist derjenige, auf den man aufpassen muss."

„Das kann ich kaum glauben. Als er Kimberly aus Letavians Zugriff befreite, wirkte er alles andere als unzuverlässig."

Mein Blick wurde forschend. „Dann vertraust du ihm inzwischen vollkommen?"

„Ich vertraue dem Urteil meiner Tochter. Selbst wenn ich persönlich noch einige Vorbehalte gegen gewisse Wesenszüge von ihm habe, so vertraue ich Kimberly, weil sie Steven blind vertraut." Er grinste und kratzte sich verlegen am Hinterkopf. „Ich muss aber zugeben, dass ich den Bengel irgendwie mag."

„Das fällt nicht schwer, wenn man ihn erst einmal genauer kennt." Ich schmunzelte, erinnerte mich an Stevens und meine erste Begegnung und brach in lautes Lachen aus. Auf Alistairs neugierigen Blick hin erzählte ich ihm von diesem Treffen.

„Ich hätte gerne Mäuschen gespielt", meinte er schließlich mit Lachtränen in den Augen. „Allein Darians Blick, als er die Beule in seinem Wagen gesehen hat, wäre sicher jede Mühe wert."

„Er war göttlich. Aber verrat es ihm nicht, er ist sehr empfindlich, was seine Autos betrifft."

„Zu Recht, Schwesterherz." Er prostete mir mit seinem Gebräu zu, nahm einen Schluck und schüttelte sich. „Zur Hölle damit. Soll ich einen neuen aufsetzen?"

Diesmal landete meine Hand auf seiner und verhinderte, dass er aufstand. „Nein. Lass uns ausnutzen, dass alle schlafen und wir alleine sind. Erzähl mir, was du in all den Jahren getrieben hast. Wie kommen diese Tierbilder auf die Wand? Hast du sie gemalt?"

„Die Spirits oben?" Er lächelte matt. „Nein, die hat ein Freund von mir gezeichnet. Thomas Silent Runner Andrews, ein wahrer Künstler. Er lehrte mich, den spirituellen Weg zu gehen, mit den Ahnen zu kommunizieren und Rituale durchzuführen. Leider habe ich es nie geschafft, auf dem Dach dieses Gebäudes eine

Schwitzhütte zu errichten." Sein Finger flog in die Höhe. „Obwohl ich es ernsthaft versucht habe."

„Eine Schwitzhütte auf dem Dach?", wiederholte ich skeptisch.

„Ja, das stellte sich allerdings als Schwachsinnsidee heraus. Ich durfte nach dem Versuch erst mal einen großen Teil des Daches neu eindecken." Er gluckste leise. „Das hat vielleicht gequalmt. Sogar die Feuerwehr ist angerückt. Und wir durften feststellen, dass Schwitzhütten nicht wirklich wasserfest sind. Thomas würde dir übrigens gefallen, da bin ich sicher. Vielleicht kann ich etwas organisieren und er kommt mit seinem vierjährigen Sohn Val Little Leaf her. Allerdings weiß ich nicht, wie er auf deinen Mann reagiert."

„Meinst du, er wird erkennen, was Darian ist?"

„Thomas ist Lakota-Sioux, Faye. Er nahm mich in seine Familie und seinen Kreis auf und lehrte mich alles, was ich weiß. Er brachte mich dem nahe, was ich heute bin. Und glaub mir, ich weiß nur die Hälfte von dem, was Thomas an Kenntnis über die alten Gebräuche und Riten seines Volkes hat. Ich kann mich glücklich schätzen, dass er mich überhaupt in die Lehre nahm. Außenstehende werden normalerweise nicht unterrichtet."

„Also verhält es sich bei ihm so ähnlich wie bei Darian", mutmaßte ich. „Den alten Aufzeichnungen und Dads Worten zufolge unterweist Darian ausschließlich Mitglieder unserer Familie."

„Ich weiß, ich habe Dad ebenfalls danach gefragt. Es sind jeweils die Erstgeborenen unserer Familie, die besondere Fähigkeiten besitzen."

Verblüfft starrte ich ihn an. „Das kann nicht sein. Denn dann wärst du der Einzige, der diese Bedingung erfüllt. Ich bin nach dir geboren."

Mein Bruder stupste mir tadelnd auf die Nase. „Das schon, du Dummchen. Aber hast du vergessen, dass ich aus Dads erster Ehe stamme, du aber das erste Kind aus seiner zweiten Ehe bist? Demnach also ebenso die Erstgeborene? Oder hat Julie ebenfalls besondere Fähigkeiten besessen?"

Nachdenklich schüttelte ich den Kopf. „Nein, sofern du die Fähigkeit ausklammerst, sich permanent durch Männergeschichten in Schwierigkeiten zu bringen."

„So schlimm?"

„Schlimmer. Du weißt, die letzte Geschichte kostete sie das Leben.“ Ich lächelte tapfer. Wir nahmen uns bei den Händen und hielten einander sanft fest, schwiegen miteinander und dachten jeder auf unsere Weise an Julie.

Plötzlich drückte Alistair ein wenig fester zu und sprang auf. „Komm mit, ich möchte dir etwas zeigen.“

„Jetzt noch? Wie spät ist es überhaupt?“

„Klar. Warum nicht? Zeit ist relativ. Oder hast du noch etwas anderes vor, Schwesterherz? Na los, komm schon.“ Er zog mich hoch und aus der Küche. Richtig neugierig jedoch wurde ich, als wir die Treppe hinaufeilten und Alistair kurz darauf im oberen Stockwerk den Raum mit den Spirits ansteuerte. Er drückte mich mit sanfter Gewalt mitten auf dem Teppich nieder, begann die Kerzen in einem Kreis aufzustellen und zündete sie danach an. Anschließend steckte er ein Bündel Salbei an und ließ den Rauch um uns herum aufsteigen. Danach setzte er sich im Schneidersitz mir gegenüber und reichte mir die Hände. „Begleite mich auf dieser Reise, Faye. Vertrau mir.“

„Hast du so eine Reise an dem Tag unternommen, an dem wir mit Letavian diese unschöne Begegnung hatten?“

Mein Bruder sah mich leicht zerknirscht an. „Ja. Entschuldige bitte, dass ich deine Energie nicht gleich erkannt und dich etwas unsanft hinausgeworfen habe.“

„Du hast mich gesehen?“

„Nein, mehr deine Anwesenheit gefühlt. Du warst für mich in erster Linie ein Eindringling. Ich –“

„Das ist ja wunderbar!“, unterbrach ich ihn, sprang auf und umarmte ihn überschwänglich. „Ist dir klar, was du da sagst? Es ist eine Möglichkeit, Darian zu finden, ihn zu sehen. Und ich dachte immer, ohne Federn geht das nicht.“

„Federn?“, hakte er verwundert nach und schob mich sanft von sich. „Was für Federn?“

Eilig setzte ich mich im Schneidersitz wieder hin. „Unwichtig. Lass uns anfangen. Was muss ich tun?“

Wie auf sanften Wolken fühlte ich mich emporgehoben, so als würde ich schweben. Dennoch fühlte ich Alistairs festen Händedruck sowie den Boden unter mir. Es war ähnlich und doch ganz anders, als ich es kannte. Der Geist schien sich vom Körper vollständig zu lösen. Langsam, behutsam, weniger ruckartig. Ohne Wirbel, eher wie ein gewollter Ausstieg. Oder sollte es ich besser als Aufstieg bezeichnen?

Verwundert blickte ich hinab, sah mich dort unten mit geschlossenen Augen sitzen und Alistairs Hände halten.

Erstaunt?, vernahm ich Alistairs Stimme in meinen Gedanken. *Beim ersten Mal hat es mich ziemlich nervös gemacht.*

Es ist okay, gab ich zurück, sah mich weiter um und hätte fast gelacht, als ich bemerkte, dass wir haarscharf unter der Raumdecke klebten. Instinktiv zog ich den Kopf ein.

Ich hörte meinen Bruder lachen, suchte nach ihm, konnte ihn aber nirgends entdecken. Lediglich seinen Händedruck spürte ich weiterhin.

Alistair?

Wieder ein Glucksen, dann ein leichter Ruck an meinen Händen. Ich hielt erschrocken die Luft an, als ich durch die Decke flog und ihre verschiedenen Schichten sehen konnte: die Holzplatten, die Dämmschicht, einen dicken Dachbalken, eine dünne Schicht Dachpappe, viel Teer. Dann fühlte ich einen weiteren Ruck und stand plötzlich auf dem Dach, das lachende Gesicht meines Bruders vor mir.

Er sah plötzlich irgendwie anders aus. Sein rot-schwarz kariertes Holzfällerhemd war einer hellbraunen, ärmellosen Lederweste gewichen. Dazu trug er eine hellbraune Lederhose mit Fransen an den Seiten, die vorne geschnürt wurde und seine Jeans ersetzte. Helle Mokassins befanden sich an seinen Füßen. Sein Haar war offen, die seitlichen Zöpfe waren geblieben. Als er mir sein Profil zuwandte, erkannte ich an seinem Hinterkopf eine große Silberspange mit einer langen Adlerfeder.

Überrascht öffnete ich den Mund zum Sprechen, doch mein Bruder schüttelte sofort den Kopf. *Nutze deine Gedanken, Faye. Du kannst niemals genau wissen, wer lauscht.*

Das konnte ich nachvollziehen, denn auch während einer Reise mit den Federn vermied ich jeden Laut. *Okay. Gibt es Schutzmaßnahmen zu beachten?*

Nein, der Rauch der Kräuter schützt uns vor zu neugierigen Blikken. Bleib nur bei mir, dann geschieht dir nichts.

Das musste er mir nicht zusätzlich sagen. Um nichts in der Welt hätte ich seine Hand losgelassen, vermittelte er mir auf diesem völlig unbekannten Terrain doch Sicherheit und Vertrauen.

Bevor wir Darian suchen, möchte ich gerne einen kleinen Abstecher machen. Ist das für dich in Ordnung?

Ich zuckte zustimmend mit den Schultern. *Sicher. Aber halt mich gut fest, sonst verlierst du mich noch.*

Das wird nicht geschehen. Alistair zwinkerte mir zu, legte beide Hände an den Mund und rief ein Wort, das ich weder verstehen noch einordnen konnte. Doch die Wirkung war eindeutig. Erst vernahm ich ein immer lauter werdendes Rauschen, dann gewahrte ich einen Schatten über uns, der in kreisenden Bewegungen schnell näher kam. Als die Schreie eines Adlers an meine Ohren drangen, sah ich Alistair besorgt an. Er aber lächelte nur.

Ein riesiger Weißkopfseeadler landete kurz darauf vor uns auf dem Dach. Er schüttelte seine Flügel, ließ abermals einen Schrei erklingen und wandte seine ganze Aufmerksamkeit uns zu. Der feste Blick seiner gelben Augen erfasste mich. Instinktiv machte ich einen Schritt zurück.

Keine Sorge, Faye. Er ist mein Spirit, einer meiner Geistführer, *auch* Krafttier *genannt. Er wird uns zu den Orten bringen, die wir sehen möchten.*

Ich musterte den Adler leicht skeptisch. Immerhin hatte er die Größe eines Kleinwagens, und die Länge seines Schnabels sowie seiner Krallen war alles andere als beruhigend. So musste sich eine Maus im Angesicht eines solches Raubvogels fühlen – als Beute.

Steig auf.

Nein, nein, geh du mal voran, Alistair, winkte ich eilig ab.

Schiss, Schwester?

Schwindeln? Nein, ich entschied mich für die Wahrheit. *Ja. Er kennt mich ebenso wenig, wie ich ihn kenne.* Mir wäre Laufen gerade irgendwie lieber.

Glaub mir, er kennt dich. Aber wie du wünschst. Alistair gab dem Adler einen Wink, worauf dieser seine Flügel ausbreitete und sich wieder in die Lüfte erhob. Er flog weit hinauf, kreischte einmal und sauste dann im Sturzflug hinab. Erschrocken wich ich bis an den Rand des Daches zurück und zog Alistair einfach mit mir. Kreischend schoss der Adler an uns vorbei, ich fühlte, wie eine Feder mich knapp streifte. Dann erhob sich das Tier abermals in die Lüfte, um wieder auf uns herabzustürzen.

Habe ich ihn irgendwie verärgert?, rief ich meinem Bruder gedanklich zu und blickte mich gleichzeitig nach einem Schlupfloch um.

Nein, alles ist in bester Ordnung, Faye, gab er ruhig zurück.

Du … Es ist bitte was? Überaus besorgt behielt ich den Adler im Auge, der mit ausgebreiteten Schwingen direkt auf uns zukam. *Alles in Ordnung* sah für mich aber anders aus. Kurz vor dem Dach bog er plötzlich ab und verschwand aus meinem Blickfeld, um seitlich unter uns gleich wieder aufzutauchen.

Als ich einen harten Stoß erhielt und über das Dach stürzte, schrie ich panisch auf. Dann landete ich auch schon mit dem Gesicht voran zwischen den Schwingen des Adlers. Schockiert klammerte ich mich fest. Bevor ich genauer überlegen konnte, ob das Tier Milben hatte und somit bei mir eine allergische Reaktion auslösen würde, oder wie ich mich bei meinem Bruder für seine Heimtücke rächen sollte, landete Alistair bereits hinter mir. Sein rechter Arm umfasste meine Taille und zog mich hoch, presste mich mit dem Rücken fest an seine Brust. Jeder Flügelschlag des Tieres warf mich ruckartig zurück, und ich erwartete, jeden Moment abzustürzen.

Entspann dich und genieße es, Faye. Ich sagte dir, dass dir bei mir nichts geschehen wird.

Die Komponente Adler-Air hast du dabei unterschlagen, maulte ich mit schrägem Seitenblick auf besagtes Flugobjekt.

Dann musste ich mich regelrecht festklammern, da der Adler rasend schnell an Höhe gewann, was mein Bruder mit einem lauten Jubelschrei begleitete. Na, zumindest er genoss den Flug. Ich fühlte mich dem Tode näher als dem Leben. Was würde geschehen, wenn ich abstürzte?

Dann wird auch dein physischer Körper leiden, denn alles, was dir auf dieser Ebene geschieht, spiegelt sich auf der materiellen Ebene wider, erklärte Alistair ruhig.

Es war genau so wie bei meinen Reisen mit den Federn. Wurde ich dabei verletzt, trug ich diese Verletzungen mit in die bewusste Realität. Ungern erinnerte ich mich an den Schnitt an meinem Hals, den ich auf meiner ersten, allerdings ungewollten Reise erlitten hatte. Sehr lange hatte ich vergeblich versucht, ihn als ein Hirngespinst abzutun. Aber Hirngespinste schmerzen oder bluten normalerweise eben nicht. Ich knirschte lautlos mit den Zähnen. Also musste ich mich gut festhalten – so einfach war das.

Wo geht's überhaupt hin?, fragte ich nach und staunte nicht schlecht, als ich die Häuser und Straßen weit unter uns nur noch als ein verwischtes, graues Etwas ausmachte. Der Vogel kam doch nicht etwa bis auf Mach 1,00?

Wart ab, wir sind gleich da.

Ich schnaufte resigniert. Was blieb mir auch anderes übrig?

Schnelligkeit ist keine Hexerei? Weit gefehlt. Ich hatte den letzten Gedanken noch nicht ganz zu Ende gedacht, da befanden wir uns bereits im Landeanflug. Sekunden später hob Alistair mich vom Adler herunter, und wir fielen buchstäblich durch den Boden hinab in einen beleuchteten, langen Gang, der mir vage bekannt vorkam. Spätestens als wir, ohne uns tatsächlich zu bewegen, auf eine Tür zuglitten, an der ein Name prangte, wusste ich, wo wir waren. Mein Bruder wollte sich schier ausschütten vor Lachen, weil ich meiner guten Erziehung entsprechend anklopfen wollte und meine Hand dabei einfach durch das Material glitt, als sei es nicht vorhanden. Ich schenkte ihm einen grimmigen Blick. Dann erhielt ich einen sanften Schubs und stolperte durch die optische Barriere in den Raum hinein.

Ein braunhaariger Lockenkopf ruhte seitlich auf verschränkten Armen. Rechts davon lag die dunkelblaue Brille auf einem Stoß Unterlagen. Eine weiße Tasse mit kaltem Tee stand daneben. Der ruhige Klang ihres Atems verriet, dass sie schlief.

Ich habe ihr gesagt, dass sie zu viel arbeitet, hörte ich gedämpftes Murmeln neben mir. Dann sah ich Alistair mit betrübter Miene hinter ihr stehen und liebevoll über ihre Haare streichen. *Doppelschichten sind auf Dauer nicht gut. Egal, ob man das Geld nun braucht oder nicht.*

Ich warf ihm einen erstaunten Blick zu. *Du bist verliebt, Bruderherz.*

Was? Nein! Blödsinn. Wie kommst du darauf? Ich mag sie, das ist alles. Da wird mir doch noch erlaubt sein, mir ein paar Gedanken um sie zu machen. Sein empörter Gesichtsausdruck konnte mich nicht täuschen. Dennoch nickte ich. *Sicher doch, Alistair.*

Bevor er sich weiter aus seinen offensichtlichen Gefühlen herausreden konnte, begann etwas sehr laut und unangenehm zu piepen. Sofort schreckte Maja hoch, tastete um sich und fegte die Tasse nebst Papierstapel vom Tisch.

„Oh Gott. Mist!“, fluchte sie leise, griff hektisch in ihre Kitteltasche und zog einen Pager hervor. Sie las die Nummer, hob den Telefonhörer ab und wählte. „Dr. Brooks, was gibt es? … Okay, ich bin gleich unten.“ Sie legte den Hörer hektisch auf und sah auf das Dilemma am Boden. „Verdammt! Ich hätte nicht einschlafen dürfen. So ein Mist aber auch.“ Hektisch begann sie, die tropfenden Papiere auf den Tisch zurückzulegen, besann sich dann anders und winkte ab.

Fast hätte ich gelacht, als sie zur Tür stürzte und dabei geradewegs durch meinen Bruder hindurchlief, der sich anschließend einmal kräftig schüttelte. *Ich hasse das*. Dann ergriff er meine Hand und zog mich hinaus auf den Gang. *Komm, lass uns nachsehen, was dein Mann treibt. Vorher noch was: Ich werde dir keine weiteren Fragen bezüglich Maja und mir beantworten. Also versuch es erst gar nicht.*

Is' ja gut. Die Aussicht, wieder auf dem Vogel zu fliegen, verlangte ohnehin meine ganze Aufmerksamkeit.

Die Adler-Airline schien genau zu wissen, wohin wir wollten. Kaum dass wir zwischen den Schwingen des Adlers saßen, hob er ab und wandte sich nach Nordwest. Diesmal jedoch hielt ich mich nicht so krampfhaft an dem Gefieder fest, dessen einzelne Federn beinahe so groß wie mein Arm lang waren, sondern genoss den Flug und schaute mehrfach hinunter. Zumindest ein wenig.

Wir jagten über den Central Park. Undeutlich konnte ich das *Onassis Reservoir* erkennen, bevor der See wieder in der Dunkelheit verschwand. Dann tauchte schon das hintere Ende des Parks auf, der zu Harlem gehörte. Jäh bog der Adler schräg nach rechts ab, fegte über schwach beleuchtete Straßen und Häuser hinweg und jagte über den Seitenarm des Hudsons mit seinen diversen Brücken. Wieder Häuser und Straßen, die Beleuchtung wurde schwächer, je weiter wir nach Westen gelangten. Das Tier wurde langsamer. Plötzlich zogen wir über einer wenig einladend wirkenden Umgebung große Kreise, als suchten wir etwas. Vorsichtig beugte ich mich leicht vor, starrte in die Tiefe, konnte jedoch so gut wie nichts erkennen.

Du hast kaum die Augen eines Adlers, Faye, lachte es hinter mir. *Vertrau ihm.*

Da ging es im Gleitflug plötzlich abwärts. Wie ein Pfeil schossen wir wenige Meter über dem Boden dahin, rechts und links flankiert von Häuserfassaden, die von der Geschwindigkeit verwischt wie hohe Flecke mit hellen und dunklen Löchern wirkten. Es verblüffte mich, dass hinter uns Unrat in die Luft gewirbelt wurde und dann trudelnd wieder landete. Wie war das möglich, wenn wir uns auf einer Ebene befanden, die nicht wirklich materiell war? Wie, wenn wir uns eigentlich irgendwo in Brooklyn in einem Raum mit Kerzen und Spirits an den Wänden befanden und nur mit unserem Geist über dieser Gegend kreisten?

Ich wusste, dass es Wesen und auch sensible Menschen gab, die durchaus spürten, wenn ihnen jemand auf diesen *Geist*ebenen begegnete. Angeblich lief es einem dann kalt den Rücken runter, man bekam eine Gänsehaut oder fühlte geradezu eine Berührung, hörte sogar Stimmen. Aber konnte man tatsächlich deutliche Spuren hinterlassen, etwa in Form von aufgewirbeltem Papier? War das wirklich möglich? Und mehr noch: Würde ich ab jetzt nicht unweigerlich hinter jedem aufgewirbelten Blatt gleichzeitig eine Begegnung der dritten Art vermuten?

Nicht, wenn du deiner Intuition folgst, Faye.

Du hast meinen Gedanken gelauscht, Alistair?

Er lachte leise. *Darian erwähnte, dass du schreist. Und nun halt dich fest, wir landen gleich.*

Woher er das wusste, wollte ich gar nicht erfragen. Ein Ruck ging durch den Leib des Adlers, das Tier nahm weiter das Tempo aus dem Flug, bäumte sich ein wenig auf und setzte nach einem heftigen Flügelschlag mitten auf der zweispurigen Straße auf. Noch während er seine Flügel anlegte, war Alistair von seinem Rücken gerutscht und hielt auffordernd die Hand zu mir hoch. Vorsichtig glitt ich hinunter. Alistair fing mich auf und stellte mich behutsam auf die Füße. *Alles klar?*

Ich nickte knapp und blickte mich um. *Wo sind wir?*

Irgendwo in der miesesten Ecke der Bronx, gab mein Bruder zurück und hob eine Hand, woraufhin der Adler seine Schwingen ausbreitete und abhob.

Du schickst ihn fort? War die Panik in meiner Stimme deutlich zu vernehmen?

Er kommt zurück, sobald ich nach ihm rufe. Jetzt zu dir. Kannst du Darian spüren?

Mir war nicht klar, was ich genau tun sollte. Doch als ich mich umdrehte und die Umgebung betrachtete, zog es mich nahezu magnetisch in eine bestimmte Richtung. Langsam ging ich los und fühlte dieses Ziehen immer deutlicher. Schließlich begann ich zu rennen, an einer Häuserzeile entlang, um die Ecke in eine Seitengasse, gute fünf Meter hinein. Dann blieb ich abrupt stehen. Alles in mir war alarmbereit und aufs Höchste gespannt.

Und nun?, hörte ich meinen Bruder, der mit tänzelnder Leichtigkeit mit mir hatte Schritt halten können.

Ich weiß nicht, Alistair. Es endet hier.

Was genau?

Ich zuckte mit den Achseln. *Es zog mich bis hierher und nun ist Schluss. Wie abgeschnitten. Siehst du etwas?*

Nein, aber … Er trat einige Meter weiter in die Gasse hinein, sah sich um und hob die Hände, als könne er die Umgebung abtasten. *Er ist hier gewesen, Faye. Und er war nicht allein. Ich rieche Blut, etwas älter, zwei Stunden vielleicht. Dort sind Kampfspuren, Asche liegt auf dem Boden.* Alistair trat näher heran, befühlte mit seinen Fingern den Boden. *Etwas Altes ist vergangen. Hier aber verliert sich seine Spur.*

Bestätigend nickte ich, sah an den Fassaden der Häuser hoch und fühlte einen Knoten im Hals. Einen Knoten der Angst und Ungewissheit. Was war hier geschehen?

Die leichte Berührung an meiner Schulter ließ mich herumfahren. Gerade noch rechtzeitig fing Alistair meinen Schlag ab, umfasste meine Handgelenke und blickte mich tadelnd an. Verlegen senkte ich den Kopf. *Entschuldige, du hast mich erschreckt.*

Wortlos zog er mich in seine Arme und hielt mich flüchtig an sich gedrückt, ehe er mich wieder von sich schob. *Wir sollten verschwinden, mir gefällt es hier nicht.*

Du meinst …? Verstohlen sah ich mich um, erhielt von Alistair ein knappes Nicken. *Ja, denn was ich kann, können auch andere. Und diesen anderen möchte ich nicht begegnen.*

Glaubst du, Darian ist –?

Nein, unterbrach er mich hart und zog mich aus der Gasse hinter sich her zurück auf die Straße. *Ist er nicht, Faye. Darian lebt. Sonst hätte ich etwas von ihm gefunden. In der Asche.*

Und Steven? Besorgt blickte ich zurück und hoffte beinahe, in der Dunkelheit Antworten zu finden, die ich eigentlich gar nicht erhalten wollte. Ich fühlte mich verloren, hatte keinerlei Kontrolle über das, was geschah, was geschehen war. Es gefiel mir nicht.

Überhaupt nicht. Ich musste etwas unternehmen. Sofort. *Ich brauche eine Kirche, Alistair.*

Was?

Eine Kirche, geheiligter Boden. Wo?

Ich bringe dich hin. Komm jetzt. Er wirkte hektisch, rief seinen Adler, und kurz darauf jagten wir abermals durch die Lüfte. Erst von hier oben aus bemerkte ich die graue Masse, die wie eine riesige Welle von Osten heranzog und alles zu verschlucken drohte. War sie der Grund für Alistairs überstürzten Aufbruch? Je mehr ich mich in sie hineinzufühlen versuchte, meine gedanklichen Tentakel nach ihr ausstreckte, desto stärker wurde der Druck auf meine Magengegend. Bis mir übel wurde und ich schließlich den Versuch aufgab. Was immer diese dichte, alles verschlingende Masse darstellte, sie war keineswegs wohlmeinend.

Einmal noch blickte ich zurück und sah unter mir die kleiner werdenden Gebäude der Stelle, wo wir Darians Spur verloren hatten. Die Spur, die ich wiederzufinden gedachte. Auf meine eigene Weise. Egal, ob graue Masse oder nicht.

Langsam kam ich wieder bei mir an. Ich fühlte festen Boden unter mir, zudem Hände, die meine umfassten. Die Beine hingegen spürte ich nicht mehr. Flatternd öffnete ich die Augen und erblickte Alistair mir gegenüber, der mich stumm beobachtete und mir schließlich zögernd zulächelte.

Bevor ich etwas sagen konnte, erhob er sich, zupfte sein Hemd zurecht und trat aus dem Kreis der inzwischen heruntergebrannten Kerzen heraus. Stumm fragend beobachtete ich seine Reaktion.

„Geheiligter Boden, Faye. Du sitzt darauf", erklärte er ruhig und wies dabei auf den Teppich. „Vielleicht nicht gerade das, woran du gedacht hast, aber er ist definitiv geweiht. Dem großen Geist, der Mutter Erde und den Ahnen, die uns begleiten."

Zunächst starrte ich Alistair perplex an, dann hätte ich beinahe laut gelacht. Da lebte ich seit etlichen Tagen direkt in einer himmlischen Telefonzentrale und bemerkte es nicht. Kopfschüttelnd befühlte ich den Boden. Er vibrierte leicht, wie unter einer geringen Stromspannung.

Ich schloss abermals die Augen und begann mich zu konzentrieren. Hoffentlich funktionierte die Verbindung. Gedanklich schickte ich eine sehr höflich formulierte Anfrage in Form eines Gebets an einen gewissen Herrn Erzengel ab. Einen Wimpernschlag später wurde es im Raum gleißend hell, sehr warm, und das Gefühl unendlicher Liebe durchflutete jede Zelle meines Körpers.

„Du hast mich gerufen. Hier bin ich, Kind", dröhnte es nahezu in meinen Ohren. „Was ist dein Begehr?"

„Michael." Erleichtert riss ich die Augen auf, kniff sie jedoch wegen der Helligkeit gleich wieder zusammen. „Könntest du eventuell einen Dimmer benutzen oder mir eine Sonnenbrille reichen?"

„Ganz die Alte", vernahm ich seine nun weniger offiziell klingende Bemerkung, dann wurde die Helligkeit so weit erträglich, dass ich die Augen wieder öffnen konnte.

„Danke." Ich sah in dem gleißenden Schein etwas Ähnliches wie ein angedeutetes Nicken.

„Du hast mich sicher nicht herbeigerufen, um mit mir über die Funktionstüchtigkeit deiner Augen zu sprechen, Faye McNamara."

„Hilf mir, Darian zu finden, Michael. Bitte“, eröffnete ich sogleich. „Ich befürchte, es ist etwas Schlimmes geschehen.“

„Ich möchte vermuten, deine Deutung von *etwas Schlimmes* unterscheidet sich sehr stark von meiner. Lass mich bitte an deiner teilhaben, damit ich dir die entsprechende Antwort geben kann.“

Ich blinzelte in die Helligkeit hinein. „Bitte?“

Michael seufzte vernehmlich. „Stell deine Fragen bitte präzise, Kind.“

Für einen Augenblick dachte ich ernsthaft darüber nach, an wessen Verstand ich zu zweifeln hatte. Sein dezentes Räuspern machte klar, dass er meine Gedanken durchaus vernommen hatte, so dass ich mich für meinen eigenen Verstand entschied. Es wäre vermutlich nicht sinnvoll, einen Erzengel zu verärgern. Sein folgendes breites Lächeln nebst angedeutetem Nicken zeigte mir, dass ich ins Schwarze getroffen hatte. So rang ich mir eine Unschuldsmiene ab, blickte den Lichtstrahl bemüht freundlich an und meinte schließlich sehr besonnen: „Wären Begriffe wie *physischer Tod, Verletzung, Verstümmelung*, *Schmerzen* oder gar *Aschehaufen* in Bezug auf Darian das, was auch du als *etwas Schlimmes* definieren würdest?“

„Wenn deine Emotionalität dabei auf einer neutralen Ebene verbleibt und weniger – wie nennt ihr Menschen diesen Wesenszug? – *Ironie* deine Frage leitet, können wir durchaus einen Konsens erlangen.“

Mein Zähneknirschen musste ohrenbetäubende Phonstärke erreicht haben, dennoch zuckte Michael mit keiner Wimper, falls die in seinem bläulichen Leuchten überhaupt auszumachen gewesen wären.

„Also gut“, wischte ich weitere Diskussionen vom Tisch. „Darian ist weg. Ich kann ihn nicht finden und mache mir entsprechende Gedanken um ihn und seinen derzeitigen Zustand. Besser?“ Ein erneutes leicht angedeutetes Nicken folgte. „Sehr schön. Ich möchte, dass du mir hilfst, ihn zu finden.“ Michaels Kopfschütteln war überdeutlich zu spüren. Mein Unverständnis sicherlich auch. „Was?“

„Nein, Kind“, machte er sich nun wieder akustisch bemerkbar. Und das mit einer Vehemenz, die mich verstehen ließ, warum ihn viele Menschen als Boten Gottes ansahen. Seine Worte dröhnten dermaßen durch mein Innerstes, dass auch der letzte Zweifel an seiner Absicht im Keim erstickte.

„Wieso nicht?", platzte ich trotzdem heraus. Sollte mich das schnöde *Nein* eines Erzengels etwa aufhalten?

„Die Sorge um deinen Gefährten ist unbegründet, Faye McNamara. Darian weiß um die Gefahren, in die er sich begibt. Er tut es mit vollem Bewusstsein. Du musst lernen, ihm und auch dir, deiner Intuition, zu vertrauen. Niemand kann dir diese Lektion abnehmen. Ferner ist es selbst mir nicht gestattet, einzugreifen, solange er es mit Nachdruck verbietet. Wenn du dich erinnerst, hatten wir schon einmal ein ähnliches Gespräch. Und wie damals, so wünscht er auch diesmal keinerlei Einmischung. Weder von dir noch von uns."

„Aber …"

„Kein *Aber*, Kind! Jede Handlung hat Konsequenzen, sowohl die erbetenen als auch die unerbetenen. Möchtest du die Konsequenzen eines unerlaubten Eingreifens tragen müssen, indem du etwas erzwingst?"

Ich zuckte zusammen, blickte ihn gleichwohl trotzig an. „Welche Konsequenzen könnten das sein?"

Michaels nächste Worte sorgten dafür, dass ich ganz kleinlaut wurde: „Im ungünstigsten Fall wäre es sein oder dein physischer Tod."

Ich schluckte trocken und flüsterte: „Kann ich denn gar nichts tun?"

Kam es mir nur so vor, oder legten sich tatsächlich starke Arme tröstend um mich? „Du hast bereits alles getan, was zu tun ist. Du hast ihm den Rücken gedeckt und ihn somit gestärkt. Das ist mehr, als er erwarten würde. Nun bleibt dir nur zu warten. Und zu vertrauen."

Für einen Moment gab ich mich dieser tröstenden Berührung hin. Ich ließ mich umspülen von dem warmen Gefühl absoluter Sicherheit, das seine Anwesenheit allzeit auslöste. Ein Gefühl, das meine innere Anspannung und Angst hinwegschwemmte wie frisches Wasser den Schmutz eines ganzen Tages, vielleicht eines ganzen Lebens.

„Warten und vertrauen", murmelte ich schließlich, ließ die Worte sacken und zog dann eine Grimasse. „Und das, wo Geduld doch eine meiner größten Tugenden ist."

„Niemand hat gesagt, dass das Leben einfach und ohne Lektionen ist, Faye."

„Ha! Niemand hat mich darauf vorbereitet, Michael. Ich habe es mir nicht ausgesucht."

„Doch, das hast du", erwiderte er mit einem leisen, aber deutlich hörbaren Lachen in seiner Stimme. „Du hast dir alles ausgesucht. Jede dich persönlich betreffende Kleinigkeit, denn jede deiner Entscheidungen hat dich auf den Weg geführt, den du jetzt beschreitest. Wir führen lediglich zusammen, doch dein Wille und bewusstes Handeln geben die Richtung an. An jeder Lebenskreuzung entscheidest du neu, ob du nach rechts oder links, nach oben oder nach unten gehst. Somit obliegt alles deiner eigenen Verantwortung. Ausnahmslos."

„Demnach hätte ich Julies Tod zu verantworten?"

Diesmal fühlte ich ein Kopfschütteln. „Nein. Es war ihre alleinige Entscheidung, diesen Weg zu gehen. Du warst in ihrem Schicksal nur eine Randfigur ohne die Möglichkeit des Eingreifens. Egal, was du getan hättest, ihren Tod hättest du nicht verhindern können. Er war von ihr selbst gewählt, so wie vorbestimmt war, dass sie auf Lagat traf."

„Ist demnach alles Bestimmung?", fragte ich zweifelnd. Ich wollte nicht hinnehmen, dass so etwas sein konnte.

„Vom Zeitpunkt deiner Geburt bis zum Zeitpunkt deines physischen Todes steht es dir frei, welchen Weg du wählst, um zu den Zielen zu gelangen, die du zuvor definiert hast. Du wirst Umwege gehen, du wirst Abkürzungen nehmen. Du wirst Erfolge feiern, du wirst Niederlagen einstecken. Du entscheidest, welche Lektion du erlernst und welche du verweigerst. Trotz allem folgst du dem Weg, den du für dich selbst vorbestimmt hast. Wie ich dir bereits sagte: Wir haben lediglich die Aufgabe, diejenigen zusammenzuführen, die etwas miteinander zu tun haben. Was daraus jedoch entsteht, obliegt einzig der Entscheidung der jeweils Beteiligten. Wir greifen nur ein, wenn wir gezielt darum gebeten werden."

„In meinem Fall entsteht etwas durchaus Greifbares", brummte ich ernüchtert. Also war der so genannte freie Wille des Menschen letzten Endes nur eine Illusion?

Teilweise, teilte er mir in Reaktion auf meinen Gedankengang mit. *Die Aufgabenstellung kannst du nicht beeinflussen. Was zusammentreffen soll, wird zusammentreffen. Der freie Wille entscheidet nur über die Umstände des Zusammentreffens.*

Ich nickte, das hatte ich inzwischen verstanden.

„Hm“, kam es da von außerhalb des Teppichs, und verwundert blickte ich mich nach Alistair um, der sich nachdenklich übers Kinn strich. „Demzufolge sind wir alle Randfiguren in einer großen, vorbestimmten Inszenierung. Jeder von uns erfüllt als Hauptcharakter eine vorbestimmte Aufgabe, die dabei die Aufgabe eines anderen kreuzt, der sich ebenfalls freiwillig dafür entschieden hat. Wobei das direkte Eingreifen in die Aufgabe des anderen nur bedingt möglich ist, richtig? Wie die unterschiedlichen Räder eines gemeinsamen, großen Uhrwerks? Jeder ist ein Rädchen, das seine eigenen Drehungen ausüben muss. Ich drehe nur für mich, löse bei dem anderen aber dabei etwas aus, was dieser dann allein und ohne mein weiteres Eingreifen in eigene Bewegung umsetzen muss. Ich gebe ihm lediglich den Impuls. Würde ich mich aber direkt in die Drehung des anderen begeben, geriete automatisch das ganze Uhrwerk ins Stocken.“

„Korrekt“, antwortete Michael und schickte einen gebündelten Lichtstrahl zu meinem Bruder, der er ihn sogleich komplett einhüllte. Langsam trat Alistair neben mich und ließ sich nieder. Dabei sah er Michael leicht verärgert an. „Ist es nötig, Menschenleben zu nehmen, um jemanden auf einen angeblich vorbestimmten Weg zu bringen?“

„Dass du zornig bist, ist verständlich, mein Junge. Doch sag mir, wärst du ohne den Tod deiner Mutter heute das, was du bist? Glaubst du, dein Leben hätte ohne das Wissen um die Existenz der Schattenwesen den gleichen Verlauf genommen? Kannst du sicher sein, dass ohne Julies Tod deine Schwester Faye heute hier neben dir sitzen und diese Fragen stellen würde?“

„Nein“, gab Alistair aufrichtig zu. „Es wäre sicherlich alles anders gekommen.“

„So ist es. Nichts geschieht ohne Grund, wenngleich dieser selten sofort ersichtlich ist.“ Ich fühlte, wie seine Aufmerksamkeit von Alistair zu mir wechselte. „Du wirst die Antworten auf deine Fragen erhalten, Faye. Bis dahin übe dich in Geduld.“

Schwach nickte ich. Was blieb mir auch weiter übrig? Michaels Worte hatten deutlich gemacht, worauf zu achten war, und ich wollte keinesfalls ein Risiko eingehen, indem ich meine Einmischung erzwang. Ja, Darian hatte seine Gründe. Vermutlich hatte ich in diesem Fall lediglich den Impuls gegeben. Doch eins wollte ich trotz allem wissen: „Was war das für eine komische Masse, die wie dunkle Wellen über die Umgebung schwappten, in der Darian sich aufhielt?“

„Es sind die sichtbaren Vorboten dessen, was sich noch unsichtbar dahinter verbirgt.“

„Und Darian ist mittendrin?“ Entsetzt riss ich die Augen auf. Wahre Horrorszenarien jagten durch meine Gedanken und ließen sich nicht aufhalten. Erst als Michael mich abermals berührte und ein warmes Prickeln mich durchfloss, blieben diese Bilder abrupt stehen.

„Er ist nicht allein, Faye. Sei beruhigt, denn niemand kennt sich in diesen Abgründen besser aus als er.“

Es beruhigte mich keineswegs, dennoch riss ich mich zusammen. Erschütternd war für mich die Erkenntnis, dass man den Wert und die Bedeutung des geliebten Partners erst dann vollkommen erfasste, wenn man Gefahr lief, ihn zu verlieren. Wie zum Schutz des Einzigen, was mich momentan mit ihm verband, fuhr meine Hand hinab zu meinem Unterbauch. Ich spürte ein winziges Flattern und lächelte unbewusst. Wenn schon nicht für mich, dann wenigstens für unser gemeinsames Kind.

Gibt der Zeit ihre Zeit, vernahm ich Michael leise, spürte noch einmal seine Berührung. Dann wurde es dunkler, bis nur noch der flackernde Kerzenschein blieb.

Wie ich hierher gelangt war, konnte ich nicht sagen. Während ich mühsam ins Tagesgeschehen zurückkehrte, fühlte ich mich völlig zerschlagen. Ich merkte nur, dass ich vollkommen bekleidet im Bett lag. Zu meinem Verdruss bekam ich die Augen kaum auf, sie fühlten sich geschwollen an. Fragmente wildester Träumereien hingen noch wie abgerissene Erinnerungen in meinem Kopf, ließen sich jedoch nicht zu einem gemeinsamen Bild zusammenfügen. Es war, als seien kleine Stücke aus einzelnen Seiten einer Zeitung herausgerissen und vor mich hingeworfen worden.

Zusätzlich hielt mich etwas Schweres an Ort und Stelle fest, umklammerte mich im oberen Bereich meines Körpers wie eine Zange, und schloss auch meine Beine ein. Ich konnte mich kaum bewegen. Es war anstrengend, die Augen zu öffnen, und die einfallende Helligkeit sorgte zusätzlich dafür, dass ich sie sehr schnell wieder schloss.

Mit erzwungener Ruhe blieb ich liegen und ließ meine Sinne die Umgebung abtasten, fühlte zusätzlich mit meinen Händen sehr vorsichtig um mich. Da war etwas Warmes, Festes. Es umspannte mich, hielt mich. Ein Arm? War Darian zurück?

Ich versuchte mich aufzurichten; der Ruck an meinen Haaren hielt mich zurück.

„Kannst du nicht einmal ruhig liegen bleiben", murmelte es da verschlafen hinter mir.

Diesmal bekam ich die Augen auf. Es riss abermals an meinen Haaren, als ich herumwirbelte. Mein Ellenbogen traf auf etwas Hartes und löste damit sofort einen Schmerzenslaut und wüste Flüche aus.

„Oh Gott! Entschuldige. Das wollte ich nicht." Hilflos sah ich meinen Bruder an, der seine Hände schützend auf sein Gesicht presste und jaulende Laute von sich gab.

„Diesmal war es meine Nase", klang es vorwurfsvoll gedämpft mit einem entsprechenden Blick. „Willst du mich etwa umbringen?"

„Niemals. Es tut mir leid. Brauchst du ein Taschentuch?" Ich suchte nach einem, erwischte ein schwarzes T-Shirt und hielt dann mitten in der Bewegung inne. Sehr langsam drehe ich mich zu Alistair um. „Was machst du hier überhaupt?"

„Dich schützen, du Nuss?"

Das Shirt landete wieder auf dem Boden, und meine komplette Aufmerksamkeit richtete sich auf meinen Bruder. „Wovor?"

Er nahm die Hände vom Gesicht, befühlte kurz seine Nase und sah mich dann verstimmt an. „Nachdem du fast im Sitzen eingeschlafen bist, habe ich dich ins Bett gepackt. Ich war kaum raus, da hast du angefangen zu weinen. Also bin ich zurück, wollte nachsehen und fand dich sitzend vor. Du hattest die Augen weit offen, hast nicht auf meine Worte reagiert und fingst plötzlich an, um dich zu schlagen. Mir blieb nichts anderes übrig, als dich festzuhalten, weil du sonst aus dem Bett gerollt wärst. Verdammt noch mal, du hast vielleicht Kraft. Zum Dank dafür brichst du mir dann zusätzlich noch fast die Nase. Wen hast du im Traum eigentlich am Wickel gehabt?"

„Frag mich etwas Leichteres, Alistair. Das mit deiner Nase … Moment mal. Wieso *zusätzlich*?"

Als er ohne Worte sein Hemd anhob und ich die bläulich schillernden Blutergüsse auf seinem Körper entdeckte, die sich nicht unbedingt harmonisch in das Gesamtbild seiner Tattoos einfügten, zuckte ich schuldbewusst zusammen. „War ich das?“

Alistair nickte schwach und ließ das Hemd wieder sinken. „Unter anderem. Du hast mich mehrfach mit den Füßen am Oberschenkel erwischt. Deswegen musste ich dich festhalten, bevor du mir die Kronjuwelen zu Brei … Na, du weißt schon.“

Abermals murmelte ich verschämt eine Entschuldigung. So etwas war mir noch nie passiert, sonst hätte Darian mir davon erzählt. Mehr noch wunderte mich, dass ich kaum Erinnerungen daran hatte. Normalerweise behielt ich solche intensiven Träume doch im Gedächtnis.

„Wie spät ist es?“, fragte ich zur Ablenkung. Ich wollte zumindest das wissen, wenn ich schon nicht an andere Informationen gelangte.

„Fast zwei Uhr mittags“, erwiderte Alistair mit Blick auf die Uhr neben dem Bett. „Ich kann aber nicht behaupten, lange geschlafen zu haben.“

Während ich die Decke beiseite warf und aufstand, verkniff ich mir eine weitere Entschuldigung. Ich torkelte leicht, suchte nach Halt und fand ihn in der festen Umarmung meines Bruders.

„Du solltest im Bett bleiben, Faye. Wenn du möchtest, hole ich dir einen Kaffee, damit dein Kreislauf erst mal in Schwung kommt.“

„Geht schon, Alistair. Ich muss Jason sprechen. Vielleicht hat er etwas von Darian –“

„Jason war vor gut zwei Stunden hier“, unterbrach er meine Frage und drückte mich zugleich aufs Bett. „Steven ist zurück und hat berichtet, dass Darian eine Spur gefunden hat, die er weiter verfolgen wird. Allerdings hat er nicht gesagt, um was für eine es sich handelt. Außerdem bat Jason mich, dir auszurichten, dass er euren Hochzeitstermin wegen einer Familientragödie auf unbestimmte Zeit verschoben hat. Der Friedensrichter weiß also Bescheid.“

„Warum hast du mich nicht geweckt?“

„Weil du erst wenige Stunden zuvor ruhig geworden bist. Außerdem war ich selbst hundemüde. Was glaubst du, wie anstrengend es ist, über Stunden eine wütende Furie festzuhalten?“ Seine Stimme klang vorwurfsvoll, seine Augen jedoch blitzten humorvoll. Ganz so schlimm konnte es demnach nicht gewesen sein. „Ah, und noch etwas, Faye: Lass den Jungen schlafen. Er war laut Jasons

Aussage ziemlich fertig, als er hier ankam.“

Frustriert blieb ich hocken. Ich musste also bis zum Abend warten, ehe ich Steven selbst interviewen konnte. Ich überlegte, ob ich Hunger hatte, stellte aber fest, dass dem nicht so war. Eins jedoch war zu tun. Ich erhob mich abermals und begegnete dem fragenden Blick meines Bruders mit Gelassenheit. „Falls du Angst hast, dass ich umfalle, kannst du mich ja zur Toilette begleiten. Aber was muss, das muss.“

„Kein Thema. Ich warte sogar vor der Tür auf dich. Dann legst du dich aber wieder hin.“

Mein schräger Seitenblick sprach Bände.

Alistair lachte. „Ich pack mich neben dich und passe auf, wenn du nicht hörst.“

„Ja, ja, Mutti.“

In sich geschlossene Sanitärabteilungen können zu einer Quelle wahrer Inspiration werden. Wer kennt das nicht? Da hockt man abwartend auf einer Designerporzellanschüssel, schaut sich gelangweilt um und stellt wie nebenbei fest, dass die Fuge nicht ganz sauber verputzt wurde. Oder eine Fliese im Farbverlauf ein klein wenig von allen anderen abweicht. Und dass dunklere Flecke auf hellerem Untergrund die Notwendigkeit des Sitzens der Herren der Schöpfung während gewisser Verrichtungen unterstreichen. Es können aber in den Gedanken auch essentielle Dinge wie eine Einkaufsliste erscheinen, auf der *Toilettenpapier* ganz fett unterstrichen an oberster Stelle steht. Zusätzlich sorgte diese Umgebung für die Rückkehr einiger Erinnerungen aus meinem Traum. Wer brauchte da noch Papier? Ich.

„Alistair. Ich tausche das Angebot mit dem Kaffee gegen eine Rolle Toilettenpapier."

„Keins da?", kam es gedämpft durch die Tür.

Ich verdrehte die Augen. Warum sollte ich danach fragen, wenn ich welches hätte? Ich hatte nicht vor, Christo ähnlich die Toilette zu verhüllen. „Alistair, bitte."

„Okay. Warte, ich bin gleich wieder da."

Sehr amüsant, großer Bruder, wohin sollte ich schon verschwinden? In die Kanalisation? Mit grimmiger Miene flötete ich Richtung Tür: „Sicher doch."

Die rettenden Rolle kullerte wenige Minuten später durch den Türspalt auf mich zu.

„Danke", murmelte ich kurz darauf und blickte Alistair gewinnend an. „Steht das Angebot mit dem Kaffee trotzdem?"

„Das hattest du gegen die Rolle eingetauscht", erinnerte er mich.

„Du wolltest doch wissen, wen ich in meinem Traum gesehen habe", konterte ich gewitzt.

„Mit oder ohne Sahne?", kam es wie aus der Pistole geschossen.

„Mit. Und damit es nicht zu spannend wird, Alistair: Ich habe einen Hund gesehen."

Er war bereits auf dem Weg zur Tür gewesen, als er nun innehielt. „Einen Hund?"

„Ja. Einen riesigen Hund. Wobei das nicht wirklich ein Hund

war. Dafür war er irgendwie zu zottelig und seine Füße viel zu massig. Eher wirkte er wie die Mischung aus einem großen Wolf und einem Bären. Wobei das auch nicht ganz zutrifft." Grübelnd sah ich meinen Bruder an, der meinen Blick irgendwie leicht verunsichert erwiderte. „Wolf? Bär?"

„Ja. Und ziemlich hässlich." Ich drehte den Wasserhahn zu und trat in den Flur.

„Hässlich", echote Alistair. Er sah müde lächelnd auf mich herunter und fing plötzlich an, theatralisch wild in der Luft herumzufuchteln. „Sicherlich hatte er lange, messerscharfe Klauen an großen, haarlosen Pranken, die nach dir schlugen. Und seine gefletschten Reißer drohten, dich zu zerfleischen, während seine rot glühenden Augen dir den Tod versprachen und seine Kehle ein tiefes, grollendes Knurren aus den Untiefen der Hölle heraufbeschwor."

Argwöhnisch schüttelte ich den Kopf. „Nein. Nette Beschreibung, Alistair. Du solltest ein Buch schreiben. Aber nein, so war es ganz und gar nicht."

„Nicht?"

„Sag mal, willst du mich verscheißern?" Ich stemmte meine Hände in die Seiten und musterte ihn erbost. „Das Vieh war hässlich, zumindest im weitesten Sinn. Es hatte auch scharfe Klauen und ziemlich lange Reißer. Aber es war keineswegs angriffslustig. Wieso hätte es mich angreifen sollen? Ich habe ihm doch nichts getan."

Er war zweifelsohne verblüfft, als er sagte: „Du hattest keine Angst?"

„Nein. Hätte ich die haben sollen?"

Sein Lachen klang alles andere als humorig. „Du beschreibst einen Werwolf, stehst direkt davor und hast keine Angst?"

„Ach, das war ein Werwolf? In den Büchern, die ich bei Darian in der Bibliothek fand, waren diese Wesen wesentlich grusliger dargestellt. Und den damals in seinem Garten konnte ich nicht richtig erkennen. Er war leider zu weit entfernt. Wobei ich eher denke, dass es ein Lykaoner war, denn er konnte sich willentlich verwandeln."

„Darian hatte …" Alistairs Stimme überschlug sich beinahe. Er räusperte sich, schüttelte dann fassungslos den Kopf und murmelte undeutlich: „Das erklärt allerdings eine Menge."

„Ach. Tut es das, Alistair?"

„Kaffee mit Sahne, sagtest du?"

„Weich nicht aus", rief ich ihm nach, da blickte ich bereits auf die zufallende Tür zum Hausflur. Was war denn in ihn gefahren? Es war doch lediglich ein Traum. War es doch, oder?

„Hast du zusätzlich etwas anderes gesehen?", fragte mein Bruder wenige Minuten später. Er stand vor mir und hielt dabei den verlockend duftenden Kaffee außerhalb meiner Reichweite, als wolle er meinem Gedächtnis damit auf die Sprünge helfen.

Ich rutschte bis zur Sofakante vor, die weit über mir schwebende Tasse fest im Blick. „Irgendeinen Schatten. Und jemand oder etwas griff nach mir. Am Knöchel. Es fühlte sich erst merkwürdig weich an und zog sich dann fest. Das weiß ich wieder. Vermutlich habe ich deswegen um mich geschlagen. Was danach geschah, daran erinnere ich nicht mehr. Kann ich jetzt bitte den Kaffee bekommen?"

„Schlangen?", murmelte Alistair und reichte mir gedankenverloren die Tasse.

„Schlangen?", wiederholte ich angewidert, schüttelte mich und nahm zum Nachspülen einen großen Schluck. Dann warf ich Alistair einen erbosten Blick zu. „Was zur Hölle haben Werwölfe und Schlangen in meinen Träumen zu suchen? Verdammt, das sind *meine* Träume! Reichen diese Visionen nicht aus? Jetzt darf ich mich mit diesen Sachen zusätzlich im Schlaf rumschlagen?!"

„Du klingst so, als hättest du mehr Angst vor Schlangen als vor Werwölfen", witzelte mein Bruder und ging vor mir in die Knie.

Über den Rand der Tasse hinweg sah ich ihn verkniffen an. „Diese Kriechtiere gehören nicht unbedingt zu meinen favorisierten Haustieren. Skorpione, Spinnen und Käfer übrigens auch nicht."

„Ich kenne nur wenige Frauen, die eine Affinität zu diesen Tieren haben. Von daher befindest du dich in guter Gesellschaft. Allerdings haben Träume Bedeutungen. Und es würde mich sehr interessieren, welche Bedeutung hinter deinen steckt."

„Oftmals sind sie Botschaften aus dem Unterbewusstsein", klang es von der Tür her, und Ernestine trat ein. „Entschuldigt bitte. Ich wollte nicht lauschen, aber ich habe eure letzten Worte mitbekommen. Wie geht es dir, Kind?"

„Ich bin so weit in Ordnung." Ich rutschte etwas beiseite und bot ihr einen Platz neben mir an. Als sie sich setzte, ihren dunkelblauen Rock zurechtzupfte und mich dabei unverwandt ansah, seufzte ich. „Wirklich, Ernestine. Es ist alles okay."

„Ich werde so tun, als würde ich dir glauben." Ein aufmunterndes Tätscheln meines Oberschenkels begleitete ihre Worte. „Also, was waren das für Träume?"

„Gehört neben dem Kreisenlassen von beschwerten Kettchen und dem Legen von Patiencen auch die Traumdeutung zu deinen bevorzugten Freizeitvergnügen, liebste möglicherweise zukünftige Stiefmutter?", säuselte Alistair mit frechem Grinsen.

Da stand sie plötzlich auf und blickte streng zu ihm hoch, wobei sie ihren Kopf tief in den Nacken legen musste, denn sie reichte ihm knapp bis zur Schulter. Ihr Zeigefinger fuchtelte vor seiner Nase, und ihre Stimme hatte einen glaubwürdigen Lehrerinnenklang: „Junger Mann, du rüttelst gerade kräftig am Ohrfeigenbäumchen. Etwas mehr Respekt gegenüber diesen Praktiken, bitte! Du benutzt deine, ich habe meine. Das Ergebnis zählt, mit welchen Krücken man zum Ziel gelangt, ist unwesentlich."

Völlig unbeeindruckt hob Alistair sie einfach hoch. Während sie erschreckte Laute von sich gab, wirbelte er sie einmal im Kreis herum und stellte sie dann mit einer Lausbubenmiene zurück auf die Füße. Dabei zwinkerte er mir über ihren Kopf vergnügt zu. Ich verbarg meine Erheiterung hinter der Tasse.

„Gütiger Himmel, Alistair!" Trotz ihres Ausrufes konnte sie das Lachen nicht unterdrücken. „Du hast mich zu Tode erschreckt."

„Ich wollte so lediglich das Herabfallen einer Frucht verhindern." Diesmal galt sein Zwinkern ihr, und er zuckte nicht im Mindesten zusammen, als ihre Hand seine Wange berührte und sanft tätschelte. „Du Schlingel. Aber jetzt ist Schluss mit dieser Charmeoffensive. Ich bin zu alt für solcherlei Übergriffe. Wo waren wir? Ach ja, dein Traum, Faye."

Noch einmal berichtete ich von den Bildern meines Traums. Ernestine hörte ruhig und aufmerksam zu, nickte einmal und ließ eine Weile verstreichen, ehe sie schließlich meinte: „Wölfe sind Wächter der Erde. Werwölfe sind sehr wehrhafte Wächter, sind aber nicht gerade Intelligenzbestien. Irgendwelche Einwände, Alistair? Du siehst aus, als ob du welche hättest."

„Nicht direkt. Wobei du zwischen Lykaonern und Werwölfen unterscheiden solltest. Insbesondere, was die Intelligenz betrifft."

„Klär mich auf, Bruderherz." Durch seinen merkwürdigen Tonfall neugierig geworden, blickte ich ihn an und stellte die Kaffeetasse beiseite.

„Das Bewusstsein macht den Unterschied, Faye. Ein Lykaoner kann sich willentlich verwandeln, er hat sich zuvor durch eine Art Initiation frei entschieden, zu einem Lykaoner zu werden. Während der Verwandlung wird er niemals seinen Intellekt verlieren und weiß immer, was er tut. Bei einem Werwolf ist es der reine, triebhafte Instinkt, ausgelöst durch einen ansteckenden Biss. Der Vollmond erscheint und – *paff!* – er wird zur hirnlosen Tötungsmaschine und mäht alles nieder, was sich ihm in den Weg stellt. Dabei macht er keinen Unterschied zwischen Freund und Feind. Am nächsten Tag erinnert er sich an nichts mehr. Folglich kann zwar jeder Idiot zu einem Werwolf werden, aber nicht jeder zu einem Lykaoner. Und da du nicht angegriffen wurdest, gehe ich davon aus, dass du einen Lykaoner gesehen hast."

„Das wusste ich gar nicht. Interessant", murmelte Ernestine und umfasste nachdenklich ihr Kinn.

Mir leuchtete die Erklärung durchaus ein, zumal ich bereits Zeugin einer solchen Verwandlung geworden war. Allerdings hatte ich Darian nie danach gefragt und mich nicht weiter in diese Thematik vertieft. „Aha. So wie jeder Idiot zu einem Vampir werden kann, wenn er gebissen wird. Woher weißt du das alles?"

Er lächelte matt. „Ich habe mich eine Weile damit beschäftigt. Der Wolf gehört zu meinen Spirits, daher bot es sich an."

„Stimmt es denn, dass Vampire und Werwölfe Todfeinde sind?"

„Faye." Sein Blick wurde geringschätzig. „Du hast definitiv zuviel Mist im Fernsehen gesehen. Was in irgendwelchen Filmen gezeigt wird, ist zwar teilweise irre spannend, entspricht aber eher wenig der Realität." Dann lachte er leise. „Ich gebe allerdings zu, dass *Underworld* und *Blade* zu meinen Lieblingsfilmen zählen."

„Filme, die ich nicht kenne", warf Ernestine ein und kam zurück zum eigentlichen Punkt. „Diese Schlangen, oder was auch immer dich an den Knöcheln fesselte – was, glaubst du, symbolisieren sie?"

„Hätten sie meine Handgelenke umwickelt, würde ich das so interpretieren, dass mir in gewissen Dingen die Hände gebunden sind", erwiderte ich grübelnd. „Aber da sie meine Füße erwischt haben …"

„… haben sie dich ebenfalls bewegungslos gemacht", ergänzte Alistair bedeutungsvoll. „Sie halten dich an Ort und Stelle gefangen, du kommst nicht voran. Das würde vielleicht auch erklären, warum du um dich geschlagen hast."

„Ach ja?"

„Ich lasse dich gern an meiner grenzenlosen Weisheit teilhaben, Schwesterchen." Flugs duckte er sich unter meinem spielerischen Boxhieb ab. „Wenn du etwas hasst wie die Pest, kleine Schwester, dann ist es die aufgezwungene Untätigkeit in Bezug auf Darians Verschwinden und seine Unternehmungen. Du kommst nicht voran, und dir wurde von ihm persönlich jedes weitere Einschreiten ausdrücklich verboten. Oder hast du dich inzwischen damit abgefunden?"

„Nein."

„Siehst du? Beweis erbracht." Triumphierend blitzten mich seine grünen Augen an.

Ergeben hob ich die Hände. „Okay, okay. Das erklärt wahrscheinlich die Fesseln. Aber was hat dieser Werwolf in meinem Traum zu suchen?"

„Ein Schutz?", schlug Ernestine vor und zuckte mit den Schultern, als unsere Blicke ihr zuflogen. „Es ist nur ein Gedanke."

„Lass mich den Faden mal weiterspinnen", stürzte Alistair sich begeistert auf diese Idee. „Diese Wesen sind Erdhüter, sofern wir von Lykaonern ausgehen und nicht diese hirnlosen Werwölfe in Betracht ziehen. Die Fesseln kamen aus der Erde oder zumindest von unten, richtig?" Als ich nickte, fuhr er fort: „Dann ist es nur konsequent, dass bei allem, was an Kuriositäten auf der Erde herumkriecht, ausgerechnet ein Lykaoner dich bewacht, solange dein persönlicher Vampir gerade nicht zugegen ist."

„Klingt zwar logisch, aber warum brauche ich so etwas, wenn du doch da bist?"

Alistairs Hustenanfall kam vollkommen überraschend, und zusammen klopften wir ihm besorgt auf den Rücken.

„Geht's wieder?", fragte ich, nachdem er sich beruhigt hatte.

„Alles im Lot, hatte mich verschluckt", krächzte er, griff nach meiner Tasse und stürzte den Rest meines erkalteten Kaffees hinunter. Anschließend zog er eine Grimasse. „Irgendwie erinnert mich dieses Zeug an letzte Nacht."

„Jason erwähnte, dass ihr in der vergangenen Nacht lange wach gewesen seid", meinte Ernestine und blickte uns mit leichtem Tadel an. „Warum habt ihr uns nicht geweckt? Duncan ist von Darians

Entscheidung auch nicht sehr erbaut. Ich konnte ihn gerade noch davon abhalten, loszustürmen und ihn zu suchen."

„Würde derzeit ohnehin nichts bringen", gab mein Bruder zurück. „Wir haben bereits alles versucht, konnten ihn aber nicht finden. Und wenn ich Jasons Worten glauben kann, dann wird Steven nicht ein Sterbenswörtchen verraten."

Sie nickte bestätigend. „Das ist mir bekannt. Ich habe es selbst versucht und bin kläglich gescheitert. Kimberly wollte ihn sich vorknöpfen. Vielleicht hat sie mehr Glück."

„Bitte?"

„Ich sagte, dass deine Tochter …"

„Das habe ich durchaus verstanden, Ernestine. Ich frage mich nur, wie sie das anstellen will, wenn du es schon nicht hinbekommen hast."

Ihr Lächeln wirkte eine Spur zu süffisant, als sie sagte: „Sie ist erheblich jünger als ich, Alistair. Und in so manchen Fällen hat sich weibliche Tücke … Wo willst du hin?"

Blitzartig war er vom Sofa geschnellt und raste wie ein wilder Stier durch den Raum. Sekunden später zeugte die zuknallende Tür von seinem hastigen Abgang. Für einen Augenblick sahen Ernestine und ich einander verblüfft an. Dann brachen wir in schallendes Gelächter aus.

„Väter", gluckste sie schließlich, und ich warf ihr einen bestätigenden Blick zu. „Ja, sie sind eine besondere Gattung Mensch. Du hättest Dad erleben müssen, nachdem er festgestellt hatte, dass Darian und ich … Na, du kannst es dir sicher vorstellen. Allerdings kann ich nicht wirklich glauben, dass Kimberly und Steven uns nacheifern. Oh bitte, sieh mich nicht so an, Ernestine. Das hat nichts mit dem Alter zu tun, aber Kim ist doch noch ein halbes Kind mit ihren siebzehn Lenzen."

„Steven ist optisch nicht zu verachten, Faye, und auch charakterlich macht er etwas her. Wenn man mal davon absieht, dass er ein Vampir ist."

„Immerhin ist er domestiziert", ergriff ich seine Partei.

Doch unbeeindruckt wandte sie ein: „Halbwegs domestiziert, Kind. Die ungezähmte Wildheit lauert weiterhin in ihm, er hat sie bislang nur gut im Griff. Ich hoffe, dass es ihm zukünftig gelingt."

„Ich vertraue darauf, dass er es kann. Immerhin hat er Kimberly das Leben gerettet."

„Ach, hat er das? Das hat sie mir gar nicht erzählt. Nun verstehe ich natürlich, dass er ihr Held ist." Sie lachte, erhob sich und reichte mir auffordernd die Hand. „Komm, lass uns nachsehen, was der Vater mit seinem vermeintlichen Nebenbuhler anstellt, bevor es eskaliert."

„Du meinst ..."

„Sicher ist sicher."

Kaum betraten wir den Flur eine Etage tiefer, fing Jason uns bereits ab, indem er sich ungefragt bei uns einhakte und uns einen Vortrag über die Vorzüge grünen Tees gegenüber schwarzem hielt. Dabei zog er uns energisch Richtung Küche und schob uns schließlich hinein.

Nachdem ich mein Missfallen über den unfreiwilligen Eintritt wortlos, aber mit Stirnrunzeln zum Ausdruck gebracht hatte, seufzte er leise. „Es herrscht eine leicht explosive Stimmung den Gang weiter hinunter. Ihr Vater versucht derzeit, die Lunte zu löschen. Dennoch möchte ich Stillschweigen empfehlen, damit unnötige Funkenbildung unterbleibt."

„Ich vermute, das bedeutet, Steven hat seinen Kopf noch?"

„In der Tat, Miss McNamara. Mr. McNamara gelangte erst gar nicht in das Zimmer seiner Tochter, da Ihr Vater ihn zuvor im Flur in Empfang nahm."

„So wie Sie uns, Jason", erwiderte Ernestine. „Darf ich davon ausgehen, dass dies ein abgekartetes Spiel ist?"

Jason räusperte sich und sah sie distinguiert an. „Madam, solcherlei Handlungen liegen mir absolut fern."

„Aber sicher, Jason. Aber sicher." Verständnisvolles Tätscheln seiner Schulter bekräftigte ihre Worte. „Nun, welchen Tee würden Sie empfehlen? Einen grünen zur allgemeinen Beruhigung?"

„Mrs. Morningdale, Sie versetzen mich fürwahr in Erstaunen. Ihre Zunge ist weitaus spitzer als die Miss McNamaras."

„Ich fasse das als Kompliment auf, Jason", lachte sie vergnügt, wobei mir vor Erstaunen beinahe die Augen aus dem Kopf fielen.

„Bevor Sie mich zu steinigen gedenken, Miss McNamara, möchte ich Ihnen das hier übergeben", kam er mir zuvor und zog einen etwas zerknitterten Briefumschlag aus der Innentasche seiner grauschwarz gestreiften Weste. „Mr. Montgomery trug mir bei seiner Rückkehr auf, Ihnen dieses Schreiben zum Nachmittag hin auszuhändigen. Die Beschriftung lässt vermuten, dass es von Mr. Knight stammt."

Mein Herz begann zu rasen, und mit zittrigen Fingern riss ich Jason den Umschlag regelrecht aus der Hand. Sofort begann es wie irre zu kribbeln. Beim Öffnen zerfetzte ich den Umschlag fast, dann verließ mich irgendwie der Mut. Ich bekam Angst vor dem, was drinstehen könnte. Hilflos sah ich erst Ernestine, danach Jason an. Meine Hände zitterten dermaßen, dass mir der Umschlag zu entfallen drohte. Da nahm Ernestine ihn mir entschieden ab, zog das Papier heraus und faltete es auseinander.

„Oh", machte sie und drehte das Papier um. „Eine Adresse in Harlem, am Central Park. Dazu ein Datum mit Zeitangabe."

„Was?" Erneut griff ich danach.

Die Übelkeit erwischte mich völlig unerwartet, und die Wucht unzähmbarer Wut schlug mir wie ein Vorschlaghammer auf den Magen. Augenblicklich ging ich in die Knie, musste mich mit einer Hand am Boden abstützen und kniff die Augen zu. Für den Bruchteil einer Sekunde schoss das Bild hoch. Darian. Von berauschter Raserei rot glühende Augen, eine aufrechte Zornesfalte auf der Stirn, bebende Nasenflügel und blutleere Lippen, feucht vom Lebenssaft anderer, der aus seinen Mundwinkeln rann, das Kinn hinab, nur um dann ins Bodenlose zu tropfen. Blutverschmiert und zerzaust war sein blondes Haar, klebte strähnig an seiner Stirn. Ein winziger Augenblick, ein kurzes Zeitfenster, dann war es vorbei. Ich versuchte es zurückzuholen, doch es blieb verborgen.

Ein qualvoller Laut entwich mir. Pure Hilflosigkeit umschlang mich wie ein eiskaltes Leichentuch. Ohne es bemerkt zu haben, hatte ich die Hand ausgestreckt, griff ins Leere, und sackte nun gänzlich auf dem Fußboden zusammen. Tränen liefen mir über die Wangen, während ich schmerzerfüllt Darians Namen flüsterte.

„Oh Gott, oh Gott", vernahm ich gedämpft Ernestines Stimme und fühlte, wie zwei starke Arme mich umfassten und hochhoben. Umsichtig wurde ich aus der Küche getragen, schlang meine Arme um Jasons Hals und weinte leise an seiner Schulter. Nur am Rande bekam ich mit, wie Ernestine die Tür zum Wohnzimmer öffnete und das Gespräch dahinter sogleich verstummte.

„Wenn es euch nichts ausmacht, streitet draußen weiter. Faye ist zusammengebrochen und benötigt augenblicklich Ruhe", erklärte sie herrisch, während Jason mich zum dunkelgrünen Sofa trug und behutsam darauf ablegte. Sofort wurde ich von bestürzten Gesichtern umrahmt.

„Ist … schon … okay“, brachte ich mit schniefenden Unterbrechungen leise hervor und nahm das Stofftaschentuch entgegen, das Jason mir reichte. Bis hierher reichte der Schock nicht mehr, der mich in der Küche ereilt hatte – in dem Moment, in dem ich das Papier berührt hatte.

Jäh saß ich aufrecht, sah Ernestine an, die mir das Papier abgenommen hatte, und hielt ihr auffordernd die Hand entgegen. Ihr Blick huschte zwischen mir und dem Blatt hin und her, und es dauerte eine Weile, bis sie es mir zögerlich reichte. Meine Finger berührten das Papier. Nichts geschah. Also nahm ich es ganz in die Hand, legte sogar meine zweite Hand darüber. Doch was immer ich erwartet hatte, es blieb aus.

„Was ist?“, vernahm ich meinen Bruder, der von meinem Vater sogleich beiseitegeschoben wurde. „Eine Vision, Faye?“

„Sie ist weg.“ Ratlos zuckte ich mit den Schultern. „Als ich vorhin das Blatt angefasst habe, sah ich sie. Jetzt ist sie nicht mehr da.“

„So wie neulich, als Sie das Papyrus aufgefangen hatten, Miss McNamara?“

„Ja, es war ähnlich wie eine statische Entladung. Nur bekam ich keine gewischt, sondern sah Bilder.“

„Und Sie haben Mr. Knight gesehen?“

Schwer schluckend nickte ich, überlegte, was ich erzählen durfte, und besann mich auf die neutrale Version: „Ja, Jason. Er lebt.“

Ich hätte nie gedacht, eine dermaßen sichtbare Erleichterung auf Jasons antrainiert emotionsloser Miene bemerken zu dürfen, obwohl er sagte: „Etwas anderes habe ich nicht erwartet, Miss McNamara.“

„Darf ich mal sehen?“ Dad wies auf das Blatt in meinen Händen. Ich reichte es ihm, und stirnrunzelnd blickte er darauf. „Ist das alles?“

„Ein Friseur“, meinte Alistair perplex. „Wozu?“

Gefasster als zuvor sah ich die Anwesenden der Reihe nach an. „Spätestens heute Abend werde ich es wissen.“

Ein Yellow Cab brachte mich dreißig Minuten vor der auf dem Papier genannten Uhrzeit zur angegebenen Adresse. Jason saß neben mir, hatte mir die ganze Fahrt über die Hand gehalten und nicht ein einziges Mal über zerquetschte Finger gemurrt.

Vor der Abfahrt hatten wir gewürfelt, wer mich offiziell begleiten durfte. Ich wurde das Gefühl nicht los, dass Jason beim Stäbchenziehen irgendwie geschummelt hatte, obwohl ihm das niemand nachweisen konnte. Selbst Ernestine nicht, die vermutlich mit der gleichen Technik meinen Vater dazu bewogen hatte, bei ihr in Brooklyn zu bleiben. Sämtliche Fäden würden bei ihnen in einer provisorischen Telefonzentrale zusammenlaufen – für den Fall, dass Alistair uns aus den Augen verlor und Informationen benötigte, oder dass Steven bei anbrechender Dämmerung seine Dunkelkammer verlassen und uns folgen konnte.

Es hatte zu regnen begonnen und die herbstlichen Temperaturen sorgten darüber hinaus für fröstelnde Empfindungen. Das, der Mangel an ruhigem Schlaf, diverse Tassen Kaffee und die Abwesenheit von vernünftiger Nahrung machten mir inzwischen zusätzlich zu schaffen. Der Joghurt vor zwei Stunden war kaum ausreichend, doch ich bekam derzeit so gut wie nichts herunter und hatte mich meinem ungeborenen Kind zuliebe zum Auslöffeln des Fruchtmilchprodukts geradezu zwingen müssen.

Der Wagen hielt, Jason zahlte und stieg aus. Er eilte um den Wagen herum, öffnete mir gentlemanlike die Tür und half mir heraus. Frierend zog ich die dunkelblaue Jacke enger und die Kapuze über. Dann warf ich dem bedeckten Himmel einen kurzen Blick zu, ehe ich über den Gehweg auf die hell beleuchteten Geschäftsräume mit dem in grellem Pink gehaltenen Schriftzug *Behaarlichkeit* zueilte. Das doppelte Schaufenster präsentierte angestrahlte Hochglanzfotografien der neuesten Trends auf dem Friseurmarkt, peppig bunte Scherenschnitte im Science-Fiktion-Look. Darunter angeordnet waren wahre Batterien von Shampoos, Spülungen und Packungen für Haartypen von trocken bis triefend, gefärbt bis natürlich, von lang bis nicht mehr vorhanden.

Beim Öffnen der Tür wurde eine Lichtschranke ausgelöst, und ein angenehm melodisch klingendes Glockenspiel begleitete unsere Schritte in den perfekt ausgestatteten Haarpflegetempel. Ein farbenfroh bekleidetes junges Mädchen mit Nasenpiercing und magentafarbener Strähne im schulterlangen, wasserstoffblonden Haar stand hinter einem gläsernen Tresen und blickte uns lächelnd entgegen. „Willkommen. Wie kann ich Ihnen helfen? Haben Sie einen Termin?“

„Danke sehr“, gab ich freundlich zurück und sah mich blitzschnell um. „Mein Name ist McNamara und ich wurde gebeten –“

„Natürlich, Mrs. McNamara. Ich habe Ihren Namen selbst eingetragen.“ Sie wies auf eine Spalte in dem Terminkalender vor sich. „Sie sind etwas vor der Zeit, aber das macht nichts. Legen Sie doch bitte ab, Sie können so lange dort warten. Wenn Sie es wünschen, bringe ich Ihnen gern einen Espresso.“ Sie wies auf eine einladend wirkende Sitzgruppe schräg gegenüber, bestehend aus vier breiten, mit weinrotem Samt bezogenen, antik anmutenden Sesseln, die um einen ovalen, schmiedeeisernen Couchtisch mit Rauchglasplatte gruppiert waren. Auf der Platte lagen exquisite Hochglanzmagazine neben den aktuellen Tageszeitungen aus der ganzen Welt.

Wollte ich noch widersprechen, nickte Jason zustimmend und zog mich am Ellenbogen in die gewiesene Richtung. Das Mädchen begleitete uns, nahm Jasons Jacke entgegen und quietschte begeistert auf, als ich meine Kapuze zurückschlug und die Jacke auszog.

„Sind die Natur? Ohne Dauerwelle und Farbe? Oh mein Gott! Darf ich mal?“ rief sie voller Begeisterung aus und fasste mir zielstrebig ins Haar. Ich kam mir fast so vor, als gehöre ich zu einer seltenen Gattung Rothaariger, die schnellstmöglich dem WWF gemeldet und vor dem Aussterben geschützt werden musste.

„Ich –“

„Patricia!“, bellte es plötzlich durch den Raum, und gleichzeitig mit dem jungen Mädchen zuckte ich zusammen.

Flugs nahm sie ihre Hände aus meinem Haar, lächelte entschuldigend und wandte sich um. „Entschuldigung, Mr. Clint. Ich bin sofort da.“ Dann sah sie uns wieder an. „Ich bitte vielmals um Verzeihung für meinen Fehltritt, Mrs. McNamara. Darf ich Ihnen etwas anbieten? Espresso? Latte Macchiato? Oder vielleicht ein Gläschen Prosecco?“

„Perrier still, bitte“, antwortete Jason für uns beide, und Patricia eilte hinfort.

Verwundert ließen wir uns nieder und blickten uns in diesem Salon um. Er war riesig, lief nach hinten weit aus und wurde ungefähr in der Mitte durch ein kleines Podest und einen hellgrünen Fadenvorhang in den Bereich für Damen und Herren unterteilt. Achtzehn Frisierplätze mit Waschtischen, hohen Spiegeln, schwenkbaren Hauben und der üblichen Ausstattung waren im vorderen Raum vorhanden, wobei sie in Sechserreihen aufgeteilt einander gegenüberstanden. Über die Hälfte der Plätze waren besetzt, und eifrige, meist jüngere Mädchen flatterten um ihre Kundschaft herum, rollten Lockenwickler auf oder ab, pinselten Farbe auf Köpfe, schwangen Schere und Kamm oder legten anderweitig Hand an. Dennoch hielt sich der Geräuschpegel von Hauben, Haarfönen, laufendem Wasser und leisen Gesprächen in Grenzen.

„Ich weiß nicht, was ich hier soll", raunte ich Jason zu. „Ich kann mir nicht vorstellen, dass Darian einen anderen Haarschnitt von mir erwartet. Er hätte es mir sicherlich vorher gesagt."

Jason schenkte mir einen verständnisvollen Blick. „Soweit ich weiß, empfindet Mr. Knight ihre Haarpracht als sichtbaren Ausdruck ihres unsichtbaren Charakters, Miss McNamara. Ich wage zu bezweifeln, dass er sie zu zähmen gedenkt."

„Warum ..." Patricias Auftauchen ließ mich aussetzen, und erst nachdem sie das Wasser vor uns auf den Tisch gestellt hatte und wieder gegangen war, beendete ich den Satz: „... hat er uns diese Adresse gegeben?"

„Ich möchte mit keinerlei Mutmaßungen vorgreifen, Miss McNamara. Doch den Namen des Salons empfinde ich als bezeichnend. " Er nippte an seinem Wasserglas und sah sich verstohlen aufmerksam um. „Aber sollte Ihnen tatsächlich ein Haar gekrümmt werden, opfere ich gerne einige Zentimeter von meinen."

„Sie werden ja spitzfindig, Jason."

Er erwiderte nichts, wies jedoch mit dem Kopf in die Richtung, aus der die Geräusche drangen. Dann sah auch ich ihn, den großen Mann mit Glatze, der mehr an einen Ringer oder Bodybuilder denn an einen Friseur erinnerte. Sein Gesicht war oval, hohe Wangenknochen, breite Stirn, die Nase etwas breiter, als habe sie bereits mehrmals Bekanntschaft mit geballten Extremitäten gemacht. Seine wulstigen Lippen wurden von einem sehr filigranen Bärtchen umgeben, das sich von der Oberlippe bis hinunter zum Kinn zog. Der Kopf schloss an einen Stiernacken an, und seine ausladend breiten Schultern gingen in sehr muskulöse Arme und einen massiven Oberkörper mit schmaler Taille über. Seine vermutlich ebenso durchtrainierten Beine waren unter der schwarzen Hose nicht direkt zu erkennen. Er trug jedoch einen eng anliegenden, schwarzen Rolli, der jeden einzelnen Muskelstrang seines Oberkörpers sichtbar definierte. Und der Mann kam direkt auf uns zu.

„Dan Clint“, stellte er sich vor, nachdem er vor uns stehen geblieben war. „Ich bin der Geschäftsführer dieses Salons.“

Jason und ich erhoben uns aus den ausladenden Sesseln und nannten ebenfalls unsere Namen. Er nickte knapp, brach mir bei der Begrüßung fast die Hand und bat uns anschließend, ihn zu begleiten.

„Ich hoffe, Sie mussten nicht allzu lange warten und wurden in dieser Zeit entsprechend unterhalten. Und ich bedauere außerordentlich, dass Patricia sich zu diesem despektierlichen Verhalten hinreißen ließ. Ich werde es selbstverständlich entsprechend ahnden, Mrs. McNamara“, plauderte er dabei mit sonorer Stimme und führte uns zu meiner Verwunderung durch den vorderen Bereich in die hinteren Räumlichkeiten. Von dort aus ging es in einen kleineren, sehr gut beleuchteten Raum, der sich als Nagelstudio entpuppte. Drei bequem anmutende, kippbare Stühle aus schwarzem Glattleder standen für die Kunden bereit, daneben kleinere, mobile Tischchen mit großer, beleuchteter Lupe und dem entsprechenden Equipment. Der rechte Platz war besetzt. Eine ältere Dame in einem violettfarbenen Designerhosenanzug, zudem mit künstlich feuerrotem Haar und einem sichtbaren Hang zu Schönheitsoperationen, ließ sich von einem jungen blonden Mädchen, dessen eigene Fingernägel eher bunten und mit Glitter dekorierten Mordinstrumenten glichen, die Nägel in einem knalligen Rot lackieren. Bei unserem Eintreten blickten beide kurz auf, konzentrierten sich aber gleich wieder auf die Arbeit.

„Nehmen Sie doch bitte Platz, Mrs. McNamara. Es wird sich sofort jemand um Sie kümmern.“ Damit verließ er uns.

Ein Nagelstudio. Verstohlen sah ich auf meine Hände und unterdrückte den Impuls, sie sofort hinter dem Rücken zu verstecken. Meine Nägel hatten eine sachkundige Zuwendung tatsächlich nötig. Ich wählte den Sitzplatz links und überließ Jason somit den mittleren. Kaum hatten wir uns platziert, kam Patricia und brachte auf einem Tablett unsere Wassergläser, stellte sie neben uns auf das Tischchen und verschwand mit einem letzten Lächeln.

„Mrs. McNamara, wie schön, Sie zu sehen", klang es leicht exaltiert von der Tür her, und klappernde Absätze bahnten sich ihren Weg hinein in den Raum.

Irritiert sah ich mich um, riss die Augen auf und konnte eine Lachsalve gerade noch unterdrücken. Was war denn das für eine skurrile, im Retrostyle in beißend neongrüne Seide gewickelte Erscheinung?

Was immer es war, es ließ sich nicht wirklich geschlechtsspezifisch zuordnen. Unisex? Das Gesicht passte zu einem Mann. Schmale Lippen, dazu ein dünnes, schwarzes Oberlippenbärchen, darüber eine leicht gebogene, schmale Falkenschnabelnase. Zwei Augen, dunkel wie Kohle und hervorgehoben durch schwungvoll in Form gezupfte Augenbrauen, saßen in einem ovalen Gesicht. Es wurde umrahmt von blauschwarzem, an den Seiten gestuftem Haar, das vorn zu einer leichten Tolle aufgewickelt war. Eine gewachste Rolle fiel ihm in die Stirn.

Die Art seiner Bewegung passte allerdings mehr zu einer Frau. Die Hände waren leicht erhoben, die kleinen Finger gespreizt; jeder Schritt wurde begleitet von einem Beckenschwung, der einen Salsatänzer vor Neid hätte erblassen lassen. Was dem Hemd und der Hose im Gesäßbereich an Material fehlte, war an den enorm weit ausgestellten Hosenbeinen zu viel. Ein sehr breiter, goldener Gürtel, bestehend aus ineinander verschlungenen Ringen und einer Schnalle mit zwei weltweit bekannten Initialen, lag locker um seine beneidenswerte Wespentaille. Zudem glitzerten die goldenen Klunker um seine Handgelenke protzig mit den funkelnden Steinen an seinen Fingern um die Wette. Eine sehr dicke und lange Kette mit einem riesigen violetten Anhänger hing um seinen dürren Hals bis weit hinab in seinen Hemdausschnitt und schlug bei jedem Schritt gegen seine glattrasierte Brust. Ich erwartete sekündlich, dass der Hals durchbrach oder die gesamte Erscheinung nach vorne umfiel.

„Erlauben Sie, dass ich mich Ihnen vorstelle, Mrs. McNamara", flötete er, nahm meine Hand und deutete einen Handkuss an. „Jacques Moret. Zu Ihren Diensten, Madame."

Ein Lächeln untermauerte seine Worte, und erstaunt notierte ich das Aufblitzen winziger Diamanten, die in seine oberen Eckzähne eingelassen waren. Bevor ich etwas erwidern konnte, fuhr er bereits zu Jason herum und beschrieb einen angedeuteten Diener. „Und Sie müssen der legendäre Jason sein, mein Herr. Es ehrt mich, Sie in meinem bescheidenen Etablissement begrüßen zu dürfen."

„Zu viel der Ehre", gab Jason gnädig zurück, nippte an seinem Wasser und blickte sein Gegenüber dabei intensiv an. „Mich persönlich interessiert sehr, wem wir dieses ungewöhnliche Zusammentreffen zu verdanken haben."

„Alles zu seiner Zeit, mein Lieber", erwiderte Jacques abwinkend. Der Schmuck klingelte leise an seiner Hand. Dann wandte er sich an die andere Kundin in diesem Raum. „Mrs. Esterhazy, wie ich sehe, haben Sie Ihre brillante Verwandlung beinahe abgeschlossen. Eine perfekte Wahl, möchte ich meinen. Würde es Sie sehr betrüben, wenn ich Sie bitte, den Trockenvorgang in den vorderen Räumen vorzunehmen? Nein? Hach, das beruhigt mich aber ungemein." Seine Hand landete theatralisch auf seiner Brust, während er ihr die andere zum Aufstehen reichte und sie galant plaudernd aus dem Raum geleitete. „Was macht die Familie, Mrs. Esterhazy? ... Tatsächlich? Aber nein, Sie sehen fürwahr bezaubernd aus …"

Nachdem das Mädchen seine Arbeitsmaterialien zusammengerafft hatte und der Frau nachgeeilt war, sah Jason mich bedeutungsvoll an und sein Mund formte lautlos das Wort *Vampir.*

Ich deutete ein Nicken an und ließ meine Blicke blitzschnell durch den Raum und dessen Eingang huschen. Dann formten auch meine Lippen die lautlose Frage: *Wie viele?*

„Ich bin durchweg einzigartig", klang es da erneut vom Eingang her und Mr. Skurrilität stand betont dekorativ im Türrahmen, als erwarte er stehende Ovationen für seinen Auftritt. Selbstverständlich bekam er sie nicht. Jedenfalls nicht von uns.

„Darf ich annehmen, dass dieser Salon nicht dazu dient, Ihre Speisekammer aufzufüllen?", fragte ich ruhig und fühlte gleichzeitig nach dem Holzpflock in meiner Hosentasche.

Seine Gesichtszüge entglitten ein wenig, wirkten etwas beleidigt, als er den Raum endgültig betrat. „Madame, ich jage nicht in meinem eigenen Milieu. Insbesondere, wenn es meine persönliche Tarnung darstellt. Doch nun zu Ihnen, Madame. Ich hoffe, Sie werden mir die etwas ungewöhnlichen Umstände verzeihen, die Sie in diese Räumlichkeiten geführt haben. Sie müssen wissen, ich bin Geschäftsmann."

Na, das mit dem *Mann* ließ ich mal dahingestellt.

„Das Zahnstocherchen dürfen Sie übrigens stecken lassen, Madame", säuselte er mir einen Wimpernschlag später direkt ins Ohr. „Ich beiße nicht. Zumindest nicht hier."

Alle Achtung, der Kerl war für einen Vampir richtig schnell. Während Jason schlagartig aufrecht saß, lächelte ich nur steif. „Das möchte ich Ihnen auch nicht raten. Ich kann bei solchen Dingen nämlich ziemlich giftig werden."

„Ich habe davon gehört", flüsterte er. „Und ich halte es für ein Gerücht."

„Tatsächlich?" Ohne Vorwarnung zog ich den Ärmel meines schwarzen Pullovers zurück und reichte ihm meinen Arm. „Na, dann gutes Gelingen. Ich greife übrigens den Zahnschmelz an."

„Miss McNamara!"

„Ruhig Blut, Jason. Ich gehe davon aus, dass Mr. Moret seine Handlungen stets im Voraus sehr genau überdenkt."

„Das, Madame, tue ich in der Tat", gab er nasal zurück und zupfte beinahe zärtlich den Ärmel über meinen entblößten Unterarm. „Ferner würde die Entscheidung, Ihrem Liebreiz zu erliegen, die Dauer meiner weiteren Existenz empfindlich schmälern."

„Sind Sie etwa wählerisch, mein lieber Jacques?", flötete ich, und er lachte. „Ich erlaube mir diese Freiheiten inzwischen, Madame. Ja. An Ihrer Begleitung würde ich durchaus ein wenig knabbern, würde er mich dazu einladen."

„Was sicher nicht geschehen wird", murmelte Jason und versah Jacques mit einem Blick, der deutlich machte, was geschehen würde, sollte ihm dieser überkandidelte Vampir auch nur zu nahe treten.

„Genug der Plänkelei, meine Lieben", wehrte der übertrieben winkend ab, zog einen kleinen Hocker heran und ließ sich neben mir nieder. „Dann geben Sie mir mal ihr entzückendes Patschehändchen, und wir sehen, wie wir diese Ruinen wieder restauriert bekommen."

„Sie wollen meine Hände maniküren?"

„Überrascht, Verehrteste? Darum sind Sie hier." Sein geziertes

Lächeln entblößte die spitzen, diamantbesetzten Saugzähne. „Haben Sie Bedenken, Sie könnten mehr verlieren als eingerissene Nägel?“

„Jeder Schmerz dieser Dame kostet Sie einen hohen Preis, Sir“, übernahm Jason meine Verteidigung.

„Das höre ich bereits das zweite Mal an diesem Tag“, nuschelte mein neongrüner Nagelstylist.

Das ließ mich aufmerken. „Wer?“

Ertappt lachte er gekünstelt auf. „Ach je, ich habe mich verplappert. So etwas Dummes. Dabei sollte es doch eine Überraschung –“ Jasons Hand an seiner Kehle ließ ihn zumindest kurzfristig verstummen, dann krächzte er: „Würden Sie bitte Ihre Finger entfernen? Und Sie, Madame, den Zahnstocher von meiner Brust?“

Wir wechselten einen schnellen Blick, zogen uns jeder etwas zurück, blieben jedoch mit unseren Mitteln in Reichweite.

„Meine Güte!“ Theatralisch sprang er auf und wich einen Schritt zurück. „Bei Ihnen beiden merkt man auf sehr eindrucksvolle Weise, wo Ihre Wiegen gestanden haben.“

„Schluss mit diesem affektierten Getue, Mr. Moret!“, fuhr ich ihn an und stand auf. „Ich will die Wahrheit hören.“

Entrüstet schnaufte er, wandte sich ein wenig ab und verschränkte die Arme vor der Brust. „Ihr Mann sagte mir, dass Sie schwierig sein können, Mrs. McNamara.“

„Mein Mann?“

„Jawohl, Ihr Mann. Allerdings verschwieg er mir, *wie* schwierig. Hätte ich es gewusst, hätte ich den doppelten Preis verlangt.“

Nun landete meine rechte Hand an seinem Kragen, während meine linke den Pflock abermals auf seine Brust setzte. Meine Augen blitzten mordlüstern auf. „Wo ist er, Jacques?“

„Uh! Wollen Sie tatsächlich den einzigen Informanten, der Ihnen etwas zu Ihrem Mann sagen kann, in ein Aschehäufchen verwandeln?“

„Sicher nicht“, giftete ich. „Aber ich werde Ihnen verdammt wehtun, bis Sie darum winseln werden, es mir verraten zu dürfen.“

„Dazu sind Sie nicht …“ Er stockte, blickte über mich hinweg und lächelte. „Schnuckelchen, das ist gerade nicht der richtige Zeitpunkt.“

Verflixt! Manche Finten funktionieren immer, egal wie alt sie sind. So auch diese. Noch bevor ich überhaupt mit einer Wimper zucken konnte, knallte ich bereits mit dem Rücken auf den Boden. Der Aufprall drückte mir die Luft aus den Lungen. Ein weiteres Zucken, und er hatte Jason erwischt, bekam zeitgleich jedoch einen harten Schlag, der ihn selbst taumeln ließ. Er stürzte über einen der Stühle, fing sich blitzschnell ab und flog geradezu über die Raumausstattung auf seinen Gegner zu.

Aufblitzende Wurfsterne durchschnitten zischend die Luft. Zwei verfehlten ihr Ziel und schlugen in der Wand ein. Einer traf direkt in seine linke Brustseite. Mit einem Fluch taumelte der Vampir zurück, riss sich die Waffe heraus und starrte Jason erbittert an. „Das Hemd kostet ein Vermögen, Mann."

Während Jason das *Nunchaku* elegant kreisen ließ, betrachtete er sein Gegenüber geringschätzig. „Jeder Schmerz dieser Dame hat einen entsprechenden Preis. Ich habe Sie gewarnt. Kannst du aufstehen, Mädchen?"

Ich nickte, ergriff seine Hand und ließ mir aufhelfen. Dabei schäumte ich innerlich über meine Unvorsichtigkeit. Wie hatte mich so ein alter Trick nur aufs Glatteis führen können, verdammt!

„Also gut", lenkte der nun etwas derangiert wirkende Vampir ein. Dabei fuhr er sich mit den Händen durch die Haare und brachte sie gekonnt wieder in Ordnung. Dann zuckte er mit den Schultern. „Remis, Freunde. Ihr wollt etwas, das ich habe. Und ich wiederum gab mein Einverständnis zur Erbringung einer Dienstleistung, was ich inzwischen mehr als nur bereue. Wie gesagt, ich bin Geschäftsmann. Und es gibt Geschäfte, die auf Ehrenhaftigkeit beruhen." Er seufzte einmal und schüttelte den Kopf, murmelte mehr zu sich: „Ich hätte nie gedacht, mich das jemals sagen zu hören."

„Ich entbinde Sie von welchem Einverständnis auch immer. Wo ist mein Mann?"

„Das ist leider nicht möglich, Mrs. McNamara." Betrübt wackelte er mahnend mit einem Finger. „Es wurde bedauerlicherweise in Blut geschrieben. Wenn Sie mir eventuell bei der Wiederherstellung des Raumes zur Hand gehen könnten, wäre ich Ihnen sehr verbunden. Immerhin hatten wir gemeinsam Spaß."

Der Typ war einfach unglaublich. Als wären wir nicht mehr anwesend, begann er aufzuräumen, spielte das Geschehene sogar herunter, als eine seiner Angestellten nach dem Rechten sehen wollte, und schickte sie mit einem Scherz auf den Lippen gleich wieder fort. Jason und ich sahen einander ungläubig an. Dann jedoch ergaben wir uns unserem Schicksal und halfen bei der Aufräumaktion.

Kurz darauf saß ich wieder auf dem Stuhl, und das junge, blonde Mädchen mit den Mördernägeln von vorhin manikürte meine Hände. Jason saß mit wachsamen Blicken neben mir. Fast spielerisch ließ er zwei der Sterne durch die Finger seiner freien Hand wandern, während er die andere von Jacques verschönern ließ.

„Das Babyblau beißt sich etwas mit dem Grün Ihrer Hose“, bemerkte er wie beiläufig und nötigte damit dem Vampir ein gequältes Lächeln ab. „Das ist mir bewusst, doch leider hatte ich kein passendes Hemd zur Hand.“

„Äußerst bedauerlich, fürwahr“, frotzelte Jason weiter und zuckte kurz darauf zusammen.

„Hach, wie ungeschickt von mir, mit der Feile abzurutschen“, gab Jacques im gleichen leichten Tonfall zurück. „Ich bin untröstlich.“

„Lassen Sie sich Ihr Lehrgeld erstatten“, brummte Jason.

„Ein brillanter Gedanke, Sir. Bedauerlicherweise verschied mein Lehrmeister schon vor Längerem aufgrund einer plötzlich auftretenden Anämie.“

„Lecker“, bemerkte ich trocken und lächelte dem verwirrt aufsehenden Mädchen unschuldig zu.

Eine gute Stunde und diverse verbale Plänkeleien später waren wir fertig. Voll Bewunderung betrachtete ich meine Hände. Ich konnte mich nicht erinnern, jemals solch perfekt manikürte Nägel gehabt zu haben. Kunstnägel hatte ich abgelehnt, dafür aber einer Nagelverstärkung und einem dezenten Lack zugestimmt. Das Ergebnis war mehr als erfreulich. Und auch Jason wirkte durchweg zufrieden, denn er brachte sogar einen aufrichtigen Dank zustande.

Jacques winkte abermals bescheiden ab, schickte das Mädchen aus dem Raum und eilte ihr nach. Kurz darauf kam er zurück und übergab mir eine in blaue Seide eingewickelte Schachtel. „Bevor Sie weitere Fragen haben, Mrs. McNamara: Ihr Mann betrat gestern Abend meinen Salon und übergab mir dieses Päckchen. Er verlangte zwei Umschläge und einen Bogen Papier, schrieb etwas auf und steckte einen der Umschläge ein. Den zweiten bestückte er mit einer gewissen Anzahl an Banknoten und händigte ihn nach Ablegen meines Schwures an mich aus. Da nun beide Seiten ihr

Versprechen erfüllt haben, sind wir quitt."

Verwundert hob ich die Seide an und schnappte laut nach Luft. Dann sah ich den Vampir an. „Wissen Sie, was sich in der Kiste befindet?"

Seine Empörung schien echt. „Ich bin ein Ehrenmann, Madame! Ich stecke meine Nase nicht in fremde Belange. Abgesehen davon warnte er mich vor dem Inhalt sehr nachdrücklich. Allerdings würde es mich schon interessieren, was ich die ganze Zeit über für Sie aufbewahrt habe."

„Glauben Sie mir, er tat gut daran, Sie vor dem Inhalt zu warnen, Mr. Moret. Er ist tödlich, auch wenn er noch so harmlos wirken mag." Zum Beweis meiner Worte klappte ich den Deckel auf und offenbarte die Rosen und meine verzweifelt vermissten Federn.

Skeptisch betrachtete er diese unschuldig wirkenden Gegenstände und streckte sehr vorsichtig einen Finger danach aus. Ich ließ ihn gewähren. Jeder musste schließlich seine eigenen Erfahrungen machen. Da zog er plötzlich seine Hand zurück, und in seinen Blick trat tiefe Furcht.

„Sie haben recht, Madame. Bitte schließen Sie diese Kiste umgehend. Bei meiner nicht vorhandenen Seele – hätte ich gewusst, was sich die ganze Zeit über in meinem Büro befand, ich hätte es niemals angenommen."

Verwundert klappte ich den Deckel zu. Noch mehr verwunderte mich, dass Jacques mich sogleich am Ellenbogen fasste und recht energisch zum Ausgang seines Salons schob.

„Es war mir ein unübertreffliches Vergnügen, Sie bei mir gehabt zu haben", meinte er leicht hektisch und schob Jason und mich gleichzeitig hinaus in die regnerische Dunkelheit. Er verschwand, kam kurz darauf mit unseren Jacken zurück und warf sie uns zu. „Tun Sie mir bitte den inständigen Gefallen und beehren Sie mich niemals wieder." Dramatisch reckte er die Arme zum Himmel und fuhr herum. „*Mon Dieu, quel malheur!*" Dann fiel mit der melodischen Untermalung des Glockenspiels die Tür hinter ihm zu.

Fürsorglich half Jason mir in die Jacke, bevor er seine eigene überzog. Dabei schüttelte er den Kopf. „Je älter einige dieser Herrschaften werden, Miss McNamara, desto wunderlicher werden sie."

„Er hatte Angst vor dem Inhalt", sprach ich das Offensichtliche aus.

„Ich habe es bemerkt. Er muss gespürt haben, was die Gegenstände in sich tragen."

„Komisch. Darian hat damals nicht so panisch reagiert, obwohl er nicht mit ihnen in Berührung kommen wollte, was meine Schusseligkeit ja leider zunichtemachte." In Erinnerung daran knabberte ich verlegen an der Lippe. Es hätte nicht viel gefehlt, und Darian wäre verblutet. Lediglich Jasons schnelle Reaktion hatte Schlimmeres verhindert. „Ob dieser Jacques weiß, was genau sie bewirken?"

„Das ist durchaus möglich, zumal gewisse Geschehnisse sich herumsprechen wie ein Lauffeuer, Miss McNamara. Doch bevor wir uns darüber weiterhin den Kopf zerbrechen, sollten wir erst einmal aus dem Regen herauskommen."

Ich nickte. Da bremste unerwartet heftig ein altersschwacher Pickup neben uns, und ich erkannte schemenhaft Alistairs Gesicht in der Dunkelheit. Er öffnete die Tür. „Ihr braucht nicht zufällig ein Taxi?"

Es ist weg!, schoss mir als Erstes durch den Kopf, nachdem ich den Raum betreten hatte. Alarmiert blickte ich mich um, fand die Kerzen noch genau wie in der vergangenen Nacht um den Teppich stehend vor. Das Bündel Salbei lag auf der Kommode, Streichhölzer daneben. Nichts schien berührt. Doch mein Gefühl trog nicht. Die Ecke, in der das getarnte *Katana* gestanden hatte, war leer.

„Stimmt etwas nicht?", erkundigte Alistair sich leise.

Meine Anspannung musste sich auf ihn übertragen haben, denn er legte mir die Hände auf die Schultern, schob mich sachte beiseite und trat als breiter Schutzwall vor mich.

Ich schüttelte mich und versuchte die aufsteigende Furcht zu bezwingen, die sich eiskalt und langsam meinen Rücken hinaufschob, um mir sogleich die Nackenhaare zu sträuben.

Es fühlte sich auf einmal alles so falsch an. So verlogen. Unwirklich.

Heimtückisch hintergangen. Das Gefühl blitzte wie Wetterleuchten in mir auf und ließ sich nicht verdrängen. Je mehr ich es bekämpfte, mir einredete, dass es Einbildung war, desto mehr gewann es an Kraft. Bis es regelrecht greifbar und klar definiert vor mir stand. *Nein*. Ein Teil von mir wollte nicht akzeptieren, was mein inneres Auge deutlich sah.

Die eisige Faust namens *Furcht* verdampfte zischend unter der Wucht gleißend anschwellender Wut. Ich fauchte unbewusst, bemerkte es erst, als mein Bruder zu mir herumfuhr und mich geschockt anstarrte.

„Geh beiseite", sprach ich mit einer Stimme, die keinen Widerspruch duldete.

Ohne zu zögern ließ er mich vorbei und beobachtete, wie ich mitten in den Raum trat, die Kiste auf dem Boden ablegte und mich dann äußerlich ruhig orientierte.

Doch ich war keineswegs so ruhig, wie es schien. Nicht im Entferntesten. Innerlich loderte ich, und unbändiger Zorn legte sich wie ein roter Schleier vor meinen Blick.

„Du warst hier", flüsterte ich erstickt in den Raum hinein. „Du hast alles bis ins kleinste Detail geplant." Wie im Film lief es vor mir ab und zwang mich regelrecht, es körperlich nachzuvollziehen. Daher schritt ich wie in Trance zur Tür, machte kehrt und ging auf die Ecke zu, in der das *Katana* gestanden hatte. Dort drehte ich mich um und starrte zum Vorhang hinüber. „Du hast dafür gesorgt, dass wir beschäftigt und nicht hier sind. Du wusstest, dass Jason mich niemals allein gehen lassen würde. Und du wusstest genau, dass Alistair uns folgen würde. Niemand war da, der dich jetzt noch entdecken konnte. Steven ist loyal, er würde dich niemals verraten. Dad hat nicht die Fähigkeit, deine Tarnung zu durchdringen. Und Kimberly? Sie ist auf diesem Gebiet vollkommen unkundig." Das Lachen klang selbst in meinen Ohren zu zynisch. „Während wir im Salon festsaßen, bist du unbemerkt gekommen und hast die Kleidung gewechselt. Ich wette, sie liegt in deiner Tasche. Ganz unten, unter deiner anderen versteckt. Das Zeitfenster war großzügig gewählt. Du wusstest, dass wir so schnell nicht zurückkommen würden. Dann hast du dein Schwert geholt." Ich trat wenige Schritte vor und blieb abermals stehen. „Hier, genau wo ich jetzt stehe, hat dich dein Gewissen überrascht. Du hast gezögert. Wenige Momente nur." Mein Blick wanderte vom Boden zur Tür hinüber. „Du hast dich beeilt zu gehen, bevor du dich anders entscheiden konntest. Du bist gerannt. Lautlos, schnell. Die Treppe hinunter." Meine Stimme erstarb, ich atmete tief durch, beherrschte für einen Moment das unbändige Gefühl zu bersten. Es brodelte in mir wie Magma kurz vor dem Ausbruch. Das Brodeln stieg weiter an, forderte meine ganze Beherrschung, bis es schließlich aus mir herausbrach, tosend und brüllend in seiner ganzen Heftigkeit. „Du hast alles geplant, Darian Knight! Verdammt, du hast *mich* verplant!"

Ich kniff die Augen zu und rang um Fassung. Meine Atmung ging schwer, mein Herz raste. Ich fühlte das Blut durch meine Adern rauschen. Die geballten Fäuste begannen zu verkrampfen, ich hatte unbändige Lust, irgendwo gegenzuschlagen, um mich zu schlagen. Aber ich fand kein Ziel, kein Ventil.

In mir tobte ein Sturm, der mich mitzureißen drohte. Annähernd machtlos stand ich mitten in ihm, fühlte die Raserei immer mehr nach mir greifen und bäumte mich mit aller Kraft dagegen auf. Instinktiv wusste ich, dass ich nicht verlieren durfte, dass ich *mich* nicht verlieren durfte.

Ein Laut löste sich aus meiner Kehle. Ein Schrei? Ein Fauchen?

Zu kurz, um erfasst zu werden, fortgerissen vom wütenden Toben meiner inneren Dämonen. Etwas zerrte an mir, schleuderte mich herum, stieß mich und riss mich gleichzeitig zurück. Es zermürbte und ermüdete mich, raubte mir den Atem und ließ sich selbst nicht fassen. Wann immer ich glaubte, es zu beherrschen, es entglitt. Wie ein bösartiger Schatten. Mein eigener Schatten – von unsichtbaren Fäden geleitet. Unbezwingbar.

Unter mir fühlte ich den Boden schwanken und wusste doch, dass ich fest stand.

Unbezwingbar?

Meine Arme schmerzten vor Anstrengung, ohne dass ich mich bewegte.

Kann man sich überhaupt selbst bezwingen?

Die Augen brannten, obwohl ich sie geschlossen hielt.

Würde ich nicht unweigerlich einen Teil von mir selbst vernichten?

Zorniges Brüllen hallte in meinen Ohren wider, und doch war es ruhig um mich herum.

Was würde am Ende bleiben? Licht oder Schatten?

Schlagartig trat Ruhe ein. Das Zerren riss ab, das Brennen erlosch. Der Sturm legte sich und glitt in lichten Spiralen gemächlich zu Boden, die wie auf einen Faden gezogene glitzernde Tropfen einen Moment lang liegenblieben, bis sie schließlich versikkerten. Und mit ihnen der Groll, die Wut, der lodernde Zorn.

Der Tod ist nur der Beginn.

Ein leichtes Zittern breitete sich in mir aus. Die Verspannungen lösten sich. Ich riss die Augen auf und sog geräuschvoll die Luft in meine Lungen. Noch immer nahm ich alles durch einen leicht rötlichen Schleier wahr. Einige Meter von mir entfernt entdeckte ich meinen Bruder. Fassungslos starrte er mich an, die Augen weit geöffnet, einen Anflug von Erschrecken im Blick.

„Verflucht, Faye, was …?“ Er verstummte, dann startete er erneut: „Was war das eben?“

„Was genau meinst du?“ Gefasst ging ich auf ihn zu, blieb jedoch stehen, als er vor mir zurückwich. „Was hast du?“

„Was ich habe? Frag dich lieber, was du hast, Faye. Du hast gerade geglüht. Oder nein. Du hast *gebrannt*. Als hättest du komplett in Flammen gestanden. Scheiße, was hast du gemacht?“

„Das ist Unfug, Alistair“, wehrte ich ungläubig ab. „Du musst dich irren. Ich war lediglich etwas schlecht drauf."

„Etwas schlecht drauf?", echote er schockiert. „Was bitte passiert, wenn du mal *ganz schlecht* drauf bist? Brennt dann die Hütte ab?"

Ich fixierte ihn, als habe er den Verstand verloren. Dabei kniff ich kurz die Augen zusammen, um klarer sehen zu können. Der Schleier blieb. Vermutlich hatte ich etwas ins Auge bekommen. Sie brannten sehr unangenehm.

Weiterhin leicht konfus ging ich an Alistair vorbei, hinaus in den Flur und hinüber ins Bad. Als ich aber das Licht anknipste und in den Spiegel sah, erwischte es mich eiskalt. Der sich mir bietende Anblick ließ mich sofort verstehen, was Alistair dermaßen entsetzt hatte. Es war unheimlich und faszinierend zugleich.

Glühend rote Augen starrten mir aus einem bleichen Gesicht entgegen. Das Antlitz war meines, die Augen dagegen wirkten fremd, als gehörten sie nicht zu mir. Das war ich nicht. Unmöglich. Meine Augen hatten grün zu sein. Darian bekam bei bedrohlicher Gereiztheit bisweilen rote Augen, aber ich doch nicht. Oder doch?

Geschockt drehte ich den Hahn auf und warf mir kaltes Wasser ins Gesicht. Dann blickte ich abermals auf und berührte mit meiner Nasenspitze fast den Spiegel, als ich konzentriert hineinstarrte. Mühsam schraubte ich meine Emotionen herunter und zwang mich zur Ruhe. Da erlosch das Glühen wie die langsam ersterbende Glut heißer Kohlen, wurde schwächer, bis es schließlich verschwand.

„Glaubst du mir jetzt?", klang es von der Tür her und erschrokken fuhr ich herum.

Mein Finger tippte gegen die Spiegelung, mein Blick allerdings blieb anklagend an Alistair hängen. „*Das hier* ist schlichtweg unmöglich."

„Und trotzdem war es da", konterte er, trat auf mich zu und blieb abrupt stehen. „Verdammt, Faye! Du machst es schon wieder."

„Was mache ich denn?", brüllte ich nun und spürte, wie es erneut in mir aufwallte. Nein, nicht noch einmal. Mit erzwungener Ruhe atmete ich tief durch.

Jäh stand Alistair vor mir und packte mich an einer Schulter, wobei seine andere Hand mein Kinn fest umspannte. Mit einem Ruck drehte er meinen Kopf nach rechts und dann nach links. Unvermittelt ließ er mich los, umfasste mein Handgelenk und schob den Ärmel zurück, bevor er den Vorgang mit meinem anderen Arm wiederholte.

„Nichts", murmelte er und sah mich durchdringend an.

Ich ließ ihn gewähren, legte jedoch meinen ganzen Ärger in diesen einzigen Blick und zischte: „Wonach suchst du, Alistair?"

Da ließ er mich los, riss den eigenen linken Ärmel hoch und zog aus seiner Hosentasche ein scharfes Klappmesser. Die Klinge blitzte im Licht silbern auf, ehe sie sich in einem einzigen gezielten Schnitt durch seine Haut fraß. Sofort quoll hellrotes, warmes Blut hervor, floss über die Innenseite seines Oberarms und erreichte sein Handgelenk, um dann daran hinunterzurinnen und langsam auf den Boden zu tropfen.

Bestürzt verfolgte ich das Rinnsal und starrte auf die zerplatzen Tropfen am Boden, deren ausgefranste Ränder wie geklöppelte Spitzen das Lebensrot umgaben. Dann kehrte mein Blick zurück zu seinem Arm, den Alistair mir mit stoischer Miene weiter vor die Nase hielt. Der typische, leicht metallische Geruch flutete meine Sinne bis ich ihn fast auf meiner Zunge zu schmecken glaubte.

Da erst verstand ich, und Übelkeit stieg in mir hoch. Ich stob flugs herum, stützte mich mit beiden Händen auf dem Waschbeckenrand ab und rang würgend um Selbstbeherrschung.

„Du spinnst vollkommen", brachte ich schließlich erstickt hervor, drehte den Wasserhahn auf und spülte mir den Mund aus. Dann sah ich wieder auf, und unsere Blicke begegneten sich im Spiegel. „Ich bin nicht gebissen worden, Alistair." Mit einer Hand erwischte ich das Handtuch, und warf es ihm zu. „Wickele das um deinen Arm. Und mach so etwas niemals wieder."

„Was erwartest du von mir, Faye?" Er presste das Handtuch auf den Schnitt und sah mich dabei ärgerlich an. „Dass ich tatenlos danebenstehe und zusehe, wie du dich schlagartig veränderst, ohne nach dem Grund zu suchen? Ich würde es wieder machen, Faye. Jederzeit."

„Es ist nicht deine Suche nach dem Grund, Alistair. Es ist das mangelnde Vertrauen in mich." Enttäuscht schüttelte ich den Kopf. „Du hättest mich fragen können."

Damit ließ ich ihn stehen, schob mich ungeachtet seines erhobenen Arms an ihm vorbei und verließ das Bad. Was vorher an Unbeherrschtheit in mir vorhanden gewesen war, schlug um in tiefe Trauer. Traute denn hier niemand mehr dem anderen? Würden wir uns bald vor lauter Misstrauen gegenseitig zerfleischen?

Verflixt noch mal, ja. Ich war ziemlich sauer über Darians Verhalten. Und ja, ich fühlte mich von ihm hintergangen und hegte ihm gegenüber ein gewisses Misstrauen. Aber ich misstraute nicht seinen Motiven, sondern lediglich deren Umsetzung. Diese vermaledeite Geheimniskrämerei – und meine dadurch entstehende Unsicherheit.

Gedankenschwer ließ ich mich auf der Kante des Sofas nieder und stützte den Kopf in die Hände. Warum war er nicht zu mir gekommen, hatte mir sein Vorhaben erklärt und sich das *Katana* ganz offen geholt? Warum musste er erneut so ein Versteckspiel inszenieren?

Weil du dumme Nuss ihn nicht wieder hättest gehen lassen, raunte mir meine innere Stimme zu. Zähneknirschend erinnerte ich mich an die Situation in England, wo er sich auf ähnliche Weise abgesetzt hatte, und ich musste die Richtigkeit dieser Aussage wieder einmal einsehen.

Damals hatte er es vorausgesehen. Jetzt erneut, deswegen hatte er so gehandelt. Das war mir mehr als klar. Aus diesem Grunde hatte Darian diesmal sämtliche Verbindungen zu mir abgebrochen. Warum aber hatte er mir nun die Federn wieder zukommen lassen? Er hätte sie ebenso gut weiterhin verstecken können. Wollte er auf diese Weise die Verbindung wiederherstellen?

Es musste ihm doch klar sein, dass ich sie benutzen und ihn suchen würde. Warum also jetzt?

Ein Geräusch ließ mich aufsehen. Alistair stand im Türrahmen und druckste etwas herum, ehe er leise fragte: „Darf ich eintreten?“

Fast hätte ich gelacht. Dieser massige Koloss hatte Hemmungen? Mit einer knappen Geste winkte ich ihn heran. „Sicher, es ist schließlich dein Haus.“

Beinahe hastig kam er auf mich zu und setzte sich neben mich. Mit einer schmerzhaft liebevollen Berührung schob er mir die Haare beiseite und blickte mich betrübt an. „Ich wollte dich nicht verletzen, Faye. Es ist nur, weil … Na, du weißt schon.“

Sicher wusste ich es. Und mein Verständnis dafür war grenzenlos. Dennoch schmerzte das fehlende Vertrauen wie ein frischer Schnitt.

„Das vorhin, Faye“, begann er zaghaft und wartete meine Reaktion ab. Als ich ihn nur fragend ansah, fuhr er erleichtert fort: „Vampire haben diese glühenden Augen, wenn sie in Raserei verfallen.“ Er verstummte abermals. Ich nickte nur, denn diese Tatsache war mir selbst hinlänglich bekannt. Sein Arm legte sich behutsam um meine Taille. „Faye, du hast es im Spiegel selbst gesehen. Wie kann das geschehen, wenn du nicht verwandelt wurdest?“

„Ich wünschte, ich hätte es nicht selbst gesehen, Alistair. Dann könnte ich zumindest behaupten, wir hätten uns geirrt.“ Ich probte ein verzagtes Lächeln. „Beim besten Willen kann ich dir dafür keine Erklärung liefern. Es war, als gehörte es nicht wirklich zu mir. Ich bin kein Typ zum kompletten Durchdrehen. Trotzdem brach es wie ein innerer Zwang einfach heraus. Als ob etwas in mir –“ Und an dieser Stelle verschlug es mir regelrecht den Atem. Wie von selbst landete meine Hand auf meinem Unterleib. Fassungslos flüsterte ich: „Nein.“

Mein Bruder begriff sofort. „Du glaubst, es ist das Kind?“

Ich sprang auf, blickte an mir herunter und suchte nach einem Zeichen der Bestätigung. Bis auf die inzwischen recht eindeutige Wölbung meines Bauches war nichts weiter auszumachen.

Plötzlich kamen mir Darians Worte in den Sinn. *Du veränderst dich mit jedem Tag, sogar jeder Minute, die du mein Kind unter dem Herzen trägst*. Oh verflixt. Ich hatte die nötigen Hinweise erhalten, sie nur nicht für bare Münze genommen. Konnte dieses Kind als Katalysator meiner eigenen Empfindungen wirken? Sie massiv verstärken? Oder übertrug es seine auf mich? Das war doch vollkommen unmöglich.

Da fiel mir die Situation mit Letavian ein, als er am Boden gelegen und meine Hand dabei seinen Brustkorb berührt hatte. Was dort geschehen war, hatte sich komplett meiner Kontrolle entzogen, woher die Kraft und das Wissen für diese Tat gestammt hatte, hatte ich nie hinterfragt. Es war einfach nur unendlich schwer zu glauben.

Dann hatte selbst Lilith mir eine Warnung zukommen lassen. *Du spielst mit Mächten, die selbst für Gelehrte schwer zu kontrollieren sind. Halte dich an die Regeln, sonst wird es dich verschlingen.*

Verschlingen? Herzlichen Dank, das hatte ich gerade hinter mir. Aber welche Regeln meinte sie? Himmel, Arsch und Wolkenbruch! Für jeden Mist gab es ein Handbuch. Warum nicht hierfür? Verzweifelt schloss ich die Augen und flehte innerlich um Antworten. Oh Gott! Auf was hatte ich mich da eingelassen? Was wuchs da in mir heran? Ein Monster?

Ich keuchte, als ich etwas unter meiner Hand fühlte. Ein leichtes Flattern. Dann noch eins, etwas heftiger und sehr fühlbar. Wie ein Protest.

Sofort war Alistair an meiner Seite und sah mich besorgt an. „Was hast du?"

„Es bewegt sich", flüsterte ich verblüfft.

„Wo?"

Ich verdrehte die Augen, ergriff seine Hand und legte sie auf meinen Unterbauch. „Na hier, du Witzbold. Wo sonst."

Seine Augen wurden kugelrund. „Du meinst, es … Hey, es hat mich getreten."

„Ja." Irrsinnigerweise schlugen meine Befürchtungen plötzlich in pure Freude um, und ich begann zu kichern. Ein Schachzug der Natur. „Sieh nur, es reagiert."

„Indem es seinen Onkel tritt. Eine echt nette Begrüßung", brummte Alistair bemüht grimmig, doch ich erkannte in seiner Stimme tiefe Erheiterung. „Macht man denn so etwas, Zwerg?"

„Es kann dir derzeit kaum die Hand schütteln und sich dir vorstellen", konterte ich und erhielt von Alistair ein Zwinkern.

Völlig unerwartet ging er vor mir in die Knie, umspannte mit beiden Händen meinen Bauch, führte Daumen und Zeigefinger zu einem Dreieck zusammen und lehnte die Stirn dagegen. Ich wollte sprechen, doch irgendetwas hielt mich zurück. Daher blickte ich nur auf den rotgewellten Schopf meines Bruders, legte meine Hände auf seine Schultern und ließ ihn gewähren.

Was immer er tat, es fühlte sich nicht unangenehm an. Seine Hände strahlten mit einem Mal eine ungeheure Wärme aus, die sich langsam über meinen gesamten Unterleib ausbreitete. Mehrfach fühlte ich dieses Flattern unter meiner Bauchdecke. Unregelmäßig, als würde es lauschen und dann mit diesem Flattern antworten. Plötzlich blickte er auf, sah mir in die Augen und meinte gelassen: „Du hast dir hoffentlich schon Gedanken über einen passenden Namen für meine Nichte gemacht."

„Wie bitte?"

Er erhob sich und nahm seine Hände fort. „Es ist ein Mädchen, Faye. Und die Kleine hat gewaltig Druck im Kessel. Das ist allerdings bei dieser genetischen Mischung kein Wunder. Ich beneide dich nicht darum."

Erneut entschlüpfte mir ein stumpfsinniges „Wie bitte?"

„Falls ich dich gerade geistig geringfügig überfordere, Faye, lass es mich … Autsch!" Übertrieben heftig rieb er sich den Oberarm. „Fang du nicht auch noch an. Es reicht vollkommen, wenn deine Tochter mich boxt."

„Vermutlich, weil du es verdienst", gab ich pikiert zurück.

Alistair seufzte. „Wenn sie nur die Hälfte deines Temperaments hat, dann wird es lustig. Darian tut mir jetzt schon leid. Wehe, du boxt mich noch mal. Dann box' ich zurück!"

Sekunden später rollten wir lachend über den Boden und stießen uns gegenseitig mit ausgestreckten Fingern in die Seiten.

Es war spät, als ich müde ins Bett fiel. Allein. Meine Hand ertastete unter dem Kopfkissen die Kiste mit den Federn, und für einen kurzen Augenblick überlegte ich ernsthaft, sie doch zu benutzen. Dann erinnerte ich mich an Alistairs und meine kindische Balgerei, den restlichen Abend zusammen mit Dad, Ernestine und Jason in der Küche sowie Alistairs anfänglichen Unmut darüber, dass Steven und Kimberly gemeinsam verschwunden waren, woraufhin er unsere gutmütige Spöttelei über sich ergehen lassen musste.

Niemand hatte Fragen über Darian gestellt, Jason hatte sie vorher eingehend informiert und Alistair den Rest berichtet. Was sollte es da noch für Fragen geben?

Nun lag ich auf diesen weichen Fellen, hatte meine Hand auf meinen Bauch gelegt und lächelte still in mich hinein. Allein. Nein, ich würde in dieser Nacht nicht nach ihm suchen. Er wusste, wo ich zu finden war, und hatte zusätzlich dafür gesorgt, dass er nicht gefunden wurde. Diesen Weg wollte er allein beschreiten, dann sollte er gefälligst zurückkommen, wenn er so weit war.

Überdies meldete mein Ego heftige Besitzansprüche an. Mein Kind hatte sich bemerkbar gemacht. Dieser Moment gehörte mir, und ich würde ihn nicht aufgeben, indem ich seinem Vater nachjagte.

Der leichte Knuff ließ mich auflachen. „Du hast alles gehört, hm?" Liebevoll strich ich über meinen Bauch und schloss die Augen. „Morgen sehe ich vielleicht nach, was dein Vater so treibt."

Nein, ich suchte ihn nicht. Ständig kam etwas dazwischen. Einmal mein Ego, das sich noch immer nicht ganz beruhigt hatte wegen Darians – sicherlich notwendigen – Heimlichkeiten. Des Weiteren wegen der Unfähigkeit einiger Straßenbenutzer, denn obwohl Sonntag war und Alistairs Werkstatt normalerweise geschlossen hatte, wurde er zu mehreren Unfällen gerufen, zu denen Dad ihn begleitete. Und da beide Männer mir das Versprechen abgenommen hatten, nicht ohne sie auf die Suche zu gehen, musste ich es wohl oder übel unterlassen.

Um nicht vollkommen untätig herumzusitzen, entführte Jason Ernestine und mich gegen Mittag zu einem ausgedehnten Spaziergang. So liefen wir bei bewölktem, aber trockenem Wetter am Hudson entlang und betrachteten die vorbeifahrenden Schiffe.

Gegen Nachmittag kehrten wir zurück. Dad und Alistair luden ein weiteres, schrottreifes Taxi vom Schlepper, winkten uns kurz zu und machten sich erneut auf den Weg. Anscheinend war es einer dieser Tage, an denen die Verkehrsunfälle nicht abrissen.

Kimberly fiel erst gegen Nachmittag aus ihrem Bett und fütterte Breeze, der ihr mit energisch forderndem Maunzen regelrecht an den Hacken klebte. Danach stolperte sie recht wortkarg durch das Apartment und verschanzte sich schließlich im Schlafzimmer ihres Vaters, aus dem kurz darauf die lauten Geräusche des Fernsehers drangen.

Während Jason in der Küche für frischen Tee sorgte und nebenbei ein langes Telefonat mit seiner Frau Eileen führte, ließen Ernestine und ich uns im Wohnzimmer nieder. Ich werde nie verstehen, wie Alistair sich hier wohlfühlen konnte. Diese wuchtige, dunkelgrüne Sofagarnitur von anno dazumal, kombiniert mit einem monströsen, die ganze Wand einnehmenden, antik anmutenden Eichenschrank machte den ganzen Raum einfach nur dunkel. Die ehemals weiß gestrichenen Wände waren inzwischen total vergilbt, und der Teppich mit seiner undefinierbaren Farbkombination fristete ein recht fadenscheiniges Dasein. Das alles hätte ich vermutlich noch hingenommen, wenn ich nicht hinter der fürchterlichen Stehlampe in der Ecke zur Außenwand erste Anzeichen von Schwarzschimmel entdeckt hätte. Hier musste dringend etwas geschehen, zweifelsohne.

„Darian hat das Gebäude nebenan gekauft“, überlegte ich laut, und Ernestine nickte, als sei ihr das bereits bekannt. „Wenn wir es komplett sanieren, lässt sich darin sicherlich wunderbar leben.“ Abermals nickte sie und sah mich weiterhin unverwandt an. Ich seufzte, schob Jasons akkurat zusammengelegte Bettdecke etwas mehr beiseite und ließ mich neben ihr auf dem Sofa nieder. „Meinst du, Alistair wäre einverstanden, umzuziehen? Ich glaube kaum, dass ich meine Zelte hier auf Dauer aufschlagen möchte.“

„Denkst du, er wird das großzügige Angebot ablehnen?“, stellte Ernestine die Gegenfrage.

Ich zuckte ahnungslos mit den Achseln. „Er wäre ein Idiot, wenn er es täte.“

„Und du hältst ihn für keinen Idioten“, ergänzte sie weiter.

„Nein“, lachte ich. „Trotzdem ist er extrem stur und wird sich nichts schenken lassen wollen.“

„Stur ist eure ganze Familie. Wenn du Sorge darum hast, er könnte es als Almosen betrachten, vermiete es an ihn. Damit bist du aus dem Schneider.“ Dabei blickte sie sich um und zog die Nase ein klein wenig kraus. „Am besten gleich möbliert.“

„Auf den Müll?“, fragte ich unumwunden, und sie lächelte. „Auf den Müll damit, Faye.“

„Vorher sollte ich darüber mit Darian reden.“

„Oh.“ Sie winkte ab. „Ich bin mir sicher, du findest die richtige Argumentation, sobald er wieder zurück ist.“

Nachdenklich schlug ich die Beine übereinander, stützte den Ellenbogen ab und das Kinn auf die Handfläche. „Ich würde nur gern wissen, wann das sein wird.“

„Vermisst du ihn?“, fragte sie leichthin. Verblüfft sah ich zu ihr hinüber und entdeckte die Tarotkarten in ihren Händen. Sie mischte sie in aller Ruhe.

„Sicher tue ich das, Ernestine. Es wäre gewiss merkwürdig, wenn ich es nicht täte.“

Sie hielt im Mischen inne, zog dann die Karten mit einer fließenden Bewegung in einer Reihe über den Tisch und blickte mich gelassen an. „Man vermisst jemanden, wenn man seine pure Anwesenheit, seine Wärme und Liebe bei sich haben möchte und sich ohne ihn leer und einsam fühlt. Aber nicht, wenn man ihm am liebsten den Kopf abreißen möchte, weil er etwas getan hat, was einem nicht in den Kram passt. Dann grenzt es eher an verletzte Eitelkeit und Rache. Zieh eine."

Einen Moment lang dachte ich über ihre Worte nach und musste ihr sogar etwas zustimmen. Zielstrebig griff ich nach einer Karte und drehte sie um. „Ich vermute, derzeit ist es eine Mischung aus beidem. Bitte schön. Verrätst du mir, was sie bedeutet?"

„Der Magier. Eine gute Wahl. Diese Karte steht für Selbstbewusstsein, Klugheit und Aktivität. Sie zeigt schwierige Situationen und Herausforderungen an, die durch wache Klugheit und geschärfte Sinne gemeistert werden können. Ebenfalls weist sie darauf hin, dass du deine Intuition und dein Wissen nutzen kannst, um mit der gewonnenen Gewissheit alles zu erreichen. Noch eine?"

Ich lehnte leicht amüsiert ab. „Nein, die klingt dermaßen gut, dass ich sie durch eine weitere Karte nicht versauen möchte."

„Okay." Dann blickte sie auf, denn Jason klopfte leise gegen den Türrahmen. „Tee, die Damen?"

„Gern." Ich erhob mich und sah Ernestine fragend an. Sie griff ihrerseits in das Kartenfeld und zog eine Karte hervor. Für einen kurzen Augenblick sah sie darauf, dann erhob sie sich ebenfalls. „Tee klingt gut."

Aus den Augenwinkeln heraus sah ich die Karte *Der Teufel* auf die Tischplatte segeln.

„Deine?", fragte ich leise. Sie schüttelte nur sanft den Kopf und ging an mir vorbei in Richtung Küche.

Boah, irgendwann sprenge ich die Sendeanstalten alle gleichzeitig in die Luft. Auf allen TV-Kanälen laufen diese bescheuerten Talkshows, in der irgendeine fette, intelligenzresistente Kuh sich über ihren trotteligen hormonell gesteuerten Fremdgeher aufregt. Wieso glauben die, dass sich jeder Idiot für die Belange anderer Idioten interessiert?", schimpfte Kimberly übellaunig, ließ sich auf einen Stuhl fallen und legte ihre Beine auf die freie Sitzfläche des Stuhls gegenüber.

„Wenn es dich nicht interessiert, warum regst du dich dann darüber auf?", meinte Ernestine und rührte ihren Tee um.

„Keine Ahnung. Vermutlich, weil ich ein Idiot bin", brummte Kimberly zurück, griff nach meiner Kaffeetasse und nahm einen tiefen Schluck.

„Auch einen?“, erkundigte ich mich liebenswürdig.

„Hab’ schon, danke“, maulte sie weiter, stellte die Tasse ab und zupfte an ihrer von großen Löchern durchsetzten, schwarzen Netzstrumpfhose. Kombiniert war sie mit dem kurzen Rock, den ich ihr geschenkt hatte, sowie einem riesigen schwarzen Shirt mit weißen Totenköpfen darauf. Was mich ein wenig irritierte, waren die rosafarbenen Hausschuhe aus Plüsch mit dem Schweinchenkopf.

Nur mühsam konnte ich meinen Blick davon lösen. „Wann wart ihr zu Hause?“

Ihr Blick streifte mich gelangweilt. „Keine Ahnung. War dunkel. Steven wollte noch losziehen, aber ich hatte echt keinen Bock mehr auf Party. Also bin ich abgedampft. Wieso fragst du?“

„Reine Neugierde“, wich ich aus, entnahm dem Schrank eine neue Tasse und goss frisch aufgebrühten Kaffee hinein. Ich hatte nichts gegen Jasons Tee, aber momentan stand mir der Sinn nach etwas Stärkerem, damit ich vor Langeweile nicht einschlief.

„Was haltet ihr davon, wenn wir heute Abend alle zusammen eine Sause machen?“, fragte Kim in die Runde. „Ich kenne eine witzige Kaschemme in der Nähe, da kann man auch Billard spielen. Da können wir notfalls hinlaufen, ist nur eine halbe Stunden von hier entfernt.“

„Ich weiß nicht.“ Unentschlossen ließ ich mich auf dem Stuhl nieder und nippte am Kaffee. „Ich war die letzten Tage dauernd unterwegs und würde gern mal die Füße hochlegen.“

„Och komm schon.“ Ihr Blick wurde bittend, und sie klimperte mich mit ihren langen Wimpern an. „Die Mission *verschollener Kerl* ist doch was völlig anderes als einfach mal etwas Spaß haben. Gönn es dir, Tante Faye. Außerdem will ich mit dir angeben.“

„Mit mir? Wie denn das?“

Kimberly senkte für einen Moment den Blick, sah mich wieder an, und ein verlegenes Lächeln zuckte um ihre Mundwinkel. „Daddy ist nie mit, wenn ich losgezogen bin.“

„… und nun möchtest du den Beweis erbringen, keine Vollwaise zu sein“, ergänzte Ernestine schmunzelnd. „Faye würde als Mutter sicherlich eine hervorragende Figur abgeben. Als was darf ich auftreten? Grandma?“

Kimberlys Augen begannen zu leuchten. „Würdest du, Erni?“

„Wir würden noch nicht einmal schwindeln.“ Sie zwinkerte

Kimberly zu.

Ich konnte nur den Kopf schütteln. Andererseits fand ich allmählich Gefallen an dem Gedanken, einmal nur Spaß zu haben und etwas zum reinen Vergnügen zu tun, ohne Verpflichtungen und ohne ständig die Gefahr im Nacken sitzen zu haben. Außerdem war es Jahre her, dass ich einen Queue in der Hand gehalten hatte. Warum also nicht?

„Okay, ich bin dabei. Aber niemand nennt mich *Mum*, verstanden?"

„In diesem Fall, Miss McNamara, werde ich Sie begleiten."

„Geil!", platzte Kimberly heraus, stockte dann und betrachtete Jason kritisch. „Aber vorher müssen wir etwas mit Ihrem Outfit machen, Jason. In einem Anzug sind Sie definitiv zu overdressed für den Schuppen."

„Verlangen Sie bitte nicht, dass ich mir für einen Ihrer Meinung nach angemessenen Auftritt die Ärmel abreiße und den Kragen auftrenne, Miss Kimberly. Solche Maskeraden sind absurd und keineswegs mein Stil."

Jason als *Zerfledder*maus? Niemals. Da schoss mir ein Gedanke durch den Sinn, der mich hochschnellen ließ. „Haben Sie eine Jeans?"

Das konsternierte Hochrucken seiner rechten Augenbraue entbehrte weiterer Antworten. Das hatte ich allerdings auch erwartet und nickte daher. „Wenn ich nicht voll danebenliege, haben Sie in etwa die gleiche Bundweite wie Darian. Also ziehen Sie eine seiner Jeans an, wir schneiden die Beinlänge auf das richtige Maß, und alles ist perfekt."

„Dazu ein Hemd von Daddy, etwas Gel in die Haare, und wir haben eine Rockermumie." Kimberly klatschte begeistert in die Hände. „Das wird ein Spaß."

„Für alle anderen sicherlich", murmelte Jason und sah Kimberly durchweg beherrscht an. „Ich bitte dennoch von der Idee mit dem Gel Abstand zu nehmen, junge Dame. Es ist mehr als ausreichend, wenn Sie sich damit zu verschönern gedenken."

„Ich gedenke, Ihnen erst einmal ein entsprechendes Beinkleid anzulegen", schaltete ich mich dazwischen, fasste nach Jasons Hand und zog ihn hinter mir her aus der Küche.

Keine zehn Minuten später standen wir im abgegrenzten Bereich des oberen Raumes, und ich kramte in Darians großer Tasche herum. Wie erwartet, fand ich ganz unten, zu einem handlichen Knäuel gewickelt, seine getragene, verschmutzte Kleidung. Dann erwischte ich eine verwaschen wirkende Bluejeans eines Nobellabels und hielt sie Jason an. Ich hätte nicht vermutet, dass Darians Hüften breiter waren als die von Jason. Aber mit einem Gürtel würde sie passen. Ich krempelte sie an den Beinen um und markierte mit einem Kugelschreiber die Länge, auf die ich sie abschneiden musste. Anschließend suchte ich in Darians Tasche nach einem Hemd. Ich konnte mir nicht vorstellen, dass Jason sich in Alistairs Shirts mit indianischen Motiven wirklich wohlfühlen würde. Daher zog ich kurzerhand ein dunkelblau gestreiftes Hemd hervor, das er nach einigem Zögern schließlich nahm. Und wenn er es offen ließ und die Ärmel hochkrempelte, konnte er es durchaus tragen. War Darian wirklich so breit? Oder war Jason im Vergleich zu ihm dermaßen schmal?

„Sind Sie sicher, dass es ratsam ist, Mr. Knights Kleidung ohne dessen Einverständnis an mich anzupassen, Miss McNamara? In einigen Belangen ist er durchaus eigen."

„Er ist nicht da, also kann er keine eigene Entscheidung fällen und wird sich somit meiner beugen müssen. Abgesehen davon rechnet er damit, dass Sie alles daran setzen werden, mich immer und überallhin zu begleiten. Wenn dies nur mit dem Verlust eines seiner Kleidungsstücke zu realisieren ist, wird er es wohlwollend verschmerzen."

„Unter diesem Gesichtspunkt stimme ich Ihnen vollends zu, Miss McNamara." Er lächelte mich verstehend an. „Sollten wir uns jedoch irren, werde ich höchstpersönlich für adäquaten Ersatz sorgen."

„Ich lege ihm einen Gutschein in die Tasche, Jason. Und nun kommen Sie, ich muss die Hose noch abschneiden und umnähen."

Wir liefen zurück, die Treppe hinunter und öffneten die Tür, als Alistair uns fast umrannte.

„Augen auf, junger Mann!", rief ich und duckte mich gerade noch rechtzeitig unter seinem Ellenbogen ab.

„Entschuldige, Faye. Hab's verdammt eilig." Damit bog er knapp vor mir ab und verschwand mit dem Stapel Kleidung auf dem Arm im Bad.

„Nein", scholl es mir im Flur entgegen, und Kim winkte Jason und mich heran. „Daddy hat eine Verabredung und kommt nicht mit. Dafür aber Grandpa."

Oh, das schmälerte meine Chancen, beim Billard zu glänzen, ungemein. Dennoch versprach es ein amüsanter Abend zu werden, wenn ein trinkfester Schotte wie Dad dabei war. Und als Kimberly erwähnte, dass auch Steven sich uns anschließen würde, wollte ich um nichts in der Welt diesen Abend verpassen.

So suchte ich in der Küche in einem der Schubfächer nach Nähzeug und machte mich daran, Jasons Outfit fertigzustellen, als mein Bruder barbrüstig, männlich herb duftend und frisch rasiert durch den Raum in Richtung Kaffee stürmte. Mit einer Tasse in der Hand verschwand er ebenso schnell wieder, und ich hörte eine Tür klappen. Ich hatte gerade das eine Hosenbein umgenäht, da tobte Alistair abermals in die Küche.

„Donnerwetter!", kommentierte ich seinen dunkelblauen Nadelstreifenanzug nebst polierten, schwarzen Schnürschuhen erstaunt. „Hast du etwas Größeres vor?"

„Ja, Maja holt mich gleich ab. Sie hat Karten fürs Theater bekommen. Irgendein Drama. Passt das Hemd zum Anzug, Faye?" Ich nickte schnell. Hellblau gestreift war für mich in Ordnung. „Gott sei Dank, ich dachte schon, das geht nicht. Aber das weiße passt nicht mehr. Kannst du mir mal die Krawatte binden? Ich kriege das nie hin. Und bevor ich sie in die Ecke werfe –"

„Kommst du erst mal wieder runter, großer Bruder. Beruhige dich, das ist doch sicherlich nicht dein erstes Date, hm?" Ich hatte die Hose beiseite gelegt, war aufgestanden und hatte ihm den weinroten Kulturstrick aus den Händen genommen. Ruckzuck hatte ich mit geübten Fingern einen Krawattenknoten gebunden und zupfte ihn zurecht, ehe ich zurücktrat und Zufriedenheit signalisierte. „Perfekt, Großer. Wenn du dazu deine Mähne bändigst und dir einen Zopf machst, bist du salonfähig."

Grinsend zog er ein schwarzes Haargummi von seinem Handgelenk. Flugs drückte er es mir in die Hand, drehte sich um und ging vor mir in die Hocke. Kopfschüttelnd kämmte ich seine Haare mit den Fingern durch und band sie ihm im Nacken zusammen. Da erklang vom Hof her ein lautes Hupen und Alistair sprang auf.

Ein Blick aus dem Fenster; Maja entstieg einem silberfarbenen Lexus und winkte herauf. Alistair winkte zurück, küsste mich auf den Scheitel und rannte los. Kurz darauf stürmte er um die Ecke und auf seine Angebetete zu. Vor ihr vollführte er einen eleganten

Stopp und küsste sie zur Begrüßung liebevoll auf die Wange. Seine Unaufdringlichkeit ließ mich überrascht die Brauen hochziehen, denn ich hatte mit etwas völlig anderem gerechnet. Zudem verblüffte mich die rote Rose, die er plötzlich unter seinem Sakko hervorzog und ihr überreichte. Sie lachte laut, nahm die Rose entgegen und küsste Alistair auf die hingehaltene Wange. Dann stiegen sie in den Wagen und fuhren los, und ich machte mich an das andere Hosenbein.

Zweimal musste ich wieder auftrennen, weil ich an das verschmitzte Gesicht meines Bruders gedacht und mich nicht auf die Arbeit konzentriert hatte. Und Jason nicht nur mit geliehener Kleidung, sondern mit zwei unterschiedlich langen Hosenbeinen mitzuschleifen, war doch etwas zuviel verlangt.

Schließlich war alles bereit zum Aufbruch. Jeder hatte sein passendes Outfit gefunden. Dad in Jeans und gefüttertem Karohemd, Jason in Darians Jeans und gestreiftem Hemd, darüber eine schwarze Weste von Alistair. Ich ging davon aus, dass Jason zumindest seine eigene Unterwäsche trug, verkniff mir die Frage danach jedoch.

Ernestine hatte sich von Kimberly Kleidung geliehen. Sie trug einen langen, schwarzen Samtrock, den sie mit einem bunt bedruckten Shirt kombinierte. Ihre Haare waren in rockigem Style auftoupiert. Frisur und Make-up ließen vermuten, dass Kimberly Hand angelegt hatte. Kim selbst hatte weiterhin die Kleidung vom Nachmittag an, trug statt der Plüschtreter nun wieder ihre Chucks. Irgendwie kam ich mir mit meinem geflochtenen Zopf und der Schwangerschaftskleidung leicht altbacken vor, denn selbst Steven wirkte dem vorherrschenden Jugendlook angepasst. Na ja, notfalls konnte ich mich als gestrenge Gouvernante der ganzen Truppe aufspielen.

Eine Stunde später begab sich unsere kleine Truppe auf den Weg. Die Dunkelheit brach herein und machte unser Unternehmen dadurch möglich. Weil wir zu sechst waren, zogen wir es vor, den Wagen zu nehmen – die Schlanken nach hinten, die Breiten nach vorn. So saß Kim auf Stevens Schoß, ich rechts daneben und Ernestine links davon. Dad fuhr, und Jason übermittelte ihm Kimberlys Richtungsanweisungen. Nachdem wir uns zweimal verfahren hatten, fanden wir schließlich unser Ziel und stiegen vor einem schwach beleuchteten Gebäude nahe den Docks aus.

Mehrere Wagen und Motorräder standen vor dem Gebäude. Dumpfe, wummernde Musik drang aus der Eingangstür und vermischte sich mit den Stimmen einiger in der Nähe stehender Jugendlicher.

Abermals beschlich mich das Gefühl, nicht hierher zu passen. Ernestine sah das vollkommen anders. Mit unerwarteter Begeisterung ergriff sie Dads Arm und zog ihn in den Laden hinein, Kimberly hinterher. Während Steven von einem Ohr zum anderen zu grinsen begann, seufzten Jason und ich gleichzeitig und folgten ihnen. Kaum hatten wir den abgedunkelten Vorraum betreten, schlug uns ein merkwürdiger Geruch entgegen, den ich nicht einzuordnen wusste. Etwas süßlich, schwer und leichte Übelkeit verursachend.

Steven öffnete die zweite Tür, und vor unseren Blicken erstreckte sich ein großer, im Halbdunkel befindlicher Raum. Es roch nach abgestandenem Bier, kaltem Rauch und stiller Verzweiflung. Diverse Tische standen im Raum, größtenteils von dunkel bekleideten Jugendlichen besetzt, die sich mit alkoholischen Getränken und allerlei Rauchzeug amüsierten. Zwei weißhaarige Jungs in schwarzen, glänzenden Ganzkörperkondomen aus Latex führten mitten im Raum einen zur Musik passenden Balztanz auf, der mich entfernt an eine abstrakte Version des *sterbenden Schwans* erinnerte. Selbst aus dieser Entfernung konnte ich das Klirren und Klimpern ihres Piercingschmucks hören. Eine weitere Wolke süßlichen Rauches wehte um meine Nase und nach einem schnellen Rundblick erkannte ich erst einen aufglimmenden Joint, dann ein schwarzhaariges Mädchen mit kohleumrandeten, verklärt leuchtenden Augen. Entzückend.

Die hintere Wand wurde von einer langen, gut besetzten Theke eingenommen. Ein zur Örtlichkeit passender zotteliger Zeckenzüchter bediente die Zapfhähne. Rechts davon war doch tatsächlich ein Billardtisch auszumachen, an dem sich zwei Männer in Motorradkluft ein Spiel lieferten. Die wummernde Musik legte sich wie ein Leichentuch über die triste Atmosphäre. Und hier wollte Kimberly Spaß haben?

„Das ist doch mal ein außergewöhnliches Ambiente." Steven blickte sich begeistert um. „Trostlos, depressiv, dunkel, modrig. Einfach herrlich. Wo kann man hier mildtätig seine Sterbehilfe anbieten?"

Nun, zumindest einer hatte seinen Spaß.

„Untersteh dich", raunte ich ihm zu. „Du bist hier Gast."

„Eben drum." Voller Vorfreude betrat er den Gastraum und wies auf die Ecke in der Nähe des Billardtisches. „Sieh da! Unsere Rentnergang hat einen freien Tisch ergattert. Schlagt euch zu ihnen durch, ich werde mal sehen, was das Nahrungsangebot so macht."

„Steven."

„Keine Sorge, Chefin. Ich fasse nichts an." Damit verschwand er in Richtung Theke und stand Sekunden später als ausgemachter Charmebolzen neben zwei Mädchen, deren Kleidungsstil dem Kimberlys sehr ähnlich war.

„Sie begeben sich dort entlang, Jason. Ich gehe Steven nach."

„Aye, Madam." Er zwinkerte mir zu und unsere Wege trennten sich.

„Einen wunderschönen guten Abend, die Damen", vernahm ich Stevens gurrende Lockrufe im Halbdunkel an der Theke. Die Reaktion der Mädchen bestand aus einem gezierten Kichern. Es schien für Steven genug Motivation, denn er robbte etwas näher an sie heran. Ich blieb in einigem Abstand an die Theke gelehnt stehen und beobachtete interessiert das Schauspiel. Inzwischen hatte Steven Tuchfühlung aufgenommen, und es war offensichtlich, dass er die beiden Mädchen charmant einwickelte, denn sie hingen bereits an seinen Lippen und sahen ihn mit großen, verklärten Blikken an. So wirkte sich das also aus. Sehr aufschlussreich.

Da erschien plötzlich Kimberly auf der Bildfläche. „Darf ich dir meine Freundin Lynn vorstellen, Steven?" Ihr Blick allerdings wirkte kaum, als wolle sie Steven aufrichtig mit jener *Lynn* bekannt machen.

„Oh. Reizend." Sein Lächeln gefror, er verneigte sich knapp. „In diesem Fall wünsche ich den Damen noch einen wundervollen, langen Abend. Was hältst du davon, wenn ich die Herren bitte, uns den Billardtisch zu überlassen, Faye?"

Mich bei ihm einhakend, klopfte ich ihm verstehend auf den Arm. „Das wäre wunderbar, Steven. Aber sei vorsichtig, die Stöcke sind aus Holz."

Zähnefletschend grinste er mich an. Ich lachte, hakte mich zudem bei Kimberly unter und zog sie mit zum Tisch. Jason hatte zusätzliche Stühle für uns geholt, und wir ließen uns darauf nieder. Wenig später holte Kimberly einen Glaskrug Bier und mehrere Gläser, die ich nicht wirklich berühren wollte. Mit spitzen Fingern transportierte ich daher meins zur Theke zurück und winkte den Barkeeper heran. „Gibt es die auch in sauber, junger Mann?"

„Was bist du denn für eine?", brüllte er quer über die Theke zurück. „Kleinlich, oder was?"

„Pöbel meine Tante weiter an, Leroy, und ich zieh dir 'ne Laufmasche in die Matte!", dröhnte es da hinter mir und verblüfft drehte ich mich um.

Mit den Fäusten in den Seiten starrte Kimberly giftig an mir vorbei auf den Kerl hinterm Tresen.

„Du elende kleine Giftnatter!", spie er zurück. „Ich warne dich, behalt deine Griffel bei dir."

Ich machte mich schon darauf gefasst, schlichtend eingreifen zu müssen, als lautes Gelächter ertönte und auch Kim zu kichern begann. Dann tat sie einen Schritt nach vorn, sprang auf den Tresen und flog dem Kerl in die Arme. Für einen Augenblick verschwand sie in diesen Muskelbergen, tauchte dann wieder auf und boxte dem Mann gegen den Oberarm.

Abermals lachte er gutmütig, legte einen Arm um Kim und wuschelte ihr mit der freien Hand durch die Igelfrisur. Dabei wies er mit dem Kinn in meine Richtung. „Das ist deine Tante, echt jetzt? Hätte ich dir gar nicht zugetraut, Kim."

„Was willst du damit sagen?"

Das würde ich ebenfalls gern erfahren. Fragend ruckten meine Brauen in die Höhe.

Er ließ Kimberly los, langte über die Theke nach meiner Hand und führte sie mit amüsiert funkelnden, blauen Augen an seine Lippen. „Es ist mir ein unerwartetes Vergnügen, die Tante dieser verrückten Nudel in meinem bescheidenen Lokal begrüßen zu dürfen."

Ich rang mir ein schattiges Lächeln ab. „Ganz meinerseits, Leroy. Und es wäre mir ein wahrlich unerwartetes Vergnügen, ein sauberes Glas zu erhalten."

Er lachte und zwinkerte Kimberly dabei zu. „Kommt sie immer so schnell zum Punkt?"

„Du willst nicht wissen, wie schnell sie wirklich ist, Alter", erwiderte Kim trocken.

„Zu schnell für echten Genuss, Baby?", gab er zurück, ließ meine Hand los und wies auf seine Theke. „Okay, Sie haben gewonnen. Bedienen Sie sich. Da sind die Gläser, da ist das Spülbecken. Trauen Sie sich ruhig, ich bin ganz harmlos." Damit fuhr er herum. „Ist ja gut, Mann. Siehst du nicht, dass ich mit dieser Dame beschäftigt bin? Zwei Coke? Sollst du haben."

Anfangs war ich zu verblüfft, um mich zu bewegen. Dann aber nahm ich das Angebot an, trat hinter die Theke und zog aus dem offenen Regal drei weitere Gläser hervor, die ich im Becken kräftig reinigte. Und ehe ich mich versah, bediente ich mal eben mehrere Gäste, die um Bier, Spirituosen und sonstige Getränke baten, und verwies sie zur Zahlung an Leroy.

„Du kannst bei mir anfangen, wenn du willst", ließ er verlauten, als ich mich entschloss, mit den Gläsern zum Tisch zurückzukehren.

Ich nickte ihm vergnügt zu. „Falls alle Stricke reißen, komme ich vielleicht darauf zurück."

Steven hatte es inzwischen tatsächlich geschafft, die beiden Billardspieler vom Tisch wegzulotsen. Er und Dad bildeten ein Team gegen die Damen, wobei Ernestine derzeit am Spiel war. Jason saß am Tisch und fungierte als Schiedsrichter. Also setzte ich mich zu ihm, reichte ihm eins der blitzblanken Gläser und füllte Bier aus dem Glaskrug ein.

„Wer liegt vorn?"

„Die Damen", gab Jason zurück. „Mrs. Morningdale ist gerade dabei, Ihren Vater zur Weißglut zu treiben."

Das verwunderte mich nun doch, denn Dad war ziemlich gut in Snooker. „Ach. Hat er danebengehauen?"

„Er ist gar nicht erst dazu gekommen, Miss McNamara. Mrs. Morningdale begann mit dem Spiel und wird es vermutlich auch beenden." Er lächelte matt. „So wie es den Anschein erweckt, weiß sie sehr genau, was sie tut. Sehen Sie? Sie berechnet vorher genau die Bahn der Kugeln, ebenso die Winkel, die sie anspielen muss. Sie hat nicht einmal danebengelegen."

Es war erstaunlich. Wie ein Profi fegte sie nacheinander diverse Kugeln vom Tisch, ohne dass ein Mitspieler überhaupt den Hauch einer Chance zum Mitspielen bekam. Die Gelegenheit kam erst, als Dad sie für einen Augenblick mit einer frechen Bemerkung ablenkte, sie schallend lachte und die weiße Kugel wie von Geisterhand weiter in eines der Löcher kullerte.

„Hoppla, der ging wohl daneben, Erni", triumphierte Dad, und sie lachte abermals.

Ich bedachte Steven mit einem finsteren Blick, den er mit einem unschuldigen Achselzucken quittierte. Als Dad Steven grinsend auf die Schulter schlug, war mir klar, dass beide daran etwas gedreht hatten. Einen kurzen Moment lang dachte ich ernsthaft darüber nach, den beiden ein Schnippchen zu schlagen, entschied mich jedoch anders, als ich sah, dass Steven eine Kugel versenkte, den anderen Stoß jedoch gnadenlos verschenkte. Nachdem Kimberly so breit zu grinsen begann, dass ich befürchtete, ihre Mundwinkel würden gleich ihre Ohrläppchen begrüßen, ahnte ich, was unterschwellig getrieben wurde. Sie manipulierten sich gegenseitig.

„Wer anderen eine Grube gräbt …", murmelte Jason und nahm einen Schluck Bier. Dann schüttelte er sich leicht. „Was denken Sie, Faye, bekommt man hier Tee?"

„Das wage ich zu bezweifeln. Aber ich habe hinter der Theke eine Kaffeemaschine gesehen. Vielleicht –"

Er wehrte flugs ab. „Nicht nötig. Ich werde den Abend auch ohne entsprechendes Getränk überleben."

Ich probierte von der Plörre, schrieb sie ebenfalls als ungenießbar ab und folgte Jasons Beispiel. Dennoch fanden sich Abnehmer für dieses dünne Gesöff, doch anstelle eines neuen Kruges wurde eine Flasche Single Malt bestellt. Damit kam Dad erst richtig in Schwung. Er und Ernestine lieferten sich schließlich ein Snooker-Duell der besonderen Art. Während sie von allerhand Schaulustigen umringt wurden, prägten sie sich die Stöße ein und führten sie dann mit geschlossenen Augen durch. Jeder Treffer wurde mit entsprechendem Gejohle und Beifall der Zuschauer belohnt. Am Ende des Spiels wurde Ernestine als Siegerin auf den Tisch gehoben und frenetisch gefeiert. Dad stand mit stolzgeschwellter Brust daneben und machte jedem klar, dass diese Frau die seine war.

Mit fortschreitender Stunde füllte sich die Bar, und ich bemerkte, wie ich mich unwohl zu fühlen begann. Hatte ich das Schrillen meiner inneren Alarmglocken anfänglich auf die steigende Anzahl der Gäste geschoben, so wurde mir allmählich bewusst, dass sie nur indirekt die Ursache war. Ich verlor die Kontrolle, den für mich notwendigen Überblick. Ich konnte nicht mehr jeden Einzelnen im Auge behalten und musste mich auf die Sicherheit durch meine Begleiter verlassen. Dad und Ernestine lachten und scherzten herum, Kimberly unterhielt sich angeregt mit dieser Lynn. Steven stand mit dem Rücken an die Wand gelehnt scheinbar gelassen da und hielt als Alibi ein halbvolles Glas in der Hand, das nicht leerer wurde. Jason hatte offensichtliches Vergnügen daran, die Verhaltensweisen einzelner Gäste zu beobachten. So war ich wohl die einzige Person, der eine unangenehme Gänsehaut über den Leib kroch. Wurde ich allmählich paranoid?

Da bemerkte ich, wie Steven plötzlich zusammenzuckte und sich sogleich versteifte. Seine ganze Haltung drückte mit einem Mal absolute Aufmerksamkeit aus. Argwöhnisch sah ich mich um. Mein Blick streifte Jason, und auch er wirkte sehr konzentriert. Also lag ich doch nicht daneben.

„Wir sollten gehen“, vernahm ich Steven jäh neben mir. „Bringen Sie Faye raus, Jason. Ich werde die anderen holen.“

„Was ist los?“, fragte ich nervös. Ich konnte nichts ausmachen, fühlte nur, dass etwas nicht stimmte.

„Kommen Sie“, erwiderte Jason, ohne auf meine Frage einzugehen, ergriff meinen Arm, zog mich von Stuhl und durch die Menge auf den Ausgang zu.

Im selben Moment flog die Tür auf, und eine große Gruppe deutlich erkennbarer Gothic-Anhänger strömte lärmend in den Raum. Die vorherrschende Farbe war Schwarz, ob nun als Farbe der Haare oder als Farbe der Kleidung, die überwiegend aus Glattleder zu bestehen schien, ob nun Hosen, Röcke oder Jacken und lange Mäntel. Zudem waren sie sehr auffällig geschminkt – Kohle umrandete Augen, sehr bleicher Teint, schwarz bemalte Lippen. Einige von ihnen trugen Nietenbänder um den Hals, die Mädchen zudem auffällig große Kreolen an den Ohren.

„Oh scheiße, diese Hardcore-Ärsche haben hier noch gefehlt. Das gibt fett Ärger", erklang es neben mir, und ich blickte Kimberly verwundert an. Sie wies nur mit dem Kinn auf die Gruppe, die sich ihren Weg weiter durch die Menge bahnte. „Man kennt sich, man kann sich überhaupt nicht leiden, und man sucht lieber den Hinterausgang. Kommt mit. Ich weiß, wo es rausgeht."

Beunruhigt blickte ich zurück. Kurz sah ich aus den Augenwinkeln zwei gertenschlanke Mädchen an den Armen eines großen, schwarzhaarigen Mannes mit langem Wettermantel den Raum betreten, gewahrte noch das metallische Aufblitzen eines silberfarbenen Gegenstands, dann wurde ich fortgezogen. Wie ein Pflug stürmte Kimberly voran und schob alles und jeden vor uns aus dem Weg. Dabei las sie Ernestine und Dad auf, winkte Steven zu und führte uns am Billardtisch vorbei in Richtung Toiletten, die im hinteren Bereich lagen. Sie öffnete eine in der Wandvertäfelung eingelassene Tür, scheuchte uns eilig in den schmalen Gang hinein und zog sie hinter sich zu.

„Da hinten ist 'ne Eisentür, rennt nicht dagegen. Sie führt bei den Mülltonnen raus. Um die Ecke nach rechts, da ist der Parkplatz."

„Sie ist abgeschlossen", hörten wir kurz darauf Dad sagen. Ich sah ihn am Knauf ruckeln.

„Das kann nicht sein! Die ist immer offen, wenn Leroy den Laden geöffnet hat. Lass mich mal durch."

Sie schob Jason energisch beiseite und kam gerade bei Ernestine an, als Steven bereits neben meinem Vater stand. Es knirschte kurz, dann krachte es einmal, und die Tür schwang auf. Ich hörte Kimberly seufzen und gleichzeitig Stevens trockene Bemerkung: „Mal gut, dass es ebenerdig ist."

„Boah, musst du alles kaputt machen?", fauchte Kim Steven sogleich an, doch der zuckte lediglich mit den Schultern. „Immer schön cool bleiben, Prinzessin. Die Tür war wirklich verschlossen."

„Und jetzt sieht's wie ein Einbruch aus", maulte sie ihn erneut an und betrachtete dabei das aufgebrochene Schloss im Türrahmen.

„Eher wie ein Ausbruch, Miss Kimberly", schaltete Jason sich ein und schob die anderen vor uns sanft aus dem Gang. „Abgesehen davon nehme ich an, dass der Besitzer dieses Etablissements kaum die Behörden darüber informieren wird, wenn er es doch ist, der illegal Alkohol und Drogen durch den Gang befördert.“

„Ihre Nase ist vorzüglich, alter Mann“, flötete Steven zuckersüß und schenkte Kimberly ein verlockendes Lächeln. „Nicht gewusst, Prinzessin?“

„Das mit dem Alkohol schon. Rum aus Cuba. Echt lecker“, meinte sie trocken. „Allerdings weiß ich nur von kubanischen Zigarren, die Leroy unter dem Tisch verkauft. Drogen sind mir neu.“

„Dir ist bekannt, dass –“

„Halt den Ball flach, Grandpa.“ Kimberly war vorangegangen und spähte um die Hausecke. „Ich hab hier ’ne Weile gejobbt. Geputzt und mal hinterm Tresen ausgeholfen. Was glaubst du denn, woher ich das mit der Tür weiß, hä? Los jetzt, die Luft ist rein.“

Eilig überquerten wir den mit Splitt bestreuten Parkplatz und erreichten ungesehen den Wagen. Während Kimberly aufschloss, blickte ich zurück und sah durch die verschmierten Fenster der Bar in den beleuchteten Innenraum. Abermals zog ein metallisches Aufblitzen mein Interesse an. Es bewegte sich kurz auf und ab. Ich konzentrierte mich darauf und wusste, dass ich es schon einmal gesehen hatte. Dann erinnerte ich mich plötzlich und zischte leise. Der Gehstock mit dem Silberknauf. Der große, schwarzhaarige Mann mit dem langen Mantel. Letavian. Was hatte er hier zu suchen?

Plötzlich drehte er sich in meine Richtung, als habe ich ihn ungewollt gerufen, zu mir gezwungen. Er blickte aus dem Fenster, unsere Blicke begegneten sich und hielten sich gegenseitig magisch fest. Es schienen Minuten zu vergehen, ehe sich einer von uns rührte. Unbewusst machte ich einen Schritt auf ihn zu. Da packte Steven mich bei den Schultern und schob mich in den Wagen. Ich landete halb auf Ernestine und Jason, da sprang Steven bereits neben mich. „Fahr los, Kim.“

„Wartet. Da ist Letavian drin. Ich will wissen –“

„Spinnst du? Erst tanzt du auf dem Typen Tango, und jetzt willst du ihm ein Pflaster anbieten?“, fuhr Kimberly mir ins Wort und gab gleichzeitig Gas. Die Reifen drehten durch, Splitt flog durch die Gegend, mit einem Ruck schoss der Wagen los und jagte vom Parkplatz. Wir wurden gewaltsam in die Sitze gedrückt.

„Letavian?“, echote Dad, und Steven, der mich halb auf Ernestines Schoß schob, nickte. „Genau der, Duncan. Mr. Scharfzahn persönlich.“

„Vielleicht sollten wir doch umkehren und nachfragen, was er da wollte“, grübelte mein Vater laut. „Möglicherweise hat er eine Ahnung, wo Darian steckt.“

Der Wagen gab einen gequälten Laut von sich, als Kimberly den Gang regelrecht ins Getriebe hämmerte. „Sicher doch, Grandpa. Du kannst ihn ja zusätzlich zum Essen einladen.“

„Eine entzückende Idee, Miss Kimberly. Am besten gleich mit der Bratpfanne frontal gegen die ohnehin kaum benutzte Großhirnrinde.“

„Jason! Welche Abgründe tun sich hier auf?“, rief Ernestine bemüht entsetzt, doch mit einem deutlich erheiterten Tonfall.

„Ha, ha. Wieso glauben immer alle, dass Untote auch tot im Hirn sind?“, knurrte Steven entnervt, wurde jedoch von allen Anwesenden ignoriert.

„Ich bitte um Verzeihung für diesen verbalen Fehltritt, Mrs. Morningdale. Es war zu verlockend. Hoppla, Miss Kimberly, da ist übrigens eine im Bordstein eingefasste Kurve.“

„Hab’ ich gesehen.“ Der Wagen hüpfte über die genommene Abkürzung. „Mist! Dad killt mich, wenn ich den Wagen schrotte.“

„Ich möchte vermuten, er wäre über unser plötzliches Ableben aufgrund dieser unnötigen Raserei ebenfalls wenig erbaut.“

„Das trifft nur auf euch zu“, meldete Steven sich abermals zu Wort. „Ich bin ja schon tot. *Wenngleich nicht hirntot, wie ständig behauptet wird!*“

Kimberly trat auf die Bremse, wir nickten unfreiwillig. Dann fuhr sie zu uns herum und starrte Steven bitterböse an. „Mann, sei doch nicht immer so empfindlich, du Mimose!“

Bevor nach dem vorhin vermiedenen Gefecht nun ein ernsthaftes ausbrechen konnte, unterbrach ich die beiden Streithammel: „Wollen wir nun heimwärts segeln oder umkehren und unser überschüssiges Adrenalin zurück in die Kneipe tragen?“

„Ich bevorzuge heimatliche Gefilde“, schlug Ernestine vor und wies nach vorn. „Also: Spannt an, Kutscher. Die Gesellschaft wünscht den Abend in Ruhe und Sicherheit zu beenden.“

Fürwahr, ein frommer Wunsch.

So bald sollte sich Ernestines Wunsch nicht erfüllen. Schon bei der nächsten Kreuzung stand ein Hindernis auf der Straße, das selbst bei Kim Hemmungen hervorrief, es einfach zu überfahren. So schoss sie nur knapp an dem Kind vorbei und hinein in die nahe stehende Buchsbaumhecke. Ich war bei der rutschigen Vollbremsung und dem anschließenden, ruckartigen Stopp von Ernestines und Stevens Schoß direkt in den Fußraum gefallen, rappelte mich nun ächzend hoch und bemerkte erst jetzt die eigenartige Stille und synchrone Bewegungslosigkeit der weiteren Insassen.

„Jemand verletzt?“, fragte ich vorsichtig und blickte zu Steven hoch, der einen sehr angespannten Gesichtsausdruck hatte. Mit einer knappen Kopfbewegung wies er zum Fenster. „Noch nicht, aber möglicherweise gleich.“

Verwundert sah ich hinaus. Kleine, metallische Rundungen an längeren Läufen drückten sich von außen gegen die Scheiben. Dahinter sah ich jeweils eine Gestalt stehen, deren vermummte Gesichter alles andere als freundlich wirkten. Mir blieb vor Schreck der Mund offen. Das waren augenscheinlich Gewehrmündungen. Gleich drei an der Zahl. Und sie zielten eindeutig auf uns.

„Sie wollen dich, Faye“, fügte Steven hinzu. Als Dad lautstark protestieren wollte, hob er seine Stimme an: „Und sie werden abdrücken, wenn sie nicht aussteigt, Duncan. Dann seid ihr alle tot!“

Bevor ich antworten konnte, wurde bereits die Tür aufgerissen, und eine unfreundliche Stimme erklang: „Die Frau namens Faye soll aussteigen. Macht keine Zicken, sonst drücken wir ab. Und auf dich, Vampir, ist eine Armbrust gerichtet.“

„Ich muss mich revidieren“, brummte Steven und verdrehte dabei die Augen. „Dann sind *wir alle* tot.“

„Schon gut, ich steige aus“, brachte ich geschockt, dennoch laut und deutlich heraus und schob mich dabei langsam und mit den Füßen voran zur Tür hinaus. Da blitzte etwas Metallisches vor meinen Augen auf. Verwundert sah ich Jason an, der mit stoischer Miene geradeaus blickte und nicht einmal mit der Wimper zuckte. Blitzschnell steckte ich den Wurfstern in meinen Ärmel und kroch weiter.

Ich folge dir, sobald ich kann, vernahm ich Stevens Worte in meinem Kopf und antwortete auf die gleiche Weise: *Ich weiß. Aber pass auf dich auf, die wissen zu genau, was sie tun.*

Zur Antwort hörte ich ihn leise lachen. *Das weiß auch ich sehr genau, Faye.*

Ich war noch nicht ganz aus dem Wagen, da fasste mir jemand ins Haar und riss mich grob zurück. Sekunden später spürte ich eine scharfe Klinge an meinem Hals.

„Keine faulen Sachen, oder deine Leute sind erledigt, Weib. Er hat uns vorgewarnt", drohte es grollend.

Ich merkte auf. *Er?* Wer war *er*? Doch bevor ich sprechen konnte, verschloss mir jemand den Mund mit einem Streifen Klebeband. Das Letzte, was ich sah, war Kimberlys entsetztes Gesicht. Dann stülpte man mir einen muffig stinkenden Sack über den Kopf, und ich wurde gewaltsam einige Schritte weit fortgezerrt, vermutlich quer über die Strasse. Ich stolperte, wurde grob vorangestoßen, aber doch so weit festgehalten, dass ich nicht stürzte.

Schließlich prallte ich gegen ein Hindernis. Bauchhöhe. Hart. Kalt. Vermutlich der Kuhfänger eines Jeeps. Es fühlte sich jedenfalls danach an, als ich dagegengedrückt wurde und mein Oberkörper die Motorhaube zu innig berührte. Gleichzeitig wurden meine Hände nach hinten gerissen und mit einem derben Strick gefesselt. Danach packte mich jemand rau am Oberarm und zerrte mich um den Wagen herum.

„Stehen bleiben", befahl der Mann. Ich vernahm das typische Knacken von Wagentüren. Kurz darauf erhielt ich einen weiteren Stoß und fiel ins Fahrzeug, kam mit dem Knie schmerzhaft gegen den Schweller und wusste nun mit Sicherheit, dass es ein Geländewagen war. Für eine Limousine war es zu hoch.

Mehrere Personen stiegen in den Wagen. Jemand langte nach meinen Oberarmen, zog mich ganz in den Wagen, und drückte mich neben sich in die Rückbank, mit Nachdruck, aber dennoch erstaunlich sanft. Der rüpelhafte Kerl ließ sich links neben mir nieder. Sie nahmen mich damit in ihre Mitte und ließen mir keine Chance zum Entkommen – was mit einem Sack über dem Kopf und gefesselten Händen ohnehin schlecht zu bewerkstelligen gewesen wäre. Sie wollten wohl absolut auf Nummer sicher gehen und sprachen zudem kein Wort miteinander, als wollten sie sich nicht verraten. Wie auf Befehl klappten die Türen zu, der Wagen wurde gestartet und mit dem typischen Sound eines Achtzylinders fuhr er an.

Ich gab mich unterwürfig; zog den Kopf ein, machte mich klein, wimmerte das eine oder andere Mal und bemühte mich darum, eine glaubhafte Todesangst auszustrahlen, während mir innerlich eher eine Mischung aus Angst und überschäumender Wut den Atem verschlug. Wut auf denjenigen, der es wagte, mich aus meiner Sicherheit zu zerren, und Angst vor dem Unbekannten, in das er mich nun hineinwarf. Doch noch siegte die Wut und somit mein angeborener, aus reiner, kalter Logik bestehender Überlebenstrieb.

Vorsichtig tastete ich mich voran, ließ mein Gespür wie ein dünnes Gespinst unsichtbarer Spinnenfäden ausschwärmen, fühlte mich in die Männer hinein. Zwei von ihnen machten sich Sorgen um die Konsequenzen, sie fürchteten ihren Auftraggeber. *Gut so. Zittert, ihr Schakale!*

Der Rüpel selbst dachte nur an Geld. Er zählte im Kopf schon die Scheinchen zusammen, die er für meine Entführung bekommen würde. Es war interessant mitzubekommen, wie er die Summe in vier Teile dividierte, sie dann aber langsam wieder auf einen Haufen zusammenschob. Der Drecksack wollte seine Kumpels umlegen, sobald er die Kohle hatte? Na warte! Nicht, dass ich besonders traurig über das Ableben der Truppe wäre, aber so etwas gehörte sich nicht.

Der Mann rechts von mir wirkte noch jung, und in seinen Gedanken herrschte ein völliges Durcheinander. Er hatte Gewissensbisse, er wusste, dass das, was er tat, falsch war. Und doch schob sich fortwährend eine fadenscheinige Rechtfertigung für sein Tun vor diese Skrupel. Er hatte keine andere Wahl. Er musste es tun, brauchte das Geld, sonst würde er das Wichtigste verlieren. Sein Kind. Verdammt, ich konnte ihn sogar verstehen. Ich würde ebenfalls alles tun, um mein Kind zu schützen. Na ja, fast alles. Ob ich einen Mord begehen konnte, darüber wollte ich lieber nicht nachdenken.

Jetzt aber bloß kein Mitleid für einen Entführer, Faye, rief ich mich selbst zur Ordnung, konnte mich jedoch nicht davon abhalten, ihm den Gedanken, man könnte ihn nach getaner Arbeit umbringen wollen, ins Hirn zu pflanzen. Mann, manchmal arbeitete mein Instinkt schneller als mein Bewusstsein. Das musste ich abstellen. Nur wie?

Es tut mir leid, hörte ich eine nahezu verzweifelte Stimme in meinem Kopf widerhallen und wusste, dass sie vom Mann zu meiner Rechten stammte. Eine scharf genommene Kurve ließ mich gegen ihn fallen und sofort legte er schützend seinen Arm um meine Schulter, nahm ihn jedoch schnell wieder fort. Ich spürte regelrecht, wie er mich ansah. Langsam drehte ich meinen Kopf in seine Richtung, nickte ihm verstehend zu und wusste, dass er die leichte Bewegung wahrgenommen hatte. Als Antwort fühlte ich einen sanften Druck an meinem Oberschenkel, als drückte er unbemerkt seine Hand dagegen.

Das Schweigen im Wagen lastete schwer, erlaubte es mir aber, den Fahrgeräuschen zu lauschen. Gedämpft vernahm ich das Rattern und Klopfen der Dehnungsfugen einer Brücke unter den Rädern, vermischt mit dem einsamen Klang eines Schiffsnebelhorns. Der Wagen fuhr schnell, jedoch nicht so schnell, um einer Streife aufzufallen. Nach der Brücke ging es eine Weile geradeaus, dann verringerte sich das Tempo drastisch, der Fahrer bog nach rechts ab und schien durch diverse Seitenstraßen zu fahren. Dabei machte er mehrmals einige Schlenker, so als würde er Hindernissen ausweichen. Tonnen? Unrat? Oder Menschen?

Ich kannte mich nicht aus, hatte keinerlei Ahnung, wo ich sein konnte. Möglicherweise irgendwo in Manhattan, vielleicht Chinatown oder Little Italy. Durch den Sack drangen keinerlei Gerüche, auch wenn der skrupelbehaftete Wachmann das Fenster ein wenig heruntergelassen hatte. Das grobe Material war einfach nur muffig. Dafür hörte ich mehr. Lautes Hupen, einige Rufe, das Kläffen eines Hundes.

„Mach es zu“, brummte es von links, und kurz darauf war das Akustikkino beendet.

Eine geraume Weile noch ging es kreuz und quer durch die Gegend, dann wurde es allgemein ruhiger, und wir blieben stehen. Sogleich wurden die Türen geöffnet, und die Herrschaften sprangen hinaus. Selbstredend war es Mr. Rüpel, der mich wieder am Arm packte und rücksichtslos hinter sich herzog. Zu gerne hätte ich dem Kerl zum Dank in die Hand gebissen.

Der Boden war uneben, als habe der Asphalt jede Menge Schlaglöcher. Ich hörte und fühlte zudem Splitt bei jedem Schritt unter den Sohlen. Zweimal knickte ich um, wurde aber gnadenlos weiter angetrieben. Dann riss er mich am Arm zurück und zwang mich zum Stehenbleiben. Ich wurde einem anderen Mann übergeben, während der Rüpel sich entfernte und ich kurz darauf das metallische Quietschen eines großen Hallentors vernahm.

„Bring sie rein, er erwartet uns", machte der Rüpel sich bemerkbar, und ich wurde mit einem sanften Schubs vorangebeten.

„Vorsicht, direkt vor Ihnen ist eine Schwelle", flüsterte es neben mir, wobei mir gleichzeitig mit einem geleitenden Griff am Ellenbogen über das Hindernis geholfen wurde. Anscheinend führte mich der Gewissensgebissene hinein. So also klang er, wenn er sprach.

„Nun mach schon. Ich will nicht ewig warten!", drängelte er, und ich wurde weiterhin sanft, aber mit mehr Nachdruck durch eine dem Klang nach leere Halle geführt. Unsere Schritte echoten von den hohen Wänden.

Nach einigen Metern wurde ich abermals gestoppt. Jemand zog mich etwas nach links, dann wurde ich auf einen Stuhl niedergedrückt.

„Ihr könnt ihr den Sack abnehmen", erklang jetzt eine Stimme, die sich bislang nicht zu Wort gemeldet hatte. Mein eigentlicher Entführer? Und – verflixt – diese Stimme kam mir entfernt bekannt vor.

Ruckartig wurde der Sack von meinem Kopf gerissen, dem Gefühl nach mitsamt einem Büschel meines Haares. Ich konnte nur durch das Klebeband gedämpft fluchen. Ich wollte mich umsehen, blinzelte allerdings nur gegen den direkt in mein Gesicht gehaltenen grellen Lichtstrahl einer Lampe an. Eine fleischige, stark behaarte Hand von der Größe eines Klodeckels erschien in meinem Blickfeld. Die kräftigen Finger langten nach dem Klebeband und rissen es schroff von meinen Lippen. Vermutlich blieb die Hälfte meiner Haut mit daran hängen.

„Verfluchter Ochse!", brauste ich auf, trat nach vorn und fühlte meinen Fuß auf ein Weichteil treffen, dessen Träger sofort aufjaulte. Dem Klang des Jaulens nach Mr. Rüpel. Entsprechend motiviert trat ich nochmals zu und erwischte eine Kniescheibe, die mit einem leisen Knirschen unter dem Druck meines Tritts nachgab. Das Jaulen wurde intensivier und paarte sich mit einem schmerzverzerrten „Dreckshure".

„Fass sie an, und dein Knie war nur der Anfang!"

Diese Drohung war eindeutig. Während der demolierte Rüpel fluchend von mir forthumpelte, versuchte ich überrascht, den Sprecher auszumachen. Langsam trat er in den Schein der Lampe. Zuerst ein schwarzer Schuh, gefolgt von einem dünnen, dunklen Gegenstand. Verwundert wanderte mein Blick daran empor, erfasste ein metallisch silbernes Aufblinken und …

„*Du*?"

Letavian trat ganz ins Licht und lächelte mich ein wenig an. Ein wenig zu triumphierend für meinen Geschmack. „So sieht man sich wieder, Faye McNamara. Ich freue mich, dass du meiner Einladung gefolgt bist."

Augenblicklich saß ich steif da. „Ich kann kaum behaupten, dass die Freude auch auf meiner Seite ist, Letavian. Was verschafft mir dieses eher zweifelhafte Vergnügen?"

„Ah, *ma chère*, sei nicht spröde, nachdem wir uns doch so nahegekommen sind." Er war zu mir getreten und beugte sich vor. Dabei sah er mich an, und seine Stimme verwandelte sich in ein bedrohliches Flüstern: „Nicht wahr? Du erinnerst dich sicher."

Mich schauderte. Doch bevor ich meinen Plan, nach ihm zu treten, in die Tat umsetzen konnte, ging er beiseite und grinste mich durchtrieben an. „Meinst du, ich weiß nicht, was du vorhast? Oh nein, einmal mag dein kleiner Trick funktionieren. Ein zweites Mal wird es –"

Es war mir ein inneres Vergnügen, ihn leicht einknicken zu sehen, nachdem mein Ellenbogen seine Magengegend erwischt hatte. Die Freude währte nur kurz. Unter der Wucht seines Schlages flog mein Kopf herum, und augenblicklich brannte meine linke Gesichtshälfte. Ich war sicher, dass sie sofort anschwoll und sich der Abdruck seines Handrückens abzeichnete.

Er wirkte davon unberührt, denn er trat kopfschüttelnd von mir zurück und rückte gleichzeitig den reich verzierten goldenen Ring an seiner Hand zurecht. „Du bist stets für Überraschungen gut. Ich werde achtsamer sein. Nun zu euch, Gentlemen." Er griff in die Innentasche seines Wettermantels und zog ein Bündel Hundert-Dollar-Scheine hervor. Das warf er einem der Männer vor die Füße. „Damit wären wir quitt. Teilt es durch drei, denn dieser Gentleman wird es nicht weiter benötigen."

Sein Angriff erfolgte blitzartig. Im Nu stand er neben dem Verletzten, riss dessen Kopf zurück und schlug ihm die Zähne in den Hals. Nie zuvor hatte ich gestandene Männer zweifelhaften Rufs dermaßen schnell flüchten sehen. Noch bevor Letavian seine Mahlzeit beendet hatte, waren sie aus der Halle verschwunden. Mir aber gab es die Gelegenheit, den Wurfstern aus meinem Ärmel zu schütteln. Er fiel mir direkt in die ausgestreckte Hand. Seine scharfen Klingen ritzten leicht meine Haut auf. Ich schimpfte innerlich. Eilig begann ich, mit ihm die Fesseln zu bearbeiten, den Vampir vor mir weiterhin im Auge.

Da ließ Letavian den Leichnam achtlos fallen und wischte sich mit dem Handrücken über die Lippen. „Sehr erquickend, *mon amour*. Du solltest es bei Gelegenheit einmal probieren."

„Danke", lehnte ich spitz ab und überspielte damit das hektische Ritzen am Seil. „Ich achte auf meine Gesundheit. Das Schlürfen ist mir eine zu einseitige Ernährungsweise, und wie der Mann aussah, wohl auch zu fettig."

„Du bist vorlaut, Faye McNamara. Hat dir die Warnung nicht gereicht?" Ich schrak zusammen, als er, ohne sich bewegt zu haben, jäh vor mir stand. Sofort hielt ich in der Bewegung inne und warf ihm lediglich einen giftigen Blick zu. Abermals reizte ich ihn damit zum Lachen. Dann erstarb es abrupt, seine Hand schoss vor, und kräftige Finger bohrten sich in meine Wangen. „Du bist mutiger als gut für dich ist, Weib."

„Und du dümmer als gut für dich ist, Letavian", spie ich zurück. „Darian wird dich töten, wenn er erfährt –"

„Der, den du Darian nennst, ist nicht hier!", brüllte er mich dermaßen zornig an, dass ich instinktiv den Kopf einzog. Sein unbarmherziger Griff drückte mir in die ohnehin schon malträtierte Gesichtshälfte. Ich unterdrückte ein schmerzerfülltes Aufheulen. Er zwang mich, zu ihm aufzublicken, direkt in seine dunklen, zornigen Augen. „Wenn sie mit ihm fertig sind, wird er nichts mehr von dem sein, was er einst war. Das verspreche ich dir."

Schockiert starrte ich ihn an. Angst überlagerte augenblicklich den tauben Schmerz, schloss sich wie eine stählerne Kralle um mein Herz und drückte unnachgiebig weiter zu. Meine Stimme versagte, war nur ein entsetzter Hauch: „Wen meinst du mit *sie*? Was hast du mit ihm gemacht?"

„Das, was er verdient. Ich habe ihn verraten, wie er einst mich verriet. Es war einfach. Er lief mir förmlich in die Arme. Wie du. Es war ein purer Glücksfall, dass du heute Nacht in dieser Kaschemme warst. Ein Angriff in eurem Haus hätte weit mehr Staub aufgewirbelt. So mussten meine Männer nur euren Wagen aufhalten. Zumindest hast du das Leben deiner Leute gerettet. Schade, sie hätten sie sonst getötet, wenn du dich geweigert hättest. Wahrlich eine noble Tat, Faye McNamara, aber völlig sinnlos. Ihr Sterblichen seid unendlich berechenbar. Und so zerbrechlich." Letavian ließ mich los, trat zurück und kostete seine Überlegenheit und meine Angst mit großer Genugtuung aus. „Du willst wissen, wo dein Haustier steckt, das du vergiftet hast mit verlockenden Worten von deinen lieblichen Lippen? Einem Mund voller Lügen! Du hast ihn unvorsichtig werden lassen, hast einen Krieger in einen Schoßhund verwandelt!" Sein Blick spiegelte Ekel, aber auch Triumph wider. „Ja, er kam zu mir, glaubte an das Fortbestehen alter Verbindungen und hoffte, Informationen zu erhalten. Wie absurd! Was hätte ich ihm sagen sollen, nachdem ich selbst alles verloren hatte? Durch dich!" Angewidert sah er mir ins Gesicht.

Deswegen die Männer. Nun ergab es einen Sinn. Sie hätten ohne Probleme ins Haus eindringen und uns überfallen können. Die natürlichen Barrieren wirkten nur bei Vampiren. Den Rest seiner Worte wischte ich fort, sie strotzten vor Hass und Missgunst und trafen mich nicht. Was wusste dieser Kerl auch schon von Liebe?

Mein Blick wurde vernichtend. Meine Wange fühlte sich inzwischen taub an, mein Auge war etwas vernebelt, er schwoll wohl zu. Vorsichtig zog ich an meinen Fesseln. Sie gaben nicht nach. Noch nicht. Daher ritzte ich unbemerkt weiter. „Ich hätte dich gleich töten sollen, Letavian."

„Glaubst du tatsächlich, der Tod sei für mich eine Strafe? Seit du mich ins Leben geholt und in den Abgrund zurückgestoßen hast, ist jede weitere Existenz eine Strafe. Was habe ich schon zu verlieren?" Er lachte zynisch auf, sein Gesicht kam wieder näher, ich fühlte seinen Atem meine Wange streifen. „Sag es mir. Was kann dieses Leben für mich von Bedeutung haben? Verstoßen, geächtet, vom eigenen Volk verachtet. Ja, ich bin weniger wert als jene, die im Dreck wühlen. Selbst der Tod wird mir nicht gegönnt. Nun, vielleicht öffnet mir seine Auslieferung wieder die Tür, doch es hat für mich an Bedeutung verloren. So, wie alles bedeutungslos wurde. Wegen dir." Seine Hand umfasste erneut mein Kinn und zwang meinen Kopf in den Nacken. Trotzig starrte ich ihn an, ihm direkt in die Augen. Ein Glimmen war zu sehen. Ich fühlte Zorn, Beherrschung und noch etwas anderes.

Er kam noch näher, seine Wange berührte meine unversehrte, sein Mund lag dicht an meinem Ohr. Er flüsterte: „Ich sollte *dich* töten, Faye McNamara. Dich, und die Erinnerungen an das, was du getan hast."

„Was hindert dich daran, Letavian?", fauchte ich zurück. Abermals wagte ich keine weitere Bewegung. Die Gefahr der Entdekkung war zu groß.

Ein lautes Lachen erklang, er trat etwas zurück und betrachtete mich lauernd. Dann warf er die Arme in die Höhe. „Verflucht seiest du!" Genauso plötzlich umfasste er wieder mein Gesicht, und sein Blick bohrte sich in meinen. „Du hinderst mich daran, Faye. Du hast meine Seele vergiftet, indem du mich ins Leben holtest und wieder verstoßen hast. Du allein trägst die Schuld daran, dass ich *fühlte*!"

Die Intensität seiner Wut ließ mich zusammenzucken. Da wurde sein Griff um mein Gesicht fester, und ohne Vorwarnung senkten sich seine Lippen auf meinen Mund. Kalt, unnachgiebig und beinahe brutal war sein Kuss, einer zornigen Strafe gleich.

Bevor ich mich wehren konnte, stieß er mich von sich. Ich kippte beinahe mit dem Stuhl um, fing mich rechtzeitig ab, konnte jedoch nicht verhindern, dass mir der Stern aus der Hand flog. Geschockt starte ich ihm nach. Wie in Zeitlupe segelte er durch die Luft, kam dem Boden immer näher und fiel schließlich mit leisem Klirren runter.

Er hatte es gehört, war blitzschnell zur Stelle und hielt Sekunden später den Wurfstern in der Hand. Interessiert betrachtete er ihn. „Sieh an. Das menschliche Schoßhündchen hat dir ein Spielzeug mitgegeben. Bemerkenswert. Nur wird es dir nichts nützen." Das Wurfgeschoss flog aus seiner Hand und schlug für mich unerreichbar in einigen Metern Entfernung in die Hallenwand ein. „Siehst du? Vollkommen unnütz."

Wehmütig sah ich ein letztes Mal auf den Wurfstern und wandte mich wieder Letavian zu. Die Bröckchen, die er mir über Darian zugeworfen hatte, machten mir nur wenig Hoffnung. Ich war in der Gewalt dieses Mannes. Mein Gesicht fühlte sich inzwischen wie eine verhunzte Retusche an, mein Kopf dröhnte, und wer wusste schon, wo Darian steckte oder was mit ihm geschehen war. „Was hast du mit mir vor, Letavian? Ich bin für dich so unnütz wie der Wurfstern dort in der Wand für mich. Willst du mich bei meinem Bruder gegen das Buch eintauschen, um auf diese Weise deinen

Rang zurückzuerhalten? Als Krönung zu Darians Auslieferung?"

„Ich habe durchaus mit diesem Gedanken gespielt. Aber jetzt …" Er ließ den Satz unvollendet ausklingen, drehte mir den Rükken zu und ging einige Schritte weiter in die Halle hinein, wobei er den Lichtkegel der Lampe verließ. Mir schwante nichts Gutes. Was hatte er vor? Konnte es noch dicker kommen?

Kurz darauf erlosch das Licht, es war stockdunkel. Zumindest für einen Moment, dann zeichneten sich vor meinen Augen die bekannten, bläulich schimmernden Umrisse ab. Letavians Konturen leuchteten besonders intensiv. Der Tisch neben ihm, auf dem die erloschene Stablampe lag, verblasste dagegen. Ob ihm das bewusst war? Oder hatte er keine Ahnung, dass ich wie eine Katze im Dunkeln sehen konnte, und gab sich daher erst gar keine Mühe, sich zu verbergen? Es bestand noch eine dritte Möglichkeit: Er beherrschte die Kunst des Verhüllens nur unzureichend, denn es war nicht allen Vampiren gegeben, sich lautlos und wie ein Schatten unbemerkt zu bewegen.

Daher überraschte es mich nicht wirklich, als er mit erhobener Hand jäh vor mir stand. Geschwind rutschte ich seitlich vom Stuhl. Sein Schlag ging ins Leere, erwischte jedoch die Lehne und schleuderte das hölzerne Sitzmöbel einige Meter durch den Raum. Eilends rollte ich von ihm fort, verhakte meinen Fuß mit seinem und nutzte meine Chance. Indem ich meine Beine wie eine Zange einsetzte, hebelte ich ihn von den Füßen.

Für einen Moment hatte ich nicht bedacht, wie schnell er war. Bevor ich mit einer Wimper zucken konnte, fühlte ich seinen Körper mit voller Wucht seitlich auf mir landen, konnte zum Schutz meines Unterleibs gerade noch die Beine anwinkeln. Da griff eine Hand nach meiner Kehle, die zweite in mein Haar und riss meinen Kopf nach hinten.

„Hast du tatsächlich geglaubt, mir entkommen zu können?" Seine zornige Stimme sandte mir einen unheilschwangeren Schauer durch Mark und Bein. Ich wimmerte leise, als sein Griff brutaler wurde und mir den Atem raubte. Pure Panik durchflutete mich und mobilisierte meinen Überlebensinstinkt. Meine Gedanken galten nur noch der reinen Selbsterhaltung – meiner eigenen und der meines ungeborenen Kindes. Mit aller Kraft stemmte ich mich gegen ihn, versuchte zu schreien und ihn von mir zu werfen. Es nützte nichts, er war zu schwer, sein Griff zu unnachgiebig. Ich bekam keine Luft mehr, meine Kräfte erlahmten. Das Blut rauschte in meinen Ohren, mein Kopf drohte zu platzen. Tränen der Verzweifelung und Hoffnungslosigkeit schossen mir in die Augen. Ich hatte verloren, konnte ihm nichts weiter entgegensetzen, gab die Gegenwehr schließlich ganz auf. Unaufhaltsam fühlte ich meine Sinne schwinden, sah für eine kurze Sequenz Darians sanftes Gesicht vor mir erscheinen, ehe es vollständig in Dunkelheit versank.

„Verdammt!", vernahm ich nur am Rande und durch Rauschen gedämpft.

Abrupt war ich frei. Sogleich schoss die kostbare Luft, fiesen Nadelstichen gleich, durch meine Luftröhre. Wie eine Ertrinkende sog ich den Atem in meine Lungenflügel, rollte auf die Seite und begann zu husten. Jeder Atemzug quälte, mein Hals brannte, als habe ich Flammen geschluckt. Tränen verschleierten meine Sicht. Ich spürte Letavians Nähe mehr, als ich ihn sah.

„Warum?", fragte ich schließlich krächzend. Ein Hustenanfall folgte. Der Staub des Hallenbodens kitzelte zusätzlich in Hals und Nase. Ich musste niesen. Es kitzelte weiter, quälte mich zusätzlich. Alles tat weh. Ich wollte mich an der Nase reiben, den Niesreiz vertreiben. Die Fessel verhinderte es.

„Ich kann nicht", kam es geflüstert.

Verwundert sah ich auf und hustete abermals. Im Schneidersitz saß er neben mir, die Hände gefaltet, den Kopf gesenkt, das Gesicht hinter einem Schleier langer, dunkler Haare verborgen. Langsam hob er den Kopf und blickte mich anklagend an. „Ich kann dich nicht töten, Frau." Seine Hände schoben sich in mein Blickfeld. Sie zitterten. „Selbst wenn ich wollte, ich kann es nicht."

Irritiert eilte mein Blick zwischen seinen Händen und seinem Gesicht hin und her. Ich begriff sein Zögern nicht. Achtsam stemmte ich mich hoch, bis ich halbwegs saß, und beobachtete ihn weiter. Ich fühlte, wie er seine mentalen Kräfte an mir erprobte, in mir zu lesen und Antworten zu finden versuchte, die ich ihm nicht geben konnte. Und ich spürte, wie ich automatisch einen Schutzwall aufbaute, ganz wie Thalion es mich gelehrt hatte, und so Letavians Übergriffe mühelos ins Leere laufen ließ.

„Was hast du mir angetan?", fragte er leise, sah mich dabei an und gleichzeitig irgendwie durch mich hindurch, als meinte er gar nicht mich.

Bedächtig brachte ich Distanz zwischen uns, rutschte von ihm fort und zerrte zugleich an meinen Fesseln. Sie gaben leicht nach, rissen aber nicht. Das Material war nicht genug geschwächt.

„Was bist du?“ Seine Hand schnellte vor, ergriff meinen linken Fuß und zog mich ruckartig zu sich heran.

Ich keuchte verängstigt und wollte seine Hand wegtreten. Da kippte ich zur Seite und kam mit der Schulter auf, schlug zusätzlich mit meiner geschwollenen Wange auf den Boden. Der Schmerz raste durch meinen Kopf und verschlug mir erneut den Atem. Kraftlos blieb ich liegen, zog die Beine dicht an meinen Körper und verharrte in dieser embryonalen Haltung. Ich hatte nicht einmal mehr die Kraft, um zornig zu werden. Meine Atmung rasselte, die fehlende Luft ließ mich unendlich müde werden.

Ein weiterer Ruck folgte, ich spürte sein Gewicht erneut auf mir. Es war mir schon beinahe egal. Wieder zog er meinen Kopf an den Haaren zurück, und sein Gesicht kam meinem nahe. „Was bist du wirklich, Faye McNamara?“

„Halb tot“, krächzte ich heiser, röchelte und gönnte ihm gerade eben einen ergebenen Augenaufschlag. „Ich ersticke fast unter dir und kann dir ohnehin keine befriedigende Antwort liefern.“ Ein heftiges Husten erschütterte meinen Körper und ließ meine Nervenbahnen lichterloh brennen. Der Schmerz rang meinem brachliegenden Ego eine letzte Zuckung ab: „Verdammt, du bist schwerer als ein Pferd!“

Einen Wimpernschlag später verschwand das Gewicht. Die Hand blieb in meinem Haar, und mit einem wohldosierten Ruck zog er mich in eine sitzende Position. Dann aber ließ er mich los, und seine Hände huschten über mein Gesicht, strichen mir die Haare aus der Stirn, umfassten prüfend meine Schultern. Plötzlich erhob er sich und trat um mich herum. Im rechten Augenwinkel gewahrte ich das Aufblitzen einer Klinge, glaubte endgültig, meine letzten Sekunden zu erleben, als kurz darauf meine Fesseln durchtrennt zu Boden fielen.

Ich wagte kaum zu hoffen, rührte mich nicht und erlaubte mir nun selbst keinen Atemzug. Wollte er mir jetzt eine sportliche Chance einräumen? Hatte er Schuldgefühle wegen meiner Fesseln bekommen und konnte mich deswegen nicht töten? Das Timing dafür war inzwischen mehr als beschissen. Zumal Vampire und Schuldgefühle an sich ein Paradoxon darstellten.

„Steh auf", befahl Letavian harsch, umfasste meinen Oberarm und zog mich auf die Füße. Was zum Henker hatte er vor?

Er ließ mich stehen, hob den Stuhl auf und stellte ihn neben mich. „Setz dich."

Zögernd setzte ich mich auf die vordere Kante und sah den Vampir argwöhnisch an. Dabei rieb ich mir die aufgescheuerten Handgelenke, berührte mit großer Vorsicht meinen Hals und die geschwollene Wange. Anschließend faltete ich die Hände im meinem Schoß, spürte in mich hinein und lauschte besorgt auf jede noch so kleine Regung meines Ungeborenen. Ich bezweifelte nicht im Mindesten, dass er mich töten würde. Nur hatte ich keine Ahnung, warum er es hinauszögerte. Und ich hatte verdammte Angst zu sterben, ich brauchte dringend einen Plan.

Ich könnte versuchen, fortzulaufen. Doch wie weit würde ich kommen? Einen Meter? Vielleicht zwei? Wenn nicht die Schnelligkeit und Kraft dieses Vampirs meiner Flucht ein vorzeitiges Ende setzen würde, die vorherrschende Atemnot und Kraftlosigkeit würde mich nicht weit kommen lassen. Meine mit Sauerstoff unterversorgte Muskulatur zitterte wie Espenlaub. Außerdem hatte ich keine Waffe mehr bei mir. Der Stern steckte in der Wand, einen Pflock hatte ich nicht dabei. Und den Stuhl zu zerlegen, würde zuviel Zeit und Kraft verschwenden, abgesehen davon, dass es wenig unauffällig wäre. Ich könnte ihn mit sehr viel Glück durch einen gezielten Tritt oder Schlag verletzen, doch war seine Regeneration rasant und seine Reaktion noch schneller. Vielleicht hätte ich das Tor kriechend erreicht, wahrscheinlicher aber war, dass er mich vorher stoppte. Sämtliche Überlegungen waren somit recht ausweglos. Nein, wenn ich schon dem Tod ins Auge blickte, dann zumindest aufrecht … sitzend.

Letavian fuhr sich mit den Händen durch die Haare, schüttelte kurz den Kopf und blickte mich dann mit einer Mischung aus Wirrnis und Zorn an. „Wer oder was schützt dich?"

Überrascht riss ich die Augen auf. Die Dattel! Ich trug sie ständig bei mir, hatte sie nach der Situation mit Lilith sogar mit ein paar Stichen zusammengenäht, bevor ich sie in den BH zurückgesteckt hatte. Aber konnte es tatsächlich an ihr liegen? Konnte sie mich und mein Kind vor ihm bewahren? Eines zumindest lag glasklar auf der Hand: Sie schützte mich keineswegs vor tätlichen Übergriffen. Mein peinvoll aufstöhnender Körper machte das mehr als deutlich.

Da Letavian mich weiterhin argwöhnisch betrachtete, zuckte ich nichtsahnend mit den Achseln. „Weiß nicht. Es hindert dich nicht daran, mich zu verletzen."

Nun schlich die Andeutung eines Lächelns auf sein Gesicht, und sein Blick wurde hintergründig „Ich werde mich dafür nicht entschuldigen."

„Is' klar." Meine Stimme versagte, ich musste mich räuspern und wünschte mir insgeheim ein Glas Wasser. „Würd' gern wissen, warum du es nicht beendest."

„Weil …" Er legte seine Hand mit erstaunlicher Sanftmut an meine malträtierte Wange, beugte sich ein wenig vor und blickte mir geradewegs in die Augen, „… es mir unmöglich ist, dich zu vernichten. Ich wünsche deinen Tod und die Tilgung aller Erinnerungen an die Nacht, in der deine Hand mich berührte. Ich hasse das Gefühl, dass du geweckt hast. Ich hasse die ganzen Gefühle, die seitdem in mir sind. Sie sind nicht kontrollierbar. Sie überlagern meinen Willen." Furcht trat in seine Augen. „Was hast du mir angetan, Weib?"

Bevor ich mir eine passende Antwort zurechtlegen konnte, umfasste er mein Gesicht, kam näher und senkte seine Lippen auf meinen Mund. Hatte ich Zorn, Strafe und Brutalität erwartet, wurde ich absolut überrascht. Sanft tastend und voll Gefühl war sein Kuss, wie in einer stillen Frage. Einer Frage, die mich in ihrer Milde regelrecht schockierte. Mit allem hatte ich gerechnet, aber nicht damit. Blitzartig schlug ich seine Hände beiseite und sah ihn mit rasendem Herzen an. Ich weigerte mich zu glauben, was ich soeben gefühlt hatte. Nein, das war absolut unmöglich.

„Ich könnte mir nehmen, was ich will", raunte er mir zu. „Niemand würde dein Schreien hören. Keine Menschenseele würde dir helfen. Dein Beschützer ist weit fort. Was könntest du dagegen unternehmen?"

Deine männlichen Attribute etwas deformieren, du blasierter Kerl? Ich zwang mir ein mattes Lächeln auf die Lippen. „Du hättest es dir genommen, wenn du es ernsthaft wolltest, Letavian. Was willst du wirklich von mir?"

„Etwas, das zu nehmen sich als außerordentlich ungesund herausstellen würde", erklang es da eindeutig weiblich aus Richtung des Hallentors, und sowohl Letavian als auch ich schreckten hoch.

Lilith! Während mir vor Erstaunen lediglich die Kinnlade aufklappte, ließ Letavian sich mit gesenktem Kopf ehrfürchtig auf einem Knie nieder.

Elegant schwebte sie in ihrem hautengen, leuchtend roten Kleid ein wenig näher und sah sich hochmütig um. Dabei beschrieb ihre mit Goldschmuck behangene Hand eine knappe Geste. „Erhebe dich, Letavian."

Sofort folgte er ihrer Anweisung, vermied jedoch weiterhin jeden Blickkontakt.

„Du widersetzt dich meinen Anweisungen und durchkreuzt meine Pläne. Ich wünsche, dass du diese Frau augenblicklich gehen lässt." Selbst über die Distanz von mehreren Metern hinweg war ihr Blick unnachgiebig klar.

Letavian sah überrascht und gleichzeitig bestürzt auf. „*Du* schützt sie?"

„Schweig!", donnerte es sogleich. „Du wirst dich fügen, oder du spürst meinen Zorn!"

Statt einer Antwort nickte Letavian knapp und schob mich sachte in Liliths Richtung. Zögerlich ging ich auf sie zu, und betrachtete sie verwundert und skeptisch zugleich. Irgendwas war hier oberfaul. Ihre Gestik wirkte irgendwie gekünstelt, und Schmuck hatte ich niemals zuvor an ihr bemerkt. Auch empfand ich ihr aktuelles Auftauchen als sehr merkwürdig. Wenn ich angeblich so wichtig war, warum mischte sie sich erst jetzt ein? Da fing ich einen ihrer Blicke auf, der mich auf das Hallentor verwies. Ich zwang meine zitternden Beine zu mehr Schnelligkeit, erreichte das Tor und schob mich hindurch.

„Diesmal noch sei dir vergeben, Letavian", vernahm ich ihre salbungsvolle Stimme hinter mir. „Noch einmal werde ich deinen Ungehorsam nicht dulden." Damit schwebte sie aus der Halle und hinter mir her.

Es kicherte leise, perplex blieb ich stehen.

„Geh weiter, Faye. Sonst riecht er noch Lunte."

„Steven?", krächzte ich erstaunt und lachte dann, entschied mich jedoch, meine Stimmbänder zu schonen und ihm gedanklich die Worte zu senden: *Ich wusste doch, dass etwas nicht stimmt.*

Ich erhielt einen leichten Schubs. „Ja. Da vorn steht der Wagen. Kannst du fahren? Ich komme mit Rechtslenkern nicht klar. Der Schlüssel steckt. Du siehst übrigens sehr mitgenommen aus."

Ich fühle mich auch genau so, Steven. Als ich den Jeep erkannte, stutzte ich abermals. *Ist das nicht der Wagen …?*

„Die Typen brauchen ihn nicht mehr.“ Steven gluckste, eilte voraus und hielt mir die Fahrertür auf. „Sie rannten mir entgegen, als sei der Teufel hinter ihnen her. So habe ich dich auch gefunden. Wieso redest du nicht?“

Halsschmerzen. Hurtig kletterte ich auf den Fahrersitz und langte nach dem Zündschlüssel, als jemand hinter mir gedämpft protestierte. Verwundert sah ich auf den Rücksitz und entdeckte eine gefesselte und geknebelte Person. Und dahinter, als würde sie aus dem hinteren Bereich des Wagens mit künstlichen Augen anklagend nach vorne blicken, die kleinere Gestalt eines Kindes. Des Kindes, das mitten auf der Straße gestanden und uns zum Ausweichen gezwungen hatte. Steven hatte sich neben mir niedergelassen und folgte meinem Blick. „Ja Faye, es ist eine Schaufensterpuppe. Das konnte Kim im Dunkeln aber nicht erkennen, und bevor ich es ihr sagen konnte, hingen wir bereits in der Hecke. Den Kerl da hatte ich jetzt glatt vergessen. Er war der Einzige von den dreien, der bereit war, mir zu zeigen, wo du bist. Fahr los, wir werfen ihn unterwegs raus. Wo ist eigentlich der vierte von denen?“

„In Letavian“, erwiderte ich kratzig und startete den Wagen.

Während Steven sein Handy zückte und meinem Dad Bescheid gab, dass er mich gefunden hatte, suchte ich den schnellstmöglichen Weg aus dieser unfreundlichen Gegend heraus.

„Wir sollen uns mit deinem Vater und Kim auf dem Parkplatz vor dem Diner treffen und den Jeep dortlassen. Findest du den Weg dorthin?“

Denke ich schon, nickte ich und konzentrierte mich auf die Straßenschilder. Nach einer Weile wurde die Umgebung heller, die Häuser freundlicher, und die Straßenbeleuchtung intensiver. Schließlich fand ich mich auf dem Broadway wieder, und ab dort wusste ich, in welche Richtung ich fahren musste.

„Woran hast du bemerkt, dass Lilith ein Fake ist?“, erkundigte Steven sich nach einer Weile.

Sie trägt keinen Schmuck, gab ich zurück und kämpfte ein weiteres Mal mit der sperrigen Schaltung. *Und sie ist auf eine gewisse Weise drakonischer.*

„Du meinst, ich sollte daran arbeiten? An meiner weiblichen Seite?“

Trottel. Ich lachte heiser. *Deine Kleiderwahl war übrigens ziemlich daneben.*

„Ich fand, es sah gut aus. Mariella bevorzugte solche Kleidung.“

Bevor du sie vernascht und zu einem Teil von dir gemacht hast, erinnerte ich an den weiblichen Vampir, den er vor einigen Monaten ausgesaugt und so dessen hervorragende Fähigkeiten der Täuschung übernommen hatte. *Allerdings hatte Mariella einen recht gewöhnungsbedürftigen Geschmack, was Kleidung und Männer betraf.*

Ein Laut von hinten mahnte an unseren unfreiwilligen Gast. An einer Ampel drehte ich mich zu ihm um und betrachtete ihn erneut. War das nicht der Mann, der mich freundlich behandelt hatte?

„Hast du ein Kind?“, fragte ich nach. Seine Augen blickten mich schreckensweit an, dann nickte er sehr vorsichtig. Also hatte mein Gefühl nicht getrogen. „Binde ihn los, Steven.“

„Was?“

„Binde ihn los.“ *Er war der einzig Anständige unter den Kerlen. Also lass ihn laufen.*

„Aber er hat … Ja, ich mache ja schon.“ Er kroch nach hinten und befreite den Mann. „Du hast es gehört. Am besten machst du dich mit deinem Kind sofort vom Acker, damit dich Letavian nicht noch findet. Hast du Geld?“

„Nein“, meinte er zögerlich und rieb sich die Handgelenke, nachdem Steven die Fesseln und den Knebel entfernt hatte. „Das hatte einer der anderen Männer bei sich, die Sie …“

„Sie waren mir gegenüber ausgesprochen unfreundlich und wenig hilfsbereit.“ Ich sah Steven im Rückspiegel grinsen und ahnte, was der Mann unausgesprochen ließ. Da griff er in seine Hosentasche und zog ein Bündel Banknoten hervor, das er dem verblüfften Mann in die Hand drückte. „Ich brauch’s nicht, also nimm es und benutze es sinnvoll. Was denn? Hätte ich es bei den Typen lassen sollen, Faye? Die brauchten es doch sowieso nicht mehr.“ Kopfschüttelnd blickte ich wieder nach vorn und suchte einen unauffälligen Platz zum Halten.

Bei der nächsten Gelegenheit fuhr ich rechts ran und ließ ihn aussteigen. Wir sahen einander kurz an, nickten knapp, dann eilte er fort. Ich legte den Gang ein und fuhr wieder an.

Vor dem Diner standen sie. Ich erkannte den Van in der Nähe einer flackernden Straßenlampe und die Glut einer Zigarette, die in der Dunkelheit aufleuchtete, ließ kurz das Gesicht meines Vaters erkennen. Unauffällig ruhig fuhr ich an ihnen vorbei und parkte den Wagen in einer schwach beleuchteten Ecke des Parkplatzes. Sorgfältig verwischten Steven und ich mit den Ärmeln die Fingerabdrücke innerhalb und außerhalb des Jeeps. Dann eilten wir auf den Van zu.

Dad war ausgestiegen und empfing uns mit angespannter Miene. Als er die geschwollene Wange und die Druckstellen an meinem Hals bemerkte, verfinsterte sich sein Blick zusehends.

„Mir geht es gut, Dad", versuchte ich ihn zu beruhigen, gab ihm einen Kuss auf die Wange und stieg in den Wagen. „Ich will nur noch nach Hause."

„Ich will wissen, was los war", knurrte er, stieg wieder ein und zog die Wagentür zu. „Fahr los, Kim."

Langsam fuhr Kimberly durch die Einfahrt. Die Außenbeleuchtung sprang an und flutete den Hof mit hellem Scheinwerferlicht. Aufmerksam lenkte sie den Wagen durch die Reihen demolierter und reparaturbedürftiger Taxis und stellte den Van schließlich vor dem Hallentor ab. Sogleich wurde die Tür aufgerissen, und Ernestine kam uns von Jason gefolgt besorgt entgegen.

Als sie vor mir stand, starrte sie mich geschockt an. „Mein Gott, was ist mit dir geschehen?"

„Letavian", erklärte Dad an meiner Stelle. „Er hat sie beinahe getötet."

„Grundgütiger!" Behände zerrte sie sich das Tuch von den Schultern und legte es mir um. Verlegen wehrte ich ab, fing Jasons strengen Blick auf und ließ es geschehen.

„Mit einem Kühlkissen wird das wieder", brachte ich heiser hervor, dann legte Ernestine die Arme um mich, und ich wurde regelrecht abgeführt.

Bis zum zweiten Taxi gelangten wir, da hielt ich abrupt inne und starrte gebannt in die Dunkelheit. Ernestine öffnete bereits den Mund, als ich energisch abwinkte.

Langsam wies ich auf den flackernden Schein vor uns. Er wurde heller, dann wieder dunkler, verlosch beinahe komplett, um sogleich erneut verhalten zu schimmern. War Letavian uns gefolgt? Hatte er die Finte durchschaut und lauerte dort in der Ecke auf uns? War das nicht totaler Irrsinn?

„Was siehst du?", flüsterte Steven, trat neben mich und folgte meinem Fingerzeig. Plötzlich sprintete er an mir vorbei auf den Schemen zu. Seine Stimme überschlug sich regelrecht: „Verdammter Mist! Ich brauche sofort Hilfe! Wie konnte das passieren?"

Nun erkannte auch ich, was sich dort verbarg. Mein Herz setzte aus, ich traute kaum meinen Augen und krallte mich instinktiv an Ernestine fest. Darian. Er schwankte.

Schon stob Dad an mir vorbei, Jason folgte knapp dahinter. Ich sah Steven nach ihm greifen. Da erreichte Dad ihn, packte zu, und gemeinsam stürzten sie auf den Boden. Ein qualvoller Schrei durchschnitt die Luft. Jason zog Darian von meinem Vater herunter, der sich mit leidvoller Miene die Hand hielt. Nun erst machte ich mich beinahe gewaltsam von Ernestine frei und eilte auf sie zu.

„Verfluchte Axt!“, schimpfte mein Vater und rappelte sich auf. „Fasst bloß das Schwert nicht an.“

Erschrocken blieb ich abermals stehen und blickte auf die lodernde und nach verbranntem Fleisch riechende Handfläche meines Vaters. Rasch erfasste mein Blick Darians blasses, blutverschmiertes Gesicht, seine geschlossenen Augen, das verschmutzte, wirre Haar. Und er stank entsetzlich.

Jason hatte seine Arme um Darians Oberkörper gelegt und versuchte ihn anzuheben. Dass er gleichzeitig der Berührung mit dem *Katana* an Darians Hüfte auszuweichen musste, machte dieses Unterfangen mehr als problematisch.

„Zange“, ordnete ich heiser an, und Kimberly stürzte in die Werkstatt, um das Geforderte sofort zu organisieren.

Mit zitternden Fingern löste ich den Gürtel um Darians Hüfte und zog das *Katana* unter ihm hervor. Während Ernestine sich nun um Dad kümmerte und ihn ins Haus brachte, hoben Jason und Steven den Bewusstlosen an und schleppten ihn ebenfalls hinein. Ich ergriff das *Katana* mit der langen Rohrzange und trug es an ausgestreckten Armen hinterher.

„Bringen wir ihn nach oben, da ist mehr Platz“, hörte ich Steven im Treppenhaus zu Jason sagen, eilte die Stufen hinauf und betrat kurz hinter den Männern den langen Flur im zweiten Stock. Vorsichtig legten sie Darian in der Mitte des Raumes auf dem Teppich ab, und Jason begann, die Kerzen anzuzünden. Derweil stellte ich das Schwert zurück an seinen Platz. Die Zange fiel auf den Boden und ich neben Darian auf die Knie.

Vergessen war mein eigener Schmerz, meine eigene Erschöpfung. Meine Sorge galt nur noch dem Mann vor mir. Während ich ihn betrachtete und meine Hände prüfend über seinen Oberkörper gleiten ließ, tobten zwiespältige Gefühle in mir. Ich war froh, dass er zurück war. Ich war wütend, dass er weggegangen war. Und ich ahnte, dass seine Wiederkehr etwas mit meiner Entführung zu tun hatte.

Ich warf Jason einen ängstlichen Blick zu. Er erwiderte ihn mit der gleichen Intensität, sah dann zu Steven hin, der mit der ausgestreckten Hand einmal über Darians Gesicht strich und die Stirn runzelte. „Er braucht frisches Blut. So schnell wie möglich.“ Dabei hob er den Kopf, und sein Blick streifte mich. „Nein, keine

Konserve, Faye. Frisch, warm, lebendig."

Als Jason ohne Zögern seinen Ärmel hochschob, hielt Steven ihn auf. „Wie oft hast du das schon getan, alter Mann? Es wird dich irgendwann verwandeln, und du weißt das. Wir brauchen eine neue Quelle."

Ohne es zu wollen, schossen mir zum wiederholten Mal an diesem Abend Tränen in die Augen. Stevens Einwand war vollkommen logisch, und auch Jason musste sich dem beugen. Doch wer konnte helfen? Darian schien mehr tot als lebendig. Ich fühlte unter meinen tastenden Händen diese vielen Verwundungen mehr, als ich sie sah. Risse, tiefe Einstiche, lange Schnitte, dazu deutlich fühlbare Rippenbrüche. Alles Verletzungen, die unter normalen Umständen längst regeneriert worden wären. Dagegen waren meine blauen Flecke ein Witz. Das machte mir zusätzliche Angst, denn es zeigte deutlich, wie angeschlagen Darian war. Und ich war außerstande, ihm mein Blut zu geben, es würde ihn umbringen. Hilflos sackte ich zusammen, umklammerte seine leblose Hand und flehte innerlich um ein Wunder.

„Ich werde es tun", klang es da von der Tür her, und gleichzeitig ruckten unsere Köpfe hoch. Mit verkniffener Miene stand Dad in der Tür, die Hand mit einem Küchentuch umwickelt. Leid stand in seinen Augen, gepaart mit einem trotzigen Ausdruck. Er trat einen Schritt vor, als eine zierliche Hand seine Schulter umfasste.

„Kommt gar nicht infrage, du sturer Kerl!" Ernestine schob ihn resolut beiseite und trat an ihm vorbei. „Entschuldige bitte, aber mit der Verbrennung werde ich diese törichte Tat nicht erlauben. Es ist schlimm genug, dass du dich nicht vernünftig behandeln lässt. Aber du wirst hier nicht den Helden spielen, Duncan McNamara. Nun, wie kann ich helfen, Faye?"

„Erni!"

„Du hast jetzt Pause. Ich weiß schon, was ich mir zumuten kann."

„Nur ein bisschen beißen", spielte Steven den Vorgang wölfisch grinsend herunter.

Sie ignorierte seinen Zynismus, ging neben mir in die Knie und drückte mir ein Kühlkissen in die Hand. Dann sah sie Steven an. „Wohin?"

„Er beißt Sie, Ernestine, und nicht Sie ihn."

Ihr Blick wurde streng. „Für wie blöd hältst du mich, Steven Montgomery?" Ihr Blick wanderte zu Jason. „Was soll ich machen? Kann er überhaupt saugen? Er sieht aus, als läge er im Koma. Da wäre ein Zugang doch sicher sinnvoller."

„Saugen ist Instinkt", klärte Steven uns auf und nahm somit auch meine stille Befürchtung. „Sobald frisches Blut seine Lippen benetzt, wird er zubeißen. Er wird dem Strom des Lebens folgen, er kann gar nicht anders."

„Sind Sie sicher, dass Sie es wollen?", fragte Jason skeptisch und blickte Ernestine fest an. Als sie nickte, zog er einen Wurfstern unter seinem Ärmel hervor. „Ich werde Sie vorher ritzen müssen. Verzeihen Sie, Ernestine, es wird schmerzen."

Abermals nickte sie und reichte ihm den rechten Arm. Die scharfe Schneide des Sterns berührte bereits ihre Haut, da erklang ein Ruf von der Tür her: „Wartet!"

Kimberly stürmte herein und schob Jasons Hand beiseite. „Diesmal habe ich Dad angerufen und ihm gesagt, was los ist. Ist mir egal, ob du jetzt motzt, Grandpa. Er ist auf dem Weg hierher, er wird in wenigen Minuten ankommen." Sie sah uns nacheinander gehetzt an. „Er hat gesagt, wir sollen auf ihn warten."

„Miss Kimberly, sein Leben rinnt uns durch die Finger. Ein wahrer Vampir kann die Zeit überdauern, wenn er austrocknet. Mr. Knight ist diesbezüglich anders geartet. Mir ist nicht bekannt, wie es sich bei ihm auswirken wird." Jasons Blick wurde streng. „Wir haben keine Zeit zu verlieren."

„Doch, haben wir", war Dad überzeugt, wandte sich um und eilte aus dem Raum. Kurz darauf kehrte er mit einer aufgewärmten Konserve zurück. „Es ist nicht der Hit, aber es wird die Zeit bis zu Alistairs Eintreffen überbrücken."

Wir tauschten einen langen Blick, und ich fühlte mich von allen fragend fixiert. Sollte ich die endgültige Entscheidung treffen? Fast schien es, als warteten sie genau darauf. Lag Darians Leben in meiner Hand? Was aber war mit Ernestines Leben? Würde es nicht durch diesen Biss gefährdet? Was sollte ich tun?

Ich betrachtete die schwappende Konserve in Dads Hand, dann Darians sehr bleiches, blutleeres Gesicht. *Eine Entscheidung, Faye*, raunte ich mir selbst zu, *fälle eine Entscheidung*.

„Macht es so", entschied ich knapp. Verdammt, ich hasste solche ausweglosen Situationen.

„Okay, dann trichtern wir ihm das Gebräu mal ein." Dad ging neben mir in die Knie und reichte Jason den Beutel, der ihn sogleich öffnete. Steven zog Darian halb auf seinen Schoß und hielt seinen Kopf gerade, so dass Jason ihm den Inhalt auf den Mund tropfen lassen konnte. Das erste Rot befeuchtete seine Lippen. Langsam begannen sie sich zu öffnen, zunächst nur einen schmalen Spalt, dann weiter, Millimeter für Millimeter. Ich erblickte die Spitzen seiner Zähne und wollte an eine optische Täuschung glauben, als sie zu wachsen schienen, länger wurden. Da riss Darian abrupt die Augen auf. Bestürzt registrierte ich das aufflackernde Hellblau seiner Iris. Es wirkte so fremdartig, unnatürlich und absolut falsch. Blitzschnell durchstießen seine Saugzähne das weiche Material des Beutels, der in wenigen Sekunden bis auf den letzten Tropfen geleert war. Dann flatterten seine Lider, sein Kopf sank zurück und er fiel erneut in diese leblose Haltung.

„Warum hat er hellblaue Augen?“, rutschte es mir heraus. Ich ließ das Kühlkissen sinken und sah die anderen geschockt an.

„Was?“ Steven runzelte die Stirn. „Das ist nicht gut. Das passiert nur, wenn Raserei im Spiel ist und ein hoher Blutverlust eintritt. Vielleicht sollten wir doch Ernestines Hilfe –“

„Wenn, dann nicht durch einen Biss, Steven!“, nahte die ersehnte Rettung in Gestalt meines Bruders, der in den Raum stürmte. Eilig trat er zu uns, und ein einziger Blick genügte, dann hatte er das Geschehen erfasst. „Ich hole Maja. Sie hat einen Notfallkoffer im Wagen. Verflucht! Ich hatte gehofft, es wäre weniger dramatisch.“ Er drehte sich um, hielt plötzlich inne und sein Blick blieb an mir haften. „Was, zur Hölle, hast du gemacht, Faye?“

„Unwichtig. Hilf ihm“, winkte ich flugs ab, zog Ernestines Umhang fester um mich und band ihn direkt unter meinem Kinn zusammen. Die Striemen am Hals konnte ich so verbergen, die Schwellung im Gesicht nicht.

„Mist! Jetzt haben wir keine Wahl mehr. Lass den Beutel verschwinden, Dad. Wir müssen nicht mehr verraten als unbedingt notwendig.“ Was immer Alistair damit meinte, wir sollten es wenige Augenblicke später erfahren.

„Hier entlang, Maja. Vorsicht, da steht ein Karton. Geht’s? Wir haben leider keine gute Beleuchtung hier oben, nur Kerzen. Es fehlt der Strom. Und jetzt dort hinein. Um eins möchte ich dich noch bitten, Maja. Was immer du jetzt sehen wirst, wundere dich über nichts.“ Schon kehrte er mit der sehr besorgt wirkenden Ärztin im Schlepptau zurück, die neben Darian einen Koffer abstellte und ihn aufklappte. Ich war etwas in den Hintergrund gerückt, damit ich mit meinem Kühlkissen nicht zu sehr auffiel.

„Ich wünsche Ihnen trotz der gegebenen Umstände einen guten Abend“, meinte Maja sachlich und kniete neben Jason nieder. „Wer von Ihnen mich noch nicht kennt, mein Name lautet Maja Brooks. Nun, dann wollen wir mal sehen, was wir hier haben.“

Sie steckte sich eine dunkle Locke hinters Ohr, nahm ein Paar Latexhandschuhe aus dem Koffer und streifte sie über. Danach ergriff sie Darians Arm und fühlte nach dem Puls. Schnell suchte sie nach seiner Halsschlagader, beugte sich vor, um nach dem Herzschlag zu horchen, und sah entsetzt auf.

„Er simuliert nur“, murmelte Steven und schenkte ihr ein wenig beruhigendes Eckzahnlächeln. Ich hockte schräg hinter ihm und boxte ihm unbemerkt in die Rippen.

„Ein Mann ohne Puls simuliert“, echote sie ungläubig. „Der Mann hier ist tot.“

„Ist er nicht, Maja“, schaltete Alistair sich ein. „Er hat einen enorm hohen Blutverlust erlitten und benötigt dringend Blut. Wir können ihn keinesfalls transportieren. Das würde er vermutlich nicht überleben.“ Er sah sie liebevoll flehend an. „Bitte, Maja. Er ist mein Schwager.“

„Das ist mir bekannt“, meinte sie, und ihr mitfühlender Blick streifte mich. „Aber sein Herz hat bereits aufgegeben.“

„Nein, hat es nicht.“ Ich bemühte mich um einen festen Tonfall und unterdrückte ein Husten. „Was immer Sie für medizinisches Gesetz halten, dieser Mann setzt fast alles außer Kraft. Sterben kann er dennoch.“

„Haben Sie da eine Schwellung im Gesicht?“

„Airbag im Wagen“, murmelte ich und wies mit dem Kinn auf Darian. „Maja, wenn er nicht schnell die nötige Transfusion erhält, wächst mein Kind ohne seinen Vater auf.“

Sie blinzelte knapp und seufzte leise. „Ich kann kaum glauben, dass ich das jetzt tue.“ Dann wies sie mit dem Kinn auf den Koffer und räusperte sich vernehmlich. „Reich mir bitte die Braunüle rüber, Alistair. Nein, die großlumige, bitte. Wissen Sie, welche Blutgruppe er benötigt?“

„Ich habe Null negativ, die passt immer“, beeilte Jason sich zu sagen, knapp gefolgt von Ernestine: „Ich ebenfalls.“

„Und wenn es nicht reicht, stehe ich zur Verfügung", warf Dad ein, und Kimberly hob zeitgleich die Hand. „Ich bin auch noch da."

Lediglich Steven lehnte ab. „Ich besser nicht, sonst kann ich mich gleich danebenlegen."

Maja Brooks betrachtete die hilfsbereiten Spender mit gerunzelter Stirn und schwenkte dann zu meinem Bruder hinüber. „Sag mir bitte, dass es reiner Zufall ist, Alistair."

Er lächelte sie an, während er ihr die Kanüle reichte. „Es ist reiner Zufall, Maja."

„Ich soll mich nicht wundern, sagtest du", murmelte sie kopfschüttelnd, band den Arm ab und klopfte ihn ab. Schließlich setzte sie die Nadel an. „Ich hoffe, dass ich treffe. Hier findet man vermutlich gar nichts mehr."

Doch, sie fand. Und stach ins Volle. Beinahe schwarz war das Blut, das sich sehr langsam durch die große Nadel quälte. „Koaguliert ist er zumindest noch nicht." Sie blickte wieder auf. „Sind Sie sich absolut sicher, dass Sie nicht besser einen Pathologen an diesen Patienten lassen möchten? Ich möchte ungern orakeln, aber wer will sein Blut für etwas derartig Sinnloses verschwenden?"

„Vertrauen Sie darauf, dass es nicht sinnlos ist, Dr. Brooks." Jason reichte ihr seinen Arm und wehrte Ernestines Seufzen mit einem matten Lächeln ab. „Ich habe die älteren Rechte, Mrs. Morningdale."

„Alter vor Schönheit", konterte sie gutmütig.

„So, wie es aussieht, werde ich Sie ebenfalls zur Ader lassen dürfen. Also ist Drängeln nicht nötig." Damit wandte Maja sich an Jason, band seinen Oberarm ab und setzte eine weitere Kanüle an. Kurz darauf zog sie mit der Zwanzig-Millimeter-Spritze, der größten aus ihrem Koffer, das frische Blut aus Jasons Arm, um es sogleich in Darians Zugang zu übertragen. Knapp einen Liter nahm sie Jason ab, bevor sie ihn entließ und sich an Ernestine wandte. Eine neue Kanüle fand ihr Ziel, und ein weiterer halber Liter seinen Weg in Darian Körper. Mit jeder Spritze wurde Darians durchscheinende Haut klarer, kräftiger. Das war jedoch die einzige Reaktion, die ersichtlich wurde. Vorerst.

„Ich glaube, wir haben diesen Kampf verloren", meinte Maja Brooks, hörte noch einmal Darians Herz ab und schüttelte bedauernd den Kopf. Dabei wischte sie sich mit dem Handrücken den

Schweiß von der Stirn und sah uns der Reihe nach schwermütig an. „Ich möchte Sie ungern weiter schröpfen, wenn es keinen Sinn macht."

„Es macht Sinn", kam es da hauchdünn von unten.

Während die Ärztin nur fassungslos keuchte, trat uns allen ein erleichtertes Lächeln aufs Gesicht. Eilig beugte ich mich vor und legte eine Hand an Darians Wange. Bei der leichten Berührung flatterten seine Lider, und nur mit großer Mühe konnte er sie ganz öffnen. Der unnatürliche Glanz seiner Augen war verschwunden, zurück blieb ein sehr matter Schimmer. Als er mich erkannte, zuckten seine Mundwinkel kaum merklich, und seine Stimme war ein brüchiges Flüstern: „Hallo Liebes."

„Hallo Darian", gab ich sanft zurück, beugte mich weiter vor und küsste ihn sehr vorsichtig. Dann sah ich ihn wieder an. „Gut, dass du zurück bist."

„Das … ist völlig irreal." Maja Brooks schien der Hysterie nahe. „Dieser Mann ist tot. Er hat einen Herzstillstand."

Darians graublauer Blick erfasste die Ärztin. „Ich kann Ihnen versichern, dass ich so schnell nicht totzukriegen bin, selbst ohne Herzfunktion."

„Aber –"

„Es gibt Dinge zwischen Himmel und Erde, die einem Wunder recht nahe kommen, Maja", unterbrach Alistair sie ruhig, ging vor ihr in die Hocke und legte ihr die Hände auf die Schultern. „Und dieser Mann gehört dazu. Was immer du gelernt hast und woran du weiterhin felsenfest glauben möchtest, er kann es infrage stellen. Seine Selbstheilungskraft ist enorm, wenn er die nötige Hilfe dazu erhält. Nimm es als gegeben hin und hinterfrage es nicht weiter."

„Besser hätte ich es nicht erklären können", flüsterte Darian und schenkte meinem Bruder einen dankbaren Blick.

Noch kurz fühlte ich den kraftlosen Druck seiner Hand, dann schloss Darian wieder die Augen. Totale Erschöpfung zeichnete sich in tiefen Furchen auf seinem Gesicht ab. Ich fühlte, wie er versuchte, es zu verstecken, und signalisierte ihm selbst durch einen Händedruck, dass es bei mir nicht funktionierte.

„Wir sollten ihm jetzt Ruhe gönnen", meinte Alistair entschieden. Kurzerhand zog er die Braunüle aus Darians Arm und klopfte ihm nach dessen leisen Schmerzenslaut mitfühlend auf den Oberarm. „Entschuldige, aber ich glaube nicht, dass du die jetzt noch brauchst. Siehst du es anders, Maja?“

„Nein.“ Vage schüttelte sie den Kopf, zog beinahe automatisiert ihre Handschuhe aus und legte die Sachen zurück in den Koffer. Dann fiel ihr Blick auf Dads umwickelte Hand. „Ist das mit einem weiteren Wunder verbunden, oder kann ich hier von regulären Naturgesetzen ausgehen?“

„Ich habe mich nur etwas verbrannt“, gestand er ein, wurde jedoch sofort von Ernestine gescholten: „Etwas? Die Haut ist bis aufs rohe Fleisch weg. Ich habe dir gesagt, du sollst es anständig versorgen lassen, Duncan.“

„Wenn Sie möchten, werde ich es mir ansehen.“ Die Ärztin warf erst Darian, dann Dad einen langen Blick zu. „Sie könnten mir dabei helfen, meinen Glauben an die medizinische Normalität wiederherzustellen.“

„Das sollten wir in der Küche machen“, meldete Kimberly sich nach langer Zeit wieder zu Wort. „Da ist es heller, wir haben Licht, einen Tisch und eine Kaffeemaschine.“

„Ja, okay.“ Maja sah mich einen Moment lang an, schien eine Frage zu haben, entschied sich dann aber anders und wies auf den Koffer. „Reich mir bitte noch einmal das Stethoskop, Alistair. Ich habe zwar kein Ultraschallgerät hier, aber die Herztöne eines Ungeborenen können auch auf diese Weise überprüft werden.“ Ihr Blick wurde streng. „Legen Sie sich hin, Faye, so ein Autounfall ist nicht von Pappe, auch wenn der Airbag funktioniert. Und wir möchten doch nichts riskieren.“

Ohne Gegenwehr kam ich ihrer Bitte nach, streckte mich auf dem Teppich aus und zog den Pullover hoch. Sie tastete erst meinen Unterleib ab, murmelte etwas, das wie Zufriedenheit klang, und wärmte anschließend das Metall des Stethoskops mit ihren Händen an, ehe sie es mir leicht auf den Unterbauch drückte. Sie suchte etwas herum, bevor auf ihrem Gesicht ein erleichtertes Lächeln erschien.

„Soweit ich es beurteilen kann, ist alles in bester Ordnung“, ließ sie verlauten und steckte das Gerät zurück in ihren Koffer. Ich versteckte meine immense Erleichterung hinter einem Pokerface und nickte, als sie hinzufügte: „Soweit ich mich erinnere, haben wir die kommende Woche einen Termin. Dann sehen wir genauer nach. Fühlen Sie sich so weit gut?“

„Alles okay", antwortete ich eilig, zog den Pullover herunter und richtete mich auf. Dann griff ich nach ihrer Hand. „Danke. Für alles."

Sie nickte knapp, erhob sich und rang sich ein kleines Lächeln ab. „Ich habe gern geholfen. Sollte es vielleicht irgendwann möglich sein, würde ich ebenso gern erfahren, was heute Abend hier genau geschehen ist."

Ich drückte ihr verstehend die Hand und warf meinem Bruder einen bittenden Blick zu. Er seufzte tief. „Schon gut, Faye. Ich werde es ihr erklären, soweit ich kann. Dann komm, wir lassen die beiden jetzt besser in Ruhe. Lass mich deinen Koffer nehmen, Maja."

Bis auf Jason verließen alle den Raum und das obere Apartment. Er aber blieb neben Darian hocken und sah ihn besorgt an. Erst als Darian die Augen aufschlug und seinen Begleiter anblickte, wagte dieser eine Regung. „Benötigen Sie noch etwas, Sir?"

„Hau schon ab, Jason. Du hast mehr als genug getan." In seiner leisen Stimme schwang ein amüsierter Unterton. „Ich muss mir eher Gedanken darüber machen, wie ich dir deine Hilfe vergelten kann. Wieder einmal."

„Sir, das –"

„Lass es gut sein, Jason." Darian hob eine Hand und ließ sie kraftlos auf Jasons Oberschenkel fallen. „Zumindest diesmal."

„In Ordnung, diesmal." Er sah seinen Ziehvater bemüht streng an. „Wenn du etwas brauchst, schick nach mir. Ich werde dann sofort da sein. Und bitte schone dich, Darian. Ich werde allmählich zu alt für solcherlei Aktivitäten."

„Werde ich machen. Faye ist bei mir, also mach dir keine weiteren Sorgen."

Zur Unterstreichung seiner Worte lächelte ich Jason an und fügte leise hinzu: „Ich bleibe."

Er schien wenig beglückt, sah mich kurz an, ehe er sich schließlich erhob. „Sie beide benötigen dringend Ruhe, Miss McNamara."

„Faye wird mich schon gebührend pflegen, Jason." Darian lächelte ihn an, dann schwenkte sein Blick zu mir. „Sie weiß … Was zum Teufel –"

„Nicht aufregen, Darian", fuhr Jason ihm in die Parade, beugte sich vor und hielt ihn mit einer Hand am Boden fest. „Du brauchst deine Kraft für deine Genesung. Deine Frau ist so weit in Ordnung."

Darian betrachtete mich nachdenklich, hob eine Hand und strich mir sanft über die geschwollene Gesichtshälfte. „Wenn ich das Schwein zu fassen kriege … Vielleicht solltest du doch bleiben, Jason."

„Ich glaube, das ist jetzt nicht weiter nötig." Damit erhob sich der alte Mann, trat hinter den Vorhang und kam mit einer Decke zurück. Er zwinkerte mir noch einmal zu und verließ das Apartment.

„Sag es mir", forderte Darian, nachdem Jason gegangen war.

„Wozu?"

„Wozu?" Er starrte mich verblüfft an. „Willst du denjenigen schützen, der dir das angetan hat, Faye?"

Ich schüttelte den Kopf, breitete die Decke aus und legte mich neben Darian auf den Boden. „Hat Zeit."

Sein Arm umfasste mich. „Wie du wünschst. Ich gewähre dir Aufschub. Bis morgen."

Schon klar. Ich nickte. Statt einer Antwort schmiegte ich mich an ihn und schloss die Augen.

Luft! Ich bekam keine Luft mehr! Jemand packte mich, hielt mich fest. Panisch schlug ich um mich und versuchte mich zu befreien. Etwas schnürte mir den Hals ab. Der Griff der Hände wurde unnachgiebig, ich wurde geschüttelt. Ein Schrei erklang, drang gellend an meine Ohren. Abermals rüttelte es mich. Aus weiter Ferne vernahm ich einen Ruf. Voll unbändiger Angst riss ich die Augen auf und griff nach dem, was mich würgte. Meine Finger vergruben sich in etwas Weichem und zerrten es von mir fort. Kostbarer Sauerstoff füllte sofort meine Lungen, der Druck ließ nach. Zitternd sank ich zurück und kämpfte mit den Tränen. Eine Hand berührte mein Gesicht, ich schrie erneut angsterfüllt auf. Eine zweite umfasste meinen Körper.

„Beruhige dich, Faye", drang Darians Stimme bruchstückhaft durch meine aufgewühlten Sinne. Er zog mich an sich, hielt mich umschlungen und strich mir unablässig über den Kopf. „Es ist alles gut. Du bist bei mir. In Sicherheit."

Nun brach sie sich Bahn, meine Angst, meine ganze Verzweifelung und Hilflosigkeit. In einer Woge von heißen, salzigen Tränen befreite sich meine Seele von diesem Albtraum, während ich mich an Darian klammerte, als gäbe es kein Morgen mehr.

„Erzähl mir, was geschehen ist." Seine rechte Hand berührte mein Kinn, seine linke strich behutsam über die Druckstellen an meinem Hals. Ich hörte ihn verhalten fluchen, dann fühlte ich seinen Kuss auf meinen Lippen. „Wer hat dir das angetan, Faye? Ich muss es wissen."

Ich wollte nicht sprechen, schüttelte den Kopf und schmiegte mich näher an ihn, in die Arme meiner sicheren Bastion. Mein männliches Bollwerk, das alles Übel aussperrte und mir Schutz und Ruhe vermittelte. Ich schloss die Augen, ließ alles Ängstliche, Beunruhigende von mir abfallen und genoss für einen Augenblick seine kraftvolle, ausgleichende Nähe.

Schritte näherten sich, eine Tür wurde aufgerissen. Kurz darauf stürmten mein Bruder und Jason gleichzeitig in den Raum.

Während Jason mit dem *Nunchaku* in der Tür stehen blieb, sah Alistair sich gehetzt um. „Wir haben einen Schrei gehört."

„Faye hatte einen Albtraum", erklärte Darian und beschrieb eine einladende Geste. „Aber wenn ihr schon einmal hier seid, setzt euch doch. Dann erfahren wir gemeinsam, was es mit ihren Verletzungen, insbesondere der ihres Halses, auf sich hat."

„Nach dem Besuch einer Billardkneipe am gestrigen Abend wurde unser Wagen von vier bewaffneten Männern angehalten und die Herausgabe von Miss McNamara gefordert. Nachdem sie Miss McNamara gefesselt und ihr die Sicht genommen hatten, fuhren sie mit einem dunklen Jeep fort. Mr. Montgomery machte sich sofort an die Verfolgung der Männer, während wir den Wagen zur Werkstatt schoben, um die beiden Reifen zu wechseln, die einer der Entführer vor deren Flucht zerstochen hatte. Bald darauf erhielt Duncan einen Anruf von Mr. Montgomery mit der Information, er habe Miss McNamara in Letavians Gewalt vorgefunden, sie befreit und würde sie mit dem Jeep zurückbringen, woraufhin Mrs. Morningdale vorschlug, sich des Wagens auf einem unbewachten Parkplatz zu entledigen, da es sich sicherlich um ein gestohlenes Fahrzeug handelte, dessen Auftauchen hier in Mr. McNamaras Werkstatt seinen Leumund empfindlich beschädigen könnte. Duncan und Miss Kimberly machten sich auf den Weg, nahmen Miss McNamara in Empfang und brachten sie her. Direkt im Anschluss daran hatten Sie Ihren Auftritt, Sir."

„Haben Sie schon einmal daran gedacht, für eine Zeitung zu arbeiten, Jason?", erkundigte sich mein Bruder, während Darian seinen Arm mit eisernem Beschützerinstinkt um mich legte und dem Berichterstatter zunickte. „Danke, Jason. So viel zu den gestrigen Ereignissen. Warum habt ihr mich nicht in der letzten Nacht sofort darüber informiert?"

Jasons Brauen zuckten ein wenig, ich starrte Darian perplex an, und mein Bruder lachte ungläubig auf. „Dir ist schon klar, Schwager, dass du dem Tod gerade noch rechtzeitig von der Schippe gesprungen bist, ja?"

Darians Lächeln wirkte souverän – jedoch nur für Außenstehende. „Ich hatte einige ungeahnte Widrigkeiten zu bewältigen. Nichts weiter von Bedeutung. Letavian also. Aha." Seine Augen streiften mich und blieben dann an Alistair hängen. „Entschuldige bitte die Frage, aber wo warst du in dieser Zeit? Ich habe sie dir anvertraut, Alistair."

Meine Augen wurden kugelrund, als mir die Bedeutung dieser Aussage aufging. Mein Bruder war von Anfang an in Darians Pläne eingeweiht gewesen?

„Nur zum Teil, Faye", deutete er meinen Blick richtig und sah Darian wieder an. „Ich habe nebenbei auch ein Privatleben, Darian. Eines, das mir sehr wichtig geworden ist. Und das überschnitt sich mit den gestrigen Ereignissen. Zu deinen Gunsten übrigens, denn wäre Maja nicht gewesen, könntest du die Radieschen jetzt wahrscheinlich von unten betrachten."

„Darf ich nebenbei anmerken, dass sowohl Duncan als auch Mr. Montgomery sowie meine Wenigkeit zugegen waren, womit die Anwesenheit einer gebührenden Leibgarde mehr als gewährleistet war, Sir?", warf Jason erhaben ein.

„Ich glaube kaum –" Ich brach ab, räusperte mich, ärgerlich über den Streik meiner Stimmbänder, und probierte es erneut: „Dass Alistair drei Typen mit Schnellschussgewehren und einem mit einer Armbrust groß Gegenwehr hätte leisten können."

„Dieser Teil wurde allerdings auch mir unterschlagen", wandte mein Bruder sich an Jason, dessen Blick lediglich ein wenig belehrend wirkte. „Es hätte kaum einen Unterschied gemacht, diese Tatsache zu erwähnen, Sir, da sie an der derzeitigen Situation selbst nichts ändert."

„Nun gut. Jetzt bin ich ja zurück. Der Rest wird sich finden." Darian küsste mich auf die Stirn und erhob sich. Ich sah ihm an, wie anstrengend es für ihn war, ohne Schwanken zu stehen. Und auch Jasons Blick drückte verhaltene Besorgnis aus, obwohl er es unter der üblichen Maske von Indifferenz versteckte. Einzig mein Bruder kümmerte sich nicht um Darians Eigenheiten, langte ihm kurzerhand unter die Arme und schüttelte dabei den Kopf. „Du solltest nicht rumlaufen, alter Junge. Deine Verfassung ist alles andere als gut. Du warst nahezu leer, als du gestern hier angekommen bist."

„Das war mir doch tatsächlich entfallen, Alistair. Danke, dass du mich daran erinnerst hast", tropfte Darians Ironie auf unfruchtbaren Boden. Dann sah er sich plötzlich gehetzt um. „Das Schwert?"

„Miss McNamara geruhte das *Katana* sicher zu verwahren, nachdem Duncan sich daran die Finger verbrannt hatte", erklärte Jason und wies auf die Ecke, in der es lehnte. „Sie finden es an seinem angestammten Platz."

Tiefe Dankbarkeit stand in dem Blick, den er mir nun schenkte. Ich lächelte verstehend, verkniff mir jedoch weitere Worte und reichte ihm stattdessen die Hand. Sanft küsste er sie und zog mich daran in die Höhe. „Danke, Liebes."

„Was ist das überhaupt für ein mörderisches Teil? Ich habe Dads Verbrennungen gesehen, als Maja sie versorgte. Dad berichtete mir später, er wäre nur aus Versehen dagegengekommen. Und wo hast du überhaupt gesteckt?"

„Das Schwert wurde einst von einer Gottheit geführt, Faye. Kein Normalsterblicher wird es je berühren können, ohne seine Macht zu spüren zu bekommen. Das ist seine Diebstahlsicherung." Er zwinkerte mir zu. „Ich bin gerne bereit, nach einem konservierten Getränk und einer reinigenden Dusche weiter Auskunft zu erteilen und euch alles wissen zu lassen, was notwendig ist." Damit legte er Alistair einen Arm um und ließ sich von ihm führen. „Jason, ich benötige dringend frische Kleidung."

„Sofort, Sir."

Kapitel Neunundzwanzig

„Kaffee, Faye?“

Ernestine schickte mir ein erfreutes Lächeln, als ich zusammen mit Jason die Küche betrat. Verneinend schüttelte ich den Kopf, nahm ein Glas aus dem Schrank und überprüfte die Funktionstüchtigkeit meines Halses mit klarem Wasser.

„Du solltest einen Arzt konsultieren“, riet sie ernst, nahm mir das Glas ab und trat vor mich. „Kopf hoch, ich will mir das ansehen.“

„Ich –“

„– will jetzt nichts dergleichen hören“, schnitt sie mir das Wort ab. Ich warf Dad, der neben dem Fenster saß, einen gequälten Blick zu. Wortlos hob er seine verbundene Hand und zuckte dann mit den Achseln. Von ihm war keine Hilfe zu erwarten. Es wäre auch zu schön gewesen.

„Sturheit scheint den McNamaras im Blut zu liegen“, schimpfte Ernestine mit flammendem Blick. Um nicht Feuer zu fangen, folgte ich ihrer Anweisung.

Sehr vorsichtig tastete sie die blauen Druckstellen an meinem Hals ab. Ich musste schlucken, sie kontrollierte den Reflex. Auch das Husten brachte ich fehlerfrei hinter mich. „Wie steht es mit dem Sprechen?“

„Reibeisen“, gab ich zurück. „Kratzt.“

„Ich höre es. Mund auf.“ Artig kam ich dem nach. „Gerötet. Aber ich kann nichts weiter feststellen.“

„Sag ich doch“, erwiderte ich heiser. „Bekomme ich jetzt mein Glas zurück?“

Sie drückte es mir in die Hand und wandte sich um. „Trotzdem bleibe ich dabei: Du solltest einen Arzt aufsuchen.“

„Ich denke darüber nach“, gestand ich zu und erkannte an ihrem schrägen Seitenblick, dass sie mir alles glaubte, nur eben das nicht.

„Vielleicht sollte Faye einen Tee trinken“, riet Dad und zuckte zusammen, als Ernestine ihn finster ansah. „Einen Arzt, Duncan. Sie braucht einen Arzt!“

Ein leises Maunzen lenkte meine Aufmerksamkeit eine Etage tiefer. Breeze schlich um meine Beine, sah mit seinen gelben Augen zu mir herauf und bettelte um Streicheleinheiten. Wenigstens einer, der ganz offen zu mir stand. Ich hob ihn hoch, setzte mich neben Dad und kraulte die Samtpfote hingebungsvoll. Als er mit der Tatze jedoch nach einer Scheibe Wurst angelte und sich sogleich damit aus dem Staub machte, warf ich ihm einen vorwurfsvollen Blick nach. *Elender Verräter!*

„Na, wieder erfolgreich gejagt?", erklang Kimberlys Stimme. Ein Schnurren folgte, dann ein Lachen, anschließend trat sie in die Küche. „Guten Morgen. Hallo Faye, geht's dir besser? Is' Darian auch wieder auf den Beinen?"

Ich nickte und wies gleichzeitig Richtung Bad.

„Ach so. Hatte mich schon gewundert, wer da planscht." Sie goss sich einen Kaffee ein, trank ihn in einem Zug und winkte uns zu. „Bis nachher. Schule ruft. Bin spät dran." Damit eilte sie aus dem Raum, und kurz darauf fiel eine Tür ins Schloss.

Darian genoss ein warmes Bad? Wie praktisch. Ich zog die Nase kraus, während mich mein eigener Geruch umfing. Ein Grinsen schlich auf meine Lippen. Wie überaus praktisch.

Ich füllte den Inhalt einer Konserve in ein Glas, stellte es in die nagelneue Mikrowelle und hatte kurz danach das Gefäß mit der erwärmten Flüssigkeit in der Hand. Schon klopfte ich an die Badezimmertür, hinter der ich ein leises Plätschern vernahm.

„Ich bin's. Kann ich reinkommen?"

„Sicher. Die Tür ist offen."

Lächelnd sah Darian mir entgegen und legte die Stirn in Falten, als er das Glas in meiner Hand entdeckte. „Eine Stärkung für mich, Liebes? Sehr zuvorkommend. Meinst du, ich werde sie brauchen?"

„Möglich", antwortete ich leise, schloss hinter mir die Tür und ließ mich langsam auf dem Wannenrand nieder.

Wäre meine Stimme nicht ohnehin schon angeschlagen gewesen, sein Anblick hätte sie mir spätestens jetzt verschlagen. Er war einfach makellos. Vereinzelte Wassertropfen rannen wie glitzernde Perlen aus seinen nassen Haaren, vereinten sich zu kleinen, schmalen Bächen und bahnten sich über seinen muskulösen Oberkörper ihren Weg hinab in das Wasser, das die nur schemenhaft sichtbare Perfektion seiner restlichen Statur umgab. Nicht eine einzige Verwundung war mehr auf seinem gut durchtrainierten Körper zu finden. Es wirkte, als habe es sie niemals gegeben. Und auch das, was unter dem Wasserspiegel verborgen war, wies alles andere als Blessuren auf.

„Besteht die Möglichkeit, dass du genauer überprüfen möchtest, ob alles an seinem rechten Platz ist, Schatz?"

Ich schreckte zusammen, als er sich vorbeugte, mir das Glas aus der Hand nahm und es auf den Toilettendeckel stellte. Dann lag seine Hand an meinem Handgelenk, und ein durchtriebenes Funkeln trat in seinen Blick. Sekunden später schlugen Wellen über mir zusammen.

Keuchend tauchte ich wieder auf, hielt mich am glitschigen Wannenrand fest und wischte mir das nasse Haar aus dem Gesicht. Absichtlich rutschte ich nochmals weg, tauchte unter und kam wieder hoch. Diesmal war es mein Blick, der durchtrieben funkelte. „In der Tat, Liebster. Alles ist da, wo es hingehört."

Sein schallendes Lachen war Balsam für die frischen Narben auf meiner Seele, schloss und glättete sie, ließ den Schmerz der vergangenen Tage verschwinden. Wie sehr ich ihn vermisst hatte, wurde mir erst jetzt wirklich klar. Die wenigen Nächte ohne ihn kamen mir im Rückblick wie Wochen vor.

Ich merkte nicht, wie ich ernst wurde, ihn betrachtete, als sähe ich ihn das erste Mal. Ich bemerkte nicht, wie er aufhörte zu lachen, sein Blick fragend wurde. Ich bemerkte noch nicht einmal, dass er mich ansprach.

Erst als er mich mit Wasser bespritzte, reagierte ich mit einem sehr scharfsinnigen: „Was?"

„Ich möchte nur sichergehen, dass du noch auf dieser Welt bist, Faye."

„Bin ich", beteuerte ich. „War nur kurz in Gedanken."

„Magst du sie mir mitteilen?"

Ich blinzelte ihn irritiert an. Wieso las er nicht …? Oh, na klar! Schmunzelnd richtete ich mich etwas auf und zerrte mir die nassen Sachen vom Leib. Zusammen mit einer feucht schimmernden Dattel fielen sie neben der Wanne auf den Boden. Dann wandte ich mich wieder meinem wartenden Adonis zu, glitschte über seinen nassen Körper zu ihm empor und sah ihm tief in die Augen. „Ich dachte daran, dass ich dich verdammt vermisst habe, dass ich das nie wieder erleben will und dass ich dich unendlich liebe."

Darian sog scharf den Atem ein, schloss für Sekunden die Augen und schien mit sich zu ringen. Dann schlug er sie wieder auf und ein warnendes Funkeln aufbrechender Leidenschaft tanzte in seinem Blick. „Faye, wir haben jetzt zwei Möglichkeiten. Entweder lasse ich hier sofort kaltes Wasser ein, oder ich pfeife auf deine

Verletzungen und füge dir vermutlich weitere zu, weil ich gleich die Beherrschung verliere."

Mir lag bereits eine entsprechende Erwiderung auf den Lippen, als Darian überrascht die Augen aufriss. „Mir ist klar, dass die folgende Aussage jeden Sinn entbehrt und es in dieser Position anatomisch vollkommen unmöglich ist, aber jemand hat mich soeben getreten."

„Ach", rutschte es mir heraus, und ich blickte auf meinen Unterbauch, der direkt auf einem inzwischen angewachsenen Körperteil Darians lag. „Tja, dann sag doch einfach mal *Hallo* zu deiner Tochter."

„Das war ...?" Er starrte hinab, hob langsam wieder den Blick und ein breites Grinsen eroberte seine Züge. „Von innen oder außen?"

„Darian!"

„Oha, deine Mutter wird prüde." Beide Hände landeten auf meinem Hinterteil, und mit Schwung zog er mich höher. Dass die Hälfte der Wannenfüllung dabei überschwappte, schien ihn nicht besonders zu interessieren. Dann legte er seine Rechte auf meinen gewölbten Leib und schloss konzentriert die Augen. Seine Stimme erklang in einem zärtlichen Flüstern: „Hallo, kleine Seele." Es klopfte einmal kräftig unter seiner Hand. Erstaunt sah er mich an, lachte und blickte voll Faszination wieder auf die Wölbung. „Große Seele?" Ein weiteres, sanfteres Klopfen machte sich bemerkbar, und abermals staunte Darian. „Sie morst?"

„Notfalls mit dem Vorschlaghammer, Schatz."

„Ganz die Mutter." Er lachte wegen meiner finsteren Miene und schob mich weiter vor, bis er mit seinen Lippen die Wölbung meines Bauches erreichte. Seine pure Zärtlichkeit überflutete meine Sinne, als er seinen Mund liebkosend über meine Haut wandern ließ. Dabei murmelte er etwas, und als Antwort fühlte ich einen leichten Druck. Darian lachte leise, richtete sich wieder auf und ließ mich sogleich auf seinem nassen Oberkörper zurückrutschen, bis ich auf seinem Bauch zum Halten kam. Dabei sah er mich mit funkelnden Augen an. Dann wurde seine Miene ernster. Er legte seine Hände sehr zart über die Druckstellen an meinem Hals, zog mich an sich heran und küsste mich.

„Auch wenn ich deine momentan sehr rauchige Stimme als überaus erotisierend empfinde, sollten wir etwas dagegen unternehmen, sowie gegen deine anderen Verletzungen."

Mir lag die Frage nach dem „Wie" bereits auf den Lippen, als ich unter seinen Händen nahezu zu verbrennen drohte. Meine Haut loderte, es stach wie unter Abertausenden von Nadelstichen, während es sich zeitgleich so anfühlte, als würde mein Hals von innen nach außen gestülpt. Von meinem Unterbauch zog es wie flüssiges Magma bis direkt unter Darians Handflächen, als bestünde eine Verbindung zwischen Vater und ungeborenem Kind. Was unter logischen Gesichtspunkten betrachtet völlig absurd erschien – aber was war hier schon normal? Als ich dachte, es nicht mehr ertragen zu können, nahm Darian seine Hände fort und legte sie mir kurz darauf an die geschwollene Gesichtshälfte. Hier setzte das Brennen und Stechen erneut ein und trieb mir nun endlich die Tränen in die Augen.

„Durchhalten, Liebes", raunte er mir zu und küsste mich sanft. „Nur noch einen kleinen Moment."

Der kleine Moment zog sich hin wie Gummi. Gefühlte Stunden verharrte ich auf seinem Bauch sitzend und kämpfte gegen den inneren Drang, mich loszureißen. Dann endlich nahm er seine Hände von meinem Gesicht und blickte mich betreten an. „Entschuldige, aber es ging nicht anders."

„Hat sich meine Tapferkeit wenigstens gelohnt?", fragte ich leicht außer Atem. Ich stutzte. Ich klang normal? Halsschmerzen weg? Wie hatte er das gemacht? Ich räusperte mich, probierte mein Stimmvolumen von Neuem: „Test. Eins, zwei, drei."

Darians strahlendes Lächeln sagte alles. Mit einem mühsam gedämpften Jubeln fiel ich auf ihn und übersäte sein Gesicht mit Schmetterlingsküssen. Und den Fußboden mit einer weiteren Tsunami-Welle. Abrupt hielt ich inne, ruckte hoch und sprang mit einer erneuten Bugwelle aus der Wanne. Hurtig schlidderte ich auf den Spiegel über dem Waschbecken zu, wischte mit dem Handtuch über die beschlagene Oberfläche und blickte hinein. Unglaublich. Tastend fuhren meine Finger über die Wange, die zuvor noch schön bunt geschillert und gespannt hatte. Nicht der Hauch einer Schwellung war mehr zu erkennen. Die optische Erinnerung an Letavians Schlag war beinahe verschwunden, lediglich eine leichte Schattierung war auszumachen. Und die Druckstellen am Hals hatten sich regelrecht in Luft aufgelöst. Wie war das möglich?

Langsam drehte ich mich zu Darian um und sah ihn erstaunt an.

„Wenn ich dich nicht kennen würde, bekäme ich jetzt Angst vor dir."

Selbstgefällig verschränkte er die Arme hinter dem Kopf und warf mir einen zufriedenen Blick zu: „Recht spät, meinst du nicht? Aber falls es dich nach einem Ausgleich für meine Bemühungen gelüsten sollte, ich stehe dir sehr gern dafür zur Verfügung."

„Oh, du –"

„Stopp!", bremste er meinen Schwung und wies hinter mich. „Du solltest vorher die Tür abschließen. Nicht, dass wir unsere Mitbewohner verschrecken, falls jemand ohne Voranmeldung hereinkommt."

„So, so, meinst du nicht, dass die Wanne dafür etwas zu schmal ist?" Langsam trat ich bis an die Tür zurück, tastete nach dem Schlüssel und drehte ihn um.

„Wo ein Wille ist, Faye, findet sich ein Weg." Plötzlich stand er, ein Bein in der Wanne, das andere außerhalb. Seine Hand schoss vor und umspannte mein Handgelenk. Ruckartig zog er mich zu sich heran. Seine Augen funkelten begehrlich, und seine Stimme klang rau: „Und ich will dich. Sofort."

„Ist das so?", gurrte ich, trat dicht an ihn heran und ließ meine freie Hand aufreizend langsam über seinen Brustkorb wandern. Während mein Blick seinen festhielt, beschrieben meine Finger einen großen Bogen und fuhren an seiner Seite entlang, ehe sie tiefer glitten und knapp vor dem verhielten, was Darians Worte deutlich greifbar unterstrich.

Ich vernahm seinen zischenden Atem. Da packten zwei starke Hände zu und hoben mich zurück in die Wanne. Sogleich fuhren seine Finger in mein Haar, er zog meinen Kopf zurück, und seine Lippen eroberten meinen Mund. Er zwang sie auseinander, befahl Einlass und nahm sich, was er begehrte. Der Vorstoß erfolgte ungestüm und war ebenso schnell vorüber.

Darians Augen erglühten, als er sich losriss, mich bei den Schultern packte und umdrehte. Sofort lagen seine Hände auf mir, fuhren zielstrebig an die zu erobernden Orte, während er mich fest an sich zog. Gemächlich aufreizend ließ ich mein Becken kreisen und rieb meine Kehrseite an seiner festen Front. Kraftvolle Finger fanden ihr Ziel, umspannten meine Brüste, kneteten sie sachte, während sein tastender Mund meinen Nacken liebkoste. Seine andere Hand wanderte tiefer, schob sich zwischen meine Schenkel und kundschaftete forsch den Bereich aus, den er für sich einzunehmen gedachte. Mir stockte der Atem, als sein kundiger Finger in mich glitt und heiße Fluten durch meinen Leib sandte.

Genussvoll schloss ich die Augen und gab seinen Berührungen mehr Raum, indem ich einen Fuß auf den Wannenrand stellte. Als seine Hände verschwanden, entwich mir ein enttäuschter Seufzer. Darian lachte leise, ich fühlte seinen Griff an meinen Hüften. Sein Übergriff erfolgte ohne Vorwarnung. Rasch drang er in mich, füllte mich aus und verschlug mir mit seinem Ungestüm erneut den Atem. Sein Rhythmus wurde hart, einnehmend, fordernd, fast rücksichtslos. Ich stemmte mich mit den Händen an der Wand ab, hielt dagegen und hätte mich liebend gern irgendwo festgekrallt, doch die kalten Kacheln gaben nicht nach.

Da packte er mich plötzlich im Haar, zog meinen Kopf zurück und küsste mich unsanft. Verwundert öffnete ich die Augen, blickte in seine und erschrak. Hellblau leuchtend waren sie, mit einem unterschwellig rötlichen Glimmen, und er sah mich an, als wolle er mich regelrecht beherrschen, als sei ich nichts weiter als Beute. Es wirkte wie Eiswürfel auf meine erhitzten Sinne und erstickte augenblicklich jedes leidenschaftliche Gefühl.

Er musste meine aufkeimende Gegenwehr intuitiv gespürt haben, denn er lockerte seinen Griff, kniff wie im Schmerz die Augen zu und konzentrierte sich. Sein Drängen wurde sanfter, dann spürte ich, wie er erzitterte. Er keuchte, lehnte sich an mich, umschlang mich, als müsse er sich an mir festhalten.

„Befreie mich. Bitte“, hörte ich sein Flehen, spürte seinen gehetzten Atem in meinem Nacken. Da bäumte er sich abrupt auf, ein unterdrücktes Fauchen erklang, das kurz danach erstarb. Er zog sich zurück und sackte hinter mir zusammen.

Besorgt drehte ich mich um und sah ihn vor mir in der Wanne knien, den Kopf in den Händen vergraben. Was war hier passiert? Bedächtig sank ich auf ein Knie, streckte die Hand aus und berührte sachte sein Haar. Sofort sah er auf, griff nach meiner Hand und führte sie an seine Lippen.

„Verzeih mir. Ich –“ Er brach ab, und in seine graublauen Augen trat tiefer Kummer.

„Was ist geschehen, Darian?“, fragte ich leise. „Rede mit mir. Ich weiß, dass du mich schützen willst, aber so funktioniert das nicht.“

Darian nickte betreten und rang sich ein Lächeln ab. „Ich weiß. Ich habe es bemerkt." Als ich nichts weiter sagte, ihn nur fragend ansah, seufzte er kopfschüttelnd. „Ich habe beinahe die Kontrolle verloren, Faye. Das ist etwas, was niemals geschehen darf."

Ich nickte, hatte mir etwas Ähnliches doch bereits gedacht. „Hängt es mit deinem Verschwinden zusammen? Ist es während der Zeit passiert?"

Abermals kniff er die Augen zu, als wolle er sich an etwas erinnern oder es verdrängen. Dann schüttelte er den Kopf. „Alles ist verschwommen. Ich kann mich nur noch an ein paar Einzelheiten erinnern. Es ist, als wären sie gelöscht worden."

„Was?"

Bekümmert blickte er auf. Sein waidwunder Blick schnitt mir regelrecht ins Herz. „Ich habe einen Filmriss, Faye. Als hätte jemand Informationen von meiner internen Festplatte gelöscht."

Falls noch irgendwo ein Fünkchen Erotik geglommen hatte, war es jetzt unter der eisigen Woge der Furcht vollkommen erloschen. Amnesie bei einem so alten Vampir? Niemals. Oder war es doch möglich? Ich gestehe, dass ich Angst bekam.

„Okay", wiegelte ich flugs ab. „Lass uns zunächst das offensichtliche Chaos hier im Bad beseitigen, danach das in deinen Erinnerungen. Reich mir bitte die Seife."

Wohlriechend, sauber und in frischer Kleidung hockten Darian und ich eine halbe Stunde später einander gegenüber. Die Kerzen brannten, das Aroma einer räuchernden Tonkabohne erfüllte den Raum, unser Atem war der einzig vernehmbare Laut. Da nahm Darian meine Hände, küsste sie und legte sie an seine Schläfen. Er schloss die Augen. Ich tat es ihm nach. Dann fühlte ich, wie er sich mir vollständig öffnete. Es war wie ein Sog, als zöge es mich direkt in seine Gedankenwelt hinein.

Plötzlich fand ich mich in einem großen Raum wieder. Er war angefüllt mit Geräuschen. Bilder schwirrten herum und ließen sich nicht festhalten. Ich sah durch Darians Augen. Er lief eine Treppe hoch, die Hände voller Blut. Ich hörte Wasser rauschen, dann eine Stimme. Er drehte sich um. Oh, das war ja ich. *So sehe ich also aus, wenn ich geschlafen habe? Meine Güte, habe ich derart zugenommen?*

Die Diskussion folgte, er verließ daraufhin den Raum, etwas unter dem Arm tragend. Meine Kiste. Das Loch in der Wand. Er hatte es mit der Faust geschlagen. Ich sah seine Hand – blutige Knöchel, dann schlossen sich die Wunden. Die Bilder rasten an mir vorbei. Die Treppe hinab, hinaus auf die Straße. Da ein Blick zu Lucindas Wohnung. *Er hatte es bemerkt?* Eine Bewegung, dann noch eine. Er eilte hinüber. Die Tür stand offen. Es war dunkel, dennoch konnte ich gut sehen. Eine Gestalt kam aus der Küche, sah Darian und rannte los. Er folgte, stoppte dann. *Warum ließ er sie laufen?* Da wandte er sich nach links, dort lag das Schlafzimmer. Ich vernahm leises Stöhnen und ein Schmatzen. Er stieß die Tür auf. Oh Gott! Ein pelziges Wesen hockte auf dem Mann und riss ihm mit scharfen Krallen tiefe Wunden. Darian sagte etwas. Das Biest blickte auf. Gelbe, bösartige Augen funkelten. Es setzte zum Sprung an. Darian fing es ab, und es zerfiel zu Asche. *War er einer von denen, die sich in Tiere verwandeln können?* Er beugte sich über den Mann auf dem Bett. Er lebte noch. Blanke Angst und das Flehen um Hilfe standen in seinem Blick. Ich sah Darians Hände, die ihm tröstend über die Wangen strichen, dann der Griff ins Genick. Ein leises Knacken, und der Blick wurde stumpf. Darian wandte sich vom Toten ab und beugte sich über den Aschehaufen, roch daran. Danach stand er auf und verließ das Apartment.

Ein Handy klappte auf. Kurzwahltaste. *Er hat ein zweites?* Ein sehr knappes Gespräch. Er hielt ein Taxi an. Bilder einer Fahrt quer durch Manhattan, den Broadway entlang bis zum Central Park. Ich vernahm Fahrgeräusche, das Hupen eines Wagens, Musik aus einem Radio. Das Taxi hielt. Geld wechselte den Besitzer. Darian stieg aus. Ich sah den Salon. Jacques Moret trat ihm entgegen. Sie kannten sich, reichten einander die Hände. Darian folgte ihm ins Büro. Den kommenden Part kannte ich: die vorübergehende Unterbringung meiner Kiste. Als er ihm jedoch den Briefumschlag mit einen Bündel Hundert-Dollar-Noten reichte, war ich baff. *Diese Maniküre war ein recht teures Vergnügen.* Dann verließ er den Salon. Eine weitere Taxifahrt folgte. Irgendwo stieg er aus. Ein Gebäude erschien. Mehrstöckig, viktorianischer Baustil. Ein Treffen mit einer schlanken, sehr gepflegten und bildschönen Frau. *Nein, ich werde jetzt nicht eifersüchtig werden.* Sie führte ihn durch das Haus. Es war bewacht. Gespräche mit mehreren Personen, leider verstand ich kaum etwas. Darian schien jemanden zu suchen. Ein-, zweimal fiel dabei der Name Lilith.

Wieder Bilder einer Fahrt, diesmal die U-Bahn. Ein weiteres Telefonat. Treffen mit Steven. Er übergab ihm den Umschlag. Ihre Wege trennten sich. Erneut U-Bahn, dann ein weiterer Stopp. Verkehrsüberfüllte Straßen, es wurde hell. Ein weiteres Gebäude tauchte auf, mit bröckelnder Fassade, innen abgedunkelt, mehrere Gestalten darin. Unbemerkt ging Darian hinein. Ein großer Raum mit pompöser Ausstattung; Frauen räkelten sich lasziv auf einem Diwan und dicken Kissen. Es waren nur zwei Männer anwesend. Darian griff sich den Blonden und zerrte ihn unbemerkt aus dem Raum. Ein kurzes Handgemenge folgte, dann ein Beugegriff mit Knie im Rücken. Scharfe Fragen, knappe Antworten. Wieder kaum etwas zu verstehen. Er ließ ihn los, der Blonde fuhr herum. Ich vernahm einen ekligen Laut. *Ich hoffe, es hat geschmeckt, mein Schatz.* Jemand hatte ihn gehört und wollte Alarm schlagen. Die Sicht verschleierte, sämtliche Umrisse wurden rot. Ich ahnte, was das bedeutete. Blitzschnell vernichtete Darian alle Anwesenden. Danach verließ er das Gebäude. Jeder, der sich ihm in den Weg stellte, wurde sofort ausgelöscht. Es war ein grausames Gemetzel.

Die Bilder schwenkten um. Erneut sah ich eine U-Bahn. Noch ein Telefonat. Mit Alistair? *Na warte, Freundchen!* Die Werkstatt kam in den Blick. Er trat ein, verschanzte sich … in Alistairs Büro? *Wenn ich den in die Finger kriege!* Mein Bruder erschien und übergab Darian einen Schlüssel. Sie sprachen kurz miteinander, dann verschwand Alistair. Darian eilte hinauf, zog sich um, holte das *Katana* und ging wieder. Vor der Werkstatt stieg er auf eine Harley. Dafür also der Schlüssel.

Er fuhr über eine Bücke nach Manhattan und weiter in Richtung Jersey, durch die Stadt und hinaus in ländliche Regionen. Es wurde dunkel. Das Scheinwerferlicht hüpfte über die Straße. Eine kleine Gemeinde erschien. Häuser, kleine Stores und Einfamilienhäuser säumten die Straße. Am Ende des Ortes stand eine kleine Kirche aus Holz, umgeben von einem weiß angestrichenen Lattenzaun. Direkt dahinter lag ein Friedhof. Darian hielt an, stellte die Maschine ab und betrat den Kiesweg vor der Kirche. Er eilte ihn entlang, die Stufen zur Kirche hinauf und klopfte an. Die Tür schwang leicht auf. Er betrat vorsichtig das Gebäude. Darian rief einen Namen. *Benedict*. Keine Antwort. Er begann ihn zu suchen, aber die Kirche war leer, auch die Sakristei. Da war eine Hintertür. Er eilte hindurch und stand sogleich auf einer Treppe. Er lief hinunter, sah sich dabei hektisch um. Sein Blick streifte alte, verwitterte Grabsteine, deren Inschriften kaum mehr zu lesen waren. Eine Spur erschien in seinem Blickfeld. Darian bückte sich und fuhr mit den Fingern über den Kies. Er sah auf, erhob sich und eilte der Spur nach. Außerhalb des Geländes lag er an einen Baum gelehnt, das Gesicht blutüberströmt, die schwarze Soutane zerrissen, am Hals die zwei typischen Einstiche. Er lebte noch und hob fahrig eine Hand. Darian ging vor ihm auf die Knie. Der Mann flüsterte ihm etwas zu. Er zitterte. Darian legte ihm eine Hand auf die Brust, der Mann verschied.

Ein Geräusch wie das Knacken eines Astes erklang. Darian blickte auf. Drei Männer traten aus den Schatten. Er sah sich eilig um. Drei weitere Männer erschienen, dann noch einer, insgesamt sieben. Der letzte Mann war sehr groß, muskulös, hatte mittelbraunes Haar, das sich sehr auffällig von seiner fast schwarzen Hautfarbe abhob. Zudem überragte er alle anderen und verschmolz beinahe mit seiner Umgebung. Darian erhob sich und trat auf den großen Mann zu. Er zog das *Katana* aus der Halterung. Der Mann machte eine Handbewegung, die anderen blieben stehen, er selbst trat weiter auf Darian zu. Ich sah ihn sprechen, verstand jedoch kein Wort.

Plötzlich blitzte etwas auf, es wurde gleißend hell. Ich sah kurz ein Gesicht, dann wurde es dunkel. Ein flackernder Lichtschimmer ließ raue Steinwände erkennen. Irgendwo war Blut am Ärmel. Ich hörte das Rasseln von Ketten. Wieder wurde es dunkel. Dann, erneut ein Lichtschein – eine Hand erschien im Blickfeld, sie strich über Darians Wange. Er bekam die Augen kaum auf. *Was war passiert?* Ich sah dunkle Stiefel auftauchen, dann Hände, die nach Darians Armen griffen. Jemand schleifte ihn mit sich. Grober Boden kam näher, er wurde niedergeworfen. Vor ihm war ein Podest, eine Stufe, darauf ein Stuhl. Er blickte mühsam hoch, Beine kamen in Sicht, und sie bewegten sich auf ihn zu. Eine Hand griff nach seinem Gesicht und hob es an. Ich sah den Mann vom Friedhof, den großen muskulösen. Seine Miene wirkte freundlich, doch die Augen waren kalt. Er sagte etwas, drehte sich um und trat einige Schritte zurück. Darian erwiderte etwas. *Warum bekam ich hier die ganze Zeit einen verflixten Stummfilm gezeigt?* Unerwartet erschien das Gesicht des Mannes wieder im Blick. Ich schrak zusammen. Seine Zähne blitzten auf. Erneut wurde es gleißend hell.

Was war das?

Plötzlich rissen die Bilder ab, es wurde ruhig und der Raum leer. Er wirkte abgedunkelt, ohne Fenster und ohne Gegenstände. Da sah ich etwas Mattes, Großes, trat näher heran und erkannte eine verschleierte Fläche. Vorsichtig streckte ich die Hand aus, berührte ein Tuch und riss es mit Schwung herunter. Abrupt wurde es dermaßen hell, dass ich die Augen zusammenkneifen musste. Ich riss zum Schutz meines Augenlichts den rechten Arm hoch und wandte mich seitlich ab. Gleitzeitig hörte ich einen Schmerzenslaut, ein leises Stöhnen. Es kam von außen und doch befand ich mich mittendrin.

„Brich nicht ab, Faye", vernahm ich verzerrt. „Es ist zu wichtig. Finde es."

„Darian?" Meine eigene Stimme hallte von den Wänden wider. „Wonach muss ich noch suchen?"

„Befreie mich", erklang es wie zuvor im Bad und erschrocken wirbelte ich herum, fand nichts, hörte nur erneut diese Bitte: „Hilf mir."

Verdammt! Es war Darians Stimme, und doch klang sie anders. Weicher, flehender als je zuvor. Was war hier los? Warum wurde etwas verschleiert? Was sollte er nicht sehen?

„Wo bist du?", stellte ich spontan die Frage in den Raum und erhielt eine Antwort, mit der ich niemals gerechnet hätte.

Ein neues Bild blitzte auf, direkt vor mir, als wäre diese gleißende Fläche eine Kinoleinwand. Eine Gestalt, unbekleidet und von eindeutlich männlicher Statur. Sie lag auf den Knien und hatte den Rücken gebeugt. Ihre Hände waren in schwere Eisenketten gelegt, deren Enden an den Seiten herunterhingen. Ihr Gesicht war hinter einem Schleier langer, blonder Haare verborgen. Etwas Helles, Strahlendes trat sehr langsam aus ihrem Rücken hervor, entfaltete sich und breitete sich aus. Es lief wie in Zeitlupe ab, und gebannt starrte ich auf dieses bewegliche Bild. Bedächtig hob die Gestalt nun ihren Kopf und wandte ihn in meine Richtung. Das lange Haar gab nur zögerlich einen Blick auf ihr Gesicht frei, doch als mich ihr Blick erfasste, schrie ich fassungslos auf.

Jäh war der Kontakt unterbrochen. Schockiert starrte ich Darian an, wich vor ihm zurück, kroch rückwärts und verließ den Lichtkreis.

„Nein", flüsterte ich. Ich konnte das Bild nicht vertreiben, es hatte sich regelrecht in meine Netzhaut gebrannt.

„Was hast du gesehen, Faye?“ Darian rutschte mir nach, Bestürzung im Blick. Er hielt inne, als ich abwehrend eine Hand hob.

„Nein, nicht.“ Ich rappelte mich hoch, wich weiter zurück, wandte mich um und eilte hinaus. Raus aus dem Apartment, die Treppen hoch und rauf aufs Dach. Erst als dessen Begrenzung meiner Flucht ein Ende setzte, kam ich halbwegs zur Besinnung. Schnell trat ich vor dem Abgrund zurück, atmete tief durch und fuhr mir mit den Händen durchs Haar.

Die Vormittagssonne blendete, Smog hing in der Luft. Von unten drangen die Geräusche der Werkstatt zu mit herauf, in der Nähe erklang eine Autohupe. Ich roch den Hudson, glaubte ihn sogar an die Befestigungen schwappen zu hören. Und doch schien alles auf einmal so unendlich nebensächlich.

Es konnte nicht sein. Es durfte nicht sein. Ein Trugbild. Gewiss. Und doch hatte ich es gesehen. So, wie ich jetzt die Skyline Manhattans in der Herbstsonne vor mir sah. Oh Gott, was hatte er getan? Wen oder was hatte er da vernichtet? Konnte ein Vampir einen Engel vernichten? Die gepeinigte Verletzlichkeit dieser graublauen Augen würde nie wieder aus meinen Gedanken gelöscht werden können. Noch immer meinte ich diesen Blick auf mir zu spüren, und mit ihm das stumme Flehen.

Ich trat weiter zurück, berührte mit den Waden ein Hindernis und ließ mich auf dem Podest nieder. Den Kopf in die Hände gestützt, grübelte ich über das Gesehene nach, versuchte meine Gedanken zu sortieren. Mit einem Mal wurde mir mehr als deutlich, dass ich nicht die geringste Ahnung hatte, wer Darian heute war, noch, was sein Wesen vor seiner Verwandlung oder als reiner Vampir ausgemacht hatte. Dieses Versäumnis musste ich dringend nachholen. Ich klopfte mir auf die Oberschenkel und sprang auf. Wenn mich nicht alles täuschte, hatte Alistair irgendwo alte Aufzeichnungen von Darians Wirken als gewissenloser Beißer. Die würde ich als Erstes genauer unter die Lupe nehmen. Es wäre doch gelacht, wenn ich da nicht ein paar verwertbare Hinweise finden würde.

Zunächst einmal fand ich direkt hinter der Tür zum Dach die Person, um die sich mein ganzes Denken und Handeln drehte. Darians Hand lag auf der Klinke, als ich sie öffnete.

„Ja, ich habe mich beruhigt“, antwortete ich, bevor er eine Frage stellen konnte. Dabei schob ich mich an ihm vorbei und ergriff seine Hand. „Du wolltest Antworten auf Fragen, die bei mir nur weitere aufgeworfen haben. Lass sie uns gemeinsam finden."

„Verrätst du mir, wie du das anstellen möchtest?"

Gemeinsam eilten wir die Stufen hinab und betraten den Flur des unteren Apartments.

„Recherche, Darian." Ich eilte auf Alistairs Chaosstube zu und schob die Tür auf. „Es wird nicht ganz leicht werden, aber ich bin zuversichtlich."

„Oh." Zögernd trat er ein und blickte sich in Alistairs Durcheinander um. Dann lächelte er. „Vielleicht können wir bei der Gelegenheit ein wenig Ordnung schaffen. Womit möchtest du beginnen?"

„Mit deiner Vergangenheit." Damit riss ich die Vorhänge beiseite und ließ das Licht den Raum fluten.

Den Staub fortwedelnd, ließ Darian sich auf der Kante des Schreibtisches nieder und sah mich fragend an. „Wenn du mir sagst, was dich vorhin in die Flucht geschlagen hat, könnte ich in den entsprechenden Erinnerungen graben. Oder", er tippte auf das aufgeschlagene, dicke Buch neben sich, „du ackerst dich durch die komplette Chronik."

Mein Blick streifte das Buch, das schätzungsweise zweitausend Seiten hatte, und ich entschied, ihm erst einmal zu berichten, was ich gesehen hatte. Das gefesselte Lichtwesen sparte ich dabei wohlweißlich aus. Darian nickte mehrmals und gestand ein, dass er in eine Falle gelaufen war, mit der er nicht gerechnet hatte. Und er gab zu, nicht die geringste Ahnung zu haben, wer ihn da herausgeholt hatte. Mit dieser Unkenntnis waren wir zumindest schon zwei.

Also entschloss ich mich, zunächst ein paar weitere Fragen zu stellen. „Letavian erwähnte etwas von einem Verrat, den du an ihm begangen haben sollst. Wir könnten damit anfangen."

„Oh, das. Es ist verdammt lange her, Faye. Und spielt kaum mehr eine Rolle."

„Dennoch war es für ihn dermaßen wichtig, dass er den Verrat erwähnte, und mit ihm seinen eigenen begründete. Du schuldest mir Erklärungen, Darian."

„Letavian hat gelogen. Er hat mich nicht verraten", eröffnete Darian und mir entwich ein verblüfftes „Oh".

Er streckte seine Hände nach mir aus, ergriff meine und zog mich an sich. Seine Rechte berührte sanft meine Wange, und sein Daumen strich über meine Lippen. „Letavian ist nicht in der Position, irgendjemanden zu verraten. Nach dem Verlust des Buches wurde er verbannt. Niemand hört auf seine Worte. Er kann mich nicht verraten haben."

„Bist du sicher?"

„Absolut. Zumal er weder wusste, was ich vorhatte, noch, wo ich war."

„Aber er hat –"

„Glaub mir, er hat gelogen, Faye. Er wollte dich ängstigen", unterbrach er mich und hauchte einen Kuss auf meine Lippen. „Ich bin stolz darauf, dass es ihm nicht gelungen ist. Du bist eine sehr außergewöhnliche Frau."

Ich lächelte über sein Kompliment. „Danke. Allerdings bin ich auch eine Frau, die gern genauere Auskünfte erhalten möchte. Also bitte, erzähl mir mehr. Was hat es mit diesem Verrat auf sich?"

„Letavian und Dahad waren einst recht enge Gefährten", erklang es von der Tür her, und Alistair trat ein. Er hielt eine Tasse in der Hand und hob sie wie zur Entschuldigung etwas an. „Ich wollte mir gerade einen Kaffee holen, als Jason meinte, ihr wärt hier. Entschuldigt, dass ich gelauscht habe."

„Keine Ursache." Darian winkte ihn heran. „Da du zur Familie gehörst und ohnehin recht gut über mich informiert bist, will ich keine weiteren Geheimnisse aus meiner Geschichte machen. Sollen wir Duncan, Jason und Ernestine ebenfalls herbitten?"

„Wir können auch in die Küche gehen, und du legst deine Beichte dort ab, Schwager", gab Alistair locker zurück. Sekunden später zuckte er unter meinem finsteren Blick ordentlich zusammen. „Is' was, Schwesterherz?"

„Wir reden noch, Bruderherz", zischte ich im Vorbeigehen. „Darüber, dass du wusstest, was Darian vorhat. Allerdings später."

Sein Blick huschte gehetzt zu Darian. „Woher weiß sie davon?"

„Ich ließ sie in meinen Erinnerungen stöbern. So hat sie es herausgefunden. Guten Morgen, die Herrschaften. Ist hier noch ein Platz frei?"

Ernestine rutschte kurzerhand bei meinem Vater auf den Schoß, Jason faltete die Zeitung zusammen und legte sie beiseite. Alistair ließ sich auf der Fensterbank nieder, Darian und ich setzten uns. Wie von Zauberhand landete eine Tasse Kaffee vor mir auf dem Tisch, und ich sah meinem Bruder ins grinsende Gesicht. Schönwetter machen?

„Nun gut, zunächst zum naheliegenden Teil – meiner Vergangenheit. Alistair hat recht, Letavian und ich waren vor langer Zeit sehr enge Gefährten. Er war seit jeher der Hüter unheiliger Artefakte, die niemals in falsche Hände geraten durften; unter anderem auch des Buches, das sich nun in deinem Besitz befindet, Alistair. Er diente einem der Ältesten, dessen rechte Hand ich in jener Zeit war. So trafen wir aufeinander. Ich sagte dir bereits, Faye, dass du mir damals nicht wirklich hättest begegnen wollen."

„Du meinst die Zeit aus meiner Vision, in der ich in dieser Festung gewesen bin, und aus der dieses Papyrus stammt", ergänzte ich, und Darian nickte. „Ja, und das ist jetzt gut 4500 Jahre her. Letavian erstattete mir Bericht, und ich leitete ihn weiter. Die Rangfolge war simpel. Und ja, ich beging an ihm einen Verrat, der für ihn das Ende hätte bedeuten können. Nach meinem Zwischenspiel mit den Priestern und der missglückten Austreibung raste ich vor Wut. Anfangs richtete sie sich auf die Priester, und als diese tot waren, richtete sie sich gegen meine eigene Sippe. Ich suchte bei Letavian Hilfe, brauchte seinen Rat und empfing nur Spott und Hohn. Er lieferte mich meinem ehemaligen Herrn aus, doch der erklärte mich zu einer *Persona non grata*, verbat meine Tötung und ließ mich von seinen Schergen aus seinem Reich prügeln. Ich konnte nicht zurück, war plötzlich ausgestoßen und geächtet. Und ich konnte auch nicht mehr so weitermachen wie bisher, machte sich doch in mir ein großer Teil Gewissen und Moral bemerkbar. Thalion fand mich während dieser Zeit und half mir, damit zu leben. Jahre später traf ich Letavian in den Katakomben von Rom wieder. Er war von seinem Regenten auf die Suche nach einem Relikt dorthin geschickt worden. Ein mit Juwelen besetzter Dolch, der für die Tötung eines Kirchenfürsten genutzt worden war, wie es hieß. Ich fand den Dolch vor ihm und übergab ihn der Kirche. Er wurde im Museum des Vatikans untergebracht."

„Ich würde das nicht als Verrat, sondern als Pech bei der Schatzsuche betrachten", meinte Dad und langte nach seiner Kaffeetasse. „Was passierte dann?"

„Letavian wurde, zu meinem Leidwesen, extrem nachtragend", antwortete ich an Darians Stelle.

„Wie kann sich ein Vampir in Rom aufhalten, wenn er angesichts des wahren Glaubens sofort vernichtet werden müsste?", warf

Ernestine verwundert ein und erhielt von Alistair und Darian gleichzeitig höhnisches Lachen. Alistair war schneller: „Wo wird mehr gegen den Glauben verstoßen als in der heiligen Stadt, Ernestine? Wo gibt es mehr Ränkeschmiede, Manipulationen, Vertuschungen und Morde aus Machtgier als genau dort?“

„Und solange sie sich durch die Katakomben der Stadt und nicht oberhalb bewegen, bleiben sie vom wahren Glauben unberührt. Heikel ist es in der Nähe vom Petersdom, dort, wo sich die wahren Gläubigen versammeln. Da hält es kein Vampir aus. Der Rest aber ist relativ ungefährlich“, erklärte Darian zusätzlich.

„Und du konntest da einfach so reinmarschieren?“ Ernestine betrachtete Darian interessiert. Er lachte leise. „Zum damaligen Zeitpunkt nicht. Ich ließ den Dolch überbringen. Es machte Letavian ziemlich wütend, das stimmt. Und so, wie es aussieht, nimmt er es mir heute noch übel.“

„Wer ist Benedict?“, hakte ich ein und erhielt so ungeteilte Aufmerksamkeit.

Darian seufzte. „Pater Benedict. Ich lernte ihn in London kennen, als er noch Novize war.“

„Brian Stadler?“, warf Jason ein.

„Das war sein Name, bevor er dem Orden beitrat. Ich habe über all die Jahre den Kontakt zu ihm beibehalten. Vor einigen Wochen rief er mich an und berichtete mir von Ungereimtheiten. Nachdem wir hier angekommen waren, nutzte ich die Gelegenheit, und wir intensivierten den Kontakt, trafen uns einige Male in Jersey. Ich bedaure sehr, dass er den Tod fand. Er wollte uns trauen, Faye.“

„Dann war er es, um den du so ein Geheimnis gemacht hast?“

„Ja, bitte entschuldige.“ Er beugte sich vor und küsste mich. „Es kommt nicht wieder vor.“

„Was wolltest du von diesem Benedict, nachdem Alistair dir die Harley gegeben hat?“ Mein Blick streifte meinen Bruder, der bereitwillig zusammenzuckte.

„Benedict hatte mir bei deinem Bruder eine Nachricht hinterlassen und mich gebeten, zu ihm zu kommen. Bei unserem letzten Treffen hatte er eine merkwürdige Hinterlassenschaft erwähnt, sich dazu aber nicht richtig ausgelassen. Möglicherweise ging es darum. Deshalb das Fahrzeug. Ich wusste nicht, dass sie ihn erwischt hatten und er als Lockmittel benutzt worden war. Er sagte es mir, bevor er starb. Da war es bereits zu spät.“

„Wer war dieser große, dunkelhaarige Mann, den ich kurz durch deine Augen sehen konnte?“

„Mein ehemaliger Auftraggeber, Faye.“ Darian schloss für einen Augenblick die Augen. „Ich ahnte, dass er sich hier irgendwo aufhielt. Aber ich rechnete nicht damit, ihm tatsächlich zu begegnen. Noch nicht.“

„Wer ist er?“

Er schüttelte leicht den Kopf und sah dann meinen Bruder an. „Dafür ist es noch zu früh, Alistair.“

„Und wie bist du da rausgekommen?“ Dad hatte sich etwas vorgebeugt und betrachtete Darian neugierig. Ernestine machte mit einem Ellenbogencheck klar, dass er sie ein wenig einquetschte.

„Ehrlich gestanden habe ich nicht die geringste Ahnung. Ich erinnere mich nur noch daran, dass ich mit meinem Leben abschloss, an Frau und Kind dachte und um Vergebung für all meine Taten bat. Danach weiß ich nichts mehr. Darum bat ich Faye, in meinen Erinnerungen zu graben.“

Nun klebten alle Blicke auf mir. Ich zuckte mit den Achseln. „Ich habe nicht viel gesehen. Nur, dass dieser Typ Darian bedrohte, dann wurde es hell, und es riss ab. Fragt mich bitte nicht, was das gewesen ist.“

„Spielt es eine Rolle?“, schaltete Ernestine sich neuerlich ein. „Hauptsache ist doch, dass er wieder da ist.“

„Apropos“, nahm Darian den Faden auf und wandte sich an Alistair. „Wie hat Maja es aufgefasst?“

Auf die spontane Kaffeedusche hätte ich dankend verzichten können.

„Oh je, entschuldige bitte, Faye“, stotterte mein Bruder, nachdem er sich mit seinem Ärmel den Mund abgewischt hatte. Er griff nach einem Handtuch und reichte es mir. Geziert tupfte ich mein Gesicht ab, während er gezwungen lächelte. „Maja. Na ja, sie wird wohl noch eine Weile brauchen, ehe sie es versteht. Falls sie es jemals versteht. Sie ist durch und durch Ärztin, sie glaubt nur, was sie sehen und messen kann. Wissenschaftliche Erklärungen. Alles außerhalb dieses Bereichs ist für sie unglaublich. Zumindest hat sie es so ähnlich dargestellt. Gleichzeitig bat sie mich um ein Handbuch über Vampire.“

„Hast du ihr eins gegeben?“

„Nein, Dad. Ich habe sie eingeladen, in meiner Bibliothek zu recherchieren. Sie hat erst gelacht und meinte dann, sie wolle es sich überlegen."

„Also hat sie dir nicht geglaubt."

„Sieht fast danach aus, Schwester. Trotzdem rief sie vorhin an und fragte nach, ob Darian noch lebt. Möglicherweise glaubt sie ja an eine Fata Morgana." Plötzlich piepte es in seiner Hosentasche, und er zog sein Handy hervor. „McNamara … Ja, ich bin gleich da." Er klappte es zu und steckte es zurück. „Ich muss los. Crash in Soho. Bis später."

Nachdem er gegangen war, entschuldigte auch ich mich und verließ die Küche. Beim Hinausgehen hörte ich noch, wie Ernestine sich darüber freute, dass meine Hämatome verschwunden waren. Und wie Dad sich gleichzeitig danach erkundigte, ob Darian ihm die Hand flicken konnte, was dieser allerdings verneinte. Ich war bereits im Treppenhaus, als Darian hinter mir auftauchte.

Seine Hand berührte meine Schulter, er hielt mich auf. „Was hast du gesehen, Faye?"

„Ich habe dir bereits gesagt, was –"

„Lüg mich niemals an. Was hast du noch gesehen?"

Ich seufzte, nahm seine Hand und legte sie mir an die Schläfe. „Also gut, sieh selbst."

Sekunden später wich er bestürzt vor mir zurück, drehte sich um und eilte die Stufen hinauf. Dann hörte ich die Tür zum Dach zufallen. Ich ließ ihn gehen.

Nachdem ich mein Gesicht von den Spuren des Milchkaffees befreit und das zweite Mal an diesem Tag ein frisches Oberteil angezogen hatte, befüllte ich die Waschmaschine im Zwischengang zur Werkstatt. Der Raum war gefliest, diente gleichzeitig als Waschraum für Alistairs Angestellte und ließ sich vom Treppenhaus her erreichen. Hier befanden sich ein Trockner und zwei Waschmaschinen, wobei eine für die Haushaltswäsche, die andere ausschließlich für die Arbeitskleidung gedacht war. Ich vermutete inzwischen allerdings, dass die Maschine für die Arbeitskleidung die Sachen nicht mehr vom Öl befreite, sondern es als dünnen Schmierfilm nur gleichmäßiger über den Stoff verteilte. Herausgefunden hatten wir das, weil Ernestine und ich für einen Mammutwaschtag fälschlicherweise beide Maschinen benutzt hatten und die Jeans aus der einen Maschine anschließend leicht schmierig anmuteten. Hausfrauenglück mal anders.

Als die Maschine arbeitete, begab ich mich zurück in Alistairs Büro und machte mich an die Recherche. Das Bild aus Darians Gedankenwelt ließ mich einfach nicht mehr los. Doch bevor ich überhaupt etwas nachlesen konnte, musste ich erst einmal Ordnung schaffen. Die Gefahr, dass ich durch bloßes Umblättern einen Wirbelsturm auslösen und unter diversen Büchern und losen Blättern begraben werden würde, war einfach zu groß. Ganz zu schweigen davon, dass Alistairs bautechnisch ausgeklügeltes Bücherkonstrukt der Schwerkraft nachgeben und zusammenstürzen würde.

Während sich die erste Staubwolke durch die offene Tür in den Flur wälzte und mein ersticktes Husten dem eines sterbenden Walrosses ähnelte, kam Ernestine in den Raum geeilt.

„Grundgütiger!“, rief sie aus und hielt sich den Arm vor die Nase. „Was ist denn hier passiert?“

Ich hatte mich inzwischen zum Fenster durchgeschlagen und riss es auf. Gierig sog ich die frische Luft in meine verstaubten Atemwege, hustete noch einmal und drehte mich dann um. Doch bevor ich etwas sagen konnte, begann Ernestine schallend zu lachen.

„Du solltest dich im Spiegel betrachten, Kind. Du siehst einfach herrlich aus“, gackerte sie erheitert und wies sogar mit dem Finger auf mich. Frechheit!

Ich ahnte es bereits. Gespielt eingeschnappt marschierte ich an ihr vorbei ins Bad hinüber, warf einen Blick in den Spiegel, und mir entwich ein gequältes: „Och ne, nicht schon wieder.“

Eine schmutziggraue Staubschicht bedeckte mein Gesicht und den Großteil meiner Haare, lediglich meine grünen Augen wirkten darin wie wahre Leuchtkugeln. Selbst meine Wimpern waren staubverklebt. Entsprechend sah auch meine Kleidung aus. Hatte ich unbemerkt einen Betonsack ausgekippt?

Mich meinem Schicksal ergebend, reinigte ich grob mein Gesicht, kämmte den Staub aus meinen Haaren und zog das Oberteil aus, um es aus dem Badezimmerfenster auszuschütteln. Dann zog ich es wieder über und ging zurück in besagtes Büro.

„Willst du helfen oder lieber flüchten?“, fragte ich, ehe ich in den erstbesten Stoß Bücher griff.

„Lass mich vorher ein Kopftuch umbinden, ich habe mir heute Morgen erst die Haare gewaschen.“ Damit verschwand sie und kehrte kurz darauf als Putzfee zurück. Eine geblümte Kittelschürze umspannte ihre weibliche Fülle, ein buntes Tuch bedeckte ihr Haar, an den Händen trug sie pinkfarbene Gummihandschuhe, rechts ein Tuch und links einen Eimer mit Seifenwasser. „Dann mal los. Du räumst beiseite, ich wische. Ich schlage vor, wir fangen mit dem Regal an.“

Einen Augenblick lang blickte ich mich fragend um. Welches Regal meinte sie? Dann entdeckte ich unter den an der Wand aufgeschichteten Bücherbergen tatsächlich ein Gebilde, das diesem Namen durchaus gerecht werden konnte. Kurzerhand schichteten wir alle Bücher und losen Papiere auf den Schreibtisch und den Fußboden um – sofern wir Platz fanden – und reinigten alles akribisch. Danach wischten wir die Bücher ab und sortierten sie ein. Es war erstaunlich, dass auf einmal die meisten der Titel wieder zu lesen waren. Noch erstaunlicher aber war, dass wir dadurch an Platz gewannen und uns über die Kisten hermachen konnten. Buch um Buch wurde entstaubt und einsortiert. Eine geleerte Kiste musste für die losen Blätter herhalten, die wir zunächst achtlos darin sammelten, um sie später zu sortieren.

Wir arbeiteten uns gerade durch die dritte Kiste, als Darian mit zwei Tassen Kaffee in der Tür erschien. „Vielleicht möchten die zwei Putzteufel eine kurze Pause einlegen und anschließend meine Hilfe bei ihrer Umräumaktion in Anspruch nehmen. Du siehst entzückend aus, Liebes. Und deine außergewöhnliche modische Kreation, liebste Ernestine, verschlägt mir beinahe den Atem."

„*Haute Couture à la Schrubber*", gurrte sie und klimperte verführerisch mit den Wimpern. Dabei schwang sie sich elegant das Wischtuch über die Schulter. „Duncan wird ganz wild, besonders, wenn ich Gummistiefel dazu trage."

„Plaudere nicht immer aus dem Nähkästchen, Weib", scholl es da durch den Flur, und Dad tauchte hinter Darian auf. Als er Ernestine erblickte, brach er in dröhnendes Gelächter aus.

„Das hat man nun davon", murmelte sie gutmütig. „Man möchte lediglich helfen und wird dafür noch belächelt."

Mit zwei schnellen Schritten war Dad an Darian vorbei und hatte Ernestine erreicht. Er riss sie einfach von den Füßen und gab ihr einen schmatzenden Kuss. Dann stellte er sie zurück auf die Füße und blickte sie durchtrieben an. „Du stehst also auf schmutzige Sachen?"

„Ich wusste, dass so was kommt. Raus, Duncan McNamara, bevor ich dir das Spülwasser über den Kopf gieße, damit du abkühlst."

Leutselig glucksend trollte sich Dad, und Ernestine eilte ihm drohend nach, jedoch nur, um das verschmutzte Wasser in der Küchenspüle zu entsorgen. Damit blieben Darian und ich allein zurück. Ernst sah ich ihn an. „Hast du herausgefunden, was es mit dem Bild auf sich hat?"

Er trat in den Raum und stellte die Tassen auf der Tischplatte ab. Dann ließ er sich auf der Kante nieder und fuhr sich mit beiden Händen schwerfällig über die Haare. „Es ist eine verdammt alte Nummer, Faye. Ich muss sie so weit verdrängt haben, dass sie in Vergessenheit geriet."

„Dann hast du diese Engelsgestalt nicht ermordet?"

Er wirkte schockiert. „Bei allem, was mir heilig ist, nein! Ich habe eine Menge verwerflicher Dinge getan, und ich habe verflucht viel Blut an meinen Händen. Das stimmt." Wie zum Beweis hob er seine Hände, drehte sie herum und betrachtete sie. „Aber so etwas nicht, Faye. Niemals. Denn das ist eine Grenze, die ich selbst in meiner übelsten Zeit nie überschritten habe."

Ich glaubte ihm, und so ging ich zu ihm und legte meine Hände auf seine. „Warum habe ich sie gesehen und du nicht?"

Nachdenklich schüttelte er den Kopf. „In der letzten Stunde habe ich mir deswegen das Hirn zermartert und weiß trotzdem nicht, warum diese Erinnerung gerade jetzt aufbricht. Ich weiß nur, dass niemals etwas ohne Grund geschieht. Alles ergibt irgendwann einen Sinn. Wir müssen ihn nur finden."

„Sie war verschleiert. Wie mit einem dünnen Tuch verdeckt", dachte ich an das Gesehene zurück. „Was für mich bedeutet, dass entweder du selbst sie verschleiert hast oder jemand dafür sorgt, dass du sie nicht siehst."

Diesmal schlich ein anerkennendes Lächeln um Darians Mundwinkel und erhellte seine angespannte Miene ein wenig. „So weit gut kombiniert, Watson. Nur fällt mir niemand ein, der in der Lage ist, eine solche Erinnerung über so viele Jahrhunderte ausgerechnet vor mir zu verschleiern."

Grübelnd tippte ich mir mit dem Finger gegen die Oberlippe. Wer käme dafür infrage? Wer kannte sich auf dem Gebiet der Manipulation perfekt aus und war zudem geübt genug, sie durchzuführen? Und wer war in der vergangenen Zeit nah genug an Darian herangekommen, dass eine solche Manipulation überhaupt möglich war? Da kam derzeit nur ein Einziger in Betracht.

„Ich glaube, wir sollten uns ernsthaft mit Thalion unterhalten."

„Du nimmst allen Ernstes an, dass Thalion seine Finger im Spiel haben könnte?"

„Thalion hat mir während des Trainings einmal sehr glaubhaft deinen Tod suggeriert, Darian. Hätte er die Illusion nicht aufgelöst und mir gezeigt, dass es eine Manipulation meiner Gedanken war, würde ich heute noch felsenfest daran glauben. Ich habe erlebt, was er kann, wenn man ihm ungeschützt gegenübertritt. Und ich nehme mal an, dass du verletzt, verzweifelt und vollkommen schutzlos warst, als er dich fand. Möglicherweise sah er etwas in dir, das er zu verdecken suchte."

„Du denkst an die Seele eines Engels?" Darian lachte trocken auf. „Nie und nimmer. Egal, was Michael dir über meine missglückte Austreibung erzählt hat, was auch immer er als Seelenanteil nannte: Die Seelen von Engeln sind schuldlos und rein, sie kämpfen nicht. Ich aber kämpfe. Sie überlassen ihre Kämpfe Wesen wie mir. Das war schon immer so."

Ich blieb skeptisch. „Hast du dich niemals gefragt, wer oder was du bist, Darian? Ich frage mich das in der letzten Zeit ständig."

„Lass mich wissen, wenn du zu einem Ergebnis gekommen bist", antwortete er lächelnd, erhob sich und gab mir einen Kuss. „Ich werde mal sehen, ob ich Thalion telefonisch erreichen kann." Damit verließ er den Raum und ließ mich nachdenklich zurück.

Es war bereits früher Nachmittag, als Ernestine und ich uns eine weitere Pause gönnten. Wir legten die Putzutensilien beiseite, und Ernestine schälte sich aus dem Kittel, als es im Flur recht laut wurde. Verwundert blickten wir auf, da ließ uns das Krachen einer Tür zusammenfahren. Sekunden später fegte Kimberly den Gang entlang, fluchte vor sich hin und verschwand mit einer weiterhin intensiven Geräuschuntermalung in ihrem Zimmer. Verwundert sahen wir uns an.

„Ich gehe mal nachsehen", bot ich an und eilte ihr nach. Kurz darauf klopfte ich an ihre Tür. „Kimberly?"

„Was?", grollte es durch das weiß lackierte Holz.

„Alles so weit okay?"

„Nein. Gar nichts ist okay. Oder sieht es für dich vielleicht danach aus?" Es polterte. „Verdammt! Ich hasse das. Oh Mann!"

Ich klopfte erneut. „Kann ich reinkommen, Kim?"

„Ganz blöde Idee", klang nun Stevens Stimme gedämpft durch das Holz. „Sie ist gerade etwas mies drauf."

„Ich bin nicht mies drauf, Steven. Ich bin absolut beschissen drauf!"

„Sag ich doch."

Ein Wutgebrüll erklag, es polterte abermals, dann: „Hey! Ich habe damit nun gar nichts zu tun, klar? Also lass deinen Frust gefälligst nicht an mir aus. Komm, Breeze, wir gehen."

Die Tür schwang auf, Steven eilte mit dem Kater auf dem Arm aus dem Raum und warf mir im Vorübergehen einen warnenden Blick zu. „Achtung, hochexplosiv."

„Ich merke es bereits." Vorsichtig öffnete ich die Tür einen Spalt weit und spähte in den abgedunkelten Raum. „Kim?"

„Komm schon rein. Aber mach die verdammte Tür zu."

Als Erstes fiel ich über eine Tasche, die mitten im schmalen Gang lag. Dann stieß ich mit dem Knie gegen einen harten Gegenstand. Schließlich entsann ich mich gewisser Fähigkeiten und sah mich erneut um. Die Jalousie war herabgelassen, und die Vorhänge vor dem Fenster waren zusätzlich zugezogen. Aus Stevens Sicht verständlich.

Kimberly hockte im Dunkeln auf der schwarzen Schlafcouch an der linken Wand und hielt ihr Gesicht hinter den Händen verborgen. Über ihr war gefährlich schief ein Regal angebracht, auf dem sich diverse Bücher stapelten. Vor dem Fenster stand ein alter Tisch, beladen mit Büchern, Blöcken, einer Lampe, dahinter ein zugeklappter Laptop und ein Totenschädel mit roter Kerze. Schick. Rechts erkannte ich einen breiten, dreitürigen Kleiderschrank, beklebt mit Postern mir unbekannter Gruppen und Schauspieler, lediglich A.P.P.S. aus *Navy CIS* sagte mir etwas. Daneben stand ein schmales Regal mit einem Fernseher und einer Stereoanlage nebst einigen CDs. Die Barriere vor meinem Knie entpuppte sich als ein Feldbett, das zwischen Schrank und Bett nahezu eingeklemmt war und kaum noch Platz ließ, um zum Fenster zu gelangen. Also kletterte ich darüber und zog als Erstes die Vorhänge und die Jalousie auf. Anschließend klappte ich mit wenigen Handgriffen das Feldbett zusammen und stellte es neben dem Schrank hinter die Tür.

„Dann lass mal hören, Kim. Was ist los?“ Ich ließ mich neben ihr auf dem Schlafsofa nieder und legte ihr einen Arm um die Schultern. Sie ließ es geschehen, lehnte sich sogar an mich und blickte nach einer Weile zu mir auf. Ihre Wimperntusche war verschmiert, und ihre Augen gerötet. Sie hatte geweint.

Noch einmal zog sie geräuschvoll die Nase hoch und wischte sich mit dem Ärmel ihrer Strickjacke über die Augen. Ihre Stimme klang halb erstickt, als sie sagte: „Dad bringt mich um, wenn er was mitkriegt, Faye.“

„Dann werden wir ihm nichts davon erzählen“, flüsterte ich ebenso leise zurück. „Dazu müsstest du mir erst mal sagen, was los ist.“

Sie lachte kraftlos. „Du bist witzig. Dad muss heute Nachmittag bei der Schulleitung antraben, sonst fliege ich von der Schule. Also wird's nichts mit dem Verheimlichen. Aber danke für den Versuch, meine Hinrichtung aufzuschieben.“

„Worum geht es in deiner Verhandlung?“

Ein leises Seufzen, dann murmelte sie: „Ich habe die letzten beiden Matheklausuren versaut und in den letzten Wochen die Stunden geschwänzt.“

Ich verstand. „Also bist du unentschuldigt dem Unterricht ferngeblieben. Hängt es damit zusammen, dass wir bei euch eingezogen sind? Zu viel Stress für dich?“

„Quatsch! Das hat doch mit euch nichts zu tun“, begehrte sie auf, und mir fiel ein Stein vom Herzen. „Ich komme mit dem ganzen Unterrichtsmist nicht mehr klar. Integrale berechnen. Diesen Schwachsinn braucht doch kein Mensch.“

„Und deswegen schwänzt du den Unterricht?“

„Jep. Und ich wurde heute erwischt“, ergänzte sie zerknirscht. „Von dieser bescheuerten Kuh Marcy. Die hatte nichts Besseres zu tun, als gleich zur Direx ins Büro zu rennen und ihre Klappe aufzureißen. Ich hasse das Weib.“

„Darum muss Alistair umgehend dort auftauchen.“

Kimberly zischte leise. „Auch, ja.“

„Auch?“

Irrte ich mich oder grinste sie bösartig, als sie gestand: „Ich hab die Schlampe vor dem Klo abgefangen und ihr eine gedrückt.“

Aua. Ich fügte Körperverletzung der Missetatenliste von Kimberly hinzu. Gleichzeitig musste ich an mich halten, um nicht zu lachen. Vermutlich hätte ich ebenso gehandelt. Zumindest in dem Alter.

„Nun gut. Das erklärt natürlich, warum dein Vater als Erziehungsberechtigter vor der Direktorin antreten soll. Willst du es ihm sagen, oder soll ich das übernehmen?“

Ihr Blick wurde weich, fast flehend. „Kannst du das nicht übernehmen? Oder was noch besser wäre, kannst du nicht mitkommen, und wir sagen Dad erst gar nichts davon?“

„Sehr amüsant, Kim. Und als was soll ich auftreten? Als deine Mutter?“

„Als meine Tante aus England. Da müssen wir nicht lügen. Wir sagen einfach, dass Dad nicht da ist und du derzeit auf mich aufpasst. Bitte, bitte, Tante Faye. Lass mich nicht hängen. Bitte.“

„Ich glaube nicht, dass das funktioniert, Kim. Und dein Vater wird auf jeden Fall Wind davon bekommen.“ Meine Stirn wurde faltig, als sie energisch den Kopf schüttelte. „Nicht?“

Kimberly senkte den Blick. „Ich habe das E-Mail-Postfach der Schule gehackt und alle Mails an Daddy gelöscht. Die Briefe von der Schule habe ich auch abgefangen. Bist du jetzt sauer auf mich?“

Sollte ich zumindest sein, war ich komischerweise aber nicht. „Nein, was aber nicht bedeutet, dass ich deine kriminelle Energie besonders schätze. Was stand in den Briefen und E-Mails? Hast du sie wenigstens gelesen?“

Nach einigem Zögern trat sie an den Schrank und zog einen kleinen Stapel ungeöffneter Briefe unter ihrem Hosenstapel hervor. „Ich wollte lieber nicht wissen, was drinsteht.“

Ich schon. Als Absender wurde die *Notre Dame School* in Manhattan ausgewiesen, und meine Neugierde wuchs. Daher riss ich sie auf. Zwei dieser Briefe stammten von Kimberlys Mathematiklehrerin, die um ein Gespräch bat, zwei weitere Briefe beorderten meinen Bruder ins Büro der Rektorin, der letzte Brief jedoch enthielt eine Rechnung über drei Monate ausstehende Schulgebühr. Und die war beachtlich. Ein Blick auf das Datum machte klar, dass mittlerweile ein weiterer Monat hinzukam.

Angesichts der offenen Summe wunderte es mich, dass Kimberly weiterhin auf der Schule bleiben durfte. Diese Privatschule in Manhattan war recht kostspielig, und ich glaubte inzwischen zu verstehen, warum die Möblierung dieses Apartments entsprechend spärlich sowie die Krankenversicherung meines Bruders ganz ausfielen. Er steckte jeden Cent in die Ausbildung seiner Tochter und war dadurch chronisch pleite. Eine lobenswerte Absicht, doch nun schien es Schwierigkeiten zu geben. Was war geschehen, dass eine solche Mahnung nötig geworden war? Ich musste dringend mit Darian sprechen.

Die Briefe verschwanden in meiner Hosentasche. „Nun gut, das Kind liegt im Brunnen, sehen wir zu, wie wir es da wieder herausbekommen.“

„Du hilfst mir?“

Ich nickte knapp und erhob mich. „Sicher. Was hast du denn gedacht? Wasch dir das Gesicht und zieh dich ordentlich an. Wir haben etwas zu erledigen.“

„Ziehst du in eine Schlacht?“, fragte Ernestine, als ich ihr auf dem Gang begegnete.

Blitzschnell sah ich mich um, packte sie am Arm und zog sie in die Toilette. Ernestine lachte leise.

„Kein Wort, aber möglicherweise brauche ich deine Hilfe. Kim hat Probleme.“

„Deswegen ist sie vorhin hier durch wie ein Wirbelwind?“, gab sie flüsternd zurück. „Worum geht es?“

Im Telegrammstil lieferte ich Ernestine einen Bericht ab und legte ihr zudem die Briefe vor. Sie sah mich verschwörerisch an. „Okay. Das kriegen wir hin. Hach, ich habe das so lange schon

nicht mehr gemacht. Das wird ein Spaß."
„Du hilfst uns?"
„Selbstverständlich. Glaub mir, Kind, mit Leuten wie diesen Rektoren kenne ich mich aus."
Ich nickte. „Einverstanden, Ernestine. Zuvor werde ich mit Darian reden müssen."
„Dann machen wir es so. Allerdings benötigen wir die richtige Kleidung, so als Putzen vom Dienst können wir uns da nicht sehen lassen. Hast du einen Hosenanzug oder etwas Ähnliches? Möglicherweise eine Brille dazu?" Schon schob sie mich aus dem Bad hinaus auf den Gang. „Wann soll diese besondere Begegnung genau stattfinden?"
„Du hast gepetzt!", kam es da von links. Mit aufrührerischer Miene sah Kimberly zu uns herüber. Selbst auf diese Distanz meinte ich, Tränen in ihren Augen schwimmen zu sehen.
Ernestine reagierte noch vor mir. Sie ließ mich los und eilte auf das Mädchen zu. „Für manche Aufgabe benötigt man Verbündete, junge Dame. Faye sagte, du hättest Ärger in der Schule. Mathematik?"
„Integraler Schwachsinn. Kapiert sowieso kein Mensch."
„Was ist an Geometrie nicht zu verstehen, Kimberly?" Sie legte dem verblüfft wirkenden Mädchen den Arm um die Schultern und schob es mit sanfter Gewalt zurück in den Raum. „Lass mich mal in deine Bücher sehen. Ich bin sicher, wir finden einen Weg, es dir begreiflich zu machen. So schwer ist das nämlich nicht."
Ernestine und Mathematik? Was war mir entgangen? Ich wandte mich um und rannte direkt in meinen Vater hinein.
„Hoppla, Tochter. Hast du Erni gesehen? Wenn ihr mit dem Putzen fertig seid, wollten wir zusammen essen gehen."
Ich wies in den Gang zurück. „Ich glaube, das kannst du knicken. Sie wollte Kimberly bei einer Matheaufgabe helfen. Wusstest du, dass sie das kann?"
Dad nickte. „Sicher, sie hat in Cambridge Mathematik und Physik unterrichtet. War dort sogar Konrektorin, wie ich sie verstanden habe. Warum fragst du?"
„Bitte?"
„Ich sagte, Ernestine hat bis vor zehn Jahren Mathematik und –"
„Akustisch habe ich das durchaus verstanden, Dad."
„Na, dann ist ja gut."

Ich war schon fast an ihm vorbei, da blieb ich nochmals stehen. „Ist Darian noch in der Küche?“

„Nein, er wollte nach oben und erneut ein Ferngespräch nach England führen, nachdem es vorhin nicht geklappt hat. Außerdem hat Steven sich mit dem Kater zusammen in Alistairs Schlafzimmer verschanzt. Sagst du mir vielleicht, was der Auslöser für diesen allgemeinen Katastrophenalarm ist?“

„Später, Dad.“ Ich ließ ihn einfach stehen und eilte aus der Tür. Oben angelangt, hörte ich Darian mit Jason reden. Je näher ich kam, desto deutlicher wurden ihre Stimmen, und ich fing das Wort *Nachforschungen* auf. Suchten sie eventuell gemeinsam in den alten Aufzeichnungen des gestohlenen Buches nach Informationen? Ich hoffte, sie fanden etwas, doch es war im Augenblick nicht ganz so wichtig. Über all diese Geschehnisse der letzten Wochen hinweg hatten wir nämlich etwas sehr Wichtiges vergessen: Es gab auch noch private Dinge zu regeln, die das ganz normale Leben betrafen und irgendwie zu weit ins Hintertreffen geraten waren. Diesen Fehler gedachte ich nun zu beheben.

Da ich von Ausreden und Ausweichmanövern von jeher wenig gehalten habe, entschied ich mich auch diesmal für absolute Offenheit und platzte entsprechend unerwartet in das Gespräch der beiden Männer: „Ich benötige sowohl deine moralische als auch finanzielle Unterstützung, Darian.“

Während er mich fragend ansah, drückte ich ihm den Brief in die Hand. Jason trat mit einem dezenten Räuspern ein wenig beiseite und beschäftigte sich intensiv mit einem Papyrus.

Das Papier raschelte, als Darian den Brief öffnete. Schnell überflog er den Inhalt, runzelte die Stirn und ließ das Papier sinken. „Das erklärt natürlich einiges.“ Sein Blick erfasste mich. „Und nun erwartest du, dass ich die ausstehende Rechnung begleiche?“

„Nein, aber du könntest mir die Summe als zinsloses Darlehen vorstrecken. Es geht hier um die Zukunft meiner Nichte. Du bekommst das Geld zurück, sobald wir wieder in England sind. Von hier aus komme ich nicht an mein Erspartes.“

„Glaubst du, ich sei eine Bank, Faye?“

„Meine Güte, Darian.“ Mein Blick begann erbost zu funkeln. „Seit über drei Wochen wohnen wir bei Alistair, ohne einen Cent an Miete zu zahlen. Wir hätten inzwischen garantiert die doppelte Summe hingeblättert, wenn wir im *Plaza* geblieben wären. Die zwei Nächte dort haben schon ordentlich ins Kontor geschlagen, ich habe die Rechnung gesehen. Das war weit mehr als die paar Kröten fürs Essen und ein paar Annehmlichkeiten, die wir hier ausgegeben haben. Das sind dagegen Peanuts. Also, leihst du es mir?"

„Ich sehe, du hast bereits alles durchdacht." Schmunzelnd nahm er seine Jacke vom Sofa und zog ein Scheckheft hervor. „Soll ich die Summe eintragen, oder möchtest du ihn blanko?"

„Wenn Sie gestatten, Sir", schaltete Jason sich nun ein, „rate ich dazu, auf Nummer sicher zu gehen. Möglicherweise stehen weitere Summen aus, die noch nicht offenbart wurden. Da bietet sich ein Blankoscheck eher an."

Mit einem knappen Seitenblick auf seinen Vertrauten setzte Darian schwungvoll seine Unterschrift auf das Papier. Dann löste er es aus dem Heftchen und reichte es mir. Bevor ich danach greifen konnte, entzog er es mir jedoch. Seine Brauen zogen sich leicht warnend zusammen. „Übertreib es nicht, Faye."

Ich grinste siegesgewiss. „Ich doch nicht. Wie hoch ist noch gleich das Deckungslimit?"

„Für den Kauf des kompletten Schulkomplexes inklusive aller Angestellten wird es nicht reichen", mahnte Darian und gab mir den Scheck schließlich. „Und denk daran, Liebes, ich kenne dich. Werde in deiner Hilfsbereitschaft nicht zu übermütig."

„Wer sollte schon etwas dagegen haben?", flötete ich vergnügt und hauchte ihm einen Kuss auf den Mund. „Du etwa?"

„Nein. Aber dein Bruder ist ein sehr stolzer Mann und wird es nicht gern sehen, wenn er auf diese Weise hintergangen wird. Ich würde übrigens ähnlich reagieren."

„Dann darf er es eben nicht erfahren. Und falls doch, kann er es bei mir abstottern." Damit stob ich herum und eilte aus dem Raum.

„Sie leihen ihr das Geld, Sir?", vernahm ich kurz vor der Haustür Jasons ungläubige Frage und hielt inne. Wieso war er überrascht?

„Nein, Jason", überraschte mich nun Darian. „Ich leihe es ihr nicht, ich schenke es ihr, oder vielmehr ihrem Bruder. Fayes Argumentation war in allen Punkten absolut richtig und überzeugend. Aber sie muss es nicht gleich wissen, denn alles hat seinen Preis. So, wo waren wir vor dieser Unterbrechung stehen geblieben?"

Mit einem Lächeln auf den Lippen zog ich die Tür leise hinter mir ins Schloss.

„Jetzt einmal abbiegen, und dann sind wir da“, dirigierte Kimberly mich in die 13th Street und wies auf den rechten Straßenrand vor der *Notre Dame School*. „Da drüben neben dem Baum kannst du parken.“

Den ganzen Straßenabschnitt säumten kürzlich gepflanzte junge Bäume. Ich suchte mir eine freie Lücke zwischen zwei Wagen und schob den Schalthebel auf Parken. Dann griff ich nach meiner kleinen schwarzen Handtasche und stieg aus.

Das Gebäude war vierstöckig, hatte eine im gotischen Stil verzierte Fassade und hohe, geschwungene Fenster. Im unteren Bereich waren sämtliche Fenster vergittert, Kriminalität macht auch vor Lehranstalten nicht halt. Der Name der Schule prangte in großen Lettern mittig auf der Fassade, übersehen werden konnte sie nicht wirklich. Weiter unten sah ich ein heruntergelassenes Rolltor, rechts von uns jedoch ein weißes, offen stehendes Gitter mit einer Treppe dahinter, die ins Gebäude hineinführte.

„Ich hätte nicht gedacht, dass mir das mal fehlen könnte“, meinte Ernestine und blickte sich interessiert um. „Riechst du es auch, Faye? Dieser typische Schulduft.“

„Es stinkt“, maulte Kimberly. „Und zwar nach Ärger.“

„Momentan rieche ich nichts weiter als Abgase“, gab ich zurück.

Mein Blick wanderte zu Ernestine hin, die in ihrem dunkelblauen Businesskostüm durchweg respektierlich aussah. Wie damals bei ihrer Ankunft auf dem Flughafen war sie elegant frisiert, und der Hauch eines teuren Parfüms rundete ihr vornehmes Erscheinungsbild perfekt ab. Ich kam mir neben ihr beinahe wie ein Schulmädchen vor.

Zwar hatte ich mir die Haare hochgesteckt, trotzdem meinten sich einige Strähnen aus dem strengen Knoten lösen zu müssen und ringelten sich nun vorwitzig um meine Stirn. Genervt blies ich sie fort und steckte sie schließlich hinters Ohr. Die von Ernestine geliehene Goldrandlesebrille rutschte ein wenig und blieb fast auf meiner Nasenspitze hängen, zwang mich so, über ihren Rand hinwegzusehen. Sie war recht schwach, was meine Augen durchweg mit Wohlwollen registrierten.

Ein wenig nervös zupfte ich an meinem weinroten Blazer. Die

Hose engte mich ein, obwohl ich den Knopf ignoriert und sie nur mit einem Haargummi verschlossen hatte. Zum Glück verdeckten der Blazer und das weiße Trägertop diese Lücke. Allmählich wurde der anwachsende Bauch für Unternehmungen dieser Art zu einer Belastung. Leider hatte meine neue Kleidung unter dem Staubsturm gelitten, und ich war gezwungen, für einen ordentlichen Auftritt auf diesen Hosenanzug zurückzugreifen. Hatte ich mich anfangs noch gefragt, warum ich ihn in meine Tasche gepackt hatte, nun wusste ich es. Insgeheim musste ich Darian beipflichten. Alles ergab irgendwann einen Sinn, auch wenn dieser oftmals erst später zu erkennen war.

Kimberly wies auf den vergitterten Eingang. „Dort geht's rein. Dann links, die Stufen hoch, den Gang runter bis zum Office. Muss ich wirklich mitkommen?"

„Wenn du denkst, dass wir deinen Hintern ohne deine Anwesenheit vom Schleudersitz retten, hast du dich geschnitten", drohte ich grimmig, ergriff ihren Arm und machte somit überdeutlich klar, was ich von ihrem Fluchtversuch hielt.

„Dann mal voran, junge Dame." Ernestine wies mit einem einladenden Wink auf die grüne Doppeltür mit den im oberen Bereich eingefassten Glaselementen. Maulend setzte Kimberly sich in Bewegung.

Wenige Minuten später standen wir vor dem besagten Büro. Ich hatte meine Hand bereits zum Klopfen gehoben, als es leise summte und die Tür wie von Geisterhand aufschwang. Eine weibliche Stimme erklang: „Ich habe Sie schon vor dem Gebäude gesehen und Miss McNamara erkannt. Kommen Sie doch bitte herein."

Wie praktisch, dass man vom Büro aus direkt auf die Straße sehen konnte. Lächelnd traten wir ein und fanden uns einer jüngeren, dunkelblonden Frau in hellbraunem Pulli und dunkelbraunem Rock hinter einem schmalen Tresen gegenüber. Hinter ihr ragte eine Wand voll Aktenordner auf, vor ihr flimmerte der Flachbildschirm. Direkt neben ihr war das verräterische Spionagefenster. Und über allem wachten das Bildnis eines gestreng dreinschauenden Mannes und ein Kreuz.

„Mein Name ist Faye McNamara", stellte ich mich vor. „Ich glaube, wir werden bereits erwartet."

„Oh, natürlich. Ich werde Mrs. Randal sofort Bescheid geben." Sie erhob sich, durchquerte mit wenigen Schritten den kleinen

Raum und blieb vor einer weiteren Tür stehen. Ein leises Anklopfen, ein herrisches „Ja, bitte?“, und sie öffnete die Tür. „Mrs. McNamara ist mit Miss Kimberly hier, Mrs. Randal.“

„Die Drachenhöhle“, flüsterte Kim mir zu und erntete von mir einen warnenden Stups mit dem Ellenbogen.

„Oh, sehr gut. Sie möchten bitte eintreten, Ashton. Ich bin hier sofort fertig.“

Die Sekretärin nickte, trat beiseite und öffnete die Tür ganz. Mit einer Geste bat sie uns herein. Um Kimberly weiterhin an der Flucht zu hindern, schob ich sie vor mir ins Büro der Schuldirektorin hinein. Hinter Ernestine wurde die Tür leise geschlossen.

Wie ein rotäugiges, Feuer speiendes Schuppentier sah diese sehr dynamisch wirkende Frau mittleren Alters nicht gerade aus. Schwungvoll erhob sie sich von ihrem Schreibtisch und blickte uns interessiert entgegen. Ihre dunklen Haare trug sie in einem modischen Kurzhaarschnitt, der ihr ovales, von leichten Falten durchzogenes Gesicht mit den dunkelbraunen, funkelnden Augen elegant umrahmte. Ihre Kleidung bestand aus einem hellgrauen Kostüm mit gestärkter weißer Spitzenbluse nebst passendem Schuhwerk. Nichts da mit grünem Echsenlook. Vielleicht stellte der zugeklappte Laptop vor ihr auf dem Tisch das goldene Ei nach. Wer weiß?

Hinter ihr nahm ein Sideboard voller Akten die komplette Wand ein, darüber hingen einige Porträts mir unbekannter Persönlichkeiten. Seitlich davon befanden sich zwei Doppelfenster mit breiten, beigefarbenen Jalousien, dazwischen das obligatorische Kreuz. Und bei jedem Schritt knarrten die auf Hochglanz polierten Dielen unter unseren Füßen.

„Es freut mich, dass Sie diesmal meiner Bitte um ein Gespräch nachgekommen sind. Ich bin Elizabeth Randal. Schön, Sie kennenzulernen, Mrs. McNamara. Allerdings habe ich Ihren Mann erwartet und bin daher ein wenig überrascht, Sie hier zu sehen. Wir gingen davon aus, Sie wären verstorben. Zumindest ist es das, was aus den Unterlagen hervorgeht. Aber setzen Sie sich doch bitte.“ Sie reichte erst mir, dann Ernestine die Hand und wies anschließend mit einer entsprechenden Geste auf die zwei mit Glattleder bezogenen Stühle gegenüber ihrem wuchtigen Ebenholztisch.

„Ich bin nicht Kimberlys Mutter, Mrs. Randal. Ich bin ihre Tante.

Und diese Dame hier ist Mrs. Morningdale, Kimberlys Großmutter. Mein Bruder ist derzeit leider indisponiert und kann den Termin bei Ihnen nicht wahrnehmen, daher bin ich gekommen." Ich blickte sie über den Rand meiner Brille auffällig deutlich an. „Was kann ich für Sie tun?"

„Mrs. Ernestine Morningdale?", echote die Frau, und ihr Blick blieb erstaunt an Ernestine hängen. Diese lächelte souverän. „Genau die, Mrs. Randal."

„Ach, du meine Güte. Dass ich Sie nicht gleich erkannt habe. Ich bin untröstlich. Darf ich Ihnen etwas anbieten? Einen Kaffee, Tee oder ein Glas Wasser?"

Okay, mein Auftritt war damit wohl im Eimer. Sollte ich Ernestine nun das Feld überlassen? Es schien zumindest im Augenblick sinnvoller.

„Machen Sie sich bitte keinerlei Umstände", wehrte sie bescheiden ab. „Ich begleite lediglich meine Schwiegertochter und Nichte zu diesem Termin. Meine Person tut in diesem Fall überhaupt nichts zur Sache."

Ach, tat sie nicht? Mir wurde schlagartig klar, dass ich über Ernestines Wirken vor dem Pendelschwenken und Tragen von Wallekleidern so gut wie keine Ahnung hatte. Jetzt nur keine Blöße geben. Ich musste es so gut wie möglich überspielen.

„Aber selbstverständlich." Mrs. Randal schien sich wieder gefasst zu haben. Sie lächelte verzagt, fuhr sich mit einer Hand über die haselnussbraunen Haare und zog einen kleinen Stapel Papiere vor sich. Dann streifte ihr Blick Kimberly, und sie sah zur Tür hinüber. „Wenn du uns einen Augenblick allein lassen würdest, Kimberly?"

Sofort erhob ich Einspruch: „Ich würde es vorziehen, wenn das Kind im Raum bleiben würde, Mrs. Randal. Immerhin dreht sich unser Gespräch um ihre Belange, und da ist es aus pädagogischer Sicht nur sinnvoll, wenn sie es mitverfolgen kann. Möglicherweise hat sie das eine oder andere dazu beizutragen."

Kind?, echote es empört in meinem Kopf. Mein Blick streifte kurz ihr Gesicht und wandte sich dann wieder meinem Gegenüber zu.

„Nun ja, wenn Sie es wünschen, Mrs. McNamara. Nimm dir doch bitte von dort einen Stuhl und setz dich zu uns, Kimberly." Sie wies auf den kleinen Konferenztisch schräg gegenüber, und

Kimberly holte sich einen der modernen Stahlrohrstühle mit schwarzem Glattlederbezug. Den stellte sie neben mich und ließ sich darauf nieder.

„Wie ich Ihnen bereits in mehreren Schreiben mitteilte, Mrs. McNamara, sind wir über gewisse Verhaltensweisen Ihrer Nichte nicht sehr erfreut. Daher auch meine Bitte um dieses Gespräch“, begann sie ein wenig umständlich, wobei ihr Blick nervös zwischen mir und Ernestine hin- und herwanderte. Augenscheinlich konnte sie sich nicht recht entscheiden, wen von uns beiden sie direkt ansprechen sollte. „Leider kam heute eine Handgreiflichkeit hinzu, die wir in unserem Institut unter keinen Umständen dulden können.“

Okay, ihr Blick sprach Bände. Doch Ernestines ebenfalls. „Mrs. Randal. Haben Sie sich einmal Gedanken darüber gemacht, welche Gründe hinter einer solchen Handlung stehen? Ihr Missfallen an Handgreiflichkeiten in allen Ehren, niemand heißt sie gut, auch wir nicht. Doch unterschwellige Drohungen, die gefährlich nah in Richtung Erpressung gehen und ein junges, schutzloses Mädchen moralisch völlig in die Ecke drängen, werden von Ihnen geduldet? Ich bin schockiert, Mrs. Randal. Vorbeugung wäre die richtige Maßnahme, alles andere wäre Verdrängung oder Verschleierung Ihrer Verantwortung. Sagen Sie mit bitte, gibt es überhaupt Präventionsprogramme bezüglich dieser Problematik? Welche Hilfen bieten Sie Ihren Schutzbefohlenen an, wenn sie Schwierigkeiten haben? An wen können sie sich wenden, damit solche Situationen gar nicht erst entstehen? Sie haben doch sicher einen psychologisch geschulten Mediator an der Schule? Wenn Sie sofort entsprechende Hilfe hinzugezogen hätten, wäre ein solches Gespräch überflüssig.“

Dieser Vorstoß hatte Mrs. Randal nun völlig aus dem Konzept gebracht. Sie wirkte überaus verdattert und stammelte leicht: „Ja, natürlich. Gewiss. Ich ahnte ja nicht, dass ... Es scheint, als habe ich die ganze Angelegenheit zunächst völlig falsch bewertet.“

„Das steht zu vermuten“, erwiderte Ernestine ruhig, dann lächelte sie milde. „Nun, wir sind ja hier, um dieser Angelegenheit auf den Grund zu gehen. Ich möchte die Handlungsweise meiner Enkelin keinesfalls bagatellisieren, doch ich glaube, dass mit einer entsprechenden Entschuldigung Kimberlys und auch der anderen beteiligten Schülerin dieser Disput aus der Welt geschafft werden könnte, ohne unnötig Staub aufzuwirbeln. Was die Fehlstunden angeht, so kann ich Ihnen versichern, dass diese Problematik ab sofort der Vergangenheit angehört. Dafür stehen wir hier. Selbstverständlich wird Kimberly den versäumten Schulstoff ordentlich und zeitnah nacharbeiten." Ein kleineres, mit den Füßen unter dem Tisch ausgetragenes Intermezzo ließ eine kurze, aber effektive Pause eintreten. Ich hob meine Beine lediglich etwas an, um mich aus der Schusslinie zu bringen, und blickte Mrs. Randal dabei weiterhin ohne erkennbare Reaktion ins Gesicht. Dann fügte Ernestine ernst hinzu: „Ich werde persönlich dafür Sorge tragen, Mrs. Randal."

„Oh, das wird Mrs. Austen sehr freuen", gab die Rektorin zurück. „Dann kann ich diese Sache zu den Akten legen."

„Und was die ausstehenden Schulgebühren betrifft …" Ich griff in meine Handtasche und zog mein Scheckbuch hervor. Geschäftsmäßig klappte ich es auf, zückte den daran angebrachten Kugelschreiber und warf Mrs. Randal dabei über den Rand der Lesebrille einen fragenden Blick zu. „… denke ich, dass wir das ebenfalls gleich aus der Welt schaffen können. Wenn Sie die Freundlichkeit hätten, mir die ausstehende Summe für dieses nebst der für das kommende Jahr zu nennen, werde ich Ihnen diese sofort begleichen. Sie nehmen doch einen Scheck?"

Bei der genannten Summe musste ich innerlich nun doch etwas schlucken. Über 8.300 Dollar als jährliches Schulgeld, dazu eine Pauschalsumme von knapp 350 Dollar, waren nicht gerade von Pappe. Aber wer sein Kind in New York von der Straße haben wollte und eine gute, private Schulbildung erwartete, musste entsprechend tief in die Tasche greifen. Daher schrieb ich die knappen 12.000 Dollar ohne ein Wimperzucken auf den oberen, von Darian bereits ausgefüllten Scheck, entnahm dem Heftchen das Papier und reichte es der Rektorin. „Kann ich sonst noch etwas für Sie tun, Mrs. Randal?"

„Ich … Nein. Damit dürfte alles geklärt sein." Sie ließ den Scheck in einer Schublade verschwinden, erhob sich und reichte mir ihre Hand. „Ich bin froh, dass wir es auf diese unspektakuläre Weise klären konnten. Danke für Ihr Kommen, Mrs. McNamara."

„Gern geschehen." Ein freundlicher Händedruck folgte, dann ein strenger Blick zu Kimberly. Flugs sprang sie auf und schüttelte der Rektorin ein wenig linkisch die Hand. „Ja, danke noch mal. Und Entschuldigung für die Unannehmlichkeiten, Mrs. Randal."

Die Frau lächelte freundlich und wandte sich dann an Ernestine. „Auch Ihnen meinen Dank, Mrs. Morningdale. Falls es gestattet ist, würde ich gern einen Wunsch äußern."

„Nur heraus damit", erwiderte Ernestine gutmütig.

„Wir haben in der Bibliothek eine Ihrer Publikationen. Wenn es Ihnen nicht allzu viele Umstände bereitet –"

„Aber natürlich, Mrs. Randal", unterbrach sie die Rektorin souverän und überging dabei meinen erstaunten Blick.

„Wenn Sie mir vielleicht folgen würden?" Die Frau wies auf die Tür und ließ uns vorangehen. Und obwohl ich neugierig geworden war, wurde Kimberlys Ziehen an meinem Ärmel recht eindringlich. Also blieb ich im Gang stehen. „Wenn es dir nichts ausmacht, Ernestine, werden wir auf dem Parkplatz warten."

Sie winkte lachend ab. „Sicher doch. Ich bin gleich da."

Noch einmal nickten wir einander zu, dann trennten sich unsere Wege. Draußen am Wagen atmete ich einmal tief durch. „Ich bin froh, dass wir das geschafft haben, Kim."

„Frag mich mal", gab sie zurück und kramte in ihrer Tasche herum. Mit zittrigen Fingern zog sie eine Zigarette hervor und steckte sie sich zwischen die Lippen. Das Feuerzeug brauchte drei Anläufe, ehe es aufglimmte. Dann erst konnte Kim inhalieren und blies den Rauch anschließend nach einem langen Atemzug aus.

„Du rauchst?" Ich sah sie überrascht an, und sie schüttelte den Kopf. „Eigentlich nicht, hab aufgehört. Die habe ich aber vorhin von Grandpa geklaut, weil ich ahnte, dass ich sie nach dieser Aktion gebrauchen könnte. Boah, tut das gut."

Da sie gleich darauf leicht zu husten begann, keimten in mir leichte Zweifel auf, doch behielt ich meine Gedanken für mich. Stattdessen fischte ich das Handy aus meiner Tasche und wählte Darians Nummer.

„Wir sind hier durch", erstattete ich Bericht, nachdem er sich gemeldet hatte. „Die Kuh ist vom Eis, und du bist mal eben um knappe 12.000 Dollar ärmer. Aber das Geld wurde gut investiert."

„Wenn es weiter nichts ist", troff die pure Ironie durch den Hörer. „Das ist ja nur Kleingeld."

Ich lachte, wurde dann wieder ernst. „Wusstest du, dass Ernestine Bücher veröffentlicht hat?"

„Ja. Vier verschiedene Lehrbücher. Warum?"

Ich starrte verblüfft den Hörer an, fing mich jedoch sogleich. „Oh.

Okay. War nur so eine Frage. Hast du Thalion erreicht?“

„Noch nicht. Eileen lässt dir Grüße ausrichten. Wann kommt ihr zurück?“

„Gleich. Sobald Erni aus ihrer Signierstunde kommt. Warum lachst du jetzt?“

„Nichts weiter, mein Herz. Dann bis gleich … Ach, bevor ich es vergesse: Ich liebe dich.“ Klick. Aufgelegt.

Entgeistert blieb mein Blick am Telefon hängen. Was war das denn? Da erhielt ich seit Längerem mal wieder eine Liebeserklärung, und der Kerl legte sofort auf. Mein Finger berührte bereits die Wahlwiederholungstaste, als ich mich selbst davon abhielt. Kurz darauf surrte eine SMS mit dem Wort *dito* durch die Leitungen.

„Was hat er gesagt?“, erkundigte Kimberly sich interessiert und schnippte die Kippe ins Gebüsch.

„Wollen wir auf dem Rückweg eine Pizza organisieren?“, wich ich aus und winkte gleichzeitig Ernestine zu, die soeben vergnügt lachend aus dem Gebäude trat.

„Ja, cool. Ich habe einen Hunger, ich könnt’ ein ganzes Schwein auf Toast futtern. Hier ums Eck ist gleich eine Pizzeria, die sind ganz gut. Müssen nur zweimal links rum.“

„Hach, war das ein Spaß.“ Lachend stieg Ernestine auf den Beifahrersitz und zog die Tür zu. Dabei zwinkerte sie mir verschwörerisch zu. „Es ist etwas vollkommen anderes, mal auf der anderen Seite des Tisches zu sitzen. Wie oft habe ich mir die elterlichen Verteidigungen der lieben Kleinen anhören müssen und wurde zur Zielscheibe allgemeiner Frustration.“

„Du hast dich als elterliche Verteidigung hervorragend geschlagen“, gab ich zurück, stieg ein und steckte den Zündschlüssel ins Schloss. „So gut, dass ich mich schon gefragt habe, warum ich mitgekommen bin. Wieso hast du nicht erwähnt, dass du auch als Autorin deine Brötchen verdienst?“

„Ach Gottchen, das ist schon so lange her. Ich habe dir doch hoffentlich nicht die Show gestohlen?“

„Nein, ich war froh, dass du dabei warst. Ganz so gezielt hätte ich die Situation nicht entschärfen können.“

„Geschenkt. Wenn du dein eigenes Kind verteidigen musst, kommt das von ganz allein.“ Sie winkte ab, schnallte sich an und blickte nach vorn. „Hattet ihr nicht Pizza erwähnt?“

„Pizzabringdienst!“, krakeelte es eine Stunde später durch den Flur, und Kimberly trug die beiden inzwischen vom Fett leicht durchweichten Pappschachteln wie Trophäen vor sich her. „Pizza del Mare und einmal Quattro Käse!“

Die Verbindungstür zur Waschküche flog auf, und ein rothaariger Schopf tauchte hervor. „Lasst mir etwas übrig. Ich werfe gerade eure Wäsche in den Trockner. Huch! Alle Achtung, Faye. Schick siehst du aus. Wo habt ihr euch denn rumgetrieben?“

„Wir hatten einen Lokaltermin, Alistair.“ Ich zwinkerte ihm zu und wies dann nach oben, wo Ernestine gerade die letzten Stufen erklomm. „Mach hin, sonst ist sie weg.“

Statt gleich in Richtung Nahrungsmittel zu eilen, zog ich den Weg in Richtung Genussmittel vor und stieg eine Etage höher. Vor dem Apartment gaben Jason und ich uns die Klinke in die Hand. Er folgte seinem Magen, ich meinem Herzen.

Wie erwartet fand ich Darian allein im Raum vor. Er hielt eines dieser Papyrusblätter in der Hand und betrachtete durch eine Lupe seinen Rand. Dabei runzelte er konzentriert die Stirn, notierte etwas auf einem Block und sah erneut durch das Glas. Dann blickte er auf, legte die Gegenstände beiseite und kam langsam auf mich zu.

„12.000 Dollar also“, murmelte er mit sonorer Stimme und wikkelte sich dabei eine meiner vorwitzigen Strähnen um den Finger. „Hast du dir über die Rückzahlung schon Gedanken gemacht, Liebes?“

„Da hätte ich mehrere Vorschläge zur Verfügung“, gurrte ich zurück und ließ meine Hand von seiner Schulter bis in seinen Nakken gleiten.

„Verrätst du sie mir?“ Sein Mund kam meinem nahe, streifte meine Lippen, und seine Stimme sandte mir einen Schauer über den Rükken. „Später.“ Mit einem Ruck landete ich auf seinen Armen und wurde recht zügig in den Raum getragen, in dem aufgeschlagene Felle zu allerhand horizontalen Vergnügungen einluden.

Behutsam ließ er mich in die Felle gleiten, lag sofort neben mir und öffnete binnen Sekunden mit geübten Fingern sämtliche Knöpfe meiner Kleidung. Dann schob er zielstrebig seine Hand unter mein Top und blickte mich überrascht an. „Sind sie gewachsen?“

„Wie anscheinend alles an mir derzeit wächst“, gab ich schmunzelnd zurück, ließ meine Hand ebenfalls konsequent wandern und setzte eine erstaunte Miene auf. „Oh, passt du dich meinem Wachstum etwa an?“

„Ein Teil von mir versteift sich vehement darauf, das Desaster von heute morgen zu beheben, Liebes. Wie kann ich mich diesem Drängen widersetzen?“ Seine Hand verschwand, und er schälte sich erstaunlich schnell aus seiner Kleidung. Ebenso eilig half er mir aus den Klamotten und vergrößerte damit den schon vorhandenen Haufen. Lediglich die Dattel landete vorsichtig in der Schale meines BHs neben den Fellen. Sogleich beugte er sich über mich, ließ seinen Mund über meine Haut streifen und versenkte seinen Blick in meinem. „Also, wie sehen deine Vorschläge noch gleich aus?“

Ich kämpfte gerade mit dem ungestümen Vorstoß auf meine Sinne, und er wurde geschäftlich? Oh Heiland. Einmal kühle Gedanken bitte. Meine Stimme klang leicht belegt, als ich bemüht kaufmännisch antwortete: „Wie wäre es mit Ratenzahlung? Das wäre wohl die effizienteste Variante. Allerdings könnten wir auch endlich heiraten, was die Kosten augenblicklich halbieren würde.“ Als er schallend auflachte, tippte ich ihm gespielt ernst gegen die Brust. „Oder ich zahle lediglich die Zinsen sehr langsam in Naturalien ab und sorge so dafür, dass du vertraglich an mich gebunden bleibst.“

Sein Lachen erstarb abrupt, und seine Augen begannen begehrlich zu funkeln. „Ach. Würdest du das?“

„Du darfst entscheiden.“ Durchtrieben schnappte ich nach seinen Lippen.

Gemächlich erklomm seine Hand mein Bein, wanderte hinauf bis zu meiner Hüfte, schob sich unter meinem Bauchnabel quälend langsam bis in die Mitte meines Unterbauchs und blieb dort mit leichtem Druck liegen. Seine Augen waren jeder dieser Bewegungen gefolgt, tauchten nun wieder in meinen Blick ein, und bevor sein Mund meinen endgültig verschloss, vernahm ich seine leisen Worte: „Mein Versprechen hast du, mein Herz besitzt du. Und was deinen letzten Vorschlag betrifft …“

Zum ersten Mal in meinem Leben wurde mir von einem Kuss schwindelig. Was für eine Energie. Ihre geballte Entladung schon bei der Berührung unserer Lippen ließ Hitze über meinen Körper wallen, ein Vorgeschmack auf die Ekstase, die folgen würde. Seine Hand auf meinem Unterbauch hatte sich keinen Millimeter bewegt, und doch hatte ich das Gefühl, sie lag ganz woanders, weiter unten, tiefer, berührte Regionen, die danach lechzten, ausgefüllt zu werden. Ohne es zu wollen, entwich mir ein Seufzen, und ich bäumte mich ihm entgegen, während sein Mund einen erotischen Tanz auf meinen Lippen inszenierte.

Lichtblitze schossen vor meinen geschlossenen Augen vorbei, schienen sich direkt unter seiner Handfläche zu sammeln, um von dort aus in einer geeinten Feuerwalze meine Sinne zu überrollen. Sie jagte durch mich hindurch, bis unter meine Haarspitzen, von dort aus zurück in meine Zehen, und brach schließlich in meiner weiblichsten Zone auseinander, riss alles mit, was an Verstand noch vorhanden war. Wie Treibgut in hohem Seegang warf es mich herum. Ohne Ufer, ohne Grenzen, ein Spielball entfesselter Leidenschaft. Kein Entkommen war möglich. Ich war ihm vollkommen ausgeliefert, was immer er auch tat. Dann langsam verebbte meine Ekstase in kleiner werdenden Wellen, bis sie schließlich ganz erstarb.

Ich fühlte mich wie durchgeschleudert. Zu schwach, um zu denken, und zu überhitzt und zittrig, um mich zu bewegen. Lediglich die Lider bekam ich flatternd auf, und leicht verschwommen erschien Darians befriedigt lächelndes Gesicht vor meinem Blick.

„Was hast du gemacht?“, brachte ich atemlos hervor.

„Die Kontrolle behalten“, gab er vage zur Antwort, senkte seine Lippen erneut und ließ sie über meine Kehle streifen.

„Und was passiert, wenn du sie kontrolliert verlierst?“, erwiderte ich und kniff die Augen zu, als sein Mund meine Brust erreichte, sie umrundete und dann ihren Zenit liebkoste.

„Ich werde sie nicht mehr verlieren, Faye“, murmelte er zwischen zwei sanft saugenden Attacken. „Niemals wieder.“

Er vielleicht nicht. Ich schon. Allerdings mit dem Unterschied, dass ich die Kontrolle in diesem Punkt wohl nie gehabt hatte. Obwohl ich ohnehin schon lag, gönnte ich es mir, mich an Darian festzuhalten. Eine Hand umfasste seinen Nacken und vergrub sich in seinem Haar. Die andere landete schwungvoll auf seinem festen, knackigen Allerwertesten. Fordernd zog ich ihn näher an mich heran und beantwortete seinen fragenden Blick mit funkelnden Augen.

Da umfasste er meine Knie, zog meine Beine hoch und rutschte gleichzeitig weiter hinunter. Quälend langsam küsste er sich den

Weg hinab und ließ zunächst seine tastenden Finger den Weg erschließen. Sehnsüchtig seufzte ich und bog mich ihm fordernd entgegen. Zärtlich teilten seine Finger die schon in Erwartung feucht glitzernden Falten meiner Weiblichkeit und umspielten den Teil meines Körpers, der seinem Vorstoß entgegenfieberte. Einem Virtuosen gleich brachte er durch bloße Berührungen meinen Leib weiter zum Erklingen. Und nur durch diese bloßen Berührungen jagte er meine Sinne in schwindelerregende Höhen, schien mich förmlich zu verbrennen und ließ mich kurz darauf sanft zurück in seine Arme gleiten.

Kurzatmig und bebend öffnete ich erneut die Augen, fühlte noch die letzten Wellen in mir verebben, als Darian zu mir kam, mich ausfüllte und noch einmal zur erotischen Höchstleistung anspornte. Aufreizend langsam bewegte er sich, während sein Blick meinen nicht mehr losließ. Er kontrollierte jede Bewegung, zog den Akt in unerträgliche Länge und fachte so die lodernde Glut zu einem wahren Inferno an. Ich brannte inzwischen lichterloh, drängte ihm entgegen und wurde doch gebremst. Meine Nervenbahnen verrichteten Schwerstarbeit und standen kurz vor dem Kollaps, ich glaubte, es kaum mehr ertragen zu können. Wie Stromstöße geballter Erregung rasten Ladungen durch meinen Körper, sammelten sich in zentralen Regionen und warteten darauf, erneut losbrechen zu können.

Endlich ließ er die Zügel los, erbarmte sich meines Flehens und ließ geschehen, was zu geschehen hatte. Einmal, zweimal noch spürte ich den harten Stoß, umklammerte mit meinen Beinen seine Hüften, hielt ihn fest. Dann vernahm ich sein leises Stöhnen, fast wie ein Seufzen, und spürte tief in mir sein Pulsieren, sein erlösendes Erzittern. Gleichzeitig erfasste mich der Strudel mühsam verhaltener Ekstase, brach sich Bahn und schlug in purer, alles verschlingender Leidenschaft über mir zusammen. Ohne es wirklich wahrzunehmen, rief ich Darians Namen und krallte mich an ihm fest. Seine Arme lagen um mich, hielten mich fest umfangen und geleiteten mich sachte wieder zurück auf den Boden, zurück in die Gegenwart.

Mit flatternden Lidern sah ich zu ihm auf, doch bevor ich überhaupt ein Wort formulieren konnte, lag sein Mund auf meinem und verschloss ihn für eine kurze Ewigkeit.

„Ich liebe dich, Faye McNamara“, raunte Darian gegen meine

Lippen. „Und ich will es endlich legalisieren."

„Morgen?", gab ich erfreut zurück und knabberte an seiner Unterlippe.

„Noch in dieser Woche. Versprochen", erwiderte er und küsste mich ungestüm, bis mir die Lippen glühten.

Da bemerkte ich abermals einen bekannten Druck an meiner Bauchdecke und ließ meinen Blick hinunterschweifen, bis ich das Köpfchen eines erregten Körperteils entdeckte. Verblüfft sah ich auf und in sein amüsiertes Gesicht.

„Wundert es dich? Er und ich haben dich vermisst, Faye."

„Das sehe ich. Nur bin ich mir nicht sicher, einen weiteren Vorstoß zu verkraften."

„Dann lass dich von meiner Liebe umfangen und genieß es einfach."

Erneut erntete ich einen sanften Kuss, schloss genießerisch die Augen, als ein lauter Knall erklang. Wir schreckten hoch.

Kapitel Zweiunddreißig

"Darian, bist du hier?"

Blitzschnell rollte Darian von mir herunter, legte warnend einen Finger an seine Lippen und sprang in seine Hose. Dann eilte er durch die Stoffbahnen in den vorderen Bereich des Raumes.

„Hier, Kim. Was gibt es?"

„Maja. Sie hat eben angerufen. Jemand verfolgt sie. Dann war sie weg. Ich kann Dad nicht finden", kam es stoßweise und voller Panik. Schlagartig saß ich gerade und langte nach meiner Unterwäsche.

„Ganz ruhig, Kim", vernahm ich Darians Stimme. „Was ist mit Alistair?"

„Er geht nicht an sein Handy." Kimberly schien den Tränen nahe. „Unten in der Werkstatt ist er nicht."

„Okay, keine Panik. Was genau hat Maja dir gesagt?" Er kam zurück in den abgetrennten Teil, warf mir einen besorgten Blick zu und zog sich in Windeseile an. Ich tat es ihm nach.

Inzwischen lieferte Kimberly brüchig weitere Einzelheiten: „Maja ist irgendwo im unteren Parkdeck vom Krankenhaus. Ich konnte sie schlecht verstehen. Sie fragte nach Dad und sagte, jemand schleiche ihr nach. Dann hörte ich sie schreien, und die Verbindung riss ab. Dad ist nicht da. Duncan ist ihn schon suchen. Wenn ihr was passiert ist …"

„Bleib hier. Bin schnellstens wieder da", raunte Darian mir zu und steckte sein Handy ein. Dann drückte er mir einen Kuss auf den Mund und eilte wieder hinaus. „Ich kümmere mich darum, Kim. Ganz ruhig, das kriegen wir hin."

„Reicht die Zeit?", fragte ich, trat durch den Vorhang und schob einen Arm durch den Ärmel des übergroßen T-Shirts.

„Sie muss reichen, Faye. Vergiss es, du bleibst hier. Denk an das Baby." Darian blickte mich entschlossen an, grinste knapp, als er sein graues Shirt an mir entdeckte und wandte sich dann um. Von Kimberly gefolgt eilte er hinaus. Ich vernahm nur noch das Zufallen der Tür.

Ich sollte untätig herumsitzen und Däumchen drehen? Bestimmt nicht. Zudem dachte ich ständig an mein Baby und die Welt, in der es aufwachsen musste. Vielleicht sogar ohne Vater, wenn das so weiterging.

Schnell eilte ich zurück, warf meine Tasche aufs Bett und begann darin zu kramen. Kurz darauf förderte ich meine Jogginghose zutage. Alt, ausgewaschen, aber verdammt bequem. Hurtig zog ich sie über, kniete kurz auf den Fellen, um die Tasche zurückzustellen, als etwas gegen meine Kniescheibe drückte, was ich in der Hektik der letzten Stunden vollkommen vergessen hatte. Sofort öffnete ich die Kiste und nahm die Federn in die Hände.

Meine Konzentration galt Maja. Kim hatte ein Parkdeck erwähnt. Dort gab es genug Schatten und Versteckmöglichkeiten, für wen auch immer. Nun gut, ich holte tief Luft, blies den Atem lang aus und schloss die Augen. *Nur sehen, nicht gehen*. Erst mal.

Für Sekunden sah ich einen Tunnel vor mir. Rotierend, angefüllt mit Bildern, die ineinander verliefen. Dann blickte ich plötzlich in einen dunklen, lang gezogenen Raum mit spärlicher Beleuchtung. Autos säumten rechts und links die freie Fläche. Das war also das Parkdeck. Doch wo war Maja?

In meinem linken Augenwinkel nahm ich eine Bewegung wahr. Ein Schemen glitt vorbei. Wie im Flug bewegte ich mich lautlos und unbemerkt in diese Richtung, versuchte einen Überblick zu gewinnen, indem ich fast unter der Raumdecke klebte. Da, schon wieder. Und dort ebenfalls. Es waren mehrere Erscheinungen. Klein. Gedrungen. Sie huschten über die Wände, strebten einer gemeinsamen Richtung zu. Wo hatte ich Ähnliches schon einmal gesehen?

Ein leises Klirren, direkt vor mir. Ich verharrte, konzentrierte mich darauf. Und auch die Schemen schienen zu lauschen, wirkten für winzige Momente wie erstarrt. Dann aber eilten sie voran, flossen zu einer einzigen, großen Lache mitten auf dem freien Weg zusammen.

Dieses Bild kannte ich. Schlagartig fiel es mir wieder ein. Der Wraith, der Thalion vor Wochen hatte vernichten sollen. Und dann der Park, kurz nachdem wir in New York angekommen waren. Diese merkwürdige Gestalt und die Kinder, die uns bei Alistairs Werkstatt beobachtet hatten. Oh Gott! Ich musste Maja finden.

Konzentriert blickte ich in die Richtung, in die auch der anwachsende Schatten zu starren schien. Ich eilte voran, spitzte die Ohren, damit mir kein Laut entging. Welcher der Wagen war ihrer? Saß sie im Fußraum versteckt darin, oder lag sie darunter? Inzwischen blickte ich unter den Wagen hindurch. Nur Räder, etwas Unrat, Schmutz und … Schuhe, hinter einem Rad versteckt. Ein Knie tauchte auf, dann eine Hand, die sich am Boden abstützte. Ich eilte darauf zu, etwas höher, knapp über den Wagendächern hinweg, stoppte kurz vor der Wand. Und blickte hinunter. Maja. Endlich hatte ich sie gefunden.

Sie hockte dicht am Boden, zwischen der Wand und dem Kühler eines silbergrauen Mercedes. Fieberhaft tastete sie den Boden ab. Ihr Gesicht war zu einer angsterfüllten Maske verzerrt, die Augen weit aufgerissen. Ihr Atem ging stoßweise, dabei doch sehr leise und kontrolliert. Sie trug grüne OP-Kleidung, was ihr zumindest etwas Tarnung verlieh. Aber wonach suchte sie?

Da sah ich es. Die Autoschlüssel lagen unter dem Wagen, sie mussten ihr entglitten sein. Und direkt daneben das Handy, halb versteckt hinter dem Vorderrad.

Plötzlich zerriss ein nervenzerfetzendes Geheul die Stille, echote von den Wänden und hallte als akustisch grausiges Zerrbild durch die Gewölbe des Parkdecks. Ich spürte, wie meinem Gesicht die Farbe entwich. Es klang, als habe jemand die Schleusen des Höllenreichs geöffnet und die Höllenhunde losgelassen. Was ging hier vor?

Maja war so weiß wie die Wand hinter ihr. Sie hatte aufgehört zu suchen, schien regelrecht in der Bewegung eingefroren. Dann keuchte sie auf. Ich folgte ihrer Blickrichtung und musste an mich halten, um nicht panisch aufzuschreien. Der Schemen hatte sich inzwischen formiert, nahm nun Gestalt an. Groß, undurchdringlich, wabernd und doch fest. Arme und Beine bildeten sich, ein Kopf wurde sichtbar. Dennoch war es nicht das, was dieses pure Grausen verbreitete. Der Horror in Gestalt kam den Weg entlanggerast, so schnell, dass seine Konturen nahezu verwischten. Ich erkannte lediglich lange Klauen, scharfe Reißer und etwas Fellartiges. Und es war verdammt groß.

Der Zusammenprall dieses Riesen mit dem Schemen erfolgte Bruchteile später. Ohrenbetäubendes Gebrüll erschütterte das Parkdeck, wütendes Fauchen und Zischen folgte, während sie ineinander verkeilt quer durch den Raum flogen und auf einem parkenden Wagen landeten. Glas zersplitterte, die Motorhaube gab unter der Wucht nach, die Alarmanlage des Wagens begann zu schrillen. Ein harter Schlag, das fellartige Wesen flog durch die Luft, knallte auf den Boden und stand sogleich wieder. Ein Werwolf? Hier? Da sprang er bereits wieder los, flog regelrecht durch die Luft und prallte erneut auf seinen Gegner. Abermals sah ich nur Klauen und Zähne aufblitzen, so rasend droschen die beiden Wesen in unbändiger Wut aufeinander ein.

Mühsam riss ich meinen Blick von ihnen los und sah erneut zu Maja. Sie nutzte ihre Chance, schlich dicht an die Wand gedrückt mit den Autos als Sichtschutz vom Ort des Kampfes fort. Ich wollte schon aufatmen, sie innerlich anfeuern, dass sie die Tür in ihrer Nähe erreichte, als ich genau dort eine weitere Bewegung ausmachte. Mir stockte der Atem. Schlecht getarnt, sein Schutz flakkerte, harrte dort ein Vampir aus, klein und gedrungen; er wirkte fast wie ein verwahrlostes Kind, irgendwie abgerissen. Dennoch war er gefährlich, egal, wie groß oder klein er war. Und er musste nur darauf warten, dass Maja ihm in die Arme lief. Mir war klar, dass dies geschehen würde, denn sie konnte ihn nicht sehen.

Für einen Moment noch zögerte ich, hoffte auf Hilfe, betete inständig, dass Darian schnell genug den Ort des Geschehens erreichen würde. Mehrere Sekunden verrannen ungenutzt, und Maja kam dem Vampir immer näher. Nur noch wenige Schritte. Seine Zähne blitzten bereits in leiser Vorfreude auf.

Es blieb keine Zeit mehr. Ich sprang.

Der Aufprall erfolgte blitzartig. Ich landete direkt auf Maja, der Schwung warf uns zu Boden. Sie kreischte, schlug instinktiv um sich und versuchte, mich von sich zu stoßen.

„Maja, hör auf, ich bin's, Faye!“, rief ich ihr zu und wich eilends einem Tritt aus.

Sofort stellte sie die Gegenwehr ein und starrte mich mit furchtgeweiteten Augen an. „Wie …?“

„Halt dich an mir fest, wir müssen hier weg“, raunte ich ihr nur zu, umklammerte sie und sah kurz hoch.

Der Vampir in unserer Nähe starrte uns verblüfft an, erholte sich jedoch sehr schnell von seinem Schreck und setzte sich in Bewegung. Schräg hinter uns knallte es, und ich fühlte eine Erschütterung des Bodens. Die beiden Wesen lieferten sich weiterhin einen erbitterten Kampf.

Ich schloss die Augen und konzentrierte mich auf Alistairs Raum. Ein Zischen drang an meine Ohren, ich fühlte einen Luftzug, dann brannte meine Schulter. Jetzt oder nie.

Alles verschwamm. Ich hörte Maja schreien und fühlte ihre Arme wie Schraubzwingen um mich. Dann kamen wir auf, rollten über den Boden, blieben schließlich eng umschlungen liegen und wagten keinerlei Regung. Uns umgab eine Grabesstille, nur unterbrochen vom Geräusch unserer schweren Atmung.

Langsam löste ich die Umklammerung, spürte einen Schmerz an meiner linken Schulter und keuchte verhalten. Verflucht, er musste mich kurz vor dem Sprung erwischt haben.

„Bist du in Ordnung?", fragte ich leise, richtete mich etwas auf und sah Maja besorgt an.

Sie sah mich mit nervösem Blick an und brachte sich ebenfalls in eine kniende Haltung. „Was ist gerade geschehen? Und wo sind wir jetzt?"

„Es war ein Hinterhalt, Maja. Sie müssen uns schon länger beobachtet haben und sind so auf deine Verbindung zu Alistair gekommen. Anders kann ich es mir nicht erklären. Wir sind bei meinem Bruder im Haus, in Sicherheit."

Maja nickte lahm und nahm nun den Raum in Augenschein. „Ja, ich war schon einmal hier, das stimmt. Aber wie sind wir hierhergelangt? Und wer sind *sie*?"

Ich rang mir ein schiefes Lächeln ab und wusste selbst, dass alles vollkommen fantastisch klang, was ich ihr zu sagen hatte. „Wir sind durch ein Raumportal gesprungen. Ich weiß, es ist unglaublich und vollkommen irre, aber es ist passiert. Wie das genau funktioniert, weiß ich nicht. Hauptsache ist, dass es funktioniert. Und diese Typen sind Vampire. Soweit ich weiß, hat mein Bruder dir dazu schon einiges gesagt. Etwas ganz Übles kündigt sich an. Es tut mir Leid, dass du zwischen die Fronten geraten bist. Oh, verdammt!" Blitzschnell sprang ich auf und fuhr zusammen, als der Schmerz mir die Schulter wieder in Erinnerung rief.

Hatte Maja mich bis eben noch völlig ungläubig angestarrt, kam nun Leben in sie. „Du bist verletzt. Lass mich das ansehen."

„Gleich", winkte ich ab und eilte in den abgegrenzten Raum. Ich legte die Federn weg und kramte mein Handy hervor. Schnell drückte ich die Kurzwahltaste, und Sekunden später wurde abgenommen. „Darian? Entwarnung. Maja ist in Sicherheit. Sie ist hier bei mir."

„Du hast die Federn benutzt?", scholl es mir sofort aufgebracht durch den Hörer entgegen. Ich hielt ihn etwas weiter vom Ohr entfernt. „Ja, musste ich. Du wärst zu spät gekommen."

„Darüber reden wir, sobald ich zurück bin, Faye."

Ich schnitt eine Grimasse und grinste dann ins Gerät. „Ich liebe dich auch, Schatz. Und bitte, gern geschehen." Damit klappte ich es zu und ging zurück zu Maja. „Jetzt darfst du es dir ansehen."

Ganz Ärztin, machte sie sich an die Arbeit. Da das Shirt gelitten hatte, zerriss sie es kurzerhand. Es hing ohnehin halb in Fetzen, es spielte also keine Rolle mehr. Als sie meine Schulter sah, sog sie geräuschvoll die Luft ein.

„So schlimm?", hakte ich vorsichtig nach und versuchte selbst etwas zu erkennen, was mir jedoch höchstens als Fakir oder Schlangenmensch hätte gelingen können. Oder mit einem Spiegel.

„Zwei Schnitte. Aber nicht so dramatisch, dass wir nähen müssten", lautete ihr Urteil. „Allerdings müssen wir sie gut reinigen und entsprechend verbinden, damit wir eine Infektion verhindern. Das sieht wie Kratzer von scharfen Fingernägeln aus."

„So fühlt es sich auch an."

„Lass uns in die Küche gehen, dort haben wir heißes Wasser. So ein Mist, dass ich meine Tasche nicht dabeihabe." Sie erhob sich, reichte mir ihre Hand und zog mich hoch. „Wie sieht es mit deinem Impfschutz aus? Tetanus?"

„Habe ich letztes Jahr erst auffrischen lassen", gab ich zurück und wies zur Tür. „Dort geht's lang."

Unsere Mitbewohner staunten nicht schlecht, als ich in Begleitung von Maja das untere Apartment betrat und die Küche ansteuerte.

„Habt ihr Alistair erreicht?", fragte ich in die Runde und ließ mich neben dem Fenster nieder, damit Maja genug Licht hatte.

Sie begrüßte alle Anwesenden, bat um Verbandszeug und Desinfektionsmittel und nahm dankend die Tasse Kaffee entgegen, die Kimberly ihr perplex entgegenhielt.

Während Dad und Ernestine uns verwirrt betrachteten, legte Jason die Zeitung beiseite, erhob sich und organisierte das Gewünschte, als wäre nichts Besonderes vorgefallen. Nebenbei erkundigte er sich nach Majas Wohlbefinden und erwähnte, dass Alistair sich vor einer Weile gemeldet hätte und sofort zum Krankenhaus eilen wollte. Maja und ich wechselten einen besorgten Blick. Wir wollten uns nicht ausmalen, was geschah, wenn er in den dort tobenden Kampf platzte.

„Ich probiere es noch mal“, murmelte Kim, nahm das Telefon vom Tisch und wählte Alistairs Nummer. Sie ließ es lange klingeln, ehe sie auflegte und uns betrübt ansah.

„Er wird sich schon melden“, meinte Ernestine hoffnungsvoll und ging Maja zur Hand, um ihre zitternden Hände zu beschäftigen. Dad zog es inzwischen vor, Schützengräben in den Flur zu laufen. Einzig Jason wirkte ruhig und besonnen, während er einen Tee aufsetzte.

Nachdem Maja meine Schulter versorgt hatte, ließ sie sich auf der Tischkante nieder, fuhr sich mit dem Rücken ihrer blutigen Hand über die Stirn und wischte sich die Haare aus dem Gesicht. In ihren Augen stand Erschöpfung, Besorgnis und noch etwas, was ich nicht deuten konnte. Skepsis? Oder die Hoffnung, dass das alles nicht wahr war?

„Du glaubst noch immer nicht daran, richtig?“, deutete ich ihren Blick, und sie nickte lahm. „Es ist das Gegenteil von allem, was ich jemals gelernt habe. Es ist wissenschaftlich ein Absurdum. Trotzdem habe ich es erlebt.“

Meine Hand landete auf ihrer, ich tätschelte sie verstehend. „Ich weiß, es ist nicht einfach. Als ich damit konfrontiert wurde, bin ich fast durchgedreht. Teilweise habe ich die Nerven verloren und gebetet, aus diesem Albtraum zu erwachen. Glaub mir, es ist kein Traum. Es ist so real wie du und ich. Aber mal ganz ehrlich, du hältst dich erstaunlich gut.“

„Danke.“ Maja lächelte gequält. „Zumindest versuche ich die Fassung zu wahren. Es fällt mir derzeit nicht leicht.“ Dann sah sie auf. „Dieser Mann, Darian, ist auch einer von ihnen?“

„Das ist er, Dr. Brooks“, meldete Jason sich zu Wort und drehte sich zum Kühlschrank, um diesen zu öffnen. „Mr. Knight ist einer von den Guten. Wenn es Sie beruhigt: Sehen Sie bitte selbst. Das ist das Einzige, was er zu sich zu nehmen geruht.“

„Blutkonserven?“, rutschte es ihr erstaunt heraus, als sie den Inhalt in einem der Fächer bemerkte.

„In der Tat.“ Jason klappte die Tür wieder zu. „Etwas anderes kommt für ihn nicht infrage.“

„Für mich schon. Aber ich habe mich den Gepflogenheiten dieses Haushalts angepasst“, murmelte es von der Tür her. Steven latschte in die Küche, setzte Breeze auf dem Boden ab und öffnete seinerseits den Kühlschrank. Eine Konserve landete in der Mikrowelle, wurde auf Betriebstemperatur gebracht, ehe Steven demonstrativ seine Zähne durch das Plastik schlug und sie binnen Sekunden leerte. Dann ließ er die leere Verpackung in den Mülleimer fallen und drehte sich zu Maja um. „Ist eine weitere Demonstration unserer Existenz nötig, oder glauben Sie es nun? Ach übrigens, ich bin Steven Montgomery, vor gut dreißig Jahren aufgrund eines Bisses verstorben und heute meines Zeichens *Vampir in Läuterung*. Falls Sie Fragen haben, bin ich gern bereit, diese zu beantworten. Allerdings gestatte ich keine Experimente an meiner Person. So weit alles klar? Hoppla!"

Lediglich Jasons beherzte Reaktion verhinderte, dass Maja wie Pudding vom Tisch glitt. Mit einem stillen Seufzen war jedes Bewusstsein aus ihrem Leib entwichen, und während Jason sie festhielt, eilte Ernestine hinaus, um das Riechsalz aus ihrer Handtasche zu holen. Ich warf Steven indes einen finsteren Blick zu.

„Meine Güte", entschuldigte er sich eingeschnappt. „Die Frau schnippelt jeden Tag ihre eigenen Artgenossen auf. Da habe ich schon ein wenig mehr Widerstandsfähigkeit erwartet."

„Nicht nach dem, was sie in den letzten Stunden alles erlebt hat, Steven." Ernestine kam zurück und hielt Maja das Riechsalz unter die Nase. Ihre Augen blitzten ihn strafend an. „Etwas mehr Diplomatie und Takt täte dir bisweilen gut."

„Hey! Ich war taktvoll. Ich hätte ja auch in sie beißen können."

Langsam kam Maja wieder zu sich. Ihre Lider zitterten, ehe sie sich ganz öffneten. Dann aber saß sie abrupt kerzengerade und starrte Steven an.

„Jawohl." Er nickte. „Ich bin echt. Und ja, ich kann Ihre Gedanken lesen. Oh nein, Sie werden nicht gleich wieder in Ohmacht fallen."

Das tat sie nicht. Dafür setzte uns allen gleichzeitig – außer Steven natürlich – der Herzschlag aus, weil das Telefon zu klingeln begann.

„Das ist Dad!", rief Kim aus, griff nach dem Hörer und nahm ab. „Wo bist du?" Sie lauschte und allmählich erschien ein entspanntes Lächeln um ihre Mundwinkel. „Okay. Das ist gut. Dann bis gleich."

Die Spannung erreichte ihren Höhepunkt, als sie auflegte. Sämtliche Augenpaare im Raum klebten an ihr. Kimberly atmete tief durch, sah uns der Reihe nach an und meinte endlich: „Darian hat ihn aufgelesen. Sie sind auf dem Weg hierher. Es geht ihnen gut."

Ich hätte niemals gedacht, dass alle Anwesenden in diesem Raum synchron die Luft anhalten und ebenfalls zugleich ausatmen konnten.

Jetzt erst fiel mir auf, dass mein Magen knurrte. Die Pizzaschachteln standen noch auf dem Tisch, und ich nahm ein kaltes, fetttriefendes Stück heraus. Binnen Sekunden war es verputzt, und mit einem weiteren bewaffnet verließ ich die Küche und eilte hinaus in den Hof. Kauend erwartete ich neben der Hofeinfahrt die Rückkehr der beiden Männer. Gut zehn Minuten später bog der Van ein. Darian stellte ihn mitten im Hof ab und sprang heraus. Sofort stand er vor mir, sah mich kurz an und zog mich dann schweigend in seine Arme.

„Geh nicht zu streng mit ihr ins Gericht." Ein leichtes Schulterklopfen untermauerte Alistairs Worte, dann eilte er ins Haus. Kurz darauf hörten wir Kimberlys Jubel.

„Du hast dich in große Gefahr begeben, Faye", murmelte Darian gegen mein Haar, und ich nickte. „Ich weiß. Aber ich hatte keine Wahl. Hätte ich es nicht getan, wäre Maja tot."

„Vermutlich wäre sie das." Seine Hände umfassten mein Gesicht, und er blickte mich streng an. „Es ist sogar sehr wahrscheinlich, dass sie es wäre. Doch es hätte auch dein Ende bedeuten können. Dir ist nicht klar, was dort auf euch gewartet hat."

„Ich sah einen Schemen, der sich mitten im Raum aufbaute. Er erinnerte mich an den Wraith, vor dem wir Thalion gerettet haben. Wenn nicht plötzlich dieser Werwolf aufgetaucht wäre, hätte er sie zerfetzt, Darian. Dann war da neben dem Ausgang ein Vampir, der nur darauf wartete, Maja zu erwischen. Ich musste etwas tun."

„Du hast einen Werwolf gesehen?", echote er, und die Strenge in seinem Blick wich tiefer Besorgnis. „Wann?"

„Kurz nachdem sich dieses andere Wesen gebildet hatte. Er stürmte den Fahrweg entlang und griff den Schemen ohne Vorwarnung an. Ich dachte erst, er hätte es ebenfalls auf Maja abgesehen. Glaubst du, er hat sie beschützt?"

„Es sieht ganz danach aus." Darian küsste mich flüchtig, zog mich abermals fest an seinen Körper und strich mir über die Haare. Dann schob er mich abrupt von sich, und sein Blick war wieder voller Strenge. „Du bist verletzt."

„Maja hat sich bereits darum gekümmert", spielte ich es bemüht glaubhaft herunter. „Es sind nur Kratzer."

„Nur Kratzer? Verdammt, Faye! Ich möchte nicht jedes Mal, wenn ich mich umdrehe, eine neue Verletzung an dir vorfinden. Dein Leichtsinn wird dich noch einmal umbringen."

„Sehr amüsant, Mr. Knight", brauste ich auf und machte mich von ihm frei. „Das musst gerade du sagen. Wen hat es denn beinahe umgebracht?"

„Ich möchte behaupten, dass der Punktestand recht ausgeglichen ist", vernahmen wir hinter uns Jasons trockenen Einwurf und fuhren gleichzeitig herum. Er lehnte am Türrahmen und lächelte uns entgegen. „Schön, dass Sie Mr. McNamara gefunden haben, Sir. Und wenn Sie mir diese kleine Indiskretion erlauben: Dr. Brooks ist ebenfalls überaus glücklich über diesen glimpflichen Ausgang."

„Hat sie ihren Schock überwunden, Jason?"

„Durchaus, Miss McNamara. Sie geruhte sogar, Stevens Saugzähne einer genaueren Betrachtung zu unterziehen. Sie war sehr an der Praxis interessiert, nachdem sie erst einmal ihre Scheu überwunden hatte."

„Ist mir etwas Wesentliches entgangen?", meldete Darian sich nun zu Wort.

„Lediglich Mr. Montgomerys beeindruckende Demonstration blutrünstig domestizierter Verhaltensweisen, Sir."

Er verdrehte die Augen und legte mir seinen Arm um die Taille. „Ich ahne, was das bedeutet. Kommt, das war genug Aufregung für heute. Mich gelüstet nach einem *Bloody Whoever*. Du schmeckst übrigens nach Pizza, Liebes. Thunfisch mit doppelt Käse?"

Ich grinste. „Knapp dran. Möchtest du es noch mal probieren?"

Diese Chance nahm Darian liebend gern wahr, und wir bemerkten nicht, wie Jason sich diskret ins Haus zurückzog.

„Morgen Abend um halb sieben im Central Park, im *Belvedere Castle*. Ich bitte um entsprechende Kleidung. Wir werden heiraten“, eröffnete Darian ohne Umschweife nach einem kurzen, heimlichen Telefonat und lächelte in die Runde. „Und ich werde keinen weiteren Aufschub zulassen.“

Wir alle starrten ihn überrumpelt an, doch Jason fand seine Stimme als Erster wieder: „Eine gute Entscheidung, Sir. Wenn Sie mir die Bemerkung erlauben: Es wurde Zeit.“

„Selbstverständlich rechne ich mit Ihrem Erscheinen, Mrs. Brooks“, wandte Darian sich sogleich an Maja. „Es sei denn, Sie haben anderweitig Termine.“

Einen Moment lang blinzelte sie ihn verblüfft an, dann huschte ein Lächeln über ihr Gesicht. „Ich komme gern. Holst du mich ab, Alistair?“

„Ich mache noch etwas ganz anderes, Maja.“ Er erhob sich vom Küchenstuhl, und nur mich schien es zu wundern, dass er leicht hinkte, als er den Raum verließ. Kurz darauf stellte er eine Tasche im Flur ab und trat wieder ein. „Ich werde dich heute Nacht nicht allein lassen. Falls du einverstanden bist.“

Statt Worte zu verschwenden, trat sie auf ihn zu und küsste ihn vor den Augen aller. Steven grinste von allen am breitesten. „Damit wäre das wohl auch geklärt. Ich habe die Lockstoffe schon von weitem gerochen. Autsch.“

Pure Unschuld heuchelnd blickte sich Ernestine um, während Steven sich mit vorwurfsvollem Blick den oberen Rippenbogen rieb.

„Möchte noch jemand kalte Pizza?“, überbrückte Dad das Schweigen und langte nach einer der Pappschachteln. „Oh, zu früh gefreut. Leer. Mist.“

„Wir könnten essen gehen“, schlug Ernestine vor, doch Kimberly zog flugs eine Schublade auf und holte eine Menükarte hervor. „Asiatisch? Der Bringdienst ist ganz okay. Und manchmal schaffen sie es sogar, das Essen warm zu liefern.“

„Nette Idee“, flachste Steven und rieb sich die Hände. „Kann ich den Boten haben?“

„Meint er das ernst?“ Maja warf ihm einen skeptischen Blick zu und entspannte sichtlich, als wir zu lachen begannen.

Einzig der junge Vampir betrachtete sie geziert. „Fürwahr, junge Frau, Sie haben weiterhin Bedenken? Nun ja, ich nehme doch an, Sie haben eine Intensivstation, auf der ich ehrenamtlich tätig werden könnte?"

Lachend schlug Kimberly ihm gegen den Oberarm. „Jetzt hör aber auf, du Vielfraß."

„Hey! Immerhin hattet ihr Pizza. Ich aber habe Hunger."

„Wir haben derzeit tatsächlich einen Patienten auf der Intensiv, der es nicht mehr lange macht", räumte Maja sehr ernst ein, und alle Blicke wandten sich ihr schockiert zu. Sie hingegen schmunzelte über Stevens leuchtende Augen und sah ihn nachdenklich an. „Bekommt ein Vampir eigentlich Karies, wenn er einen Diabetespatienten aussaugt?"

Stevens verwirrte Miene sprach Bände, und glucksend schlug Alistair ihm auf die Schulter. „*Touché*, mein Freund."

„Bevor du verschwindest, Alistair", meinte ich lächelnd und trat an ihm vorbei aus der Küche. Dabei winkte ich mit dem Zeigefinger. „Ich möchte dich gern sprechen."

„Oha, wenn sie das sagt, reicht der dickste Wintermantel nicht. Ich komme, Faye."

Ihm voran ging ich den Flur hinunter und öffnete sein Büro. Er sah mich fragend an, trat aber ein und blickte sich sogleich erstaunt um. „Alle Wetter. Habt ihr hier aufgeräumt?"

„Ernestine und ich, heute Vormittag. Wir sind noch nicht ganz fertig. Außerdem wollte ich einiges recherchieren, aber das ist momentan unwichtig. Warum hinkst du, Alistair?"

„Wieso? Ach das, es ist nichts weiter."

„Hör auf mich anzuschwindeln. Du warst auf dem Parkdeck, richtig? Hast du etwas abbekommen?"

Ergeben stellte er seinen Fuß auf einen der Kartons und zog das Hosenbein hoch. Geräuschvoll sog ich die Luft ein. „Meine Güte, Alistair. Das muss behandelt werden."

„Ich weiß. Maja wird sich darum kümmern." Er schenkte mir ein schiefes Grinsen und zog das Hosenbein wieder über den tiefen, blutigen Schnitt. „Ich war nicht schnell genug draußen und bekam von diesem Schattenwesen die Quittung dafür. Mach dir keine Sorgen, Faye. Es ist erledigt. Das Vieh ist weg."

Meine Zweifel blieben. „Und der Werwolf?"

„Was? Ach so, nein …“ Seine Augen blitzten merkwürdig auf, dann schüttelte er den Kopf. „Ich gehe davon aus, dass er ebenfalls weg ist.“

Ich nickte knapp. „Wahrscheinlich zusammen mit dem Schemen. Darian vermutete, dass er Maja geschützt hat.“

„Ja. Wahrscheinlich wird es so gewesen sein. Ist sonst noch etwas, Faye? Ich würde Maja jetzt gern nach Hause fahren und mein Bein verbinden lassen.“

„Nein, für den Moment ist das alles. Dann sehen wir uns spätestens morgen im *Belvedere*.“

Er zwinkerte mir zu. „Ja, spätestens dort.“ Ich erhielt noch einen Kuss auf die Stirn, dann verließ er den Raum. „Wollen wir, Maja?“

Eine herzliche Verabschiedung mit zahlreichen Umarmungen folgte. Kurz darauf fiel hinter ihnen die Tür zu, der Van wurde gestartet und fuhr vom Hof. Nachdenklich ließ ich mich auf den Stuhl sinken.

„Tee, Miss McNamara?“ Jason lächelte mir zu und reichte mir eine Tasse Earl Grey.

„Meint ihr, ich bekomme morgen noch einen Friseurtermin?“, grübelte Ernestine ganz ladylike und erhielt von Dad die typisch männliche Antwort: „Wofür? Du siehst doch ganz passabel aus.“

„Deine Tochter wird heiraten, du schottischer Stoffel. Dafür macht man sich gefälligst schick.“

„Ach, dann muss ich mich wohl duschen und rasieren?“ Dad zwinkerte mir verschmitzt zu.

Kopfschüttelnd trank ich meine Tasse leer und stand auf. „Von mir aus kannst du auch als zotteliger Bär vor dich hin stinken, Dad. Hauptsache, du rutschst auf deiner Ölspur nicht aus, wenn du mich an Darian übergibst. Wo steckt er überhaupt?“

„Er ist nach oben gegangen, wollte telefonieren“, gab Steven die Antwort.

„Danke. Bitte entschuldigt mich, ich bin ziemlich müde und möchte mit meinem Zukünftigen noch etwas besprechen.“

„Schlaf gut, Kind.“ Ernestine drückte mir einen Kuss auf die Wange, und Dad winkte mir kurz zu. Kimberly schenkte mir einen amüsierten Blick. „Denk dran, das ist deine letzte Nacht in Freiheit.“

Gutmütig abwinkend verließ ich die Küche, blieb im Flur jedoch stehen, als ich Stevens Protest vernahm: „An den armen Kerl denkt

dabei wohl niemand, hä?“
„Mein Gott, bist du bärbeißig, Steven!“
„Entschuldigung, junge Dame, aber das ist mein Part.“
„Könntest du dich bitte aus den Streitereien der beiden heraushalten, Duncan?“
„Wenn es genehm ist, werde ich mich nun ebenfalls empfehlen, die Herrschaften, und meinen Tee in Ruhe genießen. Auf dem Dach.“ Mit der Tasse in der Hand trat Jason aus der Küche und stutzte, als er mich vor der Tür stehen sah. Dann durchmaß er mit wenigen Schritten den Flur und öffnete mir.
Lächelnd ging ich an ihm vorbei „Was wäre die Welt ohne diese Familie, Jason?“
„Ich möchte vermuten, sie wäre um ein Vielfaches ruhiger, Miss McNamara.“
„Wohl wahr, Jason, wohl wahr. Aber auch langweiliger.“
Es wunderte mich, dass Darian sich für ein simples Telefonat in die oberen Räumlichkeiten zurückzogen hatte. War es ein simples Telefonat, oder war das Telefonat weniger simpel, als es den Anschein erwecken sollte?
„Nein, das halte ich für keine gute Idee“, vernahm ich bei meinem Eintreten gedämpft. „Je weniger davon bekannt wird, desto sicherer ist es.“
Mein Argwohn wuchs. Dennoch entschied ich, nicht voreilig zu urteilen. Also machte ich mich entsprechend bemerkbar, indem ich die Eingangstür deutlich hörbar hinter mir schloss und den Gang mit lauten Schritten durchquerte.
„Und das, mein Freund, wäre noch weniger sinnvoll“, hörte ich Darian mit einem amüsierten Unterton in der Stimme sagen.
Da stand ich bereits im Raum und blickte ihn an. Darian deutete eine knappe Verbeugung an und wandte sich zu mir um. Ein Lächeln stand auf seinem Gesicht, und seine Augen leuchteten von innen heraus, als ob ein Feuer in ihm brannte.
Fragend blinzelte ich, sagte jedoch kein Wort. Das war auch nicht weiter nötig, denn er begann zu lachen und schüttelte dabei den Kopf. „Ja, es war im weitesten Sinne ein Ferngespräch, und ich soll dir Grüße ausrichten. Nein, du denkst nicht zu laut, du schreist.“
Gespielt schnippisch blies ich mir eine Locke aus dem Gesicht. Er war zu mir getreten, steckte mir die Strähne hinters Ohr und gab mir einen sanften Kuss. „Und nein, Liebes, es war nicht Mi-

chael."

Diesmal entwich mir ein Wort. „Oh."

„Du kennst ihn bereits. Er geleitete dich zurück, als vor gut drei Wochen dein innerer Navigator versagte."

„Der Treppensturz", fiel es mir wieder ein. „Wer ist er? Er hat sich mir nicht vorgestellt."

„Das sieht Gabriel gar nicht ähnlich", wunderte Darian sich aufrichtig und zuckte dann mit den Schultern. „Vermutlich hatte er etwas Stress."

„Soll in Verbindung mit mir ab und an vorkommen", gab ich trocken zurück. „Zumindest hat er es angedeutet. Oder hat sich zuvor mein Schutzengel beschwert?"

„Das solltest du ihn beizeiten selbst fragen. Aber deswegen bist du nicht an ihm interessiert."

„Gibt es irgendetwas, was man dir verheimlichen kann, Schatz?"

„Alles. Wenn du die Dattel trägst."

„Inzwischen bezweifle ich die Funktionalität dieser Frucht dir gegenüber."

Seine Augen funkelten noch eine Nuance heller. „Soll ich dir ein Geheimnis verraten, Liebes?"

Ich nickte heftig.

„Die Dattel funktioniert nur, *wenn* du sie trägst." Damit öffnete er die Hand, und in ihr lag das besagte Trockenobst. „Sie lag neben den Fellen."

„Wieso …?" Verschreckt blickte ich auf seine Hand, dann in meinen Ausschnitt und rollte sogleich mit den Augen. Sehr langsam zog ich eine zerknüllte Perlonsocke aus meinem BH. Das kam davon, wenn man es eilig hatte und nicht nachschaute.

Sein Blick blieb an der Socke hängen, und seine Stirn legte sich in ähnliche Falten wie das zerknitterte Kleidungsstück sie aufwies. „Ich gehe davon aus, dass du Maja mit diesem wenig effektiven Schutz vom Parkdeck geholt hast?"

Ich sah ihn zerknirscht an. „Meinst du, ich hätte sie eher über den Kopf stülpen sollen?"

„Wenn du sie vorher getragen hättest, hätte zumindest ihr Geruch als Schutz dienen können. Doch glaube ich kaum, dass dich das vor einem Angriff bewahrt hätte." Bedächtig ließ er die Dattel in meine Handfläche fallen. „Pass besser auf dich auf, Faye."

Nickend steckte ich die Frucht zurück an den Ort, an den sie gehörte. Dann sah ich Darian wieder an. „Verrätst du mir, worum es in deinem Gespräch mit Gabriel ging?“

Er lächelte leicht. „Nein. Aber es wäre durchaus möglich, dass wir zu unserer Trauung mehr Gäste haben werden als anfangs erwartet.“

„Wer von ihnen streut die Blumen?“

„Das werden wir sehen.“ Seine Augen nahmen langsam wieder ihre natürliche Farbe an, das Funkeln erlosch. Was war das gewesen?

„Hast du inzwischen Thalion erreicht?“, holte ich das alte Thema zurück auf den Tisch und erntete einen genervten Blick. „Noch nicht. Aber es ist auch nicht weiter wichtig.“

Weil ich keinen Streit vom Zaun brechen wollte, gab ich mich mit dieser Antwort zufrieden. Fürs Erste.

„Ach übrigens, ich habe einen Friseurtermin für dich und Ernestine vereinbart.“ Darian zog einen Zettel aus seiner Hosentasche hervor und reichte ihn mir. „Morgen Mittag gegen zwölf Uhr.“

Zögerlich nahm ich den Zettel entgegen. „Ich kann nur hoffen, dass es nicht der Friseur ist, bei dem du meine Kiste hinterlegt hattest. Oh je, ich ahnte es.“

„War sein Service nicht zufriedenstellend, Faye?“

„Doch, doch. Aber neben einem etwas bissigen Humor hat der Inhaber eine rasant auftretende Allergie dem Schachtelinhalt gegenüber entwickelt. Er empfahl uns mit Nachdruck, zukünftig einen anderen Salon aufzusuchen.“

Darian winkte locker ab. „Mach dir darüber keine Gedanken, Schatz. Jacques ist der Beste, und er hat auch nur seinen Preis. Bei entsprechender Zuwendung erleidet er meistens einen partiellen Erinnerungsverlust. Wenn es dich beruhigt, werde ich euch gern begleiten.“

Ich wagte zu bezweifeln, dass seine Anwesenheit beruhigend wirken würde. Zumindest nicht auf den Inhaber des Salons. Trotz dieser Vorahnung wollte ich mich überraschen lassen.

„Komm, lass mich deine Verletzung ansehen. Vielleicht kann ich etwas machen.“

„Maja sagte, es wären nur Kratzer. Also ist es halb so schlimm.“

„Das werde ich entscheiden, sobald ich das Pflaster abgemacht und nachgesehen habe.“

Was sollte ich diesem sturen Vampir nun noch entgegensetzen? Außer meiner eigenen Sturheit vielleicht. Ein Blick in seine Augen ließ mich wissen, dass ich gedanklich gebrüllt haben musste. Ergeben atmete ich tief durch und trat durch die Stoffbahnen, um mich sogleich auf die Felle fallen zu lassen. Darian half mir aus der Kleidung und machte sich dann über die Verwundung her. Er schien über Majas Arbeit hocherfreut, fuhr kurz mit den Fingern darüber und klebte das Pflaster wieder auf. Dann legte er sich neben mich. Ich spürte ein leichtes Brennen und sah ihn fragend an.

„Um die Verletzungen komplett zu heilen, fehlt mir derzeit etwas die Kraft, Liebes. Ich hoffe, du bist mit dem Verschließen der Wunden zufrieden?"

Ich küsste ihn erheitert auf die Lippen. „Witzbold. Selbstverständlich. Komm erst mal selbst wieder auf die Beine."

Er lachte leise und ließ seine Hände wandern. Während seine Finger gemächlich über meinen Rücken strichen, glitt ich sanft hinüber in Morpheus Arme.

Wie lange ich geschlafen hatte, konnte ich nicht sagen. Es war noch dunkel, als ich erwachte. Neben mir fühlte ich Darians Körper, einen Arm hatte er um mich gelegt, so als wolle er mich festhalten. Vorsichtig bewegte ich mich. Da wurde sein Griff nachdrücklicher, und ich spürte einen Kuss in meinem Nacken. „Du wirst doch wohl nicht fortschleichen wollen?"

„Nein." Wie zum Beweis schob ich meine Hand in seine. „Auch wenn ich allmählich nervös werde. Es ist so endgültig."

„Beruhige dich, Liebes. Für mich ist es auch das erste Mal."

Diesmal drehte ich mich zu ihm um. „All die Jahre hast du es geschafft, diese Fesseln zu umgehen? Wow!"

„Für mich sind es keine Fesseln, sondern weiche Seidenbänder, weil du die Richtige bist, Faye." Ein Kuss landete auf meiner Nasenspitze. „Du bist die einzige Frau, die es auf Dauer mit mir aufnehmen und vermutlich auch aushalten kann. Und du bist die einzige Frau, die ich jemals dauerhaft um mich haben möchte. Mein Herz besitzt du bereits, da ist es nur schlüssig, wenn der Rest von mir folgt."

„Und dazu ist eine Heirat nötig?", hakte ich lächelnd nach.

„Du meinst, ohne Trauschein ginge es auch? Sicher wäre das möglich, ginge es hier nur um dich und mich. Aber du erwartest mein Kind. Entschuldige bitte diesen Anflug von männlichem

Besitzdenken und gestehe mir zu, dass ich dem kompletten Universum mitteilen will, wohin ihr beide gehört. An meine Seite, zu mir. Das lasse ich mir von niemandem mehr nehmen."

Klare Worte. Ich küsste ihn verstehend, ging es mir doch genauso. Diesen Mann würde ich nicht mehr loslassen. Egal, was uns erwartete.

In seinen Armen geborgen, schlief ich erneut ein.

Das durch die Stoffbahnen gedämpft hereinfallende Sonnenlicht kitzelte mich langsam aber sicher wach. Ich gähnte, streckte mich ausgiebig und kuschelte mich noch einmal ins Kissen. Dann saß ich schlagartig aufrecht. Mein Blick flog zum Wecker. Es war schon halb zehn. Um zwölf war der Friseurtermin. Gut dreißig Minuten dauerte die Fahrt dorthin, wenn alles klappte. Ich musste also aufstehen.

Nein, musste ich nicht, denn kaum hatte ich mich dazu entschlossen, erklang ein fröhliches „Guten Morgen, Schlafmütze“ durch den Raum, und Ernestine erschien kurz darauf mit einem Tablett in den Händen vor mir.

„Ich dachte mir, du möchtest im Bett frühstücken. Falls man diese zusammengewürfelten Laken überhaupt Bett nennen kann.“ Sie klappte die Füße des Tabletts aus und stellte es über meine Beine. „Frischer Kaffee mit Milch, ein frischer Orangensaft, zwei Croissants, ein Frühstücksei, Marmelade, Käse und Erdnussbutter. Wie du es magst.“

„Das könnte ich jeden Tag haben. Leiste mir doch bitte Gesellschaft.“ Ich klopfte neben mich auf die Felle, und sie ließ sich sogleich an meiner Seite nieder. Dann entdeckte ich eine zweite Tasse auf dem Tablett und wusste, dass sie es ohnehin vorgehabt hatte.

„Schon nervös?“, fragte sie und nippte an ihrem Kaffee.

„Noch nicht.“ Das Ei verlor schwungvoll seinen Kopf. „Allerdings müssen wir uns ein wenig beeilen. Darian hat einen Friseurtermin für uns klargemacht.“

„Ich weiß, er hat es mir gesagt. Aber du kannst in Ruhe frühstükken, denn die Friseurin kommt her. Dein Mann hat das vor einer halben Stunde am Telefon abgeklärt. Also keine Hast bitte.“

Mein Mann. Wie das klang. Ungewohnt, und trotzdem vertraut. Als müsse es so sein, obwohl es noch gar nicht so weit war. Ich schmunzelte mein Croissant an, während ich es mit Erdnussbutter bestich.

„Und dann sollte ich dir noch etwas ausrichten“, fuhr Ernestine fort. „Wenn du mit dem Frühstück fertig bist, möchtest du bitte ins Gebäude gegenüber kommen. Der Tatort wurde heute komplett freigegeben und dein Mann möchte mit dir besprechen, was nun zu geschehen hat. Gegen halb elf kommt ein Architekt."

Da ich mit vollem Mund nicht sprechen und mich nicht verschlukken wollte, spülte ich den Bissen mit viel Kaffee hinunter. Danach erst sah ich Ernestine mit großen Augen an. „Wie hat er denn das geschafft?"

„Er hat heute Morgen gegen acht Uhr schon mit Detective da Silva telefoniert und alles geklärt. Ich hörte es zufällig, weil er in der Küche telefoniert hat. Ich wusste gar nicht, dass dein Mann jemanden so charmant am Telefon einwickeln kann."

„Oh." Ich warf ihr einen amüsierten Blick zu. „Dazu braucht er nicht unbedingt ein Telefon."

Sie erwiderte meinen Blick über den Rand ihrer Tasse hinweg. „Zweifelsohne, Kind. Die geballte Ladung davon habe auch ich bereits mehrfach erfahren dürfen."

„Du hast es überlebt", gab ich zwischen zwei Bissen zurück, und Ernestine lachte. „Natürlich. Allerdings bin ich für solcherlei Übergriffe inzwischen viel zu alt."

„Ha!" Mein Eierlöffel erklomm mahnend die Höhe. „Wenn man dich und Dad zusammen sieht, dann kommen an deinen Worten arge Zweifel auf. Ihr turtelt wie zwei Frischverliebte. Also liegt es garantiert nicht am Alter."

„Liebe ist nicht das Vorrecht der Jugend, das stimmt", räumte sie leicht errötend ein.

Ich legte den Löffel beiseite und schob meine Hand über ihre. „Ihr tut euch gegenseitig gut, Erni. Das freut mich. Dad ist viel gelöster, und du hast dich total verwandelt. Ich hoffe von ganzem Herzen, dass ihr glücklich bleibt."

„Danke, Kind. Danke. Du glaubst gar nicht, wie wichtig uns eure Zustimmung ist."

„He, wenn du jetzt anfängst zu weinen, dann nehme ich alles zurück."

Sie lachte leise und schniefte verstohlen. „Nein, bestimmt nicht. Das spare ich mir für deine Trauung auf."

Ich atmete tief durch. „Hoffentlich geht alles gut. Ich habe ein komisches Gefühl im Bauch."

Ernestine schüttelte ernst den Kopf. „Keine Bange, du bist nur ein wenig nervös. Es wird alles wunderbar werden, ich habe vorhin die Karten befragt. Und die Karten lügen nicht."

„Na, wenn das so ist …“ Ich nahm einen Schluck und zwinkerte der älteren Frau beruhigt zu. Dann brachte ich das Frühstück zügig hinter mich.

Während Ernestine das Tablett entsorgte, pilgerte ich zur Dusche.

Mit klopfendem Herzen näherte ich mich dem Gebäude, dessen Außenfassade nichts mehr von dem Grauen in seinem Inneren verriet. Die gelben Absperrbänder waren verschwunden, das Siegel an der Haustür entfernt, die Tür selbst verschlossen. Doch die Geschehnisse, die sich hier ereignet hatten, waren mir noch allgegenwärtig, und der Anblick des Gebäudes rief sie nur umso intensiver in mein Gedächtnis zurück.

Langsam ging ich an der Fensterfront vorbei auf die Tür zu, die zum Treppenhaus für die oberen Etagen führte. Sie befand sich seitlich, wie bei Alistairs Haus, und sie stand offen. Ich blickte auf meine Armbanduhr, es war wenige Minuten vor elf.

„Darian? Bist du da?“, rief ich in den Flur und erhielt sogleich eine Antwort: „Ja. Komm ins obere Stockwerk. Mr. Riley ist ebenfalls hier.“

Aufmerksam trat ich ein. Die alte Holztreppe war ausgetreten, abgesplittert und wies einige Risse auf, sie knarrte und stöhnte unter jedem Schritt. Aber sie hielt. Das Geländer war geschwungen, und an diversen Stellen platzte der dunkle Lack ab. Der graue Putz an den Wänden hatte auch schon bessere Zeiten erlebt. Große Flächen blanken Mauerwerks waren an den Stellen zu erkennen, an denen er abgebröckelt war.

Ich gelangte ins erste Stockwerk. Eine schief in den Angeln hängende Tür verwies auf die dort befindliche Wohnung. Kurz spähte ich hinein, ehe ich die Treppe weiter hinaufging und schließlich die obere Etage erreichte. Hier war gar keine Tür, sondern lediglich eine Öffnung vorhanden, durch die mein Blick ungehindert in den langen, kargen Flur fiel. Da tauchte Darian aus einem der Räume auf und winkte mich zu sich.

„Darf ich Ihnen meine Frau vorstellen, Mr. Riley?“

Der kleine, rundliche Mann im dunkelblauen Anzug lächelte mir freundlich zu, klemmte seine Unterlagen unter den linken Arm und reichte mir die Hand. Sein Händedruck war fest und herzlich, der Blick seiner braunen Augen offen und freundlich. „Freut mich,

Sie kennenzulernen, Mrs. Knight. Wie geht es Ihnen?“

Ich klärte den Namensfehler nicht auf, sondern nickte nur. „Danke der Nachfrage, Mr. Riley. Mich freut es ebenfalls.“

Nachdem die üblichen Höflichkeitsfloskeln ausgetauscht waren, kam der Architekt gleich zum Wesentlichen. Er nahm seine Unterlagen und breitete sie auf dem Fußboden aus. Sie entpuppten sich bei näherem Hinsehen als Blaupausen sehr alter Baupläne. Kurz fuhr er sich über die kurzgeschorenen, graumelierten Haare und sah gezielt Darian an. „Wie ich Ihnen schon sagte, Mr. Knight, die Grundsubstanz dieses alten Gebäudes ist in sehr gutem Zustand. Sie haben es ja selbst gesehen. Bis auf die veralteten Rohrleitungen und die Elektrizität muss daran nicht viel getan werden. Allerdings werden Sie nicht umhinkommen, das Dach komplett neu einzudecken.“

„Ihr habt bereits einen Rundgang gemacht?“, fragte ich überrascht.

„Sicher.“ Darian sah mich kurz an, dann blicke er wieder auf die Pläne. „Ich möchte, dass das Gebäude von außen genau so bleibt, wie es jetzt ist. Das Mauerwerk möchte ich lediglich gereinigt und versiegelt haben. Der ganze Innenbereich des Gebäudes wird entkernt, Mr. Riley. Ich erwarte, dass sämtliche schadstoffhaltige Böden, Verkleidungen und Dämmungen entfernt werden.“ Sein Blick kehrte zu mir zurück. „Hast du besondere Wünsche, was die zukünftigen Räumlichkeiten betrifft, Liebes? Noch ist alles möglich, und es kann deinen Vorstellungen entsprechend entworfen werden.“

„Was ist mit der unteren Wohnung?“, hakte ich zunächst nach, und Darian verstand sofort. „Die Möbel und persönlichen Sachen werden zunächst eingelagert und der Familie übergeben, sobald sie diese anfordern.“

„Okay.“ Diese Sache hatte mir am Herzen gelegen. Ich betrachtete nun die Pläne genauer. „Wie viel Quadratmeter haben wir insgesamt zur Verfügung?“

Mr. Riley lächelte mich an. „Sie können sich auf über dreihundert Quadratmetern austoben, Mrs. Knight.“

„Das klingt brauchbar.“ Ich zwinkerte Darian zu, der mich ein wenig argwöhnisch ansah. Und ich schürte diesen Argwohn, indem ich fragte: „Ich darf mich komplett austoben?“

„Wenn du mir zwanzig Quadratmeter für ein Büro gestattest, dann schon.“

Ich schmunzelte siegesgewiss. „Das sollte sich einrichten lassen. Nun gut, Mr. Riley, lassen Sie mal sehen. Wenn wir die Böden komplett entfernen, sollte es möglich sein, das mittlere und obere Apartment als Etagenwohnung zu verbinden. Ich dachte an ein großes, helles Atelier in dieser Etage, das mit einer Wendeltreppe zu erreichen ist. Damit fällt der Flur weg, und wir gewinnen zusätzlichen Raum. Und ich möchte Fenster, hohe Fenster mit automatischen Außenjalousien. Hier oben zwei große Räume und ein Bad von mindestens zwanzig Quadratmetern. Das untere Geschoss sollte ebenfalls über ein großes Bad verfügen. Es sollte zudem eine separate Toilette, eine entsprechende Küche und mindestens vier weitere Räume haben. Die untere Etage teilen Sie bitte in zwei voneinander getrennte Apartments auf, die durch den separat vorhandenen Eingang zu erreichen sind."

„Ich sehe schon, du hast dir Gedanken gemacht, Liebes. Lässt du mich daran teilhaben?"

„Natürlich. Sie entschuldigen uns einen Moment?" Ich hakte mich bei Darian ein und zog ihn in den nächsten Raum. „Alistair hat gesundheitsschädlichen Schwarzschimmel an den Wänden, und irgendwann bricht ihm diese Bruchbude unter dem Hintern zusammen. Wir werden nicht auf Dauer hier sein, nur gelegentlich. Ich möchte England nicht für immer verlassen, dazu liebe ich es zu sehr."

„Ah, jetzt verstehe ich." Er legte mir einen Finger auf die Lippen und brachte mich zum Verstummen. „Du planst das Haus für deinen Bruder."

Ich küsste den Finger fort. „Nicht ganz. Ich denke lediglich voraus. Deswegen auch die unteren Apartments. Wir könnten dort wohnen, während wir hier sind. Außerdem wird Kimberly irgendwann ihre eigenen vier Wände haben wollen. Da ist es nur logisch, wenn wir ihr eins davon zur Verfügung stellen. Natürlich gegen Miete."

„Du hast also alles schon durchdacht. Hast du deinen Bruder gefragt, ob er einverstanden ist? Was ist, wenn er ablehnt?"

„Das wird er nicht."

„Faye." Seine Hände landeten auf meinen Schultern. „Dein Bruder ist ein stolzer Mann." Das hatte ich doch schon einmal gehört. „Dass du Kimberlys Schulgeld bezahlt hast, ist schon mehr, als er akzeptieren wird. Und nun dieses Apartment. Was denkst du, wie er reagieren wird? Demütige ihn nicht noch mehr."

So hatte ich es noch nicht betrachtet. Ich schluckte trocken, senkte betroffen den Blick und sah wieder auf. „Ich habe es doch nur gut gemeint."

Zärtlich strich er mit dem Finger über meine Wange. „Die meisten Unstimmigkeiten entstehen aus dem Wunsch heraus, jemandem etwas Gutes tun zu wollen, Faye. Genau damit mischst du dich ungefragt in fremde Angelegenheiten, in diesem Fall die deines Bruders. Und du zwingst ihm deine Entscheidung auf. Würdest du das für dich selbst wollen?"

Natürlich nicht. Ich war ja selbst gegen Darians mir aufgedrückte Entscheidungen Sturm gelaufen. Er hatte somit vollkommen recht. „Du meinst, ich sollte vorher mit ihm reden?"

„Ja, das solltest du tun. Wenn du möchtest, kannst du ihm die Baupläne vorlegen, sobald sie fertig sind. Lass ihn für sich selbst entscheiden. Aber akzeptiere dann auch seine Ablehnung."

„Kann ich denn wenigstens davon ausgehen, dass du einverstanden bist?"

Er lächelte und küsste mich auf die Nasenspitze. „Habe ich dir jemals etwas abschlagen können, Liebes? Wenn du es möchtest und dein Bruder es ebenfalls will, dann ist es mir recht. Mach mit dem Gebäude, was du willst. Es gehört dir."

Dass ich nicht in Jubel ausbrach, war nur meiner großen Beherrschung zuzuschreiben. Der Kuss aber drückte all die Freude aus, die in mir tobte. Darian war es, der sich vorsichtig aus meiner stürmischen Umarmung löste. „Wenn du die Hochzeitsnacht nicht vorziehen und augenblicklich hier auf dem schmutzigen Fußboden erleben möchtest, solltest du etwas weniger enthusiastisch sein, Schatz."

„Oh. Natürlich werde ich mir das für später aufsparen."

Da landete ich abrupt in seinen Armen, und Darian verschloss meinen Mund mit einem leidenschaftlichen Kuss, der mir den Atem raubte. Genauso plötzlich ließ er mich wieder los und grinste mich verschmitzt an. „Vorspeise, Geliebte."

„Dann freue ich mich auf das Hauptmenü, Geliebter", gab ich in gleichem Tonfall zurück und klopfte ihm auf die Finger, als diese mein Hinterteil umfassten. „Später. Erst wird geheiratet."

Er brach bühnengerecht zusammen. „Oh Elend, ich wusste, es

hat seinen Preis."

Verschreckt sah ich auf ihn herab. „Steh auf, Darian. Bevor uns der Architekt sieht."

„Meinst du nicht, dass er als Erstes in Windeseile das Schlafzimmer fertigstellen wird?"

„So schnell ist niemand." Lachend streckte ich die Hand aus und half ihm hoch. Dann klopfte ich ihm den Staub vom Rücken. „Jetzt darfst du duschen."

„Das hatte ich ohnehin vor. Aber hör auf, sonst darfst du gleich noch mal unter die Dusche."

Einander umarmend gingen wir zurück zu Mr. Riley und besprachen die weiteren Pläne. Wir gingen noch einmal durch das Haus, diskutierten Einzelheiten, während er mit einer Digitalkamera Fotos machte und Notizen auf einen Block schrieb. Kurz vor zwölf Uhr schickte Darian mich zurück.

„Ich habe dich kommen sehen. Möchtest du eine Tasse Kaffee? Die Friseurin hat angerufen. Sie hängt in einem Stau fest. Auf der Brooklyn hat es anscheinend einen schwereren Unfall gegeben. Sie versucht es nun über die Manhattan Bridge. Wie ist es gelaufen?"

„Ja, bitte. Wir haben uns das Haus angesehen und Pläne für den Umbau gemacht. Darian ist noch drüben und bespricht die letzten Einzelheiten. Mal sehen, was der Architekt daraus macht."

Während Ernestine eine Kaffeetasse neu befüllte und mir zuschob, blieb ihr Blick an mir haften. „Hast du ihm gesagt, dass du das Gebäude für deinen Bruder planst?"

„Ja, er weiß es. Jetzt muss ich deswegen nur noch mit Alistair reden. Mal sehen, wann sich die Gelegenheit dazu bietet."

„Lass es mich wissen, dann stehe ich dir zur Seite."

„Danke. Ich werde sicherlich Unterstützung gebrauchen können. Hast du noch Milch für mich?"

„Selbstverständlich." Sie landete vor mir, und ich hellte meinen schwarzen Kaffee auf.

Nebenan hörte ich die Dusche rauschen, und eine tiefe Stimme brummte unmelodisch laut vor sich hin. Dad. Ich verbarg mein Lächeln in der Tasse. Er wollte also doch nicht als Bär auf meiner Trauung erscheinen. Wie umsichtig von ihm.

„Guten Morgen, Miss McNamara. Ich hoffe, Sie haben wohl geruht." Jason trat in die Küche, nickte mir knapp zu und wandte sich sodann an Ernestine. „Wenn Mr. McNamara meine Kleiderbürste nicht mehr benötigt, würde ich sie gern selbst zum Einsatz bringen."

„Ach du meine Güte. Sicher doch." Ihre Tasse landete auf dem Tisch, und sie eilte hinaus. „Das habe ich in der ganzen Hektik völlig vergessen. Entschuldigen Sie vielmals, Jason."

„Keine Ursache, Madam." Er machte auf dem Absatz kehrt und ging ihr nach.

Ich war bei meiner zweiten Tasse, als Dad feucht glitzernd mit einem Handtuch um die Hüften aus dem Bad kam und mich sehr breit angrinste. „Na, Tochter? Zufrieden mit deinem alten Herrn?"

Um es ihm nicht ganz so leicht zu machen, beschrieb ich mit dem Finger eine rotierende Bewegung, woraufhin Dad sich mit angehobenen Armen sehr langsam vor mir im Kreis drehte. „Beinahe perfekt, Dad", lautete schließlich mein Urteil.

Fragend zog er die Stirn kraus und fuhr sich mit einer Hand über das glatt rasierte Kinn. „Was heißt hier *beinahe*?"

„Ich nehme an, sie meint deine Statur, Duncan. Ist mir bisher auch nicht wirklich aufgefallen", erklang Ernestines belustigte Stimme aus dem Flur.

Empört blickte Dad uns beide an und zog demonstrativ seinen Bauch ein. „Na hört mal, ich habe fast noch einen Waschbrettbauch, Mädels."

„Das ähnelt wohl eher einem Wasch*bär*bauch", rutschte es mir heraus, und hurtig zog ich unter seinem bemüht finsteren Blick den Kopf ein.

„Ich muss doch sehr bitten, junge Dame. Wenn du deinen alten Herrn weiter so ärgerst, lässt er dich allein zum Traualtar gehen", polterte er los, wurde jedoch sofort von Ernestine gebremst: „Nun mal ganz ruhig mit den jungen Pferden, Duncan. In deinem Alter zeugt so ein Bauch von guter Pflege. Wenn du allerdings Komplexe deswegen hast, hängen wir den Futterkorb halt etwas höher."

„Alles, nur das nicht!" Er fiel spontan vor ihr auf die Knie, robbte auf sie zu und rang dramatisch die Hände. „Tu mir das nicht an."

„Was soll das denn werden?", erklang es erneut aus dem Flur, und Steven steckte neugierig den Kopf in die Küche, jedoch nur so weit, wie es das einfallende Sonnenlicht zuließ. „Romeo und

Julia als Laiendarstellung? Oder der klägliche Versuch, mit einem für den körperlichen Umfang zu schmalen Handtuch den Boden zu wischen?“ Als finstere Blicke ihn fixierten, stutzte er. „Was denn? Habe ich etwas Falsches gesagt?“

„Du hast Dad tief getroffen, Steven“, meinte ich mit konzentriert ernster Miene, während mein Vater sich hoheitsvoll erhob, das Handtuch um seine Hüften zurechtzupfte und erhobenen Hauptes an den geneigten Untertanen vorbeistolzierte. Ernestine hielt das Handtuch unbemerkt fest, es rutschte hinab und ließ Dad urplötzlich einen Zahn zulegen.

Interessiert sah Steven ihm nach und schüttelte dann den Kopf. „Wieso nimmt er ein Gästehandtuch für seine Plauze? Das ist doch zu klein.“

„Es ist platzsparend.“

„Das habe ich gehört, Erni“, triumphierte es aus dem Raum gegenüber dem Bad.

„Das war mir klar, Duncan“, trällerte sie zurück.

„Wirfst du mir bitte eine Konserve zu, Faye? Mir knurrt der Wanst“, meinte Steven indes und wies auf den Kühlschrank. „Mein Arm ist nicht lang genug.“

„Sicher. Angewärmt oder *on the rocks*?“

Er verdrehte die Augen. „Wenn du mich so fragst, ist die mir warm lieber. Such bitte etwas Frisches raus.“

Ich öffnete den Kühlschrank, fand die Spende einer jungen Frau Jahrgang 1985 und legte die Konserve in die Mikrowelle. Kurz darauf überreichte ich Steven das handwarme Lebenselixier in einem Glas. „Einmal jungfräuliches Geblüt A positiv für dich, Steven.“

„Ah, du bist so gut zu mir.“ Er schnappte das Glas, leerte es mit einem geräuschvollen Saugen und gab es mir zurück. „*Merci*, holde Maid.“

Ich sah ihn schief an. „Du könntest ruhig mal an deinem Geräuschpegel arbeiten.“

„Pöh! Bisher hat sich niemand darüber beschwert“, erwiderte er pikiert, wandte sich um und schritt blasiert von dannen. „Duncan, hast du noch eine Schulter zum Ausweinen frei? Die Damen waren gemein zu mir.“

„Nur, wenn du mir ein größeres Handtuch mitbringst.“

Das laute Hupen auf der Straße vor dem Haus bewahrte die Herren vor einer weiblichen Lachsalve. Ich blickte aus dem Fenster und winkte hinaus. „Unsere Hairstylistin, Ernestine.“

„Gut. Ich gehe runter und fange sie ab. Duncan, zieh dir etwas über, wir bekommen Damenbesuch.“

Die Tür flog schwungvoll zu, und Ernestine eilte aus dem Haus. Sie lotste den Wagen auf den Hof und kehrte mit einer mir bereits bekannten jungen Frau zurück, die eine Trockenhaube und einen Koffer mit allerlei Utensilien trug.

„Patricia, richtig?“

„Ich wollte es mir nicht nehmen lassen, Sie zu frisieren“, freute sie sich aufrichtig, stellte den Koffer auf dem Tisch ab und band sich die wasserstoffblonden Haare mit der magentafarbenen Strähne im Nacken zu einem strengen Knoten zusammen. Wie schon bei unserer ersten Begegnung trug sie wieder sehr farbenfrohe Kleidung: ein pinkfarbenes Oberteil mit weitem Ausschnitt, dazu einen engen, magentafarbenen Rock mit neongrünem Gürtel und pinkfarbene Ballerinas. Ihre Fingernägel waren farblich passend abgestimmt und erinnerten an Mordinstrumente. Konnte sie damit überhaupt arbeiten? „Möchten Sie auch geschminkt werden?“

Ich betrachtete ihr auffälliges Make-up und lächelte spröde. „Erst einmal nur die Haare. Über Farbe im Gesicht sprechen wir danach.“

„Gut. Dürfte ich vorher bitte das Kleid sehen, damit ich weiß, in welche Stilrichtung es gehen soll – romantisch verspielt, oder eher klassisch elegant?“

„Folgen Sie mir bitte“, meinte Ernestine, sah mich an und meinen Mund ein lautloses *Dad* formten. Abrupt bremste sie. „Nein, ich glaube, es ist besser, wenn Sie hier warten. Ich hole es.“

Sekunden später stand Ernestine mit meinem Kleid im Türrahmen und drehte es einmal hin und her. Dann brachte sie es schnell wieder zurück, damit Darian es nicht sah, falls er unverhofft hereinkam.

„Das ist ja ein Traumkleid“, ließ Patricia verlauten und klatschte in die Hände. „Dafür kommt nur etwas romantisch Verspieltes infrage. Ich denke dabei an etwas in dieser Art. Was meinen Sie?“ Sie hatte mir zielstrebig ins Haar gegriffen, raffte es an den Seiten hoch, formte einen kleinen Dutt am Hinterkopf und ließ den Rest frei fallen. Dabei zupfte sie hier und da eine Strähne heraus und sah dann Ernestine fragend an.

„Ich habe passende Bänder organisiert. Wenn Sie die ins Haar einarbeiten, wird es perfekt sein."

Wie schön, dass ich nur spürte und ahnte, was aus mir werden sollte, aber nichts sehen konnte. Ich mochte Überraschungen dieser Art überhaupt nicht. Ernestine schien meinen Gemütszustand zu erraten. Sie lächelte mich beruhigend an. „Es wird traumhaft, Faye. Versprochen."

Kurz darauf wurden mir die Haare nochmals gewaschen. Ich bekam ein hellblaues Cape um die Schultern gelegt, meine Spitzen wurden geschnitten, eine Packung ins Haar geknetet, dann riesige Lockenwickler eingedreht und schließlich die Haube über meinen Kopf gestülpt. Und nach einer kurzen Überredung wurde mir zusätzlich eine Paste auf die Wimpern gestrichen, die sie für längere Zeit einfärben und die Wimperntusche überflüssig machen sollte. Selbstverständlich platzten Dad und Darian genau in dem Moment herein, als ich am affigsten aussah.

„Oh, Restaurationsarbeiten oder reine Retusche?", revanchierte Dad sich für unseren Spott zuvor. Ich konnte noch nicht einmal einen erbosten Wimpernaufschlag anbringen, also fletschte ich lediglich die Zähne. Allerdings nur so lange, bis ich Darians Stimme vernahm, da wäre ich am liebsten im Boden versunken. „Das ist wie bei der Rekonstruktion einer Fassade, Duncan. Zuerst siehst du nur das schnöde Baugerüst. Ist das aber erst einmal ab, hast du eine strahlende Schönheit vor dir."

Fassade? Baugerüst? Hallo? „Geht es dir gut, Schatz?", fragte ich mit honigsüß triefender Bissigkeit.

Ein Kuss landete auf meinen Lippen, dazu seine leisen Worte: „Du siehst zauberhaft aus, Liebes. Ich freue mich auf das Ergebnis, werde dich jetzt aber verlassen." Dann wandte er sich um. „Bring sie mir heil hin, Duncan. Ich zähle auf dich. Wir sehen uns später, Erni. Alles bereit, Jason?"

„Aye, Sir. Alles bereit."

„Bis nachher, Geliebte. Ich werde dich sehnsüchtig erwarten." Es folgte ein weiterer Kuss, lang, tief, innig und warm. Dann hörte ich Schritte, die Tür fiel zu und er war fort.

Eine geraume Zeit später wurde ich von Haube und Kleister befreit und durfte mich im Spiegel betrachten. Ich ähnelte einem geplatzten Sofakissen mit Bremsstreifen unter den Augen. Aber immerhin: Die Wimpern waren dunkelbraun.

„Das muss natürlich noch hochgesteckt und verziert werden“, erklärte Patricia eifrig, drückte mich zurück auf den Stuhl und machte sich zunächst mit einer Gesichtsreinigung, danach mit Kamm und Klemmen an die Arbeit. Während ich unter der Trokkenhaube saß, hatte Patricia Ernestine die Haare gemacht, so dass sie nun an meiner Stelle unter der Haube hockte.

Mit geschickten Fingern steckte das Mädchen mir die Haare hoch, zupfte sie aus dem Knoten wieder heraus, band die dunkelkupferfarbenen Bänder ein und steckte einige dunkelrote Blüten fest. Zum Schluss noch eine halbe Dose Haarspray *Marke Beton,* und ich war selbst für den größten Tornado gerüstet. Eher würde es mich fortwehen, als dass eine Locke von ihrem Platz wich. Sehr beruhigend. Ich wagte eine leichte Bewegung mit dem Kopf. Nikken nach rechts, nicken nach links, Kopf vorbeugen und in den Nacken legen.

„Alles klar?“, erkundigte Patricia sich fürsorglich und nahm Ernestine zeitgleich die Haube ab.

„Ja, alles wunderbar.“ Mein Kopf fiel tatsächlich nicht aufgrund des zusätzlichen Gewichts plötzlich seitlich herunter.

Ein Blick auf die Uhr, und mir fiel auf, dass die Zeit gerast war. Es war bereits nach halb drei. Mit unter dem Tisch nervös vibrierenden Beinen wartete ich, dass Patricia mit Ernestines Frisur fertig wurde. Als sie jedoch die restliche Dose Haarspray auf Ernestines Kopf verteilen wollte, legte die ein Veto ein: „Der Umwelt und meiner Gesundheit, besonders meiner Atmung zuliebe, lassen wir diesen Sprühkleber doch bitte weg.“

Hätte ich das auch mal gesagt. Nun war es zu spät.

„Natürlich, wie Sie wünschen“, beeilte Patricia sich zu sagen und ließ die Dose in ihrem Koffer verschwinden. Dann stand ich wieder im Fokus ihres Interesses: „Haben Sie es sich überlegt mit dem Schminken?“

Unsicher blickte ich zu Ernestine hinüber. Ich hatte aufrichtig Sorge, anschließend wie ein Tuschkasten auszusehen, denn oftmals wurde geschminkt, wie es sich die Kosmetikerin wünschte, aber kaum dem Typ der jeweiligen Person entsprach.

Ernestine lächelte beruhigend zurück, und ich hörte ihre Worte in meinem Kopf. *Notfalls waschen wir es ab und machen es neu.* Also zeigte ich mich einverstanden.

Obwohl es meinem Gefühl nach noch etwas zu früh war, zog ich das Kleid an. Perlmuttknopf um Perlmuttknopf verschloss Ernestine das Oberteil und musste teilweise recht kräftig ziehen.

„Nein, ich kann den Bauch nicht weiter einziehen", sagte ich, ohne dass sie ein Wort hatte sprechen müssen. Dafür gluckste sie leise. Inzwischen spannte die Korsage ein wenig und drückte meine voller gewordenen Rundungen beinahe unanständig aufreizend nach oben. Ich befürchtete, bei einem tiefen Atemzug gleich die komplette Fassung zu verlieren. Gleichzeitig wurde das Parken der Dattel zu einem greifbaren Problem.

„Fertig", meinte Ernestine schließlich und drehte mich an den Schultern herum. Ihre Augen blieben an meinem Ausschnitt hängen. „Oh. Ich hoffe doch, dass diese beiden bestechenden Argumente nicht vom eigentlichen Geschehen ablenken. Ist der Standesbeamte ein Mann oder eine Frau?"

„Zur Regelung des Papierkrams und für das kurze Vorgespräch waren wir bei einer Frau. Sie hieß Mrs. Silvana Wilson, glaube ich. Ich denke, sie wird uns trauen, nachdem Darians Bekannter das nicht mehr kann."

Sie sah mich nachdenklich an. „Nun gut. Ein Mann würde möglicherweise bei diesem Anblick seinen Text vergessen. Ich möchte dennoch vorschlagen, dass du dir den Schal um die Schultern legst, um niemanden in Verlegenheit zu bringen."

„So schlimm?"

„Was ist schlimm?", klang die Stimme desjenigen den Flur entlang, den ich in solchen Momenten am wenigsten gebrauchen konnte. Ein neugieriges Gesicht erschien Sekunden später im Türrahmen. „Wieso schlimm? Das sieht doch …"

„Erspare mir deine Kommentare, Steven."

Sein Grinsen wurde unendlich breit. „Ich hätte da nur zwei anzubringen."

„Raus! Oder ich schlage deine Stielaugen mit dem Holzbrett ab."

„Ich sehe lediglich Holz vor der Hütte, aber keine losen Bretter." Damit verschwand er laut lachend, bevor ich ein geeignetes Wurfgeschoss finden konnte.

Ernestine griff wortlos nach dem Schal, legte ihn mir um und drapierte ihn entsprechend über meinem Dekolleté. „Damit sollte es gehen. Er verdeckt zusätzlich das Pflaster an deiner Schulter. So fällt es nicht weiter auf."

Kurz darauf saß ich mit nervös trommelndem Herzen in der Küche, hatte abermals das Cape um die Schultern liegen und ließ mich von Patricia verschönern. Sie zupfte meine Augenbrauen, trug ein helles Make-up auf und machte sich mit Pinseln, Quasten und Stiften begeistert über mich her. Mit jedem Strich wurde ich unruhiger.

Kimberlys Heimkehr machte zusätzlich auf die verrinnende Zeit aufmerksam, und ihre Worte beruhigten mich keineswegs: „Hallo, ich bin wieder da. Hey, darf ich mitmalen?"

„Nein, deine Buntstifte liegen zusammen mit dem Malbuch in deinem Zimmer", ordnete Ernestine streng an und wandte sich wieder meiner Person zu. „Es wird, Kind. Es wird."

„Ich denke, jetzt haben wir es", murmelte Patricia nach schier endlos scheinenden Stunden, pinselte noch einmal kurz über meine Nase hinweg und zog schwungvoll das Cape von meinen Schultern.

Bitte, bitte, keine Netzhaut verätzenden Farbexperimente in meinem Gesicht, betete ich innerlich. Bangen Herzens sah ich zu, wie Patricia langsam ihren Koffer umdrehte, an dessen Deckelinnenseite ein Spiegel angebracht war. Ich wagte einen Blick hinein, und mir entschlüpfte ein überraschtes „Donnerwetter!"

Das junge Mädchen sah mich erwartungsvoll an. „Zufrieden?"

„Ja. Absolut", erwiderte ich und musterte mich genauer. Man sah kaum, dass ich geschminkt war. Eine leichte Tönung mit etwas Rouge, dazu ein dezenter Lidstrich mit zweifarbigem Lidschatten, der auf die Farbe des Kleides abgestimmt war. Und am Ende war alles zart abgepudert worden. Meine Befürchtungen hatten sich vollkommen aufgelöst. Ich blickte Patricia mit einem strahlenden Lächeln an.

Während ich kosmetisch verwöhnt worden war, hatte Ernestine sich in ein wunderschönes, knielanges Kleid aus nachtblauer Seide geworfen. Mit einem angedeuteten Hüftschwung gab sie mir zu verstehen, dass sie nun an der Reihe war, verschönert zu werden. Ich machte ihr gerne Platz, raffte mein Kleid und begab mich zu Kimberlys Zimmer, wo ich laut anklopfte.

„Komm rein, Tante Faye", rief sie durch die Tür, und ich kam ihrer Einladung nach.

Sie stand mitten im Raum und sah über ihre Schulter zurück auf Steven, der mit den winzigen Ösen am engen Oberteil ihres schwarzen Spitzenkleides kämpfte. Ihre sonst in alle Himmelsrichtungen abstehenden Haare hatte sie gebändigt und mit Gel fest an ihren Kopf gestrichen. Neben ihr auf dem Bett erblickte ich lange Spitzenhandschuhe und einen winzigen Hut mit Schleier. Und direkt daneben ein kleines, weißes Päckchen, dessen Sinn ich noch nicht ganz erfasste.

„Braucht ihr Hilfe?“, fragte ich, obwohl ich sah, dass die beiden hervorragend klarkamen.

„Nein, aber du kannst dir schon mal das Päckchen nehmen. Du weißt ja, wenn man heiratet, braucht man vier Dinge.“

„Ich erinnere mich. Etwas Blaues, etwas Geliehenes, etwas Altes und etwas Neues.“ Ich nahm es an mich und öffnete gespannt den Deckel. Das traditionelle Accessoire. „Ein blaues Strumpfband.“

„Jap, damit hast du schon einmal das Erste.“

Das Neue war auch schnell gefunden. Ich steckte die Diamantohrringe von Darian an.

„Nicht bewegen, Tochter“, erschreckte mich Dad, als ich durch den Flur ging. Abrupt blieb ich stehen. Dann fühlte ich ihn hinter mir. Er schob mein Haar beiseite, griff um mich, und etwas Kaltes legte sich über meine Haut. Dann berührten seine Finger meinen Nacken, und ich hörte ihn verhalten fluchen. „Dass diese Verschlüsse auch immer so klein sein müssen, verflixt. Die Kette ist übrigens von deiner Grandma. Sie wollte immer, dass du sie bekommst, wenn du mal heiratest.“

Im Gedenken an meine Großmutter stiegen mir die Tränen in die Augen, und nur mühsam konnte ich sie zurückhalten. Gern hätte ich sie dabeigehabt. Vielleicht sah sie auch zu. Wer weiß schon, wohin die Seelen gehen, wenn sie ihre sterbliche Hülle verlassen. Ehrfürchtig legte ich meine Hand über die schmale Silberkette mit dem ovalen Rubinanhänger. Nun hatte ich einen Teil von ihr bei mir, und zudem etwas sehr Altes.

„Danke, Dad.“ Mein Kuss streifte seine Wange, und er strahlte mich voller Stolz an. „Gern geschehen.“ Plötzlich wurde er ernst. „Hast du zwei Minuten für deinen alten Herrn übrig?“

„Sicher. Worum geht’s?“

Dad nahm meine Hand und zog mich hinter sich her in sein und Ernestines Zimmer, wo er auf das frisch gemachte Bett wies. „Setz dich bitte.“ Für einen Moment druckste er herum, kam dann aber zur Sache. „Ich habe mit deiner Mutter telefoniert. Vor einigen Tagen schon.“ Ich nickte, hatte auf einmal einen trockenen Mund, weil ich mir denken konnte, was nun kam. Und ich sollte recht behalten. „Du kannst dir sicher vorstellen, wie sie reagiert hat, als ich ihr sagte, dass du heiraten willst. Erst Vorhaltungen, warum du dich nicht selbst meldest, dann das Übliche, dass ich ihr die Töchter weggenommen … Na, du kennst sie.“ Noch einmal sah er mich betreten an. „Jedenfalls rief ich sie gestern noch einmal an und bat sie zu kommen. Darian wollte ihr den Jet schicken.“

„Aber sie lehnte ab.“

„Ja. Du weißt, dass sie Rom seitdem nie wieder verlassen hat. Ich habe es zumindest versucht, Faye.“

„Schon okay, Dad.“ Ich erhob mich und küsste ihm die Wange. Beim Hinausgehen tätschelte ich liebevoll seine Schulter. „Es ist okay. Ich habe nicht erwartet, dass sie sich ändern wird. Aber danke, dass du es versucht hast.“

„Sicher. Oh, Ernestine fragte eben nach dir. Ich werde mich inzwischen umziehen.“

Ich nickte und begab mich in die Küche, in der die Besagte bereits auf mich wartete.

„Du hast mit Duncan über deine Mutter gesprochen?“, deutete sie meine Miene, und ich nickte. Sofort landete ich in ihrer mütterlich warmen Umarmung. „Ach Kind, nimm es ihr nicht übel. Sie hat einfach nur Angst, geheiligten Boden zu verlassen. Ich bin sicher, sie denkt an dich und möchte im Grunde ihres Herzens, dass es dir gut geht und du glücklich wirst. Das wollen wir alle.“

„Weinst du deswegen etwa?“, fragte ich erstaunt.

Sie lachte. „Ach je, ich werde auf meine alten Tage ganz sentimental.“ Dann nahm sie ein schmales, silbernes Armband vom Tisch und legte es mir um das Handgelenk. „Das ist meine Leihgabe für dich. Ich hoffe doch, es bringt Glück.“

„Das wird es bestimmt.“ Nun ließ es sich nicht mehr aufhalten. Das Tuch der Küchenrolle fing die bislang mühsam zurückgehaltenen Tropfen auf, bevor sie Schaden anrichten konnten.

Langsam steuerte der Chauffeur die schwarze Strechlimousine, die Darian mir geschickt hatte, auf den freien Platz vor dem *Belvedere Castle* zu und blieb schließlich stehen. Während der langen Fahrt war ich immer nervöser geworden, und nur Dads permanentes Streicheln meiner Hand hatte mich davor bewahrt, kopflos aus dem Wagen zu springen. Ich schluckte trocken. Die ganze Zeit über hatte ich der Hochzeit entgegengefiebert, mich darauf gefreut, Darians Frau zu werden. Nun war der Zeitpunkt gekommen, und ich bekam Nervenflattern. War das nicht irgendwie blödsinnig?

Zu meiner großen Überraschung hatte mein Vater den traditionellen Kilt unserer Familie angelegt und sah unendlich stattlich aus. Er war in der Grundfarbe Dunkelgrün gehalten und wurde von blauen, roten und gelben Fäden durchzogen, die in einem aus Quadraten bestehenden Muster zusammenliefen. Dazu trug Dad ein beigefarbenes Leinenhemd und eine dunkelgrüne Samtjacke.

Innerlich die Unruhe selbst, zog ich den Schal enger um mich und drehte den kleinen Blumenstrauß aus dunkelroten, fast schwarz wirkenden Rosen in meinen Händen. Ein Geschenk von Kimberly, die zusammen mit Steven und Ernestine wenige Minuten vor uns losgefahren war.

Mein Vater sprang aus dem Wagen, umrundete ihn und öffnete mir noch vor dem Chauffeur fürsorglich die Tür. Spätestens jetzt war die Entscheidung gefallen. Doch ich hatte ohnehin nie wirklich gezweifelt, es waren lediglich die Nerven. Bevor sie noch verrückter spielen konnten, ergriff ich Dads dargebotene Hand und stieg ich aus.

Es war ein wunderschöner, für Ende Oktober recht lauer Abend. Die Sonne war bereits untergegangen und ihre letzten wärmenden Strahlen tauchten alles in rötliches, unwirkliches Licht. Einen Moment lang sog ich ihre ersterbende Wärme in mich auf, dann straffte ich die Schultern und reckte den Kopf. Ich zauberte Gelassenheit auf meine Lippen und nickte meinem Vater schließlich zu. „Auf geht's, Dad. Sie warten sicher schon auf uns."

„Auf dich, mein Schatz. Ich bin nur eine Randfigur."

„Ohne die ich nicht da wäre", ergänzte ich. Da entdeckte ich auf dem Boden vor mir eine Spur aus weißen und dunkelroten, fast schwarzen Blütenblättern. Sicherlich eine weitere Aufmerksamkeit von Kimberly. Schnurgerade führte diese Spur auf die massive, mittelalterlich wirkende kleine Burg zu, von der ich wusste, dass sie eine sehr schöne Nachbildung war. Das von Spots angestrahlte Schiefergrau des Gebäudes hob sich kontrastreich vom abendlichen Himmel ab. Der Turm mit der amerikanischen Flagge und die obere Terrasse mit dem Pavillon wurden neben den gusseisernen Lampen durch mehrere aufgestellte, flackernde Fackeln erhellt. Die Burg war auf einem Felsen gebaut, von dem man hinüber zum *Delacorte Theater* sehen konnte, in dem die sommerlichen Monate über Shakespeare-Aufführungen stattfanden.

Mit stolzgeschwellter Brust führte Dad mich am Arm über das Blütenmeer die breite Steintreppe hinauf und unter dem großen Pavillon hindurch auf das Gebäude zu. Wir traten durch eine gläserne Rundbogentür, über der das Abbild eines Drachens wachte. Kerzenlicht erhellte den Raum, dessen Einrichtung hauptsächlich aus schmalen Regalen an den Wänden, auf denen eingerahmte Bilder standen, und einem Glastresen mit Touristeninformationen und Hinweistafeln bestand. Hohe, mit geschmiedeten Gittern verzierte Fenster ließen auf der einen Seite das Licht der untergehenden Sonne und auf der anderen das des aufsteigenden Mondes einfallen, so dass im Zusammenspiel mit dem Kerzenschein eine fast mystische Atmosphäre entstand. Wir folgten der Rosenspur durch den Raum hindurch. Eine schmale Wendeltreppe führte in die nächste Etage, mit Blütenblättern bestreut und von flackernden Teelichtern auf jeder zweiten Stufe erhellt. Ich musste den Rock anheben und vorangehen, um nicht auch noch äußerlich Feuer zu fangen.

In dem Raum, den wir nun erreichten, waren die Rundbogenfenster unvergittert und sehr hoch. Auch hier flackerten Kerzen, bildeten Rosenblätter einen Teppich, der durch den Raum auf eine Tür zuführte. Vor der Tür wartete ich auf meinen Vater, legte ihm wieder meine Hand auf den Arm und ließ mich ins Freie geleiten.

Wenige Meter entfernt verbreiteten die Fackeln, die wir schon von unten gesehenen hatten, ihr goldenes Licht in der anbrechende Nacht und erhellten den kleinen, hölzernen Pavillon. Unter seinem Dach sah ich mehrere Personen stehen, nahm sie jedoch nicht vollständig wahr. Sie schienen im Augenblick fast nebensächlich.

Einzig der blonde Hüne inmitten des flackernden Fackelscheins hielt meinen Blick gefangen. Und selbst auf diese Entfernung hin fühlte ich seinen warmen, bewundernden Blick, unter dem alle Zweifel, die ich noch gehabt haben mochte, sofort verrauchten.

Für einen kurzen Augenblick verharrte ich in der Bewegung und sog seinen Anblick in mich auf. Er sah fantastisch aus. So wie mein Vater hatte auch er einen traditionellen schottischen Kilt gewählt. Sein Tartan war jedoch nicht in der grünen Farbe der McNamaras gehalten, sondern in einem dunklen Blau, auf dem gelbe, rote und grüne Fäden quadratische Muster formten. Dazu trug er eine schwarze Samtjacke und um den Leib gegürtet die aus weichem Otterfell bestehende Jagdtasche, *sporran*, auf jeder Seite mit drei langen, dunklen Geißbärten verziert. Das Fangmesser, *sgian dhu*, steckte in seinem rechten Strumpf, und der Rubin im Griff blitzte im Schein der Fackeln auf. Lediglich die dunklen Schnallenschuhe waren ein Zugeständnis an die Moderne. Sein blondes Haar war mit einem dünnen Lederriemen zu einem Zopf gebunden. Und auch er konnte seine Augen nicht von meinem Anblick losreißen.

Mein Herz setzte im gleichen Moment aus, wie meine Füße ihren Gang fortsetzten.

Wenige Sekunden später nahm mein Vater meine Hand von seinem Arm und legte sie vertrauensvoll in Darians. „Pass mir gut auf sie auf, Junge.“ Klang seine Stimme brüchig?

„Bei allem, was mir heilig ist. Das verspreche ich dir, Duncan.“ Dann sah Darian mich wieder mit glühenden Augen an. „Dein Anblick raubt mir die Sinne, Faye.“

Verlegen senkte ich den Blick, kämpfte gegen die aufsteigende Röte, als er seinen Finger unter mein Kinn legte und mich sanft zwang, zu ihm aufzusehen. Doch bevor mehr geschehen konnte, erklang direkt vor uns ein weiblich dezentes Räuspern. Wie ertappte Teenies fuhren wir herum.

Sie lächelte uns verständnisvoll an, die Frau, die unsere Trauung vornehmen wollte: Silvana Wilson, eine kleine, energische Frau Mitte vierzig, mittelblondes, schulterlanges Haar, eine schmale Goldrandbrille auf der Nase, über die hinweg sie uns erfreut musterte, und in einen aquamarinfarbenen Hosenanzug gekleidet. In den Händen hielt sie eine aufgeschlagene Mappe, in der ich unsere Unterlagen ausmachte.

„Lass die Dame ihren Job machen, Darian“, flüsterte Dad überaus laut, „dann darfst du sie legal küssen.“

„Diese Dame oder Faye?“, witzelte es aus der Dunkelheit heraus, und nun wusste ich, wo Steven steckte. Er schob Wache wenige Meter von uns entfernt.

Ein kurzes Zischkonzert erklang, durchbrochen von Kimberlys Kichern, dann trat erhabene Ruhe ein. Ich spürte Darians Hand an meiner, wie er sie sanft drückte und gleichzeitig signalisierte: *Egal, was du vorhast, ich lasse dich nicht gehen.*

Ich drückte sachte zurück. *Ich dich auch nicht.*

„Verehrte Gäste, liebes Brautpaar“, begann Mrs. Wilson mit ruhiger, angenehmer Stimme. „In diesem wunderschönen und sehr romantischen Ambiente haben wir uns heute zusammengefunden, um für diese beiden jungen Menschen den Bund des Lebens zu bezeugen und sie mit unseren Wünschen und Gedanken auf den Weg in ihr gemeinsames Leben zu begleiten.“ Sie lächelte in die Runde und fuhr fort: „Wenn ich mich im kleines Kreis der Gäste umsehe, ist es eindeutig, dass hier Menschen beisammen sind, die sich in ihrer Gesamtheit schätzen und lieben. Und die das darstellen, was ich Ihnen, liebes Brautpaar, an diesem Abend besonders ans Herz legen möchte.“

Ihre bernsteinfarbenen Augen erfassten uns, und ihr Blick wurde beinahe streng, ermahnend und doch gütig. „Liebe ist die Grundlage einer jeden ehelichen Verbindung. Liebe und Wertschätzung für den Partner, Vertrauen auf und in ihn sowie das Annehmen seiner Eigenarten und Schwächen, um daraus gemeinsame Stärken aufzubauen. Nur so lässt sich Schritt für Schritt der gemeinsame Weg beschreiten und ein gemeinsames Ziel erreichen. Und sollte einer von Ihnen jemals straucheln, so wird der andere ihm die sichere Hand sein. Das Leuchten der Fackeln an diesem Ort soll als Hinweis darauf dienen, dass an jeder Weggabelung, an jeder Kreuzung und an jeder dunklen Ecke Ihres heute beginnenden, gemeinsamen Weges eine solche Fackel für Sie brennen wird, um den Weg zu beleuchten, egal, wie dunkel er vorher auch erscheinen mag.“

Sie beschrieb eine weite Geste, bezog alle Anwesenden mit ein und kam wieder direkt zu uns: „Verehrtes Brautpaar, schon nach unserem kurzen Gespräch war ich der Überzeugung, dass für Sie beide bereits ein Licht in der Ewigkeit leuchtet, dass die Liebe zwischen Ihnen Sie alle Schwierigkeiten überwinden lassen wird und Ihre Seelen füreinander bestimmt und untrennbar miteinander verbunden sind. Und heute Abend, beim Blick in Ihre Augen, dürfte für jeden Anwesenden offensichtlich sein, dass hier eigentlich nur noch den gesetzlichen Regeln Rechnung getragen wird und ich als weltlicher Vertreter die Ehre habe, Ihren Bund vor dem Gesetz zu legitimieren. Und so frage ich Sie, Darian Knight und Faye McNamara, möchten Sie gemeinsam den Bund der Ehe eingehen, in Liebe, Achtung und Vertrauen zueinanderstehen, in guten wie auch in schlechten Tagen?"

Wie aus dem Nichts tauchten auf einem winzigen, dunkelroten Samtkissen die Ringe vor uns auf. Ich folgte kurz dem es haltenden Arm, an dessen Ende ich meinen Bruder ausmachte, dem ein breites Rundumgrinsen im Gesicht stand. Darian nahm den schmaleren Reif vom Kissen und holte mich damit zurück in die Wirklichkeit. Einen winzigen Hauch meinte ich seine Hand zittern zu sehen, als er langsam den Ring über meinen Ringfinger streifte und dabei sein Ehegelübde sprach: „Mit diesem Ring nehme ich dich, Faye, vor den Augen aller zu meiner angetrauten Ehefrau. Mit ihm überreiche ich dir mein Herz und meine Seele. Trage ihn als sichtbares Zeichen meiner Liebe und Treue, denn so wie dieser Ring keinen Anfang und kein Ende hat, so ist auch meine Liebe zu dir endlos." Plötzlich trat in seinen Blick eine Ernsthaftigkeit, die mich beinahe erschreckte. Da flüsterte er: „Mit Leib und Seele bin ich dein."

Mit tränenerstickter Stimme hauchte ich ihm ein „Ich liebe dich", entgegen, tauchte in seinem Blick ab und vergaß für Sekunden, wo ich war. Da erklang ein leises Räuspern. Ich besann mich meiner zeremoniellen Verpflichtung und nahm nun meinerseits den Ring vom Kissen. Mit für mich erstaunlich ruhiger Hand führte ich den breiteren Reif an seinen Finger und ließ die Worte einfach fließen: „Mit diesem Ring nehme ich dich, Darian, zu meinem angetrauten Ehemann. Er wird dich als sichtbares Zeichen für meine Liebe und mein Vertrauen, für meine Seele und mein Herz stets begleiten und für das stehen, was ich bin und immer für dich sein werde: deine Frau."

Kaum steckte der Ring an seinem Finger, fühlte ich den Boden leicht unter meinen Füßen erbeben. Besorgt blickte ich auf, sah Darian jedoch nur beruhigend lächeln und mit dem Kopf eine winzige Bewegung zur Seite machen. Irritiert sah ich in die gewiesene Richtung und riss erstaunt die Augen auf, als ich in einiger Entfernung zwei helle, durchsichtige Schemen erkannte. Fast schien es, als stünden sie direkt auf dem Wasser des angrenzenden Sees. Michael und Gabriel?

Ehe ich sprechen konnte, ergriff die Standesbeamtin wieder das Wort: „Nachdem Sie die Ringe ausgetauscht und Ihre Gelübde gesprochen haben, ist es mir eine Ehre, die Ehe zwischen Ihnen, Darian Knight, und Ihnen, Faye McNamara, als rechtlich vollzogen zu erklären. Ihnen beiden meinen herzlichen Glückwunsch." Sie hielt inne und nickte Darian anschließend verschmitzt zu. „Jetzt dürfen Sie die Braut küssen, Mr. Knight."

Das ließ er sich nicht zweimal sagen. Augenblicklich zog er mich in seine Umarmung, eine Hand landete an meinem Hinterkopf und die zweite an meinem Rücken. Ich warf ihm die Arme um den Nacken, vergrub die Finger in seinen Haaren und ließ mich leicht zurückfallen. Uns aneinander festhaltend, legten wir unter dem Lärmen meiner reizenden Familie einen filmreifen Kuss hin. Als unsere Lippen sich voneinander lösten, waren wir beide doch recht erhitzt.

Sofort wurden wir umringt. Ich landete in den Armen meines Vaters, der seine Gefühle weniger durch Worte als durch die Festigkeit seiner Umarmung zum Ausdruck brachte. Sogleich wurde ich weitergereicht an Ernestine, die mich auf beide Wangen küsste, unverständliche Sätze stammelte und gegen ihre Tränen ankämpfte. Dann löste mein Bruder Ernestine ab. Er wirbelte mich einmal herum, stellte mich zurück auf die Füße und gab mir einen schallenden Kuss auf die Stirn. Erst jetzt sah ich, dass er ebenfalls den traditionellen Tartan unseres Clans trug. Dann stand schon Maja vor mir.

„Meinen Glückwunsch, Faye. Es war eine wunderschöne Zeremonie." Sie lächelte gerührt, wirkte aber dennoch irgendwie unentschlossen.

„Ich danke dir, Maja. Es ist schön, dass du da bist." Kurzerhand öffnete ich die Arme und zog sie hinein, und als wäre der Damm gebrochen, erwiderte sie meine Umarmung ebenso herzlich.

Nur aus den Augenwinkeln heraus sah ich, dass Darian diverse wohlgemeinte und sehr mannhafte Schulterschläge einheimste und lediglich Ernestine ihn kräftig umarmte. Dann tippte Kimberly mir auf die Schulter und erhob Anspruch auf ihre eigene Gratulation. Jason folgte mit einem formellen Handkuss und einem informellen Zuzwinkern. Am Ende stand Steven mit hinter dem Rücken verschränkten Händen vor mir und sah mich nachdenklich an. „Meinen Glückwunsch, Faye. Ihr habt wirklich das Unmögliche fertiggebracht."

„Danke, Steven. Aber was veranlasst dich, so förmlich zu sein?"

Er lächelte spröde. „Hat sich jetzt nicht einiges geändert, nachdem du Darians Frau bist?"

„Du darfst sie ruhig umarmen, Steven", erklang Darians amüsierte Stimme, und aalglatt fügte er hinzu: „Aber keine Frechheiten, ich beobachte euch."

Steven seufzte. „Das war zu erwarten. Kaum verheiratet, verdoppeln sich die Besitzansprüche." Er nahm mich in seine Arme und gab mir einen vorsichtigen Kuss auf die Wange.

„Verzeihen Sie bitte", machte sich unsere Standesbeamtin bemerkbar und trat vor uns. „Aber wir müssen noch die Formalitäten regeln."

„Selbstverständlich. Jason, Alistair? Einmal bitte den Trauschein bezeugen." Darian winkte sie heran, und auf der breiten Mauer der oberen Terrasse des *Belvedere Castle* vollzogen wir den letzten, schriftlichen Akt zur Legalisierung unserer Eheschließung.

Der Rest war Formsache. Fotos wurden geschossen, jeder musste mal ran. Ich überlegte insgeheim, wie die Bilder mit Darian werden würden, der ja seiner Art entsprechend nicht ablichtbar war. Sollte er auf den Bildern wie erwartet nicht zu sehen sein, bestand immer noch die Möglichkeit, uns in Öl auf Leinwand malen zu lassen.

„Lasst uns unten vor dem Gebäude noch ein paar Bilder schießen", winkte Kimberly uns alle zusammen. „Das ist als Hintergrund richtig klasse, besonders, wenn die Burg zum Abend angestrahlt wird."

Also begab sich die ganze Hochzeitsgesellschaft nach unten. Nachdem wir auf der unteren Ebene angelangt und ins Freie getreten waren, sahen wir uns verblüfft um. Lichterloh brannten hier nun mehrere Fackeln, die vorher nicht da gewesen waren. Oder waren sie mir nur nicht aufgefallen?

Kimberly hatte dafür kein Auge. Mit strenger Stimme dirigierte sie uns voran, bis sie schließlich „Halt!" rief. Dann turnte sie um uns herum, schob Darian näher an mich heran, stellte Dad neben mich, Ernestine neben Dad. Maja wurde neben Darian gestellt, musste dann aber weichen, weil Jason diesen Platz einnehmen sollte.

„Wo ist Daddy?“, fragte Kimberly durch den Sucher blickend und winkte dann kräftig mit den Armen. „So geht das nicht. Ernestine verschwindet neben Grandpa total. Sie muss nach vorne. Wo ist Daddy?“

„Hier.“ Mit erloschenen Fackeln auf dem Arm kam mein Bruder angelaufen. „Ich musste erst einmal aufräumen.“

Darian zog mich näher an sich heran und seine Augen reflektierten das tanzende Spiel der Flammen. „Habe ich dir schon gesagt, dass ich dich liebe?“

Ich blickte auf den Ring an meinem Finger und lächelte. „Ja, und es auch bewiesen.“

Zärtlich führte er meine Hand an seine Lippen und hauchte einen Kuss auf meinen Ringfinger. Dabei sah er mir tief in die Augen. „Ich fühle mich, als wären mir durch unsere Gelübde schwere Ketten von der Seele genommen worden, Faye. Du hast mich befreit, und dafür liebe ich dich umso mehr.“

Ich wollte etwas sagen, da wurde ich kräftig angestoßen und landete schwungvoll in Darians Armen. „Entschuldige, Tochter.“

„Schon gut. Ist ja nichts passiert, Dad.“

Und schon kommandierte Kimberly weiter: „Daddy, du stellst dich hinter Faye. Und Ernestine nach vorn, das habe ich doch schon gesagt. Kannst du dich etwas kleiner machen, Darian? Prima. So ist gut. Maja, lächeln. Daddy, hör auf damit. Oh, Mrs. Wilson, Sie fehlen noch. Am besten neben Maja. Steven, nimmst du die Kamera? Ist alles schon eingestellt, du brauchst nur noch abzudrükken. Sekunde bitte.“ Sie rannte auf uns zu und hockte sich vor mich hin. „Und jetzt alle zusammen: Käääääse.“

Es blitzte, wir kniffen synchron die Augen zusammen und lachten. Damit war der offizielle Teil der Hochzeit endlich geschafft.

Der einsame Klang eines einzelnen Dudelsacks durchbrach die eingetretene Stille und lenkte unsere Aufmerksamkeit zum Platz vor dem Eingangspavillon. Vom Schein weiterer Fackeln beleuchtet, standen mehrere Männer im klassischen Kilt unterhalb der breiten Treppe und spielten *Flower of Scotland*, die inoffizielle

Hymne Schottlands. Zur gleichen Zeit tauchten wie aus dem Nichts zwei junge Frauen in traditioneller Kleidung auf und boten Champagner an.

„Alistair", meinte Darian, küsste mich und winkte meinem Bruder dabei zu. „Ich habe geahnt, dass er etwas in dieser Art planen würde, obwohl ich ihn lediglich darum gebeten habe, für das leibliche Wohl unserer Gäste zu sorgen."

„Das gehört seiner Meinung nach vermutlich dazu", bemühte ich mich, die Dudelsäcke zu übertönen.

Abrupt erstarb die Musik, die Instrumente wurden gegen Fiddle, Banjo, Bodhar Drum und Harmonika getauscht, dann setzte sie wieder ein. *Maids When You're Young* wurde gespielt, und ich durfte herzhaft lachen, denn in diesem Lied ging es um die Heirat einer jungen Frau mit einem alten Mann. Darian warf Alistair einen finsteren Blick zu, den dieser vergnügt mit dem Heben seines Champagnerglases quittierte. Nachdem auch dieses Lied vorüber war, winkte Alistair die Musiker zu uns herauf.

„Wenn Sie mit uns diese Feier begehen möchten, sind Sie herzlich dazu eingeladen, Mrs. Wilson", nutzte Darian die Gelegenheit, als sie sich verabschieden wollte. Er reichte ihr ein Champagnerglas vom Tablett eines vorbeieilenden Mädchens. Dann sah er mich fragend an. „Das wäre sicher auch in deinem Sinne, Liebes?"

„Selbstverständlich. Wir bitten darum. Es würde uns sehr freuen."

„Oh, damit haben Sie mich jetzt aber völlig überrascht", brachte sie heraus, stieß mit uns an und lachte leise. „Ich fühle mich bei Ihnen sehr wohl und möchte gerne annehmen, danke. Vorher müsste ich aber noch etwas klären."

„Kein Problem." Darian griff in seinen *sporran* und zog sein Handy hervor. Er schaltete es an und reichte es ihr. „Nehmen Sie meins. Ich gehe davon aus, dass Ihr Sohn nichts dagegen haben wird, wenn seine Mutter noch ein wenig länger bleibt."

Verblüfft nahm sie das Telefon entgegen. „Woher wissen Sie …?"

„Sie erwähnten ihn bei unserem Vorgespräch, Mrs. Wilson. Du erinnerst dich, Faye?"

Nein. „Ja, natürlich." Ich streckte eilends meine Fühler aus und sammelte Informationen. „Wenn es Ihnen lieber ist, können Sie Ihren Sohn auch nachkommen lassen. Wie alt war er noch gleich, sagten Sie? Zwanzig, wenn ich mich recht entsinne."

„Einundzwanzig", murmelte sie und wählte nebenbei. Es klingelte mehrfach, dann wurde abgenommen. „Danny? Ja, Mum hier … Nein, diese Nummer kannst du nicht kennen. Wir sind von einem Brautpaar eingeladen worden, und ich möchte diese Einladung gerne annehmen … Bitte? ... Nein, sie gilt auch für dich, wenn du möchtest … Ja, mach dir deswegen keinerlei Gedanken. Ich werde es ausrichten. Bis später." Sie legte auf und gab Darian das Handy zurück. „Mein Sohn übermittelt Ihnen seine Glückwünsche, dankt Ihnen für Ihr Angebot, möchte es aber nicht annehmen. Ich denke, er geniert sich ein wenig."

„Das kann ich verstehen", gab Darian zurück und steckte das Handy in die Tasche.

Inzwischen stürzten sechs wild aussehende Highlander die Stufen hinauf und wurden sogleich von meinem Bruder mit kräftigen Umarmungen, Schulterschlägen und wüsten Sprüchen empfangen. Sie schienen einander sehr gut zu kennen. Dann bat er sie um Ruhe und trat zu Darian und mir. „Jungs, das hier sind meine Schwester Faye und ihr frisch gebackener Ehemann Darian. Benehmt euch." Danach stellte er sie einzeln vor.

Der gedrungene Mann mit dem raspelkurzen, hellroten Haar und der großen Trommel hieß Paul McFie, sein Bruder Edward dagegen hatte schulterlanges Haar und trug die Bagpipe. Die Bodhar Drum wurde von Aaron Scott bedient, den zwar keinerlei Haare, aber dafür umso mehr Tattoos zierten. Nach ihm stellte Alistair Ian Ross vor, einen großen, schlanken Mann mit hellbraunem Haar, dessen Länge meiner recht nahe kam. Er trug neben einer großen Trommel eine Fiddle, verbeugte sich knapp und gab mir mit flirtwillig leuchtenden Augen einen formvollendeten Handkuss. Alistair schob ihn lachend beiseite. „Vergiss es, Ian, sie ist vergeben."

„Ja, leider." Er zwinkerte mir vergnügt zu, trat zurück und reichte Darian die Hand. „Du Glückspilz. Pass auf das Mädel gut auf."

Er nickte erheitert. „Sei versichert, das werde ich."

Es folgte Brian Scott, der kleinere Bruder von Ian, dessen Haare ihn beinahe wie ein Igel aussehen ließen, und zuletzt Connor O'Brian, rotblondes, lockiges Haar und eingeflochtene Zöpfe im Bart. Würde ich ihm auf einem Schlachtfeld begegnen, würde ich vermutlich rennen, als sei der Teufel persönlich hinter mir her.

„Wo steckt Ewan?", fragte Alistair, nachdem die Vorstellung beendet war.

„Der hilft den Weibern, müsste aber gleich da sein“, kam es von links, wo Paul gerade eine große Trommel aufstellte.

„Sind sie fertig?“

„Als wir ankamen, stand das meiste schon“, antwortete nun Brian und gürtete seine Trommel um. „Geh doch nachsehen.“

Jäh zog mein Vater schnuppernd seine Nase kraus und sah sich lauernd um. „Rieche ich da etwa Haggis?“

„Sicher. Und Porridge, Kartoffeln, Rührei, Käse, was du willst. Dazu ein Fass Single Malt und Ale. Und eine Kiste Wasser, falls sich jemand waschen will. Alistair bestellte ein traditionelles Menü“, erklang eine männlich tiefe Stimme aus dem Hintergrund und kurz darauf erschien ein Hüne auf der Bildfläche, dessen Statur der meines Bruders in nichts nachstand. Sein Haar war hellblond und kurz, sein Vollbart dafür umso länger. Wie auch die anderen Männer trug er ein dunkles Shirt ohne Ärmel und dazu den roten Tartan, der von einem sehr breiten Ledergürtel gehalten wurde. Mit ruhigen Schritten kann er auf uns zu und verbeugte sich. „Ewan Finley, zu Ihren Diensten. Meine herzlichsten Glückwünsche zu Ihrer Trauung.“ Mein Handrücken bekam einen weiteren Handkuss, Darian einen kräftigen Handschlag. „Ich wusste bis vor kurzem gar nicht, dass Alistair überhaupt eine Schwester hat. Dazu noch so eine verdammt hübsche.“

„Und eine verdammt verheiratete, Ewan. Behalt deine Augen bei dir.“ Da stand auch schon eine kleine, schlanke Frau mit dunklem Haar neben ihm und reichte mir lächelnd ihre Hand. „Meinen Glückwunsch. Ich bin Rodina Finley, Ewans Frau. Wir benötigen nur noch wenige Minuten, dann ist das Büffet fertig.“ Sie wies nach links, wo ich einen kleinen Pavillon ausmachte, in dem eifrig gewerkelt wurde. Lampions erhellten einen langen Tisch, auf dem unterschiedliche Gefäße standen, aus deren Richtung mir wohlbekannte Gerüche zu uns drifteten.

„Kein Problem“, erwiderte ich noch immer leicht verwirrt und lehnte mich an Darian, der ebenfalls die Hand der Frau schüttelte. Sie lächelte ihn an, dann wandte sie sich an ihren Gatten und wies voran zur Tür. „Die beiden Tische müssen noch hoch, Ewan. Und nur so nebenbei, der Bräutigam ist ein echtes Leckerchen.“ Sie zwinkerte mir knapp zu. „Der musste sein, damit mein Mann sich nicht zuviel einbildet. Immer schön auf dem Teppich bleiben. Na los, Ewan, willst du Wurzeln schlagen?“

Gutmütig lachend trollte er sich, jedoch nicht ohne einen Nachschlag in meine Richtung. „Reservieren Sie mir einen Tanz, junge Dame. Ich bestehe darauf. Herrje, ich geh ja schon, Rody.“

Darian nahm mir das Glas ab und stellte es auf die Mauer. „Ich nehme mal an, dass unsere Feier etwas anders ausfallen wird, als ich dachte.“

„Weil du Alistair die Planung überlassen hast?“

Er nickte und küsste mich verhalten. „Und weil ich nicht damit gerechnet habe, dass er dermaßen tief in die Traditionskiste greifen würde. Wo hat er das alles innerhalb weniger Stunden so schnell aufgetan?“

Ein lautes Testtrommeln erklang, dazu der Klagelaut einer Bagpipe, dann stand Alistair mit Maja im Arm neben uns. „Alte Kontakte, Darian. Auch wenn man fern der Heimat lebt, findet man überall Verbündete. Du kennst es ja selbst.“ Seine grünen Augen glitzerten spitzbübisch. „Und nachdem du sagtest, du wolltest gemäß unserer Tradition heiraten, habe ich die Kontakte spielen lassen.“

„Apropos spielen“, rief Paul. „Wir sollten etwas Krach machen, meint ihr nicht? Hat die First Lady einen besonderen Wunsch?“

„*Ren Faire*“, rief ich ihm den Titel zu, und er winkte. „Sollst du bekommen, holde Maid.“

Von diesem Moment an wurde es laut. Trommelrhythmen, gemischt mit den Klängen des Dudelsacks und vereinzelten Gesangseinlagen schallten bis weit über den Burgbereich und den See und zogen allmählich immer mehr Neugierige an, die sich auf dem Platz unterhalb der Treppe versammelten und dem Privatkonzert unserer Hochzeit lauschten.

Nachdem das Büfett fertiggestellt worden war, gesellten sich die „Weiber“ der Herren zu uns und ich erfuhr, dass die beiden Frauen, die uns anfangs den Champagner serviert hatten, Barbara und Edith, die Ehefrauen von Paul und Edward waren. Bis auf Brian waren sie alle in festen Händen, was unheimlich beruhigend wirkte.

Darian nahm mir den Schal ab und drückte ihn Ernestine in die Hand. Dann zog er mich zum Tanz in die Mitte der Plattform und eröffnete somit den gemütlichen Teil der Feier. Statt eines traditionellen Walzers wurde es ein wilder Reigen, dem sich immer mehr unserer Gäste anschlossen, bis der Kreis schließlich so groß wurde, dass wir ihn in einen inneren und einen äußeren teilen mussten. Dann entglitt uns die Kontrolle, und wir wurden herumgereicht, so dass wir uns ständig in fremden Armen wiederfanden, die verhinderten, dass Darian und ich einander auf der Tanzfläche erreichen konnten. Schließlich erbarmte man sich unser, und die letzten Drehungen auf dem steinigen Parkett durften mein Mann und ich gemeinsam machen, während alle anderen uns umringten und im Takt klatschten.

„Einen Kuss!“, brüllte Ewan plötzlich. „Wir wollen einen Kuss sehen!“

Frenetischer Jubel schloss sich ihm an. Und als auch noch aus der unteren Ebene Beifall und laute Rufe zu uns heraufdrangen, schoss mir verschämte Röte ins Gesicht, was zusätzlich für Erheiterung sorgte. Zur Krönung des Ganzen verließ Ewan seine Trommel und schob uns mit ausgebreiteten Armen direkt unter den Pavillon an der Treppe. Er und Alistair trugen je eine Fackel, mit denen sie uns flankierten, damit auch wirklich jeder etwas sehen konnte.

„Ich will nicht“, flüsterte ich peinlich berührt zu Darian und er zog die Stirn kraus. „Mich küssen?“

„Doch, natürlich“, gab ich leise zurück. „Aber sie sehen alle zu.“

Er umfasste meine Taille und zog mich an sich. Im gleichen Moment begannen alle Zuschauer im Gleichtakt zu klatschen, und riefen: „Küssen! Küssen!“

„Da müssen wir durch, geliebtes Weib. Gib dem Pöbel, was der Pöbel verlangt, dann beruhigt er sich wieder.“ Kaum ausgesprochen hob er mich schwungvoll auf seine Arme. Mit einem verschreckten Schrei hielt ich mich an ihm fest und hörte es um uns herum lachen.

„Entkommen unmöglich, Geliebte“, flüsterte er mir zu und sah dann in die Menge. „Wie wollt ihr es? Mit oder ohne Leidenschaft?“

„Mach keinen Blödsinn“, quietschte ich heiser, doch er lachte nur.

„Wenn schon, dann die volle Ladung!“, übernahm Alistair das Wort und sah sich Beifall heischend um. Meinen flammenden Blick ignorierte er vollkommen, sonnte sich stattdessen mit frechem Grinsen in beipflichtenden Zurufen und zuckte in meine Richtung arglos mit den Achseln.

Da nahm mir mein Mann jede weitere Entscheidung ab. Seine Hand fuhr meinen Rücken empor bis zu meinem Nacken, seine Finger schoben sich in mein Haar, und er zog mich mit sanftem Druck näher. Dann lagen seine Lippen schon auf meinen Mund und verhinderten jeden weiteren Protest meinerseits. Was blieb mir übrig, als mich zu beugen? Was konnte ich anderes tun, als seinen Kuss zu erwidern?

Darian riss die Augen auf, als meine Finger in sein Haar griffen, als ich gleichzeitig meine Lippen öffnete und ihn willkommen hieß, als ich dem Pöbel gab, was der Pöbel verlangte. Und der Pöbel tobte, sowohl bei uns auf der Terrasse als auch unterhalb der Treppe auf dem Platz.

Sehr vorsichtig ließ Darian mich langsam zurück auf den Boden und löste erst da den Kuss. Noch einmal brandete Jubel auf, dann setzten Paul und Ewan gleichzeitig mit den Drums ein, und wir konnten dem allgemeinen Interesse entkommen.

Ich schlich mich in eine weniger beleuchtete Ecke und sah für eine Weile verträumt über das vom Mondlicht silbrig glitzernde Wasser des kleinen Sees. Dabei hörte ich, wie Darian mit Ernestine und Dad ein paar Worte wechselte und wie Alistair und Maja sich zu keltischen Klängen austobten.

„Der Kuss war echt oscarreif“, murmelte es neben mir, und ich erblickte Kimberly, die mit einem Glas Ale lässig an der Mauer lehnte. „Das nenne ich doch mal 'ne Party nach Maß.“

„Hast du gewusst, was dein Vater vorhatte?“, fragte ich erstaunt und erntete ein gelassenes Nicken. „Logisch. Ich habe doch mit Ewan telefoniert, nachdem dein Mann gesagt hat, dass ihr endlich heiraten wollt und er unsere Hilfe dabei braucht.“

Mein Blick flog zu Darian, der mir einen liebevollen Flugkuss schickte. Dieser Heimlichtuer. Ungefragt griff ich nach Kimberlys Glas, nahm einen sehr kleinen, erfrischenden Schluck und reichte es ihr zurück. Dabei wies ich mit dem Kinn auf die Musiker. „Woher kennt ihr die Jungs?“

Meine Nichte blickte mich mit großen Augen vollkommen entgeistert an. „Sag mal, hast du denn überhaupt keinen Plan? Dad hat mit denen 'ne Weile gespielt. Rodina hat in Brooklyn einen Irish Pub.“

„Alistair hat *was* gemacht?“

Sie verdrehte die Augen, drückte mir ihr Glas in die Hand und marschierte schnurstracks auf die Band zu. Dort wartete sie neben Ewan, bis sie das Stück beendet hatten, und wechselte mit ihm einige Worte. Er nickte und zwinkerte in meine Richtung, hob dann die Arme und rief: „Auf ausdrücklichen Wunsch der First Lady dieses Abends reiche man Alistair McNamara die Bagpipe."

Ihm und mir drohten gleichzeitig die Augen aus dem Kopf zu fallen, und synchron entwich uns ein geschwisterliches: „Was?"

Erfreut kam Edward der Bitte nach und drückte meinem Bruder sein Instrument in die Hand. „Leg los, alter Junge, ich hab jetzt Pause."

„Das wirst du mir büßen", las ich von den Lippen meines Bruders. Ganz Unschuld wies ich auf Kimberly, die weiterhin neben Ewan stand. Ihr breites Grinsen war bezeichnend. Alistair trat neben sie und sah sie finster an. Sie aber stellte sich kurz auf die Zehenspitzen, drückte ihm einen Kuss auf die Wange und trippelte danach ausgelassen auf mich zu. „Brauchst dich nicht zu bedanken, Tante Faye, es war mir ein Vergnügen. Immerhin hat er dich vorhin auch reingerissen. Da ist das nur fair."

Nun war mir jedenfalls klar, warum Alistair so schnell eine Band und das entsprechende Catering aufgetrieben hatte. Fasziniert sah ich zu, wie er seine Jacke auszog, sie Maja übergab und das Instrument unter den Arm klemmte. Kurz darauf hörte ich zum ersten Mal meinen Bruder auf dem Dudelsack spielen.

Dad hatte indes seine Zelte am Büfett zwischen Haggis und Single Malt aufgeschlagen, um nicht zu weit pilgern zu müssen, Maja probierte sich skeptisch durch alle Speisen und entschied sich am Ende für *Hattit kit*, eine Süßspeise aus den Highlands, bestehend aus Buttermilch, Milch, Sahne, Zucker und Muskat. Ich ließ mir nach langer Zeit endlich mal wieder eine Portion Porridge auf der Zunge zergehen.

Je später es wurde, desto ausgelassener wurden die Gäste. Es wurde getanzt, gelacht, gescherzt und getrunken. Mir entging, wie die Zeit verflog. Erst als Mrs. Wilson sich gegen elf Uhr verschwitzt und bedauernd verabschiedete, bekam ich eine Ahnung davon. Ganz der perfekte Gastgeber, brachte Darian sie persönlich zu ihrem Wagen und überwachte ihr sicheres Losfahren. Ich ahnte, warum. Dennoch wollte ich mir von diesen möglichen Gefahren nicht den Abend vermiesen lassen. Immerhin standen irgendwo da draußen zusätzlich zu Stevens wachsamen Augen noch zwei engelhafte Leuchtsäulen Wache. Was konnte da schon passieren? Also wandte ich mich wieder der Feier zu und ließ mich von ihr treiben.

Während einer Pause erfuhr ich von Ewan, dass sie meinen Bruder vor Jahren in Rodinas Pub kennen gelernt hatten, wo er angetrunken mit der damals engagierten Liveband einen Song zum Besten gegeben hatte. Als es mit der Musik weiterging, setzte Ewan an seiner Trommel aus und forderte seinen Tanz ein. Ich gewährte ihn gern und ließ mich von ihm auf dem Parkett herumwirbeln. Darian revanchierte sich, indem er Rodina zeitgleich zum Tanz führte. Danach tanzte ich die einzelnen Mitglieder der Band durch und landete am Ende in den Armen meines Bruders.

„Gefällt dir deine kleine Party?“, fragte er, wirbelte mich herum und stellte mich zurück auf den Boden.

„Klein ist gut“, erwiderte ich außer Atem und wies dabei auf die Leute auf dem Parkplatz. „Wir unterhalten den halben Central Park.“

„Warum auch nicht? Man heiratet nicht jeden Tag, Schwesterherz.“ Ich wurde wiederholt in die Höhe gehoben und im Kreis gedreht.

„Warum hast du mir nicht gesagt, dass du ein Instrument spielst?“ Hüpfend umrundete ich ihn und kam wieder vor ihm zum Stehen. „Das hat mich überrascht.“

„Du hast nie gefragt“, meinte er verlegen, nahm mich bei den Händen, und wir tanzten im Kreis. „Und so gut bin ich nun auch wieder nicht.“

„Es klang professionell, soweit ich es beurteilen kann.“

„Ein Profi hätte mir sicherlich eine andere, weniger diplomatische Antwort gegeben. Aber danke, liebste Schwester.“ Die Musik endete. Er nahm meinen Arm und führte mich an die Mauer. „Schön hier, nicht wahr?“

Für einen kurzen Moment standen wir Seite an Seite und blickten zusammen über den See, hörten hinter uns das Lachen der Gäste. Dann wandte ich mich zu ihm um. „Du hast diese abgelegene Stelle doch nicht aufgesucht, um mit mir über die Aussicht bei Nacht zu sprechen, Alistair.“

„Nein.“ Er sah mich ertappt an. „Nein, sicher nicht. Aber ich hielt es für eine gute Einleitung.“

„Wofür?“

Sehr ernst geworden, nahm er meine Hände sanft in seine und sah mich an. „Für meine Entschuldigung, Faye. Dafür, dass ich dich unterschätzt habe, und dafür, dass ich nicht gleich erkannt habe, was dein Mann ist, und vor allem, was er *für dich* ist. Nein.“ Sein Finger berührte meine Lippen. „Lass mich einfach reden, sonst verliere ich den Faden. Ich habe mich geirrt, Schwesterherz, und dazu stehe ich. Dein Mann ist vermutlich das Beste, was dir passieren konnte, denn er weiß wohl als Einziger, wie er dich und bald das Kleine beschützt. Spätestens seit heute dürfte jeder kapiert haben, dass ihr zusammengehört.“ Mit einer Aufrichtigkeit, die nur aus den Tiefen seines Innern kommen konnte, legte er die rechte Hand auf sein Herz. „Ich wünsche euch alles Glück dieser Erde und befürchte dabei, dass ihr es brauchen werdet. Und ich gelobe: Wann immer ihr mich braucht, werde ich da sein.“

Der Kloß in meinem Hals ließ nur ein heiseres „Danke“ zu. So stellte ich mich auf die Zehenspitzen und küsste meinem Bruder voll Anerkennung seiner Worte stumm auf die Wange.

„Ach du meine Güte.“ Seine Arme umfassten mich wie Schraubstöcke, ich wurde hochgehoben und gefühlvoll an ihn gedrückt. Dann ließ er mich wieder herunter und lachte mich mit blitzenden, leicht feuchten Augen an. „Jetzt ist aber genug mit diesen Gefühlsausbrüchen. Das wird ja fast peinlich. Wir wollten doch feiern, tanzen und uns freuen, und nicht in rührseligen Sturzbächen ertrinken.“

Ich nickte zustimmend, wischte mir verstohlen eine glitzernde Träne aus dem Augenwinkel und lehnte mich für einen Moment an seine Brust. Fast schien es, als wäre die Wärme seiner Umarmung von diesem Moment an von einer anderen Qualität, als gäbe sie mir noch mehr Sicherheit, als sie es ohnehin immer getan hatte. Es schwang in ihr das Versprechen mit, das er gegeben hatte.

Das entfernte Heulen eines Wolfes zerriss die Stille und brachte mir schlagartig das Geschehen auf dem Parkdeck zurück ins Bewusstsein. Auch Alistair schien sich daran zu erinnern; ich bemerkte es am Zucken seines Arms, der mich weiterhin umfangen hielt.

Erschrocken sah ich zu ihm auf. „Glaubst du …?“

„Nein“, erwiderte er schnell. „Hier im Park ist ein Zoo, Faye. Es ist eher wahrscheinlich, dass es von da kommt.“

„Haben sie dort Wölfe?"
Er zuckte mit den Achseln. „Ehrlich gesagt, weiß ich das nicht. Aber ich weiß, dass es im Central Park keine frei laufenden Wölfe gibt. Abgesehen davon wird sich kein anderer in unsere Nähe trauen. Woher sollte es also sonst stammen?"
Abermals ertönte dieses lang gezogene, einsame Heulen, und mein Bruder griente mich schelmisch an. „Was meinst du, wollen wir ihm antworten?"
Ohne auf meine Antwort zu warten, legte er seine Hände trichterförmig an den Mund und ahmte sehr authentisch das Heulen eines Wolfes nach. Ich musste lachen, als aus der Dunkelheit prompt eine Antwort erklang. Doch bevor er nochmals heulen konnte, legte ich ihm die Hand auf den Arm. „Lass gut sein, Alistair. Der arme Wolf denkt sonst, hier steht ein Artgenosse, und buddelt sich unter dem Zaun durch, um ihn zu suchen."
Ich erhielt ein amüsiertes Blinzeln. „Du hast recht. Überlassen wir ihm die Nacht. Komm, ich bringe dich zu Darian. Er sieht schon die ganze Zeit zu uns herüber und fragt sich sicher, welchen Unfug wir hier treiben."
Alistair geleitete mich zurück zu meinem Mann, der neben Jason stand, sich mit ihm unterhielt und uns nebenbei im Auge behalten hatte.
„Hast du den Wolf gehört?", fragte ich ohne Übergang, nachdem mein Bruder sich auf die Suche nach Maja gemacht hatte.
Darian nickte knapp. „Sicher. In der Nähe ist ein Zoo."
„Alistair erwähnte es."
Sanft zog er mich zu sich heran und legte seine Hand unter mein Kinn. „Machst du dir Sorgen wegen der vergangenen Ereignisse, Faye? Ich kann dir versichern, dass dir nichts geschehen wird. Wir sind hier absolut sicher. Jeder von uns."
„Ich weiß." Ich lächelte tapfer. „Es ist schon okay. Ich werde mir den Abend nicht durch solche Erinnerungen vergällen." Dann wandte ich mich mit strahlender Miene an Darians vorherigen Gesprächspartner: „Wo haben Sie die ganze Zeit über gesteckt, Jason? Ich habe Sie schon vermisst."
„Ich war stets in Ihrer Nähe, Madam." Sein angedeuteter Diener wirkte leicht unsicher.
War er müde und nutzte die Mauer deshalb als Stütze, oder lag es an etwas anderem? Ich warf Darian einen fragenden Blick zu, den

er schmunzelnd erwiderte. Die leichte Single Malt-Fahne ließ mich den gediegenen Genuss eben jenes Getränks erahnen. Unser stets so untadeliger Jason hatte einen im Gepäck?

Da stand er auf einmal stramm vor mir, vollzog eine zackige Verbeugung und reichte mir seinen Arm. „Wenn Sie erlauben, Madam, wäre es mir eine Ehre. Sir?“

Ob das schlau war? Hilflos sah ich Darian an, doch er nickte nur. Fast schien es, als hätten die beiden etwas untereinander ausgemacht, von dem ich nicht die geringste Ahnung hatte. Zögernd legte ich meine Hand auf Jasons Arm und ließ mich in die Mitte der leeren Tanzfläche führen. Dort verneigte er sich abermals und trat zurück.

„Werte Lords, werte Ladys, sowie jene, die es einmal werden wollen“, begann er einem Marktschreier gleich mit lauter Stimme und winkte parallel Kimberly heran. „Wenn ich um Ihre Aufmerksamkeit bitten dürfte, wir kommen nun zum dramatischsten Teil dieses vortrefflichen Abends. Darf ich die unverheirateten Damen nun zu mir bitten. Und Miss Kimberly, den Brautstrauß bitte.“

Jetzt verstand ich, was Jason vorhatte. Allgemeines Gelächter wurde laut, als von außerhalb der Terrasse eine weibliche Stimme erklang: „Gilt das auch für uns?“

„Nur herauf mit Ihnen, wenn Sie Ihr Schicksal herausfordern möchten, junge Dame!“, lud Jason die weiblichen Zuschauer ein, die sich das natürlich nicht nehmen ließen.

Als ich mich mit dem Strauß in der Hand zu den Damen umdrehte, war ich ziemlich überrascht. Gut zwanzig junge und auch ältere Frauen drängten sich einige Meter hinter mir zusammen und beobachteten gespannt, wohin ich den Brautstrauß werfen würde. Ich sah wieder nach vorn, schloss die Augen, konzentrierte mich und warf den Strauß schließlich in einem hohen Bogen über meine Schulter. Dann wirbelte ich pfeilschnell herum, um zu sehen, wer ihn auffangen würde.

Zunächst sah ich Kimberly wie beim Basketball aus dem Damenkränzchen nach oben steigen. Doch statt den Strauß zu fangen, wehrte sie ihn ab. Er flog abermals in die Höhe, diverse Hände reckten sich nach ihm, wodurch er nochmals abprallte, einen leichten Drall bekam und nach rechts vom Spielfeld schoss. Direkt auf Steven zu. Mit panisch geweiteten Augen riss er die Arme hoch, wehrte diesen Unheilsboten ab und kickte die Blumen zurück ins

Geschehen. Für einen Moment entschwand der Strauß meinen Blicken, dann hörte ich ein lautes „Huch! Ach Gott, nein!“

Enttäuschung wurde laut, die Damenmenge teilte sich, und in ihrer Mitte stand Ernestine, den leicht lädierten Strauß in den Händen haltend. Ihr Blick irrte unsicher herum. „Ich habe doch gar nicht mitgemacht.“

„Der Strauß hat entschieden“, verkündete Jason ernst und verneigte sich theatralisch. „Unser Dank gilt auch den Damen, denen das Glück nicht so hold war.“

„Au Backe“, erklang der Bariton meines Vaters von links, gefolgt von Spötteleien und männlich-herben Schulterschlägen.

Schmunzelnd ging ich auf Ernestine zu, deren Blick alles andere als Begeisterung ausdrückte. Tapfer rang sie sich ein Lächeln ab. „Das ist wie mit den Karten. Man weiß nie, was man bekommt. Und dabei wollte ich nur auf die Toilette. Aber sag’s nicht weiter.“

Ich legte den Finger an meine Lippen und nickte.

„Madam.“ Jason trat mit ernstem Blick neben mich. „Wir sind noch nicht fertig.“

Ich wurde abermals in die Mitte der Terrasse geleitet und dort stehengelassen. Skeptisch sah ich mich um. Was folgte nun? Sollte ich jetzt mit einem leeren Fass die unverheirateten Herren umkegeln?

Mein Argwohn wuchs, als Jason sich abwandte und auf die Musiker zutrat. Er schien kurz zu verhandeln und kehrte dann mit der Fiddle in der Hand zurück. Inzwischen waren alle Augen spannungsgeladen auf uns gerichtet. Ich wurde nervös.

Erstaunlich routiniert legte Jason die Fiddle an, kratzte mit dem Bogen kurz über die Saiten und begann, mit dem Fuß einen Takt zu wippen. Langsam begann er, spielte eine ruhige Melodie an, die allmählich schneller wurde. Der Bogen strich die Saiten, der Klang eines irischen Tanzes erfüllte die Luft und riss alle Zuschauer sofort mit. Sekunden später fielen die Musiker ein und sorgten für die rhythmische Begleitung, während ich von einer Überraschung in die nächste fiel. Da schien Jason irgendwie zu explodieren, verlor seine untadelige Haltung vollkommen und legte endgültig los. Wie ein Rockstar sprang er herum, vollführte während seines Spiels wilde Tanzschritte und heizte die Menge so weiter an. Ich traute meinen Augen kaum und flehte innerlich darum, dass irgendjemand einen Camcorder dabeihatte.

Unvermittelt stand Darian vor mir, nahm mich in den Arm und flog mit mir zur Musik über die Fläche. Andere Paare schlossen sich an. Ich sah Dad und Ernestine an uns vorbeitanzen, entdeckte Alistair und Maja und ein Stück weiter Ian mit seiner Frau Laurie. Kimberly hüpfte ohne Begleitung über die Fläche, und Steven lehnte mit wippenden Fußspitzen an der Mauer.

Jasons Spiel erreichte seinen Höhepunkt. Inzwischen flog der Bogen über die Saiten und sein graues Haar wild durch die Luft, während seine Füße beinahe schwerelos im Takt über den Boden steppten. Die schmale Krawatte hatte sich aus der Weste seines dunklen Anzugs gelöst und hüpfte wie ein loses Pendel bei jeder seiner Bewegungen mit. Er spielte schneller und schneller, ich bekam bald einen Drehwurm. Abrupt endete er.

Einen kurzen Moment trat Ruhe ein, dann brandete Applaus auf. Ohne eine Miene zu verziehen, verneigte Jason sich vor seinem Publikum und brachte die Fiddle ihrem Besitzer zurück. Abermals nickte er förmlich in die Runde, strich mit geübten Fingern die Haare glatt, brachte seine Kleidung in Ordnung und kam anschließend mit zackigen Schritten auf mich zu.

„Ich hoffe, mein bescheidenes Hochzeitsgeschenk hat Ihnen gefallen, Madam“, meinte er, griff nach meiner Hand und küsste sie in einer weiteren, eleganten Ehrerweisung.

„Sehr sogar. Herzlichen Dank, Jason“, brachte ich hervor, erhielt ein weiteres Nicken und sah ihm nach, wie er zurück zur Mauer schritt.

„Was war das gerade?“, fragte ich ungläubig.

Darian lachte. „Einer von Jasons sehr seltenen Ausbrüchen von Enthusiasmus, Faye. Und bevor du fragst: Jason beherrscht seit vielen Jahren Geige und Fiddle, du hast ihn nur niemals zuvor spielend erlebt. Ich schon.“

„Muss ich mit weiteren Überraschungen rechnen, oder habe ich jetzt Pause?“

„Hättest du denn noch gern einige davon?“

Schnell schüttelte ich den Kopf. „Nein, ich denke, es reicht. Ich befürchte eher, ich brauche in absehbarer Zeit ein Bett. Meine Füße qualmen, ich schwitze und bin allgemein ziemlich erledigt.“

„Dann“, ein durchtriebener Ausdruck stahl sich in seinen Blick, „sollten wir zusehen, dass wir uns heimlich absetzen. Was meinst du?“ Sein Arm umfasste meine Taille, und er führte mich in eine weniger beleuchtete Ecke. „Warte bitte hier. Ich hole deinen Schal, spreche kurz mit Alistair und Jason, dann verschwinden wir.“

„Werden sie nicht mitkommen wollen?“

„Ins Hotel? Oh nein. Diese Nacht gehört uns ganz allein. Zumindest das, was von der Nacht noch übrig ist.“ Ich heimste einen Kuss ein, und er eilte auf Alistair zu.

Das mit dem heimlichen Fortschleichen hatte natürlich nicht funktioniert. Binnen Minuten hatten alle davon Wind bekommen und uns mit Musik und Tanz zum Mietwagen begleitet. Nur wenige Minuten später waren wir am *Plaza* angekommen, wo wir dieselbe Suite wie schon am Tag unserer Ankunft in New York erhalten hatten.

Mich lasziv in den weichen Laken räkelnd, lauschte ich auf das Rauschen der Dusche aus dem Bad und lächelte in mich hinein. Schon die Berührung des seidigen Stoffes auf meiner blanken, noch sehr empfindsamen Haut reichte, mir die Geschehnisse der vergangenen Stunden zurück ins Gedächtnis zu rufen. Wenn es einer solchen Erinnerung überhaupt bedurft hätte, denn sie waren noch immer allgegenwärtig, in der Sensibilität meiner Haut, seinem Geschmack auf meinen Lippen und unserem Duft in der Luft.

Mein Lächeln wurde breiter, als mein Blick das Kleid streifte, das als stiller Zeuge einer hitzigen Nacht achtlos zerknüllt auf dem breiten Sessel einige Meter vom Bett entfernt lag. Wie hatte Darian geflucht, als ihn die vielen winzigen Perlmuttknöpfe zur unfreiwilligen Drosselung seiner inneren Hast gezwungen hatten. Ich sah unsere von den Füßen gekickten Schuhe auf dem Boden liegen. Ein schwarzer Herrenschuh neben der Tür, ein zweiter unter dem Tisch. Wo waren meine abgeblieben? Da, neben der großen Stehvase lag einer, der andere befand sich direkt vor dem Bett. Daneben meine Unterwäsche, und weiter im Raum auf dem Interieur verstreut lagen die Kleidungsstücke meines Mannes. Einzig mein Schal war absichtlich über die Lampe drapiert und diente als Dimmer.

Mit ausgebreiteten Armen ließ ich mich zurück in die Kissen fallen, rollte mich halb seitlich auf den Bauch und blieb liegen. Oh, was für eine Nacht. Ich hörte mich selbst kichern. Wir hatten kaum geschlafen, wenn es hochkam, vielleicht ein paar Stunden. Eigentlich müsste ich hundemüde sein. Aber ich war es nicht. Im Gegenteil, ich war fit wie ein Turnschuh. Magie. Das musste es einfach sein. Reine Magie. Kam etwas anderes als Erklärung infrage?

Licht fiel durch das Fenster ein und kündete den neuen Tag an. Ich überlegte ernsthaft, den derzeitigen Zustand künstlich in die Länge zu ziehen, indem ich die Vorhänge schloss. Doch müsste ich dazu aufstehen, und dafür schien mein innerer Schweinehund momentan einfach zu satt und zu träge. Obwohl ich es nicht wissen wollte, sah ich auf Darians Armbanduhr neben dem Bett und fand heraus, dass es bereits zehn Uhr war. Für mein derzeitiges Empfinden zu früh zum Aufstehen. Vielleicht ein Frühstück im Bett?

Das Rauschen verklang, leise quietschten die Scharniere einer Tür, nackte Füße eilten über Fliesenboden. Ich hörte es tropfen. Dann fühlte ich es tropfen. Ich rührte mich nicht, wartete ab, was passieren würde. Langsam spürte ich das Fortziehen des Lakens, wie es fließend über meine Haut glitt, bis es nur noch meine Hüfte bedeckte. Weitere Tropfen fielen auf mich nieder, zogen eine feuchte Spur meinen Rücken hinauf. Sanfte Lippen folgten, bahnten sich ihren Weg bis zu meinem Nacken.

„Guten Morgen, Geliebte. Ich weiß, dass du wach bist", vernahm ich sein Flüstern. Er schob mein Haar beiseite, und sein Mund näherte sich der empfindsamen Stelle hinter meinem Ohr. „Du hältst die Luft an, wenn du erregt bist."

„Das tue ich nicht", protestierte ich und rollte auf die Seite. Amüsiert blitzende Augen erschienen über mir. „Oh doch, das tust du. Und noch einiges mehr."

Seine sonore Stimme verursachte mir eine Gänsehaut, und ich rollte ganz herum. „Noch mehr?"

„Viel mehr." Er verschloss meinen Mund mit einem glühenden Kuss und zog ihn unendlich in die Länge.

Wie von allein umfassten meine Arme seinen nass glänzenden Körper, vergruben sich meine Finger in seinem tropfenden Haar, und mein Körper bog sich ihm entgegen. Raunend verließ Darian meinen Mund, überzog mit zarten Küssen mein Gesicht, wanderte tiefer, meinen Hals entlang und liebkoste meine Kehle. Ein Schauer nach dem anderen raste über meine Haut und offenbarte sichtlich Wohlgefallen.

„Und *das* liebe ich besonders."

Mein Blick folgte seinem, glitt hinab zu meinen Brüsten, deren Knospen sich erregt und hart aufrichteten. Quälend langsam ließ Darian seine Lippen wandern, ehe sie sanft saugend jene Erhebungen umschlossen. Ich hielt den Atem an, presste mich an ihn und meinte zu vergehen.

„Verdammt!“ Schlagartig ließ er von mir ab, richtete sich auf und sah mich mit loderndem Blick an. Er verschränkte die Hände hinter dem Kopf, atmete tief durch und murmelte unterdrückt: „Wenn das so weitergeht, kommen wir aus dem Bett überhaupt nicht mehr raus.“

Zielstrebig streckte ich meine Hände aus, berührte seine Brust und fuhr mit gespreizten Fingern seinen flachen Bauch hinab, bis ich das Handtuch berührte, das nur knapp seine Hüften bedeckte und die eindeutige Wölbung mehr ent- als verhüllte. „Und was wäre so schlimm daran?“

Eilig legte er seine Hände auf meine und stoppte sie. „Ich hatte noch einiges mit dir vor, Liebes. Unter anderem zu frühstücken.“

Meine Augen begannen begehrlich zu funkeln, und ich gurrte: „Frühstück ist eine ganz wunderbare Idee.“

Da umfasste er meine Handgelenke, beugte sich vor und drückte sie oberhalb meines Kopfes in die Kissen. Sein Gesicht kam meinem sehr nahe, und seine geflüsterten Worte sandten mir wahre Wellen durch den Leib: „Denken wir gerade in verschiedene Richtungen?“

Sehr gemächlich ließ ich meinen Blick über seinen Oberkörper bis hinunter zum Handtuch und wieder zurück wandern, knabberte verwegen auf meiner Unterlippe und sah ihm schließlich geradewegs in die Augen. „Ich glaube nicht. Es sei denn, du brauchst eine Energiespritze. Dann sei sie dir selbstverständlich gewährt.“

„Du forderst mich heraus?“, fragte er mit einer Mischung aus Erstaunen und Unglauben. Dann lachte er leise. „Das will ich sehen.“

„Das wirst du“, gab ich lockend zurück. „Lass meine Hände frei, und du darfst es sogar erleben.“

Sofort kam er meiner Aufforderung nach, richtete sich wieder auf und hob kapitulierend seine Hände. „Und nun?“

Er erfuhr es sofort – ich schubste ihn kräftig um, glitt über ihn und setzte mich rittlings auf ihn. Grinsend ließ er es geschehen, wies jedoch mit einem Finger in Richtung Körpermitte. „Hast du da nicht etwas Entscheidendes vergessen?“

„Safer Sex ist heutzutage modern, Schatz“, erwiderte ich schlagfertig.

Seine Brauen wanderten voll gespieltem Erstaunen in die Höhe. „Ist dem so? Dann werde ich ab sofort zum Egoisten und genieße das erotisierende Scheuern des Handtuchs allein.“

Das war ein Argument. Ich beugte mich vor, senkte meinen Mund auf seinen und erwischte den Zipfel des weißen Handtuchs. Kurz darauf flog es quer durch den Raum.

Wenn ich allerdings gedacht hatte, die Oberhand zu behalten, konnte ich das getrost vergessen. Darians Hände landeten auf meinen Schultern, ein kurzer Druck erfolgte, und ich fühlte ihn hastig in mich gleiten.

Ich sog scharf die Luft ein und riss bei dieser ungestümen Eroberung die Augen auf. Dann aber setzte ich mich auf, schob langsam, aufreizend langsam, den Beckenboden zurück und nahm ihn tief in mir auf. Mit geschlossenen Augen genoss ich für sich endlos dahinziehende Sekunden seine ausfüllende Festigkeit. Schließlich begann ich mich zu bewegen. Bedächtig und mit spielerisch kreisendem Senken und Heben wurde mein inneres Feuer geschürt, bis es lichterloh brannte. Meine Bewegungen wurden schneller, mein Atem hektischer, die innere Flamme schien alles zu verschlingen. Sie erfasste mein ganzes Handeln und ließ keinen weiteren Spielraum, für nichts. Ich spürte Darians Hände an meinen Hüften, fühlte sein leidenschaftliches Drängen, die sich aufbauende Begierde.

Explosionsartig entlud sich das Angestaute in einem verzehrenden Sinnesrausch. Es überrollte mich und raste als unkontrollierbare Fluten durch mich hindurch, sammelte sich in meiner Mitte und schnellte erneut los.

Da folgte er mir in die schwindelerregenden Höhen, stieß noch einmal ungezügelt in mich, bäumte sich auf und umfing mich mit klammerndem Griff. Seine Augen glühten, seine Berührungen schienen mich fast zu verbrennen und sein Pulsieren mein ganzes Sein zu erfüllen. Nur sehr langsam verebbte die Ekstase. Wie lose Blätter im Windhauch trudelten wir zu Boden und fanden zurück in die Gegenwart.

„Bei Gott, Weib! Du machst mich fertig.“ Seine Stimme klang heiser, gepresst. Er ließ sich zurück in die Laken fallen und blickte mich mit beglückter Erschöpfung an.

„Du gibst schon auf?“, neckte ich ihn in anrüchigem Tonfall, ließ mich leicht fallen und stützte mich knapp über seiner Brust ab. Er lachte leise, und sogleich vollzogen seine Finger einen Ortswechsel, umfassten meine Brüste und kneteten sie sanft. Indes begann ich an seiner feuchten Haut zu knabbern, sie mit Küssen zu übersähen und mich leicht an ihm festzusaugen. Und ich stutzte.

Darian bemerkte mein Zögern und hielt inne. „Was ist?"

„Salz." Ich probierte abermals, leckte mit der Zunge über seinen Brustkorb. Eindeutig. „Du schmeckst salzig."

Sein Blick drückte tiefe Skepsis aus. „Was? Nein, das kann nicht sein."

„Doch." Erneut knabberte ich an ihm, blies anschließend über die nasse Stelle und zog verblüfft die Stirn kraus. „Ich werd verrückt! Du hast 'ne Gänsehaut."

Die Erotik war endgültig verflogen, dafür war unser Forschergeist erwacht.

„Weder schmecke ich salzig, noch bekomme ich eine Gänsehaut, Schatz. Das muss am Duschgel liegen", bemühte er sich, den Vorfall glaubhaft zu erklären. Doch tastete er zu seiner eigenen Sicherheit über seine Brust und leckte anschließend an seinem Finger. „Nun ja, etwas salzig ist das schon."

„Sag ich doch."

„Faye, das ist vollkommen unlogisch. Vampire fühlen zwar Wärme und Kälte, aber Vampire frieren nicht, und Vampire schwitzen nicht. Und da ich ein Vampir bin –"

Mein Finger schoss unterbrechend in die Höhe. „Ein halber, mein Schatz."

Darian verdrehte die Augen. „Und da ich ein Vampir mit einer Seele bin, der zudem lichtresistent ist … Was ist denn nun wieder?"

„Sonnenlichtresistent", korrigierte ich ungerührt.

„Da ich ein sonnenlichtresistenter Vampir mit einer Seele bin … Zufrieden?" Ich nickte, und er fuhr fort: „… kann ich dennoch nicht mit den regulären menschlichen Körperfunktionen dienen. Nein, sprich es bitte nicht aus. Ich weiß. Ich kann nicht mit *allen* Körperfunktionen dienen. Und dazu gehört auch Schwitzen. Daher gehe ich davon aus, dass es sich hierbei um Abrieb handelt."

Ich legte den Kopf schief, betrachtete ihn eingehend und nickte schließlich. Okay, Abrieb könnte hinkommen. Er hatte geduscht, ich nicht, und ich hatte eben garantiert etwas transpiriert. Aber was war mit der zweiten Entdeckung? Sinnestäuschung? Ich beugte mich vor, befeuchtete seine Haut durch einen Kuss und blies abermals darüber. Wie erwartet bekam er eine Gänsehaut.

Mein Blick strotzte vor Triumph. „Ha! Und wie erklärst du das? Heimliche Affinität zum Federvieh?“

„Dafür habe ich keine Erklärung“, murmelte er verwundert, sprang unerwartet auf und eilte ins Bad. Ich hörte das Rauschen der Dusche und jäh einen unterdrückten Ausruf: „Verflixt, ist das kalt!“

„Muss ich jetzt damit rechnen, dass du nach Tausenden von Jahren deine erste Erkältung bekommen kannst?“

„Das ist nicht im Mindesten amüsant, Faye!“, rief er aus dem Bad, drehte die Dusche aus und kam zurück. Nachdenklich ließ er sich auf dem Bett nieder, und ich legte ihm von hinten die Arme um, küsste ihm zärtlich auf den Nacken. „Wir finden es heraus, Schatz. Bestimmt.“

Seine Hand strich geistesabwesend über meinen Arm. „Mit Sicherheit sogar. Ich bin mir nur nicht schlüssig, ob ich diese Veränderungen gutheißen soll.“

Ich rutschte an seine Seite. „Befürchtest du, dass sie dich schwächen könnten?“

Besorgnis blitzte in seinen graublauen Augen auf. „So weit habe ich noch nicht gedacht.“ Dann sprang er wie von der Feder geschnellt auf und durchquerte mit wenigen Schritten die Suite. Eine unschöne Vorahnung machte sich in mir breit, als er auf den antiken Sekretär zusteuerte, und entsprechend meiner Befürchtung nahm er das Fangmesser in die Hand.

„Oh nein, bitte nicht“, stoppte ich Darian mit ausgestreckten Armen direkt vor dem Bad.

„Ich muss es wissen, Faye. Bitte lass mich durch.“ Als ich mich nicht rührte, ihn nur weiterhin beschwörend ansah, seufzte er. „Muss ich dich erst beiseiteheben?“

„Ich will nicht, dass du dich verletzt.“

„Gut. Dann mach du es.“ Kurzum drückte er mir die Klinge in die Hand. Damit hatte er gewonnen. Vor lauter Empörung ließ ich sie fallen und sprang zurück. Er fing das Messer auf, betrat das Bad und ging direkt auf das Waschbecken zu. Mit einem überaus flauen Gefühl im Magen eilte ich ihm nach.

„Bist du sicher, dass du dir das antun möchtest?“, fragte er ruhig, während die Spitze der scharfen Klinge bereits in seinen Unterarm drückte.

„Nein, ich möchte es nicht, aber ich werde“, gab ich störrisch zurück und zog gleichzeitig ein weißes Handtuch vom Halter. Sicher war sicher.

„Gut.“

Ohne weitere Vorwarnung zog er das Messer mit dem nötigen Druck quer durch sein Fleisch. Mir wurde übel, als die Wunde aufbrach und das Blut wie eine Fontäne herausschoss. Ich konzentrierte mich auf Darians Miene, wollte weder ins Waschbekken noch auf seinen Arm sehen. Einzig sein Gesichtsausdruck war für mich von Belang. Zuerst wirkte er erstaunt, dann besorgt, bis er sich langsam entspannte und schließlich sogar ein erleichtertes Lächeln zeigte.

„Möchtest du es sehen, Faye?“

Ich blieb beunruhigt. „Nur, wenn die Amputation erfolglos war, Liebling.“

„Das war sie.“ Sein Arm tauchte vor meinem Gesicht auf. Bis auf das viele Blut erinnerte nichts mehr an den tiefen Schnitt. Erst jetzt fiel mir auf, dass ich wieder einmal die Luft angehalten hatte. Ich atmete tief durch. Darian lächelte wissend. Ich schickte ihm im Spiegel über dem Waschbecken einen grimmigen Blick. Er erwiderte ihn mit einem Flugkuss, drehte dann den Wasserhahn auf und reinigte das Becken.

Ich war schon halb aus dem Raum heraus, als ich verwundert innehielt und mich wieder zu ihm umdrehte. Es war dermaßen normal, dass es mir bisher nie aufgefallen war. Bis jetzt. Unsere Blicke begegneten sich im Spiegel, und Darian hörte auf zu reinigen.

Nachdenklich tippte ich mir an die Unterlippe. „Wieso kann ich dich im Spiegel sehen, wenn du im Gegensatz dazu auf Fotos nicht zu sehen bist?“

„Vergiss nicht, auf deinen Dias aus Manaus war ich zu sehen“, antwortete er ruhig und wischte weiter. „Allerdings nur auf den Negativen. Die Abzüge sind leider nichts geworden. Ich denke, es liegt am Restlicht, das über den Spiegel so oft gebrochen wird, dass es für mein Spiegelbild ausreicht. Hast du Steven in einem Spiegel erkennen können?“

Einen Moment lang musste ich nachdenken, dann nickte ich. „Ja, im Rückspiegel vom Wagen.“

Er war fertig mit dem Waschbecken und drehte sich zu mir um.

„Dann kann es daran liegen, dass du *den Blick* hast, Faye. Du siehst im Dunkeln so gut wie eine Katze. Du kannst Verhüllungen und Illusionen erkennen und durchdringen. Da ist es nur schlüssig, dass du einen Vampir auch im Spiegel sehen kannst."

„Hm, demzufolge werden die Fotos mit dir nur für mich Sinn machen, für jeden anderen aber immens viele Fragen aufwerfen."

„So könnte man es sehen." Darian kam auf mich zu, legte mir einen Arm um die Taille und schob mich zurück ins Zimmer. Dann ließ er seinen Blick genüsslich über meinen Körper gleiten. „Wir haben jetzt zwei Möglichkeiten, geliebtes Weib. Entweder verursachen wir uns in den Kissen weiterhin gegenseitig eine Gänsehaut, oder wir ziehen uns an, frühstücken gemütlich und gehen anschließend shoppen."

Ich gab den Anschein angestrengten Nachdenkens und fragte dann: „Hemmungsloses Geldausgeben ohne Rücksicht auf Verluste? Nach Herzenslust dem Einkaufsrausch frönen? Himmel, das wollte ich schon immer mal machen."

„Ich habe stets vermutet, dass jede Frau auf der ganzen Welt genau dieses Bedürfnis mindestens einmal ausleben möchte. Von mir aus kannst du dir kaufen, was immer du willst."

„Du bist wirklich mutig, Schatz", rief ich aus, eilte Richtung Bad und stoppte. „Ich habe nichts anzuziehen. Im Brautkleid kann ich kaum die Geschäfte betreten."

„Wenn es weiter nichts ist", meinte er geheimnisvoll, trat an mir vorbei zum Schrank und öffnete eine der Türen. Eine kleine Tasche kam zum Vorschein, und in ihr meine frisch gewaschene Kleidung aus der Staubschlacht. „Damit sollte es gehen, hm?"

Meine Umarmung war entsprechend stürmisch. Lachend fing Darian mich auf, küsste mich und ließ mich wieder los. „Denk dran, du wolltest vorher Nahrungsmittel zu dir nehmen, Liebes. Erst danach darfst du deiner Lust nachgeben."

Und weil es zu verlockend war, fing ich gleich damit an, indem ich ein opulentes Frühstück auswählte, das Darian beim Zimmerservice bestellte. Danach nahm er aus dem Kühlschrank seine morgendliche Konserve und prostete mir gutgelaunt zu.

Als der Zimmerservice anklopfte, hatte ich geduscht, mich in den hoteleigenen Bademantel gewickelt und auf dem Bett verschanzt, um in der notdürftigen Bekleidung nicht unbedingt von Fremden gesehen zu werden. Mein Mann hatte da weniger Hemmungen.

So hatte er sich lediglich den Kilt umgebunden und öffnete mit blanker Brust die Tür. Das Scheppern und Klirren des Geschirrs auf dem Servierwagen ließ mich wissen, dass die Hotelangestellte ihre Augen überall hatte, nur nicht auf dem Weg vor sich.

„Vielleicht wäre es angebracht, wenn ich Ihnen das abnehme“, lauschte ich Darians belustigt klingenden Worten, und eine weibliche verwirrte Stimme antwortete: „Oh … Ich … Nein, das geht schon. Danke schön.“

Ich vernahm das eilfertige Verrücken von Möbelstücken, ein erneutes Klirren und eine gemurmelte Entschuldigung. Dann wurde etwas auf dem Tisch abgestellt. „Wenn Sie hier bitte unterschreiben … Oh, Verzeihung.“

„Kein Problem. Warten Sie, ich hebe es auf.“

„Ja, danke. Entschuldigen Sie bitte.“

„Haben Sie einen Stift dabei?“

„Natürlich. Moment bitte.“ Stoffrascheln. „Bitte sehr.“

Ein Kugelschreiber rollte schwungvoll über Papier, etwas wurde zugeklappt. Darian geleitete sie zur Tür.

„Ich bitte nochmals um Entschuldigung, Mr. Knight. Ich wollte Ihnen keine Umstände bereiten.“

„Machen Sie sich deswegen keine Gedanken. Es ist alles in Ordnung.“ Die Tür fiel zu, ich hörte ihn erleichtert seufzen.

„Vielleicht solltest du dir das nächste Mal etwas mehr anziehen, Schatz“, flötete ich zuckersüß, während ich locker am Türahmen lehnte und ihm anzügliche Blicke zuwarf. „Nichte jede Frau ist gegen deinen Sexappeal gewappnet.“

Er lächelte gequält. „Vermutlich hast du recht.“ Dann ruckte seine rechte Braue hoch, und er schlich geschmeidig näher. „Was heißt hier: *nicht jede Frau*? Willst du von dir etwa behaupten, immun zu sein?“

Ich bekam keine Gelegenheit zu einer Antwort. Lachend versuchte ich zu flüchten, huschte hinter das Sofa, als er geschwind darübersprang, mich am Handgelenk erwischte und in seine Arme riss. Sein strafender Kuss nahm mir jedes Wort, und ehe wir uns versahen, fielen wir rücklings über die Lehne des Sofas auf dessen Sitzfläche. Doch damit endete es keineswegs, denn Darian unterzog mich sofort einer Kitzelattacke, die in eine wilde Balgerei ausartete, in der er immer darauf achtete, mich keinesfalls zu verletzen. Schließlich fanden wir uns als ein Knäuel auf dem Fußboden wieder, eingeklemmt zwischen Tisch und Sofa, die Beine in meinem Bademantel verheddert.

„Erbarmen!“, rief ich aus, stemmte mich hoch und kämpfte mit dem losen, nassen Gewirr meiner Haare.

Darian schob sie mit einem Unterarm beiseite und grinste mich siegessicher an. Ich gab ihm einen kurzen Kuss und kroch dann rückwärts aus der Umklammerung der Einrichtung heraus.

„Nach Punkten hätten wir wieder einmal Gleichstand, Liebes.“ Er kroch mir nach und erhob sich.

Ich hatte mich derweil an die Untersuchung meines Frühstücks gemacht, fand das Gesuchte und füllte Kaffee aus dem Kännchen in die Tasse. Indes blickte ich meinen Mann bemüht vorwurfsvoll an. „Mein Kaffee wird kalt.“

„In diesem Fall, Madame, sollten Sie sich beeilen.“ Fürsorglich zog er mir den Stuhl zurecht und bat mich mit einer Geste, Platz zu nehmen. Ich saß, und er griff nach einer silbernen Haube und nahm sie schwungvoll ab. „Es war zu verlockend, Liebling. Lass es dir munden.“

Überrascht starrte ich auf den Tellerinhalt, Erinnerungen schossen an meinen Augen vorbei und ein Kichern stieg unaufhaltsam in mir hoch. Ich fiel ein, als Darian vor Lachen schier platzte, und mit tränenden Augen fischte ich eine dunkle Weintraube aus dem Obstsalat. „Gibt es dazu vielleicht Vanillesauce?“

„Hattest du nicht gemeint, dass diese Saucen unnötig kleben?“, erinnerte er mich an das kleinere Intermezzo vor der Küche in seinem Haus in London. Derweil zupfte er die Traube von meiner Gabel und schob sie mir mit den Fingern in den Mund. Dann setzte er sich mir gegenüber an den Tisch und sah mir beim Frühstükken zu.

Der Tag allein mit Darian in dieser riesigen Stadt wurde wunderbar. Voll Leichtigkeit und frei von schweren Gedanken nahmen wir nur uns zwei wahr und alberten dabei herum wie ausgelassene Kinder. Wir durchstöberten diverse Geschäfte, probierten an, was uns gefiel, und verkleideten einander gegenseitig in den unmöglichsten Kleidungsstilen. Wir trieben die Verkäufer mit unseren ausgefallenen Wünschen halb in den Wahnsinn und verließen fast jedes Mal ohne etwas gekauft zu haben das Geschäft. Lediglich eine dunkelgrüne, weite Flatterbluse inklusive Top und ein schwarzer, oberschenkellanger Stretchrock aus Samt hatten meinen Geschmack getroffen und durften uns in einer Tragetasche mit dem Logo der Boutique begleiten. Dann tat ich eine Herrenboutique auf und überredete Darian zu einer neuen Jeans. Meine Beichte, ich hätte seine für Jason abgeändert, quittierte er mit einem amüsierten Kuss.

Auf einem Platz vor einem riesigen Kaufhaus lauschten wir eine Weile einer Gruppe Straßenmusikanten, und bevor wir weiterzogen, ließ Darian etwas Geld in deren Gitarrenkoffer zurück. Wir genossen die letzten wärmenden Strahlen der Herbstsonne auf einer Bank und beobachteten den vorbeiziehenden Verkehr. Anschließend durfte ich seine liebevolle Spöttelei über mich ergehen lassen, weil ich mich mit Vanilleeis bekleckert hatte. Mit einem Taschentuch beseitigte ich die gröbsten Flecken und startete einen kläglichen Racheversuch, indem ich meinen Mann zu einem Babyausstatter zog. Niemals hätte ich vermutet, dass er mit einer solchen Begeisterung die einzelnen Abteilungen durchstöbern würde.

Die Spieluhr aus weißem Plüsch in Form eines Einhorns und der weiße Betthimmel mit den eingewebten blassrosa Engelsflügeln, zusammen mit dem passenden Nestchen und der dazugehörenden Bettwäsche, gingen eindeutig auf sein Konto. Hinzu kamen diverse Strampler, Mützchen und Jäckchen in verschiedenen Größen und anderer, für einen Säugling notwendiger Kleinkram. Meine Ermahnungen, es sei dafür noch zu früh, wurden dabei leichthin fortgewischt. Dennoch konnte ich ihn so weit bremsen, dass er die großen Anschaffungen verschob. Ich wollte keinen Möbelwagen nötig haben, wenn wir zurück nach England flogen. Mit sanfter Gewalt musste ich Darian schließlich aus dem Geschäft ziehen.

Er revanchierte sich mit einem Schuhgeschäft, und erst nach vielem Drängeln und Bitten war ich bereit, die schwarzen, sehr hohen Pumps zu probieren. Meine Warnung, ich würde beim Tragen dieser Schuhe wie eine Klette an seinem Arm hängen, schreckte ihn nicht im Geringsten ab. Sie landeten darauf in der Einkaufstasche.

Ein Hot-Dog-Stand an einer Straßenecke vertrieb den kleinen Hunger, und wir liefen Hand in Hand die weiteren Geschäfte ab. Irgendwann aber musste ich die Segel streichen. Selbst die bequemsten Treter konnten nicht verhindern, dass mir die Füße qualmten. Also organisierte Darian ein Taxi und wir fuhren zurück zum Hotel. Doch statt darin zu verschwinden, übergab er einem Portier lediglich unsere Taschen, zog mich zum Park hinüber und mietete eine Droschke. Sogleich hatte ich die Schuhe einfach ausgezogen und die Füße auf der Bank gegenüber abgelegt. In seine Arme geschmiegt, genoss ich diese Fahrt in ganzen Zügen. Wann immer wir ein Eichhörnchen oder Hasen sahen, machten wir einander darauf aufmerksam.

Wenn ich geglaubt hatte, dass der Tag mit der Kutschfahrt enden würde, wurde ich beim Betreten unseres Hotelzimmers eines Besseren belehrt. Wie aus der Luft gezaubert, hielt Darian zwei Logenkarten für Vivaldis *La Traviata* am Broadway in der Hand – die Oper, die wir in London vor Monaten verpasst hatten. Und da große Robe erwünscht war, wunderte es mich wenig, dass mein Hochzeitskleid frisch geglättet auf einem Bügel im Schlafzimmer hing. Nun zahlte es sich aus, dass ich ein farbiges gewählt hatte.

Pünktlich trafen wir mit dem Fahrservice des Hotels beim Theater ein und erlebten von der Loge eine perfekte Aufführung. Anschließend führte mein Mann mich in eines der nobelsten Restaurants der Stadt, wo er einen Tisch bestellt hatte. Und wieder einmal erfuhr ich, dass Geld beinahe alles ermöglichte, denn normalerweise war das Restaurant für gut ein halbes Jahr im Voraus ausgebucht.

Recht spät kamen wir zurück ins Hotel, schälten uns gegenseitig aus unserer Kleidung und sahen diesmal zu, dass sie ordentlich zusammengelegt wurde. Eng umschlungen lagen wir noch eine Weile wach und blickten durch das Fenster auf den Sternenhimmel über der Stadt, fanden Frieden in den Armen des anderen. Schließlich glitt ich behütet und geborgen in den Schlaf hinüber.

„Ihr seid schon zurück?“, rief Kimberly ungläubig aus dem Küchenfenster, als wir aus dem Taxi stiegen und unsere Einkäufe schulterten.

„Nein, wir sind lediglich eine deiner Fantasie entsprungene Fata Morgana und befinden uns noch in den Flitterwochen“, flachste ich und trug die Tasche Richtung Einfahrt, während Darian den Taxifahrer auszahlte. Da tobte ein kleiner, dunkelhaariger Junge um die Ecke und rannte fast in mich hinein. Gerade noch rechtzeitig sprang ich beiseite und konnte so dem Zusammenstoß ausweichen, als zwei Hände wie aus dem Nichts auftauchten und mich vor dem Sturz bewahrten.

„Entschuldigen Sie bitte“, vernahm ich eine tiefe Stimme mit rollendem Akzent. „Val, pass besser auf.“

„Schon gut. Es ist ja nichts passiert“, erwiderte ich schnell, sah auf und blickte in die dunkelbraunsten Augen, die ich jemals gesehen hatte. Von kleinen Fältchen umgeben, hoben sie sich signifikant von der erdfarbenen Gesichtshaut ihres Trägers ab, dessen schmale leicht gebogene Nase mit den darunterliegenden, streng wirkenden Lippen eindeutig auf eine indianische Herkunft hinwies. Die hohen Wangenknochen unterstrichen diesen Eindruck ebenso wie das lange, nachtschwarze Haar, das wie bei Alistair seitlich zu zwei Zöpfen gebunden war. Er war einen halben Kopf größer als ich, zudem sehr schlank, drahtig. Ebenso wie mein Bruder bevorzugte er Wildlederhosen, trug dazu jedoch ein hell kariertes Hemd. Ich ahnte sofort, wen ich vor mir hatte.

„Sie müssen Thomas sein“, gab ich dieser Ahnung Ausdruck, nachdem er mich losgelassen hatte und zurückgetreten war. Gleichzeitig wandte ich mich an den kleinen Wildfang, der nun verschüchtert hinter seinem Vater stand und mich mit großen braunen Augen musterte. „Und du bist bestimmt Val Little Leaf, richtig?“

Ein scheues Nicken folgte.

Behutsam streckte ich ihm meine Hand entgegen. „Ich bin Faye, Alistairs Schwester. Hallo, schön dich kennenzulernen.“

Ein fragender Blick zu seinem Vater erfolgte. Nachdem dieser lächelnd genickt hatte, nahm Val zögerlich meine Hand und murmelte: „Hallo.“ Dann drehte er auf dem Absatz um und stürmte davon. Schmunzelnd blickte ich ihm nach.

„Heda! Vorsicht!“, scholl keine zwei Sekunden später Alistairs Bariton über den Hof.

„Vermutlich hat er nun meinen Bruder gerammt“, deutete ich den Ruf und sah wieder den Mann vor mir an. Er aber schien für mich keinen Blick mehr übrig zu haben, denn seine ganze Aufmerksamkeit hielt er auf den gerichtet, der nun hinter mir auftauchte.

Ich konnte die abrupt ansteigende Spannung körperlich spüren und seufzte innerlich. Also war dieser Mann noch jemand, der zwar sehen, aber nicht richtig deuten konnte?

„Nein, diesmal nicht“, zischte ich laut, obwohl ich es nur denken wollte. „Einmal hat gereicht!“

„Es wird keinen Kampf geben, Faye“, vernahm ich Darian hinter mir und drehte mich zu ihm um. Seine Augen ruhten weiterhin auf dem Mann gegenüber, doch verriet mir ihr milder Ausdruck, dass seine Worte der Wahrheit sehr nahekamen. Warum hatte ich dabei aber das untrügliche Gefühl, dass ein Kampf längst stattgefunden hatte? Halt nur auf einer anderen Ebene?

Mein Blick flog zurück zu dem Indianer, dessen Züge nun ebenfalls weicher wirkten. Fast schien er zu lächeln. Dann sah er mich plötzlich an, und ich entdeckte das Lächeln, das in seinen Augen tanzte, wenn es seine Lippen dabei auch nicht ganz erreichte. „Alistair hat mir von euch berichtet. Ich sehe, dass er die Wahrheit sprach. Ich bin Thomas Andrews.“

Diesmal nickte ich knapp. „Freut mich. Kann ich euch allein lassen und die Sachen nach oben bringen, oder muss ich weiterhin als Schutzwall zwischen euch stehen bleiben?“

Ich schien es geschafft zu haben, der Mann lachte tatsächlich. „Auch davor warnte mich dein Bruder. Vor deiner spitzen Zunge.“

„Und wen meinst du mit *Feuerkopf*?“, hörte ich eine kindliche Stimme laut flüstern, der ein Lachen folgte, worauf sofort mein erbostes „*Alistair!*“ erklang. Sie hatten spioniert?

Eilige Schritte entfernten sich, mischten sich mit lautem Gelächter. Fauchend drückte ich dem perplexen Mann vor mir die beiden Taschen in die Hand. „Ich kriege dich, du Spitzel. Warte nur ab!“

Ich sauste um die Ecke und sah gerade noch, wie ein ölverschmierter Overall hinter dem Werkstatttor verschwand. Eilig setzte ich dem Flüchtenden nach, schoss ums Tor herum, als mich zwei starke Arme von hinten ergriffen und ich den Boden unter den Füßen verlor.

„Lass mich runter, du großer, frecher, ungehobelter Kerl“, zeterte ich lachend und trommelte zurückhaltend auf Alistairs Rücken, während er mich wie einen geschulterten Kartoffelsack zu meinem Mann schleppte. „Ich habe deine Frau erwischt. Willst du sie zurück?“

„Wenn du dich traust, sie abzusetzen, Schwager“, antwortete Darian trocken und ließ seine Taschen fallen, als mein Bruder mich direkt in seine Arme warf. „Schön, dass ihr wieder da seid. Ich hatte euch schon irgendwie vermisst.“

Darian setzte mich kopfschüttelnd ab und griff erneut nach den Taschen. „Es ist schön, zurück zu sein. Wenn ihr mich bitte entschuldigt, ich bringe die Sachen hinauf.“

„Darf ich Ihnen die Taschen abnehmen, Sir?“ Jason war in der Tür aufgetaucht und sah uns erfreut entgegen. „Willkommen daheim, Sir. Mrs. Knight. Ich hoffe, Sie hatten eine angenehme Zeit.“

„Durchaus, Jason.“ Er übergab ihm die Taschen, nahm die von Thomas entgegen und wies Jason an, voranzugehen.

„Sie sind hoffentlich noch länger hier?“, fragte ich, und der Indianer nickte. „Zwei Tage, wenn Alistair uns so lange duldet.“

„Von mir aus auch über Wochen, das weißt du, Thomas“, entgegnete mein Bruder und klopfte ihm kameradschaftlich auf die Schulter. „Ich muss zurück in die Werkstatt. Nicht, dass Val dort inzwischen alles lahmlegt.“

„Dann sehen wir uns später.“ Ich eilte Darian nach.

Dad und Ernstine erwarteten uns oben, und wir begrüßten einander mit herzlichen Umarmungen. Während die Männer sich verzogen, lotste Ernestine mich in die Küche, und gemeinsam mit Kimberly quetschte sie mich über den vorherigen Tag aus. Dann ließen sie sich die Einkäufe zeigen und fielen von einer Begeisterung in die nächste. Das Rennen machten auch hier die Babyartikel.

Mein Bruder verschloss die Werkstatt früher als sonst und kam mit seinen Gästen zu uns. Da es allmählich auf den Abend zuging, kamen Ernestines frisch gebackene Apfelkuchen gerade recht. Binnen Kürze wurden sie vollständig vertilgt.

Als es dunkel wurde, stieß Steven zu uns, und während er seine Konserve naschte, durfte ich nochmals einen Abriss des vergangenen Tages abliefern. Schließlich entschuldigten sich mein Bruder und sein indianischer Freund und verließen gemeinsam das Apartment, um sich auf das Dach zurückzuziehen.

„Das machen sie immer, wenn er hier ist", erklärte Kim, und ich nahm es wortlos hin. Sie hatten sicherlich ihre Gründe.

Dad und Ernestine verließen uns bald darauf, und Steven begab sich auf seine nächtlichen Ausflüge. Ich plänkelte noch eine Weile mit Kimberly herum, dann verschwand auch sie Richtung Bett, und ich ging nach oben, wo ich Jason mit den Pergamenten und Darian mit einem Telefon am Ohr vorfand.

„Nein, aber ich bin sicher, dass ich weiß, wo ich es finden kann, Thalion."

Ich horchte auf und schickte Darian einen bedeutungsvollen Blick. Er winkte ab. „Ja, aber darüber sollten wir später sprechen. Ist Eileen noch in deiner Nähe? Gut, Jason möchte gern mit ihr sprechen." Er reichte das Telefon weiter und kam auf mich zu. „Sieh mich nicht so grimmig an, Liebes. Ich werde mit Thalion eine Unterhaltung darüber führen, aber nicht jetzt. Er lässt dir seine Glückwünsche ausrichten." Ein Kuss auf die Stirn folgte, dann wandte er sich dem Blatt zu, das Jason zuvor auf dem Tisch abgelegt hatte.

Ich war wohl erst einmal entlassen. Da ich wusste, dass weitere Nachfragen gegen Wände aus Schweigen prallen würden, trollte ich mich hinter die Abgrenzung, zog mich aus und kroch zwischen die Felle.

Es schienen nur wenige Minuten verstrichen, als ich deutlich das leise und vorsichtige Anschleichen einer Person fühlte. Auf Zehenspitzen und mit angehaltenem Atem kam sie näher, achtete darauf, keinen Laut zu verursachen. Darian war es nicht, er war von Natur aus lautlos, und Steven würde es nicht wagen, sich anzuschleichen. Jason würde selbst an Stoffbahnen anklopfen, und mein Bruder bevorzugte die etwas polternde Anschleichmethode. Der Rest schlief, soweit ich wusste. Daher blieben nicht viele Alternativen übrig. Und wäre ich in Gefahr, hätte es der Anschleicher gar nicht erst bis zu mir geschafft.

Ich stellte mich schlafend und lauschte gebannt. Sehr bedächtig kam er näher, berührte an meinem Rücken die Decke und tastete sich höher. Ich ließ ein leises Seufzen erklingen, bewegte mich sachte und rollte auf den Rücken. Der Eindringling erstarrte mitten in der Bewegung. Unter halb geschlossenen Lidern spähte ich hindurch und hätte mich vor Überraschung fast verraten.

Ich schnellte hoch. Zielsicher schoss meine Hand unter dem Fell hervor und umspannte ein schmales Handgelenk. Ein kräftiger Ruck, und der kleine Kerl fiel mit einem heiseren Schrei quer über mich.

„Verrätst du mir, was du hier möchtest, Val?"

„Lass mich los", schimpfte er und wehrte sich energisch, konnte meinem Griff jedoch nicht entkommen. „Kein Weib darf einen Krieger festhalten."

„Mag sein, aber dazu musst du Dreikäsehoch erst mal ein Krieger werden. Denn wärst du einer, könnte ich dich gar nicht festhalten", gab ich ungerührt zurück. „Abgesehen davon darf man das mit Einbrechern durchaus machen."

Für einen Augenblick gab er seine Gegenwehr auf und sah mich mit großen Augen schockiert an. Dann zerrte er weiter an meiner Hand. „Ich bin kein Einbrecher."

„Für mich bist du so lange einer, bis du mir sagst, warum du hergeschlichen bist. Vorher werde ich dich nicht loslassen."

„Dann beiße ich dich."

„Das", klang es da eindeutig männlich aus dem Bereich hinter der Stoffwand, „möchte ich dir nicht raten, Sohn."

„Danke, das wollte ich auch gerade sagen", murmelte ich Richtung Vorhang, ließ den Jungen nun los und zog mir hurtig Slip und T-Shirt über.

Derweil war Val geflüchtet, und ich nahm aus dem Nebenraum wahr, dass ihn die große Hand seines Vaters am Schlafittchen erwischt haben musste und daran festhielt. Als ich die Stoffbahn beiseiteschlug, entsprach das Bild, das sich mir bot, ziemlich genau meinen Erwartungen. Val stand vor seinem Vater, dessen Hände schwer auf seinen Schultern lasteten. Um mich nicht ansehen zu müssen, hielt der Junge den Kopf gesenkt. Dafür war Thomas' Blick umso strenger.

„Entschuldige, dass mein Sohn so neugierig war und in deinen Privatbereich eingedrungen ist." Der Druck der großen Hände auf den Schultern des Kleinen wurde größer, und er blickte zögerlich auf. Reue war in seinen Augen allerdings nicht zu lesen, eher blickten sie mich trotzig an, als sei ich schuld – an was auch immer.

Nachdenklich ging ich vor dem kleinen Mann auf ein Knie und

betrachtete ihn lange, ehe ich sagte: „Mich interessieren vielmehr die Gründe hinter deiner Tat, Val. Warum bist du zu mir geschlichen?“

„Weil …“ Er stockte, sah zu seinem Vater auf, dessen Miene mehr als deutlich machte, dass von dieser Seite momentan keine Hilfe zu erwarten war, und wandte den Blick wieder mir zu. Inzwischen wirkte er nicht mehr trotzig, sondern verlegen, als er herausplatzte: „Ich wollte nur das Baby sehen.“

Diese Antwort verblüffte mich nun doch. Mein Blick huschte zu seinem Vater, dessen Miene emotionslos wirkte, wären da nicht diese amüsiert funkelnden Augen gewesen.

Mir war klar, dass der Ball weiterhin in meinem Spielfeld lag. Ich räusperte mich und lächelte schließlich. „Das wird kaum möglich sein, Val. Es ist noch nicht geboren.“

Da war er wieder, der kindliche Trotz, gepaart mit der entsprechenden Logik: „Und warum hat er dann gesagt, dass er es gesehen hat?“

Wie, bitte schön, sollte ich einem Vierjährigen Alistairs Handlung begreiflich machen, wenn ich sie selbst nicht ganz verstanden hatte? Mein Blick blieb erneut an seinem Vater hängen, der noch immer keine Anstalten machte, einzugreifen. Also schob ich ihm bewusst den Ball zu: „Ich denke, dass kann dir dein Vater viel besser erklären als ich.“

Die braunen Augen blitzten auf. Dieser Punkt ging an mich. Befriedigt stand ich auf und wartete zusammen mit dem Kind auf die entsprechende Antwort.

Diesmal ging der Vater vor seinem Sohn in die Hocke und sah ihn lange an. Dann wandte er sich an mich: „Darf mein Sohn deinen Leib berühren?“

Wortlos nickte ich und hob das T-Shirt ein wenig an. Zögerlich streckte Val seine kleine Hand aus, traute sich aber nicht, sie auf meinen leicht gewölbten Bauch zu legen. Abermals fiel der fragende Blick seines Vaters auf mich, und ich nickte wieder. Die große Hand legte sich über die kleine, und zusammen berührten sie bald ehrfürchtig meine Haut.

Was nun geschah, ist kaum in Worte zu fassen. Schlagartig wurde mir an der Stelle glühend heiß. Als würde Starkstrom in meinen Bauch fließen, begann es wie wild zu kribbeln und zu puckern. Zeitgleich sah ich etwas Leuchtendes zwischen Bauch und Händen entstehen, das sich mit einem Mal irgendwie entlud. Der Knall war lautlos, nur zu fühlen, und dabei so stark, dass ich leicht zurücktaumelte und Vater mitsamt Sohn nach hinten umfiel.

Verschreckt starrte ich auf meinen Unterleib, tastete hektisch darüber und suchte nach Brandblasen oder Ähnlichem. Doch da war nichts. Alles war wie immer, selbst die Temperatur war normal.

„Was war das?“, brachte ich endlich heraus und geriet noch mehr darüber durcheinander, dass Val zwar meine Empfindung spiegelte, sein Vater jedoch überaus erheitert wirkte.

Statt einer Antwort formte er seine Hände zu einer Schale, ließ sie kurz umeinander kreisen und beschrieb eine Geste, als wolle er aus offenen Händen etwas zu mir fließen lassen. Und dieses Etwas kam an, unendlich zart und weich wie Watte. Es breitete sich auf meinem Bauch aus und schien dann sehr vorsichtig einzusickern. Abermals fühlte ich eine Wärme, diesmal nicht heiß, sondern einhüllend, wie eine liebevolle Umarmung, einer zärtlichen Entschuldigung gleich. Das Gefühl wurde intensiver, durchdrang mich ganz, berührte etwas tief in mir, und nur mit Mühe konnte ich die aufsteigenden Tränen fortblinzeln.

Da drangen leise Worte an meine Ohren. Rollende Laute, kehlig, in einer fremden Sprache geflüstert. Obwohl ich sie nicht verstand, wusste ich intuitiv, dass es sich hier um ein Gebet handelte. Ein Gebet in der Sprache der Natives.

Es endete und eine schwere Stille legte sich um uns. Niemand wagte ein Wort, um dieses ehrfürchtige Schweigen nicht zu durchbrechen. Selbst Val hockte bewegungslos neben seinem Vater und sah ihn mit großen Augen an.

„*Wakan Takan kici*“, kam es von der Tür her, und mein Bruder trat ein.

Val sprang auf und eilte ihm entgegen, während Thomas sich langsam aufrichtete und ihm lediglich zunickte. Ich selbst schickte ihm ein großes gedankliches Fragezeichen.

„Ich sagte *Gott segne dich*“, antwortete er, hob den Jungen auf seinen Arm und kam auf uns zu. Seine nächsten Worte galten Thomas: „Du hast ihn also hier gefunden.“

„Ja, deine Schwester erwischte ihn, als er sich an sie heranschlich.“

„Ich war ganz leise“, schmollte Val und erhielt ein verständnisvolles Lächeln. „Kann ich mir denken. Aber Faye ist anders als die meisten. Sie hört sogar das Gras wachsen.“

„Na, ganz so ist es nicht“, protestierte ich abwinkend.

Mein Bruder grinste mich an und wandte sich mit dem Kind auf dem Arm wieder zum Gehen, blieb in der Tür aber stehen und flüsterte: „Was wolltest du denn überhaupt hier?“

Ebenso laut flüsterte Val zurück: „Das Baby sehen.“

„Und, hast du es gesehen?“

„Ja. Aber es war deswegen wohl böse und hat sich gewehrt.“

Ich bekam große Augen. Mein Kind hatte sich gewehrt? Es hatte ihnen im wahrsten Sinne des Wortes lautlos eine geknallt? Da spürte ich Thomas' Blick auf mir und erwiderte ihn betreten. Er schüttelte verneinend den Kopf, wies dann mit einer stillen Frage im Blick zur Tür.

„Sind Darian und Jason bei euch?“

„Jason wollte gerade ins Bett, aber dein Mann sollte noch oben sein“, meinte Alistair und ging dann hinaus. Über seine Schulter rief er zurück: „Zieh dir etwas über, es ist kalt geworden.“

„Das ist der Grund, warum ich dorthin zurück muss“, sagte Darian in dem Augenblick, in dem ich aufs Dach kam.

In einem Kreis saßen vier Männer und ein Kind um eine gusseiserne Schale, in der ein kleines Feuer brannte. Rötliche Flammen tanzten und leckten an dünnen Scheiten empor und tauchten die Gesichter der Anwesenden in gespenstisch flackerndes Licht. Da klappte die Tür laut hinter mir zu, und sämtliche Augenpaare richteten sich auf mich.

„Komm zu mir, Faye.“ Darian klopfte einladend neben sich auf das Podest, und Steven rückte sogleich etwas beiseite.

Eingewickelt ins warme, große Fell ließ ich mich rechts neben ihm nieder und fühlte sogleich die zusätzliche Wärme seines Armes um meine Schultern. Dabei sah ich ihn interessiert an. „Worum ging es gerade? Ich hörte nur, dass du irgendwo hinmusst.“

„Zu Benedicts Kirche“, gab er zu meinem grenzenlosen Erstaunen sofort zu. „Ich kann nur hoffen, dass die Harley deines Bruders noch da ist und nicht inzwischen –“

„Nachdem du mir gesagt hast, wo es ist, habe ich sie abholen lassen“, unterbrach Alistair ihn und fügte eilig hinzu: „Ich hätte es dir gesagt, aber die Hochzeit kam dazwischen. Ich habe es einfach nur vergessen zu erwähnen.“

Darian schenkte ihm einen erleichterten Blick. „Gut. Ich bleibe ungern etwas schuldig."

„Vergiss es." Dann wandte Alistair seine komplette Aufmerksamkeit auf mich. „Weil ich gerade meine sieben Sinne beisammen habe, Schwesterherz: Es gehört zwar nicht unbedingt hierher, aber ich möchte doch gern wissen, ob du deine Finger im Spiel hast. Mir kommt derzeit etwas sehr merkwürdig vor."

Ich fürchtete Ungemach, hielt seinem bohrenden Blick jedoch stand und zog sogar unschuldig die Brauen hoch. „Wovon sprichst du?"

„Über Schuldigkeiten, Faye. Ich bekam heute Morgen einen Scheck von Kimberlys Schule zurück. Uneingelöst. Und mit dem Vermerk, dass es sich sicherlich um ein Versehen meinerseits handeln würde, da die Außenstände bereits beglichen worden wären. Hast du mir dazu vielleicht etwas zu sagen?"

Ich zuckte kaum merklich zusammen, spürte Darians nicht überraschten Blick auf mir ruhen, und hörte seine Worte in meinem Kopf widerhallen. *Ich habe dich gewarnt. Übertreib es nicht.*

Was blieb mir anderes übrig, als geständig zu sein? Allerdings nicht auf die unterwürfige Weise. So sah ich ihm geradewegs in die Augen. „Stimmt, ich habe meine Finger in dieser Sache, Alistair. Kimberly hat mir vor Tagen einen Brief gezeigt, in dem die Schule die ausstehende Summe einforderte. Also habe ich sie beglichen. Und bevor du jetzt explodierst: Sie ist meine Nichte. Daher nehme ich mir das Recht heraus, sie finanziell zu unterstützen. Insbesondere, wenn es ihren Bildungsweg und somit ihre gesamte Zukunft betrifft."

Für eine geraume Weile starrten wir einander an wie zwei Streithähne. Keiner von uns war bereit, nachzugeben. Hier war sprichwörtlich unser gemeinsamer schottischer Sturkopf am Werk.

Als wären wir nicht vorhanden, fachte Thomas die Glut in der Schale erneut an und legte ein weiteres Scheit auf. Dann griff er in seine Hosentasche, holte etwas heraus und ließ es in die Flammen fallen. Das laute Zischen nebst Funkenflug unterbrach Alistairs und meinen Blickkontakt.

„Reinigt die Luft", erklärte Thomas wie beiläufig und legte seine Arme wieder um seinen Sohn.

Der mir unbekannte Kräutergeruch legte sich wie ein abkühlender Schleier über unsere erhitzten Gemüter, und lediglich Steven erhob sich, um auf Distanz zu gehen. Darian schien es nichts auszumachen.

„Also gut“, meinte mein Bruder schließlich. „Es ist nicht mehr zu ändern. Aber merk dir für die Zukunft, Faye, dass ich einen solchen Alleingang von dir nicht noch mal schlucke. Wie viel schulde ich dir jetzt insgesamt?“

„Nichts“, gab ich leichthin zurück.

„Faye!“

„Was ist, großer Bruder?“

„Ich kann in der Schule anrufen und nachfragen“, drohte er.

„Dann mach das, falls es dir nicht zu peinlich ist“, konterte ich ungerührt.

Erneut landeten reinigende Kräuter aus Thomas' Hosentasche in der Glut und stoben als zischende Funken durch die Luft. Er begegnete meinem erbosten Blick mit einem höflichen Lächeln.

„Willst du nichts dazu sagen, Darian?“, wandte Alistair sich nun an meinen Mann, der dankend ablehnte: „Ich habe deiner Schwester meine Meinung dazu längst kundgetan. Von daher haltet mich da raus. Es ist allein eure Angelegenheit.“

Als willkommene Ablenkung diente mir nun Val, der in den Armen seines Vaters allmählich einzunicken drohte. Dankend nahm ich den Wink des Schicksals auf: „Der Junge gehört ins Bett. Habt ihr einen Schlafplatz für ihn fertig gemacht?“

Ohne ein Wort zu verlieren, blickte Thomas nach links, und ich folgte seinem Blick. Dann sah auch ich das winzige Pop-up-Zelt auf dem Dach und schüttelte ungläubig den Kopf. „Das ist jetzt nicht euer Ernst.“

„Wir schlafen meistens unter freiem Himmel“, machte Thomas sich nun wieder akustisch bemerkbar. „Wir beanspruchen das Sternenzelt über uns, die Geräusche des Lebens und die Gerüche von Mutter Erde um uns.“

„Hier herrschen Verkehrslärm und Smog vor“, erwiderte ich knapp.

„Lerne zu filtern“, gab Thomas ebenso knapp zurück, und als ich bereits den Mund zu einer Widerrede öffnete, fügte er hinzu: „Und lerne zu verstummen.“

Mein Mund klappte zu, und mein Blick flog herum, da mein Bruder sich fast ausschüttete vor Lachen. Selbst Darian schien mit einer gewissen Form der Erheiterung zu kämpfen, zuckte es doch verräterisch um seine Mundwinkel. Und obwohl ich innerlich nahezu erstickte, blieb ich wortlos.

Einzig Thomas zuckte nicht einmal mit der Wimper. Mit weiterhin ausdrucksloser Miene ruhten seine Augen auf mir. Wollte er mich prüfen? Wenn, wozu? Vorsichtig streckte ich meine Fühler in seine Richtung aus, als ich sofort Darians Stimme in meinem Kopf vernahm. *Das ist keine gute Idee, Faye.*

Für wenige Augenblicke verharrte ich, dann sah ich Thomas kaum merklich in Darians Richtung nicken. Hurtig zog ich die Fühler wieder ein. Konnte der Mann Gedanken hören?

Diesmal nickte er in meine Richtung, und ich verkniff mir gerade noch rechtzeitig das genervte Rollen mit den Augen. Erneut traf mich sein wissender Blick. Dann fühlte ich meinerseits, wie unsichtbare Tentakeln vorsichtig auf mich zukrochen. Drehte er den Spieß um?

Unterdessen war jeder Laut um uns herum erstorben. Es war so unwirklich still, als befänden wir uns mitten im Auge eines Tornados und nicht in einer lärmenden Großstadt. Hatte Darian dafür gesorgt? Ich wusste, dass er diese Fähigkeit besaß, alles um sich herum in Lautlosigkeit zu tauchen. Gleichzeitig spürte ich genau die mich beobachtenden Blicke. Selbst aus dem Hintergrund bohrten sie sich in meinen Rücken. Steven. Wollte jeder hier wissen, wie ich mich diesem indianischen Schamanen gegenüber verhalten würde?

Ich tat nichts, ließ ihn weiter an mich herankommen. Bis auf wenige Zentimeter. Niemand griff ein, niemand warnte. Unser stilles Duell wurde nur achtsam überwacht. Schließlich handelte ich instinktiv. Ich nutzte seine Energie als Träger, befand mich plötzlich mitten in ihm und erhielt in rasend schneller Abfolge diverse unausgegorene Informationen. Genau so schnell flog ich allerdings wieder aus seinem System.

Das Zucken seiner Wangenmuskeln war die einzig sichtbare Reaktion auf meinen Vorstoß, und auch ich verriet mit keiner Miene, was geschehen war. Und wieder vernahm ich Darians Worte in meinem Kopf, die diesmal jedoch nicht an mich gerichtet waren. *Ich ließ dich wissen, dass auch das keine gute Idee ist, Thomas.*

Dieser schickte ihm eine wortlose Bestätigung.

„Du hast es gewusst?“

Mein Mann küsste mich liebevoll auf den Scheitel. „Ja. Noch bevor ihr mit den Säbeln zu rasseln begonnen hattet.“ Dann wandte er sich erneut an den Indianer: „Du hast dich vergewissert?“

„Ja. Ich wusste es vorher und bekam es bestätigt. Aber sie muss noch viel lernen, Schattenkrieger.“

Verblüfft starrte ich Darian an. *Schattenkrieger?* Er bedachte mich mit einem unschuldigen Lächeln.

Nein, ich fragte nicht, was das wieder bedeutete. Ich hatte genug von diesen rätselhaften Andeutungen. Mir schien, als bestünde mein komplettes Leben derzeit nur noch aus irgendwelchen Rätseln. Rätsel um mich, Rätsel um mein ungeborenes Kind, Rätsel um die Zukunft und die Vergangenheit, Rätsel auf allen Ebenen. Bald würde ich rätseln, was ich am nächsten Tag rätseln würde. Nein, so weit würde ich es nicht kommen lassen. Ich hatte einfach nur genug von diesen … „Klärt mich bitte jemand auf?“

Dunkelbraune Augen erfassten mich. „Die große Mutter befindet sich im Wandel. Viel verändert sich. Sichtbar, teilweise nur spürbar. Verbindungen werden gewoben, die das Denken und Handeln vieler zu einem Einzigen verknüpfen. Zu einem Kollektiv. Mit dem Preis, dass die Individualität untergraben und zerstört wird, wenn man es nicht stoppt.“ Ein winziges Lächeln huschte schattengleich über seine Züge. Oder lag es nur am flackernden Feuerschein? „Frauen haben in unserer Kultur seit jeher das Herdfeuer gehütet, denn Feuer bedeutet Licht und Wärme. Ohne dieses Feuer ist kein Leben möglich, es muss behütet werden. Wer würde dafür seinen Sohn schicken?“

Licht und Wärme. Abermals sah ich Darian an. Jeder *normale* Vampir mied genau das.

„Und ich soll diese Frau sein?“

„Ja und nein.“

Herzlichen Dank für die überaus hilfreiche Antwort. „Meine Tochter ist also involviert?“

„So ist es.“

Perfekt. Noch nicht einmal auf der Welt, aber schon die Abschlussprüfung der Senior High vor der Nase.

Die Umarmung meiner Schulter wurde ein wenig fester, und ich sah in graublaue Augen. Sie leuchteten mich zuversichtlich an. *Egal was kommt, wir schaffen das, Faye.*

Ich glaubte ihm, wenngleich mit mulmigem Gefühl in der Magengegend.

Plötzlich schnellten die Männer synchron in die Höhe. Einem

Schatten gleich schoss Steven an uns vorbei, verschwand mit einem Sprung in die Tiefe. Darian und Alistair eilten ihm nach. Mir wurde kurzerhand ein schlafender Junge in die Arme gedrückt. Und noch während er sich umwandte, schien Thomas vor meinen Blicken zu flimmern. Ein Seufzen lenkte meine Aufmerksamkeit auf Val, und als ich wieder aufsah, war das Dach wie leergefegt. Für den Bruchteil einer Sekunde durchschnitt ein zorniges Fauchen die nächtlichen Geräusche, dann war es totenstill.

Herdfeuer. Wenn ich einen Buchstaben entfernte, wurde das Erdfeuer daraus. Erde bedeutete Leben, die Grundlage unserer Existenz. Man kam aus der Erde und wurde nach dem Tod wieder der Erde zurückgegeben. Der ewige Kreislauf. Wesen wie Vampire standen diesem Kreislauf im Weg. Sie stellten das pure Gegenteil dar. Und sie brachten den Tod. Es wunderte mich keineswegs, dass dieser Indianer meinem Mann gegenüber Zweifel gehegt hatte. Wieder blickte ich auf den kleinen Jungen in meinen Armen, strich ihm liebevoll eine seiner langen, nachtschwarzen Strähnen aus dem Gesicht und zog meine Felldecke auch um ihn herum.

Als ich kurz in Thomas' System eingetaucht war, hatte ich gesehen, dass seine beiden ersten Söhne bei einem Unfall ums Leben gekommen waren. Darum hütete er Val wie seinen Augapfel. Und nun hielt ich ihn in den Armen. Wenn die Übergabe seines einzigen, letzten Sohnes nicht ein absoluter Vertrauensbeweis war, wusste ich auch nicht weiter.

Vorsichtig erhob ich mich – bloß nicht den kleinen Mann wecken – und trat bis ans Ende des Daches. Direkt unter mir sah ich einen Teil der Feuerleiter, die jedoch nicht bis auf den Boden reichte, sondern in Höhe der mittleren Etage endete. Alistair hatte sie dort festgeschraubt und somit unbrauchbar gemacht. Auf der einen Seite verständlich, auf der anderen Seite aber auch fahrlässig, falls es mal brennen sollte. Wobei ein Vampir diese Höhe mit Leichtigkeit durch einen Sprung überwinden konnte. Oder wollte Alistair kein Eindringen, sondern ein Entkommen verhindern? Spontan fiel mir nur Kimberly ein; und Alistairs Aufstand, als er mitbekommen hatte, dass sie Steven einer etwas genaueren Befragung unterziehen wollte, an der Ernestine zuvor gescheitert war.

Dann entdeckte ich etwas, was mir zuvor nie aufgefallen war. Ich wusste, dass Ernestine zusammen mit Kimberly regelmäßig den Bannkreis um die Gebäude erneuerte, was im Übrigen dazu führte, dass unsere Salzvorräte immer rasant zur Neige gingen. Ich hatte aber nicht gewusst, dass man diesen Kreis als leicht bläulich-fluoreszierendes Leuchten in der Dunkelheit ausmachen konnte. Oder lag es nur wieder daran, dass ich *diesen Blick* besaß, wie Darian es immer nannte?

Wo aber waren die Männer abgeblieben? Keine Spur war von ihnen zu entdecken.

Val bewegte sich unruhig auf meinem Arm. Ich trat vom Ende des Daches zurück und sah auf ihn hinab. Der kleine Bursche wurde auf die Dauer ganz schön schwer. Da schlug er die Augen auf und blickte mich verschlafen an. „Daddy?"

„Dein Vater ist gleich wieder zurück", beruhigte ich ihn, obwohl ich nicht wusste, ob das wirklich stimmte.

Val nickte nur, kuschelte sich näher an mich und legte mir vertrauensvoll die Arme um den Nacken.

„Soll ich dich ins Bett bringen?"

„Bleibst du bei mir?", stellte er die Gegenfrage, und diesmal nickte ich.

Ich trug ihn zum Zelt, als abermals ein Fauchen die Stille zerriss und mich zusammenzucken ließ. Da legte der kleine Bursche seine Hand an meine Wange und sah mich mit klaren, sehr weise wirkenden Augen an. „Er wird dir nichts tun. Er passt nur auf."

„Wer ist *er*?"

Val grinste kindlich und zeigte mir deutlich, wie wenig ich doch wusste. „Der *Spirit*."

„Okay. Dann hoffe ich, der weiß das auch. Und jetzt Abmarsch, junger Mann." Vor dem Zelt setzte ich ihn ab und gab ihm einen zärtlichen Klaps. Kichernd kroch er hinein, und ich hörte ihn herumfuhrwerken. Dann erschien noch einmal sein Kopf. „Du bleibst bestimmt?"

Ich wies auf den Boden vor mir. „Genau hier werde ich mich hinsetzen und auf dich aufpassen, bis dein Vater wieder da ist. Versprochen."

„Dann passe ich auf das Baby auf", gelobte er feierlich, kroch zurück, und wenige Minuten später hörte ich seinen gleichmäßigen, ruhigen Atem. Er war eingeschlafen.

Wie lange ich mit untergeschlagenen Beinen und in mein Fell gewickelt vor dem Zelt saß, weiß ich nicht mehr. Irgendwann fühlte ich eine Veränderung meiner Umgebung. Es war wie ein leichter

Druck, der sich allmählich aufbaute und immer stärker wurde. Und als ich schon glaubte, gleich umgeworfen zu werden, stand wie aus dem Boden gewachsen der Vater des kleinen, schlafenden Kerlchens vor mir und blickte mich streng an.

„Bevor du meinst, jetzt einen Lauten machen zu müssen", bremste ich ihn gleich aus und wies dabei mit dem Daumen über meine Schulter aufs Zelt, „guck dort hinein. Dein Sohn schläft. Und nein, ich werde diesmal bestimmt nicht verstummen." Ich holte Luft, er setzte zum Sprechen an, doch ich fügte flugs hinzu: „Falls du ihn mir noch einmal überantworten möchtest, sag mir zumindest vorher Bescheid, dann nehme ich ihn mit in mein Bett. So, jetzt hilf mir auf, meine Beine sind eingeschlafen. Wo ist mein Mann?"

Mit Schwung beförderte er mich hinauf und hielt mich fest, als ich zu fallen drohte. Dabei meinte er wortkarg: „Jagen."

„Und mein Bruder? Danke." Er hatte mich zum Podest begleitet, und ich setzte mich. Sein Kopf ruckte Richtung Feuerleiter, und da hörte ich es auch. Also doch einsperren und nicht aussperren. Kurz darauf schwang Alistair sich aufs Dach. Sein Atem ging stoßweise, er stützte die Hände auf die Knie und schüttelte leicht den Kopf. „Diesmal war er einfach zu schnell."

„Wer?"

„Dein Mann, Faye. Wer sonst?" Er richtete sich auf und streckte sich ausgiebig. Dann ließ er sich neben mir nieder. „Diese Knabberburschen sind schon verflixt schnell, aber dein Mann toppt sie alle. Zumindest die, die mir jemals begegnet sind."

Aus dem Augenwinkel heraus sah ich Thomas deutlich zustimmen. „Als wollte der Sperling den Falken fangen."

„So kam ich mir dabei vor." Alistair lachte leise. „Wenn er weiter so flott unterwegs ist, dürfte er inzwischen bis nach Harlem gelaufen sein. Ich benutze da lieber den Wagen."

„Was ist denn überhaupt passiert?", hakte ich nun nach. „Mit einem Mal wart ihr alle weg."

„Ungebetene Besucher", antwortete Thomas ruhig.

„Aha. Und mein Mann sucht jetzt die Quelle des Übels?"

„So in etwa", gab diesmal mein Bruder zur Antwort.

Ich atmete laut aus und stützte mein Kinn in die Handflächen. Dann konnte es durchaus noch länger dauern, bis Darian zurückkam. Entschlossen stand ich auf. „In diesem Fall werde ich ins Bett gehen. Ihr seid ja wieder da, und ich muss nicht weiter Wache schieben. Gute Nacht.“

Sie murmelten mir einen gemeinsamen Nachtgruß nach, dann fiel die Tür hinter mir unüberhörbar ins Schloss.

Ein nicht in diese friedvolle Umgebung passendes Geräusch weckte mich. Alarmiert fuhr ich hoch und wurde von einem starken Arm zurück in die Kissen gezogen. Eine Hand schob sich über meinen Mund, und Darians Gesicht erschien über mir. Mit amüsiert blitzenden Augen legte er einen Finger an seine Lippen, wies mit dem Kopf auf den angrenzenden Raum und ließ mich los.

Da sah auch ich die Umrisse der beiden im vorderen Raum befindlichen Personen, die sich als flackerndes Schattenspiel deutlich auf dem Vorhang abzeichneten. Ein wiederholt erklingendes leises Keuchen war es gewesen, was mich geweckt hatte.

Steven trainiert Kimberly?

Darian nickte. Gemeinsam pirschten wir bis an den Rand der Vorhänge und lugten vorsichtig darunter hindurch.

Kerzenschein erhellte den Raum. Inmitten dieser Kerzen befand sich Kimberly, die sich hoch konzentriert umsah und mit ausgestreckten Armen um sich tastete. Ich bemerkte Steven, der verhüllt langsam von hinten an sie heranpirschte. Sie stob herum und streckte ihre Hand nach ihm aus. Er wich lautlos zurück, umrundete sie und trat wieder an sie heran. Abermals fand sie ihn auf Anhieb. Da ließ er seine Tarnung fallen und blickte sie zufrieden an.

Erinnert dich das an etwas?, vernahm ich Darians Stimme in meinem Kopf.

Ja, an meine ersten Versuche, dich zu erwischen, erwiderte ich erheitert. Ich war damals kläglich daran gescheitert. Kimberly wirkte da weitaus geschickter als ich.

Plötzlich war Darian verschwunden. Wie er den Raum betreten hatte, ohne dabei die Vorhänge zu bewegen, war mir absolut schleierhaft. Er tauchte direkt hinter Kimberly auf, gab Steven lautlos ein Signal, als Kim bereits zu ihm herumfuhr und ihm ans Shirt griff.

Sofort gab Darian sich zu erkennen, woraufhin Kimberly sich sichtlich entspannte. „Mann, hast du mich erschreckt. Der war echt mies, Darian."

„Du bist gut", erwiderte er voll Respekt. „Seit wann übt ihr miteinander?"

Sie senkte verlegen den Kopf und sah in meine Richtung. „Seit Letavian mich eiskalt erwischt hat. Ich habe seitdem echt Schiss, dass das wieder passiert. Und nachdem Faye Daddy zusammengeschnauzt hat, warum ich nicht trainiert werde, habe ich Steven gefragt, ob er mir dabei hilft."

Ich trat durch die Vorhänge in den Raum. „Du hast uns damals belauscht?"

„Du warst ja laut genug. Das war kaum zu überhören."

Leise knirschte ich mit den Zähnen. Das war nicht meine Absicht gewesen, aber wenn es diesen Effekt hatte, war es wohl in Ordnung.

„Wie nimmst du uns wahr?", stellte Darian die nächste Frage und verschwand vor unserer aller Augen. Ich sah, wie er neben Kim trat und wie sie sich zeitgleich mit ihm drehte. „Ich sehe euch. Allerdings nur, wenn ihr nahe genug seid oder euch bewegt. Und wenn ich gezielt suche."

„Dann hat Letavian dich erwischt, weil du nicht damit gerechnet hast?"

„Ja. Und das will ich nie wieder zulassen."

„Sehr gute Einstellung, junge Dame." Abrupt stand Darian hinter ihr, streckte die Hand aus und gab Kim einen Schubs. Sie stolperte gegen Steven, der sie wieder hinstellte. Sie drehte sich um. „Hey!"

Ein weiterer Schubs folgte, sie stolperte auf mich zu. Mein Blick drückte Missbilligung aus. Die galt aber mehr meinem Mann als Kim.

„Kannst du das bitte lassen?" Ein weiterer Stoß. Sie stolperte in die Mitte des Raumes. „Verdammt! Hör auf!"

„Hindere mich daran, Kimberly."

Ihr Blick streifte mich, fragend und ein wenig ängstlich. Ich lächelte ihr zu. „Mach dir keine Sorgen. Er kann schon ordentlich etwas ab."

Sekunden später bekam Darian einen saftigen Tritt gegen das Schienbein. Lachend rieb er sich die schmerzende Stelle. Kimberly triumphierte.

„Weiß Alistair, dass du mit Steven trainierst?", fragte ich und wunderte mich über Stevens plötzlich gehetzt wirkende Miene.

„Ich habe es ihm nicht gesagt", murmelte Kim. „Daddy reagiert momentan leicht komisch, wenn die Sprache auf mich und Steven kommt. Inzwischen möchte er sogar, dass Steven in ein anderes Zimmer umzieht. Als wenn das was bringen würde. Ich bin doch tagsüber sowieso in der Schule. Aber egal. Weiß einer von euch, wie spät es ist?"

Mein Mann blickte auf den Wecker neben unserem Bett. „Kurz nach sechs Uhr."

„Oh, nicht mehr allzu viel Zeit. Und für die Schule muss ich mich auch noch fertig machen. Wir sehen uns heute Nachmittag."

„Ich gehe dann auch mal ins Bett. Warte auf mich, Kim. Macht ihr die Kerzen aus?" Damit waren beide verschwunden, und Darian und ich blieben mit einigen Fragen allein zurück. Lief da vielleicht …

„Nein." Sein Finger stand warnend vor mir. „Denk gar nicht erst weiter. Es geht uns nichts an."

Schweigend zuckte ich mit den Achseln und trollte mich zurück ins Bett. Nein, es ging uns wirklich nichts an. Außerdem war ich müde. Von daher sollte es mir ohnehin egal sein.

„Wann bist du eigentlich zurückgekommen?", fragte ich, als er sich wieder neben mir niederließ.

„Vor ein paar Stunden." Sein Arm umschlang mich, und er zog mich an sich.

„Bist du fündig geworden?"

„Nicht ganz, aber ich habe eine Spur gefunden, der wir nachgehen sollten. Ich erzähle es dir später. Mach die Augen zu, Liebes. Wir haben Zeit."

Die hatten wir. Und die nutzte ich, bis Darian mich endgültig weckte – mit einem Tablett voller Frühstücksleckereien. Ganz wie im Hotel setzte er sich mir gegenüber und sah mir beim Essen zu.

Ich war gerade fertig geworden und eilte ins Bad, als Jason mir auf dem Flur entgegenkam. Nachdem ich mich für den Tag zurechtgemacht hatte, fand ich beide Männer zusammen über ein Pergament gebeugt vor. Jason hielt die Lupe in der Hand und diktierte einzelne Zeichen, die Darian auf einem Zettel notierte. Bei meinem Eintreten sahen beide auf.

„Noch immer diese Übersetzungen aus dem Buch?", fragte ich, wagte aber nicht näher zu treten, weil ich wieder diese Übelkeit befürchtete.

„Ja." Darian nahm das Blatt in die Hand und hielt es weiter ins

Licht. Wie schon einmal fing es sogleich an zu schwelen. Anscheinend hatte dieser kurze Moment gereicht, um das Gesuchte zu finden, denn er wedelte es aus und kritzelte eilig etwas auf seinen Notizblock. „Ich glaube, jetzt haben wir das meiste zusammen."

Neugierig geworden trat ich so weit näher, bis der Druck auf meinen Magen zu unangenehm wurde. „Was genau hast du gesucht?"

„Einen Zugang, Faye. Diese alten Symbole sind der Schlüssel. Jetzt benötigen wir nur noch das Schloss."

„Ist es denn nicht dabei?"

„Bedauerlicherweise nicht, Mrs. Knight", räumte Jason diesmal ein. „Der Verfasser dieses Schriftstücks bevorzugte offensichtlich die gängige Variante der Schnitzeljagd, um weniger hartnäckige Sucher abzuschrecken."

„Oder bei oberflächlichem Lesen erst gar keine Spuren erkennen zu lassen, Jason", warf Darian ein. Er klappte den Block zu und legte das Blatt zurück in die Kiste. Nachdem er den Deckel sorgfältig verschlossen hatte, platzierte er die Kiste in der Kommode. „Ich werde nicht drum herumkommen. Ich muss noch einmal zurück."

„Wohin?" Die Frage stammte von mir, und endlich konnte ich an meinen Mann herantreten.

„Zu Benedicts Kirche. Ich weiß, er wollte mir etwas übergeben, kam jedoch nicht mehr dazu. Wenn es noch da ist, wird es sich in der Kirche befinden."

Meine Augen leuchteten unternehmungslustig auf. „Wann wollen wir los?"

„Faye." Schwer legten sich seine Hände auf meine Schultern. „Ich möchte, dass du hierbleibst. Versteh mich, wenn ich nicht möchte, dass du in Gefahr gerätst."

Genervt rollte ich mit den Augen. Behütet zu werden war ja schön und gut. Aber das grenzte fast an eine Unmündigkeitserklärung.

„Ich verstehe deine Motive, Darian. Aber ich bin kein Kleinkind. Inzwischen weiß ich, wie weit ich gehen kann. Und ich dürfte es bereits bewiesen haben. Auch dir." Mein Blick huschte zu Jason und er nickte mir deutlich zu. „Darian, du bist inzwischen der Einzige, der an mir zweifelt."

„Nein." Seine Stimme erstarb zu einem Flüstern. „Nein, Faye. Ich zweifle nicht an dir. Ich liebe dich so sehr, dass ich an mir zweifle. Ich weiß nicht, ob ich meine Gefühle für dich so weit unterdrücken kann, dass ich in der Lage bin, rational zu handeln und zu urteilen.“

Ich umfasste den Kragen seines offenen, beigefarbenen Hemdes und zog ihn zu mir herunter, um ihm einen zärtlich verständnisvollen Kuss zu geben. Dann schob ich ihn resolut wieder von mir. „Du wirst mich mitnehmen. Basta. Du wirst lernen mir zu vertrauen. Abgesehen davon fahren wir am Tag hin, da ist es ohnehin ungefährlicher. Das dürfte auch deine Nerven schonen. Abgemacht?“

Zweifelnd sah Darian sich nach Jason um. „Hat eine Ehe etwas mit weiblicher Tyrannei gemein? Habe ich etwas verpasst, Jason?“

„Aye, Sir. Sie haben das Kleingedruckte nicht gelesen. Und wenn ich Ihnen aufgrund meiner langjährigen Erfahrung etwas raten darf: Widersprechen Sie nicht, und sagen Sie einfach *Ja*. Das hilft in den meisten Fällen.“

Er seufzte. „Also gut. Überredet, aber nicht überzeugt.“

„Das kommt noch.“ Siegesgewiss drehte ich mich um und ging mich umziehen. Ernestine wollte wieder Kuchen backen, und ich hatte versprochen, ihr dabei zur Hand zu gehen.

Die Fahrt zu besagter Kirche musste warten, denn siedend heiß war mir eingefallen, dass mein Untersuchungstermin anstand. So machten Darian und ich uns am späten Nachmittag auf den Weg ins Krankenhaus.

Maja wirkte überrascht, als wir bei ihr auftauchten. „War das nicht erst für nächste Woche eingeplant?“ Dann winkte sie ab. „Ach, egal. Wenn ihr schon einmal hier seid, können wir auch nachsehen, ob alles okay ist. Folgt mir bitte.“

Wir gingen den uns schon bekannten Gang entlang und betraten das Labor, wo Maja mich einem großen, breitschultrigen Krankenpfleger namens Mike übergab, der ständig irgendwie zu lachen schien. Während er mit mir herumflachste, nahm er mir Blut ab. Es wurde sogleich untersucht. Dann wurde der Blutdruck gemessen, und anschließend durfte ich mit dem berüchtigten Töpfchen zum Örtchen gehen. Danach brachte mich Mike in den Untersuchungsraum, in dem Maja und Darian mich erwarteten. Diesmal blieb mein Mann während der kompletten Untersuchung an meiner Seite. Maja tastete mich ab und schien zufrieden. Dann sahen wir gemeinsam voller Spannung auf den Monitor des Ultraschallgeräts.

„Allmählich wundere ich mich bei dir über gar nichts mehr", äußerte Maja grübelnd und tippte auf der Tastatur herum. Ein Standbild erschien. Sie fuhr mit dem Cursor über das Bild, mehrere Daten erschienen.

„Ist alles okay?", erkundigte ich mich zögernd, und der feste Griff um meine Finger zeugte von der versteckten Nervosität meines Mannes.

„Ja. Ja, sicher. Alles dran und gesund. Wie es sein sollte", gab sie in einem Tonfall wieder, der mich aufmerken ließ: „Aber?"

Ihre Augen spiegelten leichte Verwunderung wider. „Was bekommt der Wurm als Nahrung? Zusätze von Futterkalk?"

Ich richtete mich ein wenig auf. „Wie meinst du das?"

„Laut Tabelle bist du inzwischen in der zweiundzwanzigsten Woche. Das ist aber nach der letzten Messung völlig unmöglich."

„Und das bedeutet?", fragte Darian nun sichtlich angespannt.

„Dass deine Frau irgendwann platzt, wenn das so weitergeht und sie das Kind über die reguläre Zeit von vierzig Wochen austrägt", erwiderte Maja wenig rücksichtsvoll und fügte dann hinzu: „Was ich bei der Geschwindigkeit allerdings ausschließen möchte, denn das macht kein Körper mit. So jedenfalls lässt sich kein Geburtstermin sicher berechnen." Ihr ernster Blick erfasste mich. „Rechne mit einem Kaiserschnitt, Faye. Deine Tochter liegt weit außerhalb der Norm und wird sich, wie du selbst siehst, an keine Regeln halten."

„Ganz die Mutter", murmelte es neben mir. Ich erhielt auf meinen erbosten Blick ein liebevolles Lächeln.

„Wann wäre denn der reguläre Termin?"

„Von jetzt aus gesehen Mitte März, Faye. Wächst dein Kind aber weiter mit dieser Geschwindigkeit und den derzeitigen Abweichungen, bist du vermutlich irgendwann im Januar mit der Entbindung dran." Sie tippte erneut etwas in die Tastatur, eine neue Berechnung erfolgte, und sie sah wieder auf. „Wir sollten die Termine enger legen. Wie geht es dir überhaupt dabei, Faye? Übelkeiten? Spannungsgefühl in Brust und Bauch? Wassereinlagerungen?"

„Die Brust spannt, und der Bauch etappenweise. Sonst ist alles okay", antwortete ich. Sie nickte und drückte nebenbei ihren Pieper aus. „Ich schreibe dir ein Öl auf, mit dem du dich regelmäßig einmassieren solltest. Es hält die Haut elastisch, damit sie nicht so schnell reißt. Vielleicht bringt es was. Schaden kann es jedenfalls nicht." Sie reichte mir ein paar Papiertücher, damit ich das Gel entfernen konnte. Eilig kritzelte sie etwas auf einen Notizzettel, gab diesen Darian und erhob sich. „In zwei Wochen möchte ich dich hier wieder sehen, Faye. Dann machen wir ein CTG und überprüfen die Herztöne. Ihr seid in zwei Wochen doch noch hier?"

Ein kurzer Blickwechsel, dann nickten Darian und ich zeitgleich.

„Dann entschuldigt mich bitte. Ich muss." Ihr Blick fiel auf ihren Pieper, und sie eilte zur Tür. „Wir sehen uns."

„Sie hat die Geschehnisse der letzten Tage offensichtlich sehr gut verdaut", überlegte ich laut, als Darian mir auf dem Parkdeck die Wagentür öffnete.

„Ich vermute, es liegt auch an der Anwesenheit deines Bruders." Er schloss meine Tür, umrundete den Van und stieg ein. Der Zündschlüssel fand seinen Weg ins Schloss, Darians vielsagender Blick fand zu mir. „Emotionen können eine Menge verändern. In diesem Fall sind es sehr positive."

„Du meinst, sie und Alistair haben sich verliebt?" Ich kicherte triumphierend, als er ein Nicken andeutete. „Ich habe es mir doch gedacht."

„Es ist offensichtlich, dass –" Er brach ab und starrte aufmerksam in den Rückspiegel. „Verdammt!"

„Was ist?"

Wortlos wies er auf den Außenspiegel an meiner Seite. Ich spähte hinein und erkannte erst einmal nichts Besonderes. „Was meinst du?"

„Hinter dem grünen Rover. Linke Seite."

Surrend richtete ich den Spiegel auf den Rover aus. Dann sah auch ich die beiden Halbwüchsigen, die sich hinter dem Fahrzeug im Schatten herumdrückten. Sie blickten in unsere Richtung, unterhielten sich leise und gestikulierten heftig. Zwar wunderte es mich schon ein wenig, dass sich hier auf dem Parkdeck zwei etwas abgerissen wirkende Jungs herumtrieben, doch es war nicht allzu ungewöhnlich. Möglicherweise waren sie auf einem Beutezug, durchsuchten unabgeschlossene Wagen nach Wertgegenständen, und unsere Anwesenheit hatte sie dabei gestört.

„Sollten wir nicht die Cops rufen?", stellte ich erst mal die naheliegendste Frage.

Darian schüttelte milde den Kopf. „Nein, die können da kaum etwas ausrichten. Bleib bitte im Wagen, Faye.“ Er öffnete die Tür, sprang heraus und warf sie schwungvoll hinter sich zu.

Die Jungs schraken immerhin zusammen, liefen sich aber nicht fort, als Darian mit energischen Schritten auf sie zuging. Im Gegenteil, sie ließen die Muskeln spielen, meinten sich dem Älteren gegenüber aufspielen zu müssen. Oh. Jetzt verstand ich. Das waren keine Muskeln, es waren mehr ihre Zähne. Gefletschte Reißer leuchteten kurz im künstlichen Licht der Parkdeckbeleuchtung auf. Ungeachtet ihrer deutlichen Kampfansagen schritt Darian weiter auf sie zu.

Ich musste den Spiegel neu ausrichten und griff mir dabei automatisch hinten an den Gürtel, um den Pflock herauszuziehen. Seit dem Erlebnis mit Letavian verließ ich niemals mehr das Haus ohne Stöckchen. Interessiert beobachtete ich das Geschehen. Hatten die Bengel denn überhaupt keine Ahnung, mit wem sie sich da gerade anlegten? Wohl nicht, denn ohne ersichtliche Vorwarnung sprang der Größere der beiden auf meinen Mann zu. Ungerührt trat Darian einen Schritt beiseite, griff blitzschnell zu und hatte den Angreifer direkt am Hals erwischt. Seine Füße baumelten eine Handbreit über dem Boden, fast alle Tritte und Schläge gingen ins Leere und die wenigen, die ihr Ziel fanden, richteten keinerlei Schaden an. Darian ließ den jungen Vampir toben, bis er ermüdete. Derweil hatte sein Begleiter Fersengeld gegeben und war überstürzt vom Parkdeck geflohen.

„Möchtest du oder soll ich?“, wandte Darian sich an mich und drückte den Bengel lieblos gegen die Motorhaube des Vans.

Geräuschvoll öffnete sich das Seitenfenster, und ich blickte hinaus. „Bist du sicher, Schatz?“

„Herrje. Du wolltest doch dabei sein. Also bitte. Deine Entscheidung, Liebes.“

Grinsend verschloss ich das Fenster, stieg aus und trat neben ihn. Und ich musste an mich halten, um nicht mit meinem Mittagessen den Asphalt zu dekorieren.

„Danke, Schatz, jetzt verstehe ich, warum du mir dieses großzügige Angebot unterbreitet hast.“

Darian lächelte müde, und ich wandte meine Aufmerksamkeit wieder dem Bengel zu. Er stank zum Gotterbarmen. Lebte er in der Kanalisation dieser Stadt? Er sah zudem so aus wie er roch.

Zerrissene Kleidung undefinierbarer Farbgebung, verschmiert und beklebt mit allerhand ekelhaft anmutenden Placken. Selbst sein Gesicht war bei näherer Betrachtung alles andere als sauber. Einzig seine Reißzähne, die er mit lautem Fauchen in meine Richtung bleckte, ließen eine gewisse Form der Mundhygiene erahnen. Sie waren strahlend weiß, scharf und wirkten überaus gesund. Allerdings war mir inzwischen bekannt, dass Vampire nicht unbedingt Aspiranten für Zahnprobleme waren.

„Musst du ihn unbedingt beißen, um Informationen zu erhalten?", fragte ich meinen Mann, dessen Miene deutlich machte, dieses Vorgehen nicht unbedingt in Erwägung zu ziehen. Inzwischen war die Aggression des Jungen purer Angst gewichen.

„Nein, aber ich müsste ihm noch näher kommen", antwortete Darian ruhig.

Ich seufzte. „Also gut, was willst du wissen?" Ich suchte nach einer halbwegs sauberen Stelle auf diesem Burschen und ärgerte mich gleichzeitig, keine Handschuhe dabeizuhaben.

„Wer er ist, woher er stammt, wer sein Erzeuger ist. Das ganze Repertoire, Faye."

Bei der Erwähnung meines Namens flog der Kopf des Jungen herum, und wenn schon vorher Angst in seinen Augen gestanden hatte, trat nun reine Panik in sie. „Bitte, bitte nicht."

„Möchtest du lieber sprechen?", fragte ich freundlich und streckte gleichzeitig meine mentalen Fühler nach ihm aus, jedoch ohne ihn dabei physisch zu berühren. Leicht wie ein Messer durch weiche Butter glitt ich in seine Gedankenwelt, durchforschte sie und zog mich eilig zurück. Was ich in ihm gelesen hatte, schockierte mich erstaunlicherweise nicht im Geringsten, es überraschte mich lediglich.

„Er stammt irgendwo aus Harlem, er hat dort mit einigen anderen eine Unterkunft. Die genaue Ecke konnte ich nicht ausmachen, irgendein halb verfallenes Haus. Und er hat mit dem Tod der Obdachlosen vor ein paar Wochen zu tun. Hast du sie getötet?"

Vehement schüttelte der Junge den Kopf, traute sich aber nicht zu sprechen. Ängstlich huschte sein Blick zwischen meinem Mann und mir umher. Darians Griff an seinem Hals wurde stärker. „Wer genau war es?"

„Der Dunkle", krächzte der Vampirjunge zitternd. „Er gab den Auftrag."

„Wer ist der Dunkle?“, hakte ich verdutzt nach. Ich hatte nichts dergleichen in seinen Gedanken vorgefunden. Wobei ich gestehen muss, dass in seinem Kopf ein pubertäres Durcheinander vorherrschte: Kein Gedanke war wirklich gefestigt, und seine Erinnerungen irgendwie verwischt.

„Er ist ein Schatten, er zeigt sich nicht. Ich weiß nicht, wer das ist“, jammerte der Junge gehetzt und fing sogar an zu weinen.

„Woher weißt du, wer meine Frau ist?“ Darians scharfe Frage durchschnitt das leise Jammern wie ein Peitschenknall. Die Augen des Jungen drohten inzwischen aus seinem Gesicht zu fallen. „Er hat ihren Namen genannt. Sie ist gefährlich, hat er gesagt. Er hat uns Angst gemacht.“

Ich sah Darian ratlos an, und grimmig erwiderte er meinen Blick.

„Bist du gefährlich?“, klang es da kleinlaut von unten und der Junge sah mich groß an. „Du siehst nicht gefährlich aus.“

„Du auch nicht“, gab mein Mann statt meiner zurück. „Man darf sich davon nicht täuschen lassen. Hast du noch Fragen an ihn, Faye?“

Ich schüttelte den Kopf. Da knackte es leise, und rieselnde Asche verteilte sich quer über die Motorhaube. Ungerührt wischte Darian sie fort, klopfte seine Hände ab und öffnete die Fahrertür. „Komm, wir haben etwas zu erledigen.“

Ich stieg ein. „Ist es möglich, dass du den Burschen kanntest?“

„Ja. Er war einer unserer Besucher letzte Nacht.“

„Derjenige, den du verfolgt hast? Alistair meinte, du wärst verflixt schnell gewesen. Ich glaube kaum, dass der Bursche schneller war als du.“

„Nein, er war nicht schneller. Ich ließ ihn laufen. Das war ein Fehler, den ich nicht noch einmal machen werde.“

„Du hast … Fein. Und warum durfte ich eben die Drecksarbeit leisten?“

„Du brauchst ab und an Übung. Abgesehen davon habe *ich* die Hände voll von Asche.“ Damit drehte er den Schlüssel um, und wir fuhren los.

Eine Weile schwiegen wir. Darian fuhr, ich blickte aus dem Seitenfenster auf die vorbeifliegende Umgebung. Jeder hing seinen Gedanken nach. Nach einigen Minuten brach ich das Schweigen: „Wenn etwas so schnell ist, dass es einen alten Vampir abhängt, muss es logischerweise noch älter als der alte Vampir sein, richtig?“

Ein Seitenblick streifte mich. Und obwohl es offensichtlich war, fragte er: „Worauf möchtest du hinaus, Faye?“

Nun sah ich Darian direkt an. „Wenn es also nicht der Junge war und gleichzeitig Alistair nicht Schritt halten konnte – wen oder was hast du dann letzte Nacht verfolgt?“

„Etwas Altes“, gab er zurück, blickte dabei weiter auf die Straße. „Etwas sehr Altes, Faye.“

Die Straße, in der die Werkstatt lag, kam in Sicht. Daher beschloss ich, vorerst zu schweigen. Ich konnte später weiter nachfragen – wenn ich seine letzten Worte verdaut hatte.

Kimberly empfing uns Kuchen kauend und mit der Information, dass der Architekt angerufen hatte und mitteilen ließ, die Pläne seien fertig. Val spielte mit Jason Pferd und Reiter und ließ sich von seinem Pferd auf den Schultern über den Hof tragen. Dad und Ernestine hatten sich abgesetzt, um den restlichen Nachmittag allein zu genießen. Mein Bruder tobte lautstark durch die Werkstatt und trieb seine Angestellten an, und Thomas hockte irgendwo auf dem Dach und diskutierte vermutlich meditativ mit seinen Ahnen. Und Darian hing am Telefon.

Ich ging in die Küche und setzte frischen Kaffee auf. Dann trabte ich eine Etage höher und entschied mich für bequemere Kleidung. Aus meinem Rock wechselte in die Jeans, die ich glatt zwei Löcher weiterstellen musste, und die grüne Bluse ersetzte ich mit meinem derzeitigen Lieblingspullover. Eigentlich gehörte er Darian, ein schwarzer Rolli aus Baumwolle, unendlich bequem, herrlich weit geschnitten, und er verdeckte die sichtbare Wölbung des Bauches. Also hatte ich ihn mir einverleibt. Mit Turnschuhen an den Füßen ging ich zurück in die Küche, nahm mir einen Kaffee und ein großes Stück Kürbiskuchen.

„Wenn es dir recht ist, können wir noch heute die Umbaupläne begutachten, Faye.“ Darian betrat die Küche, entnahm dem Kühlschrank eine Konserve und legte sie in die Mikrowelle. Dann sah er auf, mich verwundert an und lachte leise. „Du hast da die Hälfte deines Kuchens hängen.“

Mit dem Handrücken wischte ich mir übers Kinn und spülte den Rest mit Kaffee hinunter. „Können wir gerne machen. Ich bin gespannt, was der Architekt aus den Vorschlägen gemacht hat.“

„Ab morgen wird das Haus entkernt“, erklärte Darian auf dem

Weg hinunter. „Mr. Riley hat eine Firma organisiert, die das übernimmt. Er meinte, es würde recht schnell geschehen. Aber sicherlich wird er es dir gegenüber nochmals erklären."

Nach unendlich langer Zeit fuhr ich mal wieder mit öffentlichen Verkehrsmitteln. Kimberly benötigte den Van, weil sie zusammen mit Jason einkaufen wollte: Dad war mit dem Pick-up unterwegs. Da das Architektenbüro auf der Fifth Avenue nahe der *St. Patrick's Cathedral* mit der U-Bahn bequem zu erreichen war, wählten wir diese Variante.

Das Büro des Architekten lag im fünfzehnten Stock eines großen Gebäudes. Mit dem Fahrstuhl ging es hinauf, dann durch eine große Glastür mit dem eingravierten Namen der Firma. Mr. Riley empfing uns persönlich im Foyer und führte uns zum Besucherraum. Die Pläne lagen auf dem Tisch, und wir machten und sogleich darüber her. Es ging recht flott. Er hatte meine Vorstellungen gut umgesetzt und bis auf ganz wenige Änderungen segneten wir die Entwürfe ab.

„Ich werde die Änderungen schnellstmöglich durchführen und Ihnen Bescheid geben. Vermutlich schon Anfang kommender Woche", meinte er beim Abschied. „Mit etwas Glück können wir dann Ende der Woche die ersten Arbeiten vornehmen."

Hocherfreut lächelte ich. „Das wäre wunderbar, Mr. Riley."

Er brachte uns bis zum Fahrstuhl und empfahl sich.

„Möchtest du etwas essen, Faye?"

„Nach dem Kuchenstück bin ich noch ziemlich satt", gab ich zurück und blickte die Straße entlang. Inzwischen war es dunkel geworden und zudem fing es leicht an zu nieseln. Und obgleich die Straßen mit Taxis verstopft schienen, war es erstaunlich schwierig, eines zu erwischen. So entschieden wir uns abermals für die U-Bahn.

Die Rush Hour in der Untergrundbahn war alles andere als angenehm. War es zuvor schon recht voll gewesen, schien der Bahnhof nun aus allen Nähten zu platzen.

„Blöde Idee", brummte ich missmutig, als mich eine beleibte Dame fast umschubste. Darian hielt mich rechtzeitig fest und verschaffte mir mit einem erbosten Blick entsprechend Platz.

Wir gelangten schließlich bis an den Bahnsteig. Die richtige U-Bahn kam, die Türen schwangen auf, Passagiere strömten hinaus, andere wieder hinein. Die Türen schlossen sich, die Bahn fuhr ohne uns ab.

Mit versteinerter Miene hielt Darian eisern meine Hand fest. Verwirrt folgte ich seinem zornigen Blick, sah über das Gleis auf die gegenüberliegende Bahnsteigseite – und wurde blass. Instinktiv flog meine Hand schützend an meinen Hals.

Nein, ich sah keinen Geist. Dieser dunkelhaarige Mann im langen schwarzen Mantel war definitiv keine Einbildung. Und der silbern aufblitzende Tierkopf des Spazierstocks in seiner Hand ließ keinen Zweifel daran, wer uns mit stechendem Blick von der Gegenseite aus anstarrte. Letavian.

Ich fühlte deutlich Darians Zwiespalt; spürte seinen innigen Wunsch, augenblicklich diesen Mann zu stellen und mich gleichzeitig beschützen zu wollen.

Eine weitere Bahn rollte herein, verdeckte kurzzeitig die Sicht. Nachdem sie abgefahren war, konnte ich nur noch den Mantelaufschlag an der Treppe gegenüber entdeckten. Dann war er verschwunden.

„Worauf warten wir noch?“ Schon zog ich Darian zum Aufgang. „Er entwischt uns.“

Eine Sekunde noch zögerte er, dann setzte er sich in Bewegung und Hand in Hand stürmten wir die Stufen hinauf. Kurze Orientierung im oberen Bereich, dann wies Darian an den diversen Kiosks und Fahrtautomaten vorbei Richtung Ausgang. Wir rannten hinaus und zurück auf die Straße. Abermals sah ich Letavian uns gegenüber auf der anderen Straßenseite stehen. Es war, als wolle er, dass wir ihm folgten. Was hatte er vor?

„Darian …“

„Ich weiß, Faye. Du schreist.“ Mein Mann ließ sein Gegenüber nicht aus den Augen. „Ich weiß auch nicht, was genau er vorhat.“

„Folgen oder nicht folgen … Au!“ Aus dem Augenwinkel heraus hatte ich ihn wahrgenommen, den flinken Schatten, doch meine Reaktion war zu langsam. Ein brennender Schmerz breitete sich blitzartig an meiner rechten Seite aus, jagte meine Nervenbahnen entlang und wollte in ihnen einen Kurzschluss verursachen. Instinktiv kämpfte ich dagegen an und legte meine Hand an diese Stelle. Da knickte ich leicht ein und rang um Atem. Sofort schlang Darian seine Arme wie einen undurchdringlichen Schutzmantel um mich. Er hob mich hoch und trug mich in das nächste Diner.

Im hinteren Bereich setzte er mich auf der verschlissenen, roten

Kunstlederbank ab, ging in die Knie und schob vorsichtig meine Hand beiseite. Ich sog erschrocken die Luft ein, als ich etwas Blut an meiner Hand entdeckte. Ängstlich sah ich meinen Mann an, der sogleich meine Jacke beiseiteschob und den Pullover anhob, um sich die Verletzung anzusehen. Ich hörte ihn leise fluchen.

Der Mann nebenan dürfte sich gewundert haben, wieso die Servietten auf dem Tisch vor ihm wie von Geisterhand verschwunden waren. Und die Frau schräg gegenüber würde vermutlich gleich ihre Wasserflasche vermissen. Zudem würde der Betreiber Gespenster vermuten, wenn ihm auffiel, dass im Regal hinter seinem Tresen nun eine Flasche hochprozentiger Alkohol fehlte. Unsichtbarkeit hatte so seine Vorteile, insbesondere, wenn man sie auf Personen und Gegenstände in seiner ummittelbaren Umgebung ausdehnen konnte. Vielleicht sollte ich Darian doch einmal fragen, wie er zu seinem finanziellen Wohlstand gekommen war.

Behutsam tupfte Darian das Blut ab, wusch mit dem Wasser die Hautabschürfung aus, tränkte die Servietten mit dem Schnaps und presste sie auf die Verwundung. Sie hatte wie einer oder mehrere breite Kratzer ausgesehen, nicht tief, nur die oberen Hautschichten betreffend. Doch der Alkohol brannte höllisch. Nach einigen Minuten hob ich vorsichtig einen Arm und streckte mich. Es tat noch übel weh, war inzwischen aber auszuhalten.

Echte Sorge stand in Darians Blick. „Das hätte nicht passieren dürfen, Faye."

„Ich war auch abgelenkt", gab ich betreten zurück, knotete mein Haar zusammen und schlüpfte aus dem Ärmel. Dabei drehte ich ihm den Rücken zu. „Nimm das Pflaster vom Kratzer an der Schulter und pack es auf diesen hier. Damit sollte es gehen. Und dann will ich dieser feigen Ratte persönlich in den Arsch treten."

„Bist du sicher?" Er zog es ab und befestigte es auf der neuen Abschürfung.

Der Mann vom Tisch nebenan hatte derweil den Verlust der Servietten bemerkt und blickte sich suchend um. Im gleichen Moment hielt die Frau eine Kellnerin auf und erkundigte sich nach ihrem Wasser.

„Wir sollten besser gehen, Darian." Ich schlüpfte in den Pullover, warf die Jacke über und erhob mich.

Genauso unbemerkt, wie wir hineingelangt waren, gelangten wir auch wieder hinaus. Durchs Fenster sah ich gerade noch das ungläubige Gesicht der Kellnerin, die vor unserem Tisch stand und auf die vermisste Wasserflasche, zerknüllte und verschmutzte Servietten sowie einer Flasche Alkohol starrte, neben der eine Fünf-Dollar-Note und ein Zettel mit dem Wort *Sorry* lagen.

Von Letavian war nichts mehr zu sehen, was mich nicht wirklich verwunderte. Dafür schien mein Mann recht genau zu wissen, in welcher Richtung er suchen musste. Er blickte die Straße entlang, nahm anscheinend Witterung auf und zog mich fort. Wir eilten die Fifth Avenue Richtung Central Park entlang und legten einen kurzen Stopp auf Höhe des *Grand Army Plaza* ein. Darian zückte sein Handy und klappte es auf. Ich bekam kaum mit, was er sagte, denn mein Atem meinte zu laut rasseln zu müssen. Verdammt, ich hätte in den letzten Tagen mehr joggen sollen, meine Kondition war im Keller.

„Taxi?“, fragte er kurz darauf, und ich nickte japsend. „Taxi!“

Kapitel Neununddreißig

Mein Gott, es waren Kinder!

Wir hatten Letavian bis in diese gottverdammte Gegend der Bronx verfolgt. Inzwischen waren wir dem Taxi entstiegen und liefen, weil der Fahrer sich geweigert hatte, weiterzufahren. Vor wenigen Blocks hatte sich Letavians Spur verloren, und wir waren dafür auf etwas gestoßen, das mich gefühlsmäßig sehr berührte. Je weiter wir in diese unansehnliche Gegend eindrangen, desto mehr Kinder trafen wir an. Allem Anschein nach hausten sie in den baufälligen und heruntergekommenen Gebäuden, deren Scheiben eingeschlagen und Türen herausgerissen waren. An einigen Gebäuden waren noch deutliche Brandspuren zu erkennen, und zerstörte, teils ausgebrannte Autos standen vereinzelt an den Straßenrändern. Spuren längst vergangener Tage, die noch nicht vollständig von der Stadtverwaltung beseitigt worden waren.

Inzwischen war Letavian unwichtig geworden, auch wenn ersichtlich war, dass er uns hier in eine Falle locken wollte. Möglicherweise hatte er irgendwo in der Nähe auf einem Hausdach einen Logenplatz. Doch unsere Aufmerksamkeit galt nun einzig diesen verwahrlosten, weggeworfenen Kindern – wobei mir sonnenklar war, dass Darians und mein Interesse unterschiedlicher Natur war.

Vor uns versammelten sich die Kinder in einer breiten Gasse zu einer recht zügig anwachsenden Gruppe, die uns endgültig den Weg verstellte. Ich warf Darian einen fassungslosen Blick zu. Es waren so viele.

Langsam, fast zögerlich trat Darian auf die Gruppe zu. Sofort wichen einige von ihnen ängstlich zurück. Andere fletschten warnend die Zähne. Er blieb stehen und hob beschwichtigend die Hände. „Keine Angst, ich werde euch nichts tun."

Sie schienen sich zu beraten, ließen uns dabei nicht aus den Augen und wirkten bis auf vereinzelte Ausnahmen von Darians Beteuerung wenig überzeugt. Schließlich tat sich etwas, und ein halbwüchsiger, vielleicht fünfzehnjähriger Junge schob sich durch die Menge nach vorn. Zu meiner Überraschung erkannte ich in ihm den Burschen vom Parkdeck wieder, dessen Kamerad an Darian hängen geblieben war.

Sein Erscheinungsbild hob sich kaum von dem der anderen Kinder ab. Seine Kleidung war abgetragen, verdreckt, von unbestimmter Farbe und umhüllte seine hagere Gestalt wie ein Sack. Das Haar musste von heller Farbe sein, die sich unter all dem Schmutz und Fett nur noch erahnen ließ. Er schien der Rädelsführer zu sein, denn sein Lächeln war herablassend, und mit den Händen in den Hosentaschen drehte er sich linkisch nach seinen Gefährten um, ehe er Darian von oben bis unten musterte. „Mag schon sein. Wer sagt dir, dass wir *euch* nichts tun?“

„Aber ihr seid noch Kinder“, rutschte es mir bestürzt heraus. „Ihr dürftet gar nicht hier sein.“

„Das vor dir sind definitiv keine Kinder, Faye“, erklang plötzlich die ruhige Stimme meines Bruders hinter mir, und ich wirbelte überrascht herum. Er lächelte mir unterkühlt zu und blickte dann über mich hinweg auf die schmuddelige Gruppe eng zusammengekauerter Gestalten. „Es sind kleine, blutrünstige Vampire in der Gestalt von Kindern. Das ist ein Unterschied.“ Dann nickte er Darian knapp zu.

Wo kam er denn auf einmal her? Ich wusste, dass Darian während der Taxifahrt telefoniert hatte. Unter anderem mit Alistair. Doch weder hatte ich gewusst, dass er in der Nähe war, noch dass Kimberly ihn in diese unwirtliche Gegend begleiteten würde. Wollte sie sich endgültig von ihrem Trauma befreien? Es wirkte so, denn sie sah sehr entschlossen aus, sogar ein wenig zornig. Oder hatte es einen anderen Grund?

„Einen wunderschönen guten Abend“, trällerte es unerwartet hinter den Kindern, und synchron richteten sich alle Blicke auf den Sprecher. Dieser stieß sich gespielt lahm von der Hauswand ab und versah alle Anwesenden, somit auch uns, mit einem umwerfend ironisch freundlichen Vampirlächeln à la Zahnpastawerbung. „Was ist? Tut nicht so überrascht. Ihr habt doch nicht wirklich geglaubt, dass die Party hier ohne mich losgeht.“

Verblüfft wechselten wir schnelle Blicke untereinander. Lediglich Kimberly grinste irgendwie in sich hinein. Ich meinte nun zu wissen, warum sie ihren Vater begleitet hatte und dabei etwas zornig wirkte. Es war keine Frage des Wollens, sondern des Müssens.

„Ich ging davon aus, dass du nach deinem morgendlichen Zusammenstoß mit meiner Tochter weiter außer Gefecht gesetzt bist“, rief mein Bruder übellaunig aus.

Lachend winkte Steven ab. „Und du denkst, eine solche Kollision hält mich von einem Büfett fern? Niemals. Sie macht Hunger."

„Darüber werden wir noch reden", drohte Kimberly gespielt und lächelte über die Köpfe der Kinder hinweg den im Dunkeln stehenden Vampir an. Neugierig spürte ich mich in ihre Verbindung hinein. Was ich fühlte, ließ mich kaum im Unklaren darüber, warum Alistair Kimberly mitgenommen hatte. *Bruderherz, manche Rechnungen gehen nicht auf.*

„Entschuldigt bitte, wenn ich das familiäre Geplänkel unterbrechen muss", warf Darian nun ein und holte uns zurück ins Geschehen. „Eure Differenzen in allen Ehren, aber hier stehen derzeit andere Aufgaben an. Und *ich* möchte das Ganze in Güte klären."

„In Güte. Aber sicher, nur zu. Ich dressiere so lange die Flöhe auf den Köpfen der kleinen Stinker, das ist garantiert erfolgreicher." Abwartend lehnte Steven sich wieder an die Hauswand und beobachtete aufmerksam das Geschehen vor sich.

Obwohl sie nun von uns in die Zange genommen worden waren, zeigte der Junge kaum sichtbare Reaktionen, bis auf eine gewisse Arroganz, mit der er erst Darian und anschließend uns betrachtete. „Ihr seid nichts weiter als wehrlose Beute. Schwache Menschen. Was wollt ihr schon gegen uns ausrichten?" Seine Geste umschloss die Gruppe hinter ihm. „Wir sind mehr als dreißig. Selbst wenn unter euch einer von uns ist, habt ihr noch lange keine Chance gegen uns alle."

Die Selbstsicherheit des Jungen kippte, als ein verwischtes Etwas knapp an ihm vorbeischoss und es mehrmals leise knackte. Sogleich sanken fünf der Kinder leblos auf den Boden und zerfielen binnen Sekunden zu kleinen Staubhäufchen. Wie aus dem Nichts erschien Steven neben dem Bengel, eine Hand schoss vor und landete mit unnachgiebigem Griff in dessen Nacken. „Na so was. Du hast recht, es könnte tatsächlich knapp werden, Kleiner."

„Steven!" Darians Blick drückte verhaltenen Ärger aus. „Hör auf und lass den Jungen los."

„Schon gut, schon gut." Der Angesprochene schubste den Bengel von sich und trabte den Weg durch die ihm freiwillig weichenden Kinder zurück. Mit vor der Brust verschränkten Armen lehnte er sich abermals an die Hauswand und sah über die Kinderschar hinweg meinen Mann tödlich beleidigt an. „Nun hab dich nicht so.

Was machen schon fünf von denen weniger aus? Es sind noch genug für jeden von uns da."

„Echt? Darf ich dann auch mal?", erklang Kims neugierige Stimme, und ich nahm nur aus den Augenwinkeln heraus wahr, dass Darian genervt die Augen verdrehte. Sie erhielt eine dreifach schallende Antwort: „Nein!"

Alistair, mein Mann und Steven sahen einander verblüfft an.

Kimberly zog eine Schippe. „Mann, Daddy! Du hast gesagt, ich soll lernen."

„Aber nicht hier", knurrte er zurück.

Ich hielt mich bedeckt, ignorierte meine liebe Familie und konzentrierte mich mehr auf die Kinder. Weiterhin haderte ich mit dem Offensichtlichen. Ja, es waren kleine Vampire. Und ja, sie agierten wie Vampire. Vermutlich waren sie auch der Grund für die abrupt angestiegene Zahl ungelöster Todes- und Vermisstenfälle in New York und Umgebung. Aber, verdammt noch mal, das hier waren Kinder! Sie hatten keine Wahl, sie konnten allein nicht überleben, nicht einmal wirklich existieren.

Darian trat erneut auf die Gruppe zu. Instinktiv drängten sie sich enger um ihren Anführer, dessen Unsicherheit sich inzwischen geruchsintensiv bemerkbar machte. Stevens Maßnahme hatte ihm einen Dämpfer verpasst, der seine Selbstsicherheit empfindlich beeinträchtigte; der ihn irritierte, ängstigte und der gleichzeitig an ihm nagte. Ich spürte zudem deutlich, dass er innerlich vor Wut kochte. Eine Konstellation, die ihn auf eine gewisse Weise unberechenbar machte.

Mein Mann wusste es ebenfalls. Er hatte meine Gedanken empfangen und nickte mir kaum merklich zu. Mit weiterhin leicht erhobenen Händen bewegte er sich sehr langsam und geschmeidig auf die Gruppe zu.

Eine leichte Verringerung der Distanz zwischen ihnen ließ der Junge noch zu, dann wurden seine hellblauen Augen schmal und er begann mit gebleckten Zähnen zu drohen

„Ganz ruhig, Junge", murmelte mein Mann. „Ich habe nicht vor, dir etwas zu tun."

„Er vielleicht nicht", brummte Alistair aus dem Hintergrund, während er die Truppe finster musterte.

Ein kurzer Moment der Unachtsamkeit, wir blickten alle auf meinen Bruder, und wie von einem lautlosen Befehl gesteuert stürmten die Kinder los.

„Pass auf Faye auf!“, hörte ich noch Darians Stimme, dann brach die Hölle aus. Plötzlich sah ich mich von vier Minivampiren umringt, deren gefletschte Zähne sich weiß von ihren verdreckten Gesichtern abhoben.

„So viel zu deiner bescheuerten Güte, Darian.“ Steven stieß sich von der Wand ab und stand blitzartig hinter einem der Kinder. „Brauchst du Hilfe, Faye?“

Eine Antwort war unnötig, denn schon rammte er dem Kind seine Zähne in den Hals. Es zerbröckelte. Dieser Schockmoment reichte, um meinen Pflock aus dem Gürtel zu lösen, obwohl ich weiterhin innerlich mit mir kämpfte. Es waren doch Kinder.

Dann bekam ich keine Gelegenheit, weiter darüber nachzudenken. Aus mehreren Kehlen drang ein lautes Fauchen, echote gespenstisch von den hohen Wänden, während gleichzeitig die Minibeißer auf uns zusprangen. Spätestens jetzt musste ich meine Meinung revidieren.

Wie von allein agierte mein antrainierter Instinkt. Ich stob herum, stieß einen Jungen mit dem Fuß beiseite. Zeitgleich pflügte mein ausgestreckter Arm durch die Luft und rammte den Pflock einem mich anspringenden Mädchen in die Brust. Sie fing Feuer und verbrannte mit einem gellenden Schrei. Da sah ich aus dem Augenwinkel, wie Steven zwei der Kinder schlenkerpuppengleich gegeneinander schlug. Indes schüttelte Darian mehrere Angreifer von sich. Er schlug einem weiteren Kind die Beine weg und packte dem nächsten Widersacher an die Kehle, um ihn mühelos hochzuheben und von sich zu schleudern. Das Mädchen prallte hart gegen die Hauswand und blieb anschließend in grotesk verbogener Haltung liegen. Die Augen wurden glasig, dann löste sich ihr Körper in Asche auf.

Erneut kam mein Pflock zum Einsatz, durchstieß die Brust eines etwa Zwölfjährigen, als jäh ein panischer Schrei das Kampfgetümmel durchriss.

Ich fuhr herum und sah Kimberly von vier Kindern bedrängt stürzen. Sofort waren sie über ihr und blitzschnell kamen weitere hinzu, stürzten sich siegessicher und mordlüstern auf ihre Beute. Ungeachtet seiner eigenen Angreifer eilte Steven ihr zu Hilfe. Doch bevor ich reagieren konnte, schoss ein verwischtes Ding dazwischen. Wie bei der Explosion einer Bombe flogen die Widersacher in alle Richtungen durch die Luft, prallten gegen Wände oder stürzten auf den Boden.

Dann war ich für wenige Momente vor Schreck wie gelähmt. Vollkommen paralysiert starrte ich auf das riesige Fellwesen, das sich nun über Kimberly beugte. Da richtete es sich zu seiner vollen Größe auf. Gelbliche Augen blickten lodernd um sich und erfassten jeden einzelnen von uns, ehe es mit einem zornigen Grollen gefährlich lange Reißzähne entblößte.

Nicht nur ich wich ehrfürchtig einen Schritt zurück. Auch Steven wirkte geschockt und stolperte von dem Wesen fort. Lediglich Darian schien wenig beeindruckt, schleuderte den letzten Angreifer von sich und schüttelte tadelnd den Kopf. „Für Machtdemonstrationen dieser Art ist im Augenblick nicht der richtige Zeitpunkt, Alistair." Dann wandte er sich wieder an die Kinderschar. „Meint ihr nicht, es reicht?"

Noch immer konnte ich die Augen nicht von dem riesenhaften Tier wenden, und mein Verstand weigerte sich standhaft zu begreifen, was ich da sah. *Mein Bruder war ein Lykaoner?*

„Oh Daddy! Geh runter", brachte Kimberlys erzürnte Stimme das Wesen in Bewegung. Mit einem scheinbar mühelosen Satz sprang er meterweit über uns hinweg, gut fünf Meter an der rechten Hauswand hoch, um kurz darauf hinter der Reihe der Vampirkinder wieder aufzukommen. Die langen Klauen der Vorderpranken zerschnitten warnend die Luft, als er sich erneut aufrichtete und schauderhaft brüllte.

Instinktiv zog ich den Kopf ein, bemerkte es und stand wieder gerade. Himmel, was ging hier vor?

Verblüfft registrierte ich, dass mein Bruder sich wieder zurückverwandelt hatte, was ihn nicht minder bedrohlich wirken ließ. Sein stechender Blick war weiterhin auf die Kinder gerichtet und machte klar, dass er bei einer falschen Bewegung erneut zum Tier werden würde. Sein Hemd hing ihm nur noch in Fetzen vom Körper. Er riss es sich achtlos vom Leib. Die Jeans hingegen umhüllte weiterhin seine untere Körperregion. So schickte ich dem Erfinder von Stretchanteilen in Beinkleidern meinen tiefen Dank.

Derweil hatten sich die Kinder erneut zu einer geschlossenen Gruppe zusammengezogen. Ihre Anzahl war deutlich geschrumpft. Ich schätzte sie nunmehr auf ungefähr zehn, die von uns umringt in der Mitte standen und deren Angst fast greifbar in der Luft hing.

„Bekomme ich nun ein paar Antworten oder möchtet ihr weitere Verluste erleiden?“, stellte Darian die Bande vor die Wahl.

Nachdem sie einander ängstlich angesehen hatten, trat der Mutigste einen halben Schritt auf meinen Mann zu. Es war ein kleiner, dicklicher Junge mit Pausbacken und dunkelbraunen Locken, die ihm ständig ins Gesicht fielen. Mehrmals pustete er sie fort und fixierte uns, ehe er mit leicht zittriger Stimme sagte: „Brandan ist jetzt tot, und die anderen auch. Ich werde wohl an seine Stelle treten müssen.“ Er sah sich vorsichtig um, trat einen weiteren Schritt vor und straffte die Schultern. „Ehe ich mit euch rede, will ich wissen, ob ihr uns am Leben lasst.“

Ein amüsiertes Kichern ließ den Jungen zusammenfahren, und sein ängstlicher Blick erreichte Steven. „Entschuldige, Kleiner, aber du kannst das nicht wirklich als Leben bezeichnen. Das ist höchstens ein Vegetieren. Ihr seid doch gar nicht fähig zum Überleben.“

„Wer hat euch das angetan?“, konnte ich mein Mitgefühl für diese armen Kreaturen nicht weiter verbergen. Diverse Kratzer am Rücken und der lange Riss in meinem Hosenbein inklusive der zerkratzten Haut darunter hatten mir ihr wahres Wesen überdeutlich in Erinnerung gebracht, und ich war mir sicher, dass die Kratzer von vorhin auch von einem dieser bissigen Gören stammten, aber dennoch – Kinder.

„Sie sind ohne Familie. Verlassene Streuner“, erklärte Darian gelassen. „Erschaffen aus Spaß und weggeworfen wie leere Flaschen. Sie sind ihrem eigenen Schicksal überlassen, Faye. Und niemand wird daran etwas ändern.“

„Wer macht so etwas?“, fragte Kimberly nüchtern neugierig.

„Unter anderem ein Vampir namens Ahjarvir“, meinte Steven trokken und zuckte mit den Schultern, als unsere Blicke ihn erfassten. „Was denn? Das hat mir das Häppchen vorhin verraten.“

„Kannst du deine Zähne nicht einmal aus Dingen lassen, die ungesund sind?“, brauste Alistair auf und fixierte Steven.

Diesmal schien es ihn nicht einzuschüchtern, denn er sah meinen Bruder provokant an. „Zumindest bin ich gegen Tollwut und Parasiten resistent, falls die so was hatten. Das kannst du Flohzirkus von dir nicht unbedingt behaupten.“

Ein tiefes, kehliges Knurren antwortete.

„Ahjarvir. Interessant“, murmelte Darian nachdenklich, ließ sich von dem Geplänkel jedoch nicht weiter beirren. Er betrachtete den Jungen vor sich genauer. „Wer hat dich erschaffen?"

„Weiß ich nicht", antwortete dieser trotzig. „Es ist mir auch egal. Ich brauche niemanden."

„Das hat man ja gesehen", höhnte Kimberly. „Muss ganz schön ätzend sein, so ohne Familie. Wie viele seid ihr?"

„Wir sind der Rest", kam es kläglich aus der Gruppe, und hervor trat ein kleines Mädchen, das mit seinen rotblonden, schmutzigen Zöpfen und dem verschmierten, runden Gesicht entschieden zu unschuldig für das aussah, was es tatsächlich war.

Bei ihrem Anblick schossen starke Gefühle in mir hoch, die ich nicht steuern konnte. Sie sah aus, wie ich mir meine Kleine mit vier oder fünf Jahren vorstellte. Mein Gott! Wer hatte sich an diesen Kindern so vergangen? Ohne es in der Gewalt zu haben, ging ich in die Hocke und sah sie bekümmert an. „Wie alt bist du, Kleines?"

„Faye!", brüllte mein Bruder plötzlich. Da fing Darian das Mädchen bereits ab, das mit einer ungeahnten Geschwindigkeit auf mich zugeschossen war, meinen Hals als Ziel fest im Blick.

Bestürzt stolperte ich zurück, landete auf meinem Gesäß und konnte nur noch fassungslos zuschauen, wie Steven und Alistair gleichzeitig unter den Kindern wüteten und sie binnen Bruchteilen von Sekunden komplett vernichteten. Darian hingegen nahm sehr bedächtig sämtliche Informationen durch das Blut der Kleinen in sich auf und ließ sie dann gleichgültig fallen. Beim Aufprall auf den Boden zersplitterte ihr lebloser Leib wie Glas und verwandelte sich anschließend in Staub.

Wie in Trance blieb ich auf dem Boden sitzen und betrachtete das Geschehen um mich, als sei ich nicht wirklich dabei. Und immer wieder stieg das bezaubernde Puppengesicht des Mädchens vor meinem geistigen Auge auf, ehe es sich in eine bösartige Fratze verwandelt hatte. Ich bemerkte nicht, wie mir die Tränen über die Wangen liefen und auf den staubbedeckten Boden fielen. Ich wusste nur, dass ich irgendwie befürchtete, mein Kind könnte ein ähnliches Schicksal erleiden. Ebenso wie ich wusste, das mit allen mir möglichen Mitteln verhindern zu wollen.

„Verdammt, Faye!" Darians zornige Worte holten mich zurück ins Diesseits. Energisch wischte er sich mit dem Handrücken über die Lippen und sah mich dabei vorwurfsvoll an. „Tu das nie wieder."

Verschämt senkte ich den Kopf und ließ mir von Kimberly aufhelfen.

„Nimm's nicht so tragisch", raunte sie mir zu und klopfte mir fürsorglich den Schmutz von der Kleidung. „Ist mir neulich auch passiert."

„Faye ist keine Anfängerin, Kim", fuhr Alistair seine Tochter an, schob sie beiseite und packte mich hart an den Schultern. „Du hast doch nicht zum ersten Mal mit solchen Wesen zu tun. Dieses beißende Unschuldslamm hätte dich töten können. Was hast du dir dabei gedacht?"

Ich nickte übereilt, wusste genau, dass ich Mist gebaut hatte. „Ich weiß. Ich habe nur dieses kleine Mädchen gesehen. Sie –"

„Bring sie nach Hause, Steven", ordnete Darian streng an. Ich konnte fühlen, wie wütend er war. Verflixt, ich hatte nie damit gerechnet, kleinen Kindern zu begegnen. Selbst nach der Begegnung mit dem Bengel auf dem Parkdeck nicht. Ich hätte vorbereitet sein müssen. Doch ich hatte, als es darauf ankam, gnadenlos versagt.

„Aye, Sir!" Steven salutierte stramm, trat zu mir und sah mich mitleidig an. Das war mehr, als ich ertragen konnte.

„Darian." Achtlos schlug ich die Hände meines Bruders beiseite und eilte auf meinen Mann zu, der mir demonstrativ den Rücken zugedreht hatte. Seine ganze Haltung wirkte erzwungen unnachgiebig, wie eine Strafe, die nicht wirklich erteilt werden wollte.

„Lass ihm einen Moment." Alistairs Hand berührte meine Schulter, doch ich schüttelte sie abermals ab, trat vor Darian und zwang ihn, mich anzusehen. „Zum Teufel noch mal, ja. Ich habe nicht aufgepasst, und es hätte nicht passieren dürfen. Und es wird auch nie wieder passieren. Es tut mir leid."

„Und mir täte es verflucht leid, wenn du tot wärst, Faye!", brüllte er mich mit einem Mal an, umfasste meine Arme und schüttelte mich. „Verdammt, Weib! Ist dir überhaupt klar, was beinahe geschehen ist?" Er brach ab, schien sich zu sammeln und seine Stimme erstarb zu einem Flüstern. „Ich hätte dich verlieren können, Faye. Dich – und sie. Noch bevor sie eine Chance zum Leben bekommen hätte." Seine Hand legte sich auf meine Wölbung, und erst jetzt erkannte ich einen Anflug von Tränen in seinen graublauen Augen, sah erst jetzt, welche Angst in ihm tobte, und erkannte, was meine Unbedarftheit tatsächlich ausgelöst hatte. „Mein ganzes verfluchtes Leben lang habe ich nicht gewusst, warum ich überhaupt noch lebe. Bis du kamst und dieses Wunder mit dir brachtest. Mein ganzes verfluchtes Leben hatte mit einem Mal einen Sinn. Du bist der Sinn und Inhalt meiner Existenz. Es ist, als hätte ich Tausende von Jahren nur auf dich gewartet. Auf dich und unsere Tochter.“ Noch einmal hielt er inne und ich fühlte die ganze Macht seiner inneren Aufruhr mich überfließen, als er erstickt flüsterte: „Tu das niemals wieder, Faye. Bitte.“

Ich schluckte schwer, fühlte mich unendlich schuldig und wusste nicht, was ich zu meiner Verteidigung anderes vorbringen konnte als ein gehauchtes: „Es tut mir leid, Darian. Das wollte ich nicht.“

Augenblicklich verschwand ich in seiner Umarmung, und er umklammerte mich, als gäbe es kein Morgen mehr. Er sprach kein Wort, und doch wusste ich, was er mir übermitteln wollte. Seine Angst, seine Verzweiflung und seine Liebe. Ich fühlte sein Beben, durchlebte die komplette Bandbreite seiner Gefühle. Es riss mich schier von den Füßen. Unbewusst hielt ich mich an ihm fest, verbarg mein Gesicht an seiner Brust und atmete seinen Geruch ein. Den Geruch von Angst. Um mich.

„Du hast in allen Punkten absolut recht, Darian“, raunte ich ihm nach Minuten des Schweigens gegen sein Hemd. „Ich sollte mich besser aus allem raushalten. Es wird viel zu gefährlich.“

„Eine weise Einsicht, mein Schatz“, vernahm ich leise, blickte auf und sah ihn milde lächeln. „Es wäre nur zu schön, um wahr zu sein, denn ich glaube nicht, dass du das auch tun wirst. Psst.“ Sein Finger an meinen Lippen unterband Widerworte. „Leugnen ist zwecklos. Ich kenne dich zu gut, als dass du nur noch herumsitzen und rosa Babykleidung stricken würdest.“

„Ich könnte es zumindest versuchen“, murmelte ich ertappt.

„Das möchte ich sehen. Binnen weniger Tage würdest du durchdrehen und uns allen fürchterlich auf die Nerven gehen“, warf mein Bruder schmunzelnd ein und klopfte Darian auf die Schulter. „Nun sag meiner Schwester schon, dass du sie liebst, damit wir hier wegkommen. Die Spur wird kalt, und wir haben noch etwas zu erledigen.“

„Hat er längst getan, Alistair.“ Sanft löste ich mich aus Darians Umarmung. Da vernahm ich ein leises Lachen und sah mich nach der Ursache um. Ich entdeckte Kimberly neben Steven; beide grinsten mich an wie Honigkuchenpferde. „Stimmt etwas nicht?“

„Nö, alles in bester Ordnung“, gluckste Steven und erntete von Kimberly einen Ellenbogencheck, der ihn zu einem weiteren Lachen animierte.

„Wenn nichts weiter anliegt, sollten wir verschwinden.“ Mein Bruder klatschte voller Tatendrang in die Hände. „Bist du so weit, Schwager?“

Zustimmend nickte dieser. „Ja, alles geklärt, Alistair. Und Steven, pass mir gut auf die beiden Damen auf.“

Inzwischen war Kimberly zu mir getreten und hatte mir einen Arm um die Taille gelegt. Dabei ruhte ihr Blick auf meinem Mann. „Wir passen schon auf deine Frau auf, Darian. Der Wagen steht nur einen Block von hier. Außerdem kenne ich den Weg.“

„Das will ich hoffen. Und wehe, es geht unterwegs etwas schief.“ Warnend tanzte Alistairs Finger vor Stevens Nase, und ich sah deutlich an dessen verzogener Miene, dass er ernsthaft überlegte, hineinzubeißen. Ehe er es in die Tat umsetzen konnte, verschwand der Finger, und mein Bruder sah uns grübelnd an. „Ich muss zugeben, dass es mir nicht unbedingt gefällt, euch allein gehen zu lassen. Wir hätten doch Jason mitnehmen sollen. Dann wäre mir jetzt wesentlich wohler.“

„Beruhige dich, alter Junge.“ Darian klopfte ihm leicht auf die Schulter. „Wenn Steven bei ihnen ist, wird schon nichts geschehen.“

„Entschuldige, Darian.“ Mein Bruder lächelte gequält. „Ich dachte dabei mehr an ihn als an die Damen.“

„Daddy! Steven ist …“, begehrte Kimberly auf, verstummte unter dem stechenden Blick ihres Vater jedoch sogleich. „Ja, Kim? Er ist *was*?“

„Anwesend und gerade etwas beleidigt, weil an seiner Integrität gezweifelt wird?“, übernahm der Genannte höchstselbst die Antwort.

Hach, ich liebe diese Familie. Es wird tatsächlich niemals langweilig.

„Ich gehe dann mal“, erinnerte ich die Herrschaften an die aktuelle Situation und wandte mich um, als Darian mich am Arm zurückhielt.

„Hast du da nicht etwas vergessen?“ Der Blick seiner Augen und der Klang seiner rauchigen Stimme sandten einen Schauer über meinen Rücken.

„Habe ich?“, hakte ich gespielt irritiert nach.

Ein amüsiertes Augenblitzen folgte, dann umfassten seine Hände mein Gesicht. „Ich muss dich wohl daran erinnern, geliebtes Weib.“

Sein Kuss war sanft ermahnend und ich beantwortete ihn mit der gleichen Intensität. Und erst erneut aufwallende Wortgefechte unserer Begleiter brachten uns zurück ins Jetzt und trennten uns voneinander.

„Daddy?“, holte Kimberlys Frage uns zurück ins Geschehen. „Daddy, es wäre echt nett von dir, wenn du mich loslassen würdest.“

Ungeachtet ihres Einwands starrte mein Bruder den jungen, grinsenden Vampir geradezu nieder. „Hüte dich, Junge, oder ich ramme dir den Pflock ins Herz. Und es ist mir dabei völlig egal, ob du sie vor dem Tod bewahrt hast.“

Flugs hob Steven abwehrend die Hände und trat einige Schritte zurück. Dabei schüttelte er energisch den Kopf und wies auf Kim: „Das klärt untereinander, ich bin hier nur zu Besuch.“

Kimberlys Augen wurden schmal. „Feigling!“

„Lieber feige als vom Winde verweht“, konterte er trocken.

„Worauf du einen lassen kannst“, knurrte Alistair und sah seine Tochter abermals drohend an. „Im Übrigen gilt das auch für dich, wenn du nicht hörst.“

„Meinst du nicht, dass du es mit dem Beschützerinstinkt deiner Tochter gegenüber gerade leicht übertreibst?“, wagte ich mich vor und lächelte unschuldig, als sein mordlüsterner Blick mich erfasste.

„Bevor ihr euch weiter gegenseitig an die Kehle geht“, schaltete Darian sich ermahnend ein, „möchte ich erinnern, dass wir uns inmitten der Bronx an einem Ort befinden, wo vor nicht einmal fünf Minuten ein kleineres Gemetzel stattgefunden hat, das sich in gewissen Kreisen sicherlich rasend schnell herumsprechen wird. Wir haben schon genug Zeit vergeudet, und wenn wir unfreundlichen Besuch vermeiden möchten, sollten wir uns auf den Weg machen.“ Sein Blick erfasste die Streithähne, und süffisant fügte er hinzu: „Allerdings könnten wir uns auch gegenseitig den Garaus machen und so gewissen Gestalten einige Umwege und Mühen ersparen.“

„Ich halte den Vorschlag zu verschwinden, für recht passabel“, erwiderte Steven, und Kim nickte eifrig. „Sehr gute Idee. Du bist überstimmt, Daddy.“

„Also gut. Das letzte Wort ist darüber noch nicht gesprochen“, schnaufte mein Bruder und ließ ihren Arm endlich los.

„Wir werden sehen“, meinte sie leichthin, nahm Stevens Hand und zog ihn hinter sich her. Es erinnerte mich vage an eine Flucht, und ich musste eilen, um mit den beiden Schritt halten zu können.

„Gib mir diesmal eine sportliche Chance, okay?“, hörte ich Alistair hinter mir, dem sogleich Darians Spott folgte: „Wieso? Willst du junger Hüpfer mir weismachen, mit einem alten Mann wie mir nicht mithalten zu können?“

Eigentlich hatte ich erwartet, dass Darian und Alistair uns folgen würden, doch als dies nicht geschah, bleib ich stehen und sah mich um. Es überraschte mich, sie schattengleich die steilen Hauswände hinaufeilen und auf das Dach springen zu sehen. Für einen Moment noch sah ich Darians Statur sich gegen das Licht des Mondes abzeichnen und fühlte seinen Blick auf mir. Dann tauchte die Gestalt eines Lykaoners neben ihm auf, und kurz darauf waren beide meinem Blick entschwunden.

„Er schien irgendwie leicht angesäuert zu sein“, sinnierte Steven und schenkte Kimberly einen gequälten Blick. „Schmeckt ihm wohl nicht wirklich.“

„Falls es sich bei eurem Geheimnis um das Training heute morgen handelt ...“ Ich drängte mich zwischen die beiden und hakte mich bei ihnen unter, „lasst es mich wissen, und ich gebe euch Rückendeckung, soweit ich kann.“

Für einen Augenblick sahen sie einander ratlos an, dann seufzte Kimberly und schob mich wortlos beiseite. Ohne Warnung griff sie einem überrascht dreinblickenden Steven ins Haar und zog seinen Kopf zu sich herunter, bis ihre Lippen sich in einem Kuss vereinten. Ebenso abrupt ließ sie ihn los und sah mich trotzig an. „Noch Fragen, Tante Faye?“

Ich hatte es geahnt, unterschwellig gefühlt und bekam es auf diese doch recht unspektakuläre Weise lediglich bestätigt. „Nein, keine weiteren Fragen, Nichte Kimberly. Wann hat er es herausgefunden?“

„Heute morgen, in flagranti. Er platzte ins Zimmer, weil er dachte, dass ich verschlafe. Dad war nicht unbedingt begeistert, kannst du dir ja denken.“ Autsch! Ich zuckte mitfühlend zusammen. Das konnte ich durchaus. Sie holte tief Luft. „Jedenfalls wollte Dad nicht, dass ich unbeaufsichtigt mit Steven alleine bleibe. Na ja, dann kam er eben mit. Hinten auf der Ladefläche versteckt.“

Inzwischen kannte ich meinen Bruder gut genug. „Ich bezweifle, dass ich euch in diesem Fall effektiv Rückendeckung geben kann.“

„Dann werde ich eine Tollwutschutzimpfung ernsthaft in Erwägung ziehen müssen. Sicher ist sicher“, brummte Steven missmutig, legte seinen Arm um Kimberly und geleitete sie sicher um eine umgestürzte Tonne herum.

„Wissen es Ernestine und mein Vater schon?“, fragte ich und erntete von beiden gleichzeitig entsetzte Blicke. Aha, es hatte sich noch nicht herumgesprochen. Ich wusste, dass von Ernestine keinerlei Gefahr ausging. Aber wenn mein Dad es erfuhr, konnte es lustig werden, obwohl ich für Kimberly frühzeitig eine gewisse Vorarbeit geleistet hatte, indem ich Darian geehelicht hatte. Trotzdem betrachtete Dad Steven stets mit einem untrüglichen Argwohn, wie Alistair eben auch. Ich war da wohl um ein Vielfaches unbefangener, und Kimberly ebenfalls.

Steven hatte meine Gedanken aufgefangen und verzog das Gesicht. Ich blickte ihn fragend an. *Hast du aufrichtige Gefühle, oder spielst du mit ihr?*

Er erwiderte meine Geste mit einem schmalen Blick. *Ich weiß nicht, wie sich Liebe anfühlt, Faye. Aber es ist mehr als bloße Pflichterfüllung dir und deiner Familie gegenüber. Ich weiß genau, was ich tun würde, sollte Kimberly in ernsthafte Gefahr geraten. Für sie gebe ich mein Leben – oder das, was davon übrig ist.*

Verstehend legte ich eine Hand auf seinen Oberarm. *Niemals habe ich vermutet, dass du dich grundlos in Alistairs Fänge begeben würdest, Steven.*

„Apropos Fänge", nahm er verbal den Faden auf und sah Kimberly fragend an. „Muss ich auch bei dir ernsthaft über einen Maulkorb nachdenken, oder ist das lediglich für deinen Vater notwendig?"

„Der ist bei mir so notwendig wie bei dir", antwortete sie schlagfertig.

Ich konnte mir wegen Stevens entnervten Schnaubens ein Grinsen nicht verkneifen.

Zum Ablesen der Uhrzeit blickte ich auf mein Handy und sah anschließend die Straße entlang. Inzwischen hatten wir die ungastlichen Seitenstraßen verlassen und die zweispurige Hauptraße erreicht. Für halb zehn Uhr abends war es erstaunlich ruhig. Zwar fuhren vereinzelt Autos an uns vorbei, doch von Fußgängern war nur sehr wenig auszumachen. In einigen Hauseingängen standen Personen herum oder hockten auf den Stufen. Neugierig blickten sie uns nach. Dennoch hatte ich das Gefühl, als befänden wir uns allein auf der Straße. Wenigstens waren hier noch einige der Straßenbeleuchtungen intakt, wenngleich es dadurch nur unwesentlich freundlicher wirkte. Es lag weniger Unrat auf den Straßen, und die Häuser waren teilweise bewohnt. Dennoch wirkte die Gegend weiterhin sehr ärmlich und kaum einladend.

Nach unserem Fahrzeug Ausschau haltend, blickte ich die lange, von hohen Häusern flankierte Straße entlang. Auf dem regennassen Asphalt spiegelte sich der Schein der Straßenlaternen, und gelegentlich fiel Licht aus einem der Fenster bis auf die Straße hinab. Ab und an vernahmen wir Gesprächsfetzen, drang laute Musik zu uns herunter, oder es bellte ein Hund.

Schließlich fand ich den alten, dunkelgrünen Pick-up direkt unter einer flackernden Straßenlampe. Meine Schritte wurden automatisch schneller. Da hatte auch Kimberly ihn erspäht und beinahe joggend zog sie Steven hinter sich her.

„Nicht, dass ich Angst in dieser Gegend habe", erklärte sie mehr sich selbst als uns und klopfte ihre Hosentaschen ab, „aber man soll sein Glück nicht über Gebühr strapazieren."

„Was du nicht sagst", murmelte ich und bemerkte drei Hauseingänge von uns entfernt eine Gruppe farbiger Jugendlicher. Einer der Baseballkappenträger mit enorm weiter Hose Marke *in Kniehöhe eingependelt* wies auf uns. Seine Kumpane folgten seinem Hinweis und fingen an zu lachen, worüber auch immer. Indes wünschte ich mir inständig, dass Kimberly endlich den Wagenschlüssel finden würde, wobei ich innerlich Zweifel hegte, dass in einer so zerschlissenen und zerfetzten schwarzen Jeans überhaupt noch eine Hosentasche ohne Loch war.

Da erklangen die erlösenden Worte mit der entsprechenden schlüsselklimpernden Untermalung: „Hab' ihn."

Zügig schloss sie den Wagen auf, die Zentralverriegelung sprang hoch und erleichtert riss ich die Tür auf. Ohne Darian fühlte ich mich doch irgendwie schutzlos und war froh, in diese rollende Festung zu gelangen.

Steven musste meine Gedanken aufgefangen haben, denn er reichte mir den Gurt und sah mich dabei gelassen an. „Nur die Ruhe, Faye. Die Kerle da drüben sind absolut harmlos."

„Mag sein", gab Kimberly an meiner Stelle zurück und schob sich hinters Lenkrad. „Trotzdem sollten wir zusehen, dass wir verschwinden. Das hier ist nicht unbedingt die Gegend für ein gemütliches Picknick."

„Apropos Picknick ..."

Sein durchtriebenes Grinsen weckte in mir eine unangenehme Vorahnung. „Haben dir die kleinen Happen vorhin nicht gereicht, Steven?"

„Ich bitte dich." Er warf mir einen entrüsteten Blick zu. „Diese Vorspeisen waren nur etwas für den hohlen Zahn."

„Für was denn sonst?", fuhr Kimberly ihn an und steckte den Schlüssel ins Zündschloss. „Kommst du jetzt, oder brauchst du eine Extraeinladung?"

„Gib mir einen Moment. Es folgt der Hauptgang." Er verschwand direkt vor unseren Augen. Ich schnaufte undamenhaft. Hatte ich etwas anderes erwartet?

„Oh Mann! Hört er eigentlich nie, wenn ihm etwas gesagt wird?", tobte Kimberly los. Bevor sie sich zu sehr in ihren Ärger hineinsteigern konnte, unterbrach ich sie mit den Worten: „Nein. Nicht, wenn er die Konserven umgehen und sich frischen Nachschlag holen kann, Kim. In dieser Hinsicht hapert es ein wenig an seinen Manieren. Gewöhn dich am besten gleich daran."

„In dieser Gegend zu naschen ist nicht unbedingt schlau", entgegnete sie vage und sah sich leicht nervös um. „Selbst die NY Police fährt hier nicht besonders gern Streife. Manchmal gibt es hier an einem Tag mehr Tote als Geburten im gesamten Staat New York. Und falls du mal Drogen brauchst, hier bist du richtig."

Ihre Worte waren wahres Balsam für meine Nerven. Wäre ich nicht vorher schon beunruhigt gewesen, spätestens jetzt hätte sie es geschafft. Verstohlen spähte ich aus dem Fenster. *Steven, was immer du tust, werd' fertig!*

Die Gruppe Jugendlicher schien dankbarerweise ihr Interesse an uns verloren zu haben. Drei farbige Mädchen in knallengen Tops und Hosen hatten ihre Aufmerksamkeit auf sich gezogen, indem sie die Jungs mit aufreizenden Posen und lockeren Sprüchen provozierten.

Alarmiert stoben wir herum, als es hinten auf der Pritsche laut krachte. Dann erkannten wir Steven und atmeten erleichtert durch. „Hey, ihr schnuckeligen Schnecken, euer Lieblingsbeißer ist wieder da." Feist grinsend winkte er uns zu, stand auf einmal stramm und wies mit großer Geste auf die Straße. „Auf die Gäule, ihr Mannen, es geht voran."

„Idiot!", fauchte Kimberly, wandte sich nach vorn und startete den Wagen. Energisch legte sie den Gang ein, trat aufs Gas und der Pick-up schoss los.

Schnell hielt ich mich am Armaturenbrett fest. Dabei hörte Steven hinter mir lachen, vergnügt johlen und die imaginären Gäule seines Gefährts lauthals antreiben. Was ritt ihn denn? So kannte ich ihn ja gar nicht.

Ein kurzer Seitenblick auf Kimberly und mir war klar, dass sie mehr als nur leicht angesäuert war. Ihre verkniffene Miene sprach Bände: zusammengepresste Lippen, schmaler, nach vorn gerichteter Blick und Zornesfalte auf der Stirn. Sie trat das Gaspedal fast durch das Bodenblech; dazu kamen ruckartige Schaltbewegungen, die den Wagen mehrmals gepeinigt aufheulen ließen. So jagten wir mit überhöhter Geschwindigkeit die breite Straße entlang, und ich flehte inständig darum, dass wir nicht von der Amtsgewalt angehalten werden würden.

Die Brücke hatten wir endlich hinter uns gelassen, die Grenze nach Harlem ebenfalls. Vor uns sprang die Ampel auf Rot. Für einen Moment glaubte ich, Kimberly würde einfach über die Kreuzung schießen, doch auf den letzten Metern trat sie abrupt auf die Bremse. Mit quietschenden Reifen kam der Wagen direkt unter der Ampel zum Stehen. Ich nickte unfreiwillig und vernahm zeitgleich hinter mir einen Unmutslaut. Kurz darauf bemerkte ich einen verschmierten Abdruck auf der Rückscheibe, der auf wundersame Weise Stevens Wange sehr ähnelte.

„Wow! Schon mal über eine Antiaggressionstherapie nachgedacht, Baby?“, rief er von hinten und winkte mir gleichzeitig mit etwas glasigen Augen fröhlich zu. „Alles klar, holde Maid?“

Ich fing an, mir ernsthaft Sorgen zu machen. Irgendetwas war Steven nicht bekommen. Doch ändern konnte ich daran erst einmal nichts. Beiläufig blickte ich zu dem Autofahrer neben uns. Er schien nicht zu bemerken, dass wir einen lautstarken Mitfahrer auf der Ladefläche hatten, denn sein Blick war weiter auf die Ampel gerichtet. Zumindest funktionierte Stevens Schutz.

„Schon mal über eine Diät nachgedacht, Steven?“, brüllte Kimberly indes übellaunig über ihre Schulter zurück.

Nun sah der Fahrer doch zu uns herüber, und sein Blick war überaus fragend. Ich zog es vor, schweigend im Sitz etwas tiefer zu rutschen. Besser nicht einmischen.

„Ich bin nicht dick.“ Nun klang Steven tief gekränkt, und ich warf Kim einen interessierten Blick zu.

Die umschaltende Ampel erübrigte eine Antwort. Kimberly gab Gas und der Wagen jagte los. Ein unterdrückter Schrei ließ vermuten, dass wir etwas Wichtiges verloren hatten. Ich fuhr herum und sah nur noch, wie Steven von der Pritsche flog, auf der Straße aufkam, sich mehrfach überschlug und im Rinnstein zum Liegen kam. Sekunden später nickte ich nochmals, als Kimberly den Wagen mit einer Vollbremsung an der Straßenseite stoppte.

Schon hatte sie die Fahrertür aufgerissen und war hinausgesprungen. Mit wenigen Schritten erreichte sie Steven, der torkelnd auf die Beine gekommen war und sich vor Lachen schier verbiegen wollte. Halbherzig wehrte er die Faustschläge ab, mit denen Kimberly ihn traktierte.

„… breche ich dir eigenhändig sämtliche Knochen …", hörte ich sie wüten, öffnete nun meinerseits die Tür und beugte mich ein wenig heraus. „Kommt ihr zwei klar, oder soll ich Einzelhaft beantragen? Außerdem blockieren wir die halbe Straße."

Steven kicherte, hielt plötzlich in der Bewegung inne, schien sich an etwas zu erinnern und tastete danach fieberhaft seine Hosentaschen ab. „Oh nein. Kaputt."

„Was ist das denn?" Verwundert starrte ich auf den hellen, gläsernen Gegenstand in seiner Hand, den er aufrichtig zu betrauern schien. Von dem Teil stieg noch etwas Qualm auf, der nach verbranntem Kunststoff roch.

Kimberly war sofort auf der Hut. „Scheiße! Das ist eine Crack-Pfeife, Faye. Wo hast du das her?"

„Der letzte Kerl hat irgendwie komisch geschmeckt", murmelte Steven, kratzte sich hinter dem Ohr und warf den Gegenstand achtlos fort. Dann verharrte er abermals und blickte sich gebannt um. „Ja hallo."

„Hörst du was?", fragten Kim und ich gleichzeitig.

„Moment", antwortete er vage, ging die Straße entlang und begann aufgeregt zu trippeln: „Gruppenkaraoke! Wie geil ist das denn? Kommt mit."

„Steven!" Mein Ruf verebbte unbeachtet. Ich fühlte Kimberlys ratlosen Blick auf mir. „Wie wirken sich Drogen auf einen Vampir aus?"

„Keine Ahnung. Wir fahren ihm besser nach."

Eilig sprangen wir wieder in den Wagen. Kim wendete und fuhr Steven nach, der ein enormes Tempo vorlegte. Derweil murmelte sie unaufhörlich Flüche vor sich hin, die ich besser nicht wiedergeben werde.

Konzentriert lenkte Kimberly den Wagen die Straße entlang, bemüht, den vor uns laufenden Steven nicht aus den Augen zu verlieren. Abrupt blieb er stehen, blickte sich kurz um und bog dann nach rechts ab.

„Das glaube ich jetzt nicht", rutschte es mir heraus, als ich am Ende der Straße eine beleuchtete Kirche erblickte, aus der wir schon aus dieser Entfernung die Klänge eines Gospelchors vernahmen. Steven eilte geradewegs darauf zu. Dann fiel es uns wie Schuppen von den Augen, und wir riefen gleichzeitig: „Karaoke!"

Kimberly gab Gas. Kurz darauf brachte sie den Wagen inmitten einer Reihe anderer Fahrzeuge nahe der Kirche zum Stehen. Noch bevor das letzte Motorgeräusch verklungen war, sprangen wir heraus und rannten, so schnell wir konnten, auf das Gebäude zu, sahen jedoch nur noch die Kirchentür hinter Steven zufallen. Er hatte doch nicht allen Ernstes …?

„Halleluja", murmelte Kimberly und stürzte ihm hinterher. Kurz vor mir riss sie die Tür auf, und uns schmetterte ein *Holy Lord!* entgegen.

Völlig überrumpelt blieb ich mitten in der Tür stehen, sah mich um und wäre am liebsten im Erdboden versunken. Viele dunkle Augen aus vielen farbigen Gesichtern starrten uns irritiert und fragend an und entlockten mir ein unbehagliches Lächeln. Die Kirche war zwar recht klein, aber bis in den hintersten Winkel voll von Menschen. Farbigen Menschen. Ich schien neben Kimberly das einzige Bleichgesicht in dieser illustren, fröhlich singenden und tanzenden Runde zu sein.

Ein beherzter Griff an meinem Oberarm brachte mich in Bewegung. „Jetzt steh nicht wie ein dussliges Weißbrot rum und geh schon." Sie schob mich vor sich her in eine der hinteren Sitzreihen, wo uns sogleich Platz gemacht wurde. „Siehst du Steven irgendwo?"

Ungeachtet unserer Ankunft ging vorne am Altar die Show weiter, und der Gospelchor schmetterte einen weiteren Song, wobei sich einige gegenseitig zu übertönen versuchten. Dann hielt der Geistliche dieser Gemeinde voller Inbrunst eine Predigt, die oft von den bestätigenden Worten seiner Gemeindemitglieder untermauert wurde. Derweil versuchten wir Steven zu finden. In Anbetracht der tiefgläubigen Gelassenheit hier im Gotteshaus ging ich davon aus, dass er beim Betreten des heiligen Bodens aus mir unbegreiflichen Gründen nicht in Flammen aufgegangen war. Eine Panik wäre sonst unvermeidlich gewesen.

Ein weiteres Lied schallte durch das Gebäude. Auf einmal erblickte ich Steven direkt neben der ersten Reihe, wo er im Takt von einem Fuß auf den anderen federte. Ich atmete erleichtert durch und stupste Kimberly vorsichtig an. Sogleich nutzten wir das allgemeine Tanzen und Singen als Deckung, um uns weiter in seine Richtung zu schieben.

Gerade als ich meine Hand nach ihm ausstreckte, stimmte der Chor *Amazing Grace* an. Steven sprang begeistert nach vorn und entwischte mir abermals. Hilflos konnte ich nur zusehen, wie er beschwingt auf das Podest zuhüpfte, lauthals mitsang und nebenbei fast das steinerne Taufbecken umstieß. Etwas Wasser schwappte über, und ich kniff die Augen zusammen, ging insgeheim schon in Deckung. Doch nichts geschah. Die Gemeinde trällerte weiter, der Chor hatte nichts an Lautstärke verloren.

Zögernd öffnete ich das erste, dann riss ich das zweite Auge weit auf. Steven hatte die Stufen zum Altar erklommen, tupfte die übergeschwappte Flüssigkeit mit dem Altartuch ab und rückte dann eine der Kerzen gerade. Und in dieser ganzen Zeit sang er inbrünstig und völlig unmelodisch den Refrain des aktuellen Liedes mit.

„Wieso brennt er nicht?“, flüsterte Kimberly neben mir, und auch ich konnte nur ahnungslos mit den Schultern zucken. Was immer ihn derzeit schützte, ich war unendlich dankbar dafür. Welcher Schock die Gemeinde erfasst hätte, wenn Steven am Altar schlagartig in Flammen aufgegangen wäre, wollte ich mir nicht ausmalen.

Der Chorleiter hatte Steven inzwischen entdeckt und winkte ihn zu sich heran. Einen Moment lang legte er ihm einen Arm um die Schultern, dann bat er seine singenden Schützlinge, den Neuling in ihrer Mitte aufzunehmen. Als wäre es das Normalste der Welt, reihte Steven sich in die vordere Reihe ein.

Ich traute meinen Augen kaum. Was geschah hier gerade? Ein Vampir in einer Kirche, auf geheiligtem Boden, der zudem eine Waschung am Taufbecken schadlos überstanden hatte und nun in einem Gospelchor sein Können zum Besten gab? Versteckte Kamera?

Der Film endete schneller als gedacht. Allem Anschein nach schien die Droge im Blut von Stevens Snack nun ihre volle Wirkung zu entfalten. Eben noch schmetterte er ein *Amazing Grace* quer durch die heilige Halle, dann plötzlich stockte er und riss die Augen auf.

„Au weia!“, hörte ich Kimberly neben mir, als Steven jäh versteifte, etwas Undeutliches von sich gab, die Augen verdrehte und wie ein gefällter Baum der Länge nach umfiel.

Kimberly und ich sprangen gleichzeitig vor, um Stevens Aufprall zu mildern. Ein perplexer Chorleiter fing ihn jedoch direkt in seinen Armen ab und ließ ihn langsam zu Boden gleiten. Gemeindemitglieder in den vorderen Reihen schrien auf.

„Keine Panik“, rief Kimberly hörbar und wedelte energisch mit den Armen. „Das ist nicht dramatisch. Er hat sicher wieder seine Medikamente vergessen.“

Anerkennend nickte ich ihr zu. Alle Achtung, sie schaltete schnell. Derweil beugte ich mich über Steven und tätschelte seine Wange. Er war völlig weggetreten.

„Er muss hier sofort raus, Kim“, raunte ich ihr zu, und sie verschaffte uns sogleich mehr Raum. „Er braucht dringend mehr Luft. Machen Sie bitte etwas Platz. Danke.“

Ein schlanker älterer Herr mit grauen Haaren und einer schmalen Brille auf der Nase schob die vor ihm stehenden Leute freundlich bestimmt beiseite. „Ich bin Arzt, lassen Sie mich bitte durch.“

Auch das noch!, fing ich Kimberlys Gedanken auf und pflichtete ihr im Stillen bei. Alles konnten wir jetzt gebrauchen, nur das nicht.

Meine innere Hektik äußerte sich nach außen hin inzwischen durch sehr eindringliches Klopfen von Stevens rechter Wange. *Komm endlich zu dir, Junge.* Sollte das nicht schleunigst geschehen, würde ich selbst in Bälde einen Arzt brauchen.

Da! Endlich flatterten seine Lider. Ein Raunen ging durch die Menge. Doch bevor Steven seine Sinne wieder zusammenklauben konnte, hatte der ältere Herr schon Stevens Handgelenk ergriffen und suchte nach dem Pulsschlag. Erst mit der Ruhe des gesetzten Alters, kurz darauf mit der Hektik des besorgten Mediziners. Sein todernster Blick streifte mich. „Um welche Medikamente handelt es sich?“

Mein Hirn leistete Schwerstarbeit. Anämie? Nein, fiel flach, dazu war er zu voll. Probleme mit Blutdruck? Dazu müsste er erst einmal einen haben. Epilepsie? Das Krankheitsbild stimmte nicht. Oh Hilfe, ich brauchte dringend eine Idee, damit ich dem Affen endlich etwas Zucker geben konnte. Zucker? Zucker!

„Er ist Diabetiker, Zuckerschock“, beeilte ich mich glaubhaft zu sagen. „Meist reagiert er dann extrem über.“

„Ja, richtig. Zucker“, bestätigte Kimberly vehement nickend. „Im Wagen haben wir immer eine Notfallration für ihn. Wir müssen ihn nur rausschaffen …“ *… bevor er aufwacht*, hörte ich es mental nachhallen.

„Er sollte sofort in ein Krankenhaus eingewiesen werden, meine Damen. Sein Blutdruck ist kaum messbar, und er ist stark unterkühlt“, drängte der Arzt und winkte gleichzeitig ein paar kräftige Männer heran, die Steven mühelos hochhoben und vorsichtig aus der Kirche trugen. Zunächst wollten sie ihn auf den Rasen vor dem Gotteshaus legen, doch schaffte ich es, sie bis zum Fahrzeug zu lotsen, wo sie ihn auf die Ladefläche betteten. Abermals flatterten seine Lider, schlugen diesmal ganz auf, und mit einem etwas glasigen Blick sah er sich um.

„Wo bin ich?“, murmelte er verwirrt.

„Junger Mann, Sie sind in der Kirche zusammengebrochen“, erklärte der Arzt und schenkte Steven einen ermahnenden Blick. „Sie sollten besser auf die Einnahme Ihrer Medikamente achten. Es könnte Ihren Tod bedeuten, wenn Sie sich nicht an die Einnahmevorschriften halten.“

„Ich bin wo zusammengeklappt? Nie nicht. Medikamente? Hä?“ Steven sah sich irritiert um, richtete sich ein wenig auf und fuhr dann zusammen. „Wer sind die Leute?“

„Filmriss“, murmelte Kimberly, und ich erwiderte: „Eindeutig.“ Dann wies ich mit dem Kopf leicht auf die Fahrerkabine. Das Mädchen verstand und stieg ein.

„Wir werden ihn jetzt ins Krankenhaus fahren“, übernahm ich die Verabschiedung und schüttelte dem Arzt herzlich die Hand. „Haben Sie ganz vielen Dank für ihre Hilfe.“

„Danken Sie Gott, dass er Sie beschützt, junge Frau“, gab er zurück, und ich sah ihn eindringlich an. „Sie glauben gar nicht, wie sehr ich Gott wirklich danke.“ Dann wandte ich mich an Steven, legte ihm einen Arm um und half ihm von der Pritsche. „Du kommst mit nach vorn, da bist du unter Beobachtung.“

Ich schob ihn neben Kimberly auf den Beifahrersitz und quetschte mich daneben. Abermals bedankte ich mich, und unter Zurufen von Genesungswünschen und vielen winkenden Händen fuhr Kimberly gesittet davon. Bis wir an der nächsten Kreuzung außer Sicht waren. Sie fuhr an die Seite, stob herum und begann auf Steven einzuprügeln. „Du bescheuerter Volltrottel! Ist dir überhaupt nicht klar, was du gemacht hast? Oh verdammt! Ich habe dir geschworen, dir sämtliche Knochen zu brechen. Und ich halte, was ich verspreche!“

„Erbarmen“, kam es dünn von Steven, untermalt von schmerzerfülltem Stöhnen. Er duckte sich ab, wehrte sich nicht und hielt nur die Arme vors Gesicht.

„Hör auf, Kimberly“, rief ich sie zur Ordnung. „Er hat morgen garantiert einen Schädel wie ein Glockenturm. Mehr muss nicht sein.“

„Mehr muss nicht sein? Der Idiot ist anscheinend unkaputtbar! Hast du doch gerade selbst gesehen.“

„Ich habe doch gar nichts gemacht.“ Vorsichtig ließ er seine Abwehr sinken und schielte über seine erhobenen Arme hinweg. Schläge hagelte es nun nicht mehr, dafür anklagende Blicke, die ebenso einschlugen wie jeder körperliche Treffer. Wütend wandte Kimberly sich um und rammte den Gang ins Getriebe.

„Du erinnerst dich an nichts?“, fragte ich, während der Wagen losschnellte.

Steven legte die Stirn in Falten, stöhnte abermals gepeinigt und hielt sich den Kopf. „Bis auf die Tatsache, dass ich jetzt wieder weiß, was Kopfschmerzen sind, ist alles futsch.“ Dann sah er mich konzentriert an. „Ich hab’ so einen merkwürdigen Typen getroffen. Er stank, hat geraucht und ziemlich widerlich geschmeckt.“ Eine Bodenwelle ließ ihn erneut aufstöhnen. „Dann glotzen mich irgendwelche Leute an, und Kim prügelt kurz danach auf mich ein.“

„Du hast tatsächlich null Ahnung, was du angestellt hast?“, erkundigte ich mich nochmals, um sicherzugehen. Stevens ratloser Blick machte überdeutlich, dass da ein absolutes Vakuum in seinem Kopf herrschte. Bis auf das hämmernde Männchen vielleicht. Also lieferte ich ihm eine Kurzfassung der Geschehnisse, die durch die eine oder andere Bemerkung Kimberlys untermauert wurde. Am Ende hockte Steven in sich zusammengesunken im Sitz und schüttelte ungläubig den Kopf. „Ich soll in einer Kirche …? Wieso bin ich noch da?“

„Wer immer dich geschützt hat, verdient einen Orden, Steven“, meinte ich aufrichtig, und Kimberly fügte grimmig hinzu: „Wird ihm kaum was nützen, wenn Dad und dein Mann das erfahren, Faye.“

Vorahnungsvoll verdrehte Steven die Augen und zuckte sogleich zusammen. „Dann bin ich Kauknochen für Daddy.“

„Dann“, meinte ich entschlossen, „dürfen sie es eben nicht erfahren.“

Wir hielten dicht. Steven schlich sich an allen vorbei und verdrückte sich in eine dunkle Ecke, um erst gar nicht befragt zu werden. Kimberly und ich taten, als sei die Welt in bester Ordnung und die beiden fehlenden Mitglieder unseres Grüppchens unternähmen lediglich einen Vergnügungsausflug.

Ernestine und Dad fragten nicht weiter nach und turtelten von dannen. Thomas sprach kein Wort. Lediglich sein Blick drückte aus, dass er nicht ein einziges Wort von dem glaubte, was wir gesagt hatten. Jason enthielt sich eines Kommentars. Er war zu höflich, um offen Zweifel an unserem Bericht zu äußern. Diese Höflichkeit würde sich Minuten später allerdings auf ein Minimum reduzieren, weil ich halb entkleidet inmitten von Kerzen auf dem Teppich hockte und versuchte, meine neuen Schrammen selbst zu versorgen.

Val tobte in den Raum, sah mich, dann die blutigen Schrammen und sorgte Sekunden später durch Alarmgeschrei für Aufruhr. Jason stürmte voran, Thomas hinterher, Kimberly zwei Schritte nach ihm. Und während sie mich mit gemischten Gefühlen musterten, angelte ich nach meinem Pullover, um damit meine Blöße zu bedekken. Da vernahm ich einen weiteren Galopp im Treppenhaus.

Halt sie auf!, schickte ich Jason mit nachdrücklichem Blick. Auf dem Absatz drehte er um und eilte meinem Vater entgegen.

„Wer hat geschrien, Jason?“, hörte ich Dads besorgte Stimme.

„Alles ist in bester Ordnung, Mr. McNamara. Es handelte sich um ein Missverständnis. Der Junge hat sich erschreckt.“

„Sicher?“

„Absolut, Sir. Beruhigen Sie bitte Mrs. Morningdale. Niemand kam zu Schaden.“

Zur Sicherheit schickte ich Dad einen Impuls, der sogleich seine Wirkung erzielte, denn Dad wandte sich tatsächlich zum Gehen. „Nun gut, Jason. Aber falls etwas sein sollte –“

„– werde ich Sie selbstverständlich umgehend informieren, Sir“, unterbrach er ihn und kehrte kurz darauf zurück.

Thomas hatte die ganze Zeit über schweigend in der Tür gestanden und alles beobachtet. Nun fühlte ich seinen strengen Blick sehr schwer auf mir lasten. Und noch immer sprach er kein Wort.

Jason nahm dafür kein Blatt vor den Mund: „Mrs. Knight, wenn Sie den dringenden Wunsch hegen, ihre Gesundheit zu ruinieren, dann bitte nicht in meiner Gegenwart. Miss Kimberly, besorgen Sie bitte warmes Wasser, saubere Tücher und Verbandsmaterial."

„Wo hat dein Vater seine Kräuter?", warf Thomas ein, als Kimberly schon halb aus der Tür war. Wortlos wies sie auf die Kommode und eilte hinaus.

Ich warf den beiden Männern einen samtweichen Blick zu. „Das ist wirklich nett gemeint, aber es sind nur ein paar Kratzer, die ich –" Meine Stimme verstummte, als Thomas mit lächelnden Augen und dem Finger an den Lippen direkt vor mir auftauchte und sehr langsam den Kopf schüttelte. Dann vollführte sein Zeigefinger eine drehende Bewegung, und sein Blick machte deutlich, dass Gegenwehr absolut zwecklos war.

Hilfe suchend wandte ich mich an Jason, der sich jedoch sehr für Thomas' Behandlungen interessierte und mir lediglich ein zuversichtliches Nicken schickte.

Was blieb mir anderes übrig? Zwar schnaufte ich, aber ich fügte mich. Zumindest für den Moment. Ich zog mein Haar über meine Schulter nach vorn und drehte Thomas den Rücken zu.

Seine Hände tasteten behutsam die verschrammten Stellen auf meiner Haut ab, zogen das Pflaster ab und untersuchten die Wundränder auf Entzündungen. Sein Haar streifte dabei meinen Nakken und kitzelte mich. Ich konnte den Schauer nicht unterdrücken.

„Kalt?", hörte ich seine leise Frage und verneinte schnell. Seine Hände verschwanden. „Zuviel Mut ist ungesund", sprach er und erhob sich.

Die Schublade der Kommode wurde aufgezogen. Aus den Augenwinkeln heraus sah ich, dass er sie durchsuchte und wieder schloss. Eine weitere wurde geöffnet, er griff zielstrebig hinein und entnahm ihr ein Bündel Stoff. Inzwischen tauchte Kimberly mit Schale, Verbandszeug und Tüchern auf. Thomas wies sie schweigend an, alles neben mir abzustellen. Kurz darauf tauchte er eine graubraune Masse ins Wasser und ließ sie darin einweichen.

„Es sind getrocknete Pflanzen", meinte er knapp, als ich neugierig hineinspähte. „Sie wirken keimtötend."

Er tauchte ein sauberes Tuch hinein, ließ es vollsaugen und tupfte damit die Wunden ab. Insgeheim hatte ich erwartet, dass es brannte. Aber das tat es nicht. Es kühlte, obwohl das Wasser selbst warm war. Jede Schramme auf meinem Körper wurde auf diese Weise behandelt. Dann nahm er eine Handvoll dieser Kräuter, drückte das Wasser heraus und legte sie auf die Abschürfungen. Eine Mullbinde deckte die Kräuter schließlich ab. Der Indianer arbeitete konzentriert und ohne Unterbrechung. Und alles geschah schweigend. Nachdem er fertig war, blieb er im Schneidersitz neben mir sitzen.

Die Kräuterkissen passten sich meiner Körperwärme an, und allmählich bemerkte ich sie überhaupt nicht mehr. Jason reichte mir fürsorglich einen Bademantel, den ich mir um die Schultern legte, damit ich nicht fror. Dann verließen er und Kimberly den Raum, wobei Jason Thomas' Sohn mit sich nahm.

Eine Weile noch saßen wir still nebeneinander, dann durchbrach Thomas das Schweigen: „Du hast ihn gesehen."

„Alistair?", fragte ich, obwohl ich ahnte, wen er meinte.

Er nickte nur.

Diesmal blickte ich Thomas an. „Du hast es gewusst."

Ein erneutes Nicken folgte.

„Gehörst du dazu?"

Nun rutschte er direkt vor mich und sah mich ernst an. „Seit langer Zeit gibt es in meinem Volk Krieger, die die Gestalt ihrer Spirits annehmen können. Aber nur den Willensstärksten unter ihnen ist es möglich, in der Verwandlung ihre eigene Identität zu behalten, ohne die eine Rückverwandlung nicht möglich ist." Etwas in seinem Blick veränderte sich, entrückte. „Als ich deinem Bruder vor Jahren während eines öffentlichen Pow-Wow-Festivals begegnete, fühlte ich eine starke Kraft und Unruhe in ihm."

„Du hast ihm geholfen, das zu kontrollieren?"

„Nicht sofort. Wir trafen uns das Jahr darauf erneut und sprachen miteinander. Er hatte sich verändert. Er war erfüllt von Wut und Zorn, und sein Spirit stand kurz davor, loszubrechen. Es hätte deinen Bruder verschlungen. Ich lud ihn ein, meine Familie und mich zu besuchen, und noch im gleichen Monat kam er und blieb bis in den Winter bei uns. Er lernte unsere Sitten und Gebräuche und lehrte auch mich vieles. Eines Morgens war er fort. Ich fand seine Spuren im Schnee, sie führten direkt in die Berge."

„Bist du ihm gefolgt?"

„Nein." Er schüttelte den Kopf. „Diese Reise musste er allein antreten."

Mir war nicht klar, warum Thomas mir das alles erzählte. Dennoch war ich neugierig geworden und wollte seinen seltenen Redefluss nicht unterbrechen. „Was passierte dann?“

„Er kam zurück, viele Tage später. Verletzt und verwirrt. Anhand seiner Verwundungen fand ich heraus, dass ein Rudel Wölfe über ihn hergefallen war. Er hatte gegen sie gekämpft und überlebt.“

Obwohl ich die Antwort fürchtete, stellte ich die Frage: „Wurde er durch die Bisse zu dem, was er ist?“

Thomas' Blick wurde weicher. „Eine sehr alte Legende besagt, dass die große Mutter, du nennst sie Erde, einige Hüter aus vielen Völkern gleichzeitig zu sich befohlen habe. Aus unserem Volk soll es sich dabei um die Krieger handeln, die sich nicht zurückverwandeln konnten. Als wilde Wölfe würden sie die Wälder durchstreifen, bis ein großer Krieger käme, um sie zu befreien und ihren Platz einzunehmen. Es heißt, wenn einer dieser Hüter eines normalen Todes starb, würde er als Mensch wiederkommen, um mit neuen Kräften seine Stelle neu aufzunehmen. Faye, ich denke, die Geister der Krieger, die den getöteten Wölfen innewohnten und von deinem Bruder besiegt wurden, haben sich mit dem Spirit deines Bruders vereint.“

Nannte man das nicht *multiple Persönlichkeit*? Ich fegte den Gedanken sofort beiseite, wobei mir schon klar war, dass jeder Psychologe meine Familie augenblicklich einweisen und in uns ein gefundenes Fressen wittern würde.

„Hast du die gleichen Fähigkeiten wie mein Bruder?“

Er lächelte. „Bei meinem Volk gehört der Wolf schon immer zu den stärksten Spirits.“

Plötzlich schepperte es in meinen Gedankengängen, und ich sah Thomas groß an. „Der Wolf im Park am Tag meiner Hochzeit …“ Ich brauchte den Satz nicht zu beenden, denn die Mimik meines Gegenübers war Antwort genug. „Seit wann seid ihr wirklich in New York, Thomas?“

„Einen Tag vor deiner Hochzeit trafen wir ein.“

„Hast du Maja beschützt?“

„Nein.“

Ich schloss die Augen. Also hatte ich meinen Bruder da schon in voller Aktion erlebt, ihn nur nicht erkannt. Wusste Maja von seiner Wandelbarkeit? Als ich Thomas wieder ansah, schüttelte er kaum merklich den Kopf. „Nur sehr wenigen ist bekannt, wer sie wirklich sind. Viele haben Angst, andere würden es für ihre eigenen Zwecke missbrauchen. Wir wünschen genauso wenig die Entdeckung wie dein Mann, oder die Art, der er ähnlich scheint."

Sein letzter Wortlaut ließ mich aufmerken. „Du drückst es aus, als wäre Darian keiner von ihnen."

„Sieh in seine Seele, Faye, und deine Worte werden hinfällig", gab er ruhig zurück. „Du meinst ihn zu kennen, aber du hast ihn nicht erkannt – und er sich selbst auch nicht."

„Hast du ihn denn erkannt?", fragte ich nicht ohne Hintergedanken, denn ich hoffte, endlich mehr Informationen zu bekommen. Doch Thomas hielt sich bedeckt wie immer. Er lächelte nur unergründlich.

Plötzlich sah er auf und erhob sich. „Dein Mann wird bald zurück sein. Ich werde gehen und wünsche dir eine angenehme Nachtruhe."

Und noch bevor ich etwas erwidern konnte, war er verschwunden. Verblüfft blickte ich mich um, doch er blieb fort. Wie er das gemacht hatte, konnte ich mir nicht erklären, aber möglicherweise verfügte er ebenfalls über die Fähigkeit der Verhüllung und war sogar in der Lage, die Anwesenheit anderer zu spüren. Wobei ich zugeben musste, auf diesem Gebiet irgendwie unterentwickelt zu sein. Ich merkte nicht, wenn Darian kam, ich bemerkte ihn nur, sobald er da war. Konnte man das lernen?

Ich entschied mich, Thomas das nächste Mal danach zu fragen. Zunächst jedoch wollte ich etwas anderes in Erfahrung bringen. Thomas' Bemerkung ließ mich nicht mehr los. Ebenso wie ein Name, den Darian gemurmelt hatte. Wie war der noch gleich gewesen? *Ahjarvir?* Hatte ich noch nie gehört. Was aber nicht zwangsläufig bedeutete, dass er allgemein unbekannt sein musste.

Ich zog Hose und Pullover wieder an und schlich mich nach unten. Darian war ein guter Lehrmeister gewesen, lautlos bewegte ich mich durch den Gang und blieb von allen unentdeckt. Selbst Jason, der in der Küche saß und in der Zeitung blätterte – wie oft las er dieses Käseblatt am Tag eigentlich durch? – bekam von meiner Anwesenheit nichts mit. Mein Ziel war Alistairs inzwischen relativ aufgeräumte Chaosstube. Und zum ersten Mal stellte ich fest, dass ich im Dunkeln nicht nur sehr gut sehen, sondern auch lesen konnte. Verflixt, wenn ich das eher gewusst hätte, hätte ich mir in der Jugend so manche Nacht mit einer Taschenlampe unter der Bettdecke ersparen können.

Flugs arbeitete ich mich durch die Titel der im Regal stehenden Bücher. Irgendwo musste das Buch doch sein. Ich hatte sie selbst einsortiert. Nachdem ich alle durchgesehen hatte, ließ ich mich auf der Tischkante nieder. Zu gerne wäre ich jetzt in Darians Bibliothek gewesen. Sie war wesentlich umfangreicher. Na ja, kein Wunder, wenn man schon seit Jahrhunderten solche Werke sammelte.

Mein Blick fiel auf das dicke, verschlissene Buch auf dem Tisch. Hatte Darian nicht selbst vorgeschlagen, ich könne mich durch den Wälzer arbeiten, wenn ich etwas über ihn erfahren wollte? Es juckte mich in den Fingern, genau das zu tun. Allerdings war fragwürdig, ob der Name *Ahjarvir* darin auftauchen würde. Wer also war in der Lage, mit dem Namen etwas anzufangen?

Zwangsläufig landete ich wieder einmal bei Thalion.

Kam nur mir es so vor, oder hatte Darian kein wirkliches Interesse daran, gewisse Informationen über sich selbst zu erhalten? Er hatte mit Thalion gesprochen, jedoch nur dessen Grüße übermittelt. Verdammt, hier stank allmählich etwas zum Himmel.

Fünf Minuten später saß ich oben, hielt die Federn in den Händen und konzentrierte mich auf mein Ferngespräch. Thalion. Und ich war freudig überrascht, als über diese Distanz eine Verbindung zustande kam.

„Ich habe dich früher erwartet“, durchschnitt seine ruhige Stimme die Dunkelheit.

Gelassen erhob ich mich, klopfte halbherzig den Staub von meiner Kleidung und sah mich nach ihm um. Wie so oft hockte er im Lotussitz in einer dunkeln Ecke und schien zu meditieren. Die Kapuze seines dunkelbraunen Umhangs hatte er ebenfalls bis tief ins Gesicht gezogen, dessen Züge ich nur erahnen konnte. Doch sah ich deutlich die funkelnden Augen, mit denen Thalion mich musterte.

„Entschuldige, ich wurde aufgehalten. Hätte ich vorher anrufen sollen?“

Spitze Zähne entblößten sich in einem dezenten Lächeln. Der alte Vampir beschrieb eine einladende Geste. „Deine Landungen waren schon schlechter. Setz dich, Kind.“

„Stimmt, ich habe mich nur einmal überschlagen.“ Ihm gegenüber ließ ich mich im Schneidersitz nieder, steckte die Federn in die Hosentasche und nahm seine dargebotenen Hände. „Es ist viel geschehen, Thalion. Und ich brauche deine Erinnerungen."

Langsam schlossen sich seine Finger um meine Hände, dann nickte er. „Dann hast du ihn also gesehen. Ich habe mich schon gefragt, wann das geschehen wird." Seine Augen wurden intensiver, schienen auf einmal von innen heraus zu glühen. „Die Zeit ist nicht mehr fern, Faye, Tochter des Mondes. Es muss befreit werden, was zu lange schon gebunden ist."

„Wer ist er, Thalion?"

Als hätte ich eben die Lektion versaut, erlosch das Glühen augenblicklich. „Kind, es gibt Aufgaben, die musst du alleine lösen."

Na herzlichen Dank.

„In jeder vernünftigen Universität gibt es Professoren, die ihren Schülern bei Fragen und Aufgaben weiterhelfen", konterte ich erbost. „Du bist mein Lehrer, also hilf mir gefälligst."

„Aber nicht, indem ich dir die Lösungen für deine Aufgaben gebe."

Ich änderte meine Strategie und sah ihn bittend an. „Informationen, die zur Lösung führen?"

Abrupt war sein Gesicht meinem sehr nahe. Nasenspitze an Nasenspitze bohrte sein Blick sich in meinen. „Rühr mich nicht mit Erinnerungen, indem du *ihre* Taktik nutzt, Kind. Du wirst daran verbrennen."

„Droh mir nicht, indem du mich mit meiner Großmutter vergleichst, Thalion. Du wirst dein blaues Wunder erleben", gab ich im gleichen Tonfall zurück.

Da rückte er ab, und binnen Sekunden war der enge, einem Gewölbe ähnliche Raum unter dem Altar von Darians Privatkapelle von dröhnendem Gelächter erfüllt.

„Schüler und Lehrer? Nun denn", meinte er noch immer sichtlich erheitert. „Was willst du wissen?"

Einen Moment überlegte ich, wonach ich zuerst fragen sollte, welche Frage am dringendsten war, falls er nur diese eine gestatten würde. Entgegen meiner inneren Überzeugung wählte ich die, die mir am ungefährlichsten erschien: „Kennst du jemanden mit Namen Ahjarvir? Wenn ja, wer ist das?"

Schlagartig wurden Thalions Augen schmal, und lauernd musterte er mich. „Woher kennst du diesen Namen?“

Doch ein Volltreffer. „Darian ließ ihn vor Kurzem fallen“, gab ich vage zurück und betrachtete Thalion nun meinerseits sehr genau. Ich fühlte, dass ihm die Wendung des Lernstoffs alles andere als behagte. In welches Wespennest stach ich gerade?

„Wie kurz?“, erwiderte Thalion.

„Vor wenigen Stunden. Hör auf, Zeit zu schinden, Thalion. Sag, was du weißt.“

Erneut bekam ich ein schmales Lächeln. Schließlich nickte er, sein Blick entrückte, und er ließ sich den genannten Namen noch einmal auf der Zunge zergehen. „Ahjarvir. Sehr lange habe ich ihn nicht mehr gehört.“ Dann sah er mich wieder an. Streng. Warnend. „Er ist einer der Alten, Faye, war ein Vertrauter Liliths und soll deren rechte Hand gewesen sein. Es heißt, er habe sich vor langer Zeit von ihr losgesagt, verfolge seine eigenen Ziele und strebe nach der absoluten Macht. Ich selbst bin ihm nur einmal begegnet und gestehe, dass ich eine neuerliche Begegnung mit ihm nicht wünsche.“

„Wo hast du ihn gesehen?“, hakte ich gespannt ein.

„In der Stadt Eshnunna am Tigris, damals ein summerischer Stadtstaat mit florierenden Handelsbeziehungen ins nahe gelegene Gebiet Elam; heute gehört es zum Irak.“

„Elam?“, echote ich verblüfft. „Darian arbeitet an einer Übersetzung aus dem Elamischen.“

„Dann hat er es endlich gefunden“, meinte Thalion ruhig. „Glaubst du, Dahad wird mich einen Blick hineinwerfen lassen?“

„Ich liebe es, wenn du mehr weißt als ich und mich im Dunkeln tappen lässt, Thalion“, resignierte ich und grinste sogleich. „Bestimmt finden wir eine Lösung, wenn du meine Fragen beantwortest und ich danach den mehrköpfigen Wachhund überzeugen kann, es dich ansehen zu lassen. Denn es gehört Darian nicht, er darf es lediglich nutzen.“

Thalions Blick war alles andere als freundlich. Mein Lächeln hielt stand, denn diesmal saß ich am längeren Hebel. „Wann war diese Begegnung noch gleich, alter Mann?“, brachte ich ihn liebreizend zurück auf unser Thema.

Wenn Vampire mit den Zähnen knirschen konnten, war es genau dieses Geräusch, das Thalion von sich gab. „Vor rund 4.000 Jahren, Kind. Erwarte nicht, dass ich mir den Tag und die Uhrzeit gemerkt habe.“

Ich zeigte mich großzügig. „Das ist auch nicht so wichtig. Erzähl mir, was du noch über ihn weißt. Ich habe nämlich inzwischen das Gefühl, dass dieser Mann in Darians Leben eine nicht ganz unwesentliche Rolle spielt.“

„Wenn du wirklich wissen willst, welche Verbindung zwischen ihnen besteht, gehe hinauf in die Bibliothek, und schlag in den alten Quellen nach. Ich bin sicher, du findest dort mehr an Informationen, als ich dir sagen kann.“

Mein Blick wurde schmal. „Hör auf, mir Ausflüchte zu präsentieren, Thalion. Du kennst ihn. Du kennst Darian, von mir aus auch *Dahad Al'Draim*, wie du ihn lieber nennst. Du weißt, was sie verbindet. Ich kann es fühlen!“

Zu meiner Überraschung lachte er. „Du bist besser als erwartet. Gut, wie du wünschst. Du sollst die Wahrheit erfahren.“ Er machte eine spannungsgeladene Pause. Innerlich wartete ich auf einen Trommelwirbel. Dieser blieb aus, dafür trafen mich Thalions nächste Worte umso härter: „Ahjarvir Al'Draim ist Dahads Vater. Er hat ihn erschaffen.“

Hätte ich nicht bereits gesessen, hätte ich spätestens jetzt ein Sitzmöbel benötigt. Ich starrte Thalion an, als sähe ich ihn das erste Mal. Gleichzeitig wurde mein Mund irgendwie staubig, und ich musste trocken schlucken. Sein Vater. Unglaublich. Oder nein, eigentlich nicht.

Jeder Mensch hatte Eltern und jeder Vampir einen, der ihn erschaffen hat und zu dessen Familie oder auch Clan er dadurch gehörte. Und einige der Kinder, die uns begegnet waren, hatten Ahjarvir als Ursprung benannt. Ich wagte zu bezweifeln, dass mich diese Form von Familienzuwachs je glücklich stimmen würde.

Zögerlich stellte ich die Frage, die mich nun ebenfalls brennend interessierte. „Hast du eine Ahnung, ob Letavian ebenfalls von diesem Ahjarvir abstammt?“

„Der Hüter der unheiligen Insignien?“ Er lachte zynisch. „Wer immer diesen Wichtigtuer erschaffen hat, dem mögen noch heute dafür die Zähne abfaulen.“

Das klang nach einer Privatfehde, ebenso wie bei Darian. Ich machte einen weiteren Strich auf meiner Liste, doch zumindest beruhigte mich Thalions Aussage, weil dieser unfähige Insignienhüter außerhalb Darians und somit auch der genetischen Linie meiner Tochter stand. „Falls du eine Rechnung mit ihm zu begleichen hast, zieh eine Nummer und stell dich hinten an. Ich bin vor dir am Drücker.“

„Wie ich sehe, ist er noch immer sehr talentiert darin, sich Freunde zu machen.“ Ein amüsiertes Glucksen erklang. „Du bist ihm also begegnet.“

„Ja, er turnt in New York herum und sorgt für Ärger.“

„Und Ahjarvir ist ebenfalls dort aufgetaucht?“

„Gesehen habe ich ihn persönlich nicht. Aber es gibt Spuren seines Wirkens.“

Thalion sah mich nachdenklich an. „Dann zieht er seine Schlingen allmählich zu. Dahad erwähnte bei unserem Telefonat etwas in dieser Richtung. Allerdings hat er sich nicht gezielt geäußert.“

Weitere Puzzlestücke landeten in meiner geistigen Schublade und fügten sich langsam zu einem Bild zusammen. „Was, glaubst du, will er hier? Warum taucht er jetzt auf?“

„Letavian?“

„Nein, Darians Erschaffer.“ Das Wort *Vater* wollte so gar nicht über meine Lippen kommen.

„Das Kind.“ Seine Hände umspannten meine mit festem Griff. „Deine Tochter wurde vor vielen Jahren schon angekündigt. Einige erwarten sie sehnsüchtig, andere fürchten ihre Ankunft. Sie ist das Kind der absoluten Neutralität. Du als ihre Mutter bist von menschlicher Natur, doch sein Vater ist alles, und auch wieder nichts davon. Er steht seit langer Zeit schon zwischen allen Fronten. Und bei allen Fronten meine ich auch *alle*. Was wird dann von seinem, eurem Kind erwartet werden? Jeder hat seine eigenen Interessen, was dieses Kind betrifft. Und jeder wird auf seine Weise versuchen, Macht auszuüben und es in die Fänge zu bekommen. Vielleicht sogar seine Vernichtung anstreben.“

Mit seinen Worten erhärtete sich mein Verdacht, dass Lilith selbst in diese Richtung plante. „Er *war* ein Vertrauter von Lilith? Oder ist er es noch?“

„Nein. Soweit mir bekannt ist, beging er an ihr einen Verrat, der ihn fast die Existenz gekostet hätte. Aber aus irgendeinem Grund hat sie ihn verschont.“

Ob ich sie danach fragen sollte, wenn ich ihr wieder begegnete? Meine Neugierde schrie sehr laut *Ja*, aber meine Vorsicht verneinte vehement. Sich diese Frau zum Feind zu machen kam dem Anzünden einer Zigarette am Schlot eines tosenden Vulkans ziemlich nahe.

Trotzdem wollte ich gewappnet sein, falls ich ihn einmal treffen sollte – was man bitte verhindern möge. „Wie sieht der Mann aus?"

Für einen Moment schloss Thalion die Augen und zog konzentriert die Stirn kraus. Dann, zögerlich, vage, zeichnete er mir aus seinen Erinnerungen ein Bild. „Groß, vielleicht so groß wie Darian. Sehr kräftig. Dunkelhaarig. Inzwischen müsste seine Haut nachgedunkelt sein. Eine Frau würde ihn als markant attraktiv bezeichnen."

„Diese Beschreibung passt auf viele Männer, Thalion. Hat er ein besonderes Merkmal? Etwas, woran man ihn erkennen kann?"

Thalions Brauen schossen in die Höhe, und seine Augen rissen auf. „Ja. Ja, Kind, das hat er tatsächlich. Quer über seine Brust verläuft eine wulstige, nie verheilende Narbe."

Eine Narbe, die bei einem so alten Vampir mit den entsprechenden Selbstheilungskräften nie verheilte? Wer konnte eine solche Narbe beifügen?

Thalion hob ahnungslos die Hände. „Manche Antworten kann ich dir einfach nicht geben, Kind. Als ich auf ihn traf, war sie längst vorhanden."

Das verstand ich durchaus. Zumindest konnte ich mit dieser Information etwas anfangen. Das Schleifen von Stein auf Stein signalisierte, dass unsere Unterhaltung zum Ende kommen musste.

„Eileen kommt und bringt mir meine Nahrung", meinte Thalion, und ich huschte zurück in eine Ecke, die von der steinernen Treppe aus nicht einzusehen war. Gern hätte ich Eileen begrüßt, wusste aber um die Fragen, die dann aufkommen würden. Das wollte ich mir ersparen, und daher war es sinnvoller, wenn sie nicht wusste, dass ich hier war.

Meine Sorge war unbegründet. Sie betrat Thalions karge Behausung nicht, sie stellte lediglich das Glas zwei Stufen hinab in die Kammer und verschloss sogleich wieder den Eingang, indem sie den Altar zurück in seine Position schob.

„Sie traut mir nicht", erklärte Thalion sichtlich amüsiert, nahm das blutige Getränk von der Stufe und saugte es in einem Zug leer. Dann stellte er das Glas zurück. „Ich kann es ihr nicht einmal verdenken."

„Es ist nicht einfach. Zumal sie ihren Mann vermisst“, gab ich zurück und zuckte leicht zusammen. Apropos vermissen. Sollte Darian zurück sein, würde er sicherlich ähnlich fühlen. Ich zog meine Federn aus der Hosentasche und betrachtete sie einen Augenblick.

„Es ist gut, dass sie dir weiterhin solche Dienste leisten“, meinte Thalion, und ich nickte. „Ja. Ohne sie hätten wir manches nicht verhindern können.“ Dann sah ich ihn an. „Woher hast du sie, Thalion?“

Diesmal legte er nur lächelnd einen Finger an seine Lippen und sagte: „Es gibt Dinge, deren Magie nicht erkundet werden sollte, Faye. Sie sind da, und sie leisten dir gute Dienste. Mehr zu wissen ist unnötig.“

„Und die Rosen?“, hakte ich nach und hoffte, nicht wieder auf dieselbe Mauer des Schweigens zu stoßen.

„Sie stammen aus diesem Garten, und sie wurden gepflückt, um dich zu schützen. Mehr werde ich dir dazu auch nicht sagen.“

So schnell wollte ich doch nicht locker lassen. „Hast du sie gepflückt?“

Abermals schüttelte er den Kopf. „Dein Mann wird dich vermissen, wenn du zu lange fernbleibst. Grüß ihn von mir. Und Faye, wenn du das nächste Mal einen meiner Art aufsuchst, zieh dir vorher Kleidung an, die nicht nach frischem Blut riecht. Manch einer wird weniger Hemmungen haben als ich.“

Oh, danke für den Hinweis, daran hatte ich nicht gedacht. Aber ich empfand Thalion auch nicht als Bedrohung. Der Rausschmiss war zumindest recht freundlich formuliert.

Der Kuss auf die Wange erwischte den alten Vampir unvorbereitet und entlockte mir persönlich ein beschwingtes Gefühl. Es gelang nur selten, ihn zu überraschen. Sodann machte ich mich auf den Rückweg.

Kapitel Zweiundvierzig

"Wo bist du gewesen? Ich habe dich schon überall gesucht."

Ich rappelte mich auf und schickte mich an, an Darian vorbeizugehen. „Bei Thalion. Er lässt dir übrigens Grüße ausrichten."

Seine Hand schoss vor und umfasste meinen Oberarm. „Du warst wo?"

Ich hielt die Federn zwischen uns hoch, und ich sah ihn über sie hinweg ruhig an. „Hättest du jemals gedacht, dass diese kleinen Dinger eine solche Reichweite haben? Ich war sehr überrascht."

„Verarsch mich nicht, Faye!"

„Und du, brüll mich nicht an, Darian! Du hast mit diesen Heimlichkeiten angefangen, schon vergessen?" Ich riss mich los und funkelte ihn zornig an. „Du hast mir vieles verheimlicht, was auch mich und vor allem die Zukunft unseres Kindes betrifft. Was soll ich anderes tun, als mir Informationen dort zu holen, wo ich welche bekomme?"

„Ich wollte dich schützen, Weib! Du hast gesehen, wohin es führt, wenn ich deinen Wünschen nachgebe."

Er spielte auf die Sache von heute Abend an. Schick. Aber der Ball sollte ins Aus gehen.

Ich trat direkt vor ihn, sah ihm fest in die Augen und zischte: „Wenn du vorher den Mund aufgemacht hättest, wäre das nicht geschehen. Dann hätte ich gewusst, was auf mich zukommt und mit wem wir uns anlegen. Dann hätte ich gewusst, dass dieser Ahjarvir dein Erzeuger ist."

Getroffen prallte Darian zurück, sah mich einen Augenblick schokkiert an, ehe er sich umwandte und mit energischen Schritten den Raum verließ. Diesmal jedoch ließ ich ihn nicht entwischen. Mit den Federn in der Hand konzentrierte ich mich und landete Sekunden später vor ihm auf der Treppe.

„Du rennst nicht wieder weg, Mr. Knight!"

Nein, dafür sprang er mit einem Satz über mich hinweg und eilte weiter. Die Tür fiel hinter ihm zu, ich seufzte. Und stand ihm sogleich erneut im Weg. Er umrundete mich, seine Silhouette flakkerte und verschwand direkt vor meinen Augen. Mir entwich ein Zornesschrei und ich stampfte wütend auf den Boden. Dann sah ich mich intensiv um und stand Sekunden später mitten auf der

Straße. Ein unsichtbarer Körper rannte in mich hinein.

„Verdammt, Faye!“

„Egal, wo du hingehst, egal, wie sehr du dich versteckst, ich finde dich“, grollte ich ins Nichts. Da tauchte er vor mir auf und sah mich grimmig an. „Du gibst nie auf, was?“

„In guten wie in schlechten Zeiten“, konterte ich. „Und momentan sieht es nicht gut aus. Rede mit mir, Darian. Hör auf, ständig alles allein machen zu wollen. Ich trage zwar unser Kind unter dem Herzen, aber verdammt noch mal, mach mich dadurch nicht zu einer Marionette, die ahnungslos von einer Situation in die nächste geschubst wird, auch wenn du genau das verhindern willst. Dadurch wird es nur schlimmer. Ich bin nicht handlungsunfähig, du machst mich nur dazu!“

Ein Seufzen erklang, sein Blick wurde sanfter. „Müssen wir das hier auf der Straße besprechen?“

Ich zuckte mit den Achseln. „Den Ort hast du eben gewählt. Was wäre dir lieber?“

„Ein Ort mit weniger Zuhörern.“ Darian wies mit dem Kinn auf das Dach, wo auch ich nun Thomas’ Umrisse erkannte. Und neben ihm stand mit verschränkten Armen mein Bruder.

Ergeben trat ich an ihn heran, warf ihm meine Arme um den Leib und nahm ihn ohne weitere Warnung einfach mit. Auf der Aussichtsplattform des *Empire State Building* kamen wir auf. „Abgeschieden genug?“

Darian trat an die Umzäunung und blickte hinunter. Dann drehte er sich um und betrachtete den geschlossenen Aufzug. „Nun ja, immerhin hast du dafür gesorgt, dass wir ungestört sind und ich zudem nicht ohne größere Probleme von hier entkommen kann.“ Er kam auf mich zu und strich mir eine Strähne aus dem Gesicht. „Etwas weniger windig wäre nicht verkehrt. Du könntest dich verkühlen.“

„Emotionale Distanz und Heimlichkeiten lassen erfrieren, Darian. Der Rest ist zu ertragen.“

Mit einem lächelnden Kopfschütteln ließ er sich an der Wand hinab in eine hockende Position gleiten. Auffordernd klopfte er neben sich und kurz darauf saßen wir Schulter an Schulter. Sein Arm umfasste mich und er zog mich fester an sich. Gemeinsam blickten wir schweigend in den Abendhimmel, genossen das Miteinander und die windige Stille. Das pulsierende Leben weit unter uns hatte für den Moment jede Bedeutung verloren. Es schien, als wären wir all dem entrückt. Für ein Weilchen.

„Es stimmt", begann er schließlich. Erst stockend, dann immer flüssiger erfuhr ich, was ich längst hätte wissen sollen. „Ahjarvir Al'Draim ist im weitläufigen Sinne mein Vater. Ich trage den letzteren Teil seines Namens wie schwere Ketten, die mich fortwährend daran erinnern. Vor langer Zeit habe ich versucht, diese Ketten abzulegen, aber wie du siehst, lässt sich die Vergangenheit nicht wie ein ausgedienter Mantel abstreifen. Sie tritt immer wieder in Erscheinung. Besonders dann, wenn man sie am wenigsten gebrauchen kann." Er küsste mich aufs Haar. „Ich würde alles dafür geben, dich aus meinen Verwicklungen heraushalten zu können. Aber du bist ein Teil davon geworden. Du und unsere Tochter."

„Thalion sagte, dass das Interesse einiger unfreundlicher Herrschaften an unserer Tochter recht groß sei."

„Leider ist das so. Wir haben versucht, dich abzuschirmen, doch ist das Wissen um deine Schwangerschaft durchgesickert. Diese Nachricht sorgte in gewissen Kreisen für Aufruhr. Und sie zieht die übelsten Gestalten an."

„Unter anderem deinen Erschaffer", meinte ich nachdenklich, und Darian nickte schwermütig. „Unter anderem auch ihn. Ich suchte schon damals nach einer Möglichkeit, das Band zwischen ihm und mir zu trennen. Das aber wird nur durch den Tod von einem von uns beiden geschehen können, denn ich werde immer einen Teil von ihm in mir tragen."

Ich schluckte trocken. Diese Möglichkeit wollte ich nicht einmal im Ansatz in Betracht ziehen. „Was ist mit Lilith? Sie soll nicht gut auf ihn zu sprechen sein."

Darian lachte unfreundlich. „Lilith zieht ihre Fäden aus der Distanz, Faye. Sie wird sich in keine Auseinandersetzungen einmischen. Das tat sie nie, und das wird sie auch jetzt nicht tun. Sie lässt machen."

„Aber was will sie dann hier? Auf wessen Seite steht sie?"

„Das solltest du sie schon selbst fragen. Nur Lilith weiß, was Lilith wirklich will. Und Lilith steht einzig auf Liliths Seite. Auf keiner anderen sonst."

Nun musste ich doch ein wenig lachen. „Dann bist du ihr recht ähnlich."

Er lächelte zurück. „Ich stand lange Zeit in ihren Diensten. Das färbt vermutlich ab.“

„Du hast …? War sie dieser *Ältere* von dem du gesprochen hast? Der dich verbannte, nachdem du der Kirche in die Hände gefallen bist? Wie ist das überhaupt geschehen?“

„Das würde ich selbst gern wissen. Eines Morgens waren sie da, zerrten mich aus meinem Versteck und achteten sehr genau darauf, mich nicht dem Licht auszusetzen. Es war alles genauestens durchgeplant. Sie wussten, was sie taten, und sie wussten, wer ich war. Es war kein Zufall, dass ich für ihre Zwecke ausgewählt wurde. Ich habe lange versucht, den Verantwortlichen zu finden, doch sämtliche Nachforschungen liefen ins Leere. Jemand gab sich große Mühe, sein Mitwirken zu verschleiern, so große, dass ich ihn nicht fand. Ich habe die Suche schon vor Langem aufgegeben. Sie ist nicht mehr relevant, denn sie ändert nichts an dem, was geschehen ist, was vermutlich geschehen musste. Ohne diese Vergangenheit wäre ich dir niemals begegnet, Faye. Das wiegt alles andere auf.“ Ich erhielt einen weiteren Kuss, diesmal jedoch dorthin, wohin er gehörte. Und er schmeckte bittersüß, als er gegen meine Lippen flüsterte: „Es vergeht kein Tag, an dem ich nicht bereue, was ich einst getan habe. Und es vergeht kein Tag, an dem ich nicht dankbar dafür bin, dass du bei mir bist. Du bist mein Leben.“

„Hat Lilith etwas damit zu tun?“, fragte ich verhalten.

„Nein, sie war nicht dieser Ältere, falls du daran denkst. Lilith stand und steht noch heute über allen. Sie ist die Erste, die Älteste überhaupt. Mit ihr hat alles begonnen, und ich denke, mit ihr wird alles enden. Aber sie *lieh* mich während meiner dunklen Zeit manches Mal aus, um für sie gewisse Dinge zu erledigen.“ Die angeekelte Mimik, die diese Worte begleitete, ließ mich die Frage nach diesen gewissen Dingen gleich wieder verschlucken. Es gab Dinge, die *wollte* ich einfach nicht wissen.

Sein leises Lachen machte deutlich, wie laut ich wieder einmal gedacht haben musste. „Sag es nicht“, wies ich mit erhobenem Zeigefinger an. „Ich weiß, ich schreie.“

Schweigend klopfte er sich gegen das Ohr. Ich knuffte ihm leicht mit dem Ellenbogen in die Rippen, woraufhin er zur Gegenattacke überging und mich mit seinen Fingerspitzen in den Seiten kitzelte. Nachdem ich mir die Lachtränen aus den Augenwinkeln gewischt hatte und Darian seine Hände endlich ruhig hielt, lehnte ich mich an ihn und blickte zu ihm auf. „Wer warst du, bevor du verwandelt worden bist?“

Sein Blick umwölkte sich und ein Nebel stieg in seinen graublauen Augen auf. „Ich weiß es nicht, Faye. Es ist komplett ausgelöscht. Als ich erwachte und diesen abnormen Durst verspürte, fühlte ich mich nackt, schutzlos, als hätte ich vorher nicht existiert, wie ein Neugeborenes. Alles war unbekannt und sehr verwirrend. Ich erinnere mich daran, dass ich meine Hände betrachtete und sie mir fremd vorkamen. Sie gehörten nicht zu mir. Nichts von dem, was meinen Körper ausmachte, gehörte zu mir. Es fühlte sich wie eine fremde, beengende Hülle an, in die ich gesteckt worden war. Doch sie war da. Ich spürte Schmerz, ich spürte Hunger, und ich fühlte etwas, was du Angst nennst. Alles war neu. Ich kann es mit Worten kaum beschreiben.“ In Erinnerung daran schüttelte er langsam den Kopf. „Dann war da noch etwas anderes. Eine untrennbare Verbindung, die einer absoluten Kontrolle ähnlich meine Gedanken beherrschte. Ich konnte nichts steuern und versuchte mich trotzdem dagegen aufzulehnen. Ich wusste nur, dass ich einen Albtraum durchlebte. Nichts stimmte, alles fühlte sich falsch und verlogen an, trotzdem war es auf einmal real. Und ich befand mich mittendrin.“

Ich fühlte seine Verzweiflung über den Verlust der eigenen Identität körperlich und wünschte, ihm helfen zu können. Doch ich konnte es nicht. Vielleicht konnte es niemand. Mitfühlend strich ich ihm über die Wange. Er fing meine Hand ab und küsste ihre Innenfläche, dann sah er mich aufmunternd an. „Es ist unendlich lange her und heute nicht mehr wichtig, Liebes.“

„Willst du es denn nicht mehr wissen?“

„Irgendwann werde ich es erfahren. Ich habe mehr Zeit, als mir lieb ist“, murmelte er und zwinkerte mir dabei zu. Dann wurde er ernst. „Du bist die Erste, mit der ich jemals darüber gesprochen habe. Und es fühlt sich gut an.“

„Dann lass dich nicht aufhalten. Ich höre zu.“ Heute war Kuss-Erntetag. Ich genoss es. Sowohl seine Küsse als auch seine Geständnisse. „Erzähl mir von deinem Erzeuger.“

„Ungern“, gestand er. „Aber du hast ein Recht, mehr über ihn zu erfahren. Du würdest ihn mögen, Faye.“ Seine Miene drückte das Gegenteil aus, und ich lachte leise. „Du meinst, so sehr, dass ich an ihm meine selbst gebastelten Pflöcke ausprobieren wollen würde?“

„Am besten alle auf einmal. Ich möchte ihn gern dabei festhalten“, erwiderte Darian finster. „Ich fand heraus, dass er schon vor seiner Verwandlung ein wahrer Tyrann gewesen sein muss, aber als Vampir ist er in seiner Grausamkeit unübertroffen. Er tötet und verwandelt aus Spaß, nicht aus Notwendigkeit. Er tut es, weil er die Macht dazu hat, die er jedem aufs Barbarischste demonstriert. Unterwerfung ist sein Credo, andere Meinungen als seine lässt er nicht gelten, sondern bestraft sie mit einem qualvollen Tod. Es gibt nur sehr wenige, deren Ansichten er respektiert, und noch weniger, die ihm in seinem Tun Einhalt gebieten können.“

„Kannst du es?“

„Ich glaube nicht, aber ich weiß es nicht genau. Seit dieser Geschichte mit den Geistlichen habe ich offene Konfrontationen mit ihm vermieden, und meist gelang es mir, ihm aus dem Weg zu gehen. Und bei den wenigen Gelegenheiten, bei denen unsere Wege sich kreuzten, spürte ich deutlich seinen Hass – und dass er durch meine Veränderung einen Teil seiner Blutmacht über mich verloren hat. Gleichzeitig hat er Angst, aber ich weiß nicht wovor. Manches Mal habe ich gedacht, dass in Begegnungen mit ihm eingegriffen oder sie ganz verhindert wurden.“

Erstaunt sah ich ihn an und sprach aus, was mir spontan durch den Kopf schoss: „Denkst du dabei an Michael?“

Sein Blick wurde nachdenklich. „Glaubst du, er würde eingreifen? Zu welchem Zweck, Faye? Erzengel greifen nur ein, wenn sie darum gebeten werden. Das weißt du.“ Da stockte er plötzlich, schloss die Augen und lehnte seinen Kopf an die Wand. „Oh mein Gott.“

Bevor ich etwas sagen konnte, schob er mich mit sanfter Gewalt von sich, stand auf und trat an das Sicherheitsgitter. Während seine Hände die Stangen umklammerten, lehnte er seine Stirn gegen das kalte Eisen. Ich sah ihn leicht zittern. Was immer ihn gerade bewegte, es zog mein Herz schmerzhaft zusammen. Ich trat hinter ihn, legte meine Hände auf seine Schultern und meine Wange an seinen Rücken.

Warum?, fing ich die lautlose Frage auf und runzelte die Stirn. Warum was? Was war passiert, dass er auf einmal so durch den Wind war?

Abrupt fuhr er herum, und ich landete in seinen Armen. Arme, die mich wie Schraubstöcke umfassten. Es schien, als hielte er sich an mir fest.

„Der Mann, den du in meinen Erinnerungen gesehen hast, ist Ahjarvir“, schockierte mich seine Erklärung. „Er ließ mich damals aus dem Land prügeln und schickte mich in die Verbannung. Ja, Faye, jetzt ist er hier in New York. Und er ist Benedicts Mörder. “

Was ich instinktiv geahnt hatte, wurde nun zur Realität. Der Kerl war tatsächlich hier in dieser Stadt – als absolut greifbare Bedrohung. Bedrohung für meinen Mann, meine Familie, für mich. Und für mein Kind! Ich konnte mein Entsetzen nur mühsam verbergen und versuchte, mich aufs Wesentliche zu konzentrieren; nur jetzt nicht den Kopf und die Beherrschung über meine Gefühle verlieren. „Er war dein ehemaliger Auftraggeber, dieser Älteste, dessen Namen du Alistair nicht verraten wolltest.“

Ich spürte sein schwaches Nicken. „Ja, aber du gehörst nicht in meine Vergangenheit. Du hast damit nichts zu schaffen. Ich wollte dich und deine Familie heraushalten. Es ist mir nicht gelungen. Spätestens als wir die verwandelten Kinder fanden, wurde mir klar, dass es mir nicht gelingen würde.“

„Warum ist er gekommen, was wollte er von dir?“

„Ich hatte die Falle zwar erwartet, mit *ihm* aber nicht gerechnet. Er nannte keinen Grund, Faye, denn er hat nie einen Grund gebraucht, um etwas zu tun. Er tut es einfach. Ich habe ihn auch nicht danach gefragt. Aber ich glaube, er hat nur auf die Chance gewartet, mich von der Bildfläche verschwinden zu lassen.“

„Warum hat er dich nicht getötet? Ich sah, dass er dich gefangen genommen hatte. Und wie kamst du da raus?“ Diese Fragen hatte ich nicht stellen wollen und wusste doch, dass sie gestellt werden mussten. Es wäre für Darians Erschaffer ein Leichtes gewesen, ihn zu vernichten. Warum hatte er es nicht getan? Warum nahm er ihn mit sich und riskierte, dass er ihm entkommen würde?

„Ich habe gebetet, Faye“, antwortete Darian erstickt. Eine Hand strich über mein Haar. „Meine Chance, ihm zu entkommen, war gleich null. Und doch ist es geschehen. Es war auf einmal verdammt hell. So hell, dass ich nicht einmal mehr meine Hand vor Augen halten konnte. Kurz davor hatte er noch vor mir gestanden. Plötzlich war da diese Helligkeit, und dann stand ich irgendwo mitten auf der Straße. Ab da weiß ich nichts mehr."

Michael, oder zumindest einer der Erzengel; es gab nur diese einzige Möglichkeit. „Du kannst in Michaels Licht stehen, Darian. Ich habe es gesehen. Thalion meidet ihn, und du hast mir erklärt, es würde Thalion vernichten, wenn er direkt mit seinem Licht in Berührung kommen würde. Es würde auch jeden anderen Vampir vernichten. Es kann nur so gewesen sein." Inzwischen hatte ich mich beinahe in Rage geredet. Diesen Strohhalm wollte ich nicht wieder loslassen. Er schien die einzige Erklärung zu sein. Und vielleicht die einzige Hoffnung. „Wir sollten ihn fragen. Und wir sollten vielleicht auch nach Lösungen suchen. Zusammen mit dem Engel."

„Faye, er ist einzig Gott verpflichtet", bremste mein Mann meinen Elan. „Selbst wenn er mir geholfen hat, er wird sich nicht in niedere Machenschaften verstricken lassen."

„Blödsinn. Er ist schon öfter in Erscheinung getreten und kommt, wenn er gebeten wird. Ich habe wiederholt mit ihm gesprochen. Außerdem kostet Fragen nichts", entschied ich selbstsicher und bekam als Antwort einen Kuss auf die Stirn. „Was wäre ich nur ohne dich, Frau?"

„Einsam?"

„Vermutlich. Wobei man sich daran durchaus gewöhnen kann."

„Muss ich eigentlich noch etwas über die Verbissenheit deines Erzeugers wissen, oder reicht das als Information für mich aus, ihm gepflegt in den Arsch zu treten, wenn ich ihn sehe? Von dieser merkwürdigen Narbe mal abgesehen."

Seine Brauen ruckten hoch. „Woher weißt du von seiner Narbe?"

„Thalion hat sie vor langer Zeit gesehen und mir davon erzählt. Stimmt es, dass sie nie verheilt?"

„Ja, aber ich kann dir nicht sagen, was sie verursacht hat. Keine normale Waffe ist in der Lage, eine solche Verwundung hervorzurufen. Jede Wunde heilt irgendwann."

„Dann muss die Waffe unnormal sein", murmelte ich, lachte dann und legte meine Arme um seinen Nacken. „Was meinst du, brauchen wir heiligen Boden für ein Gespräch mit einem Engel, oder würde es reichen, wenn wir ihn einfach herbitten?"

„Es ist ziemlich windig geworden."

Ich nickte zustimmend. Inzwischen wurde mir kalt. Und weil die

Fahrstühle um diese Zeit nicht mehr in Betrieb waren, mussten wieder die Federn herhalten. Ich zog sie aus der Hosentasche und legte meine Arme um Darians Taille. Dann schloss ich die Augen, um mich zu konzentrieren. „Sag mal, wenn sich die Reichweite dieser Federn bis nach England erstreckt, meinst du nicht, dass wir mit ihnen auch dorthin kommen, wo sich Michael normalerweise aufhält?“

„Faye, nein! Ich kann nicht …“ Sein Schrei wurde vom Wirbel zerrissen.

Stille umgab mich. Absolute, gespenstische Stille. Es war so still, dass es in den Ohren dröhnte. Selbst mein eigener Atem verursachte kein Geräusch, alles wurde verschluckt. Sehen konnte ich ebenfalls nichts. Wieder diese trübe Suppe, durch die nichts drang, weder Laut noch ein Bild. War ich abermals falsch abgebogen? Verwirrt startete ich den sinnlosen Versuch, irgendetwas zu erkennen.

Aber ich war doch genau dort, wohin die Federn mich geführt hatten, wohin ich mich gezielt gedacht hatte. Oder doch nicht? Diese verflixte Suppe kannte ich, stand nicht zum ersten Mal in dieser Zwischenebene. Es musste etwas schiefgegangen sein.

Als mir aufging, was nicht passte, hielt ich vor Schreck den Atem an. Wo war Darian? Er müsste bei mir sein, von mir festgehalten. Was ging hier vor? Hektisch blickte ich mich um. Ich fühlte ihn und fühlte ihn auch wieder nicht. Der Druck meiner Umarmung war vorhanden, doch hielt ich ihn nicht weiter umklammert. Er war weg, oder ich konnte ihn einfach nicht sehen. Aber das war doch nicht möglich. Langsam aber sicher stieg Furcht in mir auf. Oh Gott, ich hatte ihn doch wohl nicht verloren.

Geh!, hörte ich durch meine Gedanken rauschen. *Geh sofort!*

„Michael?“ Ich sprach es aus, trotzdem hörte ich es nicht.

Ja, aber geh, wenn du ihn retten willst. Die Worte wurden mit viel Nachdruck geäußert, ließen mich innerlich erzittern.

Wo ist er? Ich spürte mein Herz angsterfüllt trommeln.

Er wird fallen, Faye. Du wirst ihn verlieren, wenn du nicht sofort zurückkehrst. Er darf hier nicht sein, seine Seele ist zu dunkel und schwer. Er hat zu viel Schuld auf sich geladen.

Ich halte ihn fest, Michael. Wir müssen dringend mit dir reden. Ich fühlte Darian ganz deutlich. Aber die Zugkraft auf meine Arme wurde immer stärker. Es begann zu schmerzen, und er drohte mir tatsächlich aus den Armen zu rutschen.

Die Stimme wurde eindringlicher, und ich spürte neben mir einen Luftzug. *Er wird dir entgleiten. Geh!*

Er ließ mir keine Wahl. Der Abschied erfolgte prompt. Ein Strudel zog mich rasant abwärts, und für den Moment verlor ich das Gefühl für oben und unten. Dann sah ich etwas rasend schnell auf mich zukommen. Schemenhafte Umrisse. Noch einmal wollte es meine Muskulatur schier zerreißen. Mit letzter Kraft klammerte ich mich fest und gab meinen Gedanken eine neue Richtung: Nach Hause. Da kam ich auf.

Ein Stöhnen ließ mich die Augen aufreißen. Ich hatte nicht bemerkt, dass ich sie überhaupt geschlossen hatte. So erblickte ich Darian mit schmerzverzerrter Miene unter mir. Seine Arme lagen eisernen Ringen gleich um mich, und wie ein Ertrinkender hielt er sich an mir fest.

„Oh Gott, Faye", drang es dünn an meine Ohren. „Du hast mich fast zerrissen."

„Es tut mir leid, Darian. Ich wusste ja nicht …" Mir versagte die Stimme. Ich küsste ihn, löste die Umarmung und legte die Federn beiseite, warf dabei eine der brennenden Kerzen um, die zischend verlosch. Dann kniete ich neben ihm, umfasste sein Gesicht und tastete es prüfend ab. Dabei übersäte ich es mit sanften, kleinen Küssen und murmelte: „Es tut mir so leid. Das wollte ich nicht."

Er lächelte mich an, matt und irgendwie müde, und ich spürte deutlich, dass er mir Mut machen wollte. In seinen Augen stand ein Ausdruck, den ich nie zuvor gesehen hatte. Schmerz. Schmerz an Körper und Seele. Und irgendwie eine Form von Abschied. Was hatte ich getan?

Tränen schossen mir in die Augen, tropften auf ihn hinab. Lächelnd schüttelte er sehr langsam den Kopf, hob fahrig seine Hand und strich mir über die Wange. Ich sah, dass sie zitterte. Meine Angst explodierte.

Es war viel zu früh. Es hätte nicht geschehen dürfen.

Die bedeutungsschwangeren Worte ließen mich herumfahren. Direkt hinter mir, nahe der Tür, ragten deutlich sichtbar zwei strahlend helle Lichtsäulen auf, die sich lediglich in der leichten Schattierung unterschieden. Die eine Gestalt leuchtete leicht grünlich, die andere war von einem bläulichen Schimmer umgeben. Intuitiv wusste ich, wer der Bläuliche von beiden war. Michael.

„Was ist zu früh?", brachte ich geschockt heraus.

Mir schien, als kommunizierten die beiden miteinander, als wechselten kaum sichtbare Strahlen vom einen zum anderen. Es geschah lautlos, und ich verstand nichts von dieser ungewöhnlichen Unterhaltung. Und als Darian zusätzlich unter meinen Händen zu zittern begann, wurde ich durch meine erstickende Angst recht ungehalten. „Was immer ihr zu bereden habt, verschiebt das auf später, weil es sonst nicht zu früh, sondern zu spät ist!“

Augenblicklich endete der Austausch, und ich fühlte mich mit einem Mal sehr unangenehm fixiert. Anscheinend hatte ich mich mit den himmlischen Autoritäten angelegt, und nun wurde mir ihre Macht demonstriert. Ein ungeheurer Druck breitete sich über mir aus, als wolle mich jemand oder etwas in die Knie zwingen.

„Es ist nicht ihre Schuld. Lasst sie gehen!“, zürnte Darian da mit ungeahnter Energie, und erstaunt sah ich ihn an. Seine Augen hatten einen unnatürlichen Glanz angenommen, ein Leuchten, das von innen heraus zu kommen schien. Und auch seine komplette Statur schien zu erstrahlen, es umgab ihn auf einmal ein Schimmer, den ich niemals zuvor an ihm gesehen hatte. Bedächtig schob er sich hoch, stützte sich mit den Ellenbogen auf und bedachte die Lichtgestalten mit einem Blick, der jeden Normalsterblichen in Eis verwandelt hätte. Dann wandte er sich mir zu, und sein Gesichtsausdruck veränderte sich. Mit unendlicher Milde sah er mich an und reichte mir seine Hand. „Hilfst du mir bitte auf, Faye?“

Es ist zu früh!, donnerte es abermals durch meinen Kopf, und ich presste meine Hände auf die Ohren.

Nein, Raphael, das ist es nicht, antwortete da sehr bestimmend eine männliche Stimme, die ich nie zuvor vernommen hatte. Gleichzeitig fühlte ich, wie der Druck von mir wich, ich mich ungehindert aufrichten konnte und von etwas umhüllt wurde, was eindeutig nicht irdischer Natur war. Ein glitzerndes Licht, weich wie Seide, stärkend und doch so schwer wie uralter Portwein und dabei so klar wie Quellwasser. Obwohl ich kein weiteres Wort vernahm, wusste ich, was mir auf sehr feinfühlige Weise übermittelt wurde.

Ohne zu zögern und mit absolutem Vertrauen in dieses Wesen, rutschte ich von Darian ab und schaffte ihm so Platz. Erstaunt nahm ich das Flirren wahr, das diese strahlende, in goldenen Schimmer gehüllte Gestalt umgab und nun auch mich einhüllte. Wer war das?

Ich fühlte seine freundlich gesonnene Mimik mehr, als dass ich sie sehen konnte. Alsdann schrumpfte diese Lichtgestalt in sich zusammen, verdichtete sich, bis sie beinahe menschliche Züge annahm. Zu schön und zu sanft, um wirklich wahr zu sein. Blondes oder sogar weißes Haar umgab schulterlang ein Gesicht von altersloser, berückender Schönheit, dessen Züge sowohl männlich-markant als auch sanftmütig-fein waren. Dazu kam ein kristallklarer Blick aus Augen unbestimmbarer Farbgebung. Nur mit großer Konzentration konnte ich eine braungrüne Grundfarbe erkennen, die jedoch wieder verwischte.

Da hob er seine leuchtende Hand, legte sie mir an die Wange, und es trat etwas in seinen Blick, das mich nahezu umwarf. Nie zuvor hatte ich dergleichen gefühlt. Pures Licht raste durch jede einzelne meiner Zellen, war in seiner unendlichen Güte beinahe schmerzhaft und jagte mir erneute Tränen in die Augen. Für den Moment hatte ich das Gefühl, ihn zu kennen, woher auch immer. Ich meinte, zu Hause zu sein, eingehüllt in die Unendlichkeit, ein Teil des großen Ganzen und eingebettet in das, was nur allumfassende Liebe sein konnte. Nichts war mehr wichtig. Es gab keine Fragen mehr, und das Bewusstsein, das alles gut war, war allgegenwärtig. Als er seine Hand wieder fortnahm, blieb ein Teil dieser Empfindungen in mir, vibrierte nach und setzte sich schließlich irgendwo in meinem Herzen fest.

Ruhig und gefasst beobachtete Darian mich und den goldenen Engel, der sich nun zu ihm umwandte. Ich wurde den Eindruck nicht los, dass sie einander gut kannten, denn zwischen ihnen schnellten mit einem Mal Fäden aus Licht umher, die binnen Sekunden ein undurchdringliches Gespinst ergaben.

Da legte der Engel seine Hand auf Darians Herz, und sofort schossen Energiestrahlen von seinem Arm wellenartig in den Körper meines Mannes. Kurzzeitig hoben sich merkwürdige Symbole gleißend von seinem Arm ab und schienen mit dem Strom auf Darian überzufließen, wo sie sich als strahlende Gebilde auf seinem Körper zeigten. Mit jeder Welle schien er mehr und mehr aufzuleuchten, bis er einen unterdrückten Schrei ausstieß und in sich zusammensackte. Seine Lippen formten geflüsterte Worte in einer mir unbekannten Sprache, deren Intensität mich ängstigte. Ich fühlte ein unangenehmes Beben unter mir und um mich herum. Mein Blick hing weiterhin gebannt an Darian und dem goldenen Engel, und ich spürte, wie mir unaufhaltsam Besorgnis den Rücken hinaufkroch.

Jäh bäumte er sich unter der Hand des Engels auf und rief meinen Namen. Ich erstarrte, fasste mich und wollte zu ihm eilen, wurde jedoch von zwei starken Armen daran gehindert. „Vertraue, Faye. Er weiß, was er tut."

„Er bringt ihn um, Michael.“ Mit aller Kraft zerrte ich an seiner Umklammerung. Hilflosigkeit machte sich in mir breit, doch Michael ließ nicht los. „Ja und nein, Kind. Metatron erneuert. Habe Vertrauen.“

Mein Vertrauen schmolz so schnell wie Darians Strahlen nachließ. Dann lag er auf einmal mit geschlossenen Augen reglos da. Mein inneres Flehen, Michael möge mich endlich loslassen, fand keinerlei Gehör. Er hielt mich weiterhin eisern fest.

Da erhob sich der Engel und drehte sich zu mir. Mir stockte der Atem, als ich in seiner Hand schwarze, schwere Eisenketten erblickte, die er mir mit mildem Blick und vollkommener Ruhe übergab. *Sie haben ihren Dienst getan.*

Damit verwischte seine Gestalt vor mir, und ich sah nur noch eine riesige, helle Silhouette, die von etlichen langen Tentakeln aus purem, goldenem Licht umsäumt wurde, die sich wie in einem Windhauch sanft bewegten. Noch einmal fühlte ich seine Herzenswärme, spürte einen sanften Kontakt an meiner Stirn, dann war er fort. Verblüfft starrte ich auf die Stelle, an der er eben noch gestanden hatte, und wie in Trance fuhr meine Hand an meine Stirn, wo seine Berührung weiterhin ein wenig prickelte. Wenn es nicht unendlich lächerlich geklungen hätte, hätte ich glatt vermutet, von einem Engel geküsst worden zu sein. Aber das war sicherlich verrückt und nichts weiter als Einbildung. War es doch, oder?

Nun lösten sich Michaels Arme, nach einer weiteren Besinnungssekunde ließ ich die Ketten achtlos fallen und sank neben Darian auf die Knie. Kaum hatten meine Finger sein Gesicht berührt, schlug er die Augen auf. Ein Zittern ging durch seinen Leib, dann hörte ich, wie er tief die Luft in seine Lungen sog und mich bestürzt anstarrte. Ich erwiderte seinen Blick mit der gleichen Intensität und starrte danach auf seinen Brustkorb, der sich sichtlich gehoben hatte. Vorsichtig legte ich meine Hand darauf, fühlte ein winziges Klopfen und riss sie geschockt zurück. Darian ließ die Luft entweichen, fasste nun seinerseits auf seine Brust und fuhr hoch. Sein Blick suchte die beiden verbliebenen Engel und verlangte Antworten.

Ich sagte doch, es ist zu früh, murmelte der Grünliche. *Er ist noch lange nicht so weit.*

Stell seine Entscheidungen nicht infrage, Raphael, gab Michael zurück, beugte sich nun seinerseits ein wenig vor und sah Darian ruhig an. „Willkommen daheim, mein Freund."

„Mein Herz schlägt", murmelte Darian fassungslos, und Michael versah ihn mit einem überdeutlichen Lächeln. „War das nicht schon länger dein Wunsch?"

„Aber macht ihn das nicht verletzbarer?", hakte ich ein und wusste nicht, ob ich mich freuen oder fürchten sollte.

Da streckte Michael eine Hand aus, und wie von allein schwebten die Ketten auf ihn zu. „Nicht mehr als sonst auch, Faye. Das eine schmerzte von innen, das andere von außen. Welcher Schmerz ist eher zu ertragen, Kind? Das, was behinderte, wurde entfernt und damit das befreit, was lange schon vorhanden. Das wird alles verändern – und auch nichts."

Die Ketten zerbröckelten bei seiner Berührung in winzig kleine Lichtpartikel, fielen flirrend zu Boden und versickerten dort augenblicklich. Darian betastete derweil ungläubig seine Brust, lauschte auf das Geräusch seines Herzens und probierte dabei die Funktionstüchtigkeit seiner Lunge aus, indem er tief einatmete und geräuschvoll ausblies.

„Das ist vollkommener Irrsinn", murmelte er schließlich. „Wenn ich ins Wasser falle, kann ich ertrinken."

„Dann wäre es sinnvoll, das zu vermeiden, alter Freund", erklang Michaels trockener Kommentar. „Oder du übst dich im Schwimmen."

„Das sollte ich wohl tun." Abermals fuhr er mit seiner Hand über seinen Brustkorb, sah dann wieder auf. „Warum hat er das getan, Michael?"

Ich habe dir gesagt, dass er es nicht verstehen wird, orakelte es wieder aus der grünlichen Ecke. Ich schoss einen bitterbösen Blick dorthin. „Dann erklär es halt, du Miesmuschel."

„Miesmuschel?", echote Michael und lachte dröhnend. „So wurde Raphael bislang noch niemals betitelt."

Gefiedertes Himmelsvolk konnte manchmal sehr rätselhaft reagieren. Statt es mir übel zu nehmen, umhüllte mich Raphaels Gestalt und schickte mir das Gefühl purer Erheiterung. Dann vernahm ich seine Stimme, die ebenfalls leicht amüsiert klang: „Du bist also die junge Dame, die gern alles auf den Kopf stellt. Nun, dann werde ich es dir erklären." Wie unter einem leichten Zwang schob es mich in Richtung Sofa, auf dem ich mich niederließ. Erstaunt stellte ich fest, dass Raphael sich neben mich setzte, und zum ersten Mal erkannte ich ein wenig seine Gestalt. Schmal, schlank und grazil, völlig anders, als ich sie von Bildern oder meiner eigenen Vorstellung her vermutet hatte. Sämtliche Gemälde stellten ihn groß, kräftig und breit dar, aber er war das Gegenteil. Hatten die Maler lediglich ein verklärtes Bild dieser Wesen?

„Jeder Mensch sieht in uns das, was er sehen will", erhielt ich als Erstes die Erklärung auf meine Gedanken. Und die zweite folgte sogleich: „Nein, du schreist nicht, ich kann sie immer hören, egal, wie leise sie geäußert werden."

Mir fiel ein Stein vom Herzen. Er lachte leise und wies dabei auf Darian, der sich mit Michaels Unterstützung zögernd vom Boden erhob. „Als du unsere Ebene betreten hast, konntest du nur den hellen und reinen Anteil seiner Seele mit dir nehmen. Der dunkle und mit Schuld beladene Teil war zu schwer und lief Gefahr, abgetrennt zu werden. Die eine Hälfte kann ohne die andere aber nicht existieren. Nicht hier in der Dualität der Erde. Denn wo Licht ist, da ist auch Schatten. Nur wer den Schatten und die Dunkelheit kennt, kann sich gefahrlos darin bewegen. Zerstörst du den dunklen Anteil, wirst du nackt und hilflos wie ein Baby durch die Welt stolpern und ohne Schutz sein. Zerstörst du den hellen Anteil, wird alles in Dunkelheit versinken."

„Weil ich zu einem großen Teil Vampir bin, Faye, hätte es mich übel gebeutelt", warf Darian nun ein, trat zu mir und küsste mich auf die Stirn. Auf die Stirn? Allmählich wurde es mir unheimlich. Ungeachtet dessen sprach er weiter: „Noch überwiegt in mir die Dunkelheit, und ich wäre – wärst du nicht umgekehrt – durch eine Trennung von meiner lichten Seite in die alten Muster verfallen, die niemand von uns mehr an mir erleben möchte. Ich bin doch noch ein Vampir?"

„Daran hat sich nichts geändert, und so in etwa wäre es geschehen", bestätigte Raphael Darians Worte, und mir wurde nun ganz anders. Der Kloß in meinem Hals ließ sich nur mit Mühe herunterwürgen, und ich warf den beiden Lichtgestalten dankbare Blicke zu. „An wen muss ich noch mal die Dankeskarte für die Rettung meines Mannes schicken?"

„Du hast ihm bereits gedankt", gab Michael ruhig zurück. „Mehr, als dir bewusst ist. Aber ihr wolltet mich sprechen. Hier bin ich."

„Hast du mir bei meiner Gefangennahme durch Ahjarvir geholfen?", erkundigte Darian sich sofort.

Michael nickte. „Ja, du hast uns zu dir gerufen. Wir mussten eingreifen, sonst wärst du von ihm aller Wahrscheinlichkeit nach vernichtet worden."

„Es war nicht an der Zeit", kramte Raphael seinen scheinbaren Lieblingssatz wieder hervor und zuckte aufgrund meines schrägen Blickes lediglich mit seinen leuchtenden Schultern. „Er hatte noch nicht die Kraft, sich dem Wesen zu stellen, das ihn geschaffen hat."

„Eine Konfrontation wird unvermeidbar sein", gab Darian zu bedenken. „Er hat es einmal versucht, er wird es wieder versuchen."

„Aber diesmal bist du gewarnt", erwiderte Michael.

„Was will der Kerl von Darian? Der taucht doch nicht zum Zeitvertreib hier auf und geht uns auf die Nerven."

„Er will das beenden, was er vor Langem begonnen hat. Die Vernichtung deines Mannes, von dem für alle seiner Art eine große Gefahr ausgeht. Und er wird auch dich vernichten wollen, Faye. Ihr steht seiner Machtgier im Weg. Das Kind in dir trägt eine Hoffung in sich, die Dunkelheit in Licht zu wandeln. Vernichtet er dich und das Kind, wäre das eine überaus starke Schwächung für die lichtvolle Seite."

Thalion hatte Ähnliches gesagt. „Was ist mit Lilith?", warf ich ein, bevor Darian zu Wort kommen konnte.

Ich fühlte Michaels abwägenden Blick auf mir. „Niemand weiß, was Lilith wirklich plant. Wir wissen, dass sie hier ist und beobachtet. Aber ihre Beweggründe liegen weiterhin im Verborgenen."

„Ich befürchte, wir werden es früher erfahren, als uns genehm ist", räumte Raphael ein.

„Befürchtet ihr, sie könnte intervenieren?"

„Sie wird sich einmischen." Darian sah mich nachdenklich an. „Wir wissen nur nicht, auf welche Weise, wann und mit welchem Ausgang."

„Bisher haben sich ihre Eingriffe nur positiv ausgewirkt", erklärte ich überzeugt. „Sie hat mich mehrfach gewarnt, wenn etwas auf uns zukam. Sie hat bei Thalions Befreiung maßgeblich geholfen. Und sie hat mir die eine oder andere Information zugespielt. Ich glaube nicht, dass sie bösartig handelt."

„Alles hat seinen Preis, Liebes. Lilith wird ihre Rechnung einfordern, wenn es an der Zeit ist. Wir können nur hoffen, dass sie nicht zu hoch ausfällt."

„Werdet ihr da sein, wenn es brenzlig wird?" Ich legte meine ganze Hoffnung in meinen Blick, der die beiden Erzengel umfasste.

„Wenn unsere Anwesenheit erwünscht und von Nöten ist, ja", gab Raphael zurück und schien Michael gleichzeitig zuzunicken. Beide begannen vor meinem Blick zu zerfließen und sich aufzulösen. Dann hörten wir ihre letzten Worte: „Ruft uns, und wir werden da sein."

„Die hatten es aber auf einmal eilig", murmelte ich verwundert.

„Das ist normal", antwortete Darian und reichte mir seine Hand. „Gönn uns eine Pause, Faye. Ich bin für heute bedient."

Nickend erhob ich mich und wandte mich dem Vorhang zu, als mein Bruder von Thomas gefolgt in den Raum stürmte.

„Alles ist in bester Ordnung", fing Darian sie ab. „Wir hatten lediglich Besuch. Kein Grund zur Sorge."

Alistair bremste und sah sich angestrengt um. Und erst jetzt fiel mir auf, dass er sich auch um*roch*. Das hatte ich vorher nie bewusst wahrgenommen.

„Weihrauch", meinte er plötzlich, ging auf mich zu und sog geräuschvoll die Luft ein. „Eindeutig. Hier im Raum und an dir riecht es nach Weihrauch." Er folgte weiter der Geruchsspur, doch kam Thomas ihm zuvor: „Er riecht auch danach, du kannst aufhören zu suchen."

„Hohe Gäste?"

„Sehr hoher Besuch, Alistair", lachte Darian und wies wie beiläufig mit dem Finger gen Himmel.

„Ich verstehe. Und ich habe schon gedacht, ihr fackelt mir die obere Etage ab. Es wurde auf einmal ziemlich hell."

Da verharrte Thomas mitten in der Bewegung, und ein undefinierbarer Blick blieb an Darian haften. Er legte die Stirn in leichte Falten, dann zogen sich seine Mundwinkel plötzlich nach oben und er begann leise zu lachen. Sämtliche Blicke wandten sich ihm zu. Meiner sehr fragend, Darians verwirrt und der meines Bruder ausgesprochen argwöhnisch. Als Thomas sich nun auch noch mit einer leichten Verbeugung von meinem Mann verabschiedete, verstand wohl keiner von uns mehr die Welt.

„Nein", wandte Darian auf meinen fragenden Blick ein. „Ich will nichts mehr wissen. Mir reicht es." Sein Arm landete an meiner Hüfte, und mit liebevollem Druck zog er mich Richtung Vorhang.

„Egal, was jetzt noch passiert – und wenn die Hütte brennt – ich möchte Ruhe haben. Wie siehst du das?“

„Gute Nacht, Alistair“, gab ich knapp zur Antwort und huschte hinter die Vorhänge.

Keine zwei Minuten später lagen wir eng umschlungen unter den weichen Fellen. Schläfrig legte ich meinen Kopf auf seinen Brustkorb, und zum ersten Mal überhaupt spürte ich das Heben und Senken und lauschte andächtig dem gleichmäßigen Schlagen seines Herzens.

Leise rauschte der Wind durch das Blätterdach einer Palme, umspielte dessen gefiederten und zerfaserten Stamm und wirbelte dabei etwas Sand auf, der wie kleine Nadelstiche gegen meine nackten Beine prasselte. Um die Echtheit des Stammes zu überprüfen, drückte ich mit der Handfläche dagegen. Das Stechen der abgestorbenen Blätter in meine Haut machte klar, dass es sich um keinen schnöden Traum, sondern eine neuerliche Vision handelte.

Erst einmal blieb ich, wo ich war, und sah mich um. Es war Nacht oder zumindest schon dunkel. Aus Erfahrung wusste ich, dass es in Ländern wie diesem keine langen Dämmerungsphasen gab, sondern dass die Dunkelheit rasch hereinbrach, als habe jemand einen Schalter umgelegt und das Licht einfach ausgeknipst. Am Firmament leuchteten die Sterne, und als Seebär hätte ich daran vielleicht eine Uhrzeit festmachen können, so aber blieb dieses Wissen ebenfalls im Dunkeln. Vor mir raschelte und wogte trockenes Gras im Rhythmus der seichten Briese und unter meinen nackten Füßen spürte ich warmen, feinen Sand, der ringsum den Boden bedeckte. Gegen den nachtklaren Himmel hoben sich rund um mich herum die Silhouetten weiterer Palmen und kleinerer Büsche ab. Anscheinend befand ich mich in einer Oase. Mein Blick wanderte den Baum empor, und ich erkannte weit oben eine Ansammlung kleiner, grünlicher Früchte. Dattelpalmen wuchsen hauptsächlich im afrikanischen Raum. Vielleicht hatte es mich erneut in genau diese Region verschlagen, und ich sollte wieder etwas Wichtiges sehen.

Also wartete ich. Und wartete. Und ich übte mich in Geduld. So lange, bis ich mich langweilte und meine Geduld aufgebraucht war. Gerade als ich mich ernsthaft fragte, was ich hier überhaupt verloren hatte, tauchten in einiger Entfernung mehrere Gestalten auf schaukelnden Wüstenschiffen auf. Der sanfte Wind trug mir Stimmen zu; ich vernahm Worte in einer Sprache, die ich nur schwer einordnen konnte. Arabisch? Recht ähnlich, aber nicht wirklich. Ich lauschte noch aufmerksamer, trat um den Palmenstamm herum und nutzte ihn als Deckung. Inzwischen waren die Gestalten näher gekommen, hielten ihre Reittiere an und ließen sie absinken. Es waren vier Personen, sie waren wie Beduinen gekleidet und führten insgesamt fünf Kamele mit sich, wobei eines als Lasttier diente.

Kaum waren sie abgestiegen, ging zwischen zwei eindeutig männlichen Personen ein großes Lamentieren los. Wortgewaltig und mit raumgreifender Gestik sprachen sie aufeinander ein, schienen sich nicht einigen zu können, wo nun genau das Lager aufgeschlagen werden sollte. Inzwischen war mein Interesse bezüglich meiner Landeposition doch arg gestiegen. Naher Osten stand schon mal fest. Jetzt fehlte nur noch Land oder Region. Anhand der Sprache ließ es sich zumindest nicht feststellen.

Plötzlich hob eine dritte Person ihre Arme und verschaffte sich mit einem einzigen, scharfen Wort Ruhe. Es wirkte, als kuschten die anderen unter ihrem Blick, denn sie machten sich sofort daran, das Lastentier zu entladen. Ich war erstaunt, in welcher Windeseile ein provisorisches Zelt aufgestellt, kleineres Mobiliar hineingetragen und ein kleines Feuer entzündet wurde. Schon wenig später wehte mir das Aroma starken Tees um die Nase. Und kurz darauf kam der Geruch einer Wasserpfeife hinzu.

Noch immer war ich im Unklaren darüber, warum es mich hierher verschlagen hatte, was genau ich hier sollte. Es lag nichts Ungewöhnliches in der Handlungsweise dieser Menschen. Auch hatte ich nicht das Gefühl, dass sie ein zu ergründendes Geheimnis umgab. Im weitläufigen Sinne waren es lediglich wilde Camper, die in einer Wüstenoase ihr Zelt aufschlugen.

Drei Personen, alles Männer, hatten sich am Feuer niedergelassen, sprachen miteinander, rauchten und tranken. Eine vierte, wesentlich kleinere Person hielt sich im Hintergrund und trat nur nach Aufforderung auf die Männer zu, um ihre Gefäße zu füllen, Essen zu bringen oder sonstige Dienste zu verrichten, die deren Bequemlichkeit dienten. War sie mit der Verrichtung ihrer Aufgaben nicht schnell genug, erntete sie Schelte oder Tritte. Ich merkte, wie ich wegen dieser Behandlungen immer zorniger wurde.

Allmählich brannte das Feuer herunter, die Reichweite des Lichtscheins wurde geringer und die Gespräche leiser. So wagte ich mich vorsichtig aus meiner Deckung und schlich auf leisen Sohlen hinüber zum nächsten Busch. Ich huschte hinter ihm hindurch, nutzte einen weiteren Stamm als Sichtschutz und erreichte ungesehen die hintere Seite des Zeltes.

Es war nicht sehr groß, vielleicht mit einem Viermannzelt zu vergleichen. Der Stoff war fest und dicht, vielleicht sogar wasserundurchlässig. Ich überlegte, ob es tatsächlich so ratsam wäre, einen Blick hineinzuwagen. Auf der anderen Seite musste es einen triftigen Grund geben, warum ich hier war. So legte ich mich so flach wie möglich auf den Bauch und schaufelte den Sandwall mit beiden Händen beiseite, bis ich unter der Stoffbahn hindurchsehen konnte.

Einige Öllampen verbreiteten heimeliges Licht. Sie standen auf einem kleinen Tisch mit runder Messingplatte, die wie ein Tablett mit prächtigen Gravuren aussah. Auf den bunten Teppichen lagen mehrere Kissen zu Bergen aufgetürmt, vermutlich die Nachtlager der Herren vor dem Zelt. Drei kleine, flache Hocker standen neben jedem dieser Kissenberge, und auf einem dieser Hocker lag – ich traute meinen Augen kaum – die Holzkiste. Achtlos hingestellt, ohne jede Bewachung. Hatten die Herrschaften keinerlei Ahnung von dem, was sie mit sich herumschleppten?

Ein verwegener Gedanke ergriff von mir Besitz. Was würde geschehen, wenn ich sie stehlen würde? Veränderte ich damit nicht den Lauf der Zukunft? Möglicherweise würde dann vieles anders passieren, teilweise auch gar nicht. Das Risiko dieses Eingriffs war nicht kalkulierbar.

Und es war unnötig. Plötzlich entstand vor dem Zelt ein Tumult. Zornige Rufe wurden laut. Ein Pistolenschuss zerriss die Stille der Nacht. Die kleinere Gestalt stürzte ins Zelt hinein, sah sich blitzschnell um und ergriff eine Schriftrolle, die, von mir unbemerkt, hinter der Kiste gelegen hatte. Da stürmte auch schon ein schwarz gekleideter Riese herein und erfasste binnen Sekunden die Situation vor sich. Die Hände ausgestreckt, überwand er die wenigen Meter mit einem Schritt, erwischte die flüchtende Gestalt direkt am Hals und riss ihr dabei den Kopfschutz herunter. Langes welliges Haar fiel wie ein wilder Wasserfall über den Rücken der Person, und ein verschreckter, spitzer Schrei entwich ihren Lippen. Es war eine Frau, oder eher ein junges Mädchen. Mit weit aufgerissenen Augen starrte sie ihren Peiniger an. Die Schriftrolle entglitt ihren Fingern und rollte zwischen die Kissen. Sofort versuchte sie sich aus seinem brutalen Griff zu befreien, doch je mehr sie an seinen Händen zerrte, desto diabolischer wurde sein Grinsen.

Ich hielt die Luft an. Das Aufblitzen seiner scharfen Zähne war mehr als eindeutig. Ich fasste um mich, erwischte jedoch nur mein

T-Shirt. Verdammt! Musste ich mir nun auch noch angewöhnen, mit einem Pflock einzuschlafen, damit ich ihn notfalls im Traum zur Hand hatte?

Nichts war da, um dem Mädchen zu helfen. Ich würde nur tatenlos zusehen können, wie dieser Kerl sie umbrachte. Gleichzeitig musste ich darauf achten, nicht selbst bemerkt zu werden. Ich hatte bislang nichts von Lilith gesehen und wähnte mich hier in gewisser Weise ohne ihren Schutz. Also musste ich jedes Risiko vermeiden. Ob ich nun wollte oder nicht.

Obwohl alles in mir fliehen wollte, konnte ich mich nicht losreißen. Das Mädchen wehrte sich mit aller Macht, trat um sich und wollte das Gesicht ihres Peinigers mit ihren Fingernägeln zerkratzen. Doch jede Wunde schloss sich sofort, und sein perfides Grinsen wurde nur noch grausamer. Er hob eine Hand und schlug ihr mit unbarmherziger Wucht ins Gesicht. Ihr Kopf flog herum, sie verlor das Gleichgewicht und drohte zu stürzen. Er hielt sie fest, riss sie an ihrem langen Haar zurück und beugte sich über ihren entblößten Hals. Seine Zähne bohrten sich in ihre weiche Haut, und dunkelrot sickerte das frische Blut aus den Bisswunden.

Da wurde die Zeltwand ein weiteres Mal beiseite geschlagen und eine schlanke, große Gestalt betrat den Innenraum. Auch sie war vollkommen schwarz gekleidet, dennoch bemerkte ich anhand der feucht glänzenden Spuren auf ihrer Kleidung, dass sie bereits in den Genuss der Mitreisenden des Mädchens gekommen war. Von der anderen Seite des Zeltes war indes kein Laut mehr zu vernehmen. Mir war klar, dass die Männer nicht mehr am Leben waren, und nun würde es das Mädchen erwischen. Und ich war absolut machtlos.

Der Vampir blickte auf und sah den Eintretenden an, ließ für einen Augenblick von seinem Opfer ab und gewährte ihr damit eine trügerische Gnadenfrist. Sie wechselten ein paar Worte, und der Neuankömmling wies dabei erzürnt auf die Kiste. Was hätte ich in diesem Moment für ein Universalübersetzungsgerät gegeben. Mit genervtem Gesichtsausdruck stieß der Vampir das Mädchen in einen der Kissenstapel und trat auf die Holzkiste zu. Er nahm den Deckel ab, nickte knapp und verschloss sie wieder. Dann übergab er sie dem anderen, der sogleich einen ungeheuer zornig klingenden Wortschwall über den ersten Vampir ausschüttete. Für einen kurzen Moment hob er dabei den Kopf so weit, dass ich sein

Gesicht erkennen konnte.

Mein Herz setzte einen Schlag aus und raste dann umso schneller. Letavian. Allem Anschein nach war ihm dieses Artefakt schon einmal entwendet worden. Mein Hirn schlug Saltos, und ich wollte wissen, wer die Menschen waren, denen das vor uns geglückt war. Wer war dieses Mädchen? Sie schien zu wissen, dass der Inhalt der Kiste von enormer Wichtigkeit war. Und was hatte die Schriftrolle zu bedeuten, die irgendwo unter den Kissen verschwunden war?

Ich blickte zu ihr zurück. Sie bewegte sich schwach und stöhnte leise. Für den Moment befand sie sich außerhalb des Fokus der beiden Vampire, die sich mitten im Raum gegenüberstanden und gegenseitig aufs Übelste zu beschimpfen schienen. Und vielleicht lag genau hierin eine Chance.

Vorsichtig schätzte ich die Entfernung von mir zu dem Tisch mit den Öllampen ab. Ein, eventuell zwei Meter, mehr waren es nicht. Ich sah nach rechts, konnte mit Glück eines der Kissen erwischen. Wenn ich es warf und wie gewünscht traf, würde das Öl die Kissen binnen Sekunden in eine flammende Hölle verwandeln. Dazu aber musste ich meine sichere Deckung aufgeben. Konnte ich das wirklich wagen?

Ich blickte wieder zum Mädchen hinüber. Sie hatte sich etwas gedreht und versuchte nun, unbemerkt zu entkommen. Millimeter für Millimeter kroch sie von den streitenden Vampiren fort. Da hielt sie plötzlich inne, und ich fühlte ihren erschrockenen Blick auf mich gerichtet. Blitzschnell legte ich einen Finger an meine Lippen, wies mit den Augen auf die Lampen und dann auf die Kissen. Sie schien mich zu verstehen, nickte kaum merklich. Doch statt ein Kissen als Wurfgeschoss zu verwenden, erhob sie sich schwankend.

Abermals verschlug es mir den Atem. Was hatte sie vor? Innerlich rief ich ihr eine Warnung zu, doch sie blieb unbeachtet. Als sei sie schwer verwundet, torkelte sie zwei Schritte und stürzte ihrem Peiniger in den Rücken. Er stolperte vor und fuhr herum. Sie hingegen fiel seitwärts und landete direkt neben dem Tisch. Einen Wimpernschlag später schoss eine der Öllampen auf den Vampir zu. Sein Ausweichen nützte in dem engen Raum wenig. Brennendes Öl spritzte auf seine Kleidung. Sofort fraßen sich die Flammen durch sein Gewand, und binnen Sekunden stand alles lichterloh in Flammen. Einer lebenden Fackel gleich rannte er aus dem brennenden Inferno und folgte dem flüchtenden Letavian.

Hurtig hob ich die Stoffbahn an. Das Mädchen wühlte panisch in den brennenden Kissenbergen, fand schließlich das Gesuchte und stürzte auf mich zu. Ich packte sie am Arm und zog sie durch den Spalt, zerrte sie hinter mir her in die Dunkelheit.

An meiner Palme kamen wir zum Stehen und sahen uns vorsichtig um. Das Zelt brannte lodernd und erhellte die halbe Oase. Neben dem Zelt sah ich die Leichen der drei Männer liegen; für sie kam jede Hilfe zu spät. Von Letavian war nichts mehr zu sehen, und wie ich ihn einschätzte, hatte er seinem kokelnden Kameraden kurzerhand die Freundschaft gekündigt und selbst Fersengeld gegeben. Eines der Kamele fehlte. Die anderen scharrten unruhig und ängstlich an ihren Fußfesseln.

Das Mädchen zupfte mich energisch am Arm und sah mich mit seinen großen, dunkelbraunen Augen interessiert an. Sie hatte keinerlei Angst vor mir, auch wenn sie nicht wusste, wer ich war und woher ich kam.

„Faye McNamara Knight“, meinte ich leise und wies dabei auf mich. Sie nickte verstehend, zeigte ihrerseits auf sich und sagte: „Schekina.“

Dann wies ich auf die verbliebenen Kamele und gab ihr mit einer Geste zu verstehen, sich tunlichst zu verstecken. Sie schüttelte den Kopf und sprach hektisch auf mich ein. Ich verstand kein Wort. Also hob sie die Schriftrolle an und wies anschließend zum Firmament. Fragend sah ich sie an. Sie atmete genervt durch und startete einen weiteren Versuch. Langsam entrollte sie die Schriftrolle. Viele mir unbekannte Zeichen und Symbole waren darauf verzeichnet, dazu einige Punkte, die bei näherer Betrachtung durchaus ein Sternbild ergeben konnten. Dann wies sie abermals zum Himmel hinauf, und allmählich begann ich zu verstehen. Vermutlich war es eine Art Kodierung, so zumindest stellte es sich mir dar. Ich prägte mir so viel wie möglich davon ein und nickte ihr anschließend zu. Sie lachte mich an, tippte mir dann leicht gegen die Stirn und rollte das Schriftstück wieder zusammen. Wie ein Baby legte sie die Rolle in ihren Arm, schaukelte sie sanft und bedachte mich mit einem fragenden Blick. Ich meinte zu verstehen, dass sie die Hüterin dieser Rolle war. Ein weiteres breites Lächeln folgte.

Nun trat in meine Augen eine Frage, und ich wies auf ihre Verwundung. Sie winkte ab. Anscheinend kam das öfter vor. Ich ließ mich dennoch nicht beirren und bestand darauf, es mir anzusehen. Sie gab nach und neigte den Kopf. Ich schob ihren Kragen beiseite und hielt die Luft an, als ich neben den neueren Bissspuren ein paar ältere, bereits vernarbte ausmachte. Vielleicht sollte sie es einmal mit Blutegeln versuchen, statt sich diesen Gefahren auszusetzen.

Kurzerhand trennte ich einen breiten Streifen meines Shirts ab und reinigte damit die Wunden. Dann legte ich ihr einen losen Verband an, um die Wunden gegen Verschmutzung zu schützen.

Nachdenklich sah sie mich einen Moment an, griff dann zielstrebig unter ihr Gewand und zog zwei silberne Ketten hervor. Kleine ovale Phiolen hingen als Anhänger an den Silberbändern und schienen etwas zu enthalten, das ihr sehr wichtig war. Sie wollte sich bereits eine der Ketten über den Kopf ziehen, als ich schnell meine Hand über ihre legte und vehement den Kopf schüttelte. Ein solches Schmuckstück gegen den Teil eines Shirts erschien mir im Preis doch ein wenig zu hoch. Mit einem Redeschwall protestierte sie und gab mir zu verstehen, dass ich ihr das Leben gerettet habe. Dennoch blickte ich sie wortlos und entschlossen an. Schließlich gab sie auf, murmelte etwas, das wie „sturer Esel“ klang, ließ die Ketten zurückgleiten und nahm meine Hand. Für einen Moment betrachtete sie mein Handgelenk, hielt ihres daneben und nickte anschließend. Kurz darauf hatte sie das farbenfrohe Stoffband von ihrem Handgelenk gelöst und es um meines gebunden. Nun schien das Mädchen zufrieden zu sein.

Lächelnd betrachtete ich das Band. Es erinnerte mich entfernt an die bunten Freundschaftsbänder, die während meiner Schulzeit so beliebt gewesen waren. Bunte Fäden waren in winzig kleinen Knoten zu einem kunstvollen Bild verknüpft worden. Es stellte eine paradiesische Landschaftsszene mit Pflanzen und Tieren in roten, türkisen, goldenen und gelben Farbtönen dar, eingefasst von einem Rand aus blauen und grünen Fäden, in den winzige Flügel eingearbeitet waren. Was für eine Sisyphosarbeit. Dieses Geschenk konnte ich aber durchaus annehmen.

Als Schekina mich zu den Kamelen ziehen wollte, lehnte ich erneut ab. Ich wollte heim, zurück in Darians beschützende Arme, hatte genug gesehen und mochte nicht unbedingt auf schaukelnden Wüstenschiffen durch mir unbekannte Gefilde reiten. Ihr Blick machte klar, dass sie mich wegen meiner Weigerung für geistig fragil hielt. Vermutlich wäre es mir an ihrer Stelle ebenso ergangen. Aber irgendwie musste ich zurück, und ich wusste nicht, ob das bei einem Ortswechsel ebenfalls gelingen würde. Also wies ich auf die Kamele und sie, dann auf die Palme und mich. Sie verstand mich wohl, machte ihrem Unmut jedoch durch einen Schwall weiterer Worte Luft.

Was blieb mir anderes übrig, als sie bei den Schultern zu nehmen, umzudrehen und in Richtung der Tiere zu schieben? „Du gehst, ich bleibe", sagte ich dabei so bestimmt wie möglich.

„Ingels", meinte sie plötzlich.

Ich stutzte und nickte anschließend kräftig. „Ja, ich bin Engländerin. *Ingles*."

Ihr Daumen fuhr hoch. *„Ingels* gut. Fae Mackneit gut."

„McNamara … Ach, was soll's. Und du machst dich jetzt bitte weg von hier." Ich schob sie erneut in Richtung der Kamele, und endlich gab sie nach.

Das Letzte, was ich von ihr sah, waren ihre lächelnden Augen, während sie rückwärts auf die Reittiere zuging. Dann verschwamm alles vor meinem Blick. Jäh fühlte ich mich wie im Schleudergang einer Waschmaschine, die kurz darauf abrupt angehalten wurde.

Orientierungslos tastete ich um mich und erwischte etwas Weiches, das sogleich einen Protestlaut von sich gab: „Musst du mir unbedingt ins Auge stechen, Liebes? Ein Kuss hätte mich weitaus liebevoller geweckt."

Überglücklich fuhr ich herum, drückte Darian einen lauten Kuss auf die Wange und ließ mich zurück in die Felle sinken. Zu Hause. Herrlich. Vielleicht war doch alles nur ein Traum gewesen.

„Sag mal ..." Darians Gesicht tauchte über mir auf. „Rauchst du heimlich?"

„Was?" Erschrocken starrte ich ihn an. „Wie kommst du darauf?"

„Du riechst leicht nach Rauch und hast Ruß an deinen Händen." Dabei zog er mir das Fell weg, blickte an mir herunter und zog die Stirn in Falten. „Zudem ist dein Shirt zerrissen. Und das, obwohl ich dich die ganze Zeit über in meinen Armen gehalten habe. Falls es sich wieder um eine deiner Visionen handelt, klärst du mich bitte auf?"

Aus der Traum mit der Hoffnung auf einen Traum. Ich richtete mich auf, tastete nach meinem Handgelenk und fand das Band darum. Es war unwiderlegbar. Fahrig fuhr ich mir durchs Haar und atmete tief durch. Dann blickte ich ihn ernst an. „Kennst du zufällig eine Frau, die Hüterin einer Schriftrolle ist und sich Schekina nennt?“

„*Shekinah* ist arabisch und der Name des weiblichen Engels der Befreiung und des Friedens.“ Er zog eine Kerze heran, zündete sie an und schüttelte dabei verneinend den Kopf. „Ich kenne keine Frau dieses Namens. Aber ich nehme an, es wird eine längere Geschichte, Liebes. Leg los, ich bin ganz Ohr.“

Sorgfältig zeichnete ich eine gute Stunde später die eingeprägten Symbole und Zeichen auf einen Notizzettel und fügte mehrere Punkte hinzu, die ein Sternbild ergeben sollten. Anschließend betrachtete ich skeptisch die Darstellung und kaute grübelnd auf dem Bleistiftende herum. Irgendetwas fehlte. Aber was?

„Warum hast du die Schriftrolle nicht gleich mitgehen lassen?“, fragte mein Bruder sichtlich genervt, dem es wenig gefiel, mitten in der Nacht aus dem Bett geholt worden zu sein. „Dann könnten wir uns das hier sparen.“

„Sehr komisch“, schoss ich zurück, in meiner Ehre als wandelnde Datenbank gekränkt. „Ich hätte ja auch gleich noch die Kiste mitnehmen können, ich weiß nur nicht, was dann in dieser Realität mit der vorhandenen passiert wäre.“

„Okay, okay. Du hast ja recht. Ich gebe mich geschlagen“, meinte er und hob abwehrend die Hände.

Indes hatte Darian mein Gemälde ergriffen und hielt es Richtung Fenster. Kopfschüttelnd ließ er das Blatt sinken. „Wir müssen aufs Dach. Von hier aus lässt sich kein Vergleich anstellen.“

„Apropos. Mich würde nun doch interessieren, wie du in den Besitz des Buches gelangt bist, Alistair. So, wie ich das mitbekommen habe, ist es nicht das erste Mal, dass Letavian es verloren hat.“

„Ich sagte dir, dass mir jemand einen Gefallen schuldete. Vor einigen Monaten bekam ich ein überaus verlockendes Angebot. Also habe ich zugegriffen. Kimberly holte das Buch zum verabredeten Zeitpunkt ab, und ich deckte ihr dabei den Rücken.“

„Hast du nie daran gedacht, dass es eine Falle sein könnte?“

Er schenkte mir ein wölfisches Grinsen. „Doch. Jederzeit, Faye. Darum ging Kimberly, und ich blieb etwas hinter ihr zurück."

Bekanntermaßen war seine Taktik aufgegangen, sonst hätte ich weitere verlorene Familienmitglieder zu beklagen gehabt.

„Was hast du dafür hingeblättert?", erkundigte Darian sich nun, und ich sah ihn überrascht an.

Alistair hingegen schien sich zu winden. Diese Frage behagte ihm keineswegs. Schließlich aber knirschte er mit den Zähnen und murmelte sehr undeutlich: „Zwanzigtausend."

„Wie bitte?", platzte ich ungläubig heraus, während Darian lediglich nickte. „Ein nettes Sümmchen, aber der Einsatz hat sich durchaus gelohnt."

„Ist das der Grund, warum die Raten für Kimberlys Schule ausgeblieben sind?"

Ein verzerrtes Lächeln folgte, dann die liebreizende Frage: „Wollten wir nicht aufs Dach?"

Mit amüsiert funkelnden Augen ging Darian voran. Ich warf mir einen wärmenden Pullover über, schlüpfte in meine Turnschuhe und eilte den Männern nach.

Der Himmel war wolkenlos und der Blick auf die Sterne entsprechend gut. Dennoch störten hier und da die Lichter der Stadt, und es dauerte eine Weile, bis wir überhaupt gewisse Ähnlichkeiten zu meiner Zeichnung feststellen konnten.

Thomas war durch unsere Anwesenheit erwacht und hatte sich zu uns gesellt. Und obwohl eine deutliche Gänsehaut seinen nackten Oberkörper überzog, schien er nicht zu frieren. Mein Bruder im Übrigen auch nicht, der ebenfalls nur mit einer Jogginghose bekleidet neben mir stand. Mir hingegen wurde allmählich kalt.

„Möchtest du mein Hemd haben?", erkundigte Darian sich fürsorglich, doch ich lehnte ab. Aufgrund der letzten Erkenntnisse lag die Vermutung nahe, dass er durchaus Kälte spüren und sich möglicherweise doch eine Erkältung einfangen konnte. Und kranke Männer sind erfahrungsgemäß nicht leicht zu ertragen.

„Und du hast keinen Anhaltspunkt dafür, vor wie vielen Jahren sich diese Szene abgespielt hat?"

Bedauernd schüttelte ich den Kopf. „Nein, da war nichts. Bis auf den Pistolenschuss. Aber da ich wenig Ahnung von Waffen habe, kann ich dir nicht einmal sagen, um was für eine es sich handelte."

„Erfolgte ein zweiter Schuss?", fragte Darian weiter.

„Nein, es war nur ein einziger. Worauf willst du hinaus?“

„Moderne Waffen haben Magazine und werden mehrfach hintereinander abgefeuert. Bei einem einzelnen Schuss liegt die Vermutung nahe, dass die Waffe ein Vorderlader war und daher nachgeladen werden musste.“

„Oder die Kerle waren dermaßen schnell, dass nur ein einziger Schuss möglich war“, warf Thomas ein, und Darian nickte. „Auch das wäre möglich.“

„Vielleicht sollten wir Letavian einfach fragen, wann ihm das Buch schon einmal abhanden gekommen ist“, überlegte ich laut, und schlagartig wandten sich alle Blicke mir zu. „Habe ich etwas Falsches gesagt?“

„Du bist ein Genie, Faye.“ Ich erhielt einen leidenschaftlichen Kuss von meinem Mann. Voller Tatendrang sah er anschließend die beiden Männer an. „Wie gehen wir vor?“

„Gar nicht“, erklang es da aus der Dunkelheit hinter uns, und Steven trat hervor. Er rieb sich noch immer leicht den Kopf, und sein Blick war weiterhin etwas schmerzgeplagt, aber er hielt sich erstaunlich gerade. „Entschuldigt, ich habe eurem Gespräch nur unfreiwillig gelauscht, weil ich die Kühle der Nacht genießen wollte. Warum lasst ihr Faye nicht die Wunderfedern benutzen? Damit sollte sie den Meister aller Schusseligkeiten recht schnell finden.“ Und murmelnd fügte er hinzu: „Dieser Typ hat tatsächlich mal das Allerunheiligste bewacht? Das ist kaum zu glauben.“

„Soll ich gleich nachsehen?“, nahm ich Stevens Vorschlag begeistert auf, doch mein Elan erhielt sofort einen kleinen Dämpfer. „Wir haben nur noch eine Stunde bis Sonnenaufgang. Lass es uns heute Abend tun, Liebes. Dann wird auch Letavian leichter zu erwischen sein.“

„Und vor allem ist er dann Herr seiner nicht vorhandenen Sinne“, fügte Steven trocken hinzu. „Verschlafene Artgenossen sind widerlich, Faye. Unendlich schlecht gelaunt.“

„Was mich bei dieser Gelegenheit an etwas erinnert, junger Freund“, hakte mein Bruder ein und eilte auf Steven zu, der sogleich sein Heil in der Flucht suchte. „Später, bester Daddy einer reizenden Tochter. Ich habe momentan für solcherlei Debatten leider nicht den Kopf frei.“ Und weg war er.

„Ich glaube, wir legen uns alle noch einmal hin und sehen nachher, was der nächste Abend bringt.“ Darian blickte in die Runde und erhielt ein synchrones Nicken.

Wenige Minuten später lag ich erneut in seinen Armen, und diesmal wurde ich regelrecht festgehalten.

"Wenn du diesen Punkt wegnimmst und dort hinzufügst, bekommst du das Sternbild der Kassiopeia", meinte Ernestine und tippte nahezu im Vorbeigehen auf den Notizzettel. „Schickes Armband, Faye. Neu? Ist noch Kaffee da, oder muss ich neuen aufsetzen?"

Völlig ungläubig starrten wir sie an, während sie beschwingt die Kaffeemaschine ansteuerte. Seit über zwei Stunden schon hockten wir beim schweißtreibenden Brainstorming in der Küche und grübelten, bis uns der Kopf glühte, und dann trabte sie im Morgenmantel mal eben so durch den Raum und ließ in aller Seelenruhe nebenbei eine Bemerkung fallen, die von weltbewegender Brisanz sein konnte.

Jason fand in der allgemeinen Verblüffung seine Stimme als Erster wieder: „Wäre es im Bereich des Möglichen, uns diese Konstellation etwas näher zu bringen, Mrs. Morningdale?"

„Es ist eigentlich ganz einfach", begann sie, nahm sich einen Kaffee und beugte sich dann erneut über die Zeichnung. „Wenn man die hellen Sterne des Sternbildes der Kassiopeia miteinander verbindet, ergeben sie ein auffälliges W, wie die Doppelhaken bei einem Schlüssel für die alten, einfachen Schlösser."

„Der Name sagt mir zwar etwas, aber so weit reichen meine Geschichtskenntnisse doch nicht zurück", gestand ich ein.

„Kassiopeia wird meistens in Verbindung mit Kepheus genannt, ihrem Gatten. Ihre beiden Sternbilder stehen übrigens in der Nähe des Polarsterns und gegenüber dem Großen Wagen. Angeblich war Kepheus König über Äthiopien, wobei viele meinen, er wäre in Wirklichkeit König bei Jaffa in Palästina gewesen. Es heißt, er sei ein Sohn des babylonischen Gottes Bélos und der Flussnymphe Anchinóe, wobei ich mich zu erinnern glaube, dass Bélos selbst König von Ägypten war. Das müsste man mal genauer recherchieren." Sie zog nachdenklich die Nase kraus. „Jedenfalls hatten Kepheus und Kassiopeia eine gemeinsame Tochter namens Androméda, die später Perseús, den Sohn des Zeus geheiratet hat. Es dürfte eine der bekanntesten Geschichten überhaupt sein. Die Tötung Medusas, der Kampf gegen Hades, den Gott der Unterwelt, die Befreiung von Androméda durch den Sieg über das von

Hades geschaffene Seemonster. Kepheus hatte außerdem einen Bruder namens Phineús, ebenfalls eine bekannte Größe in den alten Sagen. Ich liebe diese Geschichten."

Bei der Erwähnung Babylons wechselten Alistair, Darian und ich bedeutungsvolle Blicke. Lag hier schon die Lösung des Rätsels?

„Kannst du mit den Symbolen vielleicht etwas anfangen?", fragte ich hoffnungsvoll.

Ernestine betrachtete sie nachdenklich, drehte das Blatt einige Male und sah dann auf. „Wenn sie in direkter Verbindung mit dem Sternbild genannt werden, sind es möglicherweise Zeitangaben. Stunden, Minuten und Sekunden. Wie sie in der Astrologie verwendet werden. Es können aber auch andere Koordinaten sein oder eine Kombination aus beidem. Ehrlich gestanden habe ich nicht wirklich eine Ahnung davon. Astrologie hat mich zwar schon immer fasziniert, aber zum Profi habe ich es nie geschafft. Allerdings gibt es heutzutage Programme, die das berechnen können."

„Dann sollten wir uns so etwas tunlichst besorgen", warf Darian ein, doch Alistair schnappte sich den Zettel vom Tisch und sprang auf. „Ich bin mir sicher, das können wir uns sparen. Kimberlys Freundin Ellen erstellt Horoskope. Ich denke, sie kann uns da weiterhelfen. Ich werde mal im Telefonbuch meiner Tochter stöbern und sie dann anrufen."

Alistair hatte den Raum eben verlassen, da torkelte Steven herein. Ein wenig wackelig umtänzelte er die einfallenden Sonnenstrahlen, blickte grimmig Richtung Fenster und dann auf den für ihn unerreichbaren Kühlschrank, der komplett ins Sonnenlicht getaucht war. Ein flehender Blick streifte mich. Ich stand auf und holte das Gewünschte.

„Kannst du nicht schlafen?", erkundigte ich mich und übergab ihm die Konserve.

Binnen Sekunden hatte er den Beutel geleert. Ich erhielt neben der leeren Hülle einen schmerzerfüllten Augenaufschlag. Oh, je, Steven sah wirklich nicht gut aus. Verspätete Auswirkungen seiner Karaokeeinlage? Instinktiv legte ich meine Hände an seine Wangen und sah ihm in die Augen. Ich zog seinen Kopf so weit zu mir heran, dass wir einander mit der Stirn berührten, und sofort spürte ich den hämmernden Schmerz in seinen Schläfen. Unwillkürlich kam mir der Gedanke an eine satte Migräne hoch. Doch ein Vampir mit Migräne war irgendwie absurd, ebenso wie die Idee, ihm eine Kopfschmerztablette zu geben.

Da fühlte ich Darian plötzlich hinter mir, spürte seine Hände auf meinen und seinen sehr erstaunten und fragenden Blick in meinem Nacken. Meine Hände wurden glühend heiß, Steven stöhnte unter meiner Berührung, aber ich konnte ihn nicht loslassen. Darian hielt mich fest, ich hielt Steven fest, und mit ihm diese grausamen Kopfschmerzen. Da wimmerte er leise, schlug die Augen auf und sah mich an. Ein heller, stechender Strahl schien von seinen Augen auf meine überzugehen und breitete sich kurz in meinem Kopf aus, bis dieser fast zu bersten schien. Dann löste der Schmerz sich in einer lichtvollen Spirale rasch auf und war binnen Sekunden verschwunden. Darians Hände gaben meine frei, und ich ließ Steven los.

„Warum übernimmst du seine Schmerzen, Faye?“, hörte ich die leise Frage meines Mannes und fühlte gleichzeitig seinen Kuss im Nacken.

Mir war nicht bewusst, dass ich das getan hatte. Doch irgendwie klang es logisch, wenngleich etwas unerfreulich, zumindest für mich. Ich sollte es wohl tunlichst unterlassen, öfter auf solche Ideen zu kommen.

„Weil bei mir Kopfschmerztabletten vermutlich eher wirken als bei ihm?“, erwiderte ich somit ironisch, fuhr mir mit dem Handrücken über die Stirn und war froh, dass dieser Kelch an mir vorübergegangen war.

„Ich bin zumindest dankbar dafür, dass deine Frau es getan hat, Darian.“ Steven sah ihn über meinen Kopf hinweg an. „Hättest du mir die Schmerzen entfernt, wenn sie bei mir geblieben wären?“

„Sie waren selbstverschuldet, Steven.“

Das war mehr als deutlich, ebenso Darians Tonfall, der alles andere als freundlich klang. Ich trat aus der Schusslinie; das wurde mir gerade ein wenig zu heikel. Was immer sich zwischen den beiden aufbaute, ich wollte keineswegs zwischen die Fronten geraten. Im selben Moment überlegte ich, ob tatsächlich etwas von den Geschehnissen durchgesickert war und wie viel Darian davon wusste.

Wohl mehr als erhofft, denn er sah Steven weiterhin streng an. „Wir sollten reden.“

„Lässt es sich vermeiden?“

„Nein.“

Steven seufzte. „Überredet. Jetzt gleich?“

Wortlos wies Darian auf die Tür, und ergeben ging der Jüngere voran.

„Darian“, hielt ich meinen Mann auf, der mich fragend ansah. „Sei gnädig.“

Er nickte knapp und wandte sich um, als Stevens Kopf noch einmal im Türrahmen auftauchte. „Ist die vorsätzliche Tötung eines bereits Toten eigentlich als Mord zu ahnden?“

„Raus, Steven.“ Ein leichtes Lächeln umspielte Darians Mundwinkel, und er schob Steven vor sich her den Gang entlang.

„Ein Vampir mit Kopfschmerzen“, überlegte Jason laut und streifte mich beiläufig mit seinem Blick. „Gibt’s denn so was?“

„Ich denke, darauf hat jedes Individuum ein Anrecht“, erwiderte Ernestine, belud ein Tablett mit zwei Kaffeetassen, etwas Toast, Käse, Butter und Marmelade und verließ dann die Küche. „Falls ihr noch Fragen habt, klopft später an.“ Ein Grinsen folgte. „Am besten nicht vor Ablauf einer Stunde.“ Dann eilte sie den Gang hinunter. „Mach bitte die Tür auf, Schatz. Ich habe die Hände voll.“

Mit einiger Erheiterung füllte ich meine Kaffeetasse wieder auf, ließ mich neben Jason nieder und nahm den Teil der Zeitung an mich, den er bereits gelesen hatte. Eine geraume Weile hockten wir schweigend am Küchentisch, und die vorherrschende Stille wurde nur durch das gelegentliche Umblättern der Zeitungsseiten unterbrochen, bis Val lauthals krakeelend den Gang entlangstürmte und kurz darauf johlend auf Jasons Schoß sprang. Wenige Augenblicke später erschien Thomas und ließ vor der Tür eine große Tasche fallen.

„Guten Morgen.“ Er blickte sich knapp um, dann blieb sein Blick an mir hängen.

„Nein“, gab ich zurück und schüttelte den Kopf. „Nur, dass es sich dabei um das Sternbild der Kassiopeia handelt. Alistair telefoniert deswegen bereits. Ich vermute, er ist in seinem Büro oder in der Werkstatt. Aber du kannst auch laut danach fragen.“ Ich sah in Richtung Tasche und schließlich Thomas wieder an.

Ein seltenes Lächeln huschte über sein Gesicht. „Noch heute. Ich erhielt einen Ruf mit der Bitte um Rückkehr von meinem Vater.“

„Geht es ihm gut?“

Ein weiteres Lächeln erschien. *Heute ist mein Glückstag!* Das Lächeln wurde breiter. „Ja, es geht ihm so weit gut, Faye. Und ja, ich werde auch oft an euch denken müssen."

„Wenn das Baby da ist, kann ich es dann haben und drauf aufpassen?", kam es sehr ernst von Jasons Schoß, und große braune Augen sahen mich ernst an. „Ich muss aufpassen, ich habe es versprochen."

Ich verbiss mir ein Lachen und erwiderte den ernsten Blick mit einiger Mühe. „Wenn das Baby da ist, lasse ich es dich wissen, versprochen. Und wenn du alt genug bist, dann kannst du kommen und auf sie aufpassen, okay?" Mein Finger flog in die Höhe. „Aber nur, wenn dein Vater dich entbehren kann und es dir erlaubt."

„Es werden viele Winter kommen und gehen, ehe Little Leaf sein Wort erfüllen wird."

„Ich weiß, Thomas. Und das ist auch gut so." Ich zwinkerte dem Indianer fröhlich zu. „Lass sie wachsen, damit sie die Kraft hat, sich gegen ihn zu behaupten."

„Wenn Ihre Tochter nur einen Bruchteil Ihres Willens hat, Mrs. Knight, sollten Sie sich eher Gedanken um den jungen Mann machen."

„Darf ich das als Kompliment werten, Jason?", fragte ich spitz, und er schenkte mir einen Blick voll Unschuld. Thomas hingegen hätte vollkommen ausdruckslos gewirkt, wenn da nicht das amüsierte Funkeln in seinen Augen gewesen wäre.

Das war doch mal wieder typisch. Ich pustete genervt eine vorwitzige Locke aus meinem Gesicht.

„Ich konnte Ellen leider nicht erreichen. Die Nummer gibt's wohl nicht mehr", dröhnte es bis zu uns, und kurz darauf stand mein Bruder wieder in der Küche. „Du willst schon los, Thomas?"

„Ich muss. Mein Vater ruft nach mir, alter Freund. In einer Stunde geht unser Bus."

„Dann fahre ich euch zum Busbahnhof. Habt ihr euch schon von allen verabschiedet?"

Thomas nickte. „Ja. Kim habe ich heute Morgen noch gesehen. Lass uns aufbrechen, damit wir einen guten Platz erwischen."

Es folgte eine herzliche Verabschiedung mit dem Versprechen, dass Val das Baby jederzeit besuchen durfte, wenn er wollte. Wenige Minuten später winkten Jason und ich aus dem Fenster dem wegfahrenden Wagen nach und sahen einen Augenblick später einen großen Möbelwagen in die Straße biegen, der kurz darauf vor dem von Darian gekauften Gebäude hielt. Drei Männer sprangen aus dem Wagen, öffneten die Wohnungstür und begannen mit dem Ausräumen der Wohnung. Nun kam das also auch in Gang.

„Morgen kommen die Handwerker und fangen mit dem Entkernen an." Erschrocken fuhr ich herum und sah Darian am Türrahmen lehnen. Ruhig blickte er mich an. „Ich habe eben mit dem Architekten gesprochen. Und ja, Steven hat es überlebt."

„Dann hoffe ich doch, dass das da jetzt nicht eine Planänderung zur Folge hat", erwiderte ich schmunzelnd, und Darians Blick wurde fragend. Ich half ihm auf die Sprünge: „Deine Tasche klingelt, Schatz."

Sogleich griff er hinein und blickte auf das Display. Für einen Moment wirkte er irritiert, fasste sich dann und klappte das Handy auf. „Knight … Ja, das ist richtig … Wie bitte? … Nein. Er hat es mir gegenüber zwar erwähnt, aber ich habe dem keine weitere Bedeutung beigemessen … Wann genau?" Sein Blick streifte mich und wirkte dabei noch immer ein wenig verwundert. Ich sah ihn neugierig an. „Ja, ich werde sehen, dass ich es einrichten kann … Das ist wirklich nicht nötig. Danke für die Information, Pater." Er legte auf. Während er nachdenklich auf sein Handy starrte, wuchs meine Neugierde ins Unermessliche.

„Benedict hat im Fall seines Todes für mich etwas hinterlegt", meinte er schließlich und sah auf. „Seine Gemeinde hat eine Weile gebraucht, mich ausfindig zu machen, weil meine Nummer nicht vollständig war."

„Vermutlich wollte er sichergehen, dass sie für Unbefugte unnütz ist", warf Jason ein, und ich pflichtete ihm im Stillen bei. Ich würde es genauso machen.

Darian nickte gedankenschwer. „Vermutlich ist dem so. Benedicts Begräbnis ist am Freitagvormittag. Elf Uhr."

„Und du wirst dort anwesend sein", ergänzte ich Darians Erklärung. „Gut, ich habe schwarze Kleidung, von daher ist es kein Problem."

Jason schien den gleichen Gedanken zu haben, denn er sah mich fest an. „Sie hätten ihn gemocht, Mrs. Knight. Wann werden wir abfahren?"

Für einen Moment zögerte mein Mann, dann gab er sich geschlagen. „Wir haben gut drei Stunden Fahrzeit vor uns, also sollten wir früh genug los."

„Ich hüte derweil das Haus, es sei denn, ihr fahrt nachts." Steven grinste zur Tür herein. „Ich weiß, inzwischen klingt es abgedroschen, aber ich wollte wirklich nicht lauschen, sondern deine Frau beruhigen, alter Mann."

„Lass gut sein, Steven", winkte Darian gutmütig ab und sah mich an. „Ihr habt großes Glück gehabt. Dieser kleine Ausflug auf die andere Seite hätte übel ins Auge gehen können."

„Was hat ihn geschützt? Ich habe jede Sekunde damit gerechnet, dass es ihn dahinrafft", nahm ich dankbar den Faden auf.

„Liebe", erwiderte Darian und verblüffte mich damit vollkommen. Steven hingegen nickte kräftig. „Jep, das ist die einzig logische Erklärung, Faye."

„Wahre Liebe ist rein und bar jedes Besitzes, Liebes. Jeder Glaube sollte diese wahre Liebe beinhalten, von daher hebt sich das eine gegen das andere auf. Auch wenn die Kirche ein Ort des wahren Glaubens ist oder sein sollte und Steven wegen seines Wesens allein hätte vernichtet werden müssen, hebt sich wahre Liebe stets darüber hinweg. Deine Liebe zu Steven ist neutral, allumfassend und ohne Besitzansprüche, sie beruht auf deiner Sympathie ihm gegenüber als reines Individuum und ist somit absolut und wertfrei. Was glaubst du, wie Gott seine Kinder liebt?"

„Auf die gleiche Weise", murmelte ich erstaunt. „Denn sonst würde er die einen den anderen gegenüber bevorzugen."

Statt einer Antwort gab Darian mir einen sanften Kuss. Das also war Religionsunterricht einmal anders.

„Und Kimberly?", fragte ich leise.

Steven grinste. „Sie hat sicherlich nicht einen unerheblichen Anteil daran, dass ich noch unter euch weile. So oder so beruhigt mich das sehr. Trotzdem werde ich mich nun wieder in meine Kemenate begeben. Euch noch einen schönen Tag." Damit trollte er sich, und ich hörte ihn noch kurz mit Breeze reden, ehe die Tür hinter ihm zufiel.

„Und was machen wir mit dem angefangenen Tag?", fragte Darian voller Tatendrang.

„Wenn das Haus nebenan schon entkernt wird, könnten wir sehen, womit wir es wieder füllen", schlug ich vor und lachte über seinen erschrockenen Gesichtsausdruck laut auf.

„Wer fragt, Sir, bekommt eine Antwort."

„Fall mir ruhig in den Rücken, Jason. Also gut, wir verbringen den heutigen Tag auf der Suche nach adäquatem Interieur. Und du wirst uns begleiten, Jason. Etwas Rache muss sein."

„Geteiltes Leid, Sir …"

Ich hätte nie gedacht, dass das Schlendern durch Sanitärhäuser und Kücheneinrichter so viel Vergnügen bereiten konnte. Während ich mit relativ simpler und funktionaler Einrichtung durchaus zufrieden gewesen wäre, durfte ich wieder einmal feststellen, dass für Darian das Teuerste gerade gut genug war. So steuerte er in den Einrichtungsabteilungen grundsätzlich den Bereich mit den exquisitesten Angeboten an. Für das Bad machte weißgrauer Marmor aus Italien das Rennen, ganz abgesehen von einem riesigen Whirlpool, einer separaten Duschkabine in Familiengröße mit Glasgravuren in den Türen und mindestens zwei Waschbecken. Die angepeilte Sauna konnte ich gerade noch verhindern, auch wenn Jason sich sehr dafür aussprach. Ich zeigte mich entgegenkommend, indem ich ihm spontan ein riesiges Saunahandtuch in Beige schenkte.

Die Küche würde nicht weniger opulent ausgestattet sein. Doppeltürenkühlschrank in Kleiderschrankgröße, Eiswürfelherstellung inklusive. Ein Backofen auf Augenhöhe war für Darian das Mindeste, und natürlich durfte auch die eingebaute Mikrowelle nicht fehlen. Das Highlight war eine perfekt durchgestylte, begehbare runde Kochinsel inklusive sechsflammigem Induktionsherd mit frei schwebender Abzugshaube, Doppelspüle, selbstverständlich mit Geschirrspüler, und Schubläden für allerhand Utensilien wie Töpfe, Pfannen, Besteck, Gewürze und sonstiges Zubehör. Die Kochinsel stellte gleichzeitig eine Theke dar, an der sich mit Barhockern bequem sitzen ließ. Die Arbeitsplatte sollte aus schwarzem Marmor bestehen, das Mobiliar aus Edelholz. Da war mein persönlicher Wunsch nach einer italienischen Profi-Kaffeemaschine schon beinahe eine Bagatelle.

Obwohl Darian eine sehr genaue Vorstellung von unserem künftigen Wirkungsfeld in Brooklyn hatte, war er anderen Einrichtungsvorschlägen durchaus zugänglich. So beendeten wir nach gut vier Stunden unsere Rundreise mit diversen weiteren Katalogen und Informationsblättern im Gepäck. Doch wenn ich gedacht hatte, das wäre es schon gewesen, verblüffte mich Darian einmal mehr: Er schleppte mich zu einem Innenausstatter. Unter normalen Umständen hätte ich einen Bogen um diese exquisiten und sehr teuren Geschäfte gemacht, wäre in den Wagen gestiegen und in die Nähe der Docks in Brooklyn zu dem schwedischen Einrichtungshaus gefahren. Darian hingegen schien andere Pläne zu verfolgen und veranlasste einen Streifzug durch den Dschungel ausgefallener Designermöbel. Weitere Informationsblätter gesellten sich zu dem schon vorhandenen Stapel, und weitere zwei Stunden vergingen. Erst das vehemente Knurren meines Magens setzte der Wanderung ein Ende und führte uns direkt in die nächste Pizzeria.

Nach einem Salat für mich und Spagetti Bolognese für Jason ging es endlich heimwärts. Trotz des noch relativ frühen Abends war es bereits so dunkel, dass es sich mehr wie Mitternacht anfühlte. Es zog rasend schnell zu, und eine schwarzgrüne, düstere Wolkenwand zog von Westen heran.

„Das gibt ein Gewitter“, deutete Jason die Zeichen des Himmels recht finster.

„Nicht nur das“, fügte Darian besorgt hinzu und lenkte den Wagen durch die Lücken über die verstopfte Brooklyn Bridge.

Ich sah ihn fragend an. „Was genau meinst du?“

„Fühle“, meinte er nur und konzentrierte sich auf den Verkehr.

Vorsichtig ließ ich meine mentalen Tentakel in die Umgebung fließen, stieß an einen klebrig-dunklen Widerstand und spürte sogleich einen unangenehmen Druck auf den Magen. Eilig zog ich mich zurück. Was sich dort draußen zusammenbraute, war alles andere als angenehm. Doch was genau war es?

Schlagartig erinnerte ich mich an diese Unheil verkündende graue Masse, die sich während meiner Reise mit Alistair vor einigen Wochen wie eine alles verschlingende Walze vor uns aufgetan hatte. Sie hatte sich ähnlich angefühlt. Alistair hatte seinerzeit zum Aufbruch gemahnt. Und heute wirkte Darian durchweg besorgt.

„Was ist das?“

„Vorboten, Faye“, gab Darian zurück. „Vorboten von Ereignissen, denen ich nicht unvorbereitet gegenübertreten möchte.“

Spontan fuhr meine Hand über meinen Bauch und fühlte seine expandierende Rundung. Eine leichte Bewegung ließ mich innerlich lächeln, und für einen Augenblick war der Gedanke an diese Vorboten verschwunden. Jedoch nur für einen Augenblick, denn schon fühlte ich Darians besorgten Blick abermals auf mir.

„Sollte ich Angst haben?“, fragte ich mit einem erneuten Anflug von Unruhe.

„Hast du denn Angst?“

Ich überlegte, horchte tief in mich hinein und schüttelte schließlich den Kopf. „Nein, eher habe ich ein mulmiges Gefühl, das sich in deiner Sorge begründet. In mir selbst ist aber alles ruhig. Was fühlen Sie, Jason?“

„Einen unangenehmen Druck auf dem Brustkorb, der oftmals bei einem nahenden Gewitter auftritt, Mrs. Knight. Zudem empfinde ich eine innere Anspannung, die rational nicht erklärbar ist“, erklang es von der Rücksitzbank.

War ich emotional gerade etwas abgestumpft?

„Nein, Liebes. Du bist geschützt.“ Ein leises Lachen begleitete seine Worte. „Nein, aber laut genug, dass ich es hören konnte.“

Ich knirschte mit den Zähnen. Da erblickte ich im Rückspiegel Jasons amüsierte Miene und ergab mich seufzend. Das würde mich wohl ewig begleiten. Ich entschied mich, das Thema zu wechseln: „Wer oder was sollte mich schützen, abgesehen von dir und Liliths Dattel? In einigen Belangen scheint sie ihre Wirkung inzwischen verloren zu haben.“

„Hat sie nicht, Faye.“ Darian setzte den Blinker und ordnete sich links ein. „Möglicherweise wird sie mir gegenüber durchlässiger, oder sie passt sich anderweitig an die jeweilige Situation an. Ihr Schutz ist weiterhin gegeben. Allerdings solltest du in deine Überlegungen unsere Tochter einbeziehen. Sie ist dein eigentlicher Schutz. Wie sie das macht, ist mir bislang schleierhaft.“

Eigentlich sollte das umgekehrt funktionieren, angesichts der Geschehnisse war ich jedoch außerordentlich dankbar für ihren Schutz. Abermals strich ich über meinen Bauch und erhielt ein leichtes Klopfen als Antwort. Ein sanftes Lächeln huschte über meine Züge und vertiefte sich, als Darian seine Hand kurz über meine schob, ehe er sie zurück ans Lenkrad legte.

Wenige Minuten später lenkte Darian den Van auf den Hof und parkte direkt neben einem Lexus.

„Ihr Bruder hat Besuch“, deutete Jason die Anwesenheit des Wagens und half mir beim Aussteigen. Ich nickte, freute mich darüber, dass Maja vorbeigekommen war, und spekulierte schon darauf, dass sie mir bei der Auswahl der möglichen Innenausstattung für die neue Behausung mit Rat und Tat zur Seite stehen würde. So eilte ich hinauf und fand die gesamte Truppe bei einem frischen Kaffee und geleerten Schachteln chinesischen Fast Foods in der Küche vor.

„Faye!“ Maja schnellte von Alistairs Schoß und kam erfreut auf mich zu, während mein Bruder mich wie auf frischer Tat ertappt angrinste. Dann befand ich mich auch schon in ihrer freundschaftlichen Umarmung. „Geht es dir gut?“

„Ja, sicher. Alles ist in bester Ordnung. Seit wann bist du hier?“

„Schon seit zwei Stunden.“ Ihr Blick landete auf Alistair. „Wir wollten essen gehen, aber dein Bruder schlug den Bringdienst vor.“

„Hatte nicht geduscht“, murmelte er, erhob sich und schlängelte sich an uns vorbei. „Muss ich auch immer noch machen. Bin gleich wieder da.“

„Bis eben hatte es ihn nicht gestört“, lachte Ernestine und reichte mir einen Milchkaffee. „Anscheinend hast du einen erzieherischen Einfluss auf deinen Bruder. Habt ihr Erfolg gehabt?“

„Oh, ja. Ich habe einige Vorschläge mitgebracht“, ergriff ich die Gelegenheit, sofort die entsprechenden Kataloge auf dem Küchentisch auszubreiten. Mit Feuereifer machten wir uns darüber her und diskutierten die Vor- und Nachteile verschiedener Einrichtungsstile. Selbst Dad beteiligte sich lebhaft und überraschte mich damit, dass er von seiner Vorliebe für gediegene Gemütlichkeit abrückte und sich mehr von der schlichten und praktischen Moderne angetan zeigte.

Dann stießen Darian und Jason zu uns, begrüßten Maja, zogen sich jedoch gleich wieder zurück. Ich fing Darians Blick auf, als er aus der Küche ging, und wusste, was sie vorhatten. Vielleicht würden sie in dem alten Buch weitere Informationen über diese graue Masse finden.

Maja stupste mich sanft an und lenkte meine Aufmerksamkeit zurück auf den Katalog mit den Wohnzimmereinrichtungen.

„Wollt ihr euch hier eigentlich dauerhaft niederlassen?“ Frisch geduscht und mit einem Handtuch um die Hüften geschlungen lehnte mein Bruder am Türrahmen und betrachtete mich interessiert. Kam nun die Stunde der Wahrheit?

Für einen Moment rang ich mit mir. Als ich sah, wie Alistair die Augenbrauen hochzog, wusste ich, dass Ausflüchte keinen Sinn machen würden. Also entschied ich mich für die Wahrheit: „Nein, uns wird es immer nach England zurückziehen, somit werden wir es nur als Feriendomizil nutzen. Und weil es ohnehin viel zu groß für uns ist, möchte ich, dass du es zusammen mit Kimberly bewohnst."

„Ich habe ein Dach über dem Kopf, Faye."

Ich nickte und fühlte gleichzeitig die Augen aller Anwesenden auf mir, sah jedoch nur ihn an. „Ja, ein Dach über dem Kopf, mehr ist es auch nicht. Du hast Schwarzschimmel im Wohnzimmer an der Wand, deine Wasserrohre sind noch aus gesundheitsschädlichem Blei, dein Warmwasserboiler gibt regelmäßig den Geist auf und es ist nur noch eine Frage der Zeit, bis dein Dach neu eingedeckt werden muss. Soll ich fortfahren, oder reicht es?"

„Es ist gut durchdacht, Alistair. Und deine Schwester hat insofern recht, als dass einiges hier deiner und der Gesundheit deiner Tochter auf längere Sicht großen Schaden zufügen könnte", schaltete Maja sich ein und sah ihn liebevoll an. „Lehn nicht gleich ab, sondern sieh es dir erst einmal an."

„Habe ich denn eine Wahl?"

„Hast du nicht." Dad war aufgestanden und klopfte seinem Sohn nun mitfühlend auf die Schulter. „Wenn sich eine McNamara etwas in den Kopf setzt, ist es sinnlos, Widerstand zu leisten. Abgesehen davon hat sie nicht ganz Unrecht, Sohn. Du bekommst deinen Schuppen hier mit einem simplen Anstrich nicht wirklich flott." Dabei sah er sich um und betrachtete ernst die allmählich abblätternde Farbe an den Wänden. „Nimm das Angebot an, es ist überzeugend, insbesondere, weil du nur einmal hinfallen musst, um zu Hause zu sein. Aber verhandle weise."

„Was sagt Darian dazu?"

„Er hat das Haus auf mich schreiben lassen. Von daher kann ich damit tun, was ich möchte", gab ich ruhig zurück.

„Dann hast du bereits alles geplant."

„Ja und nein", gestand ich ein, trat zu ihm und sah ihn liebevoll an. „Das Haus wird ausgebaut und eingerichtet werden, Alistair. Aber erst mit deinem Einverständnis zum Umzug wird aus dem Haus auch ein Heim werden. Für uns alle."

Niemals hätte ich gedacht, einen Anflug von Rührung in seinen Augen schimmern zu sehen. Langsam streckte er eine Hand aus und fuhr mir mit einem Finger über die Wange. Dann zog er mich sanft an sich und drückte mir einen Kuss aufs Haar. Seine Stimme klang leicht erstickt: „Du bist verrückt, Schwester. Vollkommen verrückt.“

Das nahe Knallen eines Blitzschlags untermauerte eindrucksvoll seine Worte. Ich zuckte erschrocken zusammen, und mein Blick huschte zum Fenster. Da prasselte auch schon starker Regen gegen die Scheibe. Ein Omen?

Ich sah meinen Bruder fragend an. „Damit kann ich leben, Alistair. Nimmst du das Angebot an?“

Er lachte auf. „Ich wäre verrückt, wenn ich es ausschlagen würde.“

Erleichtert atmete ich durch. Diese Kuh war vom Eis. Ich trat zurück, ergriff seine Hand und zog ihn zum Küchentisch, wo Maja und Ernestine uns amüsiert ansahen. Dad schlug meinem Bruder kraftvoll auf den Rücken. „Dann wirf doch mal einen Blick auf die mitgebrachten Kataloge, Sohn. Wenn du schon einziehst, solltest du zumindest ein Mitspracherecht haben, was die Einrichtung betrifft. Ich finde übrigens diese runde Kochinsel sehr stilvoll.“

Ich hätte nicht gedacht, meinen Bruder so schnell überzeugen zu können. Doch bewahrheitete es sich auch hier wieder einmal, dass mit der richtigen Rückendeckung so manches zu schaffen war, was anfangs gar nicht danach aussah. Ich glaube sogar, dass Majas Einwand ausschlaggebend gewesen war. Himmel, wie er sie angesehen hatte. Er war tatsächlich bis über beide Ohren in diese Ärztin verknallt, und ich konnte nur hoffen, dass sie weiter zu ihm stand, wenn sie um sein Geheimnis wusste – und dass sie keine Hundehaarallergie hatte.

Nachdem auch Kimberly von der eigentlichen Bedeutung des Hauses nebenan Wind bekommen hatte, verlangte es nach einer allgemeinen Führung. So musste ich Darian vom Telefon weglotsen, an dem er gerade sehr eindrucksvoll den südafrikanischen Vertreter einer Minengesellschaft zusammenfaltete. Bei meinem Eintreten verschob er die verbale Hinrichtung auf später und widmete sich ganz meinem Anliegen.

Eine unglaubliche Wärme breitete sich in mir aus, weil er ganz offen meine privaten Belange über die seines beruflichen Tätigkeitsfeldes stellte. Dessen durften sich die wenigsten Frauen, explizit Ehefrauen, rühmen. Ich hörte innerlich schon die Stimme meiner Mutter nachklingen: *Na hoffentlich hält das an.* Hurtig wischte ich sie fort, trat lächelnd auf Darian zu und entführte ihn in die Küche, wo meine Familie mit Taschenlampen bewaffnet bereits auf uns wartete.

Kurz darauf wedelte Dad mit dem Schlüssel, und meine Familie stürmte über die Straße auf das Gebäude zu, während Darian und ich ihnen unter einem Regenschirm gemächlich Hand in Hand nachschlenderten. Als wir ankamen, hatten sie das Haus schon erobert. Kimberly plante bereits den Innenausbau und war gedanklich am Tapezieren, während Alistair und Dad die Wände abklopften und die Bausubstanz überprüften. Ernestine konnte sich alles schon ganz genau vorstellen, und Maja erkundigte sich charmant lächelnd, wo sich zukünftig das Schlafzimmer befinden würde. So leuchteten drei starke Stablampen von unten nach oben durchs Gebäude und aufgeregtes Stimmengewirr hallte durch die leeren Räume.

Ich war erstaunt, wie schnell die Möbelpacker das untere Apartment ausgeräumt und besenrein verlassen hatten. Bis auf die Farbe und vereinzelte Spritzer an den Wänden zeugte nichts mehr von dem, was hier vor einiger Zeit geschehen war. Dennoch kamen die Erinnerungen daran erneut in mir hoch, und ich sah zu, dass ich aus dem Apartment herauskam. Ich wollte es erst wieder betreten, wenn es komplett renoviert und auch die letzten Spuren beseitigt worden waren.

Alistairs Rührung angesichts der Pläne für den oberen Bereich war offensichtlich. Als er einen Blick auf die Kopie der Umbaupläne warf, die Darian bei sich hatte und auf dem staubigen Boden ausbreitete, schimmerte es verräterisch feucht in seinen Augen. Er sah mich wortlos an, doch sein mühsam verborgenes Lächeln sagte alles.

Darian rettete die Situation mit einem leichten Klaps zwischen die Schulterblätter meines Bruders.

Als wir nach gefühlten Stunden das Gebäude wieder verließen und die Köpfe wegen gemachter Pläne und Vorschläge regelrecht zu rauchen schienen, nahm Dad mich heimlich beiseite.

„Meinst du, du könntest für Ernestine und mich einen Raum abzweigen?“

Ich sah ihn erstaunt an. „Möchtest du Schottland den Rücken kehren?“

„Na ja, nicht ganz. Aber vielleicht pendeln. Ein halbes Jahr hier, ein halbes Jahr in England."

Verständnisvoll nickte ich. Er hatte seinen Sohn nach so vielen Jahren endlich zurückbekommen und wollte ihn nicht wieder verlieren. Gegen persönliche Präsenz waren schnöde E-Mails nun einmal nur ein unbefriedigender Ersatz. „Sicher. Wir hatten ohnehin vor, im unteren Bereich zwei Apartments auszubauen. Eins davon könnt ihr nutzen und es für euch einrichten, wie ihr möchtet."

Er schmunzelte. „Und was ist mit euch, wenn ihr hier seid? Soweit ich verstanden habe, möchtest du für Kimberly den anderen Bereich unten ausbauen."

„Notfalls kaufe ich ein weiteres Haus", schaltete Darian sich sichtlich vergnügt ein und legte seinen Arm um mich. „Warum bist du erstaunt, Liebes? Wenn es dir Freude bereitet, deine Familie gut unterzubringen, dann ist die Freude auch auf meiner Seite."

„Falsch, Schwager." Ein kraftvoller Schlag auf die Schulter schickte ihn kurzfristig in die Knie. „Du hast eingeheiratet. Somit bist du ein Teil dieser Familie geworden. Wir gehören zusammen."

Mein Mann stöhnte gespielt entsetzt auf. Ich knuffte ihm vergnügt in die Seite.

Dad hingegen sah seinen Schwiegersohn triumphierend an: „Du hättest das Kleingedruckte besser lesen sollen." Er klatschte laut in die Hände. „So! Das sollten wir begießen. Wo hast du deinen Single Malt stehen, Sohn?"

Diese Nacht wurde verdammt lang und verdammt feuchtfröhlich.

Das Vorhaben, Letavian aufzusuchen, rutschte zunächst in weite Ferne, denn gegen die Euphorie meiner Familie war kaum ein Kraut gewachsen. Sie riss einfach mit und führte uns in den nächsten Tagen nochmals durch sämtliche Einrichtungshäuser der Umgebung.

Erst am Donnerstagabend kamen wir zur Ruhe und begaben uns in die Abgeschiedenheit der oberen Räumlichkeiten. Das Packen für die anstehende Beerdigung dämpfte unsere ausgelassene Stimmung etwas. Und wir erinnerten uns an die noch ausstehende Sprechstunde mit einem beißenden Gesellen.

Kapitel Sechsundvierzig

Beinahe zärtlich legte Darian seine Arme um mich. „Willst du es wirklich tun?"

„Haben wir eine andere Möglichkeit?"

„Ja. Ich könnte ihn für dich ausfindig machen." Sein Blick war ernst. „Auf die herkömmliche Weise."

Nachdenklich ließ ich die Federn sinken. Der Gedanke war durchaus verlockend, zumal Darian ihn dann vor mir in die Finger bekommen würde. Ich musste zugeben, dass mich ein Wiedersehen mit Letavian nicht unbedingt reizte. Die Erinnerungen an die letzte Begegnung waren noch sehr frisch, und ich war mir nicht sicher, ob sie mich nicht in eine emotionale Schieflage befördern würden. Andererseits wollte ich es aber auch so schnell wie möglich hinter mich bringen, denn etwas in mir drängte danach, tunlichst die nötigen Informationen zu erlangen. Der Grund für diese Eile war mir jedoch nicht bewusst. Lag es an dieser grauen Masse, die nach dem reinigenden Gewitter zunächst einmal den Rückzug angetreten zu haben schien?

Eins war mir jedoch absolut klar: Wir würden es erneut aufschieben, wenn wir es heute nicht in Angriff nahmen. Morgen stand die Beerdigung des ermordeten Paters an, und damit würde unser Vorhaben nur in noch weitere Ferne rücken.

„Du könntest vermutlich erst ab Montag auf die Suche gehen. Und wenn er die Stadt verlassen hat, würdest du zu lange benötigen, um ihn zu finden", gab ich daher zu bedenken und betrachtete dabei die Federn in meinen Händen. „Nein, ich glaube, diese Methode ist die sinnvollste. Es geht schneller."

Er deutete ein Nicken an. „Ich verstehe. Wirst du dich ihm nach allem, was geschehen ist, stellen können?"

Ein trockenes Lachen entwich mir. „Ich mache mir eher Sorgen, dass er dich nicht überleben wird, wenn du ihn ohne mich erwischst."

„Diese Sorge ist durchaus berechtigt, Liebes." Ein sanfter Kuss untermauerte seine Aussage, und das Funkeln in seinen Augen ließ mich wissen, dass er durchaus um meine Gemütsverfassung wusste.

Energisch rief ich mich zur Ordnung. Mit Darian an meiner Seite konnte nichts passieren. Es schien einfach unmöglich. Er lächelte mich bestätigend an. Ich schwieg, hob entschlossen die Federn an und drehte mich in seinen Armen um. Mit dem Rücken an seine Brust gelehnt, schloss ich die Augen und konzentrierte mich auf Letavian. *Nur sehen, nicht gehen.*

Zunächst erblickte ich eine große, recht karge Ebene, über die ungehindert eine eisige Brise wehte. Insgeheim wartete ich fast auf einen trockenen Strauch, der vom Wind getragen mit der melodiösen Untermalung einer einsamen Harmonika aus *Spiel mir das Lieb vom Tod* über die staubige Ebene rollen würde – er blieb aus. Die Reiter mit ihren Wettermänteln, tief ins Gesicht gezogenen Hüten und locker sitzenden Colts auf ihren staubbedeckten Pferden übrigens auch.

Dann sah ich eine recht einsame Straße, flog sie entlang und durchquerte einige bewohnte Gebiete, bis ich schließlich durch eine kleinere Ortschaft geführt wurde und an deren Ende gelangte. Hier endete mein Flug abrupt, und ich landete mitten auf der Straße. Verwundert blickte ich mich um, sah in der Nähe einen flackernden Schein. Drei Personen hoben sich davor ab, saßen um ein Feuer herum und wärmten sich die Hände. Hinter ihnen erkannte ich mehrere Bäume und einige Büsche, direkt davor eine Art flaches Zelt. Schon wieder wilde Camper?

Neugierig schwebte ich näher heran, wollte diese Gestalten genauer betrachten, obwohl ich ahnte, dass ich Letavian nicht unter ihnen finden würde. Im flackernden Feuerschein entpuppten sie sich als zwei Männer und eine Frau, die ich zunächst fälschlicherweise für einen Mann gehalten hatte. Sie wirkten völlig gelassen, unterhielten sich miteinander und schienen nur daran interessiert, sich die Finger zu wärmen. Ein wenig erstaunt registrierte ich die bebilderten Hände der beiden Männer, zumal die Tattoos identisch schienen. Die Hände der Frau wiesen keine Bilder auf. Plötzlich hob sie ihre Hand und fuhr damit durch die Luft. Flugs wich ich zurück, falls sie mich unterbewusst bemerkt hatte.

Vorsichtiger geworden, sah ich mich weiter um. Von Letavian fand ich keine Spur. Inzwischen fragte ich mich ernsthaft, warum die Federn mir diese Gegend zeigten, die mich an Darians Ausflug in die ländlichen Gefilde erinnerten. Letavian bevorzugte normalerweise die Großstadt mit all ihren Schlupfwinkeln. Was wollte er in einer solch abgelegenen Gegend? Ich wagte zu bezweifeln, dass diese Menschen seine bevorzugte Gesellschaft darstellten und er ihnen einen Freundschaftsbesuch abstatten wollte. Möglicherweise galten sie ihm als Nahrungszielgruppe, weg vom städtischen Mief, hin zu biologisch reineren Produkten. Kein erquicklicher Gedanke. Ob ich sie warnen sollte?

Dazu müsste ich jedoch persönlich erscheinen, mich sehen lassen. Tief in mir riet etwas energisch davon ab.

Du tust gut daran zu warten, vernahm ich die Stimme meines Mannes in meinem Kopf. *Auch wenn du ihn nicht siehst, bedeutet das nicht, dass er nicht da ist.*

Kannst du ihn fühlen?

Ja, eine dünne Spur von ihm. Er ist in der Nähe. Ich spürte Darians Hände mit festem Druck auf meinen Schultern. *Etwas überlagert seine Anwesenheit.*

Was ist bei ihm?

Für einen Moment verweigerte er die Antwort, und ich fühlte den Widerstreit in ihm. Dann, zögerlich: *Meine Vergangenheit.*

Die Verbindung riss abrupt, als ich mich zu ihm umdrehte. „Dein Vater?"

Die Augen meines Mannes blitzen grimmig auf. „Der, der mich erschuf, ist nicht mein Vater, Faye!"

Unter der Schärfe seiner Worte zuckte ich zusammen. Er merkte es, lächelte entschuldigend und küsste mich wortlos. Dann blickte er mich ruhig an. „Möchtest du deine Beobachtung erneut aufnehmen, oder hast du genug gesehen?"

„Wie steht es mit dir?", stellte ich die Gegenfrage und signalisierte, dass ich mein Vorgehen von seiner Antwort abhängig machte.

„Gesehen habe ich wenig, gefühlt habe ich mehr als genug, aber gehört und verstanden habe ich nichts. Noch nicht."

„Schlägst du einen weiteren Versuch vor?"

Seine Miene wirkte abwägend. „Ich möchte dich nicht weiter in Gefahr bringen."

Nun musste ich doch lachen. „Seit wir zusammen sind, vergeht kein Tag ohne latent vorhandene Gefahr. Ich weiß lieber, womit ich es zu tun habe."

Darian erwiderte mein Lachen. „Das ist *mein* Mädchen."

Erstaunt ruckten meine Brauen in die Höhe. „Soll das etwa bedeuten, dass du dich endgültig damit abgefunden hast, mich nicht dauerhaft in Schutzhaft nehmen zu können?"

Sein Mienenspiel glich meinem. „Es bedeutet, Geliebte, dass ich dich unter meiner Aufsicht das tun lasse, was du ohnehin tun würdest.“

Amüsement spiegelte sich auf meinem Gesicht wider. „Mit dir als Bodyguard kann ich wunderbar leben. Wollen wir einen Neustart wagen?“

„Geh voran, Liebes, ich werde dir folgen.“

Ich konzentrierte mich und sah kurz darauf erneut die Szenerie vor mir. Sie hatte sich kaum verändert, dennoch fühlte ich etwas Unangenehmes lauern. Es erinnerte mich erneut an diese klebrige, graue Masse, die sich zeitgleich mit dem Gewitter vor wenigen Tagen angekündigt hatte, danach aber verschwunden war. Nun fühlte ich es hier, wusste jedoch nicht den Grund. Möglicherweise hing es mit diesen Personen zusammen, die weiterhin um das Feuer herumsaßen und sich wärmten. Inzwischen war ihr Gespräch verstummt, und gebannt starrten sie in unsere Richtung. Hatten sie uns bemerkt?

Mein Herz setzte aus, als einer der Männer seinen Kumpel mit dem Ellenbogen anstieß und mit dem Kinn in meine Richtung wies.

„Hm“, erwiderte der andere, vergrub seine Hände in den Jackentaschen und trat mit grimmiger Haltung um die Tonne herum. „Was willst du?“

„Das Päckchen“, erklang es grollend hinter mir, und erschrocken zuckte ich herum.

Na klasse, hier sitze ich also in der ersten Reihe.

Er stand so nah, dass ich mit der Nasenspitze beinahe seinen Brustkorb berührte. Des Weiteren bemerkte ich, dass dieses klebrige ekelhafte Gefühl direkt von ihm ausging und mir Übel verursachte. Doch schien er meine Anwesenheit in keiner Weise zu registrieren, denn er sah mit stechendem Blick über mich hinweg. Vorsichtig wich ich zurück und wagte dabei keinen Laut, nicht einmal einen Atemzug. Das war der Vampir, der Darian zu dem gemacht hatte, was er heute war?

Ahjarvir war ein Bild von einem Mann. Eine andere Beschreibung fiel mir dafür einfach nicht ein. Mittelbraunes, nackenlanges, leicht welliges Haar hob sich von seiner ebenholzfarbigen Haut ab und umgab sein kantiges Gesicht, das gezeichnet durch hohe Wangenknochen und ein markantes Kinn außerordentlich maskulin wirkte. Energische Brauen und ein zu einem kleinen Lächeln verzogener, sinnlicher Mund vervollständigten das Bild eines perfekten Männergesichts. Selbst sein Körperbau war atemberaubend. Breite Schultern lagen verborgen unter einem dunklen weiten Hemd mit hohem Kragen und aufgerollten Ärmeln, die nur einen Blick auf muskulöse Unterarme erlaubten. Dazu eine schmale Taille, die die V-Form seiner Gestalt noch weiter zur Geltung brachte und in geraden, sehr trainiert anmutenden Beinen mündete. Und er war hochgewachsen, wirkte sogar größer als Darian, der mit seinen knappen zwei Metern nicht gerade klein war.

„Päckchen?“, fragte der gleiche Mann wie zuvor. „Ich weiß nicht.“

„Du vielleicht nicht“, erwiderte Ahjarvir ruhig und hob den Arm. „Aber sie weiß es. Nicht wahr, Kahina?“

Er überbrückte die Distanz, die ich zwischen uns gebracht hatte, mit einem einzigen Schritt. Abermals stand er so dicht vor mir, dass ich ihn hätte beißen können. Erneut wich ich sehr vorsichtig zurück und trat diesmal seitwärts von ihm weg.

„Du hast ziemlich lange gebraucht, mich zu finden, alter Mann“, antwortete eine weibliche Stimme mit schwerem Akzent. Geradezu gelassen trat die Frau zwischen den Männern hervor, schob die Kapuze zurück und offenbarte schulterlange Wellen pechschwarzen Haares. „Du hattest doch nicht etwa unerwartete Schwierigkeiten?“

Sie war noch recht jung, ungefähr Anfang zwanzig, und hatte ein faltenfreies Gesicht mit klaren Linien, das eindeutige Zeichen ihrer orientalischen Herkunft aufwies. Ihr Auftreten aber ließ sie weitaus älter wirken. Und sie schien keinerlei Angst zu haben. Der Blick ihrer dunklen Augen hatte durchaus etwas Verächtliches an sich. Ich war mir nicht sicher, ob es ratsam war, diesen alten Vampir zu reizen.

Obwohl ich Darian nicht sehen konnte, spürte ich seine Präsenz und innere Anspannung durch den festen Griff seiner Hände um meine Oberarme sehr genau. Für einen Moment überließ ich ihm die Führung und bemerkte, wie es mich weiter vom Geschehen fortzog. Kurz darauf schwebten wir einige Meter über dem Boden und erhielten einen detaillierten Überblick.

Nur wenige Meter trennten den alten Vampir von der jungen Frau, die ihn weiterhin unerschrocken musterte.

Da tippte sich der Mann mit einem Finger an die Nase, während ein müdes Lächeln seine Mundwinkel umspielte, das seine Augen jedoch nicht erreichte. „Dein Geruch liegt wie Parfüm in der Luft, selbst wenn du ihn unter einer dicken Schmutzschicht zu verbergen suchst, Kahina. Nun, wo ist es? Und bitte, verschone mich mit Ausreden."

„Es wird dir nichts nützen, denn selbst wenn du weißt, wo es ist, wirst du es nicht in die Finger bekommen. Dabei warst du so dicht dran", gab sie mit einer entsprechenden Geste ruhig zurück. Dann wurde ihr Blick hart und ihre Stimme schneidend: „Es ist vor dir sicher – auf geheiligtem Boden."

Sein Gesicht verzog sich zu einer zornigen Maske, und er wirkte zum Sprung gespannt. „Du –"

„Halt!" Ihre Hand flog in die Höhe. „Einen Schritt weiter, und du weißt, was geschieht."

Zu meiner Verwunderung hielt der Vampir inne und ließ nur seine Blicke das ausdrücken, wozu er selbst nicht imstande schien. Es war offensichtlich, dass sie ihn in der Hand hatte. Doch womit? Da drehte er sich abrupt um und ging einige Meter zurück, blieb abermals stehen und sprach in die Dunkelheit: „Sie gehört dir."

Ein leises Klacken erklang, dann eine Pause, dann wieder dieses Klacken, als würde etwas Hartes den Straßenbelag berühren. Kurz darauf trat ein schmaler, länglicher Gegenstand ins Blickfeld, an dessen Ende ein Silberknauf prangte, von einer behandschuhten Hand umfasst. Nach der Hand erschien der Arm, schließlich der ganze, in einen langen dunklen Mantel gehüllte Mann.

Ich runzelte erstaunt die Stirn. Da war er also. Letavian hatte die ganze Zeit über in der Dunkelheit gelauert, das Geschehen beobachtet und trat jetzt erst als geplante Überraschung hervor. Er machte demnach doch gemeinsame Sache mit Darians Erschaffer. Warum wunderte mich das nicht im Geringsten?

„Wie ich sehe, hast du diesmal Verstärkung mitgebracht, Ahjarvir", höhnte das Mädchen und stemmte provozierend die Hände in die Hüften. „Bei Allah! Du hast schon bei meiner Großmutter versagt, Letavian. Dann bei meiner Mutter, und nun möchtest du auch bei mir versagen? Wird dir das nicht allmählich peinlich?"

Oh, ein weiterer Fan? Es war augenfällig, dass sie einander gut kannten.

Ich war froh und dankbar, nicht direkt, sondern nur als heimlicher Beobachter anwesend zu sein. Gleichzeitig wurde mir das

Mädchen immer sympathischer. Sie ließ sich anscheinend von nichts und niemandem die Hölle heißmachen. Instinktiv spürte ich, dass sie mir ähnlich war und doch anders und dass mich etwas mit ihr verband, was ich bislang nicht definieren konnte. Zudem interessierte mich brennend, wie sie es schaffte, einen alten Vampir wie Ahjarvir in Schach zu halten. Letavian ging dessen ungeachtet gemächlich und vollkommen unbeeindruckt weiter auf sie zu.

„Sie hatten Glück, nichts weiter“, meinte er dabei in nahezu gelangweiltem Tonfall. „Jede Glückssträhne reißt einmal ab, Mädchen. Damit es für dich aber nicht zu langweilig wird, habe ich ebenfalls ein paar Helfer mitgebracht.“ Er schnippte mit den Fingern. Kleine Gestalten huschten aus den Schatten hervor, und binnen Sekunden baute sich hinter ihm eine Mauer aus Kindern auf, die die sichere Beute vor sich mordlüstern fixierte.

Bei ihrem Anblick sog ich geräuschvoll den Atem ein. Ich war schockiert. Meine schlimmsten Befürchtungen sowie Darians Worte fanden hier volle Bestätigung. Sie machten vor weiteren Kindern nicht halt, benutzten die wehrlosesten Opfer für ihre Zwecke, um sie anschließend wie nutzlos gewordene Gegenstände einfach wegzuwerfen. Mir schoss der Begriff *Kanonenfutter* durch den Kopf. Sie waren ein ständig nachwachsender Rohstoff. Verdammt, wie hatten sie diese große Anzahl hierherbekommen – mit einem Bus? Gleichzeitig fühlte ich kräftiger als zuvor die Finger meines Mannes meinen Arm quetschen und wagte endlich ein stilles „*Aua*“.

Sofort ließ er locker, und ich spürte einen entschuldigenden Kuss mein Haar streifen. *Er ist zu allem fähig, Faye. Ich habe damit nicht untertrieben.*

Wir müssen etwas unternehmen, Darian. Das sind mindestens dreißig Kinder.

Ich fühlte sein Nicken. *Es sind mehr, Liebes. Doch wenn wir eingreifen, geben wir unsere Sicherheit auf. Noch wissen wir nicht, wer das Mädchen und ihre Begleiter sind.*

Du glaubst …? Ich ließ es erstaunt verklingen. Was spürte er wirklich? Wohin gelangte er, wohin ich nicht konnte?

Ich möchte abwarten und erst sichergehen, bekam ich kryptisch zur Antwort.

Da traten die Begleiter des Mädchens vor und nahmen sie in ihre Mitte. Beinahe synchron hoben sie die Hände und zogen ebenfalls ihre Kapuzen zurück. Auch sie waren von orientalischem Aussehen. Dunkle Augen, schwarzes Haar, ebenmäßige Gesichtszüge, olivfarbene Haut, die von schmalen, in sich verschlungenen Tätowierungen überzogen war. Sie ähnelten denen meines Bruders und waren doch völlig anders, wesentlich feiner in der Linienführung. Zudem waren sie offensichtlich und weniger versteckt als bei Alistair. Beschützten sie die Frau?

„Wächter", hörte ich nun auch Darian flüstern, und obwohl ich den Impuls verspürte, mich nach ihm umzudrehen, kämpfte ich erfolgreich dagegen an. Noch einmal wollte ich den Kontakt nicht abbrechen.

Da begannen die Männer in einer Sprache leise miteinander zu sprechen, die mir zwar entfernt bekannt vorkam, die ich jedoch nicht verstand. Mit knappen Worten mischte das Mädchen sich ein, und die Männer traten langsam beiseite, ein paar Schritte von ihr fort. Mir fiel auf, dass sie strategisch sinnvolle Positionen bezogen, um das Mädchen schützen und gleichzeitig die Kinder in Schach halten zu können.

Ihre Sprache ist Aramäisch, erklärte mein Mann, *du hast sie sicherlich im Irak gehört. Sie gibt ihnen Anweisungen.*

Das hatte ich mir bereits gedacht. Gebannt beobachtete ich weiter, sah die kindlichen Rekruten sich nun in einem großen Kreis um die drei Personen scharen, sie in ihrer Mitte einschließen.

„Meinst du immer noch, wir sollten tatenlos zusehen?", fragte ich inzwischen deutlich beunruhigt. Auch wenn die drei in der Mitte den Anschein erweckten, als wüssten sie genau, was sie taten, war das Verhältnis sehr unausgewogen.

„Ich brauche noch mehr Informationen, bevor ich etwas unternehme. Ich will genau wissen, mit wem ich es zu tun habe", raunte Darian mir zu.

„Mit jemandem, der in große Schwierigkeiten geraten wird, möchte ich vermuten", gab ich ironisch zurück, beugte mich aber der Vernunft. Noch.

Ich spürte ihn innerlich verzweifeln. Daher griff er tief in die Argumentationskiste: „Du bist *ihm* nicht gewachsen, Faye."

Netter Versuch, mein Schatz, du allein offensichtlich auch nicht.
„Dich hatte er vorher in seinen Fängen, Darian. Vielleicht können wir ihn uns gemeinsam vorknöpfen. Die drei da sind auch noch da und augenscheinlich nicht ganz ohne."

„Wirst du es schaffen, ohne erneut auf ein kindliches Gesicht hereinzufallen, Faye?“

Diesmal sah ich mich grimmig zu ihm um. Er seufzte, ließ mich einen Augenblick los und erhob sich. Kurz darauf hatte er sich das Schwert umgebunden, mehrere meiner Pflöcke an sich genommen und hockte sich mit dem Rücken zu mir vor mich hin. Dann drehte er sich um und fragte: „Kannst du mich direkt bei dem Mädchen absetzen und sofort wieder verschwinden?“

„Ach, du meinst, ich soll nur beobachten?“

Sein Finger berührte liebevoll meine Wange. „Du bist die Geheimwaffe schlechthin, Faye. Mit dir rechnet niemand. Ich möchte sicher sein, dass du außer Gefahr bleibst. Versprich es mir.“

Ich nuschelte undeutlich mein Einverständnis. Erst danach händigte mir Darian die Pflöcke aus, die ich sogleich im Hosenbund verstaute. Dann schloss ich zur Konzentration die Augen. Doch ehe ich erneut den Kontakt aufbauen konnte, flog eine Tür auf, und laute Schritte kamen den Gang entlang.

„Was immer ihr vorhabt“, dröhnte die Stimme meines Bruders durch das Stockwerk, „ohne mich geht ihr nirgendwo hin.“

„Das Fellbündel nimmt mir die Worte aus dem Mund“, bekräftigte Steven, und Augenblicke später standen sie mit entschlossenen Mienen vor uns.

„Wie habt ihr …?“

„Gespürt“, unterbrach mich Alistair, und Steven tippte sich parallel ans Ohr. „Zufällig gehört. Ihr habt laut genug getuschelt.“

Ich tauschte mit Darian einen langen Blick. Er nickte mir knapp zu, und ich atmete tief durch. „Alles gut und schön, ihr Lieben, aber wie habt ihr euch das gedacht? Ich bin ein Zweisitzer, kein Bus.“

„Einzeln?“ Steven grinste mich breit an. „Ich kann die Passagiere so lange verstecken.“

Oh Heiland, ob das so schlau war? Ich blickte aus dem Fenster gen Himmel, hoffte unterbewusst auf ein Zeichen und erhielt natürlich keins. Es sei denn, man wollte einem entfernten Blinken – vermutlich ein Flugzeug – eine größere Bedeutung beimessen.

„Es ist mein Jungfernflug“, witzelte Steven, als er sich vor mir niederhockte und ich meine Arme fest um ihn legte. „Bist du Pilot und Saftschubse in einem? Muss ich etwas beachten? Anschnallen? Festhalten?“

„Einfach nur Klappe halten“, erwiderte ich unwirsch, konzentrierte mich und hatte dann in rasend schneller Abfolge Bilder vor Augen. Ich suchte nach einem passenden Landeplatz weitab vom Geschehen und sprang.

Sekunden später landeten wir auf einem freien Feld nahe einem umzäunten Gelände mit einem großen, in der Dunkelheit aufragenden Gebäude. Ich rollte aus, sprang auf die Füße und zog Steven hoch.

„Warte hier“, raunte ich ihm knapp zu und war schon wieder unterwegs.

Mit Alistair als Passagier ging es erneut durch dieses Federportal, und etwas eleganter kamen wir neben Steven auf.

„Haben die Dinger eigentlich begrenzte Kapazitäten?“, kam meinem Bruder plötzlich in den Sinn.

Eine sehr berechtigte Frage. Verwirrt betrachtete ich die flauschigen Flughelfer. Schließlich konnte ich nur mit den Schultern zucken. „Weiß nicht. Wenn wir für den Heimweg ein Taxi nehmen müssen, wissen wir es. Das Schlachtfeld liegt circa fünfhundert Meter in der Richtung. Lauft los, ich werde Darian direkt dort absetzen.“

Ehe Alistair ein Veto anmelden konnte, war ich erneut verschwunden. Mein Mann erwartete mich schon sehnsüchtig. Da er diese Reisemethode inzwischen kannte, brauchte ich nichts weiter zu erklären. Ich fokussierte, sah die eingekreisten Personen direkt vor mir, erhielt von Darian einen bestätigenden Klaps auf meinen Oberschenkel und schoss mit ihm zusammen sogleich durch den Tunnel.

Unsere Landung war von vollendeter Eleganz. Allmählich stellte sich Routine ein. Wir kamen mit den Füßen auf, fingen uns mit zwei Schritten ab und richteten uns auf.

„Guten Abend, die Herrschaften. Ich hoffe, unser unerwartetes Eintreffen hat Sie nicht allzu sehr verschreckt“, meinte Darian in leichtem Tonfall und wandte sich von den verblüfft glotzenden Kindern an die irritiert wirkenden Orientalen, die er sogleich mit einer eleganten Verbeugung in ihrer Muttersprache begrüßte.

Ich rang mir ein geziertes Lächeln ab, hob eine Hand und winkte mit einzelnen Fingern dem schockgefrorenen Vampir auf der anderen Seite der Kinderschar zu. „Hallo, Letavian. Hast du mich vermisst?“

Fauchend sprang er in meine Richtung, verharrte jedoch, als sein Begleiter einen Arm hob und mich über die Distanz zornig musterte. „Wer bist du, Weib?“

„Der Wind im Mond, die Katze auf dem heißen Blechdach, der brennende Stern in deinem Albtraum“, säuselte ich theatralisch, warf die Arme in die Luft und bemühte die Federn erneut. Bevor ich verschwand, hörte ich noch Darians resigniertes Seufzen wegen meines dramatischen Abgangs. Auch wenn ich zu dick aufgetragen hatte – den hatte ich mir nun wirklich nicht verkneifen können.

Gute hundert Meter entfernt landete ich direkt in einem Dornenstrauch. War das die himmlische Strafe für meine kleine Bosheit? Stumm fluchend befreite ich mich daraus.

Da schossen in einiger Entfernung zwei Schemen an mir vorbei. Der eine war riesig, der andere sehr verwischt. Alistair und Steven. Sekunden später entstand weiter vorne ein wahrer Tumult. Folglich hatten sie die Kindervampire erreicht.

Ich sah Stichflammen, beobachtete das Zerplatzen von Leibern, die sich als Ascheregen ergossen. Ich hörte Schreie, warnende Zurufe und verängstigtes Kreischen. Dazwischen vernahm ich das Singen von Darians Schwert und Geräusche, die darauf schließen ließen, dass etwas Lebendiges zerteilt wurde. Er pflügte in die Reihen der kleinen Angreifer eine breite Schneise.

Ich war nicht traurig darüber, dass mein Mann mich von diesem mörderischen Getümmel fernhalten wollte. Trotz großer Überzahl waren die Kinder von der Kraft her weit unterlegen. Aber das Gemetzel war nichts für schwache Nerven – oder werdende Mütter, die Kindern gegenüber weicher wurden. Doch gegen zwei ausgewachsene Vampire und einen Lykaoner, sowie zwei durchweg vernichtungstalentierte Orientale und eine junge Frau, die ihre stichhaltigen Argumente radikal einsetzte, sah wohl jede bissige Gruppierung ein wenig alt aus. Letavian und Darians *Erzeuger* griffen selbst nicht ein, sie delegierten nur. Diese Feiglinge!

Da lösten sich die Reihen wie unter einem lautlosen Befehl plötzlich auf. Die restlichen Kinder verschwanden in sämtliche Himmelrichtungen, liefen davon und ließen ihre verletzten Gefährten einfach liegen. Vermutlich ahnten sie, dass diese nicht lange überleben würden, denn Steven machte sich sogleich an die Vernichtung der Überreste.

Lästigerweise hatte die Flucht der Kinder einen Nachteil. Ein paar von ihnen rannten direkt auf mich zu.

Noch hielt ich die Federn in der Hand, hätte sofort springen können. Doch wohin? Zurück ins Blaue und in einen anderen Dornenbusch oder mitten unter die Kämpfenden? Ich könnte auch wieder auf dem Dachboden landen, würde dadurch aber die Verbindung zu Darian kurzfristig verlieren. In einiger Entfernung sah ich Ahjavirs Gestalt, schräg dahinter Letavians. Sie selbst zogen sich nicht zurück. Also tauschte ich die Federn kurzerhand gegen einen Pflock.

Zwei, drei Kleinstvampire gingen nach der Berührung mit dem Holz sofort in Flammen auf. Das wiederum zog die Aufmerksamkeit der anderen auf mich. Und somit auf meinen Standort. Ich blickte auf, begegnete über diese Distanz einem Paar dunkler, zornig funkelnder Augen und mir schwante sogleich – ich hätte doch springen sollen.

Bevor ich die Federn aus dem Hosenbund ziehen konnte, raste der Eigentümer dieser Augen auf mich zu. Direkt hinter ihm sah ich Darians entsetzten Blick, dann setzte auch er sich in Bewegung.

Auf einmal lief alles in starker Verzögerung ab, als hätte jemand die Zeit einfach verlangsamt. Der Hintergrund verschwamm vollständig, die Gestalten weiter hinten schienen in ihren Bewegungen gänzlich einzufrieren. Einzig Darian und Ahjarvir waren in Bewegung, doch nur sehr reduziert. Ich bemerkte, dass auch meine Bewegung eingeschränkt war, dass ich nicht so ohne Weiteres beiseitespringen konnte. Einzig meine Gedanken funktionierten in Echtzeit. Es war erschreckend und faszinierend zugleich.

Wie mein Mann es letztendlich schaffte, mich noch vor Ahjarvir zu erreichen, wird mir immer ein Geheimnis bleiben, doch mit einem Mal stand er mit gezogenem Schwert vor mir und zwang den anderen zum Stehenbleiben.

„Nun komm schon, Dahad", schützte Ahjarvir mit klangvoller Stimme pure Harmlosigkeit vor. „Leg dein Schwert beiseite und lass uns die Vergangenheit begraben. Mein Angebot steht weiterhin."

„Ich habe es bereits abgelehnt", erwiderte Darian mit harter Stimme und schob mich dabei mit seiner freien Hand direkt hinter sich.

Ich unterdrückte die Abneigung, die ich gegen diese Art von

Schutz hatte, denn ich spürte, dass dieser Vampir mich binnen Sekunden in eine ausgelutschte Hülle verwandeln würde. Gleichzeitig wusste ich, dass es auch für Darian besser wäre, ihm nicht zu nahe zu kommen.

Die Arme locker vor der Brust verschränkt, blickte Ahjarvir uns ruhig entgegen. Obgleich er in diesem Moment kaum bedrohlich aussah, ging etwas von ihm aus, dem ich mich nicht entziehen konnte. Eine entwaffnende Erotik, gepaart mit einer Art unterschwelliger Gewalt.

Da streckte er eine Hand aus, und seine Stimme wurde einschmeichelnd: „Komm zu mir, Dahad. Komm mit mir. Begleite mich und lass uns wie einst Schulter an Schulter für unsere Ziele eintreten. Ich brauche dich. Du bist mein Sohn. Das erste und beste all meiner Kinder. Nimm wieder deinen Platz an meiner Seite ein, er gebührt nur dir.“ Er machte eine Kunstpause, ließ das Gesagte wirken und fuhr erst nach einer Weile anbiedernd fort: „Ich weiß, was dein tiefster Wunsch ist, Sohn. Auch ich fühle ihn, strebe ihm seit Jahrhunderten nach. Gemeinsam können wir es schaffen. Ich weiß es. Spüre die Macht, die wir zusammen haben könnten. Gemeinsam stürzen wir ihn und übernehmen das, was er nicht verdient. Seit Jahrtausenden schon erledigen wir die Drecksarbeit für ihn. Kriechen als seine Sklaven durch den Staub, nicht einmal würdig, ihn anzusehen, unsere Augen auf ihn zu richten. So lange schon halten wir unseren Kopf hin, wieder und wieder. Und er schläft. Er lässt uns elendig sterben, während er schläft. Dahad, öffne deine Augen, sieh hin. Er verdient unsere Ergebenheit nicht. Er verdient nichts von alledem. Sieh hin! Du und ich. Wir zusammen. Wer kann sich uns da noch entgegenstellen?“

„Glaubst du allen Ernstes, deine kriecherische Schmeichelei fällt bei mir auf fruchtbaren Boden, *Vater*?“ Darian spie das letzte Wort voll hörbaren Ekels regelrecht aus.

Augenblicklich schlug die Stimmung unseres Gegenübers um. Fort waren die aufgesetzte Höflichkeit und das säuselnde Bitten. Es machte einer wutverzerrten Fratze Platz. „Du wagst es, dich gegen mich zu stellen? Gegen deinen Vater, gegen den, der dich erschaffen hat? Der dir alles gab und dich zu dem machte, was du bist? Du undankbarer Hund!“

Nun also war die Maske endgültig gefallen, und ich konnte das wahre Gesicht dieses Mannes sehen. Ich brauche kaum zu betonen, dass mir dieser Anblick nicht gefiel. Seine Stirn war von steilen Zornesfalten durchzogen, der Mund zu einer geifernden Öffnung mit scharfen Zähnen verkommen und die dunklen Augen hatten sich zu glühend roten Kohlen gewandelt. Ihn umgab eine Aura von Bosheit und ungezähmter Mordlust. Und wieder wurde das klebrige Ekel wahrnehmbar, schien nun seine klauenhaften Fänge nach uns auszustrecken.

Ich erwog ernsthaft eine Flucht. Darians folgende Worte bestärkten mich in diesem Gedanken. „Was immer geschehen wird, Faye, komm ihm nicht zu nahe. Benutz die Federn. Hast du mich verstanden?“

Ich nickte mit jäh ausgetrockneter Kehle. Doch als er einen Schritt vortrat und mit dem Schwert eine einladende Geste beschrieb, hielt ich ihn am Arm zurück. „Geh nicht, Darian.“

„Dazu ist es endgültig zu spät, Liebes. Es muss ein Ende haben.“ Er sah mich bemüht aufmunternd an, doch ich spürte sofort, dass diese Sicherheit nur aufgesetzt war. Ich wollte ihn zurückhalten, ahnte, was geschehen würde, und wusste doch, dass er gehen musste. Da beugte er sich zu mir herunter, küsste mich sanft und blickte mir noch einmal in die Augen. „Ich liebe dich, Faye McNamara Knight. Du und mein Kind, ihr seid mein ganzer Lebensinhalt. Achte auf sie.“ Seine freie Hand strich liebevoll über meinen gewölbten Bauch. Ich sah etwas in seinen Augen aufblitzen, dann wandte er sich abrupt ab, straffte die Schultern und ging entschlossen von mir fort.

Festen Schrittes eilte er Ahjarvir nach, der sich mehrere Meter zurückgezogen hatte und Darian mit kaltem Zorn entgegenblickte.

„Denk an den Tod deines Freundes. Auch er glaubte, mich mit seinen albernen Insignien besiegen zu können. Dort hast du schon einmal versagt, Dahad. Willst du abermals diese Dummheit begehen?“

Er hatte Benedict ermordet. Jetzt fiel es mir wie Schuppen von den Augen, und die Bilder ergaben endlich Sinn. Er war es auch, der Darian in seine Gewalt gebracht und fast umgebracht hatte. An ihm haftete dieser miese Kleber, der sich verzogen hatte, weil der Vampir selbst die Stadt verlassen hatte. Obwohl alles in mir flüchten wollte und ich wusste, dass ich meinem Mann keine Hilfe sein würde, konnte ich ihn nicht verlassen.

Von meinem Bruder und Steven war nichts mehr zu sehen, obgleich sie sich nur wenige Meter von uns entfernt aufhalten mussten. Doch ich konnte nichts sehen. Es schien, als wäre im Umkreis von einigen Metern die gesamte Umgebung ausgelöscht, als wäre dort alles zu Ende. Also gab es auch nichts, wohin ich fliehen konnte. Oh Gott, was ging hier vor? Ich erflehte ein Wunder.

Während Darian mit bedächtigen Schritten weiter auf Ahjarvir zutrat, blickte dieser ihn verächtlich an. „Du forderst mich tatsächlich heraus?"

"Er nicht, mein alter Freund", erklang unerwartet eine weibliche Stimme hinter mir. „Aber ich werde es tun."

Verblüfft sah ich mich um. Knapp einen Meter von mir entfernt stand sie. Groß, schlank, in ein langes dunkles Gewand gehüllt, mit hoheitsvollem Blick. Eine makellose Schönheit. Die weiße Strähne leuchtete im glatten schwarzen Haar. Ihre dunklen Augen fixierten über mich hinweg die beiden Männer, und ein winziges, sinnliches Lächeln umspielte ihre Lippen. Ihre Präsenz war schwer, vollkommen und nahezu erdrückend. Wer würde es wagen, ihr zu widersprechen?

Ein grollender Laut folgte ihren Worten, und mit überheblicher Miene kam Ahjarvir näher. Mit einem Mal kam es mir vor, als existierten Darian und ich für diese beiden Vampire nicht mehr. Sie konzentrierten sich nur aufeinander. „Du stellst dich gegen mich, Lilith?"

„Nein", erwiderte sie gelassen. „Nimm es nicht zu persönlich. Ich bin diese Machtspielchen einfach nur leid."

Fassungslos starrte er sie an. Er blickte zurück auf Darian und wieder zu ihr. Anscheinend rang er um Worte, und es dauerte einige Sekunden, bis er sie schließlich fand: „Weil du es leid bist, schickst du *ihn*? Dieses vermenschlichte Ungeziefer, das einst mein Geschenk an dich war? Ich werde ihn unter meinen Füßen zermalmen wie die lästige Kakerlake, die aus ihm geworden ist."

„Vertu dich nicht", erwiderte Lilith milde, während ich fast zu platzen drohte. Dieser Kerl brüstete sich des Handels mit Menschen und beleidigte meinem Mann aufs Übelste. Und ich sollte danebenstehen und schweigen? Diese disziplinarische Übung ließ sich mit meinem Temperament überhaupt nicht vereinbaren.

Obwohl ich Darians warnenden Blick auffing und mir durchaus bewusst war, dass ich zwischen die Fronten zweier sehr gefährlicher und alter Vampire geraten würde, war ich nicht in der Lage, meinen Mund zu halten. So machte ich aus meiner Meinung keinen Hehl: „Sie haben bei Ihrer letzten Mahlzeit wohl von der falschen Blutgruppe genascht, Mr. Unverschämt. Haben Sie in den Tausenden von Jahren Ihrer Existenz nicht gelernt, wie man sich zu benehmen hat?“

Eiskalte Augen streiften mich fast gelangweilt, ehe sie sich wieder auf die Frau hinter mir richteten. „Wer ist dieses zerbrechliche menschliche Ding, das alle glauben, beschützen zu müssen?“

„Ich bin kein *Ding*!“

Ich fühlte das Entsetzen meines Mannes mehr, als ich es sah, konnte meine Wut aber kaum weiter zügeln. Auch wenn ich Angst vor den Konsequenzen meiner Worte hatte, so durfte ich nicht zulassen, als Mäuschen angesehen zu werden. Wobei es angesichts seines Blickes jetzt sicher die sinnvollere Alternative gewesen wäre. Denn diesmal hatte ich Ahjarvirs volle Aufmerksamkeit erhalten.

Er sah mich an, als wolle er mich in der Luft zerreißen. Ich konnte innerlich nur noch beten, zumal ich sah, dass Darian von einer Ohnmacht in die nächste zu fallen drohte. Als der alte Vampir nun einen Schritt vortrat, befürchtete ich das Schlimmste. Doch unerwartet verharrte er mitten in der Bewegung.

„Lege Hand an sie, alter Freund, und ich mache dich dem Erdboden gleich“, ertönten Liliths nahezu gleichgültig klingenden Worte, die ihre Wirkung jedoch nicht verfehlten.

Verblüfft drehte ich mich zu ihr um. Sie sah mich nicht einmal an, blickte lediglich über mich hinweg zu Ahjarvir. Völlige Gelassenheit stand in ihrem Blick und drückte sich in ihrer ganzen Haltung aus, doch mir war absolut klar, dass sich das binnen Sekunden ändern konnte.

Ich hatte gehofft, dass sie mich schützte. Und ich fand es nun bestätigt, auch wenn mir Darians Worte im Kopf widerhallten, sie würde nichts ohne Gegenleistung tun. Ich wollte gar nicht wissen, welche sie verlangte. Ich war einfach nur froh über ihre Anwesenheit und schickte ihr gedanklich meinen Dank.

„Für einen Menschen würdest du einen der Deinigen vernichten?“, lenkte Ahjarvir meine Aufmerksamkeit zurück auf sich. Seine Lippen kräuselten sich in einem zynischen Lächeln, und in seinen Augen stand pure Arglist. „Du erhebst Anrecht auf das belegte Brötchen? Was genau ist es? Die Verpackung oder die Füllung? Oder bist du neidisch, weil sie kann, was dir verwehrt bleibt, Lilith?“

Seine Bemerkung traf mich härter als geahnt. Ich spürte eine mütterliche Urangst in mir aufsteigen, die sich selbst mit eisernem Willen nicht verdrängen ließ. Sie stand mir ins Gesicht geschrieben, als ich den Blickkontakt mit Darian suchte, dessen Miene überaus verschlossen wirkte. Selbst Liliths leises Fauchen hinter mir konnte mich nicht mehr schrecken. Hatte sie es tatsächlich auf unser Kind abgesehen?

„Wage dich nicht zu weit vor, Ahjarvir", sprach sie mit warnendem Unterton. „Du kannst den Wandel nicht aufhalten."

Nun lachte er, wähnte sich siegreich. Es klang höhnisch. „Du kannst ihn nicht erzwingen, Lilith. Selbst wenn diese schwangere Auster ein Teil der Bestimmung ist, so ist sie nicht unverwundbar."

So viel zu: *Komm ihm nicht zu nahe, Faye!* Inzwischen stand ich im Fokus des allgemeinen Interesses und wünschte mich weit fort. Mein Blick fiel auf die Federn in meiner Hand, doch seine nächsten Worte vernichteten auch diese Hoffnung: „Vergiss es, kleines Menschenkind. Sie werden dir nicht helfen." Dabei tippte er sich mit hinterhältig aufblitzenden Augen gegen die Nasenspitze. „Egal, wohin du verschwindest, ich werde dich finden. Dein süßer Geruch wird mich zu dir führen."

All meine Wut auf ihn fokussierend, blickte ich ihn bitterböse an. „Gleichfalls, Blutsauger, denn Aas riecht nach langer Zeit auch süßlich!"

Sein unterschwelliges Knurren wirkte bedrohlich genug, doch wieder war es Lilith, die ihn mit einem einzigen Blick daran hinderte, sich auf mich zu stürzen. Dennoch bezweifelte ich seine Worte nicht eine Sekunde. Den Rest meines Lebens würde ich vor seinem Zorn nirgends mehr sicher sein, selbst mit Darian an meiner Seite nicht. Ich steckte die Federn in meinen Hosenbund. Dabei traf mein Blick auf seinen, und er wusste, dass auch ich es wusste. Er lächelte mich lauwarm an. Und doch bemerkte ich dahinter bösartigste Berechnung, die mich erschaudern ließ.

„Angst, Kleines?", säuselte er leise. „Die solltest du auch haben."

„Spiel mit mir und nicht mit ihr, Ahjarvir. Für deine unsinnigen Machtspiele ist sie nicht empfänglich und zu schade. Ich bin es, dem dein Interesse gilt, nicht sie", schaltete sich Darian mit zornig blitzenden Augen ein.

Warum hatte er so lange gezögert? Lag es an Liliths Präsenz? Ich schielte zu ihr hoch und sah sie Darian knapp zunicken. Also doch. Vermutlich gab sie ihm ihr Einverständnis, die Sache zu übernehmen. Ich hoffte nicht, dass er weiterhin als ihr *Geschenk von Ahjarvir* agieren würde, obwohl er momentan sehr deutlich seine Achtung vor ihr zeigte.

Sehr langsam drehte der Ältere sich zu ihm um. „Jetzt nicht mehr, Sohn. Aber es ist immer wieder interessant, wie sehr ein trächtiges Weibchen den Beschützerinstinkt eines, in diesem Fall *halbmenschlichen* Männchens erweckt."

Was würde geschehen, wenn ich diesem arroganten, uralten Vampir vor Wut einmal gehörig in den Allerwertesten träte?

Es wäre die absolut letzte Handlung in deinem ohnehin recht kurzen Leben, vernahm ich eine weibliche Stimme in meinem Kopf. Verblüfft nickte ich, weil sie vollkommen recht hatte. Was hätte ich einem so alten Wesen auch entgegenzusetzen?

Nichts, hörte ich abermals ihre Stimme und fühlte kurz darauf ihre Hand auf meiner Schulter. Sie war eiskalt, und verschreckt zuckte ich zusammen.

„Von mir droht dir keine Gefahr, Faye", sagte sie leise. „Ich bin zu müde zum Töten."

Es mag merkwürdig klingen, doch sie hatte ich niemals gefürchtet. Ich hatte nicht die geringste Spur von Todesangst in mir, wusste ich doch, dass sie mich schützen würde. Lediglich die Angst um mein Kind blieb. Was waren ihre tatsächlichen Motive? Sollte Ahjarvir recht behalten, und es lag an dem Kind in mir?

Als schien meine ungeborene Tochter meine Gedanken zu hören, bewegte sie sich in mir, stieß mir kräftig gegen die Bauchdekke. Schützend legte ich die Hände darüber. Dann blieb mir keine Zeit mehr zum Nachdenken. Ahjarvir hatte sich meinem Mann bis auf wenige Schritte genähert.

„Hattest du jemals eine Chance gegen mich, Dahad? Alles, was dich ausmacht, ist durch mich entstanden. Und alles, was dich ausmacht, wird durch mich in einer Sekunde vernichtet werden, stellst du dich gegen mich. Sieh mich an. Das ist alles, was von dir übrig bleiben wird. Eine Erinnerung …" Mit einem kräftigen Ruck riss er sein Hemd entzwei und offenbarte auf seiner fast schwarzen Haut eine schwelende, leuchtend rote Fleischwunde mit ausgefransten, verbrannten Wundrändern. Sie zog sich einem Mahnmal gleich quer über seine gesamte Brust. Mein Blick irrte von der breiten Narbe zu meinem Mann und wieder zurück. Er hatte diese Verwundung verursacht? Wie? Wann? Und vor allem, *wo-*

mit?

Fast zärtlich fuhr Ahjarvir sich mit den Fingern über diese Narbe. „Was wird …“ Er blickte über seine Schulter kurz auf mich, ehe er Darian wieder bösartig lächelnd ansah, „… aus deiner Gefährtin und ihrem ungeborenen Kind? Dem Kätzchen werden die Krallen herausgerissen, oder glaubst du, sie wird am Leben gelassen, ist dein Schutz erst einmal von ihr genommen?“

Schlagartig trocknete mein Mund aus. Darians Blick streifte mein Gesicht, erreichte Lilith und wandte sich wieder Ahjarvir zu. Für einen Augenblick wirkte er unsicher. Dann schlich plötzlich ein erleichtertes Lächeln auf sein Gesicht, und er beschrieb eine umfassende Geste. „Hältst du sie wahrlich für schutzlos?“

Innerlich triumphierte ich. Ich hatte also doch recht damit, dass Lilith mich gegen alle Widrigkeiten beschützte.

„*Verdammt seid ihr!*“ Ahjarvirs wütender Ausbruch ließ mich ruckartig zusammenfahren, und nur Liliths Hand auf meiner Schulter verhinderte, dass ich zurückstolperte und hinfiel.

„Hast du geglaubt, *er* lässt sie verwundbar zurück, Sohn?“, erklang eine tiefe Stimme, die wie ein Donnergrollen über uns hinwegrollte und in einem einzigen Luftzug die umliegenden Blätter emporwirbelte.

Mein innerer Triumph fiel wie ein Kartenhaus in sich zusammen. *Geistige Fehlinformation, Faye, zu früh gefreut*. Es lag nicht allein an Liliths Gegenwart. Wir hatten eindeutig weiteren Besuch erhalten. Heimlich sah ich mich um.

Während die Blätter gemächlich zu Boden taumelten, erschien sehr bedächtig eine gleißend helle Gestalt. Sie wuchs an, wurde länger und breiter, bis sie die beeindruckende Dimension eines mittleren Hochhauses erreicht hatte. Ich musste bei ihrem Anblick meine Augen schützen und gewahrte durch vorgehaltene Hände, wie sie sich in vier verschiedenfarbig lichte Schemen aufteilte. Einer war in leichtes Blau getaucht, einer in Grün, ein weiterer in ein sattes Rubinrot, und der letzte schien nur aus gleißend weißem Licht zu bestehen. Zu meiner grenzenlosen Verblüffung bildeten die Schemen in einigen Metern Abstand um uns herum einen Kreis und regulierten nur langsam ihren Schein. Und obwohl sie weiterhin leuchteten wie die Sonne in persona, reichte ihr Glühen doch nicht bis direkt zu uns.

„Lass ab, Ahjarvir“, dröhnte abermals diese Stimme, deren Besitzer ich unter den gleißenden Wesen nicht erkennen, jedoch erahnen konnte.

Michael. Er war hier. Ich atmete erleichtert durch. Ebenso erkannte ich in dem grünen Schemen Raphael, und der weiße musste Gabriel sein. Doch wer war der vierte? Dieser Engel, der Hand an Darian gelegt hatte? Er war mir goldfarben erschienen, nicht rubinrot. Und warum waren sie hier?

„*Nein!* Ihr habt kein Recht, euch einzumischen. *Er* hat kein Recht dazu."

„*Er* hat die Machtvollkommenheit, seine Schöpfung zu hüten und die zu schützen, die *seines* Schutzes bedürfen. *Er* hat die Machtvollkommenheit, die zu verdammen, die sich gegen *ihn* stellen. Du hast *seinen* Zorn einst erfahren, erfahre ihn nicht erneut. Denn deine Zeichnung kam in liebender Warnung von *ihm*", erklang Michaels Stimme erneut. „Es ist an dir, *seinem* Gebot zu folgen."

„Nein." Zurückweichend schüttelte Ahjarvir den Kopf. „Nein. Das ist nicht fair. *Nein*!"

Was nun geschah, war erschreckend. Ich war keinesfalls darauf vorbereitet gewesen, und keiner der Anwesenden schien damit gerechnet zu haben. Ich hatte keine Möglichkeit, irgendetwas zu tun, denn es ging alles viel zu schnell. Starr vor Schreck konnte ich noch verfolgen, wie Ahjarvir sich blitzartig auflöste und direkt neben Darian wieder auftauchte. Mein Schrei erfolgte im gleichen Augenblick, in dem er zuschlug.

Obgleich Darian das Schwert abwehrbereit hochriss und rechtzeitig beiseitesprang, erwischten die zuschlagenden Krallen seinen Oberkörper und rissen tiefe Furchen ins Fleisch. Tiefrotes Blut durchtränkte das zerfetzte Hemd, rann in schmalen Bächen an seiner Hose herunter und tropfte auf den Boden. Mit ungläubigem Ausdruck in den Augen taumelte Darian einige Schritte zurück.

Nur Liliths schwere Hand auf meiner Schulter bewahrte mich davor, kopflos ins Geschehen zu stürzen. Entsetzt riss ich die Augen auf. Oh mein Gott! Auch wenn ich wusste, was Darian alles einstecken konnte, so hatte dieser Schlag gesessen. Instinktiv fuhr meine rechte Hand an meine Lippen, und ich hielt den Atem an. Mein Herz blutete innerlich so stark wie seine äußerlichen Wunden, und für einen Moment wandte ich meine Augen schmerzerfüllt von diesem Anblick ab. Doch nicht für lange. Schon vernahm ich einen zischenden Laut und sah wie unter Zwang dem Geschehen wieder zu.

Angstvoll sah ich Ahjarvir erneut ausholen. Diesmal war Darian gewappnet. Blitzschnell wehrte er den Schlag mit dem Schwert ab. Doch der Ältere stob herum, tauchte direkt hinter ihm auf und packte ihn im Genick. Statt des befürchteten charakteristischen Knackens vernahm ich ein wütendes Fauchen, dem ein schmerzerfülltes Zischen folgte. Da erst sah ich das Schwert tief in Ahjarvirs Brust stecken und aus seinem Rücken wieder herausragen. Nahezu bewegungslos kniete Darian mit dem Rücken zu seinem Gegner und hielt weiterhin den Griff des *Katana* zwischen den Händen. Mit einem einzigen Rück riss er es wieder heraus und stieß den Alten dabei zurück. In einer einzigen, fließenden Bewegung erhob er sich und wandte sich um, und völlig emotionslos betrachtete er den Zurücktaumelnden, dessen Blick pure Überraschung widerspiegelte.

„Ich habe dich unterschätzt, Dahad“, murmelte Ahjarvir, nahm die Hände von der klaffenden Wunde und demonstrierte auf eindrucksvolle Weise seine Regenerationsfähigkeit. Binnen Sekunden stoppte die Blutung und schloss sich die Wunde, bis nur noch eine schmale rosafarbene Narbe übrig blieb. Mit unheilvollem Grinsen entblößte der Alte seine langen, scharfen Reißzähne. „Das wird mir nicht noch einmal passieren.“

Darian nickte nur, wirkte gefasst und ernst. Trotzdem fiel mir auf, dass er mit dem Schließen seiner Wunden erheblich mehr Probleme hatte, sich sehr konzentrieren musste. Lag es an seiner kürzlichen Veränderung? Raubte ihm das die Kraft? Aus Ahjarvirs frohlockender Mimik schloss ich, dass es ihm ebenfalls nicht entgangen war.

Lauernd begannen sie einander zu umkreisen. Zwar bewegten sich beide Männer mit der Geschmeidigkeit von Raubkatzen, doch wirkten Darians Bewegungen langsamer und irgendwie schwerer, ein wenig unsicherer. Und seine Wunden waren noch immer nicht ganz geschlossen, auch wenn die Blutung versiegt war. Ein unbehagliches Gefühl stieg in mir hoch, das sich als angstvoller Knoten in meinem Magen zusammenzog und weiter hinaufkroch, um mein Herz zu martern und meinen Hals zu verschließen.

Panisch sah ich mich um. Da standen vier Engel, die weiterhin regungslos das Geschehen beobachteten. Sie taten nichts, krümmten nicht eine einzige lichte Tentakel. Sie mussten doch auch sehen, dass Darian seinem Gegner unterlegen war. Warum griffen sie nicht ein? Warum unternahm Michael denn nichts, um Darian zu helfen?

Weil wir ohne Erlaubnis handeln würden, hörte ich die leise Antwort in meinem Kopf. *Es ist seine freie Entscheidung und sein selbst gewähltes Schicksal, sich ihm zu stellen. Diese Entscheidung würden wir durch unser Eingreifen infrage stellen.*

Er wird sterben, Michael. Voll Angst blickte ich in die Richtung des Engels, beschwor ihn mit meinen Blicken.

Diese Möglichkeit besteht, antwortete er ausweichend. Täuschte es, oder schwang eine Spur von Sorge darin? Ich keuchte ängstlich auf.

Als hätte Darian meine Gefühle empfangen, sah er zu mir herüber. Für einen winzigen Moment transportierte sein Blick all seine Empfindungen. Ein elektrischer Schauer jagte wie ein Strudel durch mich hindurch, sammelte sich und verblieb als warmer Druck in meinem Herzen. Instinktiv schloss ich die Augen und legte eine Hand auf mein Herz, wollte dieses Gefühl ganz für mich behalten und niemals wieder loslassen. Gleichzeitig verhinderte ich so, dass er die aufsteigenden Tränen in meinen Augen erkennen konnte. Um nichts in der Welt wollte ich ihm zeigen, wie viel Angst ich wirklich um ihn hatte.

„Bemerkenswert“, hörte ich Liliths emotionslosen Kommentar. „Er liebt dich tatsächlich.“

„Ja, das tut er. Auch wenn ihr es immer für unmöglich gehalten habt.“ Obwohl ich es nicht beabsichtigt hatte, brachte ich es doch wie eine leise Anschuldigung hervor.

Lilith honorierte es mit einem sanften Druck ihrer Hände auf meinen Schultern. Solidarität unter Frauen?

Meine Aufmerksamkeit kehrte zum Geschehen zurück. Das Belauern war beendet, die beiden Männer lieferten sich einen erbitterten und unausgewogenen Kampf. Darian hatte sich sein zerfetztes Hemd inzwischen vom Leib gerissen und blutete aus mehreren kleineren Wunden. Er wirkte ermüdet, seine Bewegungen wurden fahriger und seine Deckung nachlässiger, als könne er das *Katana* kaum noch halten. Fortwährend musste er die Attacken des Älteren abwehren, bekam kaum Gelegenheit zum Gegenangriff. Ahjarvir selbst schien nur wenig abbekommen zu haben, auch wenn seine ebenholzfarbene Haut vom verschmierten Blut feucht schimmerte. Einzig die schwelende Wunde mutete in ihrem Leuchten heller und entzündeter an.

Die Angst um Darian schnürte mir die Kehle zu. Ich wollte etwas tun, musste einfach, selbst wenn Lilith mich weiterhin eisern festhielt. So konzentrierte ich mich auf meinen Mann, stieß mit meinen mentalen Tentakeln blitzschnell vor und legte meine ganze Kraft hinein. Pures Entsetzen breitete sich in mir aus, als ich mein Scheitern an einer undurchdringlichen Wand bemerkte, die um die beiden Kämpfenden errichtet worden war. Mein Blick streifte Liliths bildschönes Antlitz. Kurz fühlte ich ihre Augen auf mir, ehe sie sich wieder den Männern zuwandte.

Auch meine Aufmerksamkeit kehrte zurück, und mein Herz setzte furchtsam aus, als ich Darians gequältem Blick begegnete. Er hatte große Schmerzen, körperlich und auch seelisch, und ihn verließen die Kräfte. Ich fühlte und sah es.

Ich wollte schreien, ihm eine Aufmunterung zurufen, und brachte doch keinen Ton heraus. Seine Augen weiterhin auf mich gerichtet, ließ er das Schwert plötzlich sinken. In diesem Moment fühlte ich, dass er aufgab. Seine Lippen formten drei lautlose Worte, die mir tief ins Herz schnitten. Tränen schossen mir in die Augen, verwischten seinen Anblick.

Dann stand sein Gegner wie aus dem Boden gewachsen vor ihm, riss mit einem einzigen Schlag tiefe Furchen in seinem Brustkorb. Darian taumelte. Ahjarvir setzte nach und packte ihn bei der Schulter. Dabei sah er sich mit einer Mischung aus brennender Wut und leuchtendem Triumph um. „Ihr wollt ihn zurück?“ Er lachte höhnisch auf, und jäh stieß er mit der freien Hand zu. „*Niemals!*“

Wie in Zeitlupe sah ich das *Katana* endgültig aus Darians Hand gleiten und zu Boden fallen. Schock und Unglaube standen in seinen Augen, während er auf die Hand starrte, die sich tief in seinem Brustkorb vergraben hatte. Mit einem Ruck riss der alte Vampir die blutverschmierte Faust wieder heraus. Vollkommen unfähig zu jedweder Regung konnte ich nur hilflos Darians Fallen zusehen.

Es zerriss mich innerlich. Ein glühender Schmerz raste durch meinen Leib, sammelte sich in meinem Herzen, verkrampfte sich und brach in einem langgezogenen Klagelaut aus mir heraus. Zur Regung vollkommen unfähig, konnte ich nur hilflos Darians Fallen beobachten.

In siegreicher Pose öffnete Ahjarvir die Faust und offenbarte das, was er darin gehalten hatte. Grauenhaft langsam ließ er es von seiner Handfläche rollen, bis es mit einem unangenehmen Laut in den Staub fiel. Augenblicklich verfärbte sich der Sand blutrot. Dann packte er Darian ins Haar, riss seinen Kopf zurück und entblößte die Zähne mit einem diabolischen Grinsen.

Der Eisesstarre in mir löste sich abrupt, bahnte sich mit einem gellenden Schrei den Weg und brachte mich endlich in Bewegung. „*Nein!*"

Blitzschnell tauchte ich unter Liliths Händen hervor und stürmte auf die beiden Männer zu. Darian durfte nicht sterben! Nicht jetzt, nicht so! Ich brauchte ihn, ich würde ohne ihn nicht leben können.

Wie ich Liliths Schutz überwunden hatte, weiß ich nicht. Ich rannte einfach hindurch. Und wie das *Katana* in meine Hand gelangte, kann ich auch nicht sagen. Es war einfach da. Ich konnte kaum noch klar denken, wusste nur: *Das* durfte niemals wieder geschehen.

Mit gezielter Präzision näherten sich Ahjarvirs Saugzähne dem Hals meines Mannes, unter dessen heller Haut ich sogar die dunklen Linien der Adern ausmachen konnte. Pure Verzweiflung brachte mich direkt neben ihn und ließ mich das Schwert hochreißen. „Lass ihn los. Sofort!"

Nun erst nahm Ahjarvir mich wahr. Die Hand weiterhin in Darians Haar vergraben, sah er zu mir auf, und echtes Erstaunen trat in seinen Blick.

Ich zögerte nicht. Innerlich spürte ich den Befehl zu einer Tat, die ich mir niemals zugetraut hätte. Das Schwert sauste nieder und glitt ohne Widerstand durch seinen Hals. Ein kurzes rötliches Aufflackern der Augen, ein Zittern, das seinen gesamten Körper durchlief, dann kippte sein Kopf zur Seite und fiel in den Sand. Der Griff in Darians Haar löste sich, die Hand fiel leblos herab und riss den Rumpf mit sich, der auf der Seite zum Liegen kam. Kaum aufgekommen, trocknete der Leib binnen Sekunden aus und zerfiel, bis nichts mehr von ihm blieb als dunkler Staub.

Erst jetzt sah Darian mich mit gebrochenen Augen blicklos an. Das Strahlen, das ich vor einigen Tagen in ihm bemerkt hatte, glich nur noch einem müden Glimmen, kurz vor dem Verlöschen. Plötzlich begann er zu schwanken und kippte langsam nach vorn. Hastig warf ich das *Katana* beiseite, fiel auf die Knie und fing seinen

Sturz ab. Schluchzend hielt ich ihn umfangen, suchte fieberhaft nach einem Lebenszeichen. Tränen brannten in meinen Augen, tropften auf sein fahles Gesicht. Immer wieder flüsterte ich seinen Namen, rüttelte an seiner Schulter und strich über seine Wangen, doch mir blieb jedes Lebenszeichen von ihm versagt. Er war tot. Endgültig.

Ahjarvir hatte ihn mir genommen.

Der Sieg über den alten Vampir war bedeutungslos gegen das Loch, das in mein Herz gerissen worden war. Ich fühlte nichts als reinen, gleißenden und alles verzehrenden Schmerz. Jedes andere Gefühl war ausgeblendet. Vor Tränen blind sackte ich über seinem leblosen Körper zusammen und presste ihn an mich. Alles in mir schrie. Kalte Klauen eisigen Entsetzens hatten sich in mein blutendes Herz geschlagen und schienen mir das Leben herauszupressen.

Meine ganze Liebe, mein komplettes Sein hatten ihn nicht bei mir halten können. Was sollte das für ein Preis für die Erfüllung eines Schicksals oder einer Bestimmung sein? Nichts von dem, was hier geschehen war, war fair oder ergab einen Sinn.

Meine Trauer schlug um in Wut, und zornig blickte ich auf. Zuerst erfasste ich Michael, danach die anderen drei Engel. Behutsam ließ ich Darians Körper von meinem Schoß gleiten und erhob mich, den Blick anklagend auf die Engel gerichtet.

„Ihr hättet es verhindern können", brachte ich voll Bitterkeit hervor, wies auf Darian und trat auf Michael zu. „Du und deine Berufsgenossen hätten es verhindern können. Ihr taucht hier in leuchtender Glorie auf, macht einen auf himmlischen Abgesandten und steht dann in eurer *glorreichen Neutralität* tatenlos in der Gegend herum, obwohl eure Hilfe gebraucht wurde. Sehr lobenswerte Einstellung, fürwahr." Jeden Einzelnen von ihnen erfasste mein anklagender Blick, dann holte ich tief Luft und legte so richtig los: „Solange er euch von Nutzen war, habt ihr euch eingemischt, aber jetzt ist sein Job ja getan, richtig? Der Mohr hat seine Schuldigkeit getan, der Mohr kann gehen? Was ist das für ein Gott, der seine besten Leute für eine Sache verrecken lässt, die er selbst versaut hat? Das hier ist nicht gerecht, und ihr wisst das ganz genau. Er hat *euren* Job gemacht, verdammt noch mal!"

„Wir können nichts für ihn tun, Faye", sprach Michael bedächtig. „Seine Zeit ist gekommen. Er wählte frei –"

„Bullshit!“, fuhr ich ihm wütend ins Wort und verwischte mit dem Handrücken die Tränenbäche auf meinen Wangen, die unaufhaltsam weiterflossen. „Er hatte überhaupt keine Wahl. Ihr habt sie ihm niemals gelassen. Dieser ganze Mist mit der Austreibung – das habt ihr verbockt, Michael. Du hast es damals selbst zugegeben. Ihr habt ihn benutzt, immer. Also bewegt gefälligst eure gefiederten Ärsche und sorgt dafür, dass er sein Kind erleben darf! Das seid ihr ihm schuldig. Ihr seid es seinem Kind schuldig. Verdammt! Ihm erst die Möglichkeit zu geben und dann wieder wegzunehmen ist niederträchtig.“

Mit den letzten Worten war auch meine Wut verpufft. Ich bekam kaum noch Luft, musste mich zum Atmen regelrecht zwingen. Gleichzeitig spürte ich, wie mein Kreislauf allmählich versagte, mir leicht schwindlig und übel wurde. Kraftlos wandte ich mich ab, sank wieder neben Darian auf die Knie und zog ihn abermals auf meinen Schoß. Sanft strich ich ihm das wirre, blutverschmierte Haar aus dem Gesicht, wiegte ihn wie ein Baby. *Geh nicht weg. Lass mich nicht allein. Lass uns nicht allein. Bitte. Bitte komm zurück.*

Langsam versiegten meine Tränen, denn selbst dazu fehlte mir nun die Kraft. Nur noch leise schluchzend hatte ich meine Finger in seine Schultern vergraben, als plötzlich ein verschmiertes Etwas neben mir meinen Blick magisch anzog. Wie in Trance streckte ich eine Hand danach aus. Es war recht groß und füllte meine Handfläche vollkommen aus. Außerdem fühlte es sich glitschig an und schien plötzlich irgendwie zu puckern. Was war das? Schockiert erkannte ich es. Sein Herz! Ahjarvir hatte ihm das Herz herausgerissen. Oh Gott!

Ich schrie, ohne es zu merken, presste dabei das Organ auf die Öffnung in Darians zerfetzter Brust und versuchte es an seinen Platz zurückzudrücken. Ich scheiterte. Verzweifelt hielt ich es an meine Brust und wünschte mir nur noch, ihm folgen zu können.

Da legte sich eine Hand schwer auf meine Schulter und holte mich zurück. Mühsam hob ich den Kopf und bemerkte Lilith vor mir. Ihr Blick war ruhig, ausdruckslos. „Welchen Preis bist du für sein Leben zu zahlen bereit, Faye?“

„Jeden“, antwortete ich, ohne nachzudenken. „Welchen verlangst du?“

„Dein Kind“, gab sie mit unbeweglichem Gesichtsausdruck zurück.

Hatte Ahjarvir doch recht gehabt. Schützend legte ich die Hände auf meinen Bauch. Meine aufkeimende Hoffnung war schlagartig unter dem eisigen Wind der Erkenntnis erfroren und machte tiefer Empörung und kalter Angst Platz. Meine Stimme versagte beinahe: „Du willst mir das Einzige nehmen, was mir von ihm noch bleibt?“

„Nein“, erwiderte sie ruhig und wies mit einer Hand auf Darian. „Ich kann dir geben, was dein Herz begehrt. Im Gegenzug verlange ich nur Einfluss auf das Leben deiner Tochter. Sie ist die Hoffnungsträgerin für unsere gesamte Rasse, und ich will sie all das lehren, was sie dafür benötigt.“ Zum ersten Mal sah ich Lilith lächeln. „Überlege schnell, Faye. Die Zeit rinnt auch mir durch die Finger. Der Preis für sein Leben ist nur gering.“

Voll ängstlicher Zweifel suchte mein Blick den von Michael. Fast glaubte ich einem Trugschluss zu erliegen, als er mir sehr langsam zunickte. Er unterstützte Liliths Vorschlag. Ganz offensichtlich. Trotzdem hatte ich unbändige Angst. Angst um meinen Mann und Angst um mein Kind. Einen der beiden würde ich verlieren. Jetzt und hier. Die Entscheidung lag ganz allein bei mir. Niemand würde sie mir abnehmen. Es kam mir wie ein Tanz mit dem Teufel auf einem Drahtseil vor. Am Ende würde ich verlieren, so oder so.

„Nun?“, fragte sie leise. „Hast du dich entschieden?“

Ja, ich hatte mich entschieden. So nickte ich entschlossen und rutschte beiseite. „Ja. Tu, was zu tun ist. Ich werde dir mein Kind überlassen, sobald es alt genug ist. Und nur zu meinen Bedingungen.“

„In deiner Situation willst du verhandeln?“ Sie schüttelte den Kopf. „Du bist eine Närrin, Faye.“

Meine Hand schoss vor und legte sich auf ihre. Wie gewünscht sah sie mir in die Augen. „Ich verhandle nicht, und ich bin auch keine Närrin, Lilith. Ich würde jede Chance nutzen, Darian zurückzubekommen. Aber ich werde bald Mutter, und als solche spreche ich zu dir. Denn als Mutter werde ich um mein Kind kämpfen wie eine Löwin um ihr Junges. Willst du das wirklich?“

Einen Augenblick lang musterte sie mich mit offenem Erstaunen, dann schlich ein winziges Lächeln um ihre Lippen. „Du musst es mir nicht überlassen, Faye. Ich möchte teilhaben, denn die Mutter könnte ich ihr niemals ersetzen.“

„Wie eine Gouvernante oder gar Großmutter?“, platze ich verblüfft heraus und ließ zu, dass sie Darians Oberkörper von meinem auf ihren Schoß umbettete. Dabei sah sie mich ruhig an. „Ja, wenn du es so nennen möchtest.“ Dann wurde ihr Blick ernst, und sie streckte mir die Hand entgegen. „Sein Herz, gib es mir.“

Ohne weitere Bedenken übergab ich ihr das blutige Etwas. Ich war nur kurz geschockt, als sie sich selbst in den Arm biss und ein wenig ihres Blutes darauftropfen ließ. Danach sah sie mich auffordernd an. „Reich mir bitte deinen Arm.“

Fragend hielt ich ihr den Arm hin. Umgehend schob sie meinen Ärmel zurück, lächelte mich mit aufblitzenden Beißern beunruhigend an und senkte den Kopf.

„Ich bin giftig“, raunte ich und wollte ihr meinen Arm entziehen, den sie mühelos festhielt.

Ihr Seitenblick sprach Bände. „Glaubst du wirklich, ich hätte das nicht bedacht?“

Als sie mir ihre scharfen Zähne in den Unterarm schlug, war der Schmerz nur kurz. Tiefrot quoll Blut hervor, und Lilith sah mich von der Seite her amüsiert an. „Keine Sorge, Faye. So schnell bringt mich nichts um. Nicht einmal dein Blut kann das bewirken. Doch sein Herz braucht zusätzlich die Lebenskraft eines Menschen. Welche wäre besser geeignet als deine?“

Verlegen wandte ich den Blick ab und beobachtete, wie mein Blut das Herz in ihrer Hand benetzte. Was immer ich erwartet hatte, das Ergebnis war ernüchternd. Vielleicht hatte ich gehofft, dass es zu schlagen oder vielleicht sogar zu rauchen beginnen würde. Doch es geschah überhaupt nichts.

„Habe Geduld“, meinte sie, legte das Herz auf die klaffende Wunde in Darians Brustkorb und schlug mit der flachen Hand einmal kräftig zu. Ein eklig schmatzender Laut folgte. Ich blickte zur Seite und kämpfte mit abrupt auftretender Übelkeit.

Ich konnte nur inständig hoffen, dass sie wusste, was sie tat, denn ich hatte nicht den Hauch einer Ahnung von dem, was geschah. Abgesehen von der Tatsache, dass sie ein Organ wieder an die Stelle brachte, an die es gehörte. Zumindest grob betrachtet. Gefäßchirurgie schien keines ihrer größten Talente zu sein.

Mich schüttelte es, als ich das rasante Verschließen seiner Verwundung bemerkte und anschließend ein Zittern durch Darians Körper lief. Und ich traute meinen Augen kaum, als ich erneut dieses winzige Glimmen bemerkte, das sich mehr und mehr ausbreitete, bis ich meinen Blick gegen die Helligkeit abschirmen musste. Mein Herz machte einen Satz und begann wie verrückt zu rasen, als ich Sekunden später eine mir wohlbekannte, aber noch sehr brüchige Stimme vernahm: „Verdammt, tut das weh."

Lilith hingegen war die Ruhe in Person. „Entschuldige, es ist schon etwas länger her, dass ich es anwenden musste."

Ich glaubte nicht, was ich hier erlebte. So sehr ich das Wunder herbeigesehnt hatte, konnte ich doch kaum begreifen, dass es tatsächlich wahr geworden war. Doch Darian bestätigte es mir. Mit noch sehr belegt klingender Stimme fragte er: „Du weinst, Liebes?"

In Ohnmacht fallen? Nein, keine Zeit und definitiv zuviel Adrenalin im Körper.

„Oh Gott, du lebst!" Überglücklich warf ich mich daher halb auf ihn und bedeckte sein Gesicht mit Küssen. Fortwährend hielt ich inne, um ihn anzusehen und abzutasten. Dabei fuhr ich mit beiden Händen prüfend über seinen verheilten, noch mit Blut gezeichneten Brustkorb, unter dem spürbar kraftvoll sein nun merkwürdig leuchtendes Herz schlug. Egal, er war wieder da. Ich umfasste sein Gesicht, küsste ihn wieder, bis er mich schließlich mühsam lächelnd von sich schob. „Langsam, oder willst du mich umbringen?"

Schlagartig saß ich aufrecht. „Nein. Ganz bestimmt nicht. Nie wieder."

Mit sichtbarer Anstrengung schob er sich etwas höher und sah sich verunsichert um. „Hätte jemand die Güte mich über das aufzuklären, was hier geschehen ist? Anscheinend war ich im entscheidenden Moment nicht ganz anwesend."

Michael begann leise zu lachen. Kurz darauf kamen weitere Stimmen hinzu, und schließlich erschien auch auf Liliths Miene ein amüsiertes Lächeln. Verwundert kräuselte Darian die Stirn und stützte sich mit den Ellenbogen ganz ab. „Ist mir etwas Wichtiges entgangen?"

„Ahjarvir hat dich getötet, Schatz", übernahm ich mit noch leicht zitternder Stimme die Erklärung. Die Erinnerungen waren zu lebendig, als dass ich sie einfach so verdrängen konnte. Erneut kämpfte ich mit den Tränen. Und diesmal gewann ich.

Darian hingegen war irritiert. „Das ist kaum möglich, da ich noch lebe.“

„Nein. Du warst tot. Lilith holte dich zurück.“

Sofort warf Darian ihr einen lauernden Blick zu. „Zu welchem Preis?“

Nanu? Er fragte nicht nach dem *Wie*. Ihn interessierte nur das *Warum*. Mir schwante, dass ihm Liliths etwas kuriose Technik der Totenbeschwörung nicht ganz unbekannt war. Zögerlich begann ich: „Das –“

„– werde ich ihm selbst erklären“, unterbrach sie mich, erhob sich und sah auf ihn hinunter. „Begleite mich ein Stück, Dahad, dann erfährst du alles.“

Sehr schwerfällig und nur mit erheblicher Hilfe meinerseits kam Darian auf die Beine, murmelte dabei etwas von *Auseinanderfallen* und stützte sich flüchtig auf mir ab. Dann winkte er Lilith zu sich heran und hielt sich an ihrem Arm fest. „Lass hören, ich bin ganz Ohr. Aber bitte nicht zu schnell. Aus irgendeinem Grund komme ich mir gerade wie ein Greis vor.“

Ihre Hand berührte seine in einer verständnisvollen Geste. „Ich habe alle Zeit der Welt.“ Dabei umfasste sie seine Taille und hielt ihn mit bemerkenswerter Leichtigkeit aufrecht. Sie musste über enorme Kraft verfügen, denn Darian war nicht gerade ein Fliegengewicht.

Ich blickte sie bewundernd an. Mit dieser Frau in einen Ring steigen? Nie im Leben! Es sei denn, sie bastelte ihre Gegner anschließend wieder zusammen.

Ihr flüchtiger Blick ließ mich leicht zusammenzucken.

„Ich darf davon ausgehen, dass meine Frau bei euch in sicheren Händen ist?“, wandte Darian sich nun an die umstehenden Engel.

Michael lächelte sanft. „Sei unbesorgt, wir werden gut auf sie achten.“

Nur mit Mühe konnte ich ein zynisches Zähneknirschen unterdrücken. Dennoch verpasste ich dem bläulichen Erzengel einen erbosten Blick. Schön, dass Darian sich um mich sorgte. In diesem Fall sollte er lieber um diese leuchtende Truppe besorgt sein. Mir war innerlich sehr danach, diesem himmlischen Grüppchen die Hölle heißer zu machen, als selbst Satan persönlich es könnte. Daher verkniff ich mir meinem Mann gegenüber eine spitze Bemerkung und lächelte ihm stattdessen zu. Eine geraume Weile noch sah ich ihm nach, während er an Liliths Seite sehr vorsichtig in die Dunkelheit schritt. Dann aber drehte ich mich mit schmalen Augen zu Michael um.

„Seine Zeit ist geliehen, Faye“, kam Michael meinem geplanten Anschiss zuvor. Auch wenn er mir ähnliche Worte schon einmal gesagt hatte, bekamen sie nun eine erheblich größere Bedeutung. Dabei lächelte er mich entwaffnend an. Er wusste wohl, was ihm blühte.

Also bezähmte ich meinen Ärger und versah ihn lediglich mit einem weiteren finsteren Blick. „Danke für den Hinweis, Herr Erzengel. Wenn ihr eingegriffen hättet, wäre die Diskussion darüber jetzt wohl kaum nötig.“

„Über das Schicksal zu diskutieren ist ohne Sinn“, gab er zurück und schwebte ein paar Schritte auf mich zu, hielt jedoch weiterhin eine gewisse Distanz. Sicherheitsabstand? „Die Zeit Darians war abgelaufen, Kind. Der Zeitpunkt seines physischen Todes war bestimmt, und es ist nicht an uns, in diese Bestimmung einzugreifen.“

„Aber Lilith hat es getan“, fauchte ich Michael unwirsch an.

Er lächelte milde. „Lilith steht seit jeher außerhalb der Gesetze, Kind. Sie verantwortet ihr Handeln einzig vor sich selbst.“

„Sehr beruhigend. Ihr als himmlische Angestellte müsstet dem Boss da oben natürlich Rechenschaft ablegen. Deswegen lasst ihr Dinge lieber geschehen, als euch dabei die Federn zu verkokeln. Schon klar“, brummte ich angesäuert.

„Es ist nicht an uns, getroffene Entscheidungen zu hinterfragen.“ Hatte seine Stimme tatsächlich einen etwas härteren Klang?

Ich kniff kurz die Augen zusammen und sah ihn wieder an. Und wenn schon. Ich hatte einen der ältesten aller mir bekannten Vampire vernichtet. Ich trug ein Kind unter dem Herzen, das es normalerweise nicht geben konnte. Ich hatte Situationen überlebt, die einigen Mitmenschen allein bei der bloßen Vorstellung einen Herzkranzgefäßkatharr verursacht hätten. Und jetzt sollte ich mich vor einer angeblichen Allmacht abducken, die den ganzen Schlamassel aufgrund von verletzter Eitelkeit und dussligen Missverständnissen ein paar hundert Jahre knapp vor der letzten Sintflut erst verbockt hatte? Wo kämen wir denn da hin?

Ich hörte Michael leise lachen und sah ihn finster an. Schon wieder?

Du schreist, Faye, hallte es vielstimmig durch meinen Kopf, und ich verdrehte dezent die Augen. Dann benutzte ich Worte statt Gedanken, um das auszudrücken, was mich mehr beschäftigte: „Warum hat Ahjarvir ihm vorher das Herz rausgerissen, statt ihn wie sonst üblich einfach zu absorbieren? Und warum meinte er, dass ihr ihn nicht zurückbekommt?"

„Faye", antwortete Michael ruhig und überwand die letzte Distanz. Er kam mir dermaßen nahe, dass ich glaubte, mitten in ihm zu stehen. „Weißt du, wie man einen Engel vernichtet?"

Irritiert blinzelte ich in seine Helligkeit. Was bezweckte er mit dieser Frage? Es ging hier doch nicht um ... Moment!

„Ihm wird das Herz entfernt, Faye", unterbrach er meinen unvollständigen Gedankengang.

„Ihm wird *was*?", echote ich entsetzt. Dabei blickte ich in die Richtung, in die Darian und Lilith entschwunden waren, strengte meine grauen Gehirnzellen an und kam nach kurzer Überlegung zu dem Ergebnis, dass ich nervlich ziemlich überlastet sein musste. Entsprechend fiel auch meine Antwort aus: „Aber sicher doch, Michael. Schon klar. Gleich sprießen zusätzlich noch die Federchen, und Klein Faye ist reif für die ausgepolsterte Vollpension."

„Manche Wahrheiten sind schwer zu verstehen, Kind."

Nur allmählich begriff ich, dass Michael es durchaus ernst meinte. Erneut sah ich in Darians Richtung. Ich zog die Stirn kraus. Er hatte irgendwie von innen heraus geleuchtet, mehr als zuvor. Das war neu, stimmt. Aber ... Mein Blick kam zu Michael zurück. „Wenn er angeblich einer von euch ist, warum habt ihr ihn dann sterben lassen? Das ist völlig unlogisch. Außerdem kann kein Vampir zu einem Engel werden, ihre Schuld wiegt doch zu schwer. Schon vergessen?"

„Nein, du irrst", erklang es von rechts, und ins bläuliche Leuchten mischte sich ein grünlicher Farbton.

„Dann klär mich bitte auf, Raphael." Meine Hand schoss abwehrend in die Höhe. „Und komm mir jetzt bloß nicht damit, dass es dafür zu früh wäre."

Es schien, als tauschten er und Michael untereinander Informationen aus. Ungeduldig wartete ich. Nach einer Weile gelangten sie zu einem Konsens.

„Du hast insofern recht, als dass ein Vampir aufgrund seiner vergangenen Taten nicht ohne Weiteres in die lichten Reihen aufgenommen werden kann", begann Raphael ruhig. „Doch kann es geschehen, dass ein Engel in einen Vampir verwandelt wird."

„Bitte?!" Ich musste an einer Gehörstörung leiden.

„Ich sagte, dass –"

Meine zweite Hand gesellte sich in abwehrender Geste zur ersten. „Stopp! Ganz langsam bitte. Ich habe durchaus gehört, was du gesagt hast. Willst du mir allen Ernstes einreden, dass Darian in Wahrheit ein Engel ist und von diesem … diesem … Mistkerl in grauer Vorzeit zu einem Vampir gemacht wurde? Dass er aus purer Nächstenliebe und Brüderlichkeit vor kurzem einen funktionierenden Herzschrittmacher eingesetzt bekam, damit der von dem Dreckskerl gleich wieder herausgerissen wird? Wenn alles irgendwie Bestimmung ist, warum dann dieser Umweg?"

„Von oben nach unten ist der freie Fall einer der schnellsten Wege, Faye. Von unten nach oben muss jedoch geklettert werden. Ist die Seele erst einmal gefallen, manifestiert sie sich als Materie und muss alle Stufen ihrer Inkarnation durchleben, indem sie Erfahrungen sammelt. Sie muss sich reinwaschen und sämtliche Verstrickungen lösen, in die sie sich begeben hat. Vorher bleibt ihr in der Regel der Aufstieg verwehrt." Wieso fühlte ich mich von ihm auf einmal sehr genau in Augenschein genommen?

„Für gewöhnlich verdunkelt ein Mensch, der zu einem Vampir wird, seine Seele. Ihr sprecht davon, dass er sie verliert, das ist jedoch eine sehr unvollständige Beschreibung. Aufgrund der begangenen Taten gelingt es nur wenigen dieser verlorenen Seelen, sich von allem reinzuwaschen. Aber es ist möglich. Einem bist du bereits begegnet, Kind", fügte er hinzu, und ich fühlte mehr, als ich es wusste, dass er auf Thalion anspielte. Wenn der alte Knabe auch nur im Ansatz ahnte, wie nah er seinem Ziel der inneren Ruhe war …

Raphael war so freundlich, meine Freude ein wenig zu bremsen: „Der Aufstieg einer solchen Seele hängt zudem von *seiner* Gnade ab."

Wenngleich ich die Erklärungen zwar verstanden hatte, wollte mir eins nicht in den Kopf: „Dann war alles, was geschehen ist, vorbestimmt. Aber so grausam kann doch niemand sein."

„Dein menschlich antrainiertes Moralempfinden hält es für grausam. Doch alles Leid ist nur ein Teil einer Erfahrung, die von der

Seele gemacht werden will. Denn ohne Erfahrung kein Lernen. Und ohne Lernen bleibt nur Stillstand."

„Was einem Rückschritt gleichkommt, wenn das Umfeld lernt", ergänzte ich murmelnd.

„So ist es", meldete sich Michael nun wieder zu Wort. „Die meisten Lernaufgaben sind freiwillig, der Weg hindurch nicht mehr. Also entscheide stets weise, was du freiwillig beginnst. Du wirst es beenden müssen, sonst wird die Aufgabe dich verfolgen, bis sie gelöst wird. Zeit ist dabei unerheblich."

Ich nickte. Diese Weisheit hatte ich längst begriffen. Für diese lichte Truppe spielte Zeit nicht die geringste Rolle, denn obgleich sie uralt sein mussten, veränderten sie sich niemals. Was wussten sie schon vom Altern, von Ansatzfärbungen und Antifaltencremes, von Orangenhaut und drohender Vergesslichkeit? Wobei mir sogleich etwas Wichtiges einfiel: „Darian sagte, er habe keinerlei Erinnerungen an sein vorheriges Leben und könne sich nur noch an seine Existenz als Vampir erinnern. Liegt es daran, dass er niemals zuvor ein Mensch gewesen ist?"

„Ja."

„Wird er sie wiedererlangen?"

„Das entscheidet er für sich allein."

Erst jetzt setzte das volle Begreifen ein: Ich hatte einen Engel geehelicht. Halt! Einen ehemaligen Engel, der irgendwann wieder einer sein würde. Zumindest stand das zu vermuten. Wobei sich mir gleich die Frage stellte, was er denn jetzt war – sofern ich ihn überhaupt in eine Schublade stecken konnte. War er ein engelhafter Vampir mit menschlichen Zügen oder ein menschlicher Vampir mit engelhaftem Wesen oder ein Vampir von Gottes Gnaden in der Gestalt eines Menschen? Ach, vermutlich würde ich es niemals herausfinden, aber wichtig war das ohnehin nicht. Es fühlte sich nur alles irgendwie ziemlich krass an, völlig surreal. Und es klang nach einer enormen Verantwortung.

„Diese Verwundung, die Ahjarvir gehabt hat", nahm ich den Faden nochmals auf, „stammt sie wirklich von Darian?"

Diesmal erhielt ich ein gefühltes Nicken. Also hatte Darian in seiner Eigenschaft als himmlischer Bote seinem Erschaffer vorher noch kräftig eine übergebraten. Ich konnte mir durchaus vorstellen, dass Ahjarvir das nicht so bereitwillig auf sich hatte sitzen lassen und sich auf entsprechend grausame Weise gerächt hatte.

Vieles von dem, was ich in den letzten Wochen erlebt und mitbekommen hatte, ergab nun ein großes Ganzes. Nur, welche Position bezog ich in diesem Spiel?

„Du bist die Hoffnung, Faye. Denn ohne Hoffnung ist alles vergebens“, antwortete Michael auf meine unausgesprochene Frage.

Den kannte ich schon. Ich zog die Nase kraus. „Dann kann ich nur hoffen, dass ich diese großen Erwartungen auch erfülle.“

„Das tust du bereits“, gab Raphael zurück.

„Es ist an der Zeit“, kam es mit unbekannter Stimme von links, und ich sah den rubinroten Engel auf mich zuschweben. „Uriel“, meinte er, obwohl ich nicht gefragt hatte. Dabei drang ein winziges Glucksen an meine Ohren. Ich schwieg.

Kurz darauf spürte ich ein lichtes Flackern, das mich wie ein Stück Seide streifte. Dann war es fort, und Michael nickte mir zu: „Die Gefahr ist nun vorüber, du kannst diesen Ort verlassen.“

„Was für einen –“ Weiter kam ich nicht, denn ihre lichten Gestalten lösten sich gleichzeitig auf.

Wie durch einen sich hebenden Nebel sah ich Steven und Alistair auf mich zulaufen, und ehe ich reagieren konnte, befand ich mich in einer stählernen Umarmung.

Unablässig streichelte mir mein Bruder über den Rücken. „Schwesterherz, du hast mir einen Mordsschrecken eingejagt.“ Er schob mich von sich, betrachtete mich analytisch, doch ich konnte kein Wort sagen, denn schon zog er mich wieder an sich. „Es war wie verhext. Wir rannten dauernd gegen unsichtbare Mauern und konnten weder etwas erkennen noch hören. Selbst Stevens Sinne haben versagt.“

„Wenn ich mir das hier so ansehe …“ Steven kniete neben einem Aschehäufchen und ließ sich etwas davon durch die Finger rinnen, „… kann ich mir durchaus denken, warum unsere Sinne durch den Schutzwall nicht hindurchkamen. Er sollte sie nicht einsperren, sondern uns aussperren. Zu unserem Schutz, nicht zu ihrem.“

„Wie meinst du das?“, fragte Alistair, zog mich mit sich und betrachtete seinerseits den Aschehaufen.

„Wenn mich nicht alles täuscht, haben wir hier die Überreste von dem alten Zausel vor uns. Zumindest riecht es nach ihm. Probier mal.“ Er hielt seine verstaubte Hand auffordernd unter Alistairs Nase, der sogleich angewidert einen Schritt zurücktrat: „Steven, das ist abartig.“

„Wie der ganze Typ.“ Er erhob sich, wischte die Hand an seiner Hose ab und blickte sich aufmerksam um. „Allerdings finde ich keine Spur von Darian. Nein, Fellknäuel, er ist nicht unter den Sandkörnern verteilt. Das würde ich spüren. Schnuppere dich mal um, vielleicht findest du ihn.“

„Es geht ihm gut“, sagte ich leise, bevor sie weitersuchten. „Lilith ist bei ihm.“

„Lilith?“, echote mein Bruder alarmiert, während Steven lediglich nickte. „Oh, na dann … Mir kam dieser Geruch doch gleich bekannt vor.“

„Du meinst, Lilith hat ihn mitgenommen?“ Erneut schob Alistair mich auf Armlänge von sich und musterte mich sorgenvoll.

Ich wollte zwar sprechen, aber die weibliche Stimme mit dem schweren Akzent hinter mir war schneller: „Lilith stellt keine Gefahr dar. Sie wird einem *Mallagh* nichts antun.“ Leichte Schritte verhielten hinter mir. „Ist sie es, die ihr gesucht habt?“

„Ja, meine Schwester. Faye, darf ich dir Kahina und ihre beiden Begleiter vorstellen?“ Während ich mich emotional vollkommen erledigt zu ihr umdrehte, flüsterte er mir kaum hörbar ins Ohr: „Ich kann mir ihre Namen nicht merken und nenne sie einfach nur Mohammed und Ali.“

„Sehr sinnig“, murmelte ich zurück und reichte dem Mädchen zittrig die Hand. „Hallo.“

Zögerlich umschlossen ihre Finger meine, und sie betrachtete mich interessiert. Dabei zog sie die Stirn kraus und ließ ihren Blick einmal über meine komplette Gestalt gleiten. Dann gab sie plötzlich einen erstaunten Laut von sich und starrte mit aufgerissenen Augen mein Handgelenk an, an dem sich das bunte Band befand.

Noch war mir nicht klar, was sie daran so verwunderlich fand, und eigentlich wollte ich es auch nicht wissen. Ich war nur noch müde, fühlte mich völlig ausgelaugt und wünschte mir meinen Mann zurück. Doch als sie langsam ihren rechten Ärmel zurückschob und ihren Arm ausstreckte, dämmerte es mir. An ihrem rechten Handgelenk befand sich ein fast identisches Band. Ihres wirkte lediglich älter und von den Farben her ausgeblichener.

„Du bist die *Ingles*, die Shekinah geholfen hat“, brachte sie erstaunt heraus.

Mühsam kramte ich in meinen Gedanken. Shekinah, das Mädchen aus der Oase. Meinem Gefühl nach waren nur wenige Tage seit unserem Zusammentreffen vergangen. Wie viele waren es tatsächlich?

Indes wirkte Kahina sehr aufgeregt: „Sie hat es erzählt. Wir alle kennen die Geschichte von dem englischen Engel mit flammendem Haar. Das bist du!“

Flammend rot waren in diesem Moment nur meine Wangen. Zumal ihre zwei Begleiter mit ungeahnter Schnelligkeit vor mir auf die Knie fielen, das Mädchen meinen Handrücken an ihre Stirn zog und mein Bruder mich anglotzte, als sei ich eine Reinkarnation der Medusa.

Ich schüttelte angestrengt den Kopf und entzog ihr behutsam meine Hand. „Ich möchte nicht, dass jemand vor mir kniet. Kannst du sie bitten, aufzustehen?“

Ihr Blick drückte Unverständnis aus, doch mit einem einzigen Wort kam sie meiner Bitte nach. Die beiden Männer standen auf und entfernten sich mit gesenkten Köpfen und diversen Schritten rückwärts. Obwohl es mir absolut unangenehm war, wollte ich nicht weiter gegen ihre Riten verstoßen und lächelte das Mädchen unverfänglich an. „Was treibt dich nach New York? Es sieht für mich kaum nach einem Zufall aus.“

Sie lächelte ein wenig verlegen. „Ich habe nach dir gesucht. Im Internet. Sie hatte mir deinen Namen gesagt, und ich habe ihn gefunden im Impressum eines Verlags in London. Und ich habe auch gelesen vom Unfall deiner Schwester. Ich habe den Verlag angerufen, sie gaben mir eine andere Nummer, und da sagte eine Frau, dass du hier bist.“

Ich verdrängte meine Mattigkeit und konzentrierte mich. Die Frau war vermutlich Eileen gewesen. Es wunderte mich, dass Kahina so bereitwillig Auskunft gegeben worden war. Möglicherweise hatte sie sich als eine Freundin ausgegeben. So zumindest hätte ich es gemacht. „Du bist mir nachgereist? Warum? Und warum hast du mich nicht bei meinem Bruder aufgesucht?“

Alistair nickte kräftig, und sie tat es ihm nach. „Ich habe deinen *Mallagh* gesehen und ihn beobachtet. Er traf sich mit dem Christen, der kurz danach von Ahjarvir getötet wurde.“

„Du hast es gesehen?“

„Alles. Ja. Er hat das Päckchen gehabt zum Aufpassen.“

„Welches Päckchen? Und was um alles in der Welt ist ein

Mallagh?"
„*Mal'ach*", verbesserte sie die Aussprache meines Bruders sehr präzise, und ohne ihn dabei wirklich anzusehen, erklärte sie: „Es heißt in deiner Sprache *Engel.*" Dabei ruhte ihr Blick weiterhin auf mir. „Ich sollte es dir bringen, hat Shekinah gesagt. Du wirst es brauchen. Ich wollte es sicher verstecken und habe es ihm gegeben, um dich zu finden. Dann hat Ahjarvir ihn getötet."

Sie musste von dem Nachlass sprechen, den Benedict Darian hatte übergeben wollen. So also schloss sich der Kreis. Aber warum wollte Shekinah, dass ich es bekam?

„Weißt du, was im Päckchen ist?", fragte ich.

Abermals nickte sie. „Das …" Sie suchte offensichtlich nach dem richtigen Wort, nannte es in ihrer Muttersprache und seufzte in Reaktion auf meine irritierte Miene. Dann blickte sie sich suchend um, doch bevor sie es mir erklären konnte, erklang es aus der Dunkelheit: „Eine Sternenkarte, Faye."

„Darian." Ich ließ die anderen stehen und rannte auf meinen Mann zu.

Er ließ das *Katana* achtlos fallen und empfing mich mit weit geöffneten Armen. Sofort zog er mich an sich. Hatte ich bis eben noch die Fassung wahren können und mich auf meine innere Kontrolle verlassen, brach die ganze Anspannung augenblicklich aus mir heraus. Ich konnte nichts mehr steuern, zitterte und weinte leise gegen seine Brust, war außerstande, ein klares Wort zu formulieren, und konnte mich lediglich an ihm festhalten.

„Alles ist gut, Liebes", murmelte er und strich mir über die Haare. „Es ist alles wieder in Ordnung."

Auch wenn mein Verstand seine Worte registrierte, ließ sich meine Aufregung nicht so leicht besänftigen. Fortwährend streichelte er mein Haar, flüsterte mir tröstliche Worte ins Ohr. Letztendlich war es nicht der Inhalt seiner Worte, sondern der Klang seiner Stimme, der mich allmählich beruhigte, bis meine Tränen versiegten und nur noch ein leichtes Schniefen übrig blieb. Dennoch hielt er mich noch eine Weile in seinen Armen, ehe er sich behutsam von mir löste, mir mit einer sehr zarten Geste die losen Haare aus dem Gesicht strich und mich dabei warm ansah. Ich benötigte mehrere Sekunden, bevor mir auffiel, dass sich etwas an ihm verändert hatte.

Sein Blick war schon immer voller Wärme gewesen, wenn er

mich ansah. Doch diesmal war es anders. Es war nicht diese Wärme, die mich irritierte, es war ein inneres Leuchten, das durch seine Augen auf mich übergriff, mich umspülte und ausfüllte. Es war etwas so unglaublich Absolutes, dass ich es kaum in Worte fassen konnte. War das sein wahres Inneres?

„Ich bin der, der ich immer war." Mit einem Finger unter meinem Kinn hob er mein Gesicht an und strich mit seinen Lippen sachte über meine. „Wenn sich wirklich etwas geändert hat, dann die Tiefe meiner Gefühle für dich. Niemals wieder werde ich dich verlassen, Faye. Niemals wieder werde ich zulassen, dass du so leidest. Und ich allein werde entscheiden, wann es an der Zeit ist zu gehen. Das gelobe ich, so wahr ich hier vor dir stehe."

Seine Worte klangen fast wie ein erneutes Ehegelübde, und wieder strömten mir die Tränen übers Gesicht. Diesmal aber konnte ich unter ihnen lachen.

„Du bist meine Frau, Faye McNamara Knight, und ich liebe dich. Vergiss das niemals", raunte er mir leise zu und küsste mir zärtlich die Tränen von den Wangen.

Ich schniefte kurz und blickte ihn dann so entschlossen an, wie ich es im Augenblick vermochte: „Und du bist mein *Was-auch-immer*-Mann, Darian Knight oder wie du sonst noch heißt, und ich liebe dich. Ich lasse dich niemals wieder los, selbst wenn ich dafür barfuß durch die Hölle muss."

„Ich glaube, das würde Luzifer sogar gefallen", entgegnete er leise und erstickte meinen Protestlaut mit einem weiteren Kuss. Abermals streifte mich sein warmer Blick. „Alles so weit wieder okay?"

Zögernd nickte ich. Daraufhin legte er mir seinen Arm um die Taille, hob das *Katana* auf und wandte sich den Umstehenden zu, die uns teils mit offener, teils mit versteckter Neugierde beobachtet hatten. Kommentarlos zog Alistair sein kariertes Holzfällerhemd aus, unter dem er ein T-Shirt mit einem großen Wolfskopf trug, und reichte es Darian, der es genauso wortlos überstreifte.

Während er die Knöpfe des Hemdes schloss, wurde er wieder ganz der Manager: „Entschuldigt bitte, ich wurde aufgehalten. Steven, ist die Umgebung gesichert? ... Gut. Ich kann Letavian nicht sehen. Wo hast du ihn gelassen, Alistair? Ich bat dich, auf ihn zu achten. Und danke für das Hemd." Ohne weiter auf sie einzugehen, trat er auf Kahina und ihre Begleiter zu, die sofort vor ihm in den Sand fielen.

Als wäre es das Normalste der Welt, blieb er vor ihnen stehen und sprach ein einziges Wort. Hurtig standen sie auf, die Männer entfernten sich wie zuvor bei mir, während das Mädchen mit großen Augen meinen Mann ansah. Hätte in ihrem Blick nicht so viel Ehrfurcht gestanden, hätte mich sicherlich ein leichter Anflug von Eifersucht gepackt. So aber lauschte ich nur dem melodiösen Klang der Sprache, in der Darian und sie sich austauschten. Er stellte dabei knappe Fragen und hörte Kahinas Ausführungen anschließend mit gerunzelter Stirn zu. Nur das Herbeischleifen eines großen, verschnürten und recht wehrhaften Pakets, das sich bei näherer Betrachtung als Letavian herausstellte, unterbrach für einen Augenblick diesen Dialog. Jedoch nur flüchtig.

Hatte sie anfangs noch mit gesenktem Kopf sehr demütig geantwortet, blickte sie allmählich zu ihm auf und wagte hier und da ein kleines Lächeln. Nach einer Weile lachte sie sogar über eine offenbar amüsante Bemerkung meines Mannes und entspannte sich zusehends. Schließlich legte Darian ihr eine Hand auf die Schulter und nickte ihr zu, dann wandte er sich um und sah dorthin, wo sich in der Dunkelheit ein Gebäude gegen den Nachthimmel abzeichnete.

„Nun denn“, meinte er knapp, ließ seinen Blick über die Anwesenden schweifen und blieb zum Schluss an mir hängen. „Wenn wir schon einmal hier sind, können wir uns eine erneute Herfahrt ersparen. Kahina sagte mir, dass sie Benedict diese Karte zur Aufbewahrung übergeben hatte. Aber das hat sie dir bereits mitgeteilt. Dort drüben ist die Kirche, ein paar hundert Meter entfernt. In ihr liegt der aufgebahrte Leichnam Benedicts und in der Sakristei die Sternenkarte.“

Ich verstand sofort. „Holen?“

Er zwinkerte mich amüsiert an. „Holen.“

„Ich warte hier“, warf Steven ein und wies auf das gedämpft lärmende Paket. „Einer muss ja auf ihn aufpassen.“

„Er gehört mir. Ich werde auf ihn achten“, warf Kahina ein und sah Steven entsprechend hoheitsvoll an. Er zuckte nur mit den Schultern und trat zurück. „Bitte, nur zu. Aber frag mich nicht, wenn’s ans Schleppen geht. Du willst ihn, dann trag ihn selbst.“ Auf ihr Fingerschnippen hin traten die beiden Wächter vor und hoben Letavian wortlos an. Steven zuckte leicht mit den Brauen.

„Oh. So geht's natürlich auch. Kann ich mitkommen? Ich warte aber trotzdem vor der Gartenpforte."

„Und ich sage Kim Bescheid, dass sie uns an der Kirche einsammelt." Alistair zückte sein Handy und drückte die Kurzwahltaste.

„Du hast sie angerufen? Wann?"

Auf das Klingeln lauschend, warf er mir einen ironischen Blick zu. „Gleich nachdem euch der Erdboden verschluckte und wir auf der Suche nach euch gegen Wände liefen. Habe ich es nicht erwähnt? Wie sollten wir sonst zurückkommen?" Seine Hand fuhr hoch und unterband weitere Fragen meinerseits. „Ja, Kim, ich bin's … Ja, sie sind wieder da … Frag sie das später. Kannst du uns direkt vor der Kirche der Ortschaft einsammeln? ... Ja. Was? … Darüber machen wir uns Gedanken, wenn du angekommen bist… Werde ich tun." Er legte auf und sah Darian und mich an. „Sie lässt euch ausrichten, dass sie euch den Hals umdreht, sobald sie hier ist. Wollen wir?"

Darian ging voran und ließ sich das Handy geben. Er tippte eine lange Nummer ein, wählte und wartete. Es dauerte ein wenig, ehe abgenommen wurde. Mit wenigen Worten ordnete Darian den baldigen Start des Jets an, teilte mit, dass drei Passagiere und ein Paket an Bord sein würden und gab das Ziel *Al Basrah* im Irak an. Dann legte er auf, warf das Handy zurück zu Alistair und nickte Kahina knapp zu. In diesem Moment beschlich mich ernstlich das Gefühl, dass er wirklich ein Engel war. Wer würde sonst so großzügig Fremden gegenüber sein?

Das Portal der kleinen Holzkirche dieser knapp Fünftausend-Seelen-Gemeinde war nicht verschlossen, sondern nur zugezogen. Zunächst wunderte mich das, dann aber sah ich am Ende des schmalen Mittelgangs den von zwei brennenden Kerzen flankierten Sarg, in dem ein älterer Mann in geistlicher Kleidung aufgebahrt lag. Auf dem steinernen Altar direkt dahinter brannten ebenfalls zwei dicke weiße Altarkerzen, und über allem wachte das allgegenwärtige Kreuz.

Bei unserem Eintreten knarrten die Dielen unter unseren Schritten und wirkten anhand der Stille doppelt so laut wie am Tage. Verlegen schielte ich zu Kahina hinüber, die schräg hinter mir ging und sich neugierig umsah. Da bemerkte ich auf der vorderen Bank eine Bewegung, und kurz darauf erkannte ich zwei Personen in

Trauerkleidung. Am Fuße des Sarges, auf der rechten Seite in der hölzernen Sitzreihe, saß eine ältere Frau mit dunklem Kopftuch. Neben ihr erhob sich nun ein älterer Mann, der uns misstrauisch entgegensah. Augenscheinlich hielten sie die Totenwache am Sarg des Paters. Ein altes, nicht mehr sehr verbreitetes Brauchtum.

Mit einer knappen Geste bat Darian uns zu warten und ging allein auf das ältere Paar zu.

„Was ist vorhin eigentlich passiert?“, fragte Alistair verhalten und beugte sich von hinten zu mir vor. Dabei wies er mit dem Kinn auf Darian, der indes sehr gedämpft mit dem älteren Mann sprach. „Er ist anders.“

„Frag ihn am besten selbst“, flüsterte ich zurück. „Wenn es dir jemand erklären kann, dann er.“

„Hm.“ Mein Bruder schien wenig überzeugt, doch da Darian uns nun zu sich winkte, war das Gespräch vorerst beendet. Langsam schritten wir den Mittelgang hinunter auf ihn und das Pärchen zu, das uns entspannt und interessiert musterte.

„Sie standen ihm nahe?“, deutete die Frau mein verweintes Gesicht, und ich bemühte mich um ein kleines Lächeln. „Er war ein Freund meines Mannes, ich habe ihn leider nur ein einziges Mal flüchtig gesehen.“

„Er sagte uns, dass er Sie und Ihren Mann trauen wollte. Wie bedauerlich, dass er nicht mehr dazu kam. Ich bin Henry Miller, der Organist dieser Gemeinde, und das ist meine Frau Rose. Wir haben wegen des Nachlasses angerufen. Allerdings haben wir nicht damit gerechnet, dass Sie um diese Zeit kommen würden“, warf der Mann an mich gewandt leise ein.

Ich nickte verstehend. „Wir hatten hier in der Nähe etwas zu erledigen, daher bot es sich an, Mr. Miller. Leider müssen wir noch heute Nacht wieder zurück nach New York.“

„Das ist sehr schade“, kam seine Frau ihm zuvor. Dabei schielten beide vorsichtig in Kahinas Richtung. Eine Araberin war in diesem heiligen Haus sicherlich ein sehr ungewöhnlicher Anblick.

Kahina hingegen sah fasziniert zu Darian, der an den Sarg getreten war und dessen Lippen sich in einem lautlosen Gebet bewegten. Dann legte er beide Hände auf die Brust des Toten und stimmte einen leisen Gesang an. Nur bruchstückhaft vernahm ich die lateinischen Worte und ahnte, eher als ich verstand, was sie bedeuteten.

Mein Blick streifte Alistair, der das Geschehen mit ruhiger, berührter Miene beobachtete, und erst jetzt bemerkte ich, dass er seine Hände zum Gebet gefaltet hielt. Als die letzten Töne verklangen, murmelten wir zeitgleich: „Amen."

Darian sah auf und nickte uns zu. Wir traten nacheinander ebenfalls an den Sarg und hielten jeder eine stille, kurze Andacht. Nur Kahina sprach laut und klar in ihrer Muttersprache ein Gebet, ehe wir uns abwandten.

Noch ein wenig über das aramäische Gebet verwundert, erhob sich Mr. Miller von der Bank. „Wenn Sie möchten, übergebe ich Ihnen das Päckchen. Ich muss es nur holen."

„Gewiss. Wir warten", erwiderte Darian ruhig.

Der Mann verschwand in einem kleinen Raum schräg hinter dem Altar und tauchte kurz darauf mit einer länglichen Schachtel in den Händen auf, die er sogleich an meinen Mann weitergab. Wir bedankten uns, und mit einem letzten Blick auf den Sarg verließen wir die Kirche.

Steven und Kahinas Gefährten warteten außerhalb des Kirchengeländes, Letavian lag weiterhin verschnürt zu ihren Füßen und war inzwischen verstummt. Dennoch spürte ich sein inneres Zetern und die mentalen Nackenschläge, die Steven ihm mit offensichtlicher Schadenfreude verpasste. Darians dezentes Räuspern ließ ihn aufsehen und unschuldig grinsen. Als das auf wenig fruchtbaren Boden fiel, wies er anklagend auf den Verpackten: „Er hat angefangen."

Helle, die Straße entlangtanzende Scheinwerfer eines Wagens ersparten weitere Erörterungen über Schuld und Unschuld, und kurz darauf hielt ein bekannter Van direkt neben uns. *The Cure* dröhnten uns mit *Love Cats* entgegen, als Kim das Fenster öffnete und uns nacheinander finster anblickte.

„Eigentlich wollte ich an euch vorbeifahren", motzte sie und ließ die Zentralverriegelung aufspringen. „Aber ich bin ja nicht so. Du siehst ziemlich fertig aus, Tante Faye."

„Danke für das Kompliment. Ich will auch nur noch ins Bett."

„Wenn du mitfährst, wird es noch eine Weile dauern." Sie blickte in die Runde. „Sagt mal, wollen die etwa alle mit? Dann hätte ich doch den Pick-up nehmen sollen. Der hat wenigstens eine Ladefläche."

Darians Blick huschte über die gesamte Mannschaft und blieb

anschließend an mir hängen. „Glaubst du, dass du es noch einmal schaffst?“

„Ich denke schon. An wen hast du gedacht?“

„Kimberly, kannst du die Herrschaften zum Flughafen Newark bringen? Winzer, der Copilot, wird euch dort in drei Stunden erwarten und die Passagiere gleich an Bord bringen.“

„Klar, kann ich machen.“

„Ich fahre mit.“ Energisch schob mein Bruder Steven von der Beifahrertür fort und stieg ein. „Nicht, dass es irgendwelche vorhersehbaren Verzögerungen gibt.“

Der junge Vampir musterte ihn erbost. „Das ist wirklich überaus komisch.“

Alistairs Daumen wies auf die Orientalen. „Maul nicht, hilf ihnen beim Gepäck und dann hüpf heimwärts. Schaffst du es wirklich, Schwesterherz?“

Ja, ich schaffte es. Wie zuvor lieferte ich Steven ab und holte danach meinen Mann. Anschließend hatte ich nur noch Augen für das Bett und fiel in voller Montur hinein.

„Ich bin gleich wieder da, ich rede nur noch kurz mit Jason.“ Liebevoll deckte Darian mich zu und küsste mich sanft.

Ich nickte noch schwach, dann gingen bei mir die Lichter aus.

Ich benötige dringend Urlaub. Das war der erste Gedanke, der beim Erwachen von mir Besitz ergriff. Eine Woche oder gar einen ganzen Monat lang bloß weg und abschalten. Nichts sehen und nichts hören. Vielleicht in der Sonne aalen, sich verwöhnen lassen und die Füße im Pool abkühlen, oder im Meer. Ich sah hohe Palmen und weißen Sand vor mir, ich hörte lieblich singende Vögel und das sanfte Rauschen der Wellen, die am Strand ausliefen. Was für eine herrliche Vorstellung. Dann erblickte ich den Poolboy, der direkt auf mich zukam, elegant ein Tablett balancierend, auf dem sich eisgekühlte Getränke befanden. Ein Gitarrenspieler klimperte vor sich hin. *Oh friedvolle Ruhe, hier möchte ich bleiben.*

Als eine braungebrannte, männliche Hand an mir vorbeigriff und das Glas mit der roten Flüssigkeit und dem Strohhalm nebst Schirmchen entgegennahm, verstummten die Vögel, das Wellenrauschen und mit einem schiefen Laut auch die Gitarren. Mein traumhafter Traum war abrupt beendet.

Verstimmt öffnete ich erst einmal ein Auge. Selbst in meinen Träumen konnte ich der Symbolik einer *Bloody Mary* nicht entgehen. Verflixt noch eins, das war *mein* Traum!

„Habe ich dich geweckt?“

Mein zweites Auge öffnete sich, und ich fuhr hoch. Zunächst erblickte ich ein Glas, flüssiger roter Inhalt, ohne Schirmchen. Gehalten wurde es von einer gepflegten Hand mit langen, kräftigen Fingern, die ich sehr gut kannte. Der zur Hand gehörende Mann hockte am Fußende meines Bettes und musterte mich mit einem liebevollen Blick.

„Sommer, Sonne, Strand? Möchtest du mir damit etwas Bestimmtes sagen, Liebes?“

„Du hast in meinem Traum gestöbert.“

„Nein.“ Ein gewinnendes Lächeln trat auf sein Gesicht. „Die Intensität deiner Fantasie wirkte wie ein Sog und zog mich hinein. Hattest du ein bestimmtes Ziel, oder hast du die Gedanken nur schweifen lassen?“

„Barbados, Dominikanische, Hawaii. Egal, einfach nur weg“, gab ich bemüht locker zurück und war doch sehr überrascht, als er nachdenklich nickte. „Ja.“ Dann sah er mich direkt an und nickte nochmals, bekräftigender. „Ja. Du hast recht. Ich fände Brasilien ganz angenehm. Wie lange brauchst du, um das Notwendigste zusammenzupacken?"

„Darian, das war ein Scherz. Du willst nicht ernsthaft die Zelte abbrechen, oder? Und wie kommst du ausgerechnet auf Brasilien?"

Katzengleich erhob er sich, reichte mir seine Hand und zog mich ebenfalls hinauf. Mit einem sanften Ruck lehnte ich an seiner Brust, und seine Arme umfingen mich. „Ein Geschäftspartner von mir besitzt eine kleine Insel in der Nähe von Rio. Ich bin sicher, er überlässt sie uns für eine Weile. Gleichzeitig könnte ich einige Angelegenheiten vor Ort regeln. Und mir scheint, du könntest ein paar Tage Erholung durchaus gebrauchen."

„Die könnten dir nach den Geschehnissen der letzten Tagen ebenfalls nicht schaden", gab ich zurück, sah auf das geleerte Glas am Boden und lächelte. „Wie schön, dass einiges noch so ist, wie es war." Dabei schob ich meine Hand über seinen Brustkorb und seufzte innerlich. Liebevoll drückte ich meine Lippen auf die Stelle über seinem klopfenden Herzen. Ja, es war wieder so, wie es sein sollte. Dennoch meldeten sich bei mir Bedenken an. „Können wir denn so einfach abhauen?"

„Warum nicht? Alistair kann sich um den Umbau kümmern, er hat die Pläne vorliegen. Um Erni und Duncan müssen wir uns ohnehin keine Gedanken machen, und was Jason betrifft, so gehe ich davon aus, dass er es kaum erwarten kann, seine Frau wiederzusehen. Wir hätten also sturmfrei."

Das klang überaus verlockend. Keine Familie, keine Verpflichtungen. Fast himmlische Verhältnisse, wenn da bloß nicht die Schatten der vergangenen Stunden und Tage wären.

„Das ist geklärt", antwortete er sichtlich vergnügt auf meine Gedanken. „Lilith wird ein Gebot aussprechen und dich für unantastbar erklären. Sie hat es mir zugesagt, und ich weiß, dass sie ihr Wort halten wird. Niemand wird wagen, das zu missachten. Kahina hat Letavian mitgenommen und wird entscheiden, was mit ihm zu geschehen hat. Es handelt sich hierbei um eine alte Familienfehde, daher habe ich keinen Einspruch erhoben. Mein *Erzeuger* ist Geschichte und somit keine Bedrohung mehr. Wir haben frei. Einzig und allein …" Er ließ mich kurz los, verließ den Raum und kam mit der schmalen Schachtel in der Hand zurück, „… wäre noch zu klären, was sie enthält und welche Bedeutung sie hat. Ich habe auf dich gewartet. Möchtest du sie öffnen?"

Da er sie bereits in der Hand hielt, war die Entscheidung einfach. „Mach du sie auf."

Während er sich an den Bändern um die Schachtel zu schaffen machte, hielt ich zur Sicherheit einen Schritt Abstand. Ich hatte nicht die geringste Ahnung, was mich durch ihren Inhalt erwarten würde, und auf eine weitere unbeabsichtigte Reise konnte ich dankend verzichten. Für die nächsten Tage, nein, Wochen, war ich genug durch die Gegend *gefedert*. Allerdings gab es da noch etwas, was mich brennend interessierte: „Hast du eine Ahnung, was Kahina als Schutz gegen Ahjarvir nutzte?"

„Oh, da erinnerst du mich an etwas." Kurzum klemmte er die Schachtel unter einen Arm und griff in seine Hosentasche. Vorsichtig zog er eine silberne Kette hervor, an deren Ende eine kleine, matt durchsichtige Phiole aus grünem Glas hing. „Sie bat mich, es dir zum Schutz für das Baby zu übergeben. Solange sie es bei sich trägt, wird sich ihr kein Reinblütiger nähern können."

„Die Kinder konnten es."

„Sie waren in ihrer Erschaffung zu jung, als dass sie Großes hätten bewirken können. Viele von ihnen sind nicht reinblütig gewesen, sondern wurden von Ahjarvirs Helfern erschaffen. Sie sind wie die Kopie einer Kopie von einer Kopie. Ihr Blut ist schwach und zu sehr verdünnt, als dass sie Warnungen erkennen. Das wiederum macht sie gefährlich. Sie halten sich an keine Regeln, kennen keine Angst und greifen wahllos an. Und sie vermehren sich wie Kaninchen. Das zu verhindern wird unsere vorrangige Aufgabe darstellen. Allerdings gehe ich davon aus, dass diese Epidemie recht schnell eingedämmt werden wird." Sein Blick wirkte ein wenig erheitert, als er hinzufügte: „Lilith gedenkt diesem Treiben ein Ende zu setzen."

Ich erinnerte mich. „Sie erwähnte etwas in der Art. Ich könnte mir vorstellen, dass Steven mit Leidenschaft dabei ist." Interessiert betrachtete ich die Kette mit ihrem Anhänger, konnte aber nicht erkennen, was in seinem Innern verborgen war. Doch es rutschte bei jeder Bewegung etwas darin hin und her, ich sah es am Farbenspiel. „Was ist das?"

„Sand. Heilige Erde aus dem Zweistromland, Shekinahs Heimat."

Zögernd streckte ich die Hand nach der Kette aus, spürte ein winziges Flirren in den Fingerspitzen und zog mich vorsichtshalber wieder zurück. Mein skeptischer Blick wanderte vom Anhänger zu Darian. „Ich glaube, es ist besser, wenn du sie behältst. Ich weiß nicht, was geschieht, wenn ich sie anfasse. Eigentlich hatte ich ihr die Träne aus der Dattel geben wollen, sobald sie auf der Welt ist. Meinst du, die braucht sie nun nicht mehr?“

„Lass sie es selbst entscheiden, Faye.“ Damit steckte er die Kette wieder ein und machte sich erneut an die Bänder.

Kurz darauf hatte er sie entknotet und hob den Deckel an. Gemeinsam blickten wir hinein, und mit einem etwas ratlosen Gesichtsausdruck hob Darian ein altes, zerfasertes Stück Stoff schmutziggrauer Farbgebung heraus. Gegen meinen Willen fing ich breit an zu grinsen. Sein Blick wurde fragend.

„Das dürfte der Saum meines Shirts sein. Ich band ihn Shekinah um, als sie verletzt war. Himmel, der sieht aber richtig alt aus.“

„Ich möchte vermuten, dass er das auch ist“, gab Darian zurück und legte den Fetzen achtsam auf dem Bett ab. Dann griff er zurück in die Schachtel und zog eine dunkelbraune Leinenrolle heraus. Sogleich erkannte ich in ihr die Rolle, die Shekinah in jener Nacht bei sich getragen hatte. Mit größter Vorsicht rollte Darian sie auf dem Boden aus und überprüfte sie eingehend.

„Kannst du sie entziffern?“ Warum flüsterte ich auf einmal?

„Ernestine hatte recht. Sieh her. Das hier ist das Sternbild der Kassiopeia.“ Er tippte auf das eindeutig erkennbare W und ließ seinen Finger dann zur nächsten Zeichnung gleiten. „Und das hier sind sieben direkt untereinanderstehende Planeten. Solche Konstellationen kommen zwar regelmäßig, aber nicht allzu oft vor. Wenn ich diesen Zahlen und Worten Glauben schenken darf, dann haben wir noch einige Jahre Zeit, ehe das eintritt.“ Er sah auf und zwinkerte mir zu. „Also können wir getrost einen Urlaub planen, Liebes. Auch nach der Geburt unseres Kindes.“

„Ehe was eintritt?“

„Das wiederum geht hieraus nicht hervor.“ Er rollte das Leinen wieder zusammen und steckte es zurück in die Schachtel. „Ich gehe stark davon aus, dass wir es früh genug erfahren werden. Und ich denke, dass diese Rolle in Verbindung mit den Seiten des Buches steht, die ebenfalls recht vage in ihren Aussagen sind.“

Schlagartig kamen mir die Erinnerungen an Darians Übersetzungen in den Kopf, und ich eilte in den anderen Teil des Raumes. Ich brauchte nicht lange zu suchen, denn sie befanden sich weiterhin auf dem kleinen Tisch. Als ich die Zeilen über den Tod eines Engels las, wurde mir flau im Magen. Und da, die Erwähnung des auferstehenden Wolfes, Vorhersagen von Verrat und Hass sowie die Ankündigungen der Ahnen.

Ich vernahm seine leisen Schritte hinter mir und drehte mich mit bleichem Gesicht zu ihm um. Wortlos nahm er mir die Notiz aus der Hand und überflog sie. Dabei runzelte er in leichter Sorge die Stirn.

Da fiel mein Blick auf das *Katana,* und ich streckte vorsichtig die Hand danach aus. Darian unternahm nichts, ließ mich gewähren und schien nicht einmal sonderlich verwundert, als ich es ergriff. Mit einem schleifenden Geräusch zog ich es aus der Scheide und betrachtete die im Licht aufblitzende Klinge. Warum verbrannte es mir nicht wie meinem Vater die Hand?

„Weil das Kind dich schützt. Kein Normalsterblicher kann Hand an dieses Schwert legen, es würde ihn verbrennen. Du aber trägst unsere Tochter in dir“, erklärte mein Mann, legte seine Hand auf meine und drückte mit sanfter Kraft die Klinge hinab. „Sei vorsichtig damit, sie ist verflixt scharf.“

„Das habe ich bemerkt.“ Ich überreichte es ihm, und er steckte es zurück. „Immerhin reagierte dein Erschaffer nach Gebrauch dieses Schwertes ein wenig kopflos. Ich kann immer noch nicht glauben, dass ich das getan habe.“

„Ich bin dir sehr dankbar dafür, Faye.“ Sein Kuss drückte all seine Gefühle aus, und ich schloss für einen Moment genussvoll die Augen. Dann aber hörte ich es leise knistern und sah zurück auf das Papier. „Ich glaube, wir streichen Brasilien vorerst. Irgendwie verspüre ich den innigen Wunsch nach Sicherheit. Ich möchte nach Hause, Darian. Ich möchte unser Kind in Sicherheit zur Welt bringen und aufwachsen sehen. Ich will zumindest unser Kind geschützt wissen.“

Nachdenklich stellte Darian das *Katana* zurück in die Ecke, fasste mich bei den Schultern und zog mich an sich. Zärtlich strich seine Hand über mein Haar. „In Ordnung. Ich werde zusehen, dass Ruhe einkehrt. So weit es mir möglich ist. Wann willst du heim?“

Am liebsten sofort. Trotzdem meldete sich gleichzeitig mein schlechtes Gewissen. Kimberly fieberte bereits darauf, mir New York im vorweihnachtlichen Gewand zu zeigen. Die Dekorationen und Klänge waren seit jeher sehr besonders und lockten jedes Jahr aufs Neue wahre Touristenströme und Einkaufswütige in diese Metropole. Sollte ich ihr das wirklich verwehren? Außerdem wollte ich gern das Vorankommen der Arbeiten am Haus miterleben, vielleicht noch dekorativ eingreifen. Das würde ich verpassen, wenn ich jetzt aufbrach.

„Nach Weihnachten?"

Er überlegte kurz. „Was hältst du davon, wenn wir Alistair die Aufsicht über den Ausbau komplett übertragen und heimfliegen? Ich gehe davon aus, dass Duncan bleibt. Zu Weihnachten laden wir die ganze Familie auf den Landsitz ein und feiern gemeinsam."

„Jason sieht seine Frau endlich wieder", fügte ich hinzu und freute mich für ihn, weil ich wusste, wie sehr er seine Frau tatsächlich vermisste, obwohl er es nicht erwähnte. Die stundenlangen Telefonate sprachen Bände. Dann lachte ich laut auf. „Vermutlich dürfen wir auf Steven verzichten. Er hat nur noch Augen für Kim."

„Und Alistair deswegen Augen für Steven."

„Ob das gut ausgeht?"

Ein Kuss streifte meine Lippen. „Warum nicht? Bei uns geht es doch ebenfalls gut."

„Dann lass uns mit der Familie reden und ihnen unsere Pläne darlegen. Glaubst du, Alistair überlässt dir das Buch?"

„Dessen bin ich mir sogar sicher."

Eine halbe Stunde später blickte mein Bruder uns über den Rand seiner Kaffeetasse zweifelnd an. „Wollt ihr wirklich schon zurück? Ihr verpasst echt das Beste. In Kürze verwandelt sich die Stadt in ein vorweihnachtliches Lichtermeer."

„Wir werden noch mehrere Weihnachten erleben, es rennt ihnen nicht weg", warf Ernestine verständnisvoll ein und schob mir mit mütterlich-fürsorglichem Blick einen Milchkaffee zu. „Ich würde mein Kind auch lieber zu Hause auf die Welt bringen wollen als in der Fremde. Wann wollt ihr aufbrechen?"

„In gut drei Tagen. Momentan ist der Jet unterwegs, und ich fliege ungern Linie. Wir haben also noch Zeit." Darian schenkte ihr ein Lächeln. „Der Art deiner Fragestellung entnehme ich, dass ihr bleiben wollt."

Das Rascheln der Zeitung kündigte an, dass Dad sich nun aktiv ins Gespräch einbringen wollte: „Ich bleibe, überwache den Ausbau zusammen mit Alistair und gehe den jungen Burschen ein wenig zur Hand, falls sie mit dem *Aufräumen* überfordert sein sollten. Und wo ich bin, da hat auch meine Frau zu sein." Und schon war er wieder hinter seiner Zeitung verschwunden.

Amüsiert beugte Ernestine sich vor, wies mit dem Daumen auf ihn und flüsterte: „Kleiner Anflug von männlichem Größenwahn. Den hol' ich da schon wieder runter."

Abermals raschelte die Zeitung, und Dads vergnügt blitzende Augen wanderten am Körper seiner Auserwählten auf und ab. „Und wie gedenkst du das zu tun?"

Sie lächelte nur mit aufblitzenden Zähnen, und mein Vater lachte schallend auf. „Ich muss erst meine Knoblauchgedächtnispillen finden, damit mir wieder einfällt, wo ich mein Viagra hingelegt habe. Dann können wir reden."

„Oh, du …" Ihr Klaps ging ins Leere, und sie landete schwungvoll auf seinem Schoß.

Darian und ich wechselten einen langen Blick. Um die beiden brauchten wir uns keine Gedanken zu machen. Und was Steven betraf, so hatte Kimberly trotz des gestrengen Blickes ihres Herrn Vaters ein lautstarkes Veto eingelegt. Das und das Argument, jemand müsse für die anstehende Vernichtung der Restbestände sorgen, gaben am Ende den Ausschlag. Irgendwie beschlich mich das Gefühl, dass Dad nicht ganz unglücklich darüber war, in Rente gegangen zu sein und seinen Platz am Pflock einem Jüngeren überlassen zu haben. Ich wusste, dass wir jederzeit auf ihn zählen konnten, wenn es die Gegebenheiten erforderten. Er hatte es mit seinen Worten selbst verdeutlicht.

„Bevor ihr fliegt, lasst euch vorher bitte bei Maja sehen", meinte Alistair ernst. „Ich will meine Nichte gesund wissen."

Darian lachte leise und klopfte ihm auf die Schulter. „Wir wären niemals abgeflogen, ohne sie aufzusuchen und ihr ärztliches Einverständnis einzuholen."

Ein lautes Hupen vom Hof her ließ meinen Bruder aufsehen. „Pause beendet. Ich muss runter. Bis später." Er drückte mir die Tasse in die Hand und eilte aus dem Raum.

Drei Tage später brachten Kimberly und Alistair uns zum Flughafen Newark. Im Gepäck befanden sich neben dem unheiligen Buch, in den Tüchern mit den Schutzsymbolen sicher verpackt, diverse

Babyutensilien von der Shoppingtour, die ich vorgestern zusammen mit Kimberly und Ernestine noch einmal hatte bewältigen müssen. Obwohl Darian schon gut vorgelegt hatte, mussten die beiden Frauen noch einige absolut notwendige Dinge beisteuern. Ich war wieder einmal erstaunt, was für die Erstausstattung alles benötigt wurde. Wobei ich mich aufs Wesentliche beschränkt hatte, denn viele der angebotenen Dinge hielt ich schlichtweg für überflüssig. Was sollte ich mit einer musikalischen Standbadewanne anfangen, wenn ein riesiges Waschbecken nebst Radio zur Verfügung stand? Und wozu sollte ein beleuchteter Betthimmel dienen, wenn das Kind beim Schlafen eh die Augen geschlossen hielt?

Die Vorsorgeuntersuchung war problemlos verlaufen, und Maja sah aus medizinischer Sicht keinen Grund, mir das Fliegen zu untersagen. Sie wies lediglich darauf hin, dass ich mit dem Geburtstermin um einiges früher rechnen durfte, als vorher angenommen. Ich nahm mir vor, die Tasche für die Klinik zu packen, sobald wir zu Hause eingetroffen waren.

Den Abend zuvor hatten wir mit der kompletten Familie, was auch Maja mit einschloss, ein feudales Fünf-Gänge-Menü in einem der angesagten New Yorker Restaurants eingenommen. Anschließend hatten wir, in warme Jacken und Mäntel gehüllt, einen längeren Spaziergang durch den kalten, spätherbstlich kahlen Central Park unternommen und nur gelegentlich einen kleineren Funkenschlag beobachtet. Kimberly und Steven hatten hervorragend für unsere Sicherheit gesorgt, und ich hatte feststellen dürfen, dass Stevens Unterricht von bestechendem Erfolg war. Er tat Kimberly gut, das war offensichtlich, und ich befürwortete sein Bleiben daher umso energischer.

Der Flughafen tauchte vor uns auf, und kurz darauf lenkte Alistair den Van vor die Abflughalle. „Wir sollen euch wirklich nicht begleiten?“

„Ich mag keine rührigen Verabschiedungen, Bruderherz. Wir haben uns in deiner Küche genug in den Armen gelegen und literweise Tränen vergossen. Noch mehr davon, und ich kann mir auf dem Atlantikflug zumindest sämtliche Toilettengänge ersparen.“

„Wie du möchtest.“ Er stieg aus und half Jason mit dem Gepäck, während ich Kimberly noch einmal herzlich umarmte und mir anschließend von Darian aus dem Wagen helfen ließ.

Noch einmal legten sich stahlharte Arme um mich und zogen mich fest an eine breite Brust. Grüne Augen sahen mich bemüht ruhig an. „Machs gut, Schwesterherz. Pass mir gut auf deinen Mann auf. Er hat das Talent, sich in Schwierigkeiten zu bringen."

„Ich muss doch bitten, Al." Ein beherzter Schulterschlag ließ ihn unauffällig in den Knien nachfedern.

Mein Bruder lachte und ließ mich los. „Hey, mach den Onkel deiner kleinen Kröte nicht vorzeitig zum Rentner. Ihr ruft doch sofort an, wenn die Kleine da ist?"

„Mit Sicherheit. Alles bereit, Jason?"

„Die Koffer sind auf dem Wagen, Sir. Sie müssen sich nur noch verflüchtigen, dann können wir aufbrechen", erklärte er mit erhabener Miene, und Darian nickte sogleich. „Danke, Jason. Wenn ihr erlaubt, werde ich mich auflösen. Wir sehen uns im Flieger. Kim, Al, danke für alles."

Eine warme Umarmung der beiden Männer folgte, danach verschwand Kim in Darians Armen, und für einen Augenblick waren beide unseren Blicken entschwunden. Dann tauchte Kimberly partiell wieder auf. Zunächst nur ihr Kopf, dann ihr gesamter Oberkörper und schließlich ihre Beine. Verblüfft betrachtete sie sich und sah dann mit leuchtenden Augen auf den Fleck, an dem Darian eben noch gestanden hatte. „Boah, ist das schräg!"

Ich hörte meinen Mann leise lachen, spürte seinen Kuss auf der Stirn und vernahm sein Flüstern: „Bis gleich, Liebes. In wenigen Stunden sind wir zu Hause."

Inzwischen konnte ich es kaum noch erwarten.

Schnee. Endlich. Weihnachten ohne Schnee war nicht wirklich Weihnachten. Und pünktlich zum ersten Weihnachtstag fielen dicke Flocken.

In Darians dunkelblauen Bademantel gehüllt, stand ich auf dem Balkon unseres Schlafzimmers und freute mich wie ein Kleinkind über die weiße Pracht. Spielerisch versuchte ich, eine Flocke mit der Zunge zu fangen, und lachte, als sie auf meiner Nasenspitze landete und sofort schmolz. Dann sah ich verträumt über den leicht gepuderten, winterlichen Rosengarten.

Unsere Abreise war die richtige Entscheidung gewesen. In der Abgeschiedenheit dieses Landsitzes vermittelten die dicken Mauern das nötige Maß an Sicherheit und Ruhe. Ruhe, die ich dringend benötigt hatte, um die Geschehnisse richtig verarbeiten zu können – falls das jemals vollständig möglich war. Zudem benötigte mein stetig wachsendes Kind immer mehr Raum, und ich bewegte mich inzwischen mit der Eleganz einer watschelnden Ente. Einer übergroßen, watschelnden Ente. Ständig tat der Rücken weh, und seit einigen Tagen musste ich selbst auf der Treppe Pausen einlegen. Ich kam mir vor, als erwarte ich Zwillinge, aber es war nur eins drin. Allmählich wurde es trotz aller Vorfreude zu einer Belastung. Dass wir das Babyzimmer nebenan bereits fertiggestellt hatten, beruhigte mich ungemein. Inzwischen würde ich keinen Pinsel mehr halten können.

Darian hatte eine antike Wiege aufgetan, sie in der Werkstatt gegenüber dem Haupthaus selbst aufgearbeitet und nach dem Abschleifen das helle Holz nur geölt. Nun sah sie mit dem aus den Staaten mitgebrachten Engelsflügelbetthimmel, passendem Nestchen und der Bettwäsche aus wie neu und passte hervorragend mit dem von Jason persönlich angefertigten Wickeltisch zusammen. Der hübsche kleine Schrank stammte vom Dachboden, die Kommode ebenfalls.

Das ganze Zimmer war in fliederfarbenen, rosa und weißen Farbtönen gehalten, und Thalion hatte es sich nicht nehmen lassen, einen großen, silberweißen und beinahe lebendig aussehenden Pegasus an eine Wand zu malen. Jetzt fehlte nur noch das Baby.

Versonnen strich ich über diese für mich abnorme Rundung. Es wurde allmählich Zeit, dass sie kam, denn lange würde ich diesen Zustand der stetigen Expansion nicht mehr aushalten. Und auch dieser unregelmäßig wiederkehrende Druck in meinem Unterbauch machte mir zu schaffen. Wahrscheinlich wurde es dem Baby langsam zu eng.

In wenigen Stunden jedoch würde erst mal meine ganze Familie einfallen. Selbst Maja hatte sich über Weihnachten und Neujahr Urlaub nehmen können und begleitete meinen Bruder. Ich freute mich riesig darauf, sie zu sehen. Mehrmals die Woche hatten wir telefoniert und alle Neuigkeiten ausgetauscht. Und sobald mir etwas ungewöhnlich erschien, rief ich sie an. So hatten wir erst gestern miteinander gesprochen. Sie war es auch, die mir die Bilder vom Vorankommen der Arbeiten am Haus per E-Mail zugeschickt hatte. Inzwischen war der Innenausbau nahezu vollendet. Die Küche war einfach nur ein Traum, und das Bad erst. Vermutlich würde schon im Januar der Einzug stattfinden können.

Von Kimberly wusste ich, dass Darians Prognose das Dach betreffend richtig gewesen war. Inzwischen war es undicht, und es tropfte hinein. Schade um die Bilder an den Wänden des oberen Raumes, doch soweit ich es auf Majas Bildern hatte erkennen können, war Thomas in der oberen Etage des neuen Hauses inzwischen tätig geworden. Spätestens im nächsten Frühjahr wollten wir wieder in die Staaten fliegen und uns selbst ein Bild machen. Dann wollte Alistair auch mit der Restauration des Shelby fertig sein.

Ich lächelte in mich hinein, während ich an Darians Ausbruch dachte, als mein Bruder ihn am Telefon über die Forstschritte am Wagen informiert hatte. So hatte jeder von uns sein Pläsierchen. Vermutlich saß mein Mann jetzt unten in der Bibliothek und brütete über den alten Seiten und der Schriftrolle, um seine Übersetzung zu vervollständigen. Mich interessierte das derzeit wenig. Ganz offiziell hatte ich diesbezüglich Mutterschutz und anschließenden Erziehungsurlaub eingereicht. Zumindest für das nächste halbe Jahr. Und bisher hatten sich alle daran gehalten. Weder hatte ich irgendwelche dubiosen Träume gehabt noch ein Existenzzeichen von Lilith erhalten. Um mich herum war es erstaunlich ruhig. Ob mir das irgendwann Sorgen bereiten sollte?

Eine weitere Flocke traf meine Nase, und ich wischte sie vergnügt fort. Dann vernahm ich das leise Öffnen der Tür und anschließend nahezu lautlose Schritte. Anscheinend wollte Darian seine Nachforschungen für den Moment erst mal ruhen lassen.

„Guten Morgen, Liebes. Ausgeschlafen? Du hast hoffentlich nicht vergessen, dass deine Familie in knapp einer Stunde in Heathrow eintrifft. Jason ist eben losgefahren, um sie abzuholen. Du möchtest sicher noch frühstücken und solltest sie nicht unbedingt im Bademantel empfangen." Er war hinter mich getreten und legte nun seine Arme um mich. Während ich meinen Kopf an seine Brust lehnte, schob er seine Hände auf meinen kugelrunden Bauch und küsste mich zart in den Nacken.

Ich bekam eine Gänsehaut und blickte verträumt zu ihm auf. „Nein, ich werde mich gleich anziehen. Nur wollte ich vorher ein wenig den Schnee kosten."

„Ich möchte nicht, dass du frierst."

„Keine Sorge, ich habe …" Ein erneuter unangenehmer Druck im Unterbauch raubte mir kurz den Atem. Ich beugte mich leicht vor und stöhnte verhalten.

Sofort war Darian alarmiert. „Das Kind kommt?"

Kopfschüttelnd wartete ich, bis der Anfall vorüber war, richtete mich auf und sah meinen Mann beruhigend an. „Maja sprach bei unserem gestrigen Telefonat von Senkwehen und meinte, es wäre für den Geburtstermin eigentlich noch zu früh."

„Bist du sicher? Seit wann hast du diese Wehen?"

„Seit gestern Abend. Immer mal wieder, nicht regelmäßig. Sonst hätte ich längst Alarm geschlagen. Ach du dickes Ei! Ich glaube, ich muss zum …"

Ich stockte, weil seine graublauen Augen plötzlich von Schreck geweitet waren. Verwundert folgte ich seinem Blick und bemerkte erst jetzt die anwachsende Lache auf dem Boden zwischen meinen Füßen. Oh, verflixt! Egal wie viel Lektüre man über ein spezielles Thema gelesen hatte, ging es im Eiltempo von der Theorie in die Praxis über, war auf einmal alles weg. Erst der Kopf leer, dann Bestürzung und am Ende blanke Panik.

In einer Sekunde befand ich mich auf seinen Armen, in der nächsten stand er im Flur und brüllte nach Eileen, in der darauffolgenden wollte er mich mit zitternden Gliedern auf dem Bett absetzen. Mein schockierter Ausruf hielt ihn davon ab: „Halt! Maja sagte etwas von warmem Wasser, dass es krampflösend sei. Ich will das Bett nicht einsauen."

„Okay. Kein Problem. Warte hier.“ Er setzte mich ab, hob mich jedoch gleich wieder hoch. „Oder besser nicht. Ich nehme dich mit.“ Ich wurde in der Wanne abgeladen und sofort drehte Darian den Wasserhahn auf. „Warm? Gut so? Brauchst du sonst noch etwas?“

„Vielleicht sollte ich vorher die Kleidung ablegen. Autsch!“ Erneut musste ich mich krümmen. Die Empfindung hatte sich verändert; sie war intensiver und weitaus schmerzvoller als zuvor. Himmel, tat das weh! Ich hatte ja gelesen, dass es schmerzhaft sein sollte, aber dass man das Gefühl bekam, gleich zu platzen, hatte nirgends gestanden. Instinktiv wandte ich die Schnappatmung an und überstand diese Welle ohne weitere Verluste.

Zumindest waren die Verluste nicht auf meiner Seite zu beklagen. Als ich aufblickte, stand Darian kreidebleich und völlig gelähmt vor mir. Er reagierte erst, als ich ihn zum zweiten Mal ansprach: „Darian. Hilfst du mir bitte?“

„Was? Ja sicher.“ Und schon befand ich mich abermals auf seinen Armen. „Wohin?“

Ich seufzte. Waren alle werdenden Väter so fahrig? „Runter. Und nimm mir bitte den Bademantel ab. Danke.“ Statt ihn mir abzunehmen, zog er ihn mir aus und ließ ihn achtlos auf den Boden fallen. Das hätte ich auch hinbekommen. Mein Shirt landete auf dem Bademantel und ich erneut auf Darians Armen. Er rannte mit mir durchs Schlafzimmer und wieder auf den Flur. Sein Ruf erschütterte das Gebäude bis auf die Grundmauern: *„Eileen!“*

Derweil tippte ich ihm gegen die Schulter, und erst nach dem fünften Tippen sah er mich fragend an. Ich probierte ein unschuldiges Lächeln. „Ich habe nichts an, Schatz.“

In Windeseile trug er mich zurück ins Bad, setzte mich in der Wanne ab, warf mir den Bademantel zu und rannte wieder hinaus: *„Eileen, verdammt! Wo bleibst du?“*

Während ich den klatschnassen Bademantel aus der Wanne beförderte, erklangen endlich die ersehnten Schritte auf der Treppe. „Ich komme ja schon. Herrje, ich bin doch kein junger Hüpfer mehr. Wo brennt es denn?“

„Das Baby. Es kommt!“

„Oh Gott!“ Kurz darauf stand sie neben der Wanne.

Schon durfte ich mich erneut krümmen und hielt den Atem an. Scheibenkleister, die war richtig fies.

„Also gut.“ Eileen sah sich schnell um. „Wir sollten eine Hebamme herbestellen. Wie es aussieht, wird es eine Hausgeburt.“

Die Wehe ebbte ab, und ich bekam wieder Luft. Irgendwie schaffte ich es, das Wasser abzustellen, ehe es über den Wannenrand lief. Dabei sah ich Eileen betrübt an. „Ich kenne keine Hebamme. Wir waren zur Untersuchung in London.“

Schon hatte Darian sein Handy in der Hand. „Ich rufe Maja an. Sie wird wissen, was zu tun ist.“

„Bekommst du sie denn im Flieger an die … Okay, ich sage nichts mehr.“ Konnte ich auch nicht, denn die nächste Wehe kam. Und sie war gemeiner als alle anderen zuvor. Abermals hielt ich den Atem an und schöpfte tief Luft, als sie vorüber war.

Derweil hatte Darian Maja am Ohr. „Nein, sie sitzt in der Wanne ... Moment, ich stelle auf Lautsprecher.“

„In welchen Abständen kommen die Wehen?“, tönte es mit geräuschvoller Untermalung durch den Hörer.

„Dauernd!“, brüllte ich und krallte mich mit zugekniffenen Augen am Wannenrand fest. Ich traute mich nicht zu drücken, hatte Angst, dass alles Mögliche passieren und ich sogar ins Badewasser machen könnte. Bloß nicht!

„Okay, leg dich zurück, Faye. Sobald die Wehe einsetzt, ziehst du die Beine an und presst. Geht dir die Kraft aus, atmest du durch, wie ein hechelnder Hund, okay? Darian, du hältst sie an den Schultern fest, damit sie nicht unter Wasser rutscht. Ist noch jemand zugegen?“

„Ich“, meldete Eileen sich sogleich.

„Gut. Sie sehen nach, wie weit der Kindskopf im Geburtskanal steckt. Ist er weit genug draußen, helfen Sie vorsichtig nach, indem sie während der Wehe sanft ziehen. Anders wird es sich wohl derzeit nicht machen lassen. Habt ihr Mullbinden und etwas zum Abbinden da?“ Die restlichen Instruktionen gingen in meinem Fluch unter, der die nächste Wehe begleitete.

Da fühlte ich Darians Hände an meinen Schultern. Er zog mich etwas höher, stieg in voller Montur hinter mir in die Wanne und hielt mich an sich gelehnt fest. Spätestens jetzt stand das Bad komplett unter Wasser, aber wen juckte das schon? Ich sah Eileen sich die Hände schrubben, hörte Majas Stimme weiterhin aus dem Lautsprecher dringen und bekam von da an nur noch wenig mit. All meine Sinne waren nun bei mir und meinem Kind, und was immer ich an Schmerzen bisher erlebt hatte, das hier übertraf alles. Es wollte mich schier zerreißen.

Eine weitere Woge erfasste mich, und ich tat wie geheißen. Mir wurde fast schwarz vor Augen, während der Schmerz durch mich raste, als würde ein Messer mich aufschneiden. Da erklang Eileens erregter Ausruf: „Ich sehe es! Der Kopf guckt raus. Oh Gott, es hat schon Haare!“

„In der nächsten Wehe kräftig pressen, Faye!“, scholl es durch den Hörer. In Darians Umarmung fand ich die nötige Kraft und Sicherheit. „Komm, du schaffst das.“

Bitte nur noch einmal. Ich kann und will nicht mehr. Die Schmerzen schienen unerträglich. Ich schloss die Augen, konzentrierte mich, und als sich die nächste Wehe ankündigte, drückte ich, so fest ich konnte. Da rutschte es mit Schwung aus mir heraus, und ich fühlte nur noch Erleichterung.

Dann ging alles sehr schnell. Eileen griff zu, legte mir das kleine Wesen sogleich auf den Bauch und ein wärmendes Tuch darüber. Tränen schossen mir in die Augen, als ich es ansah. Es bewegte sich, ließ einen winzigen Protestlaut erklingen. Schnell zählte ich seine Finger und Zehen ab, betrachtete seine Gliedmaßen. Alles dran, wie es sein sollte. Erst jetzt lehnte ich mich erschöpft zurück an Darians Brust.

Im Hintergrund vernahm ich weiterhin Majas Stimme, in die sich nun die lauten Ausrufe meiner restlichen Familie mischten. Was sie sagten, war für mich unerheblich. Mein Kind war da, und es lebte. Alles andere war Nebensache.

Sachte schob Darian mich von sich und stieg aus der Wanne. Seine hellbraunen Wildlederschuhe quietschten leise, während er über den nassen Marmorboden schritt. Er streifte die Schuhe ab und kickte sie einfach in die Duschwanne. Dann nabelte er unter Majas Anweisung gewissenhaft seine Tochter ab. Ich blieb müde und ermattet in der Wanne liegen, beobachtete lediglich seine Sorgfalt. Dann nahm er mir unser Kind ab, übergab es zur Weiterversorgung Eileen und half mir, den Rest der Geburt zu bewältigen, der danach in ein Handtuch verpackt auf die ärztliche Begutachtung durch Maja wartete. Anschließend hob mein Mann mich aus der Wanne, trug mich zum Bett, rubbelte mich trocken und deckte mich zu.

Eileens Augen leuchteten mit Darians um die Wette, als sie mir mein Baby brachte, das sie gewickelt und in einen riesig erscheinenden Strampelanzug gesteckt hatte. Erneut schossen mir Glückstränen in die Augen, und als ich aufsah, bemerkte ich auch in Darians Augen ein feuchtes Schimmern.

„Sie sollten sich etwas anderes anziehen, Mr. Knight. Sie tropfen das Bett Ihrer Frau voll. Ihr Schwiegervater hat im Krankenhaus angerufen, ein Arzt ist schon unterwegs. Wenn es Ihnen genehm ist, würde ich jetzt gern Jason davon unterrichten, dass er sich auf der Rückfahrt etwas beeilen soll. Ich komme danach wieder und beseitige die Spuren im Bad."

Ohne eine Antwort zu erwarten, verließ sie den Raum, und Darian zog sich eilig um. Dann legte er sich neben mich aufs Bett und strich unserer Tochter zart über die Wange. „Sie ist so winzig."

„Aber voller Leben." Ich legte sie an meine Brust, und instinktiv schnappte sie danach und begann zu saugen. Verblüfft zog ich die Stirn kraus. „Aua. Sie hat verflixt viel Kraft."

Er lachte leise. „Hast du dir schon einen Namen überlegt?"

Ich lächelte sanft auf den dunklen Schopf an meiner Brust hinab. „Ihre Zukunft wird zu einem Teil von Lilith bestimmt werden, doch meine Vergangenheit bestimmte Brianna Sinclair McNamara, meine Großmutter. Ich möchte sie Lilianna nennen."

Den Blick angefüllt mit liebender Zärtlichkeit, beugte Darian sich vor und küsste mich. „Dann soll es so geschehen. Du hast mir das wertvollste aller Geschenke gemacht, und dafür danke ich dir von ganzem Herzen. Ich liebe dich, Faye." Und ebenso zärtlich küsste er seiner Tochter die Wange. „Sei willkommen, kleine Seele namens Lilianna McNamara Knight."

- Ende -

Über Rebecca Abrantes:

Die Autorin Rebecca Abrantes, geboren 1965, hat zunächst technische Zeichnerin gelernt und ist mit ihrem damaligen Ehemann für zwei Jahre nach Brasilien gegangen, um Land und Leute kennenzulernen. Zurück in Deutschland hat sie eine Ausbildung als Dolmetscherin und Übersetzerin absolviert, diesen Beruf jedoch nur für kurze Zeit ausgeübt. Noch während der Schwangerschaft mit ihrem ersten Kind, begann die gebürtige Braunschweigerin zu schreiben. Rebecca Abrantes ging nach ihrer Scheidung und dem Beginn einer neuen Partnerschaft mit ihrer Familie zurück in ihre Geburtsstadt.

Der Merian-Code - Die verschlüsselte Bedrohung

Ein Roman von Rebecca Abrantes

Durch einen Zufall kommt die Studentin Charleen de Marco in den Besitz eines Datenträgers. Nachdem sie Zeugin eines Mordes wird, weiß sie, dass ihr Leben einzig und allein von der Entschlüsselung der brisanten Daten abhängt. Mit Hilfe von Dr. Sam Browning, einem Dozenten für Informatik an der TU Berlin, macht sie sich auf Spurensuche. Welche Rolle spielt die Merian Bibel, und was hat ihr geheimnissvoller Nachbar zu verbergen? Ausserdem sind sie nicht die Einzigen, die ein Interesse an den Daten haben.

Eine gnadenlose Jagd beginnt …

Ein packend inszeniertes Buch. Rebecca Abrantes versteht es, ein Abenteuer um eine verschlüsselte CD, nicht nur in eine spannungsgeladene Geschichte, sondern auch mit ironischen Humor, vor dem Hintergrund einer einfühlsamen, erotischen Liebesgeschichte, zu verpacken.
Dieses Buch fesselt den Leser von der ersten bis zur letzten Seite.

ISBN 978-3-941653-00-9
320 Seiten, Broschiert
€ 8,95

Schatten Blut

Ein Roman von Rebecca Abrantes

Dinge geschehen, soviel ist sicher. Was würden Sie sagen, wenn Dinge nicht einfach nur erfolgen, sondern Sie selbst plötzlich inmitten der bizarrsten Ereignisse steckten, nur weil Sie Sie sind? Weil Sie ein Erbe in sich tragen, von dessen Existenz Sie nicht die geringste Ahnung haben?

Mein Name ist Faye, mein Job Fotographin und mein Wunsch sind ein paar Tage Urlaub bei meiner Schwester in London. Nicht immer klappt es so, wie man es gerne hätte.
Als die Wohnung selbst zum Schauplatz der Merkwürdigkeiten wird, verändert sich alles. Ich habe verwirrende Träume, die mich an Orte bringen, deren Existenz ich für unmöglich halte.

Dann gerät meine Schwester in tödliche Gefahr und die Ereignisse überstürzen sich. Unerwartet kommt Unterstützung aus einer Richtung, mit der ich niemals gerechnet hätte. Und meine erste Lektion ist: „*Du denkst zu laut, Faye McNamara*"!

ISBN 978-3-941653-01-6
509 Seiten
€ 19,95